dtv

Sie wächst in einer idyllisch-ländlichen Siedlung südwestlich von Oslo auf, allein mit dem Vater, denn die Mutter ist bei der Geburt gestorben. Und eines Tages verliebt sie sich in einen Angestellten des Vaters und glaubt einen glücklichen Sommer lang, in Harald den Mann ihres Lebens gefunden zu haben. Doch ihre Wege trennen sich abrupt. Mathilde wird immer schroffer und abweisender, was ein kleines Mädchen aus der Nachbarschaft nicht daran hindert, sich dieser verbitterten Frau zu nähern. Und dann taucht ein kleiner Junge aus Oslo auf, von dessen Existenz Mathilde seltsam berührt scheint …

Margaret Skjelbred hat sich in Norwegen als Lyrikerin einen Namen gemacht, bevor sie mit ihrem Romandebüt ›Lerchenherzen‹ (1997, dt. 1999) auch in Deutschland bekannt wurde. Es folgten die Romane ›Windgesang‹ (1998, dt. 2001) und ›Elfenecho‹ (1999, dt. 2003).

Margaret Skjelbred

Lerchenherzen

Roman

Aus dem Norwegischen von
Sigrid Engeler

Deutscher Taschenbuch Verlag

Dieses Buch liegt auch im Normaldruck als Band 20475
im Deutschen Taschenbuch Verlag vor.

Von Margaret Skjelbred sind außerdem erschienen:
Windgesang (20682)
Elfenecho (24340)

Ungekürzte Ausgabe
Mai 2005
Deutscher Taschenbuch Verlag GmbH & Co. KG,
München
www.dtv.de

Titel der norwegischen Originalausgabe:
›Lerkehjerter‹

Umschlagkonzept: Balk & Brumshagen
Umschlagbild: ›A Flowery Meadow in the North‹ (1905)
von Harald Sohlberg (© VG Bild-Kunst, Bonn 2005)
Gesetzt aus der Stempel Garamond 12/14· (3B2)
Gesamtherstellung: Druckerei C. H. Beck, Nördlingen
Gedruckt auf säurefreiem, chlorfrei gebleichtem Papier
Printed in Germany · ISBN 3-423-25230-8

1

In einer alten Truhe habe ich das gepreßte Blütenblatt einer Pfingstrose gefunden, sorgfältig zwischen Leinen verwahrt. Man spürt die Vergänglichkeit, denn die zarten, beinahe durchsichtigen Blütenblätter lösen sich fast in nichts auf, wenn ich sie herausnehme, um sie dir zu zeigen. Du blickst auf sie, fast ein wenig geistesabwesend, und mit dieser milden Neugier, mit der man gern auf Gegenstände blickt, die einem nichts sagen. Dein Blick wandert schon bald weiter zu anderen Dingen.

Für mich ist es merkwürdig zu erleben, wie du, der mir so nahesteht, so ganz und gar unberührt sein kannst von etwas, das mich so stark berührt. Aber du weißt ja nichts von dem, was war oder was kommen wird, und so kümmert es dich auch nicht. Du läßt einfach deinen Blick weiterwandern, gleichgültig, zufrieden.

Noch sagt dir dieses spinnwebzarte, altrosa Blatt nichts, du verbindest damit ebensowenig wie mit all den anderen Sachen hier in diesem Raum. Auch nicht mit der Frau, die hier wohnte, denn du kennst sie nicht. Aber in diesen Tagen und Nächten ist es für mich wichtig geworden, dir von ihr zu erzählen und von den anderen Menschen, die mir nahegestanden haben. Nur indem ich dir von ihnen erzähle, kannst du mich kennenlernen.

Wenn ich den Blick hebe, sehe ich die Schwalben, wie sie in raschen Schwüngen über Jakobs Wiese schießen. Jetzt am Abend fliegen sie so niedrig, daß ihre Flügel fast das tränennasse Stroh berühren und die glänzenden Tropfen sprühen lassen.

Ich habe diese Abendstunden immer geliebt. Die Schwalben kündigen mit ihrem verspielten Flug an, ob es morgen Regen oder Sonnenschein geben wird, und die Landschaft verliert sich langsam in der blauen Dämmerung. In diesen Abendstunden bin ich immer so froh gewesen. Es ist eine gute Zeit für Vertraulichkeit.

Ich will, daß du jetzt zuhörst. Ich werde dir alles erzählen – das, was ich weiß, und das, von dem ich glaube, es zu wissen, das, was mir erzählt worden ist, und das, was ich mir dazugereimt habe. Du bist ein guter Zuhörer, sei gesegnet dafür, mein Lieber. Einen guten Zuhörer, den brauche ich jetzt am allermeisten.

2

Anders Larsen Ås war nicht irgendeiner. Das konnten alle sehen, als er mit Maren Pütt in den Armen feierlich und mit sehr geradem Rücken über die Tanzdiele in Vonheim walzte.

Was das anbelangt, auch Maren Pütt war nicht irgendeine. Die Leute pflegten über die jüngste Tochter Karl Pedersens auf Øgård zu sagen, sie sei schlank wie eine Weide, schön wie eine Rose und scheu wie eine Glockenblume. Er hatte den Spitznamen Pütt seit seiner Jugend, weil er schon immer so schrecklich gut darin war, Kautabak auszuspucken.

»Pütt«, sagt Karl und schickt einen braunen Strahl Kautabak quer durch den Raum in das Spuckbecken bei der Tür, ehe er sich den Bart mit dem Handrücken abwischt. »Pütt!«

Seine vier Töchter haben seinen Spitznamen geerbt, auch wenn sie weder priemen noch spucken, und sie sind, als sie heranwachsen, eine schöner und adretter als die andere. Und von allen die schönste ist Maren.

Maren mit den dicken Zöpfen, die einige Male um den Kopf gewunden sind, und mit den grauen, ein bißchen traurigen Augen unter ernsten Brauen. Maren mit dem schüchtern gebeugten Nacken und mit einer Taille, die war so schlank, daß die

Männer gern ihre derben Fäuste darum gelegt hätten, um zu messen, ob sie wirklich *so* dünn ist. Maren mit den schmalen Hüften, die sie binnen eines Jahres das Leben kosten werden.

Aber warte, so weit sind wir noch nicht. Genau jetzt tanzt die zerbrechliche, achtzehnjährige Maren mit Anders Larsen, der also nicht irgendeiner ist, sondern Hoferbe von Ås – dem einzigen Hof der Gemeinde mit einer Glocke, die zu den Mahlzeiten ruft.

Und genau da wird die Tür zu dem Lokal der jungen Leute mit solchem Spektakel geöffnet, daß Herman Myra, der die Ziehharmonika spielt, daß die Schweißtropfen fliegen, fast aus dem Takt kommt, aber dann schnell weiterspielt, denn hier kommen Kerle von außerhalb, und das führt selten zu etwas anderem als zu Unannehmlichkeiten.

Als erster kommt Ansgar, der schon seit einem Jahr ein Auge auf Maren Pütt geworfen hat, seit sie nämlich zum Konfirmandenunterricht ging und immer durch die Nachbargemeinde mußte, um einmal in der Woche zusammen mit den anderen Konfirmanden beim Pastor vorbereitet zu werden.

Nun, mit der gehörigen Anzahl von Schnäpsen intus, scheint es dem Ansgar, die Zeit sei reif, sein sonnenklares Recht einzufordern, weshalb er geradewegs auf Anders zusteuert und ihm die Beute fast aus den dünnen Armen reißt. Aber an Mut und Unternehmungsgeist hat es dem Hoferben von Ås nie gefehlt, auch wenn er nicht so viel an Muskelkraft zu bieten hat, und hier stehen nun sowohl Ehre wie Zukunft auf dem Spiel. Er rafft sich also mannhaft auf, »richtet sich auf zu voller Größe«, wie er es seither zu beschreiben pflegt, das soll heißen bis zu mindestens 1,70 m, und protestiert mit seiner ganzen Würde: »Jetzt wirst du gleich merken, daß *ich* nicht irgendeiner bin!« Das wird ihm vier verschiedene Dinge einbringen, und zwar in der genannten Reihenfolge: Eine Ohrfeige, »daß die Zähne wackeln«, den Spitznamen »Irgendeiner«, der ihn ein Leben lang begleiten wird, Maren Pütts unsterbliche Liebe, die ihn ein knappes Jahr begleiten und schließlich in Punkt vier münden wird – der Tochter Mathilde.

Und mit ihr hat meine Geschichte angefangen. Unsere Geschichte. Denn es ist auch deine.

3

Wie soll ich es nur schaffen, dir alles so zu erzählen, wie es wirklich war?

Sie heirateten schon im selben Frühjahr, Anders Irgendeiner und Maren Pütt, nach leichtsinnigem

Umgang mit Jakobs Scheune, die in dieser Geschichte einen so zentralen Platz einnehmen wird, daß ich dir genausogut gleich jetzt mehr von ihr erzählen kann.

Jakobs Scheune, die damals gerade neu gebaut war, steht am Ende der Jakobsau, dicht unterhalb des Hügels Jakobshaugen, mit dem Rücken zu den blauenden Bergen, die kleinen, weiß gestrichenen Fenster sind dem Ort zugewandt. – Oh, die blauenden Bergrücken hier im Innern von Vestfold! Es gibt nichts Schöneres als unsere freundlichen, nicht sehr hohen, blauenden Berge!

Damals stand also die Scheune mit frisch gestrichenen Brettern, gestrichen mit einer roten Scheunenfarbe, die Jakob in Leinöl angerührt hatte, ehe er sie auftrug. Die Farbe färbte auf Marens selbstgenähten Wintermantel aus schwarzem, selbstgewebtem Lodenstoff ab, als sie dicht beieinander an der Scheunenwand saßen und an den Frühlingsabenden dem Sonnenuntergang über der Jakobsau zuschauten, ehe sie hineinschlüpften durch das Scheunentor, das damals noch nicht in den Angeln quietschte, um so der ganzen Gemeinde zu verkünden, daß hier nun die unaussprechlichsten Sachen getrieben würden.

Anders wurde durch Marens schüchternen Blick und die zarte Gestalt netter, aber das hinderte ihn selbstverständlich nicht, dahin zu gelangen, wohin er wollte.

Er blätterte sich durch alle ihre Knöpfe und Haken, Rüschen und Spitzen und Bänder mit der gleichen andächtigen Ungeduld, mit der ein Kind in einem schönen Bilderbuch Blatt für Blatt umwendet, so neugierig auf das nächste Bild, daß es sich nicht die Zeit nimmt, erst das Bild zu genießen, auf das es blickt, ehe es weiterschaut.

Das Resultat war eine hastige Trauung unter Pastor Evensens strengem Blick. Der Pfarrer erinnerte sich durchaus an Marens schlanke Taille vom Konfirmationsunterricht und ärgerte sich, weil seine sittliche Erziehung auf steinigen Grund gefallen war. Doch Maren lächelte so schüchtern und zerknirscht, daß es bei wenigen vorsichtigen Ermahnungen blieb.

Ich kann sie vor mir sehen, ja, ich weiß ganz genau, wie sie ausgesehen haben, weil sie beim Photographen waren und »abgelichtet« worden sind. Die Photographie steht noch heute auf der Anrichte in der guten Stube auf Ås. Bei passender Gelegenheit wird sie von behutsamen Händen aufgenommen, der Staub abgewischt und vorgezeigt: »Schau, das sind Anders und Maren.«

Was ich sehe, ist ein Brautpaar vom Ende des letzten Jahrhunderts. Er im schwarzen Anzug, schon als Fünfundzwanzigjähriger kahlköpfig. Sie im schwarzen, auf jeden Fall dunklen Kleid mit einem kleinen weißen Kragen und einer Unmenge von Knöpfen, die ihn in der Hochzeitsnacht verrückt gemacht hätten, wenn er nicht schon mit ihr dahin gekommen wäre, wohin er wollte. – Ein kaltes Vergnügen mag das gewesen sein, in der zugigen Scheune im März und April, aber auf so etwas hat die Liebe ja noch nie Rücksicht genommen.

Ja, ich kann sie vor mir sehen. Maren hat ein Bukett von weißen Dahlien, das sie zur Seite hält. – Warum hält sie es nicht über die kleine Andeutung eines Bauchs, den man unter dem Kleid erahnen kann? Ist sie, trotz allem, stolz auf das kleine Leben, das Resultat der kalten Frühjahrsnächte in der Scheune?

Selbstverständlich ist sie stolz. Sie hat einen Hof mit Land und Essensglocke geheiratet. Die ihre eiligen Schläge über die Gemeinde geschickt hat, genau um elf, um drei und um sieben, an jedem Wochentag, solange sie denken kann. Wie oft hat sie nicht ihr Spiel und später ihre Arbeit unterbrochen beim Klang der Essensglocke auf Ås. Auch in Øgård hörten sie die Glocke und richteten die Mahlzeiten danach.

Und nun soll sie also Hausfrau werden, die hübsche kleine Maren Pütt. Da steht sie und ist beinahe ebenso groß wie ihr Ehemann Anders, der für sie niemals irgendeiner sein wird, sondern in der kurzen Zeit, die sie zusammen haben, ihre Liebe und ihren Respekt behält, bis sie im Kindbett stirbt, an einem frostigen Tag im Dezember des gleichen Jahres.

Ich glaube, Anders wurde durch Maren netter. Er sieht jedenfalls auf dem Photo netter aus, als ich Grund habe zu glauben, er sei es späterhin im Leben gewesen. Aber schon auf dem Bild kann man sehen, daß »der Kerl da nicht irgendeiner ist«, so wie er dasteht, breitbeinig und die Nase hochmütig in die Luft erhoben. Beide starren sie ernst in den Apparat.

4

Das, was jetzt kommt, hätte ich so gerne umgangen. Die hübsche kleine Maren Pütt hätte doch wohl glücklich auf Ås leben können, unter den regelmäßigen Schlägen der Essensglocke, bis zum Ende ihrer Tage. Sie könnte die kleine Mathilde und andere Kinder geliebt und erzogen haben, empfangen in einem warmen und respektablen Ehebett, nicht in der eiskalten Jakobsscheune.

Statt dessen stirbt sie, ehe das Jahr um ist, zitternd vor Kälte, während das Blut aus ihr herausrinnt, in die Matratze und weiter auf den ungestrichenen Fußboden der Kammer. Das Blut hinterläßt auf den Bohlen einen Fleck, weshalb das Bett immer in der gleichen Ecke des Zimmers stehen bleiben muß, um ebendiesen dunklen Fleck zu verdecken.

Arme kleine Maren. Hättest du fünfzig Jahre später gelebt, hätte wohl keiner auf deine schmalen Hüften geschimpft. Da hätte dich ein Krankenwagen mit Blaulicht ins lokale Krankenhaus gebracht, wo dich ein Stab von effizienten Krankenschwestern für die Operation vorbereitet und den Gynäkologen gerufen hätte, der mit einer raschen Ausschabung der Gebärmutter dich von den folgenschweren Resten befreit und wohlbehalten zurück ins Leben gebracht hätte. Und zu der kleinen Mathilde.

Es gelingt dir, den Namen, den sie tragen soll, zu flüstern. War es der Name deiner Mutter? Ich weiß es nicht genau. Du schaffst es, die Hände dem kleinen, frisch gewickelten Bündel entgegenzustrecken, das vorsichtig zu dir ins Bett gelegt wird. Und das letzte, was du bewußt erlebst, ist ein eifrig suchender Säuglingsmund, der eine Hautfalte deines Halses zu fassen bekommt. Der kleine Mund saugt. Ein Lächeln huscht über dein Gesicht. Ein Zucken geht durch den Körper. Dann bist du fort.

Nahmst du diese Erinnerung, dieses erste und einzige Erleben des Kindes mit dir in die Dunkelheit? Diejenigen, die dich später zurechtmachten, behaupteten, das Lächeln habe noch auf deinen

Zügen gelegen, aber ich glaube ihnen nicht. Ich glaube nicht, daß eine neunzehnjährige frischgebackene Mutter voller Hoffnung und Träume lächelnd und versöhnt in den Tod gehen kann. Es gelang dir nur nicht zu protestieren.

5

Mathilde hat natürlich keine Erinnerungen an ihre Mutter. Für sie ist die Mutter nur das etwas ernste Foto auf der Anrichte in der guten Stube. Die, von der sie Muttermilch und Fürsorge im ersten Lebensjahr bekam, mußte sie mit Vetter Konrad teilen, und um die Wahrheit zu sagen, sie verlangte nach ihrer Hälfte, und sie bekam sie auch reichlich.

Konrad ist Katrines viertes Kind. Und Katrine ist Marens sieben Jahre ältere Schwester, früh verheiratet mit einem Bauarbeiter, sie lebt zu Hause auf dem elterlichen Hof, wo sie dem Vater mit dem Haus und den Tieren hilft. Zusätzlich gebiert sie Kinder nach angemessen langer Zeit, wenn der Bauarbeiter zu Hause auf Besuch gewesen war.

Der kleine Konrad ist nur vierzehn Tage vor Mathilde zur Welt gekommen, und Katrine ist auf und kümmert sich am nächsten Tag um den Kuhstall. Sie hat doch keine Zeit, sich mitten in den

Weihnachtsvorbereitungen hinzulegen! Als sie die Botschaft vom Tod der Schwester erreicht, ist sie gerade beim Brotbacken. Sie läßt das Nudelholz fallen und setzt sich auf die Schlafbank, mitten auf einen ordentlich gestapelten Berg Fladenbrot – sie hat es dort hingelegt, um auf dem Küchentisch mehr Platz zum Arbeiten zu haben – und weint hilflos in ihre blaue Schürze, denn sie hatte ihre kleine Schwester so gern.

Dann trocknet sie die Tränen, überläßt die Kleinen dem Großvater Karl und geht nach Ås, um Maren zurechtzumachen und die kleine Mathilde mit sich zu nehmen. Sie macht ein paar dürftige Versuche, den niedergeschmetterten Witwer zu trösten, aber Anders ist nicht irgendeiner und läßt sich nicht von Worten trösten wie: »sein Kreuz tragen« und »der Wille unseres Herrn«. Und das können die meisten wohl einsehen.

Anders, einziger Sohn und Hoferbe von Ås, dem großen Hof, ist total verwöhnt. Niemals ist ihm in den Sinn gekommen, daß er etwas, das er sich wünschte, nicht bekommen – und behalten sollte. Jetzt sieht es so aus, als hätten Gott und Maren ihn aufs grausamste im Stich gelassen. Katrine und ihre wohlgemeinten Bibelworte schiebt er beiseite und geht wütenden Schritts hinaus in den Stall, wo er eigenhändig Marens Lieblingskalb »Gullsi« erschlägt. Auf der Beerdigung gibt es jedenfalls frisches Fleisch und Brühe.

Und Maren Pütt kommt bei Glockengeläut und leise rieselndem Weihnachtsschnee unter die Erde. Sie weckt im Tod bedeutend mehr Trubel als zu Lebzeiten, zurückhaltend wie sie war. Mathilde trägt man schreiend aus der Küche von Ås, damit sie ihr erstes Lebensjahr an Tante Katrines Brust verbringen kann, und Anders ist wieder allein, bitter, mürrisch und weniger irgendeiner denn je.

6

Sie muß als Kind schrecklich einsam gewesen sein, glaube ich. Jedenfalls nach ihrem ersten Lebensjahr, in dem sie bettelte und schrie, um soviel wie möglich von der Brust der Tante und von der Aufmerksamkeit der Cousine zu bekommen. In den ersten Wochen teilte sie die Wiege mit Vetter Konrad, aber der wurde rasch in eine große Kommodenschublade umgebettet, weil die Mutter Angst hatte, er würde von dem vielen Gewiege ganz verwirrt werden.

Denn Mathilde wollte geschaukelt werden. Asta, die älteste der Cousinen, war mit ihren drei kleinen Geschwistern schon tüchtig im Wiegen, und außerdem hatte sie gerade gelernt, bis hundert zu zählen. Stundenlang saß sie mit zusammengekniffenen Augen und den Fingern in den Ohren auf einem kleinen dreibeinigen Schemel und schaukelte und zählte, zählte und schaukelte. Eins, zwei, drei, vier …, bei fünfzig, allmählich behutsamer wiegend, nahm sie vorsichtig prüfend die Finger aus den Ohren. Ja, das Schreien klingt weniger wütend. Bei fünfundsiebzig hört es ganz auf, und Asta kann die kleinen Geschwister auf dem Hofplatz hören. Lieber Gott, laß das Kleine schlafen! Ich will hinaus in die Sonne! Bei fünfundneunzig steht die Wiege beinahe still, aber bei siebenundneunzig, achtundneunzig … schreckt Mathilde auf und brüllt los, so daß Asta sich wieder die Ohren zuhält und die Wiege in rasende Bewegung versetzt. Und dann wieder von vorn – eins, zwei, drei, vier …

In späteren Jahren kann Asta Mathilde nicht sehen, ohne den Drang zu verspüren, mit dem Fuß zu wippen und bis hundert zu zählen. Sie verspürt einen schrecklichen Drang, sich die Finger in die Ohren zu stecken, aber das kann andere Gründe haben.

Und Mathilde wird ihr Leben lang die wiegende, schaukelnde Bewegung lieben. Als Kind, ja lange noch als Jugendliche, verbringt sie Stunden auf der Schaukel, die ihr Vater an der prächtigen Eiche ganz hinten im Garten angebracht hat. Die gleiche Eiche, die noch heute dort steht, sie wird weit über hundert Jahre alt sein. Von dort aus hat sie eine so gute Aussicht über die Jakobsau. Und später, viel später, ist es der Schaukelstuhl in ihrer Kammer.

7

Du solltest die Niederung Jakobsau sehen, so, so wie sie aussieht, wenn es am allerschönsten ist! Die flaumweichen, rostroten Halme, an deren Namen ich mich nie erinnern kann – hießen sie Straußgras? Mit Gräsern war ich nie gut, aber die Blumen kenne ich, die hat mir Evine beigebracht. Klee und Leimkraut, Hahnenkamm und Lichtnelke und unzählige Butterblumen. Auf den trokkenen Felsrücken rund um die Scheune stehen Pechnelken mit ihren schönen, rot-violetten Blütenköpfen und den klebrigen, ekligen Stielen Seite an Seite mit Hornklee und den scheuen, rosenroten Katzenpfötchen.

Und der Fluß, ich werde dir den Fluß zeigen! Wie ein silbernes Band durcheilt er die Wiese, und er schmiegt sich wie ein glitzernder Tropfen in die Ausbuchtung, wo wir baden. Mathilde wäre dort einmal fast ertrunken. Störrisch und eigensinnig wie sie war, meinte sie wohl, daß sie wie die größeren Kinder im Tiefen schwimmen könne.

Platsch hinein, und weg war sie. Mit Mühe und Not wurde sie von Hermann Myras ältestem Sohn gerettet, einem dreizehn, vierzehn Jahre alten, wilden und unerschrockenen Schlingel. Unter den Kameraden brachte ihm das natürlich viel Ehre und Bewunderung, aber Klein Mathilde hielt ihren Nacken noch gerader als sonst und behauptete steif und fest, sie hätte es schon geschafft, sowieso. Dummes Kind!

Warum bist du so hochmütig, Klein Mathilde? Deshalb, weil dich keiner mag? Oder mag dich keiner, weil du so hochmütig bist? Wenn die Gruppe der Mädchen kichernd vorbeikommt, auf dem Weg zur Milchrampe auf Lund, wo am Frühlingsabend die Jungen samstäglich herausgeputzt ungeduldig warten, hast du stets eine unverblümte Bemerkung parat. Eine kleine Boshaftigkeit, woraufhin die jungen Mädchen sich verstohlen unsichere Blicke zuwerfen und wünschen, du wärest zu Hause geblieben. Oder war es nicht so? Glaube ich das nur, weil ich dich erst so viele Jahre später kennenlernte?

Ich weiß, daß die Jungen alle ganz wild auf dich waren. Sie kamen aus den Nachbarorten zur Milchrampe auf Lund und scharten sich eifrig um die Mädchen. Aber auf dich waren sie aus. Stolz und hochmütig und strahlend schön, deine dicken dunklen Zöpfe auf dem Rücken, standest du da, mitten in der Schar, und ließest deine schlagfertigen Sarkasmen elegant und gedankenlos fallen, so daß sie den einen oder anderen, zufällig Ausgewählten trafen. Drehtest stolz deinen steifen Nakken, daß die Zöpfe flogen, und lachtest dein spöttisches Lachen, deiner selbst so sicher wie nur eine sein kann mit einem großen Hof und einer Essensglocke im Hintergrund.

Oder warst du das nicht, Mathilde? War es bei dir nicht anders als so oft bei uns Menschen, daß die Tränen, die du so gnadenlos in den Augen der Freundinnen hervorzulocken suchtest, nur ein Versuch waren, deine eigenen bitteren Tränen zu verbergen? Ich weiß es nicht, werde es nie erfahren. Aber ich weiß, daß du um dich herum einen Kreis schufst mit diesen deinen eleganten – vielleicht gedankenlosen – Boshaftigkeiten, gerade so effektiv, als hättest du in den roten Sand des Weges mit einem scharfkantigen Stein einen Kreis um dich geschlagen.

Nur eines der Mädchen wagte sich in diesen Kreis. Nicht weil du sie netter behandelt hättest als die anderen, sondern weil sie zu diesen seltenen Menschen gehörte, die keinerlei Stolz haben, weder zu verlieren noch zu verteidigen. Anna, einfache, ungekünstelte Anna. Näher bist du einer Freundin nie gekommen. Die anderen in der Schar der Kameradinnen hatten bald genug von deiner Art und kehrten dir den Rücken.

Hast du nicht gemerkt, wie sie sich zurückzogen, Mathilde? Hast du nicht gesehen, wie sie paarweise den Weg entlangschlenderten? Warst du von deiner eigenen Schlagfertigkeit und Anziehungskraft und davon, deine eigene Einsamkeit zu verstecken, so überzeugt, daß du nicht die Hochzeitsglocken hörtest, die bald für die eine, bald für die andere der Freundinnen läuteten?

Schönheit und Essensglocke halfen dir nicht viel. Fünfundzwanzig Jahre alt, sitzt du auf Ås auf der Schaukel und denkst, das Leben sei vorüber, ehe es angefangen hat. Oh, Mathilde. Arme, bittere Mathilde. Deshalb tust du mir so leid.

8

Wir zwei hätten Mathilde damals kennen sollen. Es heißt, sie sei sehr schön gewesen. Sie glich der Mutter und deren Familie, aber die grauen Augen lagen tiefer und standen näher beieinander als bei den Leuten von Øgård, und das gab ihr ein listiges, leicht maliziöses Aussehen. Die hübsche, sehr aufrechte und schlanke Gestalt hatte sie vom Vater. Der Kopf saß so stolz auf den geraden Schultern, daß die Leute annahmen, sie sei hochmütiger, als sie es war.

Ja, aber stolz war sie. Daran gibt es keinen Zweifel. Unsympathisch, fanden viele, und das wurde mit den Jahren sicher nicht besser. Aber sie hat ja auch nicht gerade allzuviel Zärtlichkeit erfahren. Sie kann sich nicht erinnern, daß ihr Vater sie ein einziges Mal auf den Schoß gesetzt oder sie in den Arm genommen hat.

Anders Irgendeiner gab sicher das, was er an Liebe und Fürsorge zu geben hatte in dem Jahr, als er mit Maren Pütt zusammen lebte, und obendrein empfing er mehr, als er gab. Aber um die Tochter kümmerte er sich auf seine Weise, und während vieler Jahre hat er davon gefaselt, daß er sie zum Altar führen werde zu einem wartenden Bräutigam aus guter und wohlhabender Familie. Hier hat Anders Irgendeiner sich verrechnet, denn von den solcherart interessanteren Söhnen des Orts hatte bald einer nach dem anderen von Mathildes bissigen Bemerkungen genug, ließ Essensglocke Essensglocke sein und ging zufrieden mit einem der zwar weniger vermögenden, aber gutmütigeren Mädchen zum Altar. Nicht alles bekommt man für Geld, Anders Irgendeiner. Selbst wenn es so viel ist.

Nein, nicht alles bekommt man für Geld. Mathilde, die hatte Essen und Kleidung im Überfluß, bekam aber nur wenig Liebe und hat noch weniger gegeben. Vielleicht gerät sie deshalb so vollständig aus der Fassung, als sie sie zum ersten Mal erlebt. Denn das geschieht so ganz und gar unerwartet.

9

Wenn der Schnee schön harschig war, hatte es auf dem Hügel hinter Jakobs Scheune immer eine Rodelbahn gegeben. Als ich klein war, rodelte ich mit meinem Vater auf seinem großen alten Schlitten. Hui, was für ein phantastisches Gefühl, an einem sternenklaren Abend sicher an ihn gedrückt zu sitzen und den Hang von ganz oben an hinunterzufahren! Der kleine Hügel in der Mitte des Hangs ließ den Schlitten abheben, ehe er einige Meter weiter auf der kleinen Brücke über den Bach sauste und weit über die Wiese.

Noch heute kann ich mich an das Kribbeln im Bauch erinnern, diesen Schwindel während der kurzen Sekunde, wenn der Schlitten durch die Luft flog. Ich kann mein eigenes Jauchzen hören und das tiefe Lachen meines Vaters. Und ich spüre die Tränen, die der Wind aus meinen Augen preßte. So anders als meine Tränen heute.

Wunderbar war es, den Kopf in den Nacken zu legen und die Sterne anzuschauen. Mein Vater lehrte mich viele Sternbilder, aber inzwischen habe ich sie vergessen. Ich kenne nur noch den großen Wagen und den Orion mit dem Gürtel.

War das der gleiche Schlitten, auf dem Mathilde vor fast vierzig Jahren fuhr? Er könnte es gewesen sein, denn der Schlitten war sehr alt, und ich glaube, Vater bekam ihn von Ås. Er hatte ihn wieder instandgesetzt und dunkelblau angemalt, auf seine ein bißchen schludrige Art, daran kann ich mich erinnern.

Aber in Mathildes Jugend war der Schlitten neu und schön. Vielleicht hat Anders den für sie gebaut, er war geschickt mit solchen Arbeiten.

Viele Winterabende lang war Mathilde auf dem Jakobshügel gefahren. Sie hatte bald bei dem einen, bald bei dem anderen der jungen Männer von außerhalb auf dem Schlitten gesessen, und sie ließ sich ein bißchen von ihnen drücken, und sie ließ sich an den Mantelknöpfen herumfingern, ohne dabei anderes zu empfinden als eine leichte Neugier. Kichern sie deshalb so hysterisch, die anderen?

Jetzt sitzt sie mit einem Neuen oben auf dem Hang, bereit hinabzufahren. Er ist der neue Schweizer auf Ås – ja, du weißt natürlich nicht, was ein *Schweizer* ist, und wir sagen heutzutage auch meistens Knecht. Er hat vor ein paar Wochen angefangen, und sie hat, um die Wahrheit zu sagen, sich nicht recht entschließen können, ob sie spaßeshalber ein bißchen mit ihm flirten oder ob sie ihn übersehen soll. Besonders interessant anzuschauen ist er eigentlich nicht, findet sie, ein bißchen zu groß und vierschrötig, selbst wenn er an und für sich gut aussieht. Aber die anderen Mädchen finden ihn ganz eindeutig spannend, und das hat Mathildes Interesse geweckt.

Der Abend ist schön, kalt und klar und dunkelblau. Ein schmaler kleiner Neumond hängt schräg über dem Scheunendach, und dieser Schnitz hat sogar Kraft genug, um einen vorsichtigen und verzaubernden kleinen Schimmer auf die Niederung am Bach zu werfen. An der blauschwarzen Himmelswölbung glitzern Millionen von Sternen und – da fällt eine Sternschnuppe. Wünsch dir etwas, Mathilde!

Er, der Schweizer – am Anfang konnte ich nicht mehr darauf kommen, wie er noch hieß. Stell dir vor, daß ich das vergessen konnte! Mathilde mag den Namen unzählige Male geflüstert haben, aber anscheinend bin nur ich es, die, ein einziges Mal, gehört hat, wie sie ihn laut aussprach. Und damals habe ich ihn mir nicht eingeprägt. Deshalb dauerte es lange, bis mir sein Name wieder einfiel. Er hieß Harald.

In dem gleichen Augenblick, wo die Sternschnuppe ihren kleinen leuchtenden Kratzer in die Himmelshaut ritzt, beugt er sich vor, Harald, und legt die Arme um Mathilde, zieht sie fester an sich und flüstert mit warmem feuchtem Atem an ihre Wange: »Na Mathilde, sollen wir es drauf ankommen lassen?«

Es gibt Augenblicke, da macht unser Lebensweg einen Bogen. Oft durch ein äußeres Ereignis verursacht, aber vielleicht auch genausooft verursacht durch einen Menschen, dem wir begegnen und der uns so unbegreiflich nahe kommt. Oder ist alles ganz anders? Kommen uns Menschen nur in solchen Phasen nahe, in denen wir besonders verletzbar sind und offen, weil wir an einem »Bogen im Weg« sind? Würden Mathilde und der Schweizer Harald in diesem Frühling und Sommer Seite an Seite auf Ås gelebt haben, ohne viel Notiz voneinander zu nehmen, wenn nicht Mathilde, oder vielleicht auch alle beide, an einem »Bogen im Lebensweg« standen? Ich werde es wohl nie wissen. Aber ich glaube, niemand hat eine solche Macht, dich zu verletzen, wie die Menschen, denen du begegnest, wenn dein Leben diesen Bogen beschreibt.

Die warme Stimme, der feste, drahtige Körper, die Arme, die sie fest umschlungen hielten, der steife Bart, der sie ein bißchen an der Wange kratzt, als sie ihm das Gesicht halb zuwendet. Sie hatte keine Wahl. Sie konnte es nur drauf ankommen lassen. Sie flüstert ja, und sie sausen den Abhang hinab.

Jetzt brauche ich Hilfe. Denn das, was jetzt kommt, läßt sich nicht beschreiben. Oder es ist früher schon so viele tausend Male beschrieben worden, daß ich nicht die Illusion hege, es besser zu können, nicht einmal gleich gut. Denn wer kann die alles verschlingende, herzzerreißende Verliebtheit beschreiben, ohne über lauter vollkommen abgenutzte Ausdrücke zu stolpern. »Herzzerreißend!« – Aber es gibt ja doch keine Worte!

Mathilde liebt. Bedingungslos, sich selbst auslöschend, grenzenlos. Keiner, am allerwenigsten sie selbst, hätte das jemals für möglich gehalten. Denn so ist sie eigentlich nicht. In den fünfundzwanzig Jahren ihres Lebens hat sie so wenig gegeben – und noch weniger bekommen.

Der harschige Schnee hielt sich bis weit ins Frühjahr hinein, und die jungen Leute benutzen die langen, dunklen Abende, um auf ihren Schlitten den Jakobshügel hinunterzurodeln. Über die ganze Ortschaft hin waren die Jauchzer der Mädchen zu hören und das frohe Lachen der Jungen. Eigentlich sind ja sowohl Mathilde als auch Harald zu alt für dieses Kinderspiel, aber sie möchten es um nichts in der Welt missen. Sie auf gar keinen Fall.

Den ganzen Tag geht Mathilde in ungeduldigem Warten umher. Sie macht ihre Arbeit auf dem Hof, wie sie das immer getan hat. Das geht ihr leicht von der Hand, sie ist in praktischen Dingen geschickt. So oft wie möglich macht sie sich außerhalb des Hauses zu schaffen. Steht da und hält Ausschau nach diesem großen, etwas ungelenken Menschen, der schon mit einem kleinen Lächeln ihr Herz in solch rasenden Galopp versetzen kann, daß sie denkt, man müsse außen auf dem blauen Arbeitskittel sehen, wie es pocht und schlägt.

Abends, nachdem das Vieh versorgt ist, geht sie mit dem Schlitten zum Jakobshügel. Immer wieder fahren sie den Hang hinunter, daß die Eiskruste auf dem Schnee unter den Schlittenkufen knirscht und die Tränen sprühen. Anfangs sitzt sie einfach nur dicht vor ihm, so wie die anderen jungen Leute. Sie genieren sich ein bißchen voreinander, aber ab und zu läßt er seinen steifen Bart ihre Wange streifen. Das ritzt ein bißchen in die weiche Haut, wie die Sternschnuppe am ersten Abend.

Nach und nach landen ihre Hände in seinen geräumigen Fausthandschuhen. Er faltet seine Finger zwischen ihre, und die Fingerspitzen gleiten vorsichtig über die Haut ihrer Handflächen. Da beginnt ihr Herz geradezu halsbrecherische Übungen zu vollführen. Irgendwann läßt er seinen Mantel aufgeknöpft, um sie noch näher zu haben, sie noch besser zu spüren. Und sie tauscht den dicken Wintermantel gegen den dünneren Gabardinemantel – es ist ja schließlich schon etwas später im Frühjahr und ein wenig milder.

Eines Abends steckt er seine Hand unter den Gabardinemantel und legt sie auf ihre Brust, und da scheint ihr, als hielte er ihr Herz selbst. Ganz offen und ohne Verteidigung liegt es da und klopft heftig in seiner großen Faust. Aber an diesem Abend bricht der Schnee verschiedentlich unter dem Schlitten. Ein Hauch von Tauwetter weht mit schwachem Sausen über die blauenden Hügel, und die jungen Leute, die laut lachend und scherzend nach Hause gehen, wissen, das war die letzte Schlittentour für dieses Jahr. Mathilde und der Schweizer folgen schweigend nach.

10

Später wird Mathilde diesen Frühling und Sommer als ihr Leben selbst ansehen. Das, was früher war, liegt wie von Nebel verschleiert, das, was danach kommt, ist nichts als Zeit, Bitterkeit und Träume.

Aber sie bekommt also diesen Frühling. Sie pflückt Leberblümchen und Huflattich und hört, wie sich die Lerche begeistert jubilierend über die Jakobsau erhebt.

Jemand hat mir einmal erzählt, wenn die Lerchen jubilieren, dann tun sie es nicht aus Lebensfreude und Überschwang, wie man es doch herauszuhören meint. Es heißt, sie singen, um Feinde von dem Nest, das am Erdboden versteckt liegt, abzulenken. Der Vogel hängt gleichsam still in der

Luft, nicht direkt über dem Nest, sondern ein Stück weit entfernt in dem verzweifelten Versuch, die Eier und die Jungen zu schützen. Wenn er landet, weit vom Nest entfernt, läuft er still und flach an den Boden gedrückt zurück zur Nachkommenschaft. Denk dir das angstvoll klopfende kleine Lerchenherz: Sind sie noch da? Ist seit dem letzten Mal etwas Entsetzliches geschehen? Immerzu muß die Lerche das gleiche Ablenkungsmanöver vollführen. Ich wünschte, man hätte mir das nicht erzählt. Dieses Wissen hat für mich etwas von dem Jubel aus dem Gesang der Lerche genommen.

Aber für Mathilde wird der Gesang der Lerchen in diesem Frühjahr zu einem Bild ihrer eigenen strahlenden Lebensfreude. Sie pflückt hübsche kleine Sträuße von Buschwindröschen und schleicht sich damit verstohlen in sein Zimmer auf dem Speicher des Waschhauses, während er im Kuhstall ist. Mathilde! Sie, die noch nie eine Blume für jemanden übrig hatte.

Jetzt macht sie sich heimlich treppauf zu schaffen mit immer neuen Sträußen, die sie in einem Wasserglas auf seine Kommode stellt. Gleichzeitig fährt sie verstohlen mit der Hand über die kleine Mulde, die sein Kopf auf dem Kissen im ungemachten Bett hinterlassen hat. Einmal legt sie ihr Gesicht in die schalenförmige Vertiefung und spürt seinem Geruch nach. Herzklopfen bekommt sie davon, und die Hände zittern so, daß sie beim Auswechseln der verblühten Blumen etwas Wasser auf das kleine gestickte Tuch verschüttet, das sie auf seine Kommode gelegt hat, unter das Blumenglas.

Es ist gerade so, als hätte alles in der Natur ihr etwas zu erzählen. Im Bach gluckert es. In Wiesenrispengras und Haselstrauch und Ahorn flüstert es: Harald, Harald. – Für den, der nie verliebt war, klingt das vermutlich überspannt.

Ob er ihren Namen in den Ackerfurchen hört, durch die er geht, den Pflug fest gepackt, oder wenn er hinter dem Pferd Bellmann auf dem Langholz sitzt, das weiß ich nicht. Vielleicht geht es Männern nicht so. Aber daß die junge schöne Frau sowohl Träume wie heftiges Verlangen in ihm weckt, kann man sich wohl denken.

Und er redet gern mit ihr. Mit ihm zusammen zeigt sie weder Hochmut noch Stolz. Er kann ihr von den Büchern erzählen, die er gelesen hat, oder sogar von seinem heimlichen Traum, auf die Kunsthochschule zu gehen.

Denn er ist unglaublich geschickt mit seinen Händen. Mit diesen gewaltigen Fäusten schnitzt er die zartesten kleinen Figuren aus Ebereschen- oder Erlenholzstückchen. Am geschicktesten ist er bei Pferden. Eines von ihnen steht noch auf der Anrichte in der guten Stube, neben dem Hochzeitsbild von Mathildes Eltern. Ich glaube, er hat es Mathilde einmal geschenkt. Das ist ein Pferd mit vollem Geschirr, sogar einen winzigkleinen Zugdorn gibt es. Er ist lose und kann herausgenommen werden. Und das Pferd ist so fein gearbeitet, so naturgetreu bis hin zu den kleinen Haarbüscheln direkt über den Hufen, daß du nicht verwundert wärst, wenn es von seinem fein geschnitzten Klötzchen, auf dem es befestigt ist, steigen und anfangen würde herumzutraben.

War das Pferd das einzige, das er ihr einmal schenkte? Abgesehen von der Photographie, von der ich weiß, daß sie sie bekam, wie ich auch weiß, jedenfalls glaube, daß er ihre bekam. Vielleicht war es das. Aber Liebe hat doch ein bißchen mit Geschenken zu tun. Ich glaube, er schenkte ihr viel. Und ich glaube nicht, daß er ihr weh tun wollte.

Nein, er will ihr gar nicht weh tun. Er redet so gerne mit ihr, und er ist von dem weichen, schlanken Körper angezogen. Er sieht in ihren Augen ihre grenzenlose Hingabe, und etwas in ihm sagt vielleicht, daß er damit nicht zu weit gehen darf. Aber er ist so jung, und die Frühlingsnächte sind so blau, so blau. Und in einer der blauen Frühlingsnächte nimmt er sie im Heu in Jakobs Scheune.

Und sie? Ist sie nur erfüllt von einer dankbaren Verwunderung darüber, daß sie ihm so guttun darf? Sie ist mit Tieren aufgewachsen. Hat gesehen, wie Pferde und Rinder, Schweine und Katzen sich paaren. Sie hat den Hahn und die Hennen gesehen. Das ist nicht überraschend für sie, auch wenn es das erste Mal ist. Nicht der Akt selbst. Aber es überrascht sie ein wenig, daß es so weh tut und so rasch vorüber ist.

Später hat sie es besser. Er ist lieb und rücksichtsvoll, zärtlich und geduldig. Er läßt ihr Zeit, die neuen und unbekannten Gebiete seines Körpers zu erforschen, so wie er sich gleichzeitig so herrlich in ihrem verliert. Denn jetzt führt kein Weg zurück. Getan ist getan und kann nicht ungeschehen gemacht werden, sagt man. Und ungeschehen will es keiner von ihnen sein lassen, wenn sie sich in den Nächten des Frühsommers verstohlen über die Jakobsau zum Stelldichein in der Scheune schleichen. Nachdem die Nächte immer heller werden, müssen sie immer längere Umwege in Kauf nehmen. Aber mit dem Herbst kommt die Dunkelheit zurück, das weiche blaue Dunkel der Nacht, der Verbündete aller heimlich Verliebten.

Nur ab und an spürt er einen Stich, spürt er Unruhe, Schuldgefühle, wenn ein anderes Gesicht in seinen Gedanken auftaucht, während des Herbstes immer öfter. Aber das ist am hellen Tag. In den Nächten hat er es vergessen. Denn Mathilde ist so schön, und sie will so gern.

11

Wie warst du eigentlich, Harald? In der letzten Zeit habe ich mir oft gewünscht, ich hätte dich gekannt oder auf jeden Fall mehr von dir gewußt. Dein Bild zeigt einen Mann Anfang Zwanzig, gutaussehend, scheint mir, nachdem ich es mir öfter angeschaut habe. Anscheinend gehörst du zu denen, die nach und nach gewinnen. Deine glatte Stirn wölbt sich im kräftigen Schwung zum Haaransatz, und du hast schöne Augen unter geraden, dunklen Augenbrauen, umgeben von dichten schwarzen Wimpern.

Deine Nase ist zu lang und deine Kinnpartie zu ausgeprägt für die ausdrucksvollen, nachdenklichen Augen, aber der Mund ist empfindsam geschwungen unter dem steifen kleinen Bart – der ist bestimmt rot oder auf jeden Fall mit rötlichem Schimmer, will ich glauben. Ja, du warst schon ein gutaussehender Mann voller Charme. Kein Wunder, daß Mathilde so hingerissen war von dir.

Hingerissen! Mathilde war nicht nur jugendlich hingerissen von Harald. Das war mehr. Hätte sie schon früher etwas erlebt, wäre er vielleicht einer unter vielen geworden oder auf jeden Fall unter einigen. Aber er war der erste. Und blieb der einzige.

Mathilde war in ihrem fünfundzwanzigjährigen

Leben nie in die Nähe dieses besonderen schwindelnden Gefühls gelangt, das ein Glitzern in den Augen eines jungen Mannes oder ein ausgelassenes Werfen seines Kopfs in einem Frauenkörper wecken kann. Rundherum haben ihre etwas ferneren Freundinnen sich, als sie jung waren, durch ihre Jugend gekichert und geschwärmt, ein bißchen mit dem einen oder anderen geschmust, ehe sie am Ende, in der weißen Kirche vor dem Altar knieend, den Segen des Pfarrers erhielten, während vom Altarbild Christus und seine Jünger auf dem Weg nach Emmaus freundlich auf sie herablächelten.

Sie selbst hat verständnislos und ein wenig von oben herab auf all das Flirten ringsum gesehen, aber unter der herablassenden Miene verbarg sich ein halb unbewußtes, ungeduldiges Warten. Denn das Leben ist doch wohl mehr als dieses hier? Da gibt es doch wohl irgend jemanden? Einer, der in ihr Leben gesegelt kommt und sie aus ihrem Alltagstrott herausreißt. Einer, der auf die Knie fällt und seinen Kopf in ihren Schoß legt und das dunkle Gefühl der Lust weckt, von dem sie bislang nur ahnt, daß es das gibt, wartend wie ein Samenkorn im Winterschlaf. Einer, der anders ist als alle und der sie auf Händen durch die Gemeinde und durchs Leben tragen wird, zum kaum verhohlenen Neid der Freundinnen.

Auf dies hier ist sie ganz und gar unvorbereitet.

Und deshalb so unendlich verletzbar. Denn so hatte sie sich das nicht vorgestellt: Ein Mann aus besserem Haus sollte es sein. Ein Kavalier, der sie verehrt und bewundert. Und trotz unbestimmter Träume von romantischem Herzklopfen hätte sie niemals geglaubt, daß sie es sein könnte, die die Kontrolle verliert. Eine Verliebtheit, bei der sie die Zügel in der Hand behält – etwas anderes wäre ihr gar nicht in den Sinn gekommen. Eine romantische, aber kontrollierte Liebe hat sie sich vorgestellt – und die drehte ihr indessen eine lange Nase! Eine, die nach angemessener Zeit in eine Verlobung mit glänzenden glatten Ringen münden würde, Neid unter der Schar der Freundinnen, Hochzeit in der Kirche, Brautschleier. Ehebett, Alltagsleben, Kinder. Nicht dieses hier. Und nicht ihres Vaters – ihr eigener – Viehknecht.

Aber als sein Bart an einem eiskalten Winterabend an der Haut ihrer Wange kratzt, da durchläuft ihren Körper von dieser Berührung ein solcher Schauder, daß sie augenblicklich verloren ist. Sie sitzt in seinem Schoß und erlebt mit aufmerksamer Verwunderung, wie tief in ihr etwas zum Leben erwacht und sich seinem großen Körper entgegenstreckt, so wie im Frühling die ersten Sprossen sich ihren Weg durch den hartgefrorenen Boden stoßen und sich der Sonne und ihrer Wärme entgegenrecken.

Harald, Harald, was tust du? Wie konntest du

über einen anderen Menschen eine solche Macht erlangen? Und wußtest du überhaupt, daß es so war? Hast du irgendwann einmal gesagt, daß du sie liebst? Kaum. Lieben, ein so großes Wort hättet ihr beide nicht benutzt. Aber oft sagtest du: »Ich bin verrückt nach dir!« Einmal hast du gesagt, daß du sie »so unheimlich gern« hättest. Du sahst ihr verliebt lächelnd in die Augen und meintest, was du sagtest.

Das war in einer dieser schimmernden, dunkelblauen Frühsommernächte, wo die Natur innezuhalten scheint, so als ob sie selbst nach innen horcht, als ob sie selbst von ihrem eigenen Wunder ganz und gar hingerissen ist. Ihr seid in der Scheune gewesen, wie ihr es in jenem Frühjahr und Sommer fast in jeder Nacht wart, und jetzt schlendert ihr heim, an Harriet Lunds Gartenzaun entlang. Oft gingt ihr am Waldrand längs und nahmt den Umweg über Lund, um nicht von den Fenstern auf Ås aus gesehen zu werden. Anders Irgendeiner könnte nachts schlaflos herumgegeistert sein, so wie es später seiner Tochter auch erging.

Du bist, wie so oft nach euren Schäferstündchen, erfüllt von Dankbarkeit für ihren Körper, der dir so guttut. Ihre Fähigkeit, sich deinem Mund und deinen Händen hinzugeben, ohne etwas zurückzuhalten, verblüfft dich jedes Mal aufs neue.

Sie flüstert, sie jubelt »Ja! Ja!«, wenn sie dich

aufnimmt und dich spüren läßt, daß du einen Punkt tief, tief innen in ihr berührst. Die Ekstase, die sich in ihren Zügen spiegelt, läßt ihr Gesicht so offen und verletzlich sein wie das eines Kindes und gibt dir das ungestüme Gefühl, etwas zu überwinden, das so erregend auf dich wirkt, daß du ganz schnell dein Ziel erreichst.

Aber anschließend bist du von einer geradezu ängstlichen Zärtlichkeit erfüllt, weshalb du wieder und wieder ihre Haut streichelst, während du immer wieder flüsterst, wie wunderbar sie sei, wie unglaublich lieb und schön, und wie gut es dir mit ihr geht. Verwirrt und lächelnd siehst du in ihre weit geöffneten Augen – siehst du überhaupt je die Frage in ihnen? Und dann schläfst du ein, das Gesicht an ihren Hals gepreßt, ohne einmal den Satz gesagt zu haben, den sie am liebsten hören möchte.

Aber in dieser Nacht, als ihr euch vorsichtig am weiß gestrichenen Lattenzaun von Lund entlangschleicht, bist du von so dankbarer Freude dem Leben gegenüber erfüllt, von deiner eigenen und ihrer Jugend und von der schon fast mystischen Schönheit der Natur. Alles fließt in dem berauschenden Gefühl von Verliebtsein und Liebe zusammen.

Langbeinig springst du einfach über den ordentlich gestrichenen Zaun und pflückst eine der prächtigen Pfingstrosen, die dort im Gartenbeet stehen, den Kopf schwer vornübergeneigt vom nächtlichen Tau. Du überreichst ihr die schöne große Blüte und sagst: »Mathilde, ich hab dich so unheimlich gern!«, und dann fällst du auf die Knie und schlingst deine Arme um ihre Beine. Du steckst den Kopf in den Spalt zwischen ihre Schenkel und durch den dünnen Kleiderstoff erkennst du ihren Duft wieder und den deinen.

Das entzündet alle deine Sinne aufs neue, und lachend wirfst du sie ins taunasse Gras und findest noch einmal den Weg zu ihr. Die Gesichter ganz nahe, verborgen in den duftenden rosenroten Blüten liegt ihr beieinander, während die Sterne am Himmel verblassen und die erste Amsel auf einem Zweig fast genau über euren Köpfen ihr langgezogenes Flöten anstimmt, das den neuen Tag verkündet.

12

Ich habe in einem von Mathildes Verstecken das gepreßte Blütenblatt einer Pfingstrose gefunden. Es liegt mit vielen anderen gepreßten Blüten zusammen, die alle auf kleine rechteckige Papierstücke geklebt sind. Aber dieses scheint viel älter zu sein, und es ist das einzige, bei dem kein

Name auf dem Papier geschrieben steht. Beim Anblick dieses spinnwebzarten, durchsichtigen und beinahe farblosen Blütenblatts denke ich an Staub und Asche, an die Vergänglichkeit, und ich fange an zu weinen, und die Tränen fallen auf das spröde graue Papier, auf dem die Blüten angebracht sind.

Aber du bist hier, mit deinen erwachenden Sinnen und deinem verwunderten Lauschen auf meine Stimme. Ich will dir, mein Kleiner, alle meine Erinnerungen schenken, gib gut auf sie acht, denn wenn ich einmal nicht mehr bin, bleiben nur die Erinnerungen, die ich mit dir teilte, übrig, wie das hauchdünne, langsam vergehende Blütenblatt einer Pfingstrose, befestigt auf einem sorgfältig zurechtgeschnittenen Stück grauen Papiers.

Meine Mutter sang oft das Kirchenlied von der Vergänglichkeit. Und vielleicht ist auf der Welt nichts so vergänglich wie Verliebtsein und Liebe. Nein! Ich will das nicht glauben! *Du* sollst das nicht glauben!

Er *war* in jenem Sommer in Mathilde verliebt. Er muß es gewesen sein, denn ich glaube nicht, daß Harald ein böswilliger Schürzenjäger war. Aber vielleicht war er mehr in das Schmeichelnde ihrer Aufmerksamkeit verliebt als in sie selbst. Und unter Umständen sogar am allermeisten in das Bild, das sie sich von ihm zurechtgelegt hatte.

Mathilde war die Erbin eines großen Hofes mit

Essensglocke, aber ich glaube nicht, daß das für ihn wichtig war. Großbauer zu werden, war niemals sein Wunsch gewesen. Wichtiger war, wie schön sie war und ihm zugetan. Denn das war sie, ihm hingebungsvoll zugetan.

So voller Glut und leidenschaftlich erfüllt, erblühte sie für ihren Liebsten in diesem Sommer. Ihre tiefen grauen Augen strahlten unter der hohen Stirn, auf der sich die feinen Haare zart kräuselten, denn sie trug noch Zöpfe wie ein junges Mädchen. Aber nachdem er ihr eines Nachts auf dem Heimweg über die Jakobsau die langen Zöpfe um den Kopf gewunden und provisorisch mit Margeriten und Lieschgras befestigt hatte, trug sie ihr Haar immer als geflochtenen Kranz. Wie sie es auch in all den Jahren tat, in denen ich sie kannte.

Ja, sie war erblüht und dabei so schön, wie es nur die ganz seltenen Blumen sind, und so war ihre Blüte nicht von Dauer. Und auch die Schar der Freundinnen spürte ihre Veränderung und rückte näher, neugierig und verwundert. Nicht, daß sie wirklich Freundinnen fand, die hatte sie niemals. Sie ließ niemanden an sich heran, vielleicht mit Ausnahme der einen, Anna.

Nein, auch Anna ließ sie nicht wirklich an sich herankommen. Aber sie mochte sie lieber als alle anderen, und sie war freundlicher zu ihr. Ihr Lachen war weniger spöttisch, und wenn sie mit Anna sprach, war ihre Stimme einen Hauch weicher. Vielleicht, weil Anna so wenig forderte. Sie war Mathilde gegenüber voller Bewunderung und hielt sich gern in ihrer Nähe auf, ohne sich um größere Vertraulichkeit zu bemühen. Aber falls Mathilde im Begriff war, diese stürmische Verliebtheit jemandem anzuvertrauen, dann wohl ihr. Und dann war es also ausgerechnet Anna, für die er sie verlassen würde.

Wann war Anna zum ersten Mal in seinen Gedanken aufgetaucht, dieses anonyme kleine Mädchen? Sie war jünger als Mathilde und keineswegs schön, nicht einmal hübsch. Aber wo die Liebe nun mal hinfällt, wie es so schön heißt. Vielleicht nahm er sie zum ersten Mal richtig wahr, als er die Arme hochstreckte, um sie von der Heufuhre herunterzuheben. Sie war da und half in diesem Sommer auf Ås beim Heuen. Dieses rundliche kleine Wesen, das so anstellig war und in dessen Augen die Lachlust aufblitzte, war so ganz anders als Mathilde. Wie Feuer und Wasser, kann man sagen. Wenn Mathilde wie das heiße und verzehrende Feuer war, so war dieses Mädchen wohl wie klares und erfrischendes Wasser. Nachdem er einige Wochen lang mit sich gekämpft hatte, kannte er keinen anderen Gedanken mehr, als sich in das ruhige klare Wasser gleiten zu lassen.

13

Eine fröstelig kalte Oktobernacht liegt über der Jakobsau. Der Vollmond wirft seinen kalten Schein über Scheune und Au, und wohl niemals hat das Scheunentor so herzzerreißend in den Angeln gekreischt wie jetzt – wann soll Jakob sie schmieren? Das Tor geht auf, und ein junger Mensch stürzt heraus und rennt so schnell er kann über die Wiese. Halb verwelktes Gras peitscht um seine Beine, und seine Hosenbeine sind bis hoch an die Knie vom Tau triefend naß.

Voller Scham verspürt er ein Gefühl der Erleichterung darüber, daß er entkommt. Aber vor allem ist er verzweifelt – über das Leben, über sich selbst, über die Zufälligkeiten, die ihn in diese Situation gebracht haben.

Man kann nicht Diener zweier Herren sein – und man kann nicht zwei Frauen lieben. Und wenn es einem nicht selbst gelingt, herauszufinden, wen man sich am meisten wünscht, dann greift der Zufall ein. Sie soll also was Kleines bekommen, die andere. Als sie ihm das erzählt, hat sie ihre blanken Augen so vertrauensvoll auf ihn gerichtet, daß ihm klar ist – da gibt es nur eines zu tun. Er weiß nicht, ob sie eventuell von Mathilde und den Nächten in der Scheune vage etwas ahnt. Er wird es nie erfahren.

Bei all der Verzweiflung fühlt es sich doch irgendwie gut an, jetzt handeln zu müssen. Er will ja mit der ganzen Geschichte schon seit dem Sommer Schluß machen. Daß Mathilde traurig sein wird, hat er erwartet. Nur daß sie dermaßen verzweifelt sein würde, nein, das hat er nicht geglaubt. Daß das Leben so schwer sein kann! Er hebt einen Stein auf und wirft ihn voller Wut weit weg, ehe er ins Waschhaus schlüpft, wo er sein Zimmer hat. Am nächsten Tag ist er fort.

Ich weiß nicht, ob es sich wirklich so zugetragen hat. Aber so kann es gewesen sein. Als Anna wegging und in aller Stille diesen Schweizer heiratete, da wurde in der Gemeinde schon getuschelt. Sie ließen sich in seiner Heimatgemeinde nieder und bekamen mehrere Kinder.

Aber sollte er nicht ... sagten die Leute. Waren nicht er und Mathilde ein bißchen ... und so. Das Gerede legte sich rasch.

Mathilde war in den folgenden Wochen vielleicht ein bißchen blasser. Und im Winter war sie in Oslo, um die feine Haushaltsführung und das Nähen zu erlernen. Ja, ja. Es muß natürlich immer etwas Besonderes sein bei denen auf Ås. Vornehme Haushaltsführung!

Im Laufe des Sommers kam sie wieder nach Hause zurück, und von da an hatte sie jenen verbissenen, bitteren Zug, an den ich mich so gut erinnere.

Und so vergingen die Jahre. Wie glänzende Glasperlen auf einer Schnur, so reihten sie sich aneinander. Mathilde lebt zusammen mit ihrem Vater, Anders Irgendeiner, der mit der Zeit immer reizbarer wird, launenhaft und aufbrausend. Die werden schon noch gewahr werden, daß er nicht irgendeiner ist!

Aber unsterblich ist er ja nicht, und an einem bitterkalten Wintertag kommt Bless nach Hause getrottet vom Wald, wo sie zum Holzeinschlagen waren. Anders hängt quer über einem enormen Birkenstamm hinten auf dem Pferdeschlitten. Das Herz, sagen die Leute, und damit haben sie auch recht. Er hat wohl zu hart zugepackt, der alte Dickkopf.

Mathilde richtet das Begräbnis aus, mit frischem Fleisch und Brühe, so, wie es sich gehört. Ob sie den Vater betrauert, zeigt sie nicht, aber das hat auch keiner von ihr erwartet.

Dann macht sie weiter, wie gehabt. Kommandiert die Dienstmädchen und die Knechte herum, streng, aber eigentlich nicht ungerecht. Sie ist nur so mürrisch und schroff. Ein Lächeln und freundliche Worte hat sie nur für die Katzen übrig. Und selten einmal für Ragnhild, merkwürdigerweise.

14

Ragnhild ist die Tochter von Asta, die Mathilde während ihres ersten Lebensjahres so unermüdlich wiegte. Asta hatte früh geheiratet und war eine Bauersfrau mit rasch wachsender Kinderschar geworden. Ragnhild, die geboren wird, als Mathilde auf der »vornehmen Haushaltungsschule« weilt, ist das siebte Kind auf dem Kleinbauernhof. Ein paar Jahre vor ihr kamen Zwillinge und im Jahr darauf kommen wieder Zwillinge, vier richtige Rabauken, die ihrer friedliebenden Schwester das Leben ordentlich schwermachen.

Deshalb wundert sich keiner, wenn Ragnhild ab und an gern der Unruhe und dem Spektakel entkommt. Aber daß sie ausgerechnet den Weg nach Ås findet und sich dermaßen Mathilde anschließt, daran stoßen sich doch etliche. Mathilde ist nicht unbedingt dafür bekannt, daß sie gut mit Kindern umgehen kann.

Gleichwohl verbringt also Ragnhild aus freiem Entschluß viel Zeit ihrer Kindheit in der seltsamen Atmosphäre auf dem Hof unter der Essensglokke – und ohne sichtbaren Schaden davonzutragen. Sie ist beim Vieh und in den Ställen anzutreffen, spielt mit den Katzen, es gibt jede Menge Katzen auf Ås. Oder sie schaukelt auf der großen Schaukel, die ganz hinten im Garten an der Eiche hängt.

Sie baut sich kleine Bauernhöfe, wo die großen Tannenzapfen Kühe und die etwas kleineren Kiefernzapfen Schafe und Schweine darstellen. Eicheln sind Hühner und Katzen.

Und immerzu singt sie, summt und singt sie kleine Melodien und Verse, die sie in der Schule oder sonstwo gelernt hat. Man weiß immer, wo sie ist, deshalb ist es leicht, auf dieses Kind achtzugeben.

Mathilde hat Ragnhild sehr gern, auch wenn sie das nicht oder nur selten zeigt. Im Gegenteil, sie kann schroff und ungeduldig sein, obwohl Ragnhild doch ein so vernünftiges Kind ist und recht weit für ihr Alter. Aber Mathildes mürrisches Benehmen prallt gleichsam von ihr ab. Sie ist, wie sie ist, ruhig und stets vor sich hin summend.

Von zu Hause ist sie außerdem beträchtlich heftigere Umgangsformen gewöhnt. Für gewöhnlich herrscht dort ein solches Gezeter, daß sie ihr eigenes Singen nicht hören kann. Die Mutter schimpft, und die Brüder schreien und heulen. Die ältesten Schwestern stopfen sich die Finger in die Ohren und lesen, und Taff, der Hund, kläfft und tut was er kann, um das Ganze zu übertönen.

Die Mutter greift ein, wenn die Rauferei zwischen zweien der Buben gar zu wild wird. Geschickt und gebieterisch schnappt sie sich die beiden im Nacken und reibt ihnen die Nasen aneinander, »damit sie merken können, daß sie zur gleichen Familie gehören!«. Für den Augenblick hilft es auch. Dazwischen bewegt sich der Vater, zurückhaltend und ruhig wie Ragnhild, und meint unbeholfen: »Nein, nun seid ihr aber zu weit gegangen, Kinder.« Die wenigen Male, wo er tatsächlich eingreift, wird es still.

Nein, daß Ragnhild sich nach Ås hingezogen fühlt und zu »Tante Mathilde« und sich dort aufhält, sooft sie kann, ist kein Wunder. Und allmählich vermißt Mathilde sie, wenn sie wieder weg ist, so sehr, daß sie anders als sonst und nicht mehr sie selbst zu sein scheint. Es ist, als brüte sie vor sich hin, als wünschte sie das kleine Mädchen ungeduldig zurück, obwohl sie sich so wenig um Ragnhild kümmert, wenn sie auf dem Hof ist.

Und Ragnhild ist ein friedliebendes und vernünftiges Kind, das nur selten den Zorn der Erwachsenen auf sich zieht, weder zu Hause noch auf Ås. Nur ein einziges Mal knallt es, da bekommt sie von Mathilde eine schallende Ohrfeige.

Das passierte eines Tages Anfang Mai. Sie hatten den Kuckuck gehört, und Ragnhild erhielt die Erlaubnis, barfuß zu gehen. Glücklich streift sie umher und sammelt die Tannenzapfen und kleine Äste vom letzten Jahr für ihren Bauernhof, den sie mitten auf dem Hofplatz aufbaut. Kühe und Kälber, Schweine und Schafe nehmen unter ihren geschickten Händen Gestalt an. Aber sie hat kein Pferd. Keiner der Zapfen ist groß genug, um ein

Pferd sein zu können. Da fällt ihr das schön geschnitzte Pferd auf der Anrichte in der guten Stube ein, barfuß stapft sie dorthin, holt sich das Pferdchen und trägt es ehrerbietig hinaus zu den anderen Tieren. Sie setzt es auf einen flachen Stein, damit ihm nichts geschieht, und bewegt die Kälber und die Schafe hin und her, leise vor sich hin summend.

Da kommt Mathilde vom Hühnerstall. Als sie das Pferd sieht, setzt sie den Eierkorb so hart ab, daß einige Eier zerbrechen, und dann gibt sie Ragnhild eine Ohrfeige, daß es knallt. Sie zischt: »Das Pferd wird nicht angefaßt«, nimmt es, schnappt sich den Eierkorb und marschiert wütend ins Haus. Das Mädchen sitzt da, wie gelähmt.

Nach einer Weile erhebt Ragnhild sich, bleibt stehen und schaut sich verwirrt und unsicher um, ehe sie traurig vom Hof schleicht. Auf bloßen Füßen geht sie den ganzen langen Weg nach Hause. Unterdessen denkt sie, daß sie nun niemals mehr nach Ås kommen kann. Dieser Gedanke trägt zusammen mit den wunden Füßen dazu bei, daß ihr die Tränen in einem fort über die Wangen laufen, so daß sie mit streifigem Gesicht und Blasen an den Füßen in das Spektakel zu Hause zurückkehrt. Viele, viele Tage lang singt sie nicht.

Mathilde hat das Pferd auf seinen Platz auf der

Anrichte gestellt. Die Hände zittern ihr. Sie steht in der guten Stube am Fenster und schaut dem kleinen traurigen Kinderrücken nach, während ihr die Handfläche vor Scham brennt. Denn diesen Schlag hätte der bekommen sollen, der das Pferd gemacht hat, und nicht das Kind, das glaubte, das Pferd sei zum Spielen.

15

Mehrere Tage lang geht sie wie auf Nadeln. Sie räumt in der Kammer auf, wo Ragnhild gewöhnlich schläft. In der letzten Zeit ist sie fast jedes Wochenende hier auf dem Hof gewesen. Jetzt liegen das Nachthemd, eine kleine rote Strickjacke und ein paar andere der kleinen Kleidungsstücke hier drinnen, und sie sehen so seltsam verloren aus in dem leeren Raum.

Mathilde macht sich des Abends in der Kammer zu schaffen, und in dem stillen, dunklen Haus nimmt sie das Nachthemd, atmet den Duft des Kindes tief ein, schluchzt, mein Kind, mein Kind! Die Tränen, die sie vergießt, zeigen eine derartige Verzweiflung, daß niemand, der sie sah, glauben würde, Ragnhild sei der Grund.

Aber es gibt niemanden, der sie sieht, nur die

Katze, die sich an ihre Beine schmiegt und schnurrt. Und die hat schon früher Mathildes Tränen gesehen.

Unter der Woche ist sie in der Gemeinde unterwegs. Sitzt in ihrer etwas mürrischen Art und tunkt die Zuckerstückchen in den schwarzen Kaffe, während sie den mehr oder weniger willigen Gastgebern Neuigkeiten zu entlocken versucht.

Wie gewöhnlich gibt es von den Leuten auf Rønningen viel zu erzählen.

»Hast du gehört, daß die Jungens dort beinahe die neue Scheune angezündet haben? Zündeten das trockene Gras an, weißt du. Asta und ihr Mann haben das gerade noch löschen können.«

»Nein, wirklich wahr? Hat man so was Verrücktes schon gehört?« (Aber Ragnhild, erzählt etwas von Ragnhild!)

»Ja, das waren die jüngsten Zwillinge, die Ostern mit der Schule anfangen sollen. Und die ältesten, die neunjährigen, haben alle Hühner in die Küche gescheucht, als die Eltern mit dem Boot draußen waren. Sie hatten angefangen, darum zu feilschen, ob wohl alle Hühner da hineinpassen, und das mußten sie nun untersuchen. Ja, das sind Rabauken! Fünfzig, sechzig Hühner, die vor Schrecken wie von Sinnen sind. Hühnerdreck überall in der Küche, wie man sich denken kann!«

»Hat man da noch Töne!« (Und Ragnhild …?) Sie kann sich nicht überwinden zu fragen. »Ja, ja,

Asta hat schon ihr Tun: Danke für den Kaffee. Ja, ja.«

Und damit verschwindet Mathilde und macht sich auf den Weg, zugeknöpft und sehr aufrecht. Sie ist dreiunddreißig, aber sie kleidet sich und benimmt sich, als wäre sie doppelt so alt.

»Das war ja schrecklich, wie zahm die heute war«, sagt die Hausfrau und kommt sich fast ein bißchen betrogen vor, wie sie die Kaffeetassen wegräumt. Und die Kinder, die um den Küchentisch gesessen haben, Augen und Ohren weit aufgesperrt, finden das auch. Heute war Mathilde irgendwie komisch. Kein einziges böses Wort über irgendeinen Menschen! Ob sie frühzeitig alt wird?

Ja, Mathilde fühlt sich alt, uralt in diesen Wochen. Denn das dauert wochenlang an. So lange ist Ragnhild noch nie von Ås weggeblieben, seit sie auf eigene Faust dorthin kommen kann.

Und dann wundern sich die Leute im Dorf, ob Mathilde nun ganz und gar wieder in die Kindheit zurückkehrt. Denn gleich, nachdem das Pflügen erledigt ist, gibt sie dem Knecht den Auftrag, ein Spielhaus unter der Eiche ganz hinten im Garten zu bauen.

Es wird ein hübsches kleines Haus, denn der Knecht ist geschickt und geht die Sache mit Lust und Liebe an, auch wenn ihm Sinn und Zweck dieses Gebäudes nicht ganz klar sind. Für das Fenster, das nach der Jakobsau hin liegt, schnitzt er eine hübsche Verzierung, und er tischlert zwei kleine Stühle und einen Tisch. Aufs Dach kommen richtige Ziegel, und die Haustür erhält Schloß und Schlüssel aus Schmiedeeisen. Mathilde legt Flickenteppiche auf den Fußboden, und an das Fensterchen hängt sie dünne weiße Gardinen.

Die ganze Gemeinde folgt dem Bau dieses kleinen Hauses mit Spannung, aber ganz besonders gespannt und neugierig ist Ragnhild, auf dem Weg zur Schule und zurück, mit ihrem Ranzen, der auf dem Rücken hüpft. An der Milchrampe, dort wo der Weg sich gabelt, scheint sie voller Freude abzubiegen, merkt aber, wie das jeden Tag doch schwerer wird, ohne daß sie weiß, warum.

Aber eines Tages steht Mathilde höchstpersönlich an der Milchrampe und wartet auf sie. Sie tut nicht einmal so, als habe sie dort etwas zu schaffen, sondern steht nur steif und aufrecht neben der schiefen alten Rampe, als Ragnhild zusammen mit den anderen Kindern vorbeikommt.

»Du kommst mit mir nach Hause«, sagt sie brüsk, wie es ihre Art ist, aber ihre Augen strahlen mehr, als es jemand im Dorf schon mal gesehen hat. Und die kluge kleine Ragnhild begreift, daß dies die einzige Liebeserklärung ist, die sie jemals von der mürrischen Tante bekommen wird. Stillschweigend schiebt sie ihre kleine Hand in Mathildes, und zusammen gehen sie langsam durch die grüne Birkenallee.

16

Nach dieser Episode wird Ragnhild für Mathilde fast so etwas wie eine Tochter. Immer öfter kommt sie mit ihrem kleinen Bündel und fängt an, tagelang zu bleiben. Bald wohnt sie mehr auf dem Hof der Tante als zu Hause. Und das ist nicht so merkwürdig, wenn man bedenkt, wieviel Unheil ihre wilden Brüder anrichten.

»Das wird böse mit ihnen enden«, sagen die Leute im Ort und schütteln nachdenklich die Köpfe. Aber es geht gut, seltsamerweise. Zwar brechen sie sich zwischendurch schon auch einmal Arme oder Beine, aber nach einigen Wochen in Gips ist das ja wieder in Ordnung.

Ragnhild fühlt sich jedenfalls in der Stille auf Ås wohler als unter ihren geräuschvollen Brüdern. Ihre vier Schwestern sind groß und gehen ihre eigenen Wege. Zwei und zwei halten sie immer zusammen, und so eine kleine singende Schwester dabeizuhaben, wäre eine ziemlich unnütze Bürde, finden sie. Außerdem gibt es dort ja das Spielhaus.

Mathilde wußte schon, was sie tat, als sie es bauen ließ.

Ja, weißt du, das Haus ist schon toll. Denn damals sah es schon genauso aus wie heute, Stube und Küche und die klitzekleine Veranda mit der schönen Brüstung, die aus Holz geschnitzt ist. Aber der alte grüne und eingestaubte Diwan, den Mathilde hineinstellte, ist gegen ein hübscheres Sofa ausgetauscht worden. Und die Gardinen sind neu. Statt der weißen Gardinen aus Ragnhilds Kindheit hängen da jetzt karierte Baumwollgardinen.

Das Spielhaus lockt auch andere kleine Mädchen nach Ås. Bald klingen eifrige Kinderstimmen mit der Essensglocke um die Wette. Sobald sie einen Grund sieht, ermahnt Mathilde sie barsch, stiller zu sein, aber die Kleinen haben schnell begriffen, daß sie es nicht so meint. Hin und wieder kann es passieren, daß sie mitten auf dem Hofplatz, zwischen Kuhstall und Vorderhaus, stehenbleibt und den Kindern zuschaut, die so eifrig beschäftigt sind. Als ob sie denkt: So also sehen sie aus, wenn sie acht Jahre alt sind, zehn Jahre …

Wenn es niemand sieht, dann können ihre Augen schon mal glänzen. Und dann hat sie im Garten etwas zu tun und bringt eine Flasche Apfelsaft – Mathildes selbstgemachter Apfelsaft ist der beste auf der Welt! – oder sie kommt mit ein paar ordentlichen Scheiben Brot und einem kleinen Glas Pflaumenmarmelade.

Einmal hatte sie zwei hartgekochte Eier dabei. Da flog ihr die kleine Synnøve – ein süßes kleines Ding – aus lauter Dankbarkeit um den Hals. Das machte sie nur einmal, denn Mathilde schüttelte die Kleine ziemlich unwirsch ab und verschwand zwischen den Apfelbäumen, »Nun benehmt euch mal!« murmelnd.

Du arme, sonderliche, mürrische und schrullige Mathilde! Nun hastest du durch den Apfelgarten, den Rücken so steif und aufrecht, als hättest du einen Stock verschluckt, wie die Leute im Ort oft von dir sagen.

Aber – gib acht! – jetzt bist du an einen Ast mit duftenden, halbreifen Äpfeln geraten, so daß dir die schweren rotbackigen Früchte um die Ohren schlagen. Du brauchst doch nicht auf diese Weise halbblind fortzurennen! Und du kannst dir in Ruhe mit dem Zipfel deiner geblümten Schürze über die Augen fahren, denn hier, in deinem eigenen Apfelgarten, ist ja niemand, der dich sieht.

Auch im Waschhaus ist niemand, der dich sieht, denn das Mädchen, das dir hilft, ist noch im Stall. Sie ist mit dem Melken fertig und hat die Milch bereitgestellt, damit du sie in Milch und Sahne trennst. Jetzt gießt du Milch in die blanke Schüssel der Milchschleuder und beginnst langsam und nachdenklich die Kurbel zu drehen. Aber gib auf den Ton acht, Mathilde! Es wird nichts mit der Sahne, wenn es zu schnell geht – oder zu langsam.

Die Zentrifugenweise, die kennst du. Sie begleitet dich, seit du als kleines Mädchen auf einem Schemel standest und die Kurbel für deine mürrische Großmutter drehtest. Das gehört zu den ganz wenigen Erinnerungen, die du an sie hast. Mürrische alte Großmutter Kristine, die dir so wenig zu geben hatte, daß du sie nicht die Spur vermißt hast, als sie in dem Winter, als du vier wurdest, starb.

Aber sie lehrte dich, auf den Ton in der Milchschleuder zu hören. Durch die Jahre hin hast du gelernt, daß – wenn die Zentrifuge den richtigen Ton gefunden hat, wenn du die Kurbel mit der großen Übertragung in genau dem richtigen Tempo drehst, so daß die Sahne, haargenau so dick, wie sie soll, durch die eine Öffnung fließt, und die Milch, achte auf den Schaum, durch die andere – du deine Gedanken bei dieser Arbeit schweifen lassen kannst, getragen vom gleichförmigen Ton der Zentrifugenweise.

Paß auf das Lied auf, Mathilde, mir scheint, daß du heute ungleichmäßig kurbelst. Und beug dich nicht über die Schüssel, salzige Tränen haben weder in der Sahne noch in der Milch etwas zu suchen. Warum bist du heute wohl so besonders niedergeschlagen und deprimiert? Ist es das helle Lachen der Mädchen, das du hörst und das sich mit dem Geräusch des Separators mischt? Oder das Gefühl von zwei Mädchenarmen um deinen

Hals und von einer daunenweichen Kinderwange, die sich einen schwindelnden Augenblick lang an deine preßt?

Jetzt sinkt der Ton der Zentrifuge und erstirbt schließlich ganz. Mathilde läßt Sahne Sahne sein und sinkt auf den dreibeinigen Schemel, der dort steht. Es ist derselbe, auf dem sie als Kleine stand, auf dem ich – wir – oftmals gestanden haben, wenn wir die Kurbel der Milchschleuder für einen Erwachsenen drehten.

Mathilde sinkt auf den Schemel und schlägt die Schürze vors Gesicht. Ihr aufrechter Rücken krümmt sich, aber nur für einen Augenblick, dann hört sie die Tür des Kuhstalls. Sie legt Schürze und Gesicht wieder in ordentliche Falten und gibt der Zentrifuge Schwung, denn es könnte ja sein, daß die Magd auf dem Weg zum Vorderhaus ihren Kopf hereinstreckt. Wer ein Unglück als heimliche Bürde trägt, kann niemals vorsichtig genug sein.

17

Als Ragnhilds Konfirmation ansteht, richtet ihr Mathilde das Fest aus. Sie lädt das halbe Dorf ein und macht alles so großartig, daß der armen Konfirmandin ziemlich unwohl zumute ist. Ein solches Aufhebens um ihre Person ist sie weder gewöhnt, noch gefällt ihr das. Aber so wie Mathilde Herr ist über alles übrige auf Ås, so bestimmt sie auch hierüber. In rauhen Mengen wird geschlachtet und gebraut und gebacken, und obendrein näht sie Ragnhild auch noch das Konfirmationskleid, weiß und knöchellang, so wie es damals üblich war.

Leise vor sich hin singend schickt sich Ragnhild in die Situation, friedlich wie sie nun mal ist, jedenfalls in ihrer Jugend. Auf dem Konfirmationsphoto, das von ihr im Garten unter dem Flieder aufgenommen wurde, lächelt sie ruhig und heiter in die Kamera. Den Kopf hält sie leicht erhoben, und ihr Mund steht offen. Fast meint man sie in den Apparat singen zu hören. Zuversichtlich. Sie war damals so zuversichtlich.

Nicht, daß sie nicht wüßte, was sie will. Auf jeden Fall will sie in Ruhe und Frieden mit den Leuten leben. Die Unruhe mit den Brüdern während ihrer Kindheit hat sie schnell gelehrt, daß es das klügste ist, nachzugeben. Und im Umgang mit ihrer mürrischen Tante Mathilde hat sie gelernt, daß die Leute oft nicht so übel sind, wie sie wirken, wenn man sich nur die Zeit nimmt und ordentlich hinschaut.

Jetzt sitzen sie also an ihrer Konfirmationstafel, alle ihre acht Geschwister. Das älteste Zwillingspaar wird siebzehn Jahre alt, und die beiden sind schon zweimal eine Saison auf einem Walfänger gefahren. Sie schenken ihrer Schwester eine Truhe aus dem Holz des Kampferbaums, und sie haben auch das Geschenk der jüngsten Zwillinge bezahlt, einen schicken Koffer mit braunen, ledernen Ecken.

»Du mußt mal rauskommen, Ragnhild«, sagen sie und sind starke Männer mit der Erfahrung der sieben Meere und der vier Himmelsrichtungen. »Du mußt etwas von der Welt sehen.« Und so stehen sie nach dem Essen auf dem Hofplatz von Ås und werfen um sich mit »Cape Town« und »Las Palmas« und recken dabei ihr flaumiges Kinn hoch in die Luft. – Jawohl, hier sind Burschen, die haben schon was von der Welt gesehen!

»Ich würde so gern mal nach Oslo fahren«, sagt Ragnhild. Bei einem so naiven Wunsch können die weltumsegelnden Brüder natürlich nur verächtlich schnauben. Oslo!

Die jüngeren Buben hingegen sind noch nicht zu alt, um Unfug anzustellen, im Gegenteil haben sie begriffen, daß sie sich beeilen müssen, um das noch hinzubekommen. Im übrigen ist es schon schmachvoll mit Brüdern, die so groß geworden sind und weitgereist. Sie fangen an, die Hühner zwischen all die Konfirmationsgäste mit ihren Sonntagskleidern zu scheuchen, und hören weder auf die nervösen Ermahnungen ihrer Mutter:

»Pack den einen und schlag damit den anderen«, noch auf das vorsichtige »Nun reicht's aber, Jungens« ihres Vaters.

Sie geben keine Ruhe, nicht ehe Mathilde mit der Kaffeekanne in der Hand aus der Küche gesaust kommt und wütend zischt: »Jetzt benehmt euch mal anständig!« Dann bittet sie nach drinnen zu Kaffee und Apfelkuchen, und die Hühner können ihr friedliches Picken auf dem sonnigen Hof fortsetzen.

Ragnhild bleibt noch einen Moment in der Sonne stehen. Heute ist sie Ehrengast und braucht nicht mitzuhelfen. Sie blickt hinüber zur Jakobsau, der Niederung, wo die Scheune steht, deren Farbe abblättert, im Hintergrund die blauenden Berge. Und sie denkt an den Koffer und daß sie, selbst wenn sie ihr Leben lang hier im Ort leben soll, doch gern einmal in Oslo gewesen sein würde, in Norwegens Hauptstadt.

18

Vier Jahre dauert es, ehe sie fortkommt. Vier Jahre als Dienstmagd auf Ås, den Koffer als heimlichen Traum oben in dem großen Wandschrank in ihrer Kammer. Vier Jahre die Rinder versorgen, die Kälber, vier Jahre Brotbacken und Nähen und nach ländlichen Festen nächtliche Radtouren mit bald dem einen, bald dem anderen der grünen Burschen aus der Gemeinde.

Aber eines Tages wird der Koffer gepackt, und sie zieht fort, bis zum Bahnhof in Tønsberg gefolgt von den kurzatmigen Ermahnungen ihrer Mutter und den verdrossenen Protesten Mathildes. Der Zug prustet und schnaubt mit ihr von dannen durch die herbstliche Landschaft des Vestfold und liefert sie mit Koffer, Regenschirm und Handtasche auf dem Bahnhof in Oslo ab. Sie ist neunzehn Jahre alt und nie weiter als bis Holmestrand gekommen.

Ich glaube, diese Geschichte habe ich viele hundert Male gehört. Ich kann den Duft von Kaffee riechen, von Apfelsaft und frischgebackenen Waffeln, die blau gestrichene Küche vor mir sehen. Ich kann die große Wanduhr in der Stube hören, das Ticken der Sekunden hängt im Raum, jedesmal, wenn Ragnhild eine Pause macht, um sich die Lachtränen abzutrocknen. Und dieses Lachen, Ragnhilds Lachen, von dem Mutter immer sagte, es klinge, als würden Erbsen aus einem Sack kullern, das sitzt noch in den Wänden von Ås. Denn das Weinen, das kam später.

Aber jetzt herrscht noch Lachlust vor, wenn Ragnhild beschreibt, wie sie, als wäre sie gerade vom Himmel gefallen, in Norwegens Hauptstadt steht, rings um sich das wimmelnde Leben, schon damals, Mitte der dreißiger Jahre. Ein klitzekleiner Mensch mit einem riesengroßen Koffer und null Erfahrung mit Städten größer als Tønsberg und Holmestrand. Sie beschließt, daß sie zuerst einmal das Schloß sehen will.

Sie trägt ein flottes Kostüm, Mathilde hatte ihr nur widerwillig und schmollend beim Nähen geholfen. Es hat einen engen Rock und eine taillierte Jacke und läßt sie noch kleiner erscheinen, als sie ohnehin ist. Aber der große Koffer macht ihr nichts aus, sie ist es gewohnt, Milchkannen von vierzig Litern zu bewältigen.

Schwieriger sind die hochhackigen Schuhe. Für eine, die nur auf dem Fußboden in der Küche geübt hat, stellen die Pflastersteine unerwartete Herausforderungen dar. Aber trotz des Herumwackelns kommt sie hinauf zum Schloß und bleibt mitten auf dem Platz davor stehen, überrascht, daß es wirklich nicht größer ist und weder Turm noch Spitze hat. Aber groß genug für eine Familie ist es durchaus, und praktisch, wie sie ist, denkt sie: »Da gibt es viel sauberzumachen, aber die haben wohl Leute zur Hilfe.«

Dann sieht sie die zwei Schilderhäuschen auf beiden Seiten des Eingangs und geht hinüber, um die hoch aufgerichtet stehenden Gardisten mit dem Federbusch von nahem in Augenschein zu nehmen. Sie baut sich vor dem einen auf, stellt den Koffer ab, hebt den Blick und begegnet zwei braunen Augen in einem etwas eckigen, aber recht gutaussehenden Gesicht, und sie ist dermaßen verdutzt, daß sie knickst, eine erwachsene Frau.

Gibt es das, Liebe auf den ersten Blick? Ich glaube es, denn genau das geschieht in diesem Moment zwischen der winzigen Ragnhild aus Stokke und dem großen, kräftigen Lars Larsen von einem Hof in der Nähe von Holmestrand. Sie schauen sich an und lächeln.

Später sind sie dieses erste Treffen in jedem kleinsten Detail durchgegangen, in tausend Nächten voller Gelächter. »Ist dir eigentlich klar, daß du *geknickst* hast, kannst du dir das vorstellen?« – »Und du, du hast dich einfach umgedreht und bist abmarschiert!« Denn genau das ist es, was er tut. Macht plötzlich eine halbe Drehung und marschiert los, stoppt und marschiert zurück, sieht sie an, ängstlich, sie könnte verschwinden, wendet und marschiert wieder los.

Ragnhild begreift ja allmählich, daß in diesem Tun ein Sinn liegt, besonders weil der Gardist aus dem anderen Häuschen genau das gleiche Manöver vollführt, genau zur gleichen Zeit. Sie setzt sich auf den Sockel von König Karl Johann mit dem Koffer neben sich und wartet auf die Wachablösung. Die beiden Gardisten werden unter viel umständlichem, militärischem Getue abgeholt und marschieren im Gleichschritt zu dem niedrigen Holzgebäude im Park, rechts vom Schloß. Sie geht nicht hinterher, sondern sitzt ruhig und betrachtet das Treiben ringsumher, während ein Teil von ihr denkt, das hier ist der glatte Wahnsinn, so etwas passiert nur in Büchern, nicht im richtigen Leben. Aber ein anderer Teil von ihr weiß, wenn sie jetzt geht, wird sie sich ihr Leben lang darüber ärgern, deshalb wartet sie weiter auf dem Sockel von Karl Johann, sicher, daß er zurückkommen und sie finden wird.

Und das tut er tatsächlich nach erstaunlich kurzer Zeit. Er ist noch immer in Uniform, aber hinter der militärisch strengen Kleidung und dem Federbusch ahnt Ragnhild einen ländlich-stattlichen Bauernjungen mit dunklem, lockigem Haar und kräftigen Fäusten. Er hat frei für zwei Stunden, während derer er und sein uniformierter Kamerad, der ihm auf den Fersen folgt, die Erlaubnis haben, auf der großen Straße, die zum Schloß hinaufführt, der Karl-Johanngate, auf- und abzuspazieren. Also tun sie das, Ragnhild und er, und flanieren auf der belebten Straße auf und ab, und der Kamerad folgt in respektvollem Abstand. Ragnhild weiß nicht, was ihr mehr imponiert, die großen schönen Gebäude oder die kraftvolle Gestalt, die an ihrer Seite geht und ihren Koffer trägt. Sie hat das merkwürdige Gefühl, nach Hause gekommen zu sein, wobei ihr die große fremde und hektische Stadt und die flotte aufrechte Gestalt, von der sie kaum die Augen abwenden kann, vor froher Erwartung Herzklopfen verursachen.

Er erhält ihre Adresse in der Jakobs-Aallsstraße, wo sie ein möbliertes Zimmer durch einen Bekannten aus der Gemeinde gefunden hat. Beiden ist klar, daß sich Herrenbesuch gleich am ersten Abend nicht gut ausnehmen würde, deshalb verabreden sie, sich auf der Straße zu treffen. Als er auftaucht, auf die Minute genau – er hatte eine Viertelstunde lang ungeduldig hinter der nächsten Ecke gewartet –, ist er in Zivil, denn an diesem Abend hat er frei. Sie gehen im Schloßpark spazieren. Im Schatten der großen Bäume finden sie eine Bank, wo sie sitzen und ungestört reden können, während sie sich verstohlen lächelnd und ein wenig schüchtern anschauen.

Später am Abend gehen sie in ein Lokal. Lars zeigt sich großzügig und spendiert Ragnhild ein Essen. Schweinekotelett mit Jägerkohl und Sahnereis, für eine Krone pro Person. Anschließend schlägt er noch einmal ordentlich zu, für fünfunddreißig Öre Kaffee und Sahnetorte, weil er nun mal die Spendierhosen anhat. Während sie am heißen Kaffee nippen und verstohlen in der herbstdunklen Fensterscheibe das Profil des anderen bewundern, erhält er Ragnhilds Beschreibung ihrer ersten Begegnung mit der »Wolldecke«.

14

Ragnhild ist immer eine gute Erzählerin gewesen, und die Geschichten von der Zeit in Oslo, von dem Winter, als sie möbliert bei der »Wolldecke« wohnte, habe ich so oft gehört, daß es mir so vorkommt, als hätte ich sowohl das Zimmer als auch die schrullige Wirtin gesehen.

Das möblierte Zimmer lag in so einem vornehmen alten Mietshaus, von denen es in der Gegend viele gibt. Der Eingang vom Hof aus führte über eine schmale geschwungene Treppe nach oben, und dann ging es in ein dunkelbraunes und klitzekleines Entree mit Spiegel und Hutablage. Von hier aus gelangte man in Ragnhilds Zimmer. Das war groß, ursprünglich sicher als Stube verwandt oder vielleicht als Bibliothek, und es ist anzunehmen, daß es ein heller und schöner Raum hätte sein können, wenn nicht jemand auf die merkwürdige Idee gekommen wäre, Wände und Fußboden mit flaschengrünem Filz zu tapezieren. Ob das der Wirtin selbst eingefallen war, wissen weder Ragnhild noch ich, aber ich habe von ihr nie anders als von der »Wolldecke« reden gehört, und ich glaube, selbst Ragnhild hat vergessen, wie sie eigentlich hieß.

Es heißt, Grün sei eine Farbe, die beruhigt, aber drei Meter hohe Wände bedeckt mit grünem Wollfilz – das war dann doch etwas zu viel. Anscheinend war der angeklebt worden, damit der Raum wärmer wirken sollte, denn es gab keine Wärmequelle. Die Küche nebenan hatte zwar einen großen alten Herd, aber schon zum Essenkochen war immer zu wenig Holz da, weshalb gar nicht daran zu denken war, Holz zu benutzen, nur um sich aufzuwärmen.

Dem Rest der Wohnung war, soweit Ragnhild sehen konnte, der grüne Filz erspart geblieben, aber alle Möbel, ja sogar die Bilder an den Wänden und die Kronleuchter unter den Gipsrosetten waren sorgfältig in eine Unzahl weißer Laken gehüllt. Zwischen diesen mit Laken bekleideten Möbeln huschte die »Wolldecke« raschelnd umher, in Seide gekleidet, in aller Regel schwarz, in Kleidern, die aussahen, als stammten sie aus dem vorherigen Jahrhundert. Wie ein uralter Geist wachte sie gewissenhaft über ihre gespensterhaften Gemächer und achtete mit höflichen kleinen Anfragen und Bemerkungen darauf, daß bei der Mieterin alles anständig zuging.

»Wie gut, daß das Fräulein vom Lande ist. Die Mädchen vom Lande sind so sehr viel bescheidener und einfacher als die Mädchen aus der Stadt. Und ist sie vielleicht sogar verlobt? Nein, das ist auch gut so, denn von Herrenbesuch kann selbstverständlich nicht die Rede sein.« Die Gefahr, in ihrer eigenen Wohnung auf einen waschechten

Mann zu stoßen, ließ auf ihren Wangen erschreckte, rote Flecken erscheinen. Denn stell dir vor, sie kommt in die Küche, um sich eine Tasse Tee zu bereiten, »nur im Neglisché« ...

Bei dieser Vorstellung drückten die Augen der »Wolldecke« ein derart kugelrundes Erschrecken aus, daß Ragnhild lange glaubte, der Ausdruck »nur im Neglisché« bedeute, die Wirtin pflege in der Wohnung herumzugeistern ohne einen Faden am Leibe. »In der eiskalten Wohnung!« Erst einige Wochen später sollte sie entdecken, daß das »Neglisché« der »Wolldecke« ihr langer und glänzender seidener Morgenrock von unbestimmter Farbe und Herkunft war.

Der Anblick dieser altertümlichen Erscheinung, in Morgenrock und den Kopf voll unzähliger klitzekleiner abstehender Papilloten, die einzusetzen bestimmt den ganzen Vormittag gedauert haben mußte, reichte, um den meisten einen Schrecken einzujagen. Und Ragnhild enthielt wohlweislich ihrem neuen Bekannten sowohl die »Wolldecke« als auch das Negligé vor, ohne ganz sicher zu sein, wen sie eigentlich vor wem schützte.

Im übrigen war es nicht so schwierig, die beiden einander vorzuenthalten, weil die »Wolldecke« die meiste Zeit zwischen ihren mit Laken bedeckten Möbeln in ihren eigenen Räumen zubrachte, ohne daß Ragnhild eigentlich jemals Klarheit darüber erhielt, womit sie sich beschäftigte, abgesehen davon, Papilloten in den Haaren zu befestigen. Oder wofür in aller Welt diese Lakendrapierungen gut sein sollten.

Im großen und ganzen trafen sie sich nur wenige Male am Tag. Wenn Ragnhild nachmittags von der Arbeit kam, traf sie die »Wolldecke« oftmals im Korridor, bekleidet mit Sachen, die nicht nur aussahen, als stammten sie aus längst vergangenen Zeiten, sondern auch wirkten, als hätte man sie ihr in zufälliger Reihenfolge übergeworfen. Außer Atem und abgehetzt setzte sie sich die absonderlichsten Hüte auf; einer von ihnen trug einen schwarzen Schmetterling, der auf einer langen Spiralfeder wippte, ein anderer eine solide kleine Straußenfeder, die sich kokett vor das eine kugelrunde Auge der »Wolldecke« legte und sie dazu veranlaßte, wie eine kurzsichtige Eule immerfort zu blinzeln. Mit mörderischer Energie spießte sie sich lange Hutnadeln aus Perlmutter durch die Locken und stürzte zur Tür, um einkaufen zu gehen, stets zehn Minuten, ehe die Geschäfte schlossen, und stets die Bemerkung: »Ach du liebe Güte, ich habe so viel zu erledigen!« atemlos über die Schulter werfend.

Ansonsten ist sie nicht zu sehen, aber um so mehr zu hören. An jedem Samstagabend, genau um acht Uhr, nimmt sie ein Bad in der großen Badewanne mit den Löwenfüßen. Ragnhild und Lars können sie dann ihre unterdrückten Schreie ausstoßen hören, wenn sie in das eiskalte Wasser steigt. Und Tag und Nacht sickern die merkwürdigsten Geräusche durch die Filzwände zu Ragnhild und ihrem eingeschmuggelten Freund. Es klingt, als ob die ganze Wohnung jede Nacht auf den Kopf gestellt würde, aber tags drauf steht alles, soweit Ragnhild bei den kurzen Einblicken, die sie bekommt, beurteilen kann, wieder an seinem gewohnten Platz, in seine weißen Laken gehüllt.

Es war und blieb ein Rätsel, was diese Person trieb. Vielleicht arbeitete sie wie verrückt, um warm zu werden, denn ihre Räume waren vermutlich genauso eiskalt wie der Rest der Wohnung. Und der ist so kalt, daß Ragnhild und Lars keinen anderen Ausweg sehen, als die Abende unter der Bettdecke zu verbringen, etwas, das sie vermutlich in jedem Fall getan hätten, aber so haben sie einen Vorwand. Glücklich kriechen sie in der vertrauten Wärme zusammen, während der Frosthauch wie eine Wolke aus ihrem Atem entsteht, und die wenigen Male, wenn Ragnhild einfällt, daß sie das nicht tun dürfte, denkt sie gleichzeitig, daß etwas, das sich so richtig anfühlt, nicht ganz verkehrt sein kann.

Denn sie sind sich sicher, daß sie den Rest ihres Leben zusammen verbringen werden. Es muß nur geplant werden, wie und wann. Sie benutzen die Nächte, ehe er sich hinausschleicht, um von der Zukunft zu träumen, während die »Wolldecke«

wie verrückt auf der anderen Seite der flaschengrünen Wände poltert.

Viele Kinder und ein kleiner Hof auf dem Land, darin sind sie sich einig. Von seinem Traum vom Walfang auf der anderen Seite der Erdkugel ist sie nicht so begeistert, verständlicherweise. Wer wünscht sich schon, daß der Liebste weggeht und man selber den Winter hindurch allein auf dem Hof sitzt.

»Du hast es hier doch wohl kalt genug«, sagt sie und zieht ihm die Decke weg, so daß sich der große Körper augenblicklich in der eiskalten Luft dagegen auflehnt. Und schon sind sie wieder in dem üblichen Wirrwarr von Lachen und Pst!-Sagen und Zärtlichkeiten, wobei sie beide verzweifelt darum kämpfen, die Decke überall unten zu halten, damit die kostbare Körperwärme nicht in Rauch aufgeht.

20

Ja, das war ein schöner Winter für die beiden in Oslo, mit Ausflügen hinaus vor die Stadt, wo Zukunftsträume mit glitzerndem Sonnenschein um die Wette auf dem knirschenden weißen Schnee aufblitzen. Sie sind sich ihrer so gewiß, daß es keine Katastrophe ist, als sie schwanger wird. Selbst wenn es natürlich beschämend ist, heiraten zu müssen. Ragnhild hatte an eine Hochzeit im Juni gedacht, zu Hause in der Kirche, und nicht an eine rasche Trauung mit sich abzeichnendem Bauch auf einem Standesamt.

Deshalb ist sie da über die Fehlgeburt nach nur wenigen Wochen auch recht froh, denn sie weiß ja nicht, daß dieser nur der erste einer nicht enden wollenden Reihe von Spontanaborten war. Und sie weiß nichts von all den Tränen der Verzweiflung, die sie über alle diese kleinen Lebenskeime vergießen wird, die sich weigern, sich in ihr festzusetzen und statt dessen nach einigen Wochen voll ängstlicher Spannung mit einem Strom von Blut herausgeschwemmt werden.

Aber dieses Mal ist sie froh. Freudestrahlend vertraut sie ihre Erleichterung Borgny an, der Kollegin auf der Arbeit im Hotel, wo sie als Zimmermädchen angestellt ist. Sie arbeiten in der gleichen Schicht, und im Laufe des Winters wird Ragnhild dieses zurückhaltende, ein wenig kurz angebundene Mädchen richtig gern leiden mögen.

Etwas an ihr kommt Ragnhild so bekannt vor. Als ob Borgny an etwas oder an jemanden von zu Hause erinnert, ohne darauf zu kommen, an was. Bis sie plötzlich entdeckt, daß der leicht mißtrauische Blick der engstehenden grauen Augen und die mürrische Art, eine bissige Bemerkung zu blaffen, hin und wieder an Mathilde erinnern. Tatsächlich vermißt sie die mürrische Tante mehr, als sie sich vorher vorgestellt hatte, ja mehr als die Eltern. Da ist es irgendwie gut, Borgny zu haben. Ihre kurz angebundene Art prallt an der gutmütigen, zuversichtlichen Ragnhild ab – sie könnte noch einen Granitbrocken gern haben, dieses Mädchen!

Nach und nach blickt Ragnhild hinter die abweisende Miene und erfährt das eine und andere über Borgny, das der für immer einen Platz in Ragnhilds geräumigem Herzen sichert. Daß Borgny in einem Kinderheim aufgewachsen ist und gar keine Familie hat, weckt in Ragnhild, die allmählich begonnen hat, an die lärmende Geschwisterschar mit einiger Wärme zu denken, tiefes Mitgefühl. Und stell dir vor, nie eine Mutter oder einen Vater gehabt zu haben, nicht einmal eine verdrießliche Tante Mathilde!

Ragnhild lädt Borgny in ihr Wolldecken-Zimmer ein und bewirtet sie mit Tante Mathildes Saft von schwarzen Johannisbeeren. Dabei erzählt sie Geschichten von ihren ungestümen Zwillingsbrüdern, bis Borgny mehr und mehr auftaut und laut schallend über die verrückten Geschichten lacht. Sie sitzen zusammen in dem kalten, grünen Zimmer, trinken glühendheißen Saft und wissen nicht, daß die eine der anderen einmal das größte

Geschenk machen wird, das ein Mensch bekommen kann. Aber das kommt erst viele Jahre und für Ragnhild viele Fehlgeburten später.

21

In diesem Frühjahr wird das Leben von Ragnhild und Lars eine unerwartete Wendung nehmen. In den Osterferien sind sie zu Hause bei Ragnhilds Eltern. Respektabel sind sie jeder für sich untergebracht, Ragnhild wohnt in dem Zimmer, das sie immer mit den älteren Schwestern teilte, wenn sie nicht in der Kammer auf Ås geblieben war. Lars bekommt das Zimmer der Zwillinge, das in diesem Winter leer steht. Auch die jüngsten Buben sind auf Walfang.

Es ist für sie merkwürdig, heimzukommen in ein Haus, das so still ist. Vater und Mutter wirken ohne alle die Jungen um sich herum fast schon ein bißchen verloren. Der Vater liest die Zeitung mit den gleichen wachsamen und aufmerksamen Blikken, die er rasch in den Raum schickt, wie er es immer getan hat, jederzeit bereit, sich wegen des einen oder anderen Gegenstands zu ducken, der in rasender Wut nach einem der streitenden Zwillingsbrüder geworfen wurde.

Die Mutter steht am Spültisch, genauso bereit, einzugreifen wie früher, genauso bereit, die Drohung »den einen schnappen, und den anderen damit verhauen« in die Tat umzusetzen. Eine solche jahrelang eingeübte Bereitschaft abzulegen, dazu bedarf es mehr als einer Walfangsaison.

Aber weder fliegen länger lose Gegenstände, noch hagelt es schallende Ohrfeigen. Und die einzige, die sich ein bißchen ungesetzlich verhält, ist Ragnhild, wenn sie sich im Dunkel der Nacht auf lautlosen Füßen verstohlen vom Mädchenzimmer zum Jungenzimmer schleicht, um sich in die starken Arme von Lars zu schmiegen, der in einem schmalen Kojenbett liegt und ungeduldig wartet. Und die Mutter, die von den unruhigen Nächten vieler Jahre her das Knirschen jeden Bettes im Haus kennt, dreht sich zur Wand um, so daß das taube Ohr oben liegt und denkt, daß sie ja richtig verlobt sind. Und daß er ein prächtiger Bursche ist.

Mathilde auf Ås findet ebenfalls, daß er ein prächtiger Bursche ist, soweit sie das beurteilen kann – ja, doch, einen kennt Mathilde. Sie lädt zu einem großen Familienessen am Ostermontag ein, und wie sie da in der Tür steht und bei dem schönen Frühlingswetter die Gäste empfängt, ist sie auf eine hektische Art höflicher, als sie jemals irgendwer erlebt hat. Als ob auch sie in der Wärme der Sonne ein wenig auftaut.

Arme Mathilde. Wie ist es dir in dem einsamen Winter ergangen? War es in diesen kalten Wintermonaten, daß du begonnen hast, das Essen für die Katzen zu kauen? Die großen buschigen Katzen, die immer geduldig neben deinen Beinen saßen und warteten, während du am Essen warst, wie gut ich mich an sie erinnere. Wieder und wieder hast du dir während der Mahlzeit einen Mundvoll halbgekauten Essens in die Hand gespuckt, dich herabgebeugt und die Katze aus der gebogenen Handfläche die breiige Masse hinunterschlingen lassen. Wir Kinder waren davon immer so fasziniert, wie von allem bei dir.

Über deinem Leben liegt ein Rätsel, Mathilde. Dunkel und maliziös gehst du durch die stillen Räume auf Ås und brütest über etwas, von dem wir anderen nichts wissen dürfen. Dienstmägde und Knechte haben sich schlafen gelegt, wer um fünf Uhr in den Kuhstall muß, geht früh zu Bett. Du hörst nichts als das schwere Ticken der Wanduhr in der Stube und das zarte Klirren der Prismen des Kronleuchters, wenn du in die gute Stube gehst.

Was machst du um diese Zeit in der guten Stube, Mathilde? Seit langem ist im Ofen kein Feuer mehr gewesen, und die Winterkälte knackt in den Wänden und der Decke und kriecht unter dein langes, selbstgenähtes Flanellnachthemd, so daß du die Arme um dich schlingst, um warm zu bleiben. Warum bleibst du immer bei der alten Anrichte stehen? Nicht das Bild deiner Eltern nimmst du auf und schaust es an. Anders Irgendeiner und Maren Pütt dürfen in Frieden stehen und ernst in den halbdunklen Raum starren.

Hast du einmal deine Mutter vermißt? Kann man überhaupt etwas vermissen, das man gar nicht kannte? Ich glaube trotzdem, daß du dich später in deinem Leben eher nach der armen Maren gesehnt hast als damals, als du jung warst. Mütter werden mit den Jahren immer wichtiger für uns.

Aber nicht Marens ernstes Gesicht betrachtest du in der frostkalten Nacht, wenn der Vollmond über dem Hügel die schweren, alten Möbel in der Stube mit der niedrigen Decke in ein beinahe überirdisches Licht einspinnt und auf den Holzwänden die Malereien in ihren altmodischen Rahmen lebendig hervortreten läßt. Das kleine geschnitzte Pferd ist es, das du mit behutsamen Händen aufnimmst. Du streichelst es und klopfst es, wie du das sonst nur mit den Katzen tust. Weißt du, daß es mit den Jahren auf dem Rücken durch die Berührung deiner Hände einen Hauch blanker geworden ist? Vielleicht kann nur ich das sehen, weil ich es weiß.

Aber deine Träume, Mathilde, die sind von den Jahren sicher nicht abgewetzt. Du bist jetzt Mitte Vierzig, und zwanzig Jahre ist es her, seit du mit dem Schlitten oben vom Jakobshügel hinunterfuhrst, auf dem Schoß eines Schweizers mit geschickten Händen. Zwanzig Jahre sind eine lange Zeit, aber ich glaube, daß du dieses Kribbeln im Bauch noch spürst, die Kraft der Arme, die er um dich gelegt hat, und das Gefühl in euren Händen, so fest ineinander verflochten in seinen Fäustlingen.

Denkst du an die ekstatischen Sommernächte in der Scheune? Du preßt das harte Holzpferd gegen die Brust und versuchst, die Stimme dessen in dir wachzurufen, der es geschnitzt hat, die Schwere seines Körpers, seinen Geruch, Geschmack, seine Berührung. Aber diese Dinge lassen sich nicht wieder hervorrufen, Mathilde! Wirst du dein ganzes Leben lang brauchen, um das zu begreifen?

22

Wir leben für die Lebenden, und in diesem Winter erlebt Mathilde intensiv, wie sehr sie Ragnhild vermißt. In schlaflosen Nächten treibt sie ruhelos durchs Haus und vermißt die leise singende Stimme und die unbekümmerte kleine Gestalt mehr, als sie glaubte, daß es möglich sei. Und wie damals vor vielen Jahren, als sie das Spielhaus bauen ließ, faßt sie auch jetzt einen Entschluß, der Ragnhilds

Leben fester an ihres knüpfen soll. Wer keine Zärtlichkeit zu geben hat, muß zu anderen Mitteln greifen.

An diesem schönen Frühlingstag serviert sie Hühnerfrikassee. Eines ihrer alten Hühner mußte nach langem und treuem Dienst mit dem Leben büßen und liegt nun, zerteilt und gargekocht, zusammen mit Erbsen, gelben Rüben und Porree aus Mathildes Küchengarten in einer prächtigen Suppenschüssel.

Ich werde dir diese Terrine bei Gelegenheit einmal zeigen. Ich glaube, sie ist ein altes Erbstück von Johanne Kristine, von Anders' Mutter. Sie hat ihren Platz in der guten Stube auf einer Konsole zusammen mit einer wunderhübschen Porzellanpuppe im vergilbten Seidenkleid mit Spitzensaum.

Vor Verblüffung hätte Ragnhilds Vater die alte Terrine genau da um ein Haar fallengelassen, als Mathilde in ihrer nachdrücklich-bündigen Art, mit der Kartoffelschüssel in der Hand, verkündet, daß sie daran denkt, Ragnhild den Hof zu überlassen.

Zum Glück hat seine Frau jahrelanges Training darin, Geschirr aus den Händen tolpatschiger Jungenhände zu retten. Blitzschnell greift sie ein und verhindert so, daß die Porzellanpuppe in künftigen Jahren allein auf der Konsole stehen muß, und sich statt dessen auch weiterhin den Platz mit der schönen Suppenschüssel mit dem Goldrand teilen kann.

Auch die übrigen Gäste sind auf diese Neuigkeit nicht vorbereitet. Keiner hat sich vorstellen können, Mathilde würde die Angelegenheiten des väterlichen Hofes demnächst anderen überlassen. Das hat sie nun auch nicht vor. Im Gegenteil macht sie klar, daß sie auch weiterhin die Zügel in der Hand behalten will, aber sie möchte, daß sich Ragnhild und Lars im Sommer nach der Hochzeit auf dem Hof niederlassen. Und ihr erster Sohn soll das Erbrecht für den Hof bekommen.

»Denn ich habe ja keinen, der nach mir kommt«, meint sie unwirsch und zieht sich so rasch in Richtung Küche zurück, daß sie in der Bewegung mit der Kartoffelschüssel das Pferdchen von der Anrichte fegt. Es zerbricht nicht, aber Ragnhild kann sehen, wie Mathildes Hände zittern, als sie es aufhebt und feststellt, daß der kleine Stab herausgefallen ist. Und als die beiden Frauen auf den Knien liegen und auf den grau gestrichenen Dielen nach dem winzig kleinen Holzsplitter suchen, nicht halb so groß wie eine Gewürznelke, da fühlt Ragnhild eine warme Träne auf ihre Hand tropfen. Die ist nicht von ihr. Für einen Moment, als der Tropfen auf ihrem Handrücken glitzert, scheint die Zeit stillzustehen, dann gleitet er auf die Holzbohlen und trifft auf den mikroskopisch kleinen Stab, den keiner von ihnen beiden hatte entdecken können.

Ein großer Bauernhof mitsamt Essensglocke wartet also auf Ragnhild und Lars, als sie aus Oslo abreisen, um zu heiraten, in diesem Frühsommer Mitte der dreißiger Jahre. Er hat seinen Militärdienst beendet, und sie ist wieder auf den Beinen nach einer neuerlichen Fehlgeburt, nur vier Monate nach der ersten. Aber auch dieses Mal ist sie nicht unglücklich, daß es schiefging. Sie sind sich einig, sie und Lars, daß die Kinder noch früh genug kommen werden.

Jetzt soll auf Ås mit Verwandten und Freunden und nicht zuletzt mit den heimgekehrten lärmenden Zwillingsbrüdern eine altmodische große Hochzeit gefeiert werden. Sie haben Stoff für ein Brautkleid von unterwegs mitgebracht, und Mathilde wird es nähen.

Aber den Schleier kauft Ragnhild in Oslo. Auf ihrer Runde durch die Geschäfte hat sie Borgny bei sich, und gemeinsam wählen sie ein spinnwebzartes, mehrere Meter langes Stück Stoff aus, in den mit einem gröberen Faden ein Rosenmuster eingewebt und das an einem Perlenbogen befestigt ist, der in Ragnhilds dunkelbraunem Haar prachtvoll aussieht.

»Du bist so hübsch!« sagt Borgny ohne eine Spur von Neid.

»Kannst du nicht dabeisein?« fragt Ragnhild zum zwanzigsten Mal, denn auch Borgny hat eine von Mathilde mit zierlicher Handschrift geschriebene Einladung zur Hochzeit erhalten. Tatsächlich wird sie die kleine Karte für den Rest ihres Lebens aufheben und sie in einer alten runden Keksdose hinterlassen, zusammen mit einem Stoß Briefen von Ragnhild, einer Reihe von Glanzbildern und dem Foto eines jungen Mannes in Offiziersuniform.

Aber Borgny will nicht, kann nicht, vielleicht würde sie letztendlich diese ganze Freude und familiäre Idylle nicht ertragen. Sie lehnt sehr entschieden ab, und Ragnhild muß einsehen, daß sie nicht zu bewegen ist. Borgny begleitet Ragnhild am letzten Tag zum Bahnhof. Sie trägt die große Hutschachtel mit dem Brautschleier für sie und winkt ihr zum Abschied, wobei sie sich gegenseitig versichern, daß sie sich demnächst wieder treffen werden. Natürlich werden sie das!

Aber sie werden sich nur noch ein einziges Mal treffen. Fünfzehn Jahre werden vergehen, und ein Weltkrieg und die Geburt eines Kindes werden dazwischenliegen.

Wenn du damals mitgegangen wärest, Borgny, hätte dein Leben dann einen anderen Verlauf genommen? In jüngster Zeit habe ich mich das oft gefragt.

23

Von den nächsten Jahren weiß ich nicht so viel, abgesehen davon, daß Lars im Winter auf Walfang und Ragnhild mit Mathilde und dem Gesinde zu Hause auf Ås war. Die dunklen Winternächte waren ein einziges langes Warten, für das die kurzen, hektischen Sommernächte entschädigen mußten.

Da arbeiten sie gemeinsam auf dem Hof und haben selten genug Zeit für Freizeit und Vergnügen, aber wer drängt sich danach, wenn auf Ås das gute breite Ehebett im Schlafzimmer steht, in dem man Zuflucht suchen kann. Oder die Jakobsscheune, wenn es weiter nichts ist.

Mathilde ist aus dem Schlafzimmer wieder ausgezogen, so wie sie nach ihres Vaters Tod dort eingezogen war. Jetzt lebt sie wieder in der Kammer, in der sie vor bald fünfzig Jahren geboren worden ist. Nachts sitzt sie am Fenster, die Katze auf dem Schoß, und starrt über die Jakobsau. Wenn sie so Nacht für Nacht dort sitzt, die Nase an die Scheibe gepreßt, entgeht ihren Augen, die mit der Zeit immer weitsichtiger geworden sind, nicht viel.

»Nein, hast du da noch Töne! Ja, ja sie! Ach ja, er! Na ja, die werden schon sehen!« Eifrig sammelt sie, was sie sieht und noch mehr, und am nächsten Tag trägt sie es boshaft in die Gemeinde. Wahres wie Unwahres, glauben die Leute.

Aber wenn ihre Katze mitunter mit einem mißvergnügten Miauen von ihrem Schoß springt und sich hinsetzt, um salzige Tränen aus dem langhaarigen Fell zu lecken, dann wird das keiner gewahr. Die Katzen haben noch immer ein Geheimnis für sich behalten können.

In diesen Jahren wird Mathilde irgendwie alt. Sie wird zu derjenigen, an die ich mich erinnere, schwarz gekleidet, die Haare straff zum Knoten gebunden, mit strenger Miene. Ob sie ebenso gespannt auf den Hoferben wartet wie Ragnhild, wird keiner je erfahren. Aber jedesmal, wenn es wieder schiefgegangen ist, kümmert sie sich rücksichtsvoll um Ragnhild, wäscht die selbstgestrickten Baumwollbinden und gibt ihr das eigene Taschentuch, wenn Ragnhilds nicht gewaschen ist.

Das geschieht zwar auf die gewohnte barsche Weise, aber in ihrer Bemerkung: »Jetzt mußt du dich zusammenreißen« liegt so viel anteilnehmende Fürsorge, daß Ragnhild nur noch mehr weinen muß.

Denn diese eine Sache in Ragnhilds Leben – später wird noch etwas hinzukommen – ist, was sie so grenzenlos verzweifelt sein läßt und was sie gänzlich in ihrem an sich so erdverbundenen und zuversichtlichen Wesen erschüttert. Jedes Mal, wenn wieder ein kleiner Keim des Hoffens und Erwartens aus ihr hinausgespült wird, ist ihr, als nehme er ein Zipfelchen ihrer Seele mit sich.

Zerbricht sie am Ende daran? Nicht Ragnhild. Dafür ruht sie zu sehr in sich. Und selbst wenn es mit jedem Mal ein wenig länger dauert, bis sie darüber hinweg ist, so verliert sie doch nie den Mut, daß es ihr einmal gelingen wird, ein lebendiges Kind auszutragen.

24

Er hieß mit Vornamen Hans, seinen Nachnamen habe ich vergessen, wenn ich ihn überhaupt irgendwann einmal gehört habe. Als er nach Norwegen kam, war der Krieg schon ein paar Jahre im Gange. Die Leute hatten sich langsam an Verdunklungsrollos gewöhnt und an Rationierungskarten, aber das unheilverkündende Heulen des Fliegeralarms erfüllte sie noch immer mit dem gleichen schleichenden Gefühl von Angst wie in den ersten Wochen des Krieges.

Hans war im letzten Winter an der Ostfront, wo eine russische Gewehrkugel den Weg zu seinem rechten Knie fand, es zerschmetterte und ihn dann in eine Hölle von Schmerzen schickte, wobei ihn das gleichzeitig aus einer anderen, erheblich schlimmeren befreite. Denn während seine Kriegskameraden mit dem fatalen Feldzug gegen Moskau begannen, kommt er bald zur Erholung nach Hause nach Berlin. Er wird zum Offizier befördert und mit steifem Knie, aber ansonsten gut in Form, nach Oslo geschickt, wo er im Büro sitzen und versuchen soll, dieses halsstarrige Volk, das sich einfach seiner Wehrmacht nicht beugen will, zur Räson zu bringen.

In den ersten Wochen wohnt er in dem Hotel, in dem Borgny arbeitet, und ist schon gleich am ersten Tag beim Frühstück von ihrem seidigen Haar bezaubert. Es erinnert ihn an die braungoldenen seidenen Quasten im Haus seiner Großeltern in Berlin. Er bekommt eine unbändige Lust, es anzufassen, aber natürlich tut er das nicht. Er lächelt lediglich sein freundliches Lächeln und erhält von ihr ein kurzes schüchternes zurück.

Ich weiß nicht, wie es dazu kam, daß sie miteinander verkehrten oder wie es ihnen miteinander erging. Anfangs hatten sie keine gemeinsame Sprache, aber nach und nach schnappt er einige norwegische Wörter auf, die er ihr am Frühstückstisch serviert, als Dank für den Kaffee, den sie ihm serviert. Er strengt sich so sehr an, um sich verständlich zu machen, daß sie nicht anders kann als zu lachen. Und sie entdeckt, wie gut es tut zu lachen und wie lange es her ist, seit sie es zuletzt getan hat.

Borgny ist in diesen Jahren so einsam gewesen. Sie ist nun mal ein Mensch, dem es schwerfällt, um Freundlichkeit zu bitten, und so ist auch nur selten jemand freundlich zu ihr. Ihr Leben verläuft so einförmig, daß nicht einmal der Krieg es nennenswert aufstört. An jedem Tag kommt sie in das kleine Hotel zur Arbeit und wäscht, serviert und räumt auf, so vergehen die Stunden, bis sie nach Hause geht, in ihr ungemütliches möbliertes Zimmer, wo das Grammophon mit der Kurbel ihre einzige Gesellschaft bildet.

Nur selten einmal hat Lea, das jüdische Mädchen, mit dem sie in der Schicht zusammenarbeitet, Zeit, um mit ihr nach Hause zu kommen und eine neugekaufte Platte anzuhören. Denn Lea hat eine so große Familie und so viele Freunde. Borgny ist für sie zu schweigsam. Aber wenn Lea nichts anderes zu tun hat, dann kommt sie hereingewirbelt in das dunkle Zimmer, oftmals mit dem kleinen Bruder Simon auf den Fersen, und stellt Borgnys zurückgezogenes Leben für eine Stunde auf den Kopf, ehe sie weiterwirbelt, den Bruder im Schlepptau.

Manchmal kommt auch ein Brief von Ragnhild, mit dem hoffnungsvollen Bescheid, etwas Kleines sei unterwegs. Aber darauf folgt regelmäßig der bedrückte Bericht, es sei auch dieses Mal schiefgegangen. Borgny bedauert Ragnhild jedesmal sehr. Sie setzt sich hin und schreibt tröstende Briefe, du wirst sehen, beim nächsten Mal, und du bist ja so jung, und bald hast du ein Dutzend voll, warte es nur ab. Aber wie die Jahre vergehen, glauben sie alle beide weniger und weniger daran.

Als der Krieg ausbricht, bekommen die Briefe aus Ås einen anderen Inhalt. Sie sind voller Sorge um Lars, der nicht vor Kriegsanfang nach Hause gekommen war und nun bestimmt in England gelandet und in alliierte Dienste eingetreten ist. Das wird eine sechs Jahre lange Unterbrechung in Ragnhilds endloser Reihe von Fehlgeburten sein.

Nein, viele Freuden, viel Wärme gibt es nicht in Borgnys Leben in diesen Jahren. Deshalb trifft sie das lächelnde Interesse des jungen Deutschen wie ein Sonnenstrahl durch eine geschlossene, graue Wolkendecke. Zögernd nimmt sie seine Einladung ins Kino an und bittet ihn hin und wieder, mit auf ihr Zimmer zu kommen, um Platten anzuhören. Aber er geht jedes Mal brav nach Hause, nachdem er eine Tasse des schrecklichen Ersatzkaffees getrunken hat. Er schließt sie ganz rasch in die Arme und läßt ihr weiches Haar durch die Finger gleiten, ehe er geht. Sie fühlt die Wärme seiner Wange noch lange, nachdem sie zu Bett gegangen ist.

Das Mißtrauen und die Abneigung der Menschen ringsum, nimmt sie sie nicht wahr? Ich glaube nicht, daß sie das will oder vermag. Sie haben sich all die Jahre nur so wenig um sie gekümmert, warum sollte das jetzt anders sein? Aber daß sich auch Lea von ihr zurückzieht, das tut weh. Die fröhliche, stets zum Lachen aufgelegte Lea, die oftmals in die Küche gewirbelt kam und mit Borgny durch die Küche tanzte, daß die Tassen klirrten und die Kaltmamsell drohte, sie beide augenblicklich hinauszuwerfen. Lea mit der großen Familie. Lea mit der übersprudelnden Lebensfreude und dem unerschütterlichen Optimismus. Lea mit dem jüdischen Namen.

Eines Tages Mitte November kommt sie weinend zur Arbeit und erzählt, der Vater und die ältesten Brüder seien festgenommen und nach Berg außerhalb von Tønsberg gebracht worden. Sie schluchzt in den mütterlichen Armen der Kaltmamsell, läßt sich aber nach und nach von den Beteuerungen trösten. Denn sie haben ja nichts Schlimmes getan, der jüngste Bruder ist gerade fünfzehn Jahre alt. Nur der kleine Simon durfte zu Hause bleiben bei der Mutter und den Schwestern. Aber sie haben doch nichts getan!

Nein, sie können es nicht glauben, Borgny nicht und nicht die Kaltmamsell, daß ihnen etwas Ernstes geschehen kann. Sie trösten Lea, so gut sie können, und schaffen es schließlich, ein tränennasses Lächeln hervorzulocken. Am Sonntag drauf gehen sie in die Kirche und schließen sich dem Gebet des Pfarrers an, der für die verfolgten Juden Norwegens bittet. Und Borgny hält sich einige Tage von Hans fern. Das wird zu schwierig für sie, spürt sie.

Aber in diesen ungemütlichen Novembertagen helfen weder Gebete noch Glauben. An einem naßkalten Morgen wird Lea aus der Hotelküche abgeholt, wo sie gerade die Frühstückstabletts fertig macht. Der Hotelwirt, der die zwei in Zivil gekleideten Männer an der Rezeption empfängt, unternimmt nichts, um zu verhindern, was nun geschieht. Er verdient gut an den Deutschen, und jeder ist sich selbst der Nächste. Außerdem kann es ja doch wohl so übel nicht gehen, denkt er, und schickt Lea mit einem Klaps auf die Schulter hinaus in das, von dem weder er noch sie weiß, daß es die »Endlösung« sein soll.

An diesem Abend sitzt Borgny niedergeschlagen in ihrem Zimmer. Sie denkt an Lea, die inhaftiert ist, und an Hans, dem sie ein weiteres Mal abgeschlagen hat, ihn zu treffen. Sie sieht seine traurigen Augen vor sich und spürt an ihrem klopfenden Herz, daß sie so schrecklich gerne will. Aber sie kann nicht. Nach dem mit Lea ist ihr klar, daß sie nicht kann. Nicht, ehe Lea sicher wieder zu Hause ist. Denn sie würde nie Gewißheit haben, ob er nicht etwas damit zu tun hat.

Dennoch sehnt sie sich so sehr nach seinem warmen Lächeln, daß in dem Moment, als heftig an ihr Fenster geklopft wird, ihr erster Gedanke Hans! ist. Aber als sie das Fenster öffnet, sieht sie keineswegs die bekannte Gestalt. Im Schatten bei den Mülltonnen auf dem dunklen Hinterhof erkennt sie undeutlich die Gestalt eines kleinen Jungen im Hemd.

Simon! Aber Simon, was in aller Welt? Sie holt ihn in ihr Zimmer. Er weint und schlottert vor Angst und Kälte. So sehr zittert und bebt er, daß es anfangs unmöglich ist, ein verständliches Wort aus ihm herauszubekommen. Schließlich nimmt sie ihn einfach auf den Schoß. Sie wickelt ihn in die karierte Wolldecke und setzt sich in ihren einzigen Sessel. Wiegt ihn so lange, bis das Zittern etwas nachläßt. Da zieht sie ihm die feuchten Kleider aus, wäscht ihm das von Tränen verschmierte Gesicht und die mageren, schmutzigen Hände und bringt ihn zu Bett.

Er bekommt Brot mit Butter und Honig. Ragnhild hat ihr ein Paket geschickt mit Salzfleisch, Apfelgelee und einem großen Klecks Butter, das wird mehr als ein Achtel gewesen sein! Und obendrein ein Glas Honig, von Mathildes Bienen. Jetzt sieht sie, wie die Scheiben in dem ausgehungerten Jungen verschwinden. Er sitzt im Bett und hält sich den Teller unter das Kinn, um ja nicht einen Krümel zu verpassen, und als er fertig ist und sich die Finger abgeleckt hat, gibt er den Teller zurück, so sauber, wie er ihn bekommen hat. Dann trinkt er Wasser aus einer Blechkelle, die sie ihm reicht, und fängt wieder an zu weinen, hilflos schluchzend wie zuvor. Erst als sie sich ihr Nachthemd angezogen hat und zu ihm ins Bett gekrochen ist, wo sie im Stockfinstern hinter den Verdunkelungsrollos dicht zusammengerückt sind, gelingt es ihm, zu erzählen, was geschehen ist.

25

Sie kamen und haben sie aus der Schule geholt. Es waren viele Männer in Zivil und einige in Naziuniform. Es war mitten in einer Stunde, Simon hatte darum gebeten, aufs Klo gehen zu dürfen, und traf im Gang auf sie. Er weiß nicht, warum er nicht angehalten wurde, aber sie gingen einfach an ihm vorbei, ohne den kleinen Jungen in dem karierten Flanellhemd, den Knickerbockern und den selbstgestrickten Strümpfen zu beachten. Vielleicht hatten sie noch nicht gemerkt, wie gleich jüdische Kinder den anderen sind.

Er spürte, was geschehen würde, und bekam solche Angst, daß er weglief und sich in einer Mülltonne versteckte. Den ganzen Tag lang hatte er dort zusammengekauert gesessen. Vor Schreck wie gelähmt, hört er, wie die Nazis auf dem Schulhof herumkommandieren und die jüdischen Kinder zusammensammeln – viele davon seine engen Kameraden – und mit ihnen abmarschieren.

Nach der Schule wurde es ganz still, aber er

getraute sich dennoch nicht aus der Mülltonne heraus, denn stell dir vor, da kommen mehr von diesen gemeinen Nazis, und wohin sollte er gehen? Hier weint er wieder so heftig, daß der Rest der Geschichte im Schluchzen unterzugehen droht. Er traut sich nicht nach Hause. Wo ist Mutter, wo Lea und die anderen Schwestern? Und was haben sie mit Vater und den Brüdern gemacht?

Er weiß nicht, daß der Aufenthalt in der Mülltonne ihm zumindest die schreckliche Szene unten am Hafen erspart hat, als die kleinste Schwester, nur anderthalb Jahre alt, der Mutter von einem uniformierten Arm brutal aus den Händen gerissen wird und unter ihren Augen in der aufgebrachten Volksmenge verschwindet. Ihrer beider Phantasie reicht nicht, um sich dieses Schauspiel tiefster Demütigung vorzustellen, in Szene gesetzt durch das gefährlichste aller menschlichen Gefühle, den verdummenden, angsterfüllten Haß auf Menschen fremder Rasse.

Ach, wenn du doch da gewesen wärst, du unerschütterliche, erdverbundene Mutter Ragnhilds! Wenn du dich erregt in der wimmelnden Menschenmenge herumgedreht, je zwei im Nacken gepackt und ihre Nasen aneinander gerieben hättest, damit sie merken, daß sie zum gleichen Menschengeschlecht gehören! So wie du das vor vielen Jahren mit Ragnhilds ungestümen Brüdern getan hast. Wenn du den Uniformierten eine gründliche

Standpauke gehalten und deine Drohung, den einen zu packen und den anderen damit zu verhauen, umgesetzt hättest, so daß sie sich beschämt zurückgezogen hätten. Dann würde das Schiff, das am Kai liegt und wartet, ohne seine Last aus weinenden Alten, Frauen und Kindern, Futter für Hitlers Gaskammern, auslaufen müssen.

Aber nein, gegen die Dummheit kämpfen selbst die Götter vergebens. Und Ragnhilds Mutter hat an anderes zu denken, wie sie mit ihrem Mann zu Hause hinter dunklen Vorhängen sitzt, während mit Eisen beschlagene Absätze auf der Suche nach einem Hinweis, wo ihre zwei dummdreisten Jungen sich herumtreiben, schwer durch Kammern und Stuben trampeln. Davon, daß ihre Söhne in einigen Tagen diesen blaffenden Okkupanten einen ihrer Feinde wegschnappen werden, einen zu Tode erschrockenen, zitternden kleinen jüdischen Jungen, davon weiß sie nichts.

26

Die älteren Zwillinge verstecken sich seit Kriegsausbruch im Wald. Weder Ragnhild noch die Mutter wußten etwas von ihrem Leben in den Wäldern des Vestfold, wo sie von Hütte zu Hütte zogen und bald hier, bald dort alliierte Fallschirmsendungen entgegennahmen.

Die jüngeren Zwillingsbrüder sind nach Oslo gegangen, wo sie als eine Person auftreten und sich damit gegenseitig große Handlungsfreiheit verschaffen und außerordentlich halsbrecherische Manöver veranstalten, mit denen sie alle an der Nase herumführen, um der Okkupationsmacht Informationen entlocken zu können. Sie gleichen sich wie ein Ei dem anderen, und sie zeigen sich niemals gleichzeitig, deshalb weiß keiner, daß sie zwei sind, und zusammen mit ihrer Dummdreistigkeit und ihrem grenzenlosen jugendlichen Übermut eröffnet ihnen das ungeahnte Möglichkeiten.

Eigentlich weiß ich darüber nur wenig, denn besonders bereitwillig haben sie nie über das geredet, was sie während des Krieges getrieben haben. Aber daß sie in einer eiskalten Nacht im Dezember einen zehn Jahre alten, völlig verängstigten jüdischen Jungen über die Grenze nach Schweden und in die Freiheit gerettet haben, das weiß ich, weil Ragnhild es mir erzählt hat.

Denn Borgny wendet sich an Ragnhild. Als sie nach dieser schlaflosen Nacht aufsteht, zu Papier und Bleistift greift, den Blick immer wieder auf den schlafenden kleinen Kerl im Bett richtend, schreibt sie einen Brief, in dem sie ihre Sorge für einen kranken kleinen Vetter zum Ausdruck bringt. Er hat so einen häßlichen Husten, der Arme, und hohes Fieber, weiß Ragnhild Rat? Sollte er nicht ins Krankenhaus gebracht werden?

Ragnhild braucht nicht lange, um diesen Code zu knacken. Borgny hat früher Lea und Simon in ihren Briefen erwähnt, und einen Vetter hatte sie niemals, das weiß Ragnhild nur zu gut. Sie schaltet ihre Brüder in Oslo ein, und nach nur einer Woche, einer Woche, die der Junge mäuschenstill und angstvoll wartend zugebracht hatte, sitzen sie eines Abends zusammen, bereit, voneinander Abschied zu nehmen. Simon trägt Borgnys viel zu große, dicke Strickjacke über dem karierten Hemd, den Rest des Honigs zusammen mit dem, was Borgny an Proviant beschaffen konnte, in einem kleinen Bündel neben sich, und seine ängstlichen dunklen Augen sind auf Borgny gerichtet. Noch einmal wird er einen festen Halt in seinem Dasein verlieren, aber er weint nicht mehr. Vielleicht hat er zu viel Angst.

Um neun Uhr werden sie kommen und ihn holen. Nach Tagen unerträglichen Wartens auf ein Lebenszeichen hatte man Borgny diesen Bescheid an einer Straßenecke zugeflüstert. Sie wartet ungeduldig darauf, dieses hier hinter sich zu bringen, gleichzeitig spürt sie, daß sie nachts im Bett den kleinen weichen Körper vermissen wird. Ihr so nahe, so abhängig von ihr war noch niemals zuvor ein Mensch, und sie weiß nicht, ob sie es jemals wieder erleben wird.

Als sie auf der Treppe Schritte hören, schlingt sie die Arme um den Jungen, und so wird er sie sehen, als er hereingeplatzt kommt, Hans, der auf alle erdenkliche Weise versucht hat, mit ihr Kontakt aufzunehmen, auf dem Fußboden kniend, einen schmächtigen zehnjährigen Judenjungen in den Armen.

Simon begreift nichts. Er hört Borgny einen Namen flüstern und sieht den Mann in der Naziuniform, der Anblick erschreckt ihn zutiefst. Er hört den Wecker auf dem Nachttisch laut die einzelnen Sekunden ticken, hat aber keine Möglichkeit zu begreifen, was zwischen den beiden Erwachsenen vor sich geht, als der Deutsche, nachdem er, den Blick auf Borgny geheftet, eine Ewigkeit da gestanden hat, auf dem Absatz kehrt macht und die Treppe hinunter verschwindet.

Er fühlt, wie Borgnys Hände zittern, als sie ihm ein letztes Mal übers Haar streichelt, den letzten Knopf der Strickjacke zuknöpft und ihn bittet, hier zu warten, während sie selbst sich ihren Mantel nimmt und hinter dem uniformierten Mann hereilt. Fünf Minuten später wird er von einem anderen jungen Mann abgeholt, und in der gleichen Nacht wird er sicher über die Grenze nach Schweden gebracht. Er wird Borgny niemals wiedersehen.

Er wird auch die Mutter nie wiedersehen, Lea und die anderen Schwestern, die schon vor einiger

Zeit über eine andere Grenze gegangen sind, als sie nackt und weinend zusammen in einer Gruppe mit fünfzig anderen Frauen und Kindern in die deutschen Gaskammern gepfercht wurden. Der Vater und die Brüder gehen einer nach dem anderen in einer Hölle zugrunde, so raffiniert und das Böse an sich darstellend, daß der Teufel selbst es nicht besser hätte einfädeln können. Es dauert einige Monate, ehe sie alle weg sind, aber davon weiß natürlich der kleine Simon nichts, noch nicht.

27

Als Borgny auf die Straße kommt, hat es zu schneien begonnen. Große friedliche Schneeflokken sinken langsam vom Himmel und verbreiten eine Stimmung von Weihnachten und Erwartung, die in größtem Kontrast zu der wahnwitzigen Situation auf Erden steht. Sie fallen, als ob der Himmel selbst sich vorgenommen habe, alle Spuren von Blut und Leiden zuzudecken. In der dünnen weißen Schneedecke kann sie den Spuren seiner Stiefel folgen, wie deutlichen Zeichen auf einem unbeschriebenen Blatt Papier.

Und sie weiß, als sie sich ihm, der hinter der

Straßenecke steht und auf sie wartet, eine dünne Lage weißen Schnees auf der Uniform, nähert, daß sie jetzt eine neue Seite in ihrem Leben aufschlagen wird, eine unbeschriebene Seite, von der sie noch nicht weiß, ob sie, wenn sie fertig beschrieben sein wird, die größten Freuden oder die größte Trauer enthalten wird. Er schlingt die Arme um sie und flüstert, das bleiche Gesicht gegen das ihre gepreßt, in seiner stotternden Mischung aus Norwegisch und Deutsch, daß sie niemals, niemals über das sprechen dürfen, was heute abend geschehen ist. Erfüllt von grenzenloser Dankbarkeit, daß der Junge gerettet ist und Ragnhilds Bruder in keine deutsche Falle laufen wird, läßt sie sich umarmen und küssen und festhalten, bis sie nicht länger weiß, ob die warme Freude, die sie spürt, von der Erleichterung herrührt, daß diese nervenaufreibende Woche endlich vorüber ist, oder aus Zärtlichkeit für ihn, der mit immer heftigeren Küssen und Umarmungen sein stummes Versprechen besiegelt, sie nicht zu verraten. Vermutlich ist es beides.

Arm in Arm lassen sie sich durch die leeren Straßen treiben, in einem weißen Niemandsland, wo das dichte Schneetreiben wie eine barmherzige Wand zwischen ihnen und dem Rest der Welt steht und sie in einer glänzenden Blase von Frieden und zaghaft wachsender Verliebtheit eingeschlossen hält und beschützt. Erst nach etlichen

Stunden kehren sie auf Borgnys Zimmer zurück, bürsten im Dunkeln auf der Straße vor der Haustür sich gegenseitig den Schnee ab und gehen die steile Treppe hinauf. Von Simon keine Spur mehr. Sie entkleiden sich und kriechen unter die Decke, dieselbe, unter der Borgny in den letzten Nächten voller Anspannung gelegen hat, den kleinen furchtsamen Jungen neben sich. Und davor so viele, viele Nächte allein.

Sein großer Körper, seine warme Haut, Sicherheit und Angst, Schmerz und Genuß, Trauer und Freude, alles verschmilzt in einem Chaos von Gefühlen, das sich in sie hineinsprengt und eine Verteidigung niederbricht, von der sie nichts wußte. Bedingungslos ergibt sie sich, und sie denkt in dem Augenblick, als er die Fassung verliert, daß sie dies hier nie, nie bedauern wird.

Ich weiß nicht, ob sie es an dem Tag bedauerte, als sie mit dickem Bauch zwischen harten Männerfäusten auf dem Hinterhof des Hotels steht, in dem sie arbeitet, während der Hotelbesitzer ihr prachtvolles Haar mit einer stumpfen Küchenschere abschneidet. Vermutlich war sie zu Tode erschrokken und fühlte weder Angst noch Trauer. Aber später betrauert sie Hans schmerzlich.

Sie schenkt einem kleinen Jungen das Leben, ein paar Monate, nachdem der Frieden gekommen ist, der allerdings für sie und die anderen kahlgeschorenen »Deutschenhuren« mehr Unfrieden denn je bringt. Mit dem kleinen »Deutschenbalg« im Arm verkriecht sie sich in einer der erbärmlichsten Mietskasernen Oslos. Die Arbeit im Hotel hat sie natürlich verloren. Der Hotelbesitzer hat während des Krieges soweit gut an den Deutschen verdient, deshalb ist es wichtig zu zeigen, ihm selber und der ganzen Welt, auf welche Seite er in Wirklichkeit gehört hat.

So lebt sie also voller Scham ihr geschorenes Leben unter den verhuschten Seelen, mit Blick auf den Abort und die Mülltonnen. Sie verkauft die Dienste, die die Menschen von ihr annehmen wollen, und reicht das nicht, verkauft sie im Notfall den Körper, um ihren verschüchterten kleinen Jungen am Leben zu erhalten. Fünf Jahre vergehen, ehe sie Kontakt mit Ragnhild aufnimmt.

28

Das Tuberkulosesanatorium von Sandefjord liegt hoch oben auf dem Berg, auf einer hohen Felsenkuppe, der schlanke Giebel ist den gepflegten Villengärten unterhalb zugewandt. Grau und düster erhebt sich das Gebäude am Rande des steilen

Abhanges, es wirkt, als habe es dort schon seit unvordenklichen Zeiten gestanden.

Ragnhild steigt beim Landstad-Denkmal aus, gleichzeitig mit einer gleichaltrigen Frau aus dem Nachbarort, und sie machen sich auf den Weg, der im Volksmund nur »Himmelsleiter« genannt wird, weil er so steil ist. Die Frau hat vier kleine Kinder dabei, drei Mädchen und einen kleinen Jungen, den sie auf dem Arm trägt.

Sie ist eine hübsche Frau, schmal und dunkel, Ragnhild kennt sie kaum. Sie gehört zum gleichen Missionsverein wie Ragnhilds nächste Nachbarin Gudrun, darauf weisen deutlich auch die glatt zurückgestrichenen, altmodisch frisierten Haare, die einfache Kleidung und das ungeschminkte Gesicht hin.

Die drei kleinen Mädchen tragen alle einen Rock, obwohl es fast noch Winter ist. Ragnhild erinnert sich, daß auch Gudrun ihrem kleinen Mädchen Solfrid meist einen Rock anzieht. Aber Gudrun hält sich nicht so streng an die ungeschriebenen Gesetze der Alten wie manche andere in diesem sehr pietistischen Zweig der Inneren Mission. Das hier sind richtig süße Kinder. Die Mädchen in selbstgenähten kleinen Gabardinejäckchen und karierten Wollröcken, alle drei sind sie gleich angezogen. Der Junge auf dem Arm trägt einen dunkelblauen Popelinanzug. Er schaut mit diesem verwunderten, beobachtenden Blick in die Welt hinaus, den Kinder im Alter von anderthalb Jahren oft haben. Als ob es darauf ankäme, nicht das kleinste Detail zu verpassen.

Die beiden ältesten Mädchen springen und tanzen um die Erwachsenen herum, erfüllt von dem Drang, sich zu bewegen nach der langen Busfahrt. »Wir gehn zur Oma! Wir gehn zur Oma!« singen sie im Chor. Es sind zwei lebhafte, schmale Kinder mit wachen blauen Augen. Sie drängeln, wollen gern ohne Mütze gehen, und schließlich gibt die Mutter nach. Und der Frühlingssonne gelingt es auf der steilen »Himmelsleiter« immerhin, daß sogar auch die Erwachsenen stehenbleiben und ihre Mäntel aufknöpfen.

Die Mutter zieht den beiden Mädchen die Mützen ab und steckt sie in die großen Manteltaschen. »Wir sind draußen, nur mit den Haaren!« jubeln die Kinder und machen so ein Geschrei, daß die Mutter sie energisch ermahnt, allerdings ohne nennenswerten Erfolg.

Das kleinste Mädchen ist stiller als seine Schwestern. Es hat den Daumen im Mund und hält die Mutter am Mantel fest. »Ich auch … ich auch, Mama!« quengelt sie und zieht an der weißen Kaninchenfellmütze, ohne die Mutter loszulassen. Aber die Mütze ist unter dem Kinn mit einem schmalen weißen Band zugebunden, und das geht nicht auf. Ihre Versuche, die Bänder aufzuknüpfen, führen nur dazu, daß ein fester Knoten entsteht, und weil die Mutter nur eine Hand zur Verfügung hat, muß Ragnhild aushelfen.

Nach und nach darf sie auch die kleine runde Hand halten, und als die Kleine müde wird, läßt sie sich schüchtern und mit dem Daumen im Mund auf dem Arm tragen. Mit der Zeit taut sie auf, und auf Ragnhilds Frage, wie sie heiße, zieht sie den Daumen aus dem Mund, antwortet: »Maja« und stopft ihn blitzschnell wieder hinein. Sie hat ein rundes Gesichtchen und ein tiefes Grübchen im Kinn, Ragnhild ist von ihr bezaubert.

Die Mutter stöhnt ein bißchen über das Daumenlutschen. Beide, die Kleine und die Älteste, lutschen am Daumen. Alle Versuche, mit Senf auf den Fingern oder sie mit Handschuhen schlafen zu legen, sind fehlgeschlagen. Besonders die Älteste sollte bald damit aufhören, sie ist fünf Jahre alt.

Diese Alltagskümmernisse der Mutter und ihr liebevolles Klagen über die Kinder versetzen Ragnhild einen schmerzlichen Stich. Ist es so, wenn man Kinder hat, viele Kinder? Warum bekommen manche so viele und andere keine? Gibt es einen, der das steuert? Seit so vielen Jahren haben sie und Lars sich Kinder gewünscht, mehr als alles andere auf der Welt. Jetzt haben sie die Hoffnung aufgegeben. In den letzten Sommern ist Ragnhild nicht mehr schwanger geworden und war eigentlich auch froh darüber. Weder sie noch er können den Gedanken an noch mehr Fehlgeburten verkraften.

Sie trennt sich von der lärmenden Familie an der Kreuzung oben auf dem Hügel. Da ist es ihr schon gelungen, gut Freund mit allen kleinen Mädchen zu sein. Ragnhild kann gut mit Kindern umgehen. Die kleine Tochter von Gudrun, Solfrid – ja, ich werde dir später viel von Solfrid erzählen! Sie könnte ungefähr so alt sein wie die älteste dieser drei hier, sie kommt tagtäglich nach Ås, um Ragnhild zuzuhören, wenn sie die unzähligen Kinderlieder singt, die sie kennt, oder eine der vielen Geschichten erzählt, die sie von Goßmutter Katrine gelernt hat, als sie klein war.

Das letzte Stück des Weges hat Ragnhild die kleine Zweijährige auf dem Arm getragen, während die großen Schwestern darum wetteiferten, wer ihre freie Hand halten darf. Sie haben in einer Tour geplappert und Ragnhild mit feierlichem Ernst anvertraut, daß sie bei Großmutter alle der Größe nach auf dem runden Hocker sitzen dürfen. Die Mutter erklärt lachend, das sei ein Stuhl ohne Rückenlehne. Im Gegensatz zu den anderen Küchenschemeln ist dieser also rund, und weil alle drei deshalb auf ihm sitzen wollen, gibt es jedesmal ein großes Theater. »Bald will er auch«, sagt sie und drückt den Jungen, den sie auf dem Arm hat, an sich. »Dann werden es also vier sein, die sich um den runden Stuhl schlagen«, lacht sie halb resigniert und streicht dem mittleren Mädchen über das Haar.

»Drückt ihr mich zum Abschied noch mal?« fragt Ragnhild. Und die Mädchen wollen sie gerne noch mal drücken. Das Kleine schlingt die Arme um ihren Hals, sie ist ganz angetan von Ragnhild und fängt an zu quengeln, als sie abgesetzt wird. Aber der kleine Junge will nicht. Er hält die Mutter mit den dicken Ärmchen fest und versteckt schüchtern sein Gesicht an ihrem Hals.

Ragnhild bleibt an der Kreuzung stehen und sieht ihnen nach, wie sie winkend in einer Straße verschwinden. Auch wenn die Mutter angestrengt und abgehetzt zu sein scheint, so kommt es Ragnhild vor, als sei sie doch wie von einem Ring aus sicherem Glück umgeben, ein ruhender Pol inmitten der lärmenden Kinderschar.

Als der weite, hellgrüne Mantelrücken um die Kurve verschwunden ist, setzt sie sich auf einen Stein am Weg und weint bitterlich.

29

So viele Tränen hat sie während all dieser Jahre um die kleinen Lebenskeime vergossen, die zu behalten ihr nicht gestattet war, daß es ihr scheint, als könne sie beinahe nicht mehr weinen. Tränen, so daß die Kopfkissenbezüge mit Mathildes schönen Häkeleinsätzen durchnäßt waren, weinen, dabei den Kopf im Kissen vergraben, weil Lars sie nicht hören sollte. Unter Mathildes behutsamen Händen hat sie getrauert und geblutet und ist nach wenigen Tagen wieder aufgestanden, zurück zum gewöhnlichen Alltag, ein jedes Mal mit ein bißchen weniger Glauben daran, daß es ihr einmal gelingen könnte, ein lebendiges Kind auszutragen.

Oft ist sie schwanger gewesen, wenn Lars auf Walfang hinausgefahren ist. Hatte seinen hoffnungsvollen Abschiedsblick im Gedächtnis, es ist ihm nie gelungen, die Hoffnung und den Traum von einem Erben vor ihr zu verbergen, so gut er es auch versuchte. Selbst würde er bestimmt genausogern ein kleines Mädchen gehabt haben, eine, mit der die kleine Solfrid spielen kann.

Aber weder Hoffen noch Träumen, weder Beten noch Beschwören haben vermocht, die kleinen Leben zu überreden, sich doch ruhig in ihr niederzulassen. Und jetzt hat sie den Glauben verloren. Sie hat sich damit ausgesöhnt, kinderlos zu sein, und die Tränen, die sie an diesem Morgen im März vergießt, gelten weniger ihrem eigenen Unglück als vielmehr der Jugendfreundin Borgny.

So hatte sie sich das Wiedersehen mit der Freundin aus Oslo nicht vorgestellt. Seit damals, zweiundvierzig, als Borgny um Hilfe bat, um den kleinen Judenjungen Simon zu retten, haben sie fast keinen Kontakt gehabt. Ragnhild schickte während des Krieges weiterhin regelmäßig Briefe, bekam aber immer seltener Antwort, und als der Frieden kam, hörten die Lebenszeichen von Borgny ganz auf.

Ragnhild machte zwar ein paar halbherzige Versuche, die Freundin wiederzufinden, aber rasch glitt das stille Mädchen mit dem seidenglänzenden Haar in die Ecke des Herzens, wo alte Freunde oftmals landen, wenn die Verbindung abbricht, selbst wenn sie niemals so gut war.

Aber nun, nach mehr als fünf Jahren, hat Borgny Kontakt aufgenommen, und der Brief, den Ragnhild bekommt, ist kein erfreulicher. Borgny schreibt, sie habe fortgeschrittene Tuberkulose. Sie sei allzu spät behandelt worden. Beide Lungenflügel seien betroffen. Sie möchte Ragnhild gerne treffen.

Warum sie in Sandefjord gelandet ist, weiß Ragnhild nicht – und ich auch nicht. Vermutlich bat sie darum, dorthin geschickt zu werden, um näher an Ragnhilds Heimatort zu sein. Sie hat niemanden sonst, zu dem sie Kontakt aufnehmen könnte. Jetzt ist Ragnhild unterwegs, um sie zu besuchen.

Borgny liegt in einem Einzelzimmer, und es ist nicht schwer zu erkennen, warum. Ein Blick auf das weiße, spitze Gesicht zeigt ihr, daß es schlecht um Borgny bestellt ist. Mit einer Art ungläubigen Erstaunens wird Ragnhild klar, daß Borgny sterben wird, und daß aus den Plänen, die Ragnhild während der letzten Tage geschmiedet hat, nichts werden wird. Sie wollte sie mit sich nach Hause nehmen. Sie hatte Borgny vor sich gesehen, wie sie an der sonnenbeschienenen Wand beim Windfang sitzt – die Frühjahrssonne wärmt so schön in dieser geschützten Ecke – mit der karierten Decke auf den Knien und einer Tasse mit Mathildes Johannisbeersaft in den mageren Händen, hatte gesehen, wie Borgny sich gesund und rotwangig und froh essen und trinken würde, beschützt von Ragnhilds Lachen und Mathildes kurz angebundener Fürsorge.

Mathilde war nicht sonderlich begeistert gewesen, natürlich nicht. Aber Ragnhild hatte auch nichts anderes erwartet, und daß sie mit der Ablehnung der Tante schon zurechtkommen würde, dessen ist sie sicher. Die beiden würden schon gut miteinander auskommen, in dem Maße, wie Mathilde mit irgend jemandem gut zurechtkommt. Sie sind sich auf eine Art so ähnlich, findet Ragnhild.

Beim Anblick der mageren, vom nahen Tod gezeichneten Freundin im Krankenhausbett wächst in Ragnhild eine stumme Frage. »Warum hast du nichts gesagt, Borgny? Warum hast du dich nicht früher bei mir gemeldet?« Sie ist in ihrem Alltag von so viel robustem Leben umgeben, daß sie sich nichts anderes vorstellen kann, als daß das Borgny angesteckt haben würde, wenn sie sie nur mit sich nach Ås hätte nehmen dürfen.

Jetzt sieht sie, daß Borgny nicht mehr viele Tage zu leben hat. Sie ist so weit bei Bewußtsein. »Meistens schläft sie«, flüstert die weißgekleidete Frau, die sich vom Stuhl am Bett erhoben hat, als Ragnhild das Zimmer betrat. Das Lächeln, das das blasse Gesicht aufleuchten läßt, ist nur ein Schatten des früheren Lächelns, an das sich Ragnhild so gut erinnert. Die Hand, die ihre ergreift, ist mager, der Händedruck ohne Kraft.

Aber Borgny ist froh, sie zu sehen. Ihre grauen Augen, die jetzt ganz in die tiefen Augenhöhlen eingesunken liegen, hängen mit einem Blick voller Zuneigung, ja mit einem fast verehrungsvollen Ausdruck an der Freundin, und die mageren Finger lassen nicht einen Augenblick Ragnhilds Hand los.

Mit kurzen, keuchenden Atemzügen erzählt sie Ragnhild von Hans und von ihrem kleinen Jungen. Das Sprechen strengt sie ungeheuer an, und sie muß zwischendurch lange Pausen machen, um neue Kräfte zu sammeln. Mit flüsternder Stimme bringt sie den Wunsch hervor, die Bitte, die das

Leben des kleinen »Deutschenkindes« und das so vieler anderer verändern wird.

Und Ragnhild sagt ja, denn was sonst kann sie tun? Ja, sie wird sich um den kleinen Nils-Jan kümmern – bis Borgny gesund ist, kann sie nicht lassen hinzuzufügen, auch wenn es keine von beiden glaubt. Sie drückt die kraftlose Hand und versucht mit aller Macht, der sterbenden Freundin etwas von ihrer eigenen Lebenskraft zu schicken.

Als sie viel später ihre Hand vorsichtig aus Borgnys schlafendem Griff zieht – es erinnert sie an den eines vertrauensvollen Kindes – und sich aus dem Krankenzimmer schleicht, da geschieht das nach vielen Versicherungen, morgen wiederzukommen. Aber am nächsten Tag bekommt sie einen Anruf vom Sanatorium, daß Borgny im Laufe der Nacht verstorben sei.

30

Weil Borgny keine eigene Familie hat, fällt Ragnhild die Aufgabe zu, die Beerdigung auszurichten. Sie kauft für Borgny ein Grab auf dem Friedhof in Sandar, denn sie meint, es sei für den kleinen Jungen gut, wenn er das Grab der Mutter in der Nähe weiß.

An einem bitterkalten Vormittag im März kommt Borgny genauso still und unbemerkt unter die Erde, wie sie gelebt hat. Nur Ragnhild folgt ihr. Sie fröstelt in der naßkalten Frühlingsluft, und während der Pfarrer Erde auf den einfachen weißen Sarg wirft, geht ihr durch den Sinn, daß Menschen niemals mehr frösteln als bei einer Beerdigung.

Auch Mathilde friert, als sie unterwegs zur Bushaltestelle an der Friedhofsmauer entlanggeht. Sie hat Ragnhild in die Stadt begleitet, um Häkelgarn und ein paar andere Sachen einzukaufen, die sie benötigt. Jetzt ist sie fertig und will zusammen mit Ragnhild den Bus nach Hause nehmen.

Sie sieht Ragnhild und den Pfarrer am offenen Grab und denkt, daß sie vielleicht hätte mitgehen sollen, wegen Ragnhild. Aber warum sollte sie? Ragnhilds Freundin geht sie nichts an, sie haben sich nie getroffen. Gleichwohl hat sie oftmals vage Mitgefühl für Borgny empfunden. Denn aus dem, was Ragnhild berichtete, spürte sie, daß hier ein Mensch war, noch einsamer als sie selbst.

Und sie denkt noch einmal, daß sie hätte mitgehen sollen, während sie ihren dunklen Wintermantel enger um sich zieht und eilig weitergeht. Mit feuchten Augen beeilt sie sich wegzukommen, und sie weiß nicht, ob ihr die Tränen wegen Ragnhilds Trauer, die ihr Eindruck macht, kommen oder ob es nur der kalte Schnee ist, der ihre

Augen zum Überlaufen bringt. Die Tränen blenden sie einen Moment, so daß sie einem großen, vierschrötigen Mann geradewegs in die Arme läuft. Auf dem glatten Bürgersteig verliert sie beinahe das Gleichgewicht, und er packt sie am Mantelärmel, damit sie nicht hinfällt.

Weil die Kirchenglocken in dem Moment ein paar dumpfe Schläge tun, streift er sich mit einer unwillkürlichen Bewegung den Hut vom Kopf, und sie sieht, daß sein Haar in diesen fünfunddreißig Jahren schütter geworden ist, aber der Schwung der Stirn ist noch derselbe.

Und sie spürt, daß ihr eigenes Herz genauso dumpf schlägt wie die Glocken der Kirche von Sandar, während sie ihm ins Gesicht starrt und merkt, daß er sie nicht wiedererkennt. Dann nickt er kurz, setzt sich den Hut auf und setzt seinen Weg fort, nachdem er gleichgültig einen Blick über die Friedhofsmauer geworfen hat.

Mathilde geht durch das Tor und setzt sich auf eine Bank, sie merkt, daß ihre Beine sie nicht länger tragen wollen. Ihr Kopf ist leer, ohne Gedanken, sie sitzt nur da und starrt in die Luft. Ein Spatz kommt angeflattert und hüpft hoffnungsvoll um ihre Stiefeletten. Er weckt in ihr die Vorstellung von Brotkrumen – sie sollte Brotkrumen haben, ohne daß der Gedanke in Worte geformt wird.

In ihr entsteht auch das Bild von Schwalben. Sie sieht Schwalben, die wie schwarze Pfeile an einem

Mittsommerabend über Jakobs Wiese hin- und herschießen. Ein ums andere Mal kreuzen sich ihre Flugbahnen, ohne daß sie jemals miteinander in Berührung kommen. Sie hört das hohe Zwitschern und riecht das frischgemähte Gras.

Ach, Mathilde. Ich sehe dich an einem eiskalten Vormittag im März auf einer Friedhofsbank sitzen. Du trägst den schwarzen Mantel mit dem Nerzkragen, ein Kragen, der aus zwei vollständigen Tieren gearbeitet ist, mit Kopf und Pfoten und allem, lose um deinen Nacken gelegt. Dein stolzer Nacken, Mathilde, der sich so selten beugt, jedenfalls, wenn es jemand sehen kann. Das Tuch, das du um den Hals trägst, ist heruntergerutscht, aber du ziehst dir nicht den Kragen bis über die Ohren hoch, um dich gegen den beißend kalten Schnee zu schützen. Du hältst den Kopf vornübergeneigt, so als ob du dich der Trauer um einen lieben Verstorbenen beugtest, und dein Blick starrt geistesabwesend auf deine eigenen runden Stiefelspitzen. Ragnhild, die vorbeikommt und bei der Bank anhält, muß deinen Namen mehrere Male sagen, ehe du sie hörst.

Im Bus nach Hause sitzen Mathilde und Ragnhild Seite an Seite auf den grünen Sitzen, ohne miteinander zu sprechen, denn beide sind sie erfüllt von ihren eigenen Erlebnissen und Gedanken. Am Tag darauf reist Ragnhild nach Oslo, um den kleinen Nils-Jan abzuholen.

31

In den ersten Nächten wacht er auf und weint. Er weint still und vorsichtig, fast lautlos, aber Ragnhild, die im Zimmer nebenan liegt, die Tür angelehnt, hat alle Sinne auf das fremde Kind gerichtet und hört ihn.

Mit einer raschen Bewegung schwingt sie die Beine aus dem Bett, steckt die Füße in die karierten Pantoffeln mit dem heruntergetretenen Rand und den großen Pompons vorn, und sie fröstelt ein bißchen von der Kälte, die ihr eiskalt die Beine hochsteigt, bis die Pantoffeln warm geworden sind. Sie wickelt sich einen alten hellbraunen Strickschal um die Schultern und schleicht sich auf Zehenspitzen hinüber zu seinem Bett. Dort setzt sie sich auf die Bettkante und streckt vorsichtig prüfend eine Hand zu dem kleinen Gesicht hin.

Er zieht sich nicht zurück, zuckt bei der Berührung nur kurz zusammen. Wie ein ängstliches kleines Reh liegt er da und drückt sich gegen die Unterlage.

»Mama«, schluchzt er, und dieses kleine Wort macht Ragnhild vollständig hilflos. Sie schiebt vorsichtig eine Hand unter die Bettdecke, um ihm tröstend über den Rücken zu streicheln – was kann sie sonst tun! – und entdeckt, daß er fast bis zum Hals hinauf naß ist. Sie war darauf vorbereitet, nach dem Bericht des Kinderheims, und sie und Mathilde haben gemeinsam ein Öltuch unter das Laken gebreitet, um seine Matratze zu schonen.

»Komm«, sagt sie und schlägt die Bettdecke zur Seite. Da steht er auf, ohne ein Wort zu sagen, und in dem kalten Mondlicht, das durchs Fenster scheint, sieht sie, wie er sich ganz still mit dem Gesicht zur Wand in eine Ecke des Zimmers stellt. Beim Anblick dieses erbarmungswürdigen Rückens erfüllt sie Wut und Scham auf all die unbedachten Erwachsenen. Und als sie sich dem Jungen mit einer etwas jähen Bewegung nähert, zuckt er zusammen, wendet sich ihr halb zu und hebt die Arme über den Kopf, wie um einen Schlag abzuwehren. Da sinkt sie auf den eiskalten Fußboden, nimmt ihn in die Arme und sagt ernst und eindringlich, mit einer Stimme, die vor Bewegung zittert: »Ich werde dich niemals schlagen, Nils-Jan. Was immer du tust, werde ich dich nie, nie schlagen!« Und dieses Versprechen wird sie halten. Er wird ihr allerdings auch keinen Grund geben, es zu brechen.

Später liegen sie zusammen unter ihrer Bettdekke in dem geräumigen Ehebett, das in den langen Wintermonaten, wenn Lars weg ist, besonders groß zu sein scheint. Nils-Jan hat einen trockenen Pyjama an. Er besitzt nur zwei, und die sind beide ziemlich verschlissen. Insgesamt hat er nur wenig und elendes Zeug, so daß Mathilde mit dem Nähen angefangen hat, um seine Garderobe zu erweitern, »schließlich soll er ja anständig aussehen«, sagt sie und tritt mürrisch auf der alten, mit Rosen bemalten Singer.

Ragnhild spürt seine Angst, weiß aber nicht, was sie tun kann, um sie zu vertreiben. Sie weiß nicht, ob es richtig ist, ihn mit zu sich ins Bett zu nehmen, es scheint, als ob ihn die Nähe mehr erschreckt als beruhigt. Aber er ist so klein und zart, und er zittert so sehr, daß sie nicht anders kann. Außerdem ist sein Bett naß und muß vollkommen neu gemacht werden.

Sie fühlt sich ganz und gar hilflos, weiß nicht, was sie zu diesem fremden Menschlein sagen soll. Rein intuitiv beginnt sie von dem einzigen zu sprechen, das ihnen gemeinsam ist, und selbst als er wieder zu weinen anfängt, spricht sie weiter über Borgny und die gemeinsame Zeit in Oslo.

Nach einer Weile merkt sie, daß er ihrer Stimme zuhört, und sie erzählt weiter die Episoden, an die sie sich erinnert, auch ein paar Gedichte, bis ihr das gleichmäßige Atmen verrät, daß er eingeschlafen ist. Da steht sie auf und wechselt sein Bettzeug, ehe sie ihn vorsichtig in sein Bett zurückträgt, denn sie will nicht, daß er auch in ihr Bett macht. Nicht in erster Linie weil ihr das etwas ausmachen würde, sondern weil sie spürt, er würde dann, wenn er in ihrem Bett liegt, noch ängstlicher sein. Außerdem will sie ihm keine Unarten angewöhnen, nur noch ein paar Wochen, dann kommt Lars nach Hause.

32

Es ist gut, daß sie diese Wochen alleine mit dem Jungen haben, ehe Lars vom Walfang zurückkehrt, das finden sie alle beide, Ragnhild wie Mathilde. Es gibt ihnen Zeit, sich kennenzulernen, nur sie drei. Ja, die kleine Solfrid kommt täglich, wie selbstverständlich, sie ist begeistert von dem neuen Spielkameraden, denn auf den Höfen in der Nähe gibt es niemanden in ihrem Alter.

Ansonsten kommen nur wenige Gäste, und zwar nicht, weil sie nicht neugierig sind, sondern weil Ragnhild darum gebeten hat, man möge ihn in der ersten Zeit in Ruhe lassen. Sie will nicht, daß jemand neugierig auf ihr »Deutschenkind« starrt.

Nach und nach kommt er nachts von allein angetappt. Und sie achtet darauf, daß neben dem Bett ein trockener Pyjama bereitliegt, so daß sie gar nicht aufstehen muß, sondern ihm den einfach schlaftrunken überziehen kann, ohne aufzustehen. So bleibt das Bett schön warm, und sie merkt, wie er sich behaglich in ihre Wärme kuschelt, nachdem er naß und kalt in seinem Bett aufgewacht war.

Eines Nachts kommt er mit trockenem Pyjama, und da sputen sich die beiden zurück in sein Zimmer, damit er auf den Nachttopf gehen kann, den sie unter sein Bett gestellt hat, ehe er zu ihr ins Bett kriecht. Sie streichelt ihm über den Kopf und sagt, das habe er prima gemacht. Nach und nach gibt es immer öfter trockene Nächte.

»Haben sie dich im Kinderheim geschlagen?« fragt sie ihn eines Nachts vorsichtig, und er antwortet, daß es nicht alle getan hätten, nur diejenigen, die auf »Deutschenkinder« böse waren. Und die schlugen nur, wenn er ins Bett gemacht hatte. Aber morgens, wenn sie sein Bettzeug wechselten, mußte er immer in der Schäm-dich-Ecke stehen, und die anderen Jungen im Schlafsaal nannten ihn »Pipi-Jan«. Bald nannten ihn alle Kinder so. Das und »Deutschenkind«.

In diesen Nächten kann er so vertrauensvoll sein, beinahe gesprächig, aber am Tag ist er schweigsam und schüchtern. Er hält sich in Ragnhilds Nähe auf, sie ist sein einziger Rückhalt, und es sieht so aus, als habe er Angst, sie würde verschwinden. Ragnhild spürt das und ist tief gerührt, denn so sehr wurde sie noch nie gebraucht. Wann immer sie bei ihrer täglichen Arbeit Zeit hat, nimmt sie ihn auf den Schoß und singt für ihn. Dann sitzt er ein wenig angespannt auf ihren Knien, ängstlich, sie könnte finden, er sei zu schwer, und würde ihn deshalb absetzen.

Auch wenn er mit Solfrid spielt, ist er still und ängstlich. Er überläßt ihr die Führung, und weit weg vom Hause wagt er sich anfangs nur selten. Wenn sie zu ungestüm und laut wird oder wenn andere Kinder dazukommen, zieht er sich beunruhigt zu Ragnhild zurück – zu Ragnhild oder Mathilde.

Anfangs hatte er ein bißchen Angst vor Mathilde, aber sie hat sich dem kleinen Jungen gegenüber sanfter gezeigt, als Ragnhild sie jemals erlebt hat. Ihre Katze hat in einem alten Pappkarton in ihrer Kammer Junge bekommen, und abends nimmt sie ihn dann und wann mit dorthin und läßt ihn mit den drei kleinen getigerten Knäueln spielen, während sie selbst im Schaukelstuhl am Fenster sitzt und häkelt.

Aber meistens sitzen sie abends in der Küche, alle drei, und dann nehmen sie die Katzenmutter und ihre Jungen mit dorthin. Nein, genausooft sind sie übrigens zu viert, weil Solfrid gerne dableibt, bis sie nach Hause geschickt wird, weil es Zeit wird, schlafen zu gehen, nach einer Scheibe Brot mit Honig als Abendessen, zusammen mit Nils-Jan.

Dann sitzen sie an dem großen Küchentisch, Ragnhild hat den Korb mit den Sachen zum Stopfen oder ihr Strickzeug zur Hand, während Mathilde an der Nähmaschine sitzt. Sie ändert abgelegte Hemden und Hosen von Lars, dreht und wendet die Kleidungsstücke, die sie auf dem karierten Wachstuch ausgelegt hat, findet die am wenigsten zerschlissenen Stücke und skizziert kleine Bubensachen. Sie benutzt kein Schnittmuster, sondern schneidet und näht beinahe ein wenig auf gut Glück nach den Maßen, die sie von Nils-Jan genommen hat. Er steht bei diesen Gelegenheiten ganz ruhig zwischen ihren Knien, während sie ihn vorsichtig, aber bestimmt dreht. Ihr Mund ist fest zusammengekniffen, weil er nämlich voller Stecknadeln steckt, mit denen sie sorgfältig die kleinen Stoffteile zusammensteckt, die sie ihm anhält.

Er ist unglaublich geduldig und sehr tapfer beim Stillstehen. Es scheint, als würde er es mögen, auf diese etwas sachliche Art behandelt zu werden. Mathilde umarmt ihn niemals, nimmt ihn auch nicht auf den Schoß, aber es kann vorkommen, daß sie ihm rasch übers Haar oder über den Rücken streichelt, wenn sie ihn losschickt zu Solfrid oder zu den Katzenkindern, nachdem sie mit dem Abmessen fertig ist.

Eines Abends, nachdem Solfrid nach Hause gegangen ist, sind die jungen Katzen ganz besonders ausgelassen und verspielt. Sie sind vier, fünf Wochen alt, im niedlichsten Alter. Nils-Jan hat eine Zwirnrolle bekommen, durch die Mathilde einen

Rest Garn gezogen hat, als Spielzeug für die Katzen. Jetzt läßt er sich von den putzigen Bocksprüngen der Kätzchen mitreißen und bricht plötzlich in ein fröhliches und herzliches Lachen aus.

Das ist das erste Mal, daß die beiden Frauen ihn richtig ordentlich lachen hören. Mathilde hebt ihren Kopf von der Arbeit und schaut über den Brillenrand erst zu dem Jungen hin, dann zu Ragnhild. Und dann lächelt sie – ein strahlend schönes Lächeln. Ein Lächeln, das ihr strenges Gesicht aufhellt und es ganz anders aussehen läßt, jung und weich. Da denkt Ragnhild: »Ach, Mathilde, liebe Mathilde, wie hübsch mußt du einmal gewesen sein.«

33

Lars ist so besonnen, so groß und umsichtig und besonnen. Und dann ist er auch so ungekünstelt, sagen die Leute. Es gibt keinen, der ihn mit Titel oder Nachnamen anspricht, wie sie es bei den Schützen in den anderen Gemeinden tun. Keiner sagt »Walharpunier Lars«, sie sagen einfach Lars, Lars Ås oder Lars auf Ås.

»Ja, der Lars Ås, der ist immer noch ungekünstelt und sympathisch!« sagen die Leute, wenn er mit der Bless oder dem Braunen auf dem Weg zum Laden mit seinem kleinen Jungen auf den Knien vorbeifährt. Er zählt zu den geschicktesten Harpunieren meilenweit, aber im Sommer ist er einfach der Bauer Lars Ås. Der in einen Großbauernhof eingeheiratet und gerade einen kleinen fünfjährigen Pflegesohn zu sich genommen hat.

Er ist knapp einen Monat dagewesen, ehe Lars nach Hause kam. Er ist schon ein bißchen unbekümmerter und froher geworden, und die blassen Wangen haben einen Hauch von Farbe. Zusammen mit Solfrid wagt er sich unten auf die Straße, und die summende Erwartung all der wartenden Walfängerkinder hat ihn angesteckt.

Alle warten auf ihren Vater. Die, deren Vater zu Hause ist, warten auf einen großen Bruder oder einen Onkel. Solfrids Vater ist in dieser Saison nicht draußen gewesen, deshalb wartet sie auf Lars.

»Das solltest du auch tun, denn er ist ja eigentlich wie dein Vater, in gewisser Weise«, sagt sie, praktisch wie sie ist, zu Nils-Jan. Und Nils-Jan wartet. Er, der niemals einen Vater hatte, auf den er warten konnte, fängt an, der Begegnung mit Lars mit unendlicher Vorfreude entgegenzusehen.

Daß Ragnhild sich so freut, trägt dazu bei, die Spannung zu erhöhen. Jeden Abend hebt sie ihn hoch, damit er von dem Kalender an der Küchenwand den Tag, der vergangen ist, abreißen kann, und dann zählen sie gemeinsam, wie viele Tage es noch sind.

Mathilde hat bei Kaufmann Berg Stoff gekauft. Den Mund voller Stecknadeln nimmt sie Maß und heftet und näht, denn zum 17. Mai* soll der Junge einen funkelnagelneuen Feiertagsstaat haben, von Kopf bis Fuß neu eingekleidet soll er sein, wenn er Lars begrüßen wird. Sogar einen Haarschnitt und eine kleine Schirmmütze bekommt sie hin, geschickt wie sie ist.

Am letzten Abend putzen sie ihn heraus, weißes Hemd, anthrazitfarbene Hose mit ordentlicher Bügelfalte und dunkelblaue zweireihige Joppe mit glänzenden Knöpfen. Er hat neue Schuhe mit Gummisohlen bekommen und neue weiße Socken. Sogar die Unterwäsche ist neu, und Ragnhild hat ihm in der Stadt einen Schlips gekauft. Weinrot mit kleinen weißen Punkten, er hat ein Gummiband, mit dem er unter dem Hemdkragen mit einem kleinen Haken um den Hals befestigt wird.

Feierlich und andächtig steht er mitten in der Küche auf dem Fußboden, während die beiden Frauen um ihn herumgehen und die neuen Sachen zurechtzupfen. Ragnhild bindet ihm den Schlips um den Hals und hält ihn bewundernd ein Stück weit von sich ab, ehe sie ihn auf den Schoß zieht

* Im Jahre 1814 beschloß am 17. Mai eine gewählte Versammlung in Eidsvoll eine liberale Reichsverfassung für Norwegen. Dieser Tag wird bis heute als Feiertag begangen.

und heftig drückt. Mathilde streichelt ihm übers Haar, bevor sie ihm die Schirmmütze aufsetzt. »Schmuck siehst du aus, mein Junge.« Und das ist viel für sie.

Er steht auf dem Fußboden in der Küche und spürt, daß er genau hier und genau jetzt in der Mitte der Welt ist, in der Mitte von allem, alles andere ist »rundherum« oder »früher«. Sogar die Mutter, die während dieser Wochen in seiner Erinnerung und in seinen Träumen so blaß und traurig gegenwärtig war, wird »früher«. Sie gleitet in die Schatten, und was sie zurückläßt, sind unbestimmte Erinnerungen, aber weder Sehnsucht noch Traurigkeit. Er spürt, daß er zum ersten Mal einfach froh ist, nichts als froh.

Aber in der Nacht macht er wieder ins Bett, und das hat er seit einiger Zeit nicht mehr getan. Er ist verzweifelt und schämt sich sehr, und weinend bittet er Ragnhild inständig, Lars nichts davon zu sagen.

34

Auf der Anlegebrücke, auf der die Menschen festlich gestimmt und erwartungsvoll dicht an dicht stehen, klammert er sich an Ragnhilds Hand, und als Lars in der Menge endlich auftaucht, ist Nils-Jan so scheu und verschüchtert, daß er sich gerade nur getraut, ihm die Hand zu geben und einen Diener zu machen. Aber auf dem Weg nach Hause in der Taxe und bei Tisch in der guten Stube starrt er den großen Mann, der »eigentlich dein Vater ist, in gewisser Weise« so hingerissen und voller Zuneigung an, daß Lars sich beinahe beklommen fühlt.

In den ersten Wochen folgt er Lars wie ein treuer kleiner Hund. Solfrid gerät ganz ins Hintertreffen. Sie hat schon immer viel Zeit auf Ås zugebracht, aber seitdem Nils-Jan dort wohnt, kommt sie tagtäglich. Sie ist nur noch zu den Mahlzeiten zu Hause, ja, oftmals ißt sie zu Mittag und zu Abend auf Ås, nachdem sie wie eine kleine Maus die paar hundert Meter nach Hause gerannt ist, um Bescheid zu sagen.

Auch sie findet es toll mit Lars, so daß sie ihm gerne mit Nils-Jan zusammen hinterhertrottet. Und Lars ist geduldig mit den Kindern und findig, wenn sie ihn bei der Arbeit begleiten. Wenn er etwas zu tun hat, wo er Armfreiheit braucht, gibt er ihnen kleine Aufgaben, um sie aus dem Weg zu halten, und er läßt sie nebeneinander auf dem Holz sitzen, während er selbst das Pferd am Zügel führt.

Ab und zu dürfen sie auf dem Pferderücken reiten. Solfrid jauchzt vor Freude, wenn sie auf ihren Platz gehoben wird, sie hält sich am Kummet fest, während Nils-Jan hinter ihr sitzt und sich ängstlich an sie klammert. Am liebsten ist es ihm, wenn Lars mit stützendem Griff um sein eines Bein neben ihm geht.

Nils-Jan hat vor Pferden Angst und vor Kühen, sie sind ihm zu groß. Nils-Jan bewundert Solfrid, wenn sie unter dem Pferdebauch hindurchkriecht oder dem Pferd das weiche Maul klopft und es eine rohe Kartoffel von der flachen Hand fressen läßt. Er traut sich nicht, wie sie im Kuhstall durch den Futtergang zu gehen, wo die Kühe in ihren Verschlägen stehen, die Köpfe einander zugewandt, und ihr gutmütig mit dem Kopf an die Beine stupsen oder aus dem Armvoll Heu zupfen, das sie ihnen austeilt.

Er hat auch Angst vor dem Schwein und traut sich nur, ihm den Rücken zu kraulen, wenn er außerhalb des Kobens steht, darauf klettern, wie Solfrid, das macht er nie. Auch nicht auf den Verschlag für die Kälber, sogar wenn sie ganz neugeboren und unglaublich süß sind mit ihren traurigen Tieraugen und den nassen suchenden Mäulern. Es dauert lange, ehe sie ihn überreden kann, ihnen eine Hand ins Maul zu stecken und dieses merkwürdige Gefühl zu spüren, wenn sie saugen.

Aber nachdem Lars nach Hause gekommen ist, wird er auch mit den Tieren unbekümmerter. Er ist überall dabei und macht Lars alles nach. Morgens ist er beim ersten Hahnenschrei hoch, zieht sich selbst an und ist als erster unten im Kuhstall, vor Ragnhild und Lars.

Nachmittags geht er gemeinsam mit Lars in Gummistiefeln mit langen Schritten, um die Kühe zu holen, die draußen auf der Weide sind, vorläufig nur tagsüber. Er hält die große Hand von Lars und klopft mit seinem Stöckchen eifrig auf die mageren Kuhschinken, richtig männlich, solange die Kühe ihm die Rückseite zuwenden.

Es macht außerdem Spaß, die Eier im Hühnerhaus einzusammeln oder für Mathilde die Zentrifuge zu drehen, die ihn immer so sehr lobt, wie geschickt er darin sei, genau richtig zu kurbeln, »damit es schöne Sahne gibt«. – Mathilde, die selten bis niemals jemanden lobt! Aber am besten ist es mit Lars zusammen. So gut, daß Ragnhild und Mathilde beinahe eifersüchtig werden.

Gleichzeitig ist es so bewegend zu erleben, wie Nils-Jan an Lars einen Narren gefressen hat, daß es alle im Dorf zutiefst rührt. Die Leute gönnen Lars und Ragnhild dieses Kind, sie wissen, wie inbrünstig die beiden sich eigene Kinder gewünscht und wie lange sie auf einen Hoferben gewartet haben.

35

Nils-Jan pflückt so gerne Blumen. Vom ersten gelben Huflattich, der zerzaust im zeitigen Frühjahr an einem matschigen Wegrand auftaucht, bis zu den letzten unansehnlichen und unerschütterlichen Blüten von Kamille und Rainfarn, die sich unter der herbstlichen Kälte ducken, pflückt er Blumen, die er in farbenfrohen Sträußen anordnet und an die erwachsenen Frauen ringsum verschenkt.

Ragnhild und Gudrun, Milda und Harriet schlagen jedesmal, wenn er schüchtern mit einem Strauß weißer Margeriten, blauer Glockenblumen und gelber Butterblumen zu ihnen kommt, froh und überrascht die Hände zusammen.

»Nein, hast du so was schon gesehen! Ich kann es gar nicht glauben! Soll ich diese schönen Blumen bekommen? Das ist aber lieb!« sagen sie und staunen gleichermaßen über seine tadellos zusammengestellten Sträuße wie über Solfrids eher zufällig zusammengeraffte. Sie setzen die Blumen ins Wasser und stecken den frohen Schenkern ein Malzbonbon oder einen Keks zu, was jedenfalls für Solfrid sehr motivierend ist.

Aber am allerliebsten pflückt Nils-Jan Blumen für Mathilde, denn wenn sie auch weder die Hände über dem Kopf zusammenschlägt noch sich aus

Dankbarkeit gar nicht fassen kann, spürt er, daß sie es ist, die seine Sträuße am meisten schätzt.

Er weiß nicht, daß Mathilde nach und nach anfangen wird, von einem jeden Strauß, den er ihr schenkt, je eine Blüte unter ihrer schweren alten Truhe zu pressen, und sie anschließend mit kleinen Klebestreifen auf hellbraunes Butterbrotpapier befestigt, das sie zuvor in gleichmäßige, entsprechend große Rechtecke zugeschnitten hat.

Und er weiß nicht, daß der Stoß mit diesen zierlichen Blütenbögen, auf die sie mit ihrer altmodischen, schnörkeligen Handschrift »Von Nils-Jan« sowie Datum und Jahreszahl vermerkt und die sie in Leinen eingeschlagen in die große Truhe gepackt hat, daß dieser Stoß viele Jahre später von den beiden Frauen gefunden wird, die er am liebsten hat und in ihnen unendliches Mitleid mit der Dritten wecken wird.

Sogar ein einzelnes zartes, rosarotes Blütenblatt von einer Pfingstrose hat Mathilde gepreßt und archiviert. Sie hat es zu einem anderen gelegt, das viel älter sein muß. Als ich die beiden sah, entsann ich mich der Episode mit Harriets Pfingstrosen.

Im ganzen Ort gibt es keine Dahlien, die üppiger wären und farbenfroher leuchteten als Mathildes. Das gleiche gilt für ihre Akelei, für die Herbstastern und die Ringelblumen, gar nicht zu reden vom Phlox und den Gladiolen. Ja, an sich gilt das für die meisten Gartenblumen, denn sie hat unglaubliches Geschick mit ihnen. Aber mit den Pfingstrosen auf Lund kann sie nicht konkurrieren.

Wenn Harriets Pfingstrosen erblühen, sind sie ein herrlicher Anblick, oftmals trägt jede Pflanze mehr als fünfzig Blüten. Jede Blüte ist so groß wie der Kopf eines Neugeborenen und besteht aus vielen Schichten seidenweicher Blütenblätter in kräftigem Rosa, überzogen von einem hauchfeinen Netz dunklerer Adern.

Nils-Jan ist bald sechs Jahre alt, dies ist sein erster Besuch auf Lund, und niemals hat er etwas so überirdisch Schönes gesehen wie diese Blüten. Sie sind so wunderbar, daß er sie nicht zu berühren wagt, wie übergroß die Lust auch ist, die Hand auszustrecken und einen der schweren, üppigen Blütenköpfe anzufassen, so wie Solfrid das tut.

Als Harriet für jeden von ihnen beiden zwei Blüten abschneidet, die sie mit nach Hause nehmen können, ist er dermaßen von Dankbarkeit erfüllt, daß er nicht sprechen und danke sagen kann, sondern nur einen tiefen Diener macht. Aber Solfrid bedankt sich laut für alle beide und umarmt rasch noch Peder, der vor der Hauswand in der Sonne sitzt, ehe sie und Nils-Jan Hand in Hand durch die Pappelallee rennen. Auf halbem Wege hält sie an und gibt ihm ihre zwei Pfingstrosen. Sie weiß nicht ganz, warum, aber das mag an seinem feierlichen, beinahe verzückten Gesichtsausdruck liegen, der sie das tun läßt. Er sagt noch immer nichts, geht nur weiter, die Hände voller herrlicher, schwach duftender Blüten.

Er will sie Mathilde schenken. Das ist plötzlich vollkommen sonnenklar, daß Mathilde diese phantastischen Blüten bekommen soll, nicht Ragnhild. Er fühlt eine warme, erwartungsvolle Freude beim Gedanken an Mathilde, wenn sie die Blüten sehen wird. Sie macht niemals viel Aufhebens um die Blumen, mit denen er ankommt, aber ihre Hände ordnen sie so schön. Er schaut Mathilde gerne zu, wenn sie Blumen anordnet.

Unterwegs treffen sie Hallvard und Anne-Grete, die wollen, daß sie zusammen Bing-bang-Blechdose spielen. Nein, er muß nicht mit den Pfingstrosen zuerst nach Hause gehen, die können sie so lange an den Wegrand pflanzen, entscheiden die zwei und wühlen eine Art Beet auf mit einem Stock, zwicken die Blütenstengel ab, ganz oben beim Kopf, und stecken die Blüten in die Erde. Wenn sie zurückkommen, werden es viel mehr geworden sein, versichern sie, weil das mit Blumen so ist.

Aber Nils-Jan spürt, das ist ganz falsch. Beim Anblick der amputierten Blütenköpfe beginnen seine Mundwinkel zu zittern, und die Augen füllen sich mit Tränen.

»Sie müssen Wasser haben«, flüstert er zaghaft.

Er hat nicht gewagt, gegen die Operation zu protestieren, ehe es zu spät war. Er wohnt erst seit ein paar Monaten auf Ås und ist im Umgang mit anderen Kindern immer noch sehr ängstlich und scheu.

»Sieh mal«, sagt Anne-Grete und zeigt auf den Himmel, wo ein klitzekleiner weißer Wattebausch friedlich in der Bläue schwebt.

»Schau, da ist eine Wolke, bestimmt gibt es bald Regen«, sagt sie sorglos, ohne den Umfang der Katastrophe zu ahnen, die sie angerichtet hat.

»Komm schon, Nils-Jan«, rufen alle drei und rennen los, um Bing-bang-Blechdose zu spielen. Und Solfrid dreht sich um und wiederholt: »Komm schon, Nils-Jan«, ehe sie hinter den anderen den Hang hinunter verschwindet.

Nils-Jan hebt langsam die Pfingstrosen auf und geht weinend mit ihnen nach Hause. Mathilde fährt hoch, als er laut schluchzend in die Küche tritt. Sie ist allein, Lars und Ragnhild sind im Kuhstall. Sie macht nicht einmal eine Bemerkung wie, er »soll sich nicht anstellen«, was sie durchaus getan haben könnte. Sie streicht ihm nur rasch übers Haar und holt eine große Schüssel hervor, die sie mit Wasser füllt. Die trägt sie in ihre Kammer, denn ohne daß er das sagen muß, hat sie gespürt, diese Blumen sind für sie, nur für sie. – Aber warum zittern deine Hände so, Mathilde? Das Wasser in der Schüssel schwappt ja über! Was hat es mit diesen duftenden Blütenköpfen auf sich, die dich so aus der Fassung bringen, daß du nicht schaffst, zu dem Jungen, der sie dir gebracht hat, ein Wort zu sagen?

Sie setzt die schwere Steingutschüssel vorsichtig auf der Truhe ab, es ist etwas schwierig, weil sie auf dem gebogenen Deckel nicht sicher steht, aber sie legt auf jeder Seite ein Paar zusammengerollte Strümpfe drunter. Und gemeinsam lassen sie vorsichtig die vier Blütenköpfe hineingleiten. Die schwimmen auf der Wasserfläche, und die Blütenblätter spiegeln sich gegen den dunklen Grund der Schüssel.

36

Ich muß dir jetzt von Solfrid erzählen, von Solfrid, die für dich so viel bedeuten wird. Wenn ich den Namen nenne, verbindest du nichts mit ihm. Du siehst mich nur an mit Augen, so groß und glänzend, daß ich mich in ihnen spiegeln kann. Ich sehe mein eigenes trauriges Gesicht in deinen schwarzen Pupillen, aber der Ausdruck in ihnen offenbart nicht, was du von mir hältst. Nicht einmal das rasche Lächeln, das mitunter über dein Gesicht huscht, sagt etwas über deine Meinung von mir. Du siehst das, was ich sehe – das Gesicht einer jungen Frau, so traurig, so schrecklich traurig. Die sorglose kleine Solfrid wirst du niemals kennenlernen.

Solfrid kam an einem Frühlingstag Mitte der vierziger Jahre auf die Welt, und sie war bei ihrer Ankunft ein heftig ersehntes Kind. Nicht nur weil ihre Mutter, Gudrun, sie in dem dicken Bauch drei Wochen länger als berechnet herumgeschleppt hatte, sondern auch, weil ihr Mann, Herman, fünfzehn Jahre lang darauf gewartet hatte, daß dieses Ereignis eintreffen möge. Besonders er hat gewartet, denn er ist unsagbar kinderlieb. Vielleicht, weil er selbst so viele Kinder in sich trägt, er ist so voller Leben und Einfälle, daß er dringend jemanden zum Herumalbern braucht. Und Gudrun ist ganz gewiß nicht besonders albern.

Schwermütig ist Gudrun, schwermütig und tief religiös. Ja, über lange Zeitabschnitte kann sie durchaus fröhlich sein, selbstverständlich. Sie schafft es, sich um ihre Hühner und Puten zu kümmern und für die fünf, sechs Gänse und Ganter, die sie auf ihrem kleinen Hof haben, zu sorgen. Währenddessen singt sie ihre trostreichen Kirchenlieder und blickt mit unerschütterlichem Glauben auf zum blauen Himmel.

Aber dann wieder ist es so, als ob Unser Herrgott selbst sanft und unerbittlich einen Nagel nach dem anderen aus dem Gebäude zieht, das sie zu

Seiner Ehre errichtet hat, und es stürzt ein, und sie hat keine Macht, es zu verhindern. Der Himmel stürzt über ihrem Kopf ein, und voller Zweifel und Selbstvorwürfe gleitet sie in eine tiefe Schwermut, die sie ins Bett verbannt, und ihr Mann irrt ziellos und rastlos wie ein herrenloser Hund um das Bett herum.

Er versorgt das Vieh, so gut er kann, aber beim Kochen stellt er sich nicht besonders praktisch an, in der Küche geht es meist ziemlich chaotisch zu. Hätte ihm nicht die nächste Nachbarin Ragnhild mit Rat und Tat zur Seite gestanden, es ist schwer zu sagen, wie sie diese immer wiederkehrenden, schwierigen Zeiten überstanden hätten.

Aber die Liebe hält. Tatsächlich kann sie ziemlich unverwüstlich sein und sich zeitweise von wenig ernähren, wenn nur das Fundament solide genug ist. Daß sie die kleine Solfrid bekommen haben, bewirkt, daß Gudruns Depressionen seltener werden und weniger lange dauern, als ob das kleine Kind einen stabilen Keil in das zuzeiten so wackelige Gebäude eingeschlagen habe, der es daran hindert, gänzlich zusammenzufallen. ›Der Herr ist auferstanden‹ singt sie jetzt häufiger als ›Der Nagel zu einem Kreuz auf Erden‹.

Herman sieht, wie das kleine Mädchen seine Frau froher macht und wärmer und ihr mehr Zutrauen zum Leben schenkt, und wenn möglich, liebt er sie alle beide dafür noch mehr. Abends, wenn sie schlafen soll, spielt er für Solfrid Mundharmonika, nachdem sie mit der Mutter ihr Abendgebet gesprochen und ein Lied gesungen hat.

Zwischen den munteren Melodien auf der Mundharmonika des Vaters und den ernsten Kirchenliedern der Mutter wächst Solfrid zu einem unbekümmerten und glücklichen Kind heran, so wie Kinder es sein können, wenn sie so reich mit Liebe beschenkt werden.

Ihre intensiven Gefühle füreinander zeigen die Eltern nur selten offen, aber ab und zu kann Solfrid rasche kleine Zärtlichkeiten zwischen ihnen bemerken – eine kurze Umarmung oder einfach einen Blick. Oder die Hand des Vaters, wie sie über den Rücken der Mutter streicht, während sie am Herd oder beim Abwasch steht.

»Na du!« sagt die Mutter dann, und hat etwas Unerklärliches, Zärtliches in der Stimme, etwas Rätselhaftes, das Sol nie zuvor gehört hat und das ihr unversehens berichtet, daß die Eltern eine Welt miteinander teilen, zu der sie niemals Zugang haben wird. Aber eifersüchtig wird sie nicht. Es ist, als ob sie intuitiv spürte, daß genau diese Vertraulichkeit das Fundament ihres eigenen sicheren und geborgenen Daseins bildet. Ohne diese Gewißheit wären die regelmäßig wiederkehrenden Depressionen der Mutter unmöglich zu verkraften. Nie hat sie einen Ehekrach der Eltern erlebt. Es kommt vor, daß sie sich streiten oder »ein bißchen aneinandergeraten«, wie Mutter sagt, aber wirklich zerstritten sind sie nie. Eine heftige Diskussion endet leicht damit, daß der Vater versöhnlich einlenkt: »Ist gut, Mutter.« Und dann mit der Hand ein rascher Dank über ihren Rücken.

Andere Formen von Zärtlichkeit hat Solfrid so gut wie nie zwischen ihnen beobachtet. Als ob sie schüchtern etwas verstecken, das zu kostbar ist, um es vorzuzeigen, sogar vor ihr. Außerdem haben sie nur wenig Zeit, um aneinander zu denken.

Im Alltag gibt es anderes, das ihre Aufmerksamkeit und Fürsorge verlangt. Hühner und Kühe, Puten und Gänse fordern ihren Teil, und im Sommer müssen das Erdbeerfeld und der Gemüsegarten beackert werden. Auch wenn ihr Hof nur klein ist und sie weder Kühe noch Schweine halten, gibt es immer etwas zu tun.

Der Vater versuchte es die eine oder andere Saison mit dem Walfang, hatte aber solche Sehnsucht nach Hause, daß er es aufgeben mußte. Er arbeitete in der Mannschaftsmesse und hatte mit dem Fang selbst nichts zu tun, aber allein der Gedanke, daß diese großen Tiere ihr Leben lassen müssen, ging ihm so nahe, daß er beinahe ebenso traurig und niedergeschlagen wurde, wie es seine Frau zeitweise werden konnte. Und die Sehnsucht nach ihr und der kleinen Tochter ist nicht zu ertragen. Wenn er weg ist, ist Gudrun außerdem mit der Zeit dermaßen deprimiert, daß sie nur unter großen Schwierigkeiten die kleine Sol zu versorgen und die Arbeit auf dem Hof zu bewältigen vermag. Ragnhild und Mathilde müssen ihr helfen.

Es nützt nichts, daß da gutes Geld zu verdienen ist. Die Eltern werden sich einig, daß sie lieber von der Hand in den Mund leben wollen, als ein halbes Jahr voneinander getrennt zu sein.

Nachdem er einige Winter lang stempeln gegangen ist, sucht er sich Arbeit in der Gemeinde beim Straßenbau. Zusammen mit dem, was er für das Holzfällen für Lars bekommt, reichen die Einnahmen zum Überleben. Zusätzlich fährt er die Zeitungen aus, die mit dem Sechsuhrbus aus der Stadt kommen. Anfangs radelt er, aber später bekommt er ein Moped, eine glänzende blaue Zündapp.

Solfrid erinnert sich an pechschwarze Wintermorgen und die murmelnden Stimmen aus der Küche. Der Duft von Kaffee – er bekommt rasch ein paar Scheiben Brot mit Fleischwurst, ehe er los muß. Und dann das Rascheln des Zeitungspapiers. Mutter ist es, die den Vater umsichtig in alte Zeitungen unter seiner Oberbekleidung einpackt, während sie besorgt auf das Thermometer vor dem Küchenfenster schielt.

»Fünfundzwanzig Grad minus! Dann sind es in Holmane mindestens dreißig, dort zieht es so beißend vom Fluß!« klagt sie, während sie alle Ritzen zustopft, bis der Mann am Schluß steif und breitbeinig wie ein Teddybär in der Küche steht, von Kopf bis Fuß eingepackt in Zeitungen, Kleidung und Fürsorglichkeit. Ganz zum Schluß muß er sich die sonderbare Plastiktüte überstülpen, die das Gesicht gegen den eiskalten Wind schützen soll. So wankt er mit der blauen Zeitungstasche hinaus zum Moped.

Mehr als dreißig Kilometer wird er fahren, auf vereisten Winterstraßen, mit Zeitungen für ein paar hundert Abonnenten. Den kleinen Extraverdienst können sie gut gebrauchen. Zusammen mit dem, was sie für das Stricken der Jacken in Heimarbeit bekommt und ihre Einnahmen durch Geflügel und Erdbeeren, schaffen sie es, das Haus abzubezahlen und sogar etwas zur Seite zu legen. Denn Sol soll eine Ausbildung bekommen, das hat Mutter entschieden.

37

Es ist etwas Wunderbares und Rätselhaftes, einem neugeborenen Kind in die Augen zu schauen und zu wissen, daß es keine Gedanken hegt, jedenfalls keine Gedanken, die es in Wörter oder Bilder formen könnte, denn es hat ja noch keine Wörter oder Bilder, um sie ihnen weiterzugeben. Dennoch schaut ein solches kleines Kind mit großen Augen gleichsam altklug verwundert in die Welt, als ob es die Antwort auf das größte Geheimnis des Lebens ahnte.

Dieser verwunderte und gleichzeitig nach innen gewandte Blick läßt einen nachdenken, ob dort hinter der kleinen, gewölbten Stirn eine Welt zu finden sei, größer als wir es erfassen können. Es ist, als ob sich das Kind bemühte, eine Wahrheit zu ergründen, und als ob es wüßte, sie wird verlorengehen, wenn ihm erst Wörter und Bilder zur Verfügung stehen werden.

Wir alle haben einen ersten Augenblick, ein erstes Erlebnis, das wir erinnern und das wir später in Wörter fassen können. Beginnen wir da, allen Ernstes, Menschen zu sein?

Für Solfrid ist dieser Augenblick mit einem Frühlingstag Ende der vierziger Jahre verknüpft. Sie ist drei Jahre alt. Sie trägt einen verblaßten lachsroten Popelinanzug und spielt mit Eimer und Schippe in der Sandkiste hinter dem Hühnerstall. Jetzt erhebt sie sich, wirft die Schaufel fort und rennt zum Haus, wo die Küchentür offensteht, vielleicht zum ersten Mal in diesem Jahr.

Noch weiß sie nichts von ihrem Leben. Kann sie aufgehalten werden? Kann sie überhaupt in dem vorbewußten, verwunderten Universum des Kindes gehalten werden? Nein. Sie legt die Hände auf die Treppe, beugt sich vor, und dieses Erleben schlägt sich in ihr nieder.

Und das erinnert sie seither: Die Holzbohlen der Treppe, die warm sind vom Sonnenschein, als sie die Hand darauf legt. Die Hühner, die im Hühnerstall gackern. Die Mutter, die in der Küche leise vor sich hin summt. Sie klingt gleichzeitig weit entfernt und nah und vertraut. Und eine Stimmung von Frieden und unbekümmerter Kindheit, aber gleichzeitig eine sonderbare, leise Wehmut, als ob sie wüßte, das nun etwas unwiderruflich vorbei ist.

Ein feierliches Gefühl wie an einem Festtag läßt sie seither glauben, daß es ein Sonntag gewesen sein muß, obwohl es wahrscheinlich nicht so war, weil sie deutlich zu wissen meint, daß der Vater bei der Arbeit war. Es dauert nur einen Augenblick und ist vermutlich das erste Mal, daß sie sich an eine Stimmung erinnert.

Der Rest der Erinnerung ist Handlung. Sie beugt sich über die Treppenstufe, spürt deren Kante an ihrem runden Bauch und ruft: »Mutter, ich muß mal!« Und die Mutter ist augenblicklich in der Türöffnung zu sehen, warm und fröhlich, das schwarze Haar hat sie schon damals zu einem Knoten im Nacken zusammengefaßt. Sol wird sie nie mit einer anderen Frisur sehen als dieser, abgesehen von den Nächten, wo das lange Haar wie ein Vogelflügel über Solfrids Wange streift, wenn sich die Mutter im Halbdunkel über ihr Bett beugt, um die bösen Träume zu verscheuchen.

»Oh!« ruft die Mutter voller Anteilnahme in der Stimme über diese wichtige Angelegenheit, »du bist ja doch meine Große!«

Und Solfrid dreht sich um und rennt vorneweg über die Holzplanken, die der Vater auf dem matschigen Weg zum Klo ausgelegt hat, während die Mutter hinterherläuft. Halb über das Kind gebeugt, klatscht sie im Takt in die Hände und singt »Beeil dich, beeil dich, beeil dich!«.

Vermutlich handelt es sich um eine Zeremonie, die sie schon viele Male vorher durchgespielt haben. Oder vielleicht ist es das erste Mal, daß sie draußen auf dem Klo sitzt und nicht auf dem Töpfchen. – Das ist ein wichtiger Schritt im Leben eines Menschen.

Sie erinnert sich, daß die Mutter neben ihr sitzt und sie gut festhält, damit sie nicht in das große Loch fällt – sie haben in dem winzigen Klo kein Loch für Kinder, nur ein großes. Sie erinnert sich, wie sie dasteht und die Mutter ihr mit einem Stück Zeitungspapier, das sie vorher lange in den Händen geknüllt hat, damit es weich ist, den Po trocknet, und daß die Mutter sie auf dem Arm zur Küchentreppe zurückträgt, während sie lauthals die geglückte Expedition lobt.

Nachdem die Mutter ihr einen Keks gegeben hat – weil das so gut geklappt hat –, geht Solfrid zurück zum Sandkasten. Sie setzt sich neben den grünen Blecheimer, der halb voll Sand ist, und beißt klitzekleine Stückchen von dem mürben, goldbraunen Keks ab, während sie mit der freien Hand die blaue Schaufel packt und in den Sand steckt. Und hier endet ihre erste Erinnerung.

38

Nach einem langen Tag, an dem sie mit Nils-Jan gespielt hat, geht Solfrid über die Jakobsau nach Hause. Es ist zeitig im Frühjahr, das ungepflügte Land ist noch von einer dünnen Lage Schnee bedeckt, verharschter Schnee, der trocken unter den Stiefeln knirscht und an ein Pferd, das Heu kaut, erinnert. Die Häuser liegen in das sonderbare Licht der Dämmerung gehüllt, das Tag und Nacht voneinander trennt und das im Winter so ganz besonders schön ist, weil es in sich sowohl die Erinnerung an die Spiele des Tages birgt wie die Erwartung eines langen Abends zu Hause.

Solfrid spürt, daß sie dieses schwache Licht, die Häuser und alles um sich herum sehr gern hat. Sie spürt, wie die Müdigkeit als angenehme Schwere in die Beine kriecht, sieht das Küchenfenster von zu Hause wie einen vertrauten Stern funkeln und *weiß*, daß es heute abend Kakao geben wird. Und plötzlich sagt sie in den halbdunklen Abend hinein: »*Heute* kommt nie wieder.« Es kommt ihr erst wie eine spaßige Selbstverständlichkeit in den Sinn, als etwas, das sie ja immer gewußt hat. Da wird es ihr plötzlich unbegreiflich und wächst zur Beunruhigung an. Von allem, was nach *jetzt* kommt, wissen wir nichts.

Vielleicht ist die Mutter tot. Vielleicht sinkt sie in diesem Augenblick über dem Küchentisch zusammen, während der Kakao auf dem Herd zischend überkocht. Oder der Vater, vielleicht ist er vom Holzfällen nicht nach Hause gekommen, sondern liegt zwischen den Fichten, die Schneide der Axt tief im Bein.

Lieber Gott! Sie spürt, wie die Angst vom Körper Besitz ergreift, und rennt so, daß der knirschende Ton des harschigen Schnees zu einem anhaltenden lauten Scharren wird, bis sie an den Straßengraben kommt und auf die Straße springt. Die ist bis auf eine dünne Frosthaut über dem rotbraunen Sand frei.

Hinter sich hört sie, daß ein Pferd durch die Kurve trabt, und plötzlich *weiß* sie, daß sie unbedingt zu Hause in dem kleinen Dreieck zwischen Kellereingang und der Haustür ankommen muß, ehe das Pferd an der Gartenpforte ist. Sie weiß nicht warum, hat nur eine schwache Ahnung, daß alles davon abhängt, ob sie es schafft. Wenn es ihr gelingt, ist Mutter nicht tot. Wenn es ihr gelingt, sitzt der Vater auf dem Sofa und liest die Zeitung, wie immer um diese Zeit.

Und sie rennt wie ein Reh, das vor Schrecken wie von Sinnen ist, der Laut der näherkommenden Pferdehufe hämmert ihr in den Ohren. Sie kommt zur Pforte, reißt sie auf und stürmt den Gartenweg hinauf und über den Hofplatz, während sich der Ton ihrer Füße mit dem Hämmern der Pferdehufe und dem wilden Rhythmus des Herzens zu einem einzigen Brausen in ihren Ohren mischt. Sie umrundet die Hausecke, saust an der Küchentür vorbei und wirft sich in das Dreieck hinter dem Kellereingang, während das Pferd draußen auf der Straße vorübertrabt. Und sie sinkt erschöpft zusammen und weiß, sie hat es geschafft.

Aber inmitten dieses sinnlosen Spurts steht da wie ein anderer Teil von ihr etwas und betrachtet das Ganze von außen mit fragendem Blick und einem lächelnden »Warum?«, auf das sie keine Antwort weiß. Sie zieht die Fäustlinge aus, streicht sich das schweißnasse Haar aus der Stirn und geht hinein.

Auf dem Flur begegnet sie dem Vater. Er schaut sie mit einem Ausdruck neugieriger Erwartung an, so, wie sie ihn am liebsten hat, weil er dann wie ein kleiner Junge aussieht.

»Hast du das Fohlen gesehen, Sol?«

»Das Fohlen?«

»Ja, das kleine Fohlen, das mit seiner Mutter eben auf der Straße vorbeilief. Hast du es nicht gesehen?«

Er hebt sie hoch und trägt sie mit ihren matschigen Winterstiefeln zum Wohnzimmerfenster, wo sie gerade rechtzeitig kommen, um einen letzten Blick auf ein kleines Fohlen zu erhaschen, das mit einem erwachsenen Pferd und einem Wagen über den Hügel verschwindet.

Sol wird von etwas gepackt, das zwischen Lachen und Weinen liegt. Wenn sie am Straßenrand angehalten hätte, statt loszurennen, würde das Fohlen direkt an ihr vorübergetänzelt sein. Vielleicht wäre es einen Augenblick stehengeblieben und hätte sein weiches Maul in ihre Hand gestreckt: Hast du etwas für mich? Eine Kartoffel? Oder einen Apfel? Die glänzenden Augen sekundenlang fragend in ihre gesenkt, ehe das Wiehern der Mutter es zur Besinnung kommen, vielleicht den Kopf heben ließe und ein bißchen hilflos zurückzuwiehern, ehe es sich mit einem Satz herumwerfen und hinter ihr herlaufen würde.

Stell dir vor, sie wäre nicht gerannt. Stell dir vor ... aber dann ... Sie kann den Gedankenreihen nicht länger folgen. Sie legt dem Vater einfach die Arme um den Hals, als er sie zurück zum Flur trägt. Er schaut sie ein wenig verwundert an, als er ihr aus den matschigen Stiefeln hilft.

»Mußt nicht böse sein, Sol«, sagt er und fährt

fort, während er ihr geheimnisvoll zublinzelt: »Mutter kocht zum Abendessen Kakao!«

Solfrid hängt ihre Jacke an den Garderobenhaken und läuft in die Küche, wo die Mutter steht und Milch in den Kakao rührt. Der Teller und ihre Kindertasse stehen schon an ihrem Platz am Tisch. Sie erklärt laut, daß sie drei Scheiben Brot haben will – und jede Menge Kakao! Die Mutter dreht sich um und lächelt.

39

Wer nach Rønnigen will, dorthin, wo Ragnhild aufgewachsen ist, muß bei der Milchrampe von Harriet Lund rechts abbiegen, dann hinunter bis zur Weggabelung der Straße folgen, durch die Kurve, an der das rote Häuschen von Lisabeth liegt, über die Brücke unten in der Niederung und über Bjørnebærbakken, den Hügel, wo die Jugendlichen im Winter Schlitten fahren oder im Sommer Bing-bang-Blechbüchse spielen.

Nein, natürlich nicht auf der Straße, sondern in dem kleinen Gehölz. Im Sommer liegt dort im Straßengraben stets ein Jungenfahrrad oder mehrere, oben bei dem Brombeerdickicht, das dem Hügel seinen Namen gab.

Und derjenige, der anhält, hört nur das sachte Brausen des Flusses und das Lied der Singdrossel, die gleich dort drüben in der Birke ihr Nest hat. Man kann sich fragen, was sie dort treiben, die Jungen, bis man eine Jungen- oder Mädchenstimme rufen hört: Bing-bang Solfrid! Bing-bang Hallvard! Oder du hörst das Tappen eiliger Kinderfüße, einen Knall und einen scheppernden Laut, wenn die alte, verbeulte Fischklopsbüchse von einem Jungenschuh getroffen wurde und in einem Bogen über Haselgebüsch und Erlengestrüpp angeflogen kommt. Und triumphierendes Geheul, weil die Kinderschar, wenn alles gefunden ist, auseinanderstiebt, um sich aufs neue zu verstecken. Und dann kommt ein resignierter und atemloser kleiner Junge angekrochen, um die Büchse zu holen, die vielleicht direkt vor deinen Füßen gelandet ist, ohne sich auch nur darum zu kümmern, daß da einer steht, zufälliger Zuschauer eines Spiels, das sicher so alt ist wie die Kindheit selbst – jedenfalls so alt wie Fischklopsbüchsen.

Aber abends geht es dort um anderes. Gehört man zu den eher Neugierigen oder ist man ein Jugendlicher mit regen Pubertätsträumen und liegt da ein schwarzes Herrenfahrrad am Straßenrand, dann ist es an der Zeit, sich anzuschleichen.

Auf lautlosen Gummisohlen kommen sie näher, ruhig zwei oder drei Jungens, Zehn- bis Zwölfjährige, und suchen eines der bekannten Verstecke auf, von wo aus sie die volle Übersicht auf die kleine Hügelspitze haben, wo sonst die Blechbüchse zu stehen pflegt, günstig für einen Tritt. Sie liegen mucksmäuschenstill und starren auf das Paar, das eng zusammengerückt im romantischen Mondschein sitzt. Wenn man Glück hat, das Mädchen willig und der Mond voll genug ist, sieht man nicht nur Küsse und Streicheln und Umarmungen, sondern vielleicht sogar ein bißchen vorsichtiges Fummeln an ein, zwei Blusenknöpfen.

Dann heißt es, das Kichern unter Kontrolle zu halten, damit man nicht auf frischer Tat ertappt wird von dem romantischen früheren Spielkamerad, der aus unzähligen Kindersommern die Verstecke genausogut kennt wie man selbst. Ja, der sogar selbst auch im Gebüsch gelegen und vor nur wenigen Sommern mit Stielaugen Liebespaare beobachtet hat. Jetzt ist er älter und erfahrener und schickt lästige Kinder unsanft und kopfüber den gleichen Weg durch Wacholder und Haselgebüsch, den er selbst früher nehmen mußte, in einer nun vergessenen Vergangenheit.

Und die Jungen stieben lachend auseinander, randvoll mit den sensationellen Neuigkeiten, die sie einem ausgewählten Kreis am Tag drauf in einer Ecke des Schulhofes präsentieren: »Wißt ihr, wen wir gestern gesehen haben? Hans und Inger! Er griff ihr an die Brust! Und sie haben sich geküßt!«

Aber ein kleiner Achjähriger, der versehentlich zurückgeblieben ist und sich auf der Suche nach einem verlorengegangenen Schlagball in diesen geheimnisvollen Kreis verirrt hat, bleibt nachdenklich am Rand des Kreises stehen, den Ball in Händen. An die Brust? Wofür soll das gut sein? wundert er sich und läßt den Blick gedankenverloren über die Hügel hinter Jakobshaugen gleiten, ohne die geringste Ahnung, was ihn in kommenden Sommern erwartet – schöne Kinderzeit!

Aber wir wollten ja nach Rønnigen. Wir sollten uns nicht verplaudern, denn ich habe dir so schrecklich viel zu erzählen. Du siehst mich an mit Augen, die so ganz und gar unergründlich sind, tiefblau und blank, und die mir den Eindruck geben, daß keiner so gut zuhört wie du.

Ab und an lächelst du etwas schräg über meine Geschichten, aber ich bin mir nicht sicher, ob du auf das hörst, was ich sage, oder ob du einfach nur gerne meiner Stimme lauschst. Manchmal gähnst du tief und schläfst ein, während ich mitten in einem Satz bin, aber ich sehe dir das gerne nach, ich weiß ja, wie müde du bist.

Dennoch höre ich nicht auf, zu dir zu sprechen, wie ich es nun schon seit einigen Wochen tue. Du spürst, daß mir das Reden guttut, fast als ob es den Verlust ein wenig lindert, in dem Maße, wie ein solcher Verlust sich lindern läßt.

Jetzt gleitet der Mond leise über den Hügel hinter Jakobs Scheune. Er ist nur ein Schatten seiner selbst, jetzt wo die Nächte so hell sind. Und auf den Wiesen liegt der Nebel wie ein schimmernder Brautschleier und erinnert mich daran, daß ich um diese Zeit Braut sein sollte. Es fühlt sich an, als wäre das in einem anderen Leben gewesen.

Noch schläfst du gern viele Stunden lang, aber ich höre nicht auf, zu dir zu sprechen. Ich werde dir von allen Kindern auf Rønnigen erzählen, wo Inger zu den ältesten und Hallvard und Annegret zu den jüngsten zählen. Nach und nach werden sie dir alle vertraut sein, auch wenn es so viele sind, daß du sie dann und wann nicht auseinanderhalten können wirst. Wir hatten am meisten mit Hallvard und Anne-Grete zu tun, denn wir waren gleichaltrig.

Jemand hat gesagt, daß Menschen sogar hören können, wenn sie bewußtlos sind. Wenn du so tief schläfst wie jetzt, bist du so vollständig entspannt, daß du aussiehst, als wärst du bewußtlos. Ich muß dich dann manchmal aufnehmen, um mich dessen zu versichern, daß du nur schläfst, daß du nicht die Absicht hast, unmerklich aus meinem Leben zu gleiten, dorthin zurück, woher du gekommen bist. Oh, sei so gut, versprich mir, daß du mich nicht verläßt! Ich könnte das nicht ertragen.

40

Rønnigen ist ein hübscher kleiner Hof, der ganz für sich an einem Bergabhang liegt, seine Fenster sind der Nachmittagssonne zugewandt. Er ist umgeben von einem Apfelgarten, dessen Bäume so reich an Äpfeln sind, daß sie sich biegen und sogar Mathildes übertreffen. Im Frühling schneien weiße Blütenblätter still und sacht und legen sich wie ein duftender Teppich auf die wie gerupft aussehenden Grasbüschel und die alten knorrigen Wurzeln. Den Sommer hindurch wachsen Hunderte kleiner grüner Äpfel heran, werden größer und größer, über den Köpfen der lärmenden Kinderschar, die wie Eichhörnchen zwischen den Stämmen hin- und herflitzen. Jedesmal, wenn eines der Kinder aus Versehen und in raschem Tempo gegen einen der niedrigen Äste stößt, nicht um die jungen Äpfelchen zu schütteln, sondern um einen wütenden großen Bruder abzuschütteln, klammern sich die grünen Früchte standhaft am Ast fest und denken, wenn ich das überlebe, überlebe ich auch die Herbststürme.

Aber das tun sie doch nicht, denn vorher sind sie abgepflückt worden und liegen ordentlich auf Regalen in einem Apfelkeller, in dem so viele vor ihnen gelegen haben und noch so viele folgen werden, daß der Raum und der Rest des Kellers, ja der

Rest des Hauses und die Menschen obendrein immer den säuerlichen Duft nach Äpfeln um sich haben.

Der folgt den rotwangigen Kindern bis in die Schule, vielleicht weil stets drei, vier Äpfel gemeinsam mit dem Schönschreibheft und der Fibel im Ranzen liegen. Wenn der Lehrer Aufsätze durchsieht, braucht er nicht nach dem Namen auf dem Heft zu schauen, der schwache Duft nach Äpfeln, der aufsteigt, sagt ihm, dies ist das Heft eines der Rønnigen-Kinder. Und der Gedanke an die herrlichen, saftigen Äpfel, die er all die Jahre hindurch bekommen hat, versetzt ihn in gute Laune, und ehe er sich's versieht, wird die Note ein bißchen besser. Aber sehr gut werden die Noten nie, denn besonders tüchtig in der Schule sind sie nicht, diese kerngesunden Kinder. Und wild sind sie, daß es eine Art hat, so daß die Note im Betragen mehr als den Duft nach Äpfeln bedarf, um gerettet zu werden.

An ihnen ist nichts Böses, sie sind nur so unbändig lebenslustig und tatendurstig. Und dann sind es ja so viele. Es ist unglaublich, denken die Leute, die, selten genug, über den Hof gehen, es ist unglaublich, daß das kleine Haus für so viele Platz hat.

Es ist insgesamt kein großer Hof. Ein Schwein haben sie, das wühlt in einem eingezäunten Rechteck gleich neben dem Hofplatz. Das wendet Grasbüschel und altes Laub um und um, schubbert sich an den grauen Holzplanken, so daß der Zaun wakkelt, und grunzt vergnügt und unwissend über sein zukünftiges Schicksal.

Wenn Milda, die Bauersfrau, stehenbleibt und den Rücken der Sau mit seinen steifen Borsten krault, während sie freundlich zum Rüssel hin spricht, ist der Gedanke an Eisbein und Rippchen beiden gleichermaßen fern, das kann ich dir versichern. Nichtsdestotrotz landet das Schwein, noch ehe der erste Winterschnee fällt, im Brühkessel, jedes Jahr.

Nein, ein großer Hof ist es nicht, aber er ist schön und gepflegt. Der frisch gestrichene, niedrige Stall hat Platz für drei bis vier Kühe, ein paar Fähen und ein kleines Bullenkalb mit weißer Stirn. Die Kinder nennen es »Hyppetek«, und von dem Augenblick, wo es zum ersten Mal seine wackeligen Beine auf den Boden des Stalls stellt und sie mit großen ernsten Augen anschaut, lieben sie es von Herzen.

Den ganzen Sommer über wird es im Apfelgarten das Gras abweiden, angebunden an einen Pflock, der immer wieder versetzt wird. Aber sobald es groß genug ist, wird es zum Schlachter geschickt, um Geld für die Abzahlung der Hypothek hereinzubringen. Deshalb hat es seinen Namen bekommen, und deshalb ist es gewissermaßen wertvoller als die anderen Tiere. Und selbstverständlich werden die Kinder jammern, wenn das Unvermeidliche ansteht, aber noch ist es lange hin, und im nächsten Sommer weidet ein neues »Hyppetek« unter den Apfelbäumen.

Ja, bis zum Herbst ist es noch lange hin, denn jetzt steht die Sonne hoch am hellblauen Sommerhimmel, die Hühner glucken friedlich hinter dem Drahtgeflecht, und »Hyppetek« liegt wiederkäuend im Schatten unter einem der vielen Apfelbäume, ohne daran zu denken, wie es auf Soll und Haben einwirkt.

Der kleine, fahle Norweger nickt sich seinen Weg den Hügel hinauf, einen leeren Heuwagen im Schlepptau, und biegt auf den Hofplatz ein. Der Mann im blaukarierten Hemd und mit einem Taschentuch, das vier Knoten an den Ecken hat, auf dem Kopf als Schutz gegen die Sonne, sagt: »Brrr«, springt unmittelbar vom Wagen und schnappt sich den dreijährigen Jungen, der vor ihm gestanden hat, und läuft zu der weiß gestrichenen Tür am Ende des Stalls, mit dem Jungen unterm Arm. Zum Mittag hat es Salzfleisch und Erbsen gegeben, und jetzt haben die beiden es eilig.

Bald sitzen, die Hosen auf den Knien, der Bauer auf dem großen Sitz und der Kleine auf dem kleinen Loch für die Kinder daneben. Der Vater vertieft sich in eine alte Zeitung, während der Junge herumhantiert, sich fertigmacht und den Po in die Luft streckt, um mit einem Stück Zeitungspapier abgewischt zu werden. Die Hosen werden ihm hochgezogen, und er wird hinausgelassen, dabei ermahnt, nicht wegzulaufen.

Das tut er auch nicht, er klettert nur auf den großen Stein, der so bequem da steht, und hakt die Tür zu. Dann geht er und spielt mit Stöckchen und Steinen auf dem Hof. Der Vater beginnt, geschickt zu locken und zu verhandeln, aber der Kleine hat kein Verständnis für das Prekäre der Situation. Unermüdlich spielt er immer weiter.

»Sei brav und laß mich raus«, bittet der Vater flehentlich, »du weißt doch, daß ich nach Ås muß, um Draht zu holen.« Keine Reaktion.

»Wenn du ein lieber Junge bist und den Haken aufmachst, dann darfst du mit mir nach Ås fahren.«

»Du tommst nie nach Ås«, antwortet der Junge mit Grabesstimme und ahnt nicht, daß er genau diesen Satz noch etliche Male hören wird. Und später dafür erheblich mehr Heiterkeit ernten wird als hier und jetzt.

Denn plötzlich ist Vaters Geduld am Ende, und er legt los und poltert und tobt. Er rüttelt an der Tür und tritt dagegen, während er von Dresche kriegen und anderen Strafen schreit, das Dümmste, was er tun kann. Denn der Junge fängt an zu schreien und rennt davon, als wäre ihm der väterliche Zorn auf den Fersen und nicht mit dem

Haken an der Tür gut eingeschlossen. Er taumelt direkt Solfrid in die Arme, die gerade auf den Hof einbiegt, hält aber nicht einen Augenblick inne, sondern rennt voller Angst hinunter zu den Feldern, wobei er laut nach der Mutter heult.

Ein Huhn oder zwei gackern verängstigt über diese Unterbrechung der nachmittäglichen Stille, aber sie kommen schnell zur Ruhe, sie sind an mehr Aufstand gewöhnt. Ansonsten ist der Hof so still, wie Sol ihn nie erlebt hat.

Aber das dauert nur einen Augenblick, denn dann beginnt es irgendwo unten am Stall zu poltern und zu brüllen. Es hämmert und schreit und poltert, daß sie sich furchtbar erschreckt und dem Jungen hinterherrennt. Denn das muß mindestens »Rottenikken«, der Waldmensch, sein. Vielleicht ist er gekommen und hat sie alle erschlagen, Milda und Sverre und alle Kinder, alle bis auf den kleinen Leif-Erik, den sie jetzt eingeholt hat, an die Hand nimmt und mit ihm weiterhastet. Nein, so schlimm ist es doch nicht, dort unten auf dem Feld steht Milda und wickelt Draht um die Pflöcke für das Heu, die in einer langen schnurgeraden Reihe eingeschlagen stehen. Die beiden größten Jungen tragen gemeinsam die Drahtrolle und schimpfen auf die Kleineren, denn die haben angefangen, zwischen den Pflöcken Fangen zu spielen.

Milda wird natürlich nicht recht klug aus Solfrids atemloser Erzählung, und der Kleine ist einfach verängstigt, steht da mit großen Augen und kann gar nichts sagen. Aber weil Mann und Pferd fehlen, schürzt sie den Rock und eilt mit den längsten Beinen vorneweg zum Hof.

Dort findet sie das Pferd friedlich grasend und den Mann grimmig hinter Schloß und Riegel auf dem Plumpsklo. Beide lachen sie lange und herzlich, ehe sie den Fahlen wieder zum Feld hinuntertrotten lassen. Heiter machen sie die Heugestelle fertig, laden die ganze Kinderschar, inklusive Solfrid, auf den Heuwagen und ziehen nach Ås, um mehr Draht zu holen.

41

Mathilde und Nils-Jan kommen aus dem Hühnerstall, als der Wagen mit Milda und Sverre und allen Kindern auf den Hofweg einbiegt. Nils-Jan durfte die Eier aus den Nestern sammeln und sie vorsichtig in den Korb legen, den Mathilde am Arm trägt. Allmählich hat er sich mit Mathildes Hennen angefreundet, und jetzt getraut er sich auch, vorsichtig eine Hand unter ein Huhn auf dem Nest zu stecken und das warme, gerade gelegte Ei, auf dem es liegt, herauszunehmen.

Aber vor dem Hahn hat er Angst. Der kann

nämlich ziemlich unfreundlich werden, und er scheut sich nicht, nach einem nackten kleinen Bubenbein zu picken, wenn ihm danach ist. Während sie im Hühnerstall sind und Eier einsammeln, hat Mathilde ihn jetzt ausgeschlossen. Er spaziert draußen auf dem Hühnerhof herum und kräht, gekränkt über die Verbannung.

Nils-Jan nimmt geschickt die Eier auf und legt sie vorsichtig zu den anderen in den Korb, so daß keines zerbricht. Er hat auch gelernt, Mathilde beim Reinigen der Eier zu helfen. Dann sitzen sie zusammen am Küchentisch und wischen jedes Ei mit einem feuchten Tuch ab, bevor sie es in die rechteckigen Eierkartons sortieren. Mathilde verkauft den Leuten im Ort Eier, das Eiergeld versteckt sie in einem Kästchen im Eckschrank in ihrer Kammer. Manchmal ist es praktisch, ein bißchen Geld extra zu haben.

Die beiden reden nicht so viel, wenn sie zusammen sind. Mathilde ist wortkarg wie üblich, aber wenn der kleine Junge in ihrer Nähe ist, strahlt sie eine Wärme aus wie sonst nie. Er merkt das intuitiv und spürt, daß auch er gern mit ihr zusammen ist. Ihre schweigsame, etwas mürrische Art gibt ihm ebensoviel Geborgenheit, und er fühlt sich ebenso wohlgelitten wie bei allen Zärtlichkeiten Ragnhilds.

Aber an diesem Tag ist Mathilde heiterer und lebhafter, als Nils-Jan sie jemals erlebt hat. Mit geheimnisvoller Miene hat sie ihn mit sich in den Wagenschuppen gezogen – vor Erwartung hat sie hektische rote Flecken auf den Wangen. Da ist etwas, das sie ihm unbedingt zeigen möchte.

Lange hat sie eines ihrer Hühner vermißt und argwöhnte, es könnte sich irgendwo versteckt haben und brüten. Nils-Jan und sie haben überall gesucht, ohne das Versteck zu finden, aber an diesem Vormittag hat sie einen Verdacht, wo es sein könnte. Die Geheimniskrämerei macht Nils-Jan fast bange. Er hält Mathildes Hand ganz fest, als sie ihn mit sich zieht in das Halbdunkel des Wagenschuppens.

Diese warme und zutrauliche kleine Bubenhand! Freude durchströmt Mathilde, eine sonderbare und schmerzliche Freude, die zwischen Lachen und Weinen angesiedelt ist. Sie steht in dem dunklen Raum, wo verschiedene Fuhrwerke, zum Teil richtig alte, langsam hervortreten, nachdem sich das Auge an die Dunkelheit gewöhnt hat. Und plötzlich wird sie von einer ungestümen Angst überwältigt, die ihr Herzklopfen verursacht, Angst, dieses Kind zu verlieren, das in wenigen Monaten ihr Leben so verändert und ihm einen Sinn gegeben hat, von dem sie glaubte, er würde ihr nie zuteil.

Sie spürt ihren eigenen ängstlichen Puls in der Hand klopfen, an die sich die kleine Bubenfaust klammert, und es fehlt nicht viel, und sie fällt auf die Knie und schlingt die Arme um ihn. – Mathilde, die niemals ein Kind angefaßt hat!

Der Junge steht auch ganz still und lauscht angestrengt in den Raum hinein. Und dann hören sie alle beide das leise, besondere Glucken, das Hühner nur von sich geben, wenn sie Küken haben. Sie finden das Nest auf dem Sitz der alten Kalesche. Dort liegt die Henne mit acht hellgelben Federbällchen, die Nils-Jan und Mathilde später auf den Hof tragen. Sie werden zusammen mit der gluckenden Mutter in einen kleinen Käfig aus Drahtgeflecht gesetzt, der wie ein Zelt geformt ist.

Nils-Jan freut sich dermaßen über die kleinen Küken, daß Mathilde nun ganz und gar schmilzt und sich von seiner Freude mit einer Begeisterung mitreißen läßt, die ihr überhaupt nicht ähnlich ist. Für eine Weile verliert sie die reservierte Haltung und zeigt dem Jungen eine Wärme, von der niemand etwas ahnte, vielleicht nicht einmal sie selbst.

Ja, das ist so auffällig, daß Milda stutzt, als sie Mathilde und Nils-Jan aus dem Hühnerstall kommen und Hand in Hand in kleinen Schritten über den Hof laufen sieht, Mathilde mit dem Eierkorb am Arm. Sie beugen sich über die Henne und die Küken, als das Pferd auf den Hofplatz einbiegt.

Die Kinderschar springt vom Heuwagen und rennt zu den beiden am Drahtkäfig, eifrig und neugierig wie neugeborene Kälber.

Da sieht Milda, wie Mathilde den Jungen mit einer beschützenden Geste an sich zieht. Und er, der diese lärmenden Kinder noch nicht alle richtig kennt und deshalb ein bißchen ängstlich ist, schlingt die Arme um ihr Bein und verbirgt sein Gesicht in ihrer karierten Schürze.

In dieser Bewegung ist etwas so Selbstverständliches, daß es auf Milda tiefen Eindruck macht. Sie denkt, sie hätte wohl nie geglaubt, Mathilde könne ihr einmal wie eine Henne vorkommen, die ein Küken unter ihrem Flügel beschützt. Und sie schaut auf ihre eigenen unbändigen Küken und spürt plötzlich eine überwältigende Dankbarkeit, Mutter zu sein.

42

An Sverres Heuwagen ist eigentlich nichts Besonderes, abgesehen davon, daß er verhältnismäßig neu ist und deshalb statt der altmodischen Karrenräder mit den hölzernen Speichen Gummiräder hat. Vorn die Räder sind klein, die hinteren etwas größer, und an den Seiten hat der Wagen hohe Gitterstäbe, die man Leitern nennt. Die Giebel vorn und hinten sind sechseckig wie alte Fenster und ungefähr gleich hoch, und an dem hinteren ist die lange Stange mit einem Strick befestigt, der durch eine Art Öse gezogen wird, eine an jedem seitlichen Pfosten. Die lange Stange ist aus Holz und wird benutzt, um die Heufuhre mit einem besonderen Kniff zu befestigen. Sie ist älter, als jemand erinnert, und von vielen Händen glattpoliert.

Natürlich hat Sverre nicht gezählt, wie oft er die Stange angehoben hat, als sie hinter dem Wagen hing, während das Heu aufgeladen wurde, wie oft er sie zu dem Kind hinaufgereicht hat, das zuoberst auf dem duftenden Heu thront und das sie entgegengenommen und mit dem Ende des Stricks im Ring vorne befestigt hat. Ebenfalls hat er nicht gezählt, wie oft er die Arme hochgestreckt hat, um ein Kind aufzufangen, das sich von der Heufuhre hinabgleiten ließ, ja, wenn man es genau betrachtet, kennt er zuzeiten nicht einmal die Zahl seiner Kinder.

Denn immerzu kommen auf Rønnigen neue Kinder an, und alle sind sie rotwangig, und alle haben die gleichen strahlenden Augen, haben Mutters Grübchen am Kinn und Vaters braunes lockiges Haar. Wer von ihnen sich die Gitterstäbe des Heuwagens – der war in einer schönen graublauen Farbe ganz frisch gestrichen – vorgenommen und mit einem Eimer Weiß dazu beigetragen hat, daß der Wagen anders aussieht als alle übrigen im Ort, über all das hat er einfach keinen Überblick. Und wer von ihnen den kleinen Splint aus dem Bolzen entfernt hat, der den eigentlichen Wagen mit den Vorderrädern und Deichseln befestigt, darüber macht er sich genau jetzt keine Gedanken, denn noch hat er nicht entdeckt, daß der nicht an Ort und Stelle sitzt.

Die Kinderschar, die da angefahren kommt, weiß das auch nicht, denn der Schuldige ist nicht unter ihnen. Er ist gerade dabei, den Splint – er ist so groß wie Sverres kleiner Finger und hat einen kleinen Ring am Ende – in die harte Erde hinter dem Stall zu hämmern. Wäre jemand gekommen und hätte ihn gefragt, warum, würde er vermutlich gefunden haben, dies sei die dümmste Frage von der Welt, hätte aber gleichzeitig nicht die leiseste Idee für eine Anwort parat.

Sverre ahnt also von diesen Dingen nichts, denn die Schwerkraft macht den Splint überflüssig, als er ganz vorn im Wagen steht und die Zügel des Pferdes hält. Die lange Stange hat er wieder an der Auffahrt zur Scheune abgelegt, was er bitter bereuen wird, denn später am Tag wird das gleiche Kind mit einer Axt ein paarmal so kräftig darauf hauen, daß sie nie wieder wurde, was sie gewesen war.

Nein, Sverre hat andere Dinge im Kopf, als er das Pferd vom Hof lenkt, denn da ist wieder eine Verkaufsattacke im Anzug, und deshalb treibt ihn die Ruhelosigkeit am hellichten Vormittag auf die

Straße, zu einer Zeit, wo er mit dem Winterweizen voll beschäftigt sein sollte oder mit den Dachziegeln des Scheunendachs.

Milda hat es schon lange gemerkt, denn sie kennt die Anzeichen. Vom Küchenfenster aus seufzt sie entmutigt hinter ihrem Mann her und knetet ein paar Tränen in den Brotteig auf dem Tisch und schickt ein stilles Gebet hoch zum Herrgott und hofft das Beste. Denn noch kann es vorübergehen.

Vielleicht haben die Kinder auch etwas gemerkt. Vielleicht ist es der Versuch, den Vater aufzuhalten, als sie angerannt kommen »Vater, Vater, wir wollen mit!« und sich auf den Wagen werfen, alle auf einmal. Sie krallen sich fest und klettern alle übereinander – mit dem Resultat, daß der Wagen kippt und der Vater ein paar Meter hoch in die Luft fliegt. Beim Anblick des Vaters weit über ihren Köpfen bekommen sie einen solchen Schrecken, daß sie loslassen und alle auf einmal vom Heuwagen springen, und dadurch landet Sverre ziemlich jäh und unsanft, besonders weil das Pferd mit den Vorderrädern unverdrossen weitergezottelt ist. Der Rücken ist so in Mitleidenschaft gezogen, daß Milda ihren Mann nur mit Mühe und Not auf das Sofa im Wohnzimmer bekommt, wo er drei Wochen auf einem Katzenfell liegt, das sie ihm vorsichtig unter das Kreuzbein schiebt. Und Milda gibt sich Mühe und versucht, seine Gemütsverfassung, die so auf Abwege geraten ist, abwechselnd durch warme Milch mit Honig und Kamillentee – und dann und wann mit einem Schluck Johannisbeerwein zu beruhigen. Sie plagt und müht sich für zwei, während sie mit der einen Hand den Kloeimer ausleert, hält sie mit der anderen die Kinder vom Vater fern.

Und abends faltet sie die Hände und dankt Gott, weil es so aussieht, als ob die Verkaufsattacke für dieses Mal vorüberzugehen scheint. Mehr als einmal aber schläft sie mitten im Dankgebet ein.

Den Splint vom Heuwagen finden sie erst einige Wochen später wieder, als eines der Kinder, tatsächlich das gleiche, das ihn früher in die Erde hämmerte, das aber selbstverständlich längst vergessen hat, über ihn stolpert und sich die Mittelzehe des linken Fußes bricht. So erhält auch er für einige Wochen einen beschränkten Aktionsradius. »Nichts ist so schlimm, als daß es nicht für etwas gut ist«, lautet Mildas Motto.

43

Sverre ist so nett, seufzen die Leute im Ort und blicken ihm ein wenig resigniert hinterher, wenn er während einer seiner Verkaufsattacken von Hof zu Hof fährt. Und er *ist* nett. Er ist sowohl nett als auch geschickt als auch arbeitsam, der Mann auf Rønnigen. Er ist der Bruder von Gudrun, der Mutter Solfrids, und verheiratet mit Milda, der ältesten Schwester von Ragnhild, die den elterlichen Hof übernommen hat.

Die Geschwister Ragnhilds sind in alle Winde verstreut. Die Mädchen sind in anderen Ortschaften verheiratet, und die Zwillingsbrüder sind in die Welt hinausgefahren und haben sich an fernen Orten niedergelassen mit Namen wie Brooklyn oder Seattle, wo sie Handel oder Handwerk betreiben und regelmäßig Botschaften nach Hause schicken, von Straßenkreuzern und Big Business.

Sverres Gemütsverfassung ist so unbeständig. Nein, nicht unbeständig, denn im großen und ganzen ist er stetig und freundlich, aber gelegentlich gibt es Phasen, da gehen Laune und Unternehmungslust mit ihm durch. Man sollte ihn und Gudrun, seine Schwester, zusammen in einen Sack stecken und ordentlich durchschütteln und das, was dabei herauskommt, auf alle beide gleichmäßig verteilen, scherzen die Leute, und da ist was dran. Denn während Sverre wie aufgezogen umhersaust und unerhört munter und voller Ideen und Grillen ist, die seiner Umgebung das Leben schwermachen können, zieht sich Gudrun die Decke über den Kopf, randvoll mit Selbstvorwürfen und Vorstellungen von der eigenen Unzulänglichkeit.

Seite an Seite mühen sich Milda und Sverre mit Kindern und Vieh ab, so wie es auch alle anderen im Ort tun, aber Sverre geht im Winter nicht mit zum Walfang, über das eine Mal, wo er es versuchte, wird nie gesprochen. Nein, er hält sich zu Hause auf und ist fleißig bei allem, was er tut, aber eben höchst umtriebig, wenn er eine seiner Attakken bekommt.

Dann wird er von einer so unbegreiflichen Unternehmungslust gepackt. Der Alltag auf dem Hof ist in diesen Phasen für ihn viel zu eng und still. Dann ist er überzeugt, er sollte Hausierer sein, um von Tür zu Tür zu ziehen und zu verkaufen, egal was, ob Tiere oder Haushaltswaren.

Für Milda und die Kinder hätte es böse ausgehen können, aber zum Glück sitzen auf den Höfen ringsum Alte, die schon einige seiner Verkaufsattacken mitgemacht haben und die gerne einen Hinweis haben wollen, wenn sich eine neue ankündigt. Sie haben Witz und Verstand genug, um den Mann zu bremsen, wenn er mit irgendwelchen Sachen vor der Tür steht, mit Mildas Geschirr oder dem kostbaren Spielzeug der Kinder, um sie dem erstbesten, dem er begegnet, für einen Spottpreis zu verkaufen.

So kommt er zum Beispiel eines schönen Tages Ende März über die Straße geschritten, unter dem

Arm den prachtvollen, schwarzen Hahn. Fast schlüpft er über den Hofplatz auf Lund vorbei, ehe ihn Harriet erwischt. Beide, er und der Hahn, sind in Hochform, er, weil er vollkommen überzeugt ist, daß er in der Welt genau hierfür auserkoren ist; der Hahn, weil es sein erster Ausflug unter freiem Himmel um diese Zeit ist und vielleicht, weil er die Hennen von Lund von früheren Besuchen her kennt.

Und es geht, wie es schon bei früheren Gelegenheiten gegangen ist. Harriet wundert sich, daß er diesen wunderbaren Hahn loswerden will, und nach angemessenem Feilschen wechselt der Hahn den Besitzer, mit gegenseitigen Versprechungen über Fristen und Abbezahlen.

Sie trinken mit Peder Kaffee, er sitzt in seinem Stuhl und schaukelt. Peder ist jetzt im großen und ganzen gesehen sich hin- und herwiegender guter Wille. Etwas anderes ist er nicht mehr gewesen, seit er vor einigen Jahren mit dem Krankentransport vom Fanggebiet zurückgebracht worden ist. Am meisten vergnügt ist jedoch der Hahn, weil er im Hühnerstall auf Lund landet, wo er unter gutwilligen Hühnern gackerndes Durcheinander weckt und im Laufe von ein paar Stunden den heimischen Hahn zu einem bemitleidenswerten, neurotischen Federball reduziert.

Zu Hause weinen die Kleinsten über den Verlust des Hahns und über ihren Vater, der nicht wiederzuerkennen ist. Milda und die Ältesten trocknen die Tränen und tun ihr Bestes, um sich selbst und die anderen zu überzeugen, daß alle beide, Vater und Hahn, wohlbehalten wieder auftauchen werden.

Hin und wieder gleitet Sverre dann aber doch durch die Maschen des Netzwerks, und wenn er außerhalb dieser Fürsorge landet, dann geht es schief. Den schönen goldenen Ring mit der Perle, den sie von Großmutter Katrine geerbt hat, sieht Milda nie mehr wieder.

44

Klein Solfrid hat immer geglaubt, daß Hühner an Sonntagen anders gackern als unter der Woche. Besonders an Sonntagen, an denen die Sonne scheint, behauptet sie steif und fest und kümmert sich nicht darum, daß die anderen Kinder sie foppen.

»Puh, Sonntagsgackern, du spinnst ja! Gibt es bei euch vielleicht auch ein Weihnachtsgackern?«

»Es stimmt aber, sie gackern sonntags anders. Hör doch mal!«

Und die Hühner auf Rønnigen gackern an diesem frühen Sonntagmorgen wahrhaftig ausgesprochen vergnügt. Das mag daran liegen, daß sie einen funkelnagelneuen Hühnerstall bekommen haben. Oder gackern sie so vergnügt, weil ihr Hahn von einem seiner zahlreichen Ausflüge nach Lund zurückgekehrt ist? Glänzend schwarz, mit rotem Kamm stolziert er auf dem sonntäglich stillen Hofplatz umher und ist mehr denn je Hahn im Korb. Der Hahn auf Rønnigen ist vermutlich der einzige, der von Sverres Verkaufsattacken begeistert ist.

Die weißen Hühner trippeln friedlich um den Hahn herum und haben so viele freundliche Laute in der Kehle, wie nur Hühner sie haben können. Ob das nun ein sonntägliches oder ein alltägliches Gackern ist, darüber denkt keiner nach.

Auch nicht Sol, denn sie ist ganz und gar mit anderem beschäftigt. Der Boden über dem Waschhaus, der früher als Hühnerstall diente, soll zum Schlafzimmer für die ältesten Mädchen umgebaut werden. Der Hühnermist ist hinausgeschaufelt worden, und jetzt sollen Wände, Fußboden und Decke eine neue Holzverkleidung erhalten. Die Bretter liegen als duftender Stapel auf dem Hofplatz und warten auf Hammer und Nägel.

Heute aber nicht. Sonntag ist Ruhetag, auf Rønnigen wie auf den meisten anderen Höfen des Ortes. Nur die Viehställe und anderes Notwendige wird erledigt. Sonntag, das sind Gottesdienste im Radio und Fleischklöße mit grünen Erbsen und Zwetschenpudding zu Mittag. Sonntag ist ein langer und wunderbarer Mittagsschlaf – hinter verschlossener Tür – für die Erwachsenen, und wenn sie endlich soweit sind, wieder zum Leben zu erwachen, Sirupkuchen mit Banane zum Kaffee für eine ungeduldige Kinderschar, wo die Ältesten sich mit harter Hand der Erziehung der Kleineren angenommen haben.

Sonntag. Die leuchtenden, sonnigen Sonntage meiner Kindheit, mit dem trägen Gesumm der Fliegen, dem gutmütigen Grunzen der Schweine und dem feiertäglich klingenden, friedlichen Glucken der Hühner, was ist aus ihnen geworden? Werde ich diese sonnenglänzenden, sorglosen Sonntage jemals wieder erleben? Und du, wirst du viele von ihnen erleben?

Zum Frühstück gibt es auf Rønnigen Ei mit Anschovis, zwar nicht an jedem Sonntag, aber heute ist so einer. Die Kinder haben den Inhalt der kleinen Anschovisbüchse brüderlich genau untereinander aufgeteilt, einen für jeden und für Vater zwei. Die Kleinsten haben das Ritual mit den leeren Eierschalen, die umgekehrt in den Eierbechern stecken, vollbracht. Und die Ältesten haben sich gutwillig foppen lassen.

Jetzt sind die Kinder aus dem Waschhaus geschickt worden, wo, wie den ganzen Sommer hindurch üblich, gekocht wird und wo alle Mahlzeiten eingenommen werden. Einige von ihnen lärmen über den Köpfen von Milda und Sverre oben auf dem leeren Speicher, Nils-Jan und Solfrid sind auch dabei, sie kamen durch die taunassen Wiesen gerannt, um »Mildakuchen« mit Zucker drauf zu bekommen.

Milda und Sverre lassen die Kinder gewähren, denn diese friedliche Zeit am Sonntagmorgen nach dem Frühstück, zu dem das bessere Geschirr gehört und die bestickte Tischdecke, die über Eck auf dem karierten Wachstuch liegt, ist ihnen ausgesprochen wichtig. Und so viel kann da oben doch wohl nicht passieren?

Und ob. Nicht einmal Milda und Sverre haben wirklich einen Überblick über die Tatkraft und den Erfindungsreichtum dieser Kinder, besonders Hallvards. Milda war wie immer zu dem alten Herd, der mit Holz befeuert wird, gegangen, um den Kaffeekessel zu holen. Sie hat ihrem Mann einen Schluck eingeschenkt, der hat ihr für einen kurzen Moment den Arm um die Taille gelegt, ihr mit der groben, abgearbeiteten Hand über den beleibten, geblümten Sonntagskleid-Rücken gestreichelt und geflüstert: »Uns geht es doch gut, Milda, nicht wahr?« Das ist vermutlich ihre Art eines raffinierten Vorspiels, denn die nächste Mittagsruhe ist kurz genug, und man weiß nie, wann ein heftig weinendes Kind an die Tür kommt.

Und Milda, die so ein einzigartiges Vermögen hat, die Verkaufsattacken ihres Mannes zu verdrängen, sobald sie vorüber sind, streicht ihm über die schütteren Haarsträhnen, die sich noch an seinen Schädel klammern, und antwortet mit zufriedenem Seufzen: »Ach ja, Sverre, uns geht es gut. Die Kinder sind gesund ...«

Und ob die Kinder gesund sind! Die haben sich den Weidenkorb hervorgeholt, mit dem der Hühnermist hinausbefördert worden ist, und haben eine begeisterte Solfrid und einen eher ängstlichen und vorsichtig protestierenden Nils-Jan hineingesetzt. Einer der hellen Köpfe in der Kinderschar – bestimmt Kåre, denn der hat immer so kreative Lösungen für alles Praktische – hat einen Flaschenzug zurechtgebastelt und den größten Teil des gestrigen Tages damit zugebracht, alten Hühnermist aus dem Fenster zu hieven, hinunter zu einem Bruder, der mit der Schubkarre wartete und die Ladung zu dem Misthaufen hinter der Scheune brachte.

Jetzt gehen Sol und Nils-Jan den gleichen Weg. Nein, nicht zum Misthaufen, die Tour soll unten auf dem Hof enden, aber der alte Holzkorb, in den zu diesem Zweck ein Sack gelegt worden ist, wird wieder hochgezogen. Genügend motivierte Kleine warten unruhig, daß sie an der Reihe sind:

»Danach komm' ich, Hallvard!«

»Nein ich, ich bin zuerst dran!«

»Drängle nicht, Blödmann!«

»Ich drängle doch gar nicht, dumme Kuh!«

Es wird ordentlich geschubst und geschimpft, ehe sich die Schlange hinter dem tatkräftigen Spielleiter geordnet hat. Er ist den ganzen Tag gestern dem großen Bruder neugierig zur Hand gegangen, hat Hühnermist geschaufelt und auf den Weg gebracht, und nun juckt es ihn in den Fingern, mit Flaschenzug und Seil zu hantieren. Jetzt bietet sich eine Gelegenheit.

Mit Hühnermist umzugehen, ist eine Sache, mit zwei erschrockenen Kindern eine ganz andere. Hallvard bekommt das bald zu spüren. Der Korb setzt sich heftig in Bewegung, während die zwei, die darin sitzen, seinen Aktionsradius nicht unbedingt verringern, indem sie sich hysterisch aneinanderklammern.

Und in demselben Augenblick, in dem Milda, nachdem sie den Kaffeekessel wieder auf den Ofen gesetzt hat, das sonntäglich gestimmte Hinterteil auf den blau gestrichenen Hocker plaziert und mit zufriedenem Seufzen nach der mit Rosen bemalten Kaffeetasse greift, saust der Korb durchs Küchenfenster, so daß Glasscherben, Hühnermist und Holzsplitter vom Fensterrahmen wie eine Wolke über Butterteller und Zuckerdose stieben.

Vier entgeisterte Gesichter, mit kugelrunden Augen und offenen Mündern, unisono ein Schrei in vier verschiedenen Tonhöhen, und dann saust der Korb weiter, glücklicherweise gebremst durch die Stippvisite im feiertäglichen Frieden der Küche und durch ihn, der verzweifelt am Haltegriff oben auf dem Speicher festhält.

Die Fahrt endet wie geplant unter dem Fenster auf dem Hof, wo die überraschende Ankunft in der Hühnerschar allgemeine Bestürzung weckt und vermutlich den Hahn wünschen läßt, er wäre auf Lund, wo unter den großen Ahornbäumen auf dem Hofplatz friedlichere Zustände herrschen.

45

Mathildes Schürzen haben große Taschen. Besonders ihre hübsche kleingeblümte Sonntags- und Ausgehschürze, die sie angezogen hat, als sie an dem schönen Sonntagnachmittag von zu Hause wegging, um die Verwandten auf Rønnigen zu besuchen. Auf dem Hof auf Lund bleibt sie kurz stehen und wechselt ein paar Worte mit Harriet, die mit Peder im Schatten unter den Ahornbäumen sitzt und das schöne Wetter genießt. Und Peder wiegt sich hin und her und lächelt und sabbert und ist die Gutmütigkeit in Person, so wie immer. Groß und breit sitzt er auf der weißen Holzbank, stößt seine unverständlichen Laute aus und lächelt einfältig.

Nils-Jan und Solfrid begleiten Mathilde. Beiden

ist ein bißchen feierlich zumute, denn sie gehen auf Besuch nach Rønnigen, das ist schöner, als nur zum Spielen hinüberzulaufen.

Solfrid muß auf Peders Schoß und ihn ganz schnell kurz drücken, aber Nils-Jan, der sich immer noch nicht so ganz an den großen Mann mit dem Verstand eines Zweijährigen gewöhnt hat, klammert sich schüchtern an Mathildes Schürzenzipfel. Auch Mathilde ist richtig guter Dinge, und nicht ein böses Wort kommt über ihre Lippen. Sie lobt Harriets Kletterrosen in den höchsten Tönen, und wie sie da in der Sonne steht mit ihrer schweren Haarflechte um den Kopf und dem kleinen Jungen an der Seite, sieht sie richtig schön aus.

Nils-Jan hält sich am Schürzenzipfel fest, bis sie vom Hof sind. Dann läßt er los und rennt zusammen mit Solfrid vorneweg. Sie pflücken am Straßenrand Feldblumen und binden daraus hübsche kleine Sträuße, die Tante Milda bekommen soll.

In Rønnigen kommen aus allen Winkeln die Kinder, das tun sie immer, wenn Fremde auf den Hofplatz einbiegen. Sie scharen sich respektvoll neugierig um Mathilde, denn die aufrechte Gestalt im schwarzen Kleid lädt nicht zum Drängeln oder Unfugtreiben ein. Alle kennen aber ihre Schürzentaschen und wissen, daß sie jahrein, jahraus sowohl Kampferdrops als auch Malzbonbons enthalten. Und wenn mit den Walfängervorräten von Lars noch nicht Schluß ist, tauchen aus den geräumigen Taschen auch bunte Fruchtbonbons und flache, ovale Kaugummi in grünem Papier auf. Sie werden gerecht unter die Kinder verteilt, aber ohne Kopftätscheln oder andere Umschweife. Die Großen erhalten die Aufgabe, für diejenigen, die fehlen, Süßigkeiten aufzubewahren. Und dann schüttelt Mathilde die ganze Schar ab und geht hinein, um mit Milda und Sverre Kaffee zu trinken.

Die Kinder lutschen Drops und kauen Kaugummi und halten Ruhe, aber es dauert nicht lange, dann hat einer von ihnen mit dem Kaugummiklumpen einer der Schwestern gründlich die Haare verklebt. Dann ist es ja praktisch, einen tatkräftigen Bruder zu haben, der eine Schere besorgt und den kleinen Mädchenkopf von dem zähen Kaugummi mitsamt dem Großteil der Haare befreit.

46

»Geh heim, Olefejus!«

Die Aufforderung kommt mit scheinbar erwachsener Autorität von einem zehn- bis zwölfjährigen Mädchen und ist nicht auf den Hund gemünzt, der an seiner Laufleine über den Hof hin- und herrennt und bellt, sondern auf den betrübten kleinen Zwei- bis Dreijährigen, der unschlüssig mit dem Daumen im Mund auf dem Grashang gleich unterhalb der Häuser steht.

Eine Schar Kinder mit Badesachen unter dem Arm sind unterwegs zum Fluß am Ende des Grundstücks. Das Heu ist zum Trocknen aufgehängt in langen duftenden Reihen, durch die man den Fluß sieht, wie er im Sonnenschein glitzert, dort, wo er sich weiter unten in einer trägen Schleife durch die Landschaft windet. Dorthin sind die Jungen unterwegs.

Zwischen den fünf, sechs hellbraunen Lokkenköpfen hüpft und tanzt auch ein kleines Mädchen mit lebhaften blauen Augen und braunen Zöpfen mit roten Schleifen, während sich ein schmächtiger, beinahe weißhaariger kleiner Junge mit merkwürdig geschwungener Stirn vorsichtig am Rande der lärmenden Schar bewegt.

Es ist Nils-Jans erster Sommer im Ort, und er hält sich von der ausgelassenen Schar, die gleichermaßen großzügig Liebkosungen wie Ohrfeigen verteilt, immer noch ein wenig ängstlich fern.

Genauso großzügig sind sie mit Spitznamen. Besonders die kleineren Geschwister müssen sich mit etlichen abfinden, und der Allerkleinste, der auf Leif-Erik getauft worden ist, hört zur Zeit unter anderem auf den Namen Olefejus. Er hört auch auf den Namen Hickser, den die vierjährige Anne-Grete ihm verpaßt hat, nicht als zusätzlichen Spitznamen, sondern weil sie noch nicht so gut sprechen kann.

Der Alltagsname ist Olefejus – er wird ihm tatsächlich sein Leben lang anhängen –, und Inger schleudert ihn schroff in Richtung des unschlüssigen kleinen Wesens. Sie hat mit der Herde, auf die sie aufpassen muß, genug zu tun, und Milda hat gesagt, daß der Kleinste zu Hause auf dem Hof in der Wanne planschen kann.

»Geh heim, Olefejus!«

Der Kleine senkt den hellbraunen Lockenkopf. Die Mundwinkel links und rechts vom Daumen gehen nach unten, und der Windelpopo in hellblauer Baumwolle hängt besonders tief, als er sich kleinlaut zu den Häusern aufmacht. So bemitleidenswert sieht er aus, daß die kleine Anne-Grete, die ihre Zeit als Kleinstes vielleicht noch in frischer Erinnerung hat, den Anblick nicht aushält und mit einschmeichelnder Stimme eine Gegenmeldung losschickt: »Ach, komm her, Hickser, ich passe auf dich auf!«

Freudestrahlend dreht sich der Junge um und läuft wieder in die andere Richtung, aber er hat noch nicht viele Schritte gemacht, da wird er von einer schimpfenden großen Schwester wieder zurückgescheucht.

»Komm nur, Hickser!«

»Nein, geh heim, Olefejus!«

Natürlich gewinnt die Stärkere. Sie hat die

Autorität einer großen Schwester und außerdem einen gefährlich fest zupackenden Griff, der die kleine Schwester kopfüber in die Stoppeln versetzt und augenblicklich mit den Gegenbefehlen Schluß macht.

Olefejus trippelt enttäuscht nach Hause, und Anne-Grete muß getröstet werden, die Tränen getrocknet.

»Aber was ist denn, du Dummerchen. Nun wein doch nicht mehr, Bub!«

Und so darf Bub – das ist ja auch ein lustiger Spitzname für ein Mädchen –, Bub darf die große Schwester an die Hand nehmen und mit ihr dann um die Wette zum Fluß laufen.

»Wer ist erster!?«

Die Kinderschar rennt los wie ein Rudel eifriger Jagdhunde. Wer als erster beim ersten Loch an den Heustangen ankommt, hat im Prinzip gewonnen. Von ganz oben her ist es strengstens verboten, weiter als bis hier zu rennen, so daß der Wettlauf schon beim ersten Hindernis entschieden ist.

Außerdem gewinnt immer der größte Junge. Macht das was? Die Badekuhle wartet! Das Flußwasser über der Sandbank ist eiskalt. Genau hier macht der Fluß eine großzügige Kurve, so daß dies die größte Badestelle im Ort ist. Von nah und fern kommen den ganzen Sommer hindurch die Kinder zum Schwimmen her.

Hier machen Solfrid und Nils-Jan ihre ersten

zaghaften Schwimmversuche, Ingers Hand fest unterm Kinn und den verblaßten, roten Schwimmgürtel um den Bauch. Der besteht aus fünf dicken gepolsterten Luftkissen und breiten weißen Bindebändern, die im Nacken und auf dem Rücken zugebunden werden. So alt ist er und oft gebraucht – und vollgesogen mit Wasser –, daß Solfrid eines Tages, als der Schwimmgürtel ins Wasser fällt und sinkt, entdeckt, daß sie schon lange im Tiefen schwimmen kann.

Einige Sommer lang planschen sie in einem riesengroßen schwarzen Traktorreifen herum, den Lars ihnen geschenkt hat. Sie sitzen einander gegenüber, immer hat sie die Beine über seine geschlungen, ganz auf dem Rand des Rings. Mit den Hinterteilen halbwegs im Wasser, lassen sie sich langsam herumtreiben und erforschen das Halbdunkel unter den Erlen am Flußufer.

Und viele Jahre später baden sie in einer Mittsommernacht heimlich und nackt im Fluß und entdecken, daß die enge Kinderfreundschaft noch andere Freuden zu bieten hat. Davon will ich dir jetzt aber noch nichts erzählen.

47

Er sieht nicht groß und prunkvoll aus, der Bauernhof von Ås, sondern eher mächtig und wohlhabend, wie er so gediegen und ruhig dort auf dem Hügelkamm liegt, nach dem er seinen Namen erhalten hat, und blickt mit freundlich glänzenden Fensterscheiben über den Ort. Ja, die Scheune ist wahrhaft groß genug, auch wenn sie kleiner ist als die neue auf Li, die frisch gestrichen weithin sichtbar im Ort aufragt. Auch die Scheune von Ås hat im übrigen in diesem Jahr einen neuen Anstrich bekommen, und der scheint mit all den weißen Fensterrahmen so schön in der Sonne. Die alten buckligen Scheiben der kleinen Fenster des Stalls schimmern, und die Auffahrt zur Scheune erstreckt ihr schnurgerades, schräg ansteigendes Profil vom Hof zum enormen, doppelten Scheunentor.

Ja, das Scheunentor von Ås ist großzügig, gewohnt, große, duftende Fuhren Heus aufzunehmen, die immer neue Generationen von zuverlässigen dunkelbraunen oder schwarzen Pferden aus dem Gudbrandsdal jeden Sommer über die Auffahrt in die halbdunkle Scheune einfahren.

Erst hat das Pferd auf dem Hof angehalten, um ein oder zwei von der Sonne verbrannte Kinder loszuwerden, die in dem weichen Heu so wunderbar nach Hause gewiegt worden sind und die jetzt von starken Männerarmen herabgehoben werden müssen, ehe das Pferd sich richtig ins Geschirr legt, mit kräftigen Schritten Tempo gewinnt und beinahe die steile Auffahrt hinauftrabt.

Da haben die Kinder schon unter der Scheunenauffahrt mit zusammengekniffenen Augen und gekrümmtem Körper erwartungsvoll schaudernd ihren Platz eingenommen. Getrampel über die gediegenen Holzplanken – dann rennen sie los, um beim Heuabladen dabeizusein.

Heute aber nicht, denn noch wogt das Gras grün und fruchtbar auf den Wiesen ringsum. Die Pferde – auf Ås sind es seit Menschengedenken zwei gewesen – weiden friedlich Seite an Seite, ohne einen Gedanken an anderen Verdruß als die brummenden Pferdefliegen, wegen derer sie dann und wann in wieherndem Galopp über die Weide jagen. Oder sind diese plötzlichen Sprünge nur ein Ausdruck ihrer Lebensfreude? Reine Freude darüber, daß die schwere Frühjahrsbestellung für dieses Jahr vorüber und es bis zur Heuernte noch lange hin ist?

Oder wer weiß, ob sie nicht die Ohren lauschend vorgestellt haben, als Ragnhild und Lars auf ihren Spaziergängen, während sie angehalten und die beiden getätschelt haben, über prustenden, weichen Pferdemäulern ihre Zukunftsträume und die Anschaffung eines nagelneuen grauen Ferguson diskutiert haben. Es gibt vieles, das ein Arbeitspferd in gute Laune versetzen oder wie ein junges Pferd mit den Hinterbeinen ausschlagen lassen kann. Das müssen nicht unbedingt die Pferdefliegen sein.

Um den Traktor dreht es sich auch jetzt, wo sich Verwandte und Freunde um die lange, schön gedeckte Tafel versammelt haben, um Lars' vierzigsten Geburtstag zu feiern. In der niedrigen, etwas länglichen guten Stube ist der prächtige alte Eßtisch, der für fünfzehn Personen reichlich Platz bietet, mit kreideweißem, gestärktem Tischtuch gedeckt.

Hier steht schönes altes Porzellan für zwölf und die zwei Kinderteller mit den Kaninchen für Solfrid und Nils-Jan – die haben sie von Mathilde zu Weihnachten bekommen. Sie selbst sitzt an dem einen Ende der Tafel mit dem Küchenteller und dem Alltagsbesteck, wie es sich für die Gastgeberin ziemt, wenn es am Service fehlt. Die ehrwürdige alte Suppenterrine ist von der Konsole genommen worden und bis zum Goldrand mit Frikassee von einigen ihrer sagenumwobenen Hühner gefüllt.

Ragnhild hat ein paar Tränen vergossen, wie immer, wenn eines oder mehrere von Mathildes Hühnern die Altersgrenze überschritten haben und ihr Leben gerupft, die zusammengebundenen Beine in die Luft gestreckt, in Mathildes Kochtöpfen beenden. Mathilde versorgt so sorgsam wie kaum jemand ihre Hühner, solange diese die Umsicht damit quittieren, daß sie jeden Tag ein Ei legen. Sowie sie jedoch die ersten Zeichen von Altersschwäche an ihnen bemerkt, hackt sie ihnen gnadenlos den Kopf ab, schließlich hat sie hoffnungsvolle neue, die den Platz übernehmen können. Über Ragnhilds Tränen schnaubt sie und findet, das sei Gefühlsduselei.

»Du darfst nicht so empfindlich sein!« sagt sie und legt den Hühnerkopf auf dem Hackklotz zurecht. Sie bereitet ihre Hühner einfach, aber schmackhaft zu, mit gelben Rüben, Porree und Sellerie, und als Dank für lange und treue Dienste gibt sie ihnen einen ordentlichen Schuß Sahne in die Soße.

Als die Herrlichkeiten verspeist sind – zum Nachtisch gab es selbstgemachten Karamelpudding –, werden die Kinder hinausgeschickt in die Sonne, und das Thema Traktor kommt auf den Tisch. Jetzt ist es also entschieden. Der erste des Ortes ist gekauft und bezahlt, von Lars' Heuer als Harpunier, und er wird als Überraschung zu Nils-Jans achtem Geburtstag kommen.

Durch das geöffnete Fenster des Wohnzimmers klingt Sols helles Lachen, getragen von einer Brise, die die Spitzengardinen bewegt und leise über die hellroten Blüten der Topfpflanze streicht.

Sol und Nils-Jan halten sich weit hinten im Garten auf, bei der großen Eiche, die dort seit mindestens hundert Jahren steht, und an der seit Mathildes Kindheit eine Schaukel hängt. Jetzt schaukeln sie, das heißt, sie schaukelt, und er stößt sie an. Jedesmal, wenn er ihr einen Stoß in den Rücken gibt und die Schaukel in immer höherem Bogen fliegen läßt, will sie sich ausschütten vor Lachen. Mehr, Nils-Jan, mehr, mehr! Das kleingeblümte Sommerkleid steht wie ein Schirm um ihren Leib, und die Zöpfe mit den weißen Schleifen liegen wie waagrechte Schnüre hinter ihr, bis sie auf den Rücken schlagen, wenn die Schaukel auf der anderen Seite dem Höhepunkt naht und zurückgleitet. Die kleinen Beine in weißen Söckchen und schwarzen Riemchenschuhen beugen und strecken sich, um mitzuhelfen, Schwung zu bekommen.

Diese Kleine wird vielleicht keine blendende Schönheit sein, wenn sie herangewachsen ist, weil ihr Gesicht zu rund und die Nase nicht schön geformt ist. Wenn sie aber diese blitzenden Augen behält und ihr helles Lachen, wird sie auf ihre Weise dennoch schön sein.

Der Junge, der ihr Schwung gibt, ist nicht sehr groß, er ist schmal und zart und hat nichts von der zuversichtlichen, robusten Lebensfreude des Mädchens. In diesen wenigen Jahren hat er sich erholt. Das Leben mit Erwachsenen, die ihm nahestehen, mit genug Essen und Milch und nicht zuletzt mit den lebhaften Spielkameraden hat ihm gutgetan. Er wirkt ruhiger und fröhlicher als damals, als er kam, auch wenn er in Gesellschaft immer noch wortkarg ist. Zusammen mit Sol kann er jedoch richtig gesprächig werden, selbst wenn sie in der Regel diejenige ist, die das Reden übernimmt.

Auch jetzt plappert sie drauflos, drängelt, weil es höher hinaufgehen soll, und erzählt ihm, was sie dort oben aus der Luft sehen kann. Die Jakobsau mit der windschiefen Scheune am Ende und den Hügel mit all den anderen dahinter, sie tauchen auf und verschwinden wieder über dem Dach des Spielhauses im Takt mit den rhythmischen Bewegungen der Schaukel. Das gleiche gilt für die Pferde und Kühe und die glitzernde Badestelle ganz links im Blickfeld. Die Strahlen der Nachmittagssonne treffen das Dach der neuen Scheune auf Li und blenden Sol genau in dem Augenblick, als sich die Schaukel dem äußersten Ende ihres Bogens nähert und eine kleine Sekunde anhält, ehe sie zu den wartenden Händen des Jungen zurückgleitet.

»Lauf unter mir durch, Nils-Jan!«

Das gehört zu ihren vielen Spielen. Sie schaukelt, und er nimmt Anlauf und rennt darunter hindurch. Sie bekommt ein ganz schwindeliges Gefühl im Bauch, wenn sie hoch oben auf der Schaukel zwischen ihren Beinen hinunterschaut und den hellen Haarschopf unter sich sieht, hinuntersaust zu ihm, so nahe, daß ihre Schuhspitzen beinahe seinen schmalen Rücken streifen.

Er liebt dieses Spiel ebenfalls. Der spannende Moment, wenn er den Abstand berechnet, Anlauf nimmt und losrennt, während die Schaukel wieder auf dem Weg nach unten ist. Er wartet so lange, bis er sie beinahe an den Kopf bekommt, schlüpft aber doch rasch unter ihr durch, ihr mit Schrecken gemischtes Lachen gellt ihm in den Ohren.

Und dann zurück. Er wartet, bis auch sie wieder auf dem Rückweg ist, läuft mit ausgestreckten Armen johlend hinter ihr her, duckt sich und schlüpft unter ihren Beinen hindurch, während die Schaukel wendet.

Das Spiel wiederholen sie unendliche Male. Aber plötzlich ist er nicht mehr zu sehen, als sie zwischen ihren Beinen hinunterschaut. Ist er gestolpert oder hat er die Bewegung falsch berechnet? Sie kann ihn gar nicht sehen, hört nur den Schlag, als die Ecke des Brettes, auf dem sie sitzt, ihn an der Stirn trifft, genau über der Augenbraue.

Er schreit nicht. Sie ist es, die schreit. Außerstande, die Schaukel anzuhalten, pendelt sie über der leblosen Gestalt auf der Erde vor und zurück. Voller Angst starrt sie in das bleiche Gesicht, das Blut rinnt über seine Stirn in das weißblonde Haar. Sie klammert sich an die Kette der Schaukel und schreit – nach Mutter, nach Vater, nach Ragnhild und Mathilde.

Drinnen ist das Gespräch über den grauen Massey Ferguson so lebhaft und laut, daß niemand sie hört. Nur Mathilde, die in die Küche gegangen war, um nach dem Kaffee zu sehen, hört etwas und kommt mit ihrem ungeduldigen: »Aber wo seid ihr denn, Kinder?« angerannt.

Sie erblickt das laut schreiende kleine Mädchen, das nicht einmal begriffen hat, daß es die Beine in die Luft halten muß, sondern immer wieder beim Vor- und Zurückschwingen hilflos den kleinen Körper unter sich streift, während die Bewegung immer geringer wird.

Mathilde hält die Schaukel an, schickt das Mädchen zu den anderen Erwachsenen hinauf, setzt sich auf den Boden und nimmt mit heftig klopfendem Herzen den bewußtlosen kleinen Jungen auf den Schoß.

Zeit ist etwas Sonderbares. Beinahe vierzig Jahre ist es her, seit sie zuletzt einen Menschen im Arm hielt. Beinahe vierzig Jahre, und das waren nur wenige kurze Wochen, einen Frühling und einen Sommer lang, so voller Gefühl und Leben, daß in allen diesen Jahren kein Tag vergangen ist, an dem sie nicht daran gedacht hat. Heimliche, bittere Tränen hat sie geweint und sich nach dem Gefühl gesehnt, seine Arme zu spüren, die Schwere seines Kopfs in ihrem Schoß, die Wärme seiner nackten Haut an ihrer. Und nach dieser zarten Berührung, wenn ihr Zeigefinger über seine langen, gebogenen Wimpern glitt.

Nur ein einziges Mal hat sie dieses Gesicht, das

so unauslöschlich auf ihrer Netzhaut sitzt, daß sie es sich jederzeit vergegenwärtigen kann, wiedergesehen. Nicht die vom Alter gezeichneten Züge, die sie bei der Kirche von Sandar vor wenigen Jahren blitzschnell wiedererkannte, aber das schöne Gesicht des jungen Mannes aus jenem Sommer, eine Ewigkeit ist das her, das kann sie sehen.

Nein, Mathilde, das stimmt nicht! Du kannst seine Gesichtszüge nicht länger sehen, denn wir können das Bild eines Gesichtes nicht festhalten, wieviel es uns auch bedeutet haben mag. Es löst sich vor unserem inneren Auge langsam auf, so wie die Blütenblätter von Harriets Pfingstrose, die du einmal gepreßt und aufgeklebt hast. Nur in deinen Träumen kannst du seine Züge deutlich sehen.

Jetzt starrt sie hinunter auf ein anderes Gesicht, um so vieles jünger, aber dem, das sie in ihren Träumen heraufbeschwört, so ähnlich, die zart gewölbte, glatte Stirn und die kleinen Locken am Haaransatz mit dem merkwürdigen Schwung, die dichten Wimpern. Sie vergißt das Blut, das aus dem üblen Schnitt über der Augenbraue rinnt, und spürt wieder den Duft des Heus in Jakobs Scheune, als sie sich vorbeugt und den Zeigefinger über seine Wimpern gleiten läßt. Währenddessen tropfen ihre Tränen auf das Gesicht des Kindes, und sie flüstert einen Namen, den kein Mensch sie seit siebenunddreißig Jahren hat aussprechen hören. Harald, sagt sie, Harald.

Und wie damals, vor so langer Zeit, schlägt nun der Junge in ihrem Schoß die Augen auf und begegnet ihrem Blick mit jenem verwirrten Ausdruck, den Menschen nur zeigen, wenn sie aus der Bewußtlosigkeit oder aus dem Schlaf erwachen. Er spürt die Tränen auf Hals und Wangen und hört den Namen, den sie wie in Trance wiederholt, aber er, als der einzige, der jemals einen solchen Anfall von Schwäche bei ihr erleben wird, er ist noch so durcheinander, daß er weder die Tränen noch den Namen erfaßt.

Und dann ist der Augenblick vorüber, die Zeit beginnt wieder zu ticken. Ragnhild kommt angerannt, wirft sich auf die Knie und reißt den Jungen an sich mit dem sonnenklaren Recht einer Mutter, das sie sich nach und nach erarbeitet hat. Sie tupft sein Blut mit dem Taschentuch auf, das ihr Lars gereicht hat, hält ihn dicht an sich gepreßt und wiegt ihn tröstend, als er in Tränen ausbricht.

Auf Mathildes Tränen achtet keiner. Sie trocknen langsam auf ihren Wangen, wie sie so dasitzt, die leeren Hände geöffnet auf dem Schoß und mit einer Frage im Herzen, die sie nie zu stellen wagt und auf die sie deshalb auch nie eine Antwort erhält.

Warum hast du nur nie gefragt, Mathilde! Denn das hast du doch wohl nicht getan?

48

Solfrid und Nils-Jan sitzen auf einer kleinen Felsenkuppe auf einer Lichtung, die ringsum von dichtem Fichtenwald umgeben ist. Über die Felsen wachsen graue Flechten, Moos und Tüpfelfarn, ganz oben schaut der nackte Fels heraus, der dort eine kleine Schale bildet, in die sie Haselnüsse gelegt haben. Beide knacken sie mit einem Stein Nüsse, er mit genauen, angemessen festen Schlägen gegen eine Nuß, die er sich ordentlich zurechtgelegt hat, so daß der Kern meistens heil bleibt, wenn die Schale geknackt ist. Ihr fehlen nicht nur seine Geschicklichkeit, sondern auch seine Geduld, und sie haut aufs Geratewohl drauflos, so daß der Nußkern zerquetscht oder die ganze Nuß in hohem Bogen unten in dem Heidelbeergebüsch verschwindet. Dann lacht sie laut auf und kriecht von der Felsenkuppe hinunter, um zwischen den Büschen nach der Nuß zu suchen. Zwischendrin kaut sie geknackte Nußkerne und spuckt die Schale aus.

Er knackt die Nüsse besonnen und zielgerichtet und sammelt die heilen Kerne in zwei gleich hohen Häufchen, dabei ist er noch nachdenklicher als sonst. Gelegentlich hebt er den Blick von seiner Arbeit und läßt ihn über die Baumwipfel ringsum schweifen.

»Das ist unser Wald«, sagt er plötzlich, »dies alles hier ist unser Wald.«

Nils-Jan ist in diesem Frühjahr adoptiert worden. An einem frühen Sonntagmorgen, als Sol und die Eltern am Frühstückstisch saßen, kam er herein, nachdem er wie üblich an die Tür geklopft hatte, aber eifriger und rotwangiger, als ihn jemals einer gesehen hatte, und verkündete, daß er jetzt Hoferbe geworden sei. »Und du kannst gern meine Frau werden«, sagte er ernst zu Solfrid.

Solfrids Vater mußte über diese Worte schmunzeln. Später machten sie über den Kaffeetassen die Runde durchs Dorf, so wie das mit treuherzigen Aussprüchen von Kindern öfter geht. Solfrid fand gar nichts dabei, denn sie hatte nie an etwas anderes gedacht, als daß sie beide immer zusammenhalten würden, und ob sie nun auf Ås oder hier zu Hause wohnten, spielte eigentlich keine Rolle.

»Kann ich gerne«, antwortete sie damals bei seinem allerersten Heiratsantrag und war mehr damit beschäftigt, ob sich der Vater auch an diesem Sonntag von der leeren Eierschale würde foppen lassen, die sie verkehrt herum in einen Eierbecher gesetzt und vor ihn hingestellt hatte.

»Na, so etwas, bekomme ich noch ein Ei?« Ja, er war genauso überrascht und gespannt wie an jedem Sonntagmorgen bei diesem immergleichen Ritual, das alle Eltern von Kindern, die Eier essen, kennen.

»Nein, stell dir vor, ich bekomme zwei Eier, das ist aber nett.«

Aber die Mutter, die schon lange von den Adoptionsplänen wußte, strich Nils-Jan übers Haar und sagte in ihrer ruhigen Art: »Du bist Hoferbe geworden? Das ist aber fein, Nils-Jan Ås.«

Nun sitzt er da und schaut auf alles, was ihm gehört, ihm und Mutter und Vater, und spürt voller Freude diese Geborgenheit, in der warmen Herbstsonne auf einem kahlen Felsrücken zu sitzen, wo ringsum alles ihm gehört, und seine eigenen Haselnüsse zu knacken. Vielleicht wagt er deshalb, weil er sich so geborgen fühlt, an seine Mutter zu denken, an seine richtige Mutter. Als er aber anfängt, von ihr zu sprechen, begreift Solfrid zunächst nicht, wen er meint, denn er sagt schon seit einigen Jahren zu Ragnhild und Lars Mutter und Vater.

Während des ersten Jahres sagte er Ragnhild und Lars, niemals Mutter und Vater. Sie hatten es auch nicht anders erwartet. Er war fast sechs Jahre alt, als er kam, und er hatte eine andere Mutter, auch wenn er nie von ihr sprach. Er redete anfangs insgesamt wenig. Bewegte sich tagsüber scheu und vorsichtig zwischen den Erwachsenen, näßte jede Nacht ein und zeigte durch allerlei Gesten und Reaktionen, daß das Leben ziemlich rauh mit ihm umgesprungen war.

Er war freundlich, höflich und zurückhaltend, nahm dankbar die Zärtlichkeiten an, die ihm zuteil wurden, und begann nach und nach, zögernd, die eine oder andere ängstlich zu erwidern. Bis er begriff, daß er hier sein sollte, vergingen aber mehrere Monate. Die Mutter würde nie wiederkommen und ihn in die dunkle Wohnung auf dem Hinterhof zurückholen, wie sie es versprochen hatte, als sie ihn im Kinderheim abgegeben hatte, um in das Sanatorium zu fahren, wo sie ihren üblen Husten loswerden wollte.

Sie ist tot, erzählten ihm die Erwachsenen im Heim eines Tages mit ernsten, traurigen Gesichtern. Sie könnte ihn nun nie holen kommen, aber sie hatte dafür gesorgt, daß er, wenn sie sterben würde, zu freundlichen Menschen auf einen Hof auf dem Lande kommen würde. Er hatte keine Vorstellung, was das bedeuten könnte, denn er hatte nie etwas anderes gesehen als die Straßen und hohen Häuser von Oslo. Er würde nicht im Kinderheim aufwachsen müssen, darüber war er froh, denn er bekam Schläge, wenn er ins Bett gemacht hatte, und die großen Jungen traten nach ihm und nannten ihn »Deutschenkind«, genau wie die Jungen daheim auf dem Hinterhof. Ja, auch die Mädchen, aber die ziepten ihn meistens an den Haaren.

Hier gab es niemanden, der zu ihm »Deutschenkind« sagte, vielleicht wußten sie nicht, daß er eins war. Wenn er sowenig wie möglich redete, würden sie es vielleicht nicht herausfinden. Er hatte nie begriffen, was das Wort »Deutschenkind« bedeutete, nur daß es mit dem Krieg zu tun hatte, und daß es aus irgendeinem Grund allen anderen Menschen folgerichtig das Recht gab, ihn und die Mutter mit absolut grenzenloser Verachtung zu behandeln.

Anfangs vermißte er die Mutter jeden Tag, auch wenn es im Heim noch schlimmer gewesen war. Aber da hatte er sich damit trösten können, daß sie kommen und ihn holen würde. Nachdem er nach Ås gekommen war, wurde ihm klar, daß sie das nicht tun würde, daß es stimmte, was sie im Kinderheim erzählt hatten, daß sie nämlich für immer fort war.

Wie die Wochen vergingen, schob er die Erinnerung an die Mutter mehr und mehr in den Hintergrund und schloß sich den Erwachsenen näher an, die ihn umgaben. Am Ende war das Bild der gebeugten, hustenden Gestalt, die so hilflos versucht hatte, ihn vor der böswilligen Verachtung ihrer Umgebung zu schützen, nur noch ein blasser Schatten.

Davor standen Ragnhild, klein, stämmig, fest verwurzelt, und Lars, groß und besonnen. Ja, sogar Mathilde hatte rasch eine liebevolle Zuneigung zu dem kleinen, verschreckten Jungen gefaßt. Sie zeigte das niemals so wie Ragnhild mit Zärtlichkeiten, aber ihr Blick konnte manchmal mit einem beinahe neugierigen Ausdruck der dunklen Augen auf dem kleinen Gesicht ruhen, so als ob sie hinter etwas hersann, von dem sie selbst nicht so genau wußte, was es war.

Hin und wieder passierte es, daß er ihren Blick auf sich spürte und sein Spiel unterbrach, beinahe verlegen durch ihr Starren. Dann strich sie ihm liebevoll über die geschwungene Stirn, murmelnd, er sei ein lieber Junge, um sich wieder ihren eigenen Angelegenheiten zuzuwenden. Und er lernte schnell, daß diese raschen, beinahe scheuen Berührungen genausoviel Liebe in sich bargen wie Ragnhilds Umarmungen und Küsse.

Im Laufe von Sommer und Herbst vergaß er fast, daß er einmal in einer anderen Realität zu Hause gewesen war. Als aber Lars im November zum Walfang abreiste, fing er zu Ragnhilds und Mathildes großer Verzweiflung wieder mit dem Bettnässen an. Sie konnten ihm versichern, soviel sie wollten, daß Lars im Frühling wieder zurückkommen würde, er konnte noch so viele Zeichnungen von Kühen und Pferden anfertigen, meistens Pferden, auf die er pflichtschuldig »für Lars« schrieb und die in Ragnhilds Brief gesteckt wurden, um mit der Post der Reederei nach Süd Georgia zu gehen, nichts half. Es half nicht einmal, daß Solfrids Vater in dieser Saison auch mit auf Walfang gefahren war und daß sie ihm ihr unerschütterliches Vertrauen zu vermitteln suchte, daß der

Vater im Frühling wiederkommen würde, so wie das die Walfänger schon immer getan haben. Nils-Jan war überzeugt, daß Lars aus seinem Leben verschwunden war, so wie sein eigener Vater, ehe Nils-Jan geboren wurde, und wie die Mutter vor wenigen Monaten.

Als er deshalb mit den Sonntagskleidern, die ihm Mathilde genäht hatte, inmitten der Menschenmenge am Kai stand, war er nicht wie alle übrigen außer Rand und Band vor Freude und Erwartung. Aber Solfrid, die mit ihren weißen Kniestrümpfen, dem roten Jäckchen, dem kleingeblümten Röckchen und dem roten Hut neben ihm stand, die war es. Voller Eifer hüpfte sie auf und ab, winkte und schrie zu den Männern hinüber, die über der Reling des großen Schiffs hingen und schubsten und schoben, um als erste auf die Gangway und zu den Wartenden zu kommen. Als sie den Vater erblickte, schrie sie aus voller Kehle: »Vater, Vater, siehst du mich!«

Und als da Nils-Jan die kraftvolle Gestalt von Lars gleich bei der Gangway ins Auge fiel, wurde er von Solfrids Eifer mitgerissen, und er schrie, daß es all den Lärm übertönte, zu Lars hinauf: »Vater, Vater, siehst du mich?«

Ein einziges Mal ist Lars, der besonnene Lars, einer der ersten, die sich ihren Weg an Land bahnen. Und seither sagt Nils-Jan nur Mutter und Vater zu den Pflegeeltern.

Als deshalb Nils-Jan plötzlich ins Blaue des Septembertages hinein sagte: »Sie war fast immer krank, meine Mutter«, glaubt Solfrid, er meine Ragnhild. Sie bleibt auf halbem Wege stehen, denn sie war noch einmal unten in dem Heidelbeergebüsch, um eine ihrer springlebendigen Nüsse wiederzufinden, starrt ihn mit großen Augen an und fragt: »Ragnhild?«

Denn selbst zu der Zeit, als Solfrid noch ganz klein war und Ragnhild manchmal einige Tage im Bett bleiben mußte und sie das Mitgefühl ihrer Mutter und aller erwachsenen Frauen hatte: – Nein, nun ist es schon wieder schiefgegangen! –, so ist dies nichts, woran Solfrid sich erinnert, und es gibt keinen, den sie weniger mit Krankheit in Verbindung bringen würde als Ragnhild.

»Nein, ich denke an meine richtige Mutter.«

Er klopft und klopft auf eine Nuß, die schon geknackt vor ihm auf dem warmen Fels liegt.

»Außerdem war sie immer so traurig.« Damit bricht er plötzlich in Tränen aus. Lange, atemlose Schluchzer, ganz schnell ist er unten vom Felsen, liegt er in den niedergetretenen Heidelbeerpflanzen, wo Sol lachend herumgetrampelt war, um ihre weggesprungenen Haselnüsse zu suchen, auf dem Bauch.

Solfrid ist ganz außer sich, weil sie ihn in all der Zeit, wo sie sich nun kennen – gab es tatsächlich eine Zeit, wo das anders war? –, in all der Zeit hat sie ihn nie auf diese Weise weinen sehen. Sie wirft sich in die Heidelbeerpflanzen neben ihn, nein mehr oder weniger auf ihn, schlingt weinend die dünnen Arme einer Achtjährigen um ihn und wiegt ihn, so, wie sie viele Jahre später ebenso traurig sein neugeborenes kleines Kind wiegen wird. Wie Frauen jeder Größe, jeden Alters und jeder Farbe durch alle Zeiten hindurch kleine Männer und große Jungen gewiegt und getröstet haben.

»Hör doch auf zu weinen, Nils-Jan«, heult sie, »mein lieber, lieber Nils-Jan, sei so gut und weine nicht!«

Aber er hört nicht auf. Der Wald steht still und lauscht verwundert zwei kleinen Menschenkindern, die aus einer Verzweiflung heraus, deren Umfang sie nicht erfassen können, weinen, er mit dem Gesicht auf den geballten Fäusten auf der Erde, sie mit ihrem streifigen kleinen Gesicht auf seinem Rücken, wo ein Strom von Tränen und Rotz sich als wachsender Fleck auf der hellbraunen Windjacke ausbreitet.

Da hebt sie den Kopf: »Schau, Nils-Jan, ich habe ein Herz auf deinem Rücken gemacht!«

Sie wischt sich mit ihrem Jackenärmel die Nase ab, zieht Nils-Jan hoch, so daß er sitzt, und bringt es fertig, daß er die Jacke auszieht, damit er sehen kann, sie hat wirklich einen herzförmigen dunklen Flecken aus Rotz und Tränen auf seinem Rücken gemacht. Und da müssen sie beide ein bißchen lächeln, zwischen den langen Schluchzern von Kindern, die eine Weile geweint haben.

Sie setzen sich, seine Jacke über den Knien, mit dem Rücken an den Fels, und während das Herz langsam trocknet und verschwindet, erzählt er ihr von seiner Mutter.

Er erzählt alles, woran er sich erinnern kann, alles, wovon er nicht ahnte, daß er es erinnerte. Und während er redet, tritt ihr bleicher Schatten aus den Tiefen der Erinnerung hervor und wird zu einem klaren Bild von seiner freundlichen, zuverlässigen, traurigen, einsamen, tröstenden, kranken, hustenden, kämpfenden Mutter.

Er erzählt so lange und so lebendig, daß ihr Bild auch klar vor Solfrid tritt. Und sie ist von grenzenlosem Mitgefühl erfüllt, so groß, daß sie nicht weiß, wie sie damit fertig werden soll. Sie kann nur seine Hand drücken und wieder und wieder sagen: »Du hast ja mich, Nils-Jan. Du hast ja mich und Ragnhild und Lars und Mathilde und Mutter und Vater und ...«

Und plötzlich sehnt sie sich voller Angst nach all den Sicherheit gebenden Erwachsenen. Sie zieht ihn hoch und ruft, daß sie nach Hause will, daß sie sich beeilen müssen, nach Hause zu kommen.

Während sie dort saßen und redeten, ist es kühl geworden, und über die Baumwipfel hat sich das Abenddunkel gesenkt und läßt die schweren Fichten bläulich erscheinen, die erste Andeutung dafür, daß der Herbst naht.

Einen Moment lang stehen sie und schauen sich um, verwirrt, so, als ob sie gerade eben aus einer anderen Dimension gefallen wären, in eine Landschaft hinein, die fremd und drohend um sie steht. Mit einem Mal rennen sie wie auf Kommando drauflos wie erschrockene Rehe, rennen weg, von seiner Jacke und vom Felsen mit den Haselnüssen. Ohne einen Gedanken stürzen sie davon, wollen nur heim, heim! Sie rennen, bis sie vollkommen entkräftet stehenbleiben, aber da sind sie längst weit weg von den bekannten Pfaden.

Dann gehen sie nur noch aufs Geratewohl. Das Dunkel wird dichter, die Sterne am Himmel über ihnen treten deutlicher hervor. Ein Uhu schreit zwischen den Bäumen. Manchmal stolpern sie über Baumwurzeln oder Steine, aber sie haben zu viel Angst, als daß sie über Schürfwunden oder Schrammen weinen würden. Beide haben sie den Begriff für Zeit verloren.

Sie denkt jetzt an »Rottenikken«, den vogelfreien Waldmenschen und Dieb, der viele Jahre lang durch die Wälder gestreift ist, auf der Flucht vor der Polizei und vor Recht und Gesetz. Wie schon oft und wie es durch Solfrids gesamte Kindheit hindurch geistern wird, geht wieder einmal das Gerücht, er sei aus dem Gefängnis entkommen und treibe sich wieder hier in den Wäldern von Vestfold herum.

Ja, Sverre von Rønnigen soll ihm sogar auf einer seiner Verkaufstouren begegnet sein und ihm, zu Mathildes Verzweiflung, ihren besten Milcheimer für fünfundachtzig Öre verkauft haben. Sol und Nils-Jan haben gestern am Abendbrottisch die Geschichte gehört, und auch wenn Ragnhild und Mathilde nicht den Eindruck machten, sie so ganz zu glauben, ist das doch kein Trost für Kinder, die sich verirrt haben.

»Nimm mich an die Hand«, schnieft sie.

Und er nimmt ihre Hand, hat aber kein Wort des Trostes, denn ihm schwirrt der Gedanke durch den Kopf, daß jetzt, wo sie schon so lange weg sind, Ragnhild und Lars den Hof wohl verkauft haben. Den Hof, von dem sie und Mathilde bestimmt hatten, daß er ihn übernehmen soll, wenn er groß ist. Oder vielleicht haben sie ja einen neuen kleinen Hoferben bekommen.

Auf dem Ohr ist Sol taub. Sie hat keine Erfahrung mit Erwachsenen, die für immer verschwinden, und kann sich so etwas auch nicht als Möglichkeit vorstellen. Sie ist mehr wegen der getigerten junge Katze bekümmert, die sie gerade in Ås geschenkt bekommen hat, stell dir vor, wenn die jetzt schon groß ist! Und die frisch geschlüpften Küken, die wachsen doch so schnell!

Bald überschattet die Angst vor dem Rottenikken alle anderen Kümmernisse. Er hat einen Mann mit dem Messer getötet und eine Dame entführt, die lange im Wald bleiben mußte!

Sie stacheln sich gegenseitig an, bis sie schier besinnungslos sind vor Angst. Und als aus der Dunkelheit nur wenige Meter vor ihnen wie aus der Erde geschossen eine Gestalt auftaucht, meinen sie einen Augenblick lang, das Herz bliebe ihnen vor Entsetzen stehen. Erst als sie das geblümte Kopftuch erkennen und damit wissen, wer es ist, stürzen sie alle beide auf Evine zu und klammern sich laut schluchzend an ihre Beine.

Und die stille und menschenscheue Evine, die seit bald einem Menschenalter durch die Wälder streift, sie nimmt wortlos jeden an eine Hand und bringt sie durch die mittlerweile pechschwarze Dunkelheit nach Hause.

49

Evine begleitet Nils-Jan und Solfrid von nun an mit vorsichtigem und schüchternem Interesse durch die Jahre ihrer Kindheit und Jugend. Umherstreifend wie stets, betrachtet sie die beiden spielenden Kinder von ihrem Platz am Rande der

Gesellschaft aus wie ein alter Hund, der den Kopf auf die Pfoten gelegt hat und zwei tolpatschige, spielende Welpen beobachtet.

Wenn sie einander am Jakobshügel begegnen oder auf der Heide, lehrt sie die beiden die Namen von Pflanzen und Blumen, und sie lehrt sie Buchfink und Rotkehlchen am Gesang zu erkennen. Es gibt wohl kein Gras, und sei es noch so unbedeutend, von dem sie nicht den Namen wüßte, nicht einen Vogel, den sie nicht nach seinem Gesang bestimmen könnte. Und in einer dunkelblauen Frühlingsnacht, als sich die beiden Halbwüchsigen unerlaubterweise davongeschlichen haben, nimmt sie sie mit zum Unterholz am Fluß, wo sie den Gesang der Nachtigall erleben.

Sie sieht die beiden heranwachsen, sieht ihre Entwicklung von Kindern zu Jugendlichen, und wie ihr Verhältnis zueinander seinen Charakter verändert. Und mit der Intuition von Menschen, die allein und am Rande leben und die viel Zeit haben, über andere nachzudenken, entdeckt sie, noch vor den beiden selbst, was die Jahre noch für sie bereithalten.

Sie haben nie geglaubt, daß es auf diese Weise geschehen würde. Nein, sie haben wohl insgesamt überhaupt nicht viel darüber nachgedacht, aber wenn, dann hätten sie nicht geglaubt, daß es so passieren würde. Nach und nach würde es sich verändern, aber nicht wie ein Blitz aus heiterem Himmel.

Später stellen sie fest, daß es wohl auch nicht so war, aber in dem entscheidenden Augenblick fühlte es sich so an. Eines Tages sehen sie sich an, wie sie es zuvor tausend Mal getan haben, und merken plötzlich, etwas ist ganz anders als zuvor.

Eigentlich waren sie immer zwei. Wie Bruder und Schwester – sie haben ja beide keine Geschwister – haben sie die Kindheit hindurch zusammengeklebt, gemeinsam mit einem anderen Geschwisterpaar, Hallvard und Anne-Grete von Rønnigen, wie ein vierblättriges Kleeblatt. Zwar haben sie sich auch gezankt und gerauft, aber meist waren sie im nächsten Moment wieder versöhnt. Gewöhnlich waren sie nur Sol und Nils-Jan. Fast jedes Wochenende haben sie gemeinsam übernachtet, meistens auf Ås, denn Sols Mutter war oft so niedergedrückt, und all der Kinderkram wurde ihr zuviel. Und wenn es ihr gutging, nahm sie gern an den Treffen der Mission teil und war froh, wenn Ragnhild auf die Kinder aufpaßte.

Nachdem sie in die Schule gekommen waren, durften sie unter der Woche nicht gemeinsam übernachten, denn sie schwatzten und kicherten dann die halbe Nacht, so daß der Schlaf zu kurz kam. In den kühlen Nächten des Frühsommers sprangen sie einfach lautlos aus dem jeweiligen Schlafzimmerfenster und verbrachten einige fröstelig-kalte Stunden in der Baumhütte, die sie sich hinter Jakobs Scheune in einer Fichte gebaut hatten. Saßen dicht zusammen, um die Wärme zu bewahren, und jagten sich mit Spukgeschichten gegenseitig solche Angst ein, daß sie am Ende mit schreckgeweiteten Augen Hand in Hand über den eiskalten nächtlichen Tau unter einem zauberhaften und unheimlichen Vollmond flüchteten.

Nach solchen gruseligen Nächten mußte Sol Nils-Jan nach Ås begleiten, denn er fürchtete sich mehr als sie. Und nie kam es ihm in den Sinn, daß er ihr gegenüber eine Ehre zu verteidigen habe, so wie den Freunden gegenüber. Sie ist ein Jahr jünger, aber durch die gesamte Kindheit hindurch ist sie größer als er, größer und viel unbeschwerter.

Dann wächst er ihr plötzlich über den Kopf, und zwar im Laufe eines Winters. Als Lars im Frühling vom Walfang zurückkehrt, sieht er, daß aus den Kindern, die er im Herbst verließ, Jugendliche geworden sind.

An ihrem Verhältnis zueinander verändert das nichts. Noch immer hängen sie zusammen wie die Kletten, auch wenn sich die Spiele geändert haben. Jetzt sind sie mit den anderen Jugendlichen unterwegs, spielen Platten auf Nils-Jans Transistor mit Plattenspieler, der tragbar ist und mit Batterien betrieben wird und für die Freunde eine so große Attraktion darstellt, daß sich an Sommerabenden eine ansehnliche Gruppe bei der Milchrampe von Harriet Lund versammelt.

Denn wie schon seit Generationen ist dies der Ort, wo sie sich versammeln. Auch wenn die auf Ås schöner und neuer ist, kommen die Jugendlichen aus der ganzen Gemeinde, ja selbst aus dem Nachbarort. Sie liegt einfach so günstig an der Weggabelung, zwar mitten im Ort, dennoch mit reichlich Abstand zum nächsten Haus und nach Lund zu durch die lange, prachtvolle Pappelallee geschützt.

Die Erwachsenen schmunzeln wissend, wenn sie vorbeikommen und sich an ihre eigene Jugend an der Milchrampe von Harriet Lund erinnern.

Sol und Nils-Jan kommen immer gemeinsam dorthin, in der Regel so sehr in ein vertrauliches Gespräch vertieft, daß es der Clique, die sich schon unter den Pappeln versammelt hat, nicht einfällt, sie aufzuziehen. Nicht miteinander. Ansonsten gibt es genug aufzuziehen.

»Bist du hinter Martin her, Sol? Glaubst du, wir hätten nicht gesehen, wie du dagesessen und ihn stundenlang angehimmelt hast? Da! Er kriegt total rote Ohren! Und Sol wird auch rot! Martin und Solfrid! Martin und Solfrid!«

Sol geht natürlich auf den Schuldigen los, so wie man es von ihr erwartet. Sie ist ein hübsches Mädchen und früh entwickelt, und sich mit ihr anzulegen ist ein Abenteuer für diese Jungen mit ihren

Pubertätsträumen. Außerdem ist sie so wendig, daß man richtig nahe an sie rankommen muß, um die Oberhand zu gewinnen. Sie entschlüpft eifrigen Jungenarmen sehr geschickt, gleichzeitig geht sie aber einer richtigen Balgerei auch nicht aus dem Weg. Deshalb ist sie mächtig beliebt.

Nils-Jan und Solfrid sind nichts weiter als gute Freunde. Zusammen mit anderen ist er eher still und hält sich am liebsten aus allem heraus, dennoch ist er beliebt. Vielleicht wird er weniger aufgezogen als die anderen, denn er ist schwer zu fassen, verbal wie körperlich. Solfrid zieht ihn hin und wieder mit der einen oder anderen Freundin auf, von der sie weiß, daß sie ein bißchen für ihn schwärmt, aber das tut sie eigentlich nur, wenn sie unter sich sind.

Gerade ist Nils-Jan nach seiner ersten Walfang-Saison wieder daheim. Am liebsten wäre er schon in dem Jahr gefahren, als er mit der Schule fertig war, so wie einige der Klassenkameraden, aber die Eltern haben sich gesträubt und ihn überredet, noch ein Jahr die weiterführende Schule zu besuchen. Danach hat er Ragnhild ein paar Winter lang mit dem Hof geholfen, denn sie fanden, er sei noch zu jung, um hinauszuziehen, selbst wenn der Vater und »das halbe Dorf« mit auf dem gleichen Schiff fuhren.

Der Walfang hatte in den letzten Jahren mächtig Aufschwung genommen, so daß beinahe jeder

Mann des Orts auf See war. Seit den Jahren vor dem Krieg waren nicht so viele Walfänger zu erwarten gewesen, und ihr Heimkommen ist mehr denn je eine feierliche Angelegenheit, wie Nationalfeiertag und Weihnachten auf einmal.

Im Frühjahr hatten die Hausfrauen fast überall einige hektische Wochen lang mit Seifenschaum und Bohnerwachs, Silberputzmittel und Salmiak das Haus auf den Kopf gestellt. Auf Ås hatte sich Ragnhilds frohes Summen beim Lüften und Bettenausklopfen mit den ersten Liedern der Stare gemischt. Die sind vielleicht in der Nähe gewesen, um sich für ihren Nestbau Daunen aus den schweren alten Betten zu sichern!

Während der letzten Tage vor der Ankunft sind die Frauen von Hof zu Hof gegangen, um sich beim Legen der Dauerwelle zu helfen und die letzten Neuigkeiten auszutauschen, die sie über »Radio Tjøme« erfahren haben. Mit frisch geschnittenen Haaren und sauber geschrubbt, haben die Kinder schulfrei bekommen, um einen Vater abzuholen, der sich für sie im Laufe der langen Wintermonate zu einer Mischung aus König und Weihnachtsmann verwandelt hat.

Solfrid ist in diesem Winter in der Stadt auf die Realschule gegangen. Als sie am Anleger auf die Walfänger wartet, hat sie mit dem leichten Flattern im Magen, das sich beim Anblick von Nils-Jans aufgeschossener ungelenker Gestalt einstellte, nichts anderes als reine Wiedersehensfreude verbunden. Sie denkt auch nicht darüber nach, warum sie sich nicht um den Hals fallen, wie sie es vor einem Jahr getan hätten, sondern sich nur kurz, fast schüchtern in den Arm nehmen.

Etwas hat sich zwischen ihnen verändert. Über ihren Treffen an den Frühsommerabenden liegt eine andere Stimmung als früher, aber beide schieben sie die Gedanken und Gefühle beiseite. Die sind zu groß, und damit umzugehen ist zu schwierig. Irgendwie ist es auch so feierlich. Daß dies hier nichts mit den Kinderschwärmereien zu tun hat, die sie erlebt haben, spüren sie beide, ohne sich dessen ganz bewußt zu sein.

An einem Abend im Juni stehen sie nebeneinander am Rand der Tanzfläche und hören dem Dorforchester zu, das zum Tanz aufspielt. Sie haben sich zusammen mit Hallvard und Anne-Grete von deren großem Bruder Kåre, der sich einen Opel Rekord gekauft hat, in den Nachbarort mitnehmen lassen.

Nils-Jan dreht sich zu Sol um, aber die Frage: »Wollen wir tanzen?« bleibt ihm im Hals stecken, und er schafft gerade noch, wortlos die Arme nach ihr auszustrecken. Sie schaut ihm in die Augen und merkt, wie die Tanzfläche unter ihren Füßen schwankt und ihr Körper mit einem Schwindel und einem Sog auf seine Nähe reagiert, die ihr völlig neu sind. Gleichzeitig ist es ein schönes und vertrautes Gefühl, wie etwas, auf das sie lange gewartet hat.

Zurückschauend erinnern die beiden von diesem Abend nur sich. Sie tanzen zusammen, wie sie es seit den ersten unsicheren Walzerschritten, die ihnen Ragnhild zu Hause in der Küche beigebracht hat, unzählige Male getan haben. Jetzt tanzen sie eng zusammen zu ›It's now or never‹ und ›I can't help falling in love with you‹, von einem enthusiastischen Orchester mit einem besonderen Dreh gespielt. Sie hat ihre Stirn an seinen Hals gelegt. Sie spüren nichts als diese zitternde Spannung, die sich zwischen ihnen aufgebaut hat.

Als sie seine Reaktion an ihrem Bauch spürt, kommen ihr beinahe die Tränen, und das Wissen darum, daß er es nicht vor ihr verbergen kann, läßt ihn so komisch verwirrt und schuldbewußt aussehen, daß sie sich hochreckt und ihn schnell auf den Mund küßt, mitten auf der Tanzfläche. Das ist ihr allererster Kuß.

Später gehen sie hinaus und suchen sich einen Platz, wo sie sich ungestörter küssen können, erst vorsichtig und prüfend, nach und nach hektischer, während ihre Hände so verzweifelt am Körper des anderen suchen, als ob es das Leben gelte, und um jedes kleinste Detail kennenzulernen.

Als sein Mund den Weg unter ihren Pulli findet, spürt sie, wie ihre Brustwarzen in stürmischer Erwartung aufknospen, und als sie ein bißchen unsicher anfängt, das zu erforschen, was sich ihr da so neu und unbekannt entgegenreckt, kommt er hilflos zwischen ihren Händen. Sie ist von einer so grenzenlosen Zärtlichkeit erfüllt, daß sie nicht weiß, wie sie sich fassen kann.

Auf dem Weg, nach Hause, auf dem Rücksitz in Kåres Auto, halten sie sich nicht einmal an den Händen. Dieses Neue ist etwas, das sie nicht mit anderen teilen können, nicht einmal mit Hallvard und Anne-Grete. Die Berührung auf dem engen Rücksitz, wo er den Arm wie zufällig über die Sitzlehne legt und sie ihren Kopf ebenso zufällig an seinen Oberarm lehnt, versetzt sie in einen Zustand ungeduldiger Erregtheit, so daß sie ziemlich unsinniges Zeug auf die Bemerkungen der Geschwister darüber, wer wieder voll war und wer wohl mit wem zusammen ist, von sich geben.

An der heimatlichen Wegbiegung steigen sie aus, und wie im Traum irren sie durch die Sommernacht, engumschlungen und beinahe wortlos – es gibt keine Worte, und es bedarf keiner Worte. Schließlich landen sie an der Badestelle am Fluß, nach dem sie sich unerlaubterweise durch das meterhohe, taunasse Gras von Sverres Wiese vorgearbeitet haben. Dort finden sie zum allerersten Mal zueinander. Eine milde Sommerbrise streicht über ihre erhitzten Körper und kühlt sie ab. Danach baden sie nackt in dem eiskalten Wasser des Flusses und sehen die Sonne über den Hügeln aufgehen, ehe sie nach Hause gehen zu einem ganz und gar neuen Alltag.

50

Anfangs soll keiner von ihrem Geheimnis wissen. Jedenfalls glauben sie, daß es ein Geheimnis ist, denn sie ahnen nicht, daß die Verliebtheit ihre Augen leuchten läßt, daß ein Schimmer über ihrer Haut liegt und sie sich auf eine Weise bewegen, die allen und jedem zeigt, daß da etwas ist.

Solfrids Vater beobachtet seine Tochter, die leise vor sich hin singend ihre Arbeit zu Hause verrichtet. Sie hatte immer ihre Aufgaben im Haushalt und auf dem Hof. Eine Zeitlang erledigte sie die eher unwillig und schludrig, wollte lieber zu den Freunden. Jetzt ist sie umgänglich und willig, hat aber etwas Fernes, Entrücktes an sich, das ihn traurig stimmt.

Während ihrer Kindheit haben sich die beiden sehr nahe gestanden, ja auch noch in Solfrids ersten Jahren als Jugendliche, denn Solfrid fiel es immer leichter, mit ihm zu reden als mit der strengeren Mutter. Und da die Mutter in all den Jahren wenig Energie hatte, war es meist der Vater, der sich um Solfrid kümmerte.

Jetzt wächst ihm die Tochter aus den Händen, beinahe über Nacht. Sie ist ebenso liebevoll, ja vielleicht sogar liebevoller als früher. Manchmal fällt sie ihm einfach um den Hals und reibt ihre Wange an seinem Stoppelbart, gibt ihm alle möglichen Spitznamen, wie immer. Es kommt ihm aber so vor, als ob sie nicht ganz bei der Sache ist, als ob ihre Gedanken woanders weilen. Die Zärtlichkeiten haben etwas Abwesendes, so daß er sich ein bißchen wie ein trauriger alter Hund fühlt, den man am Türpfosten vergessen hat. Ein Teil von ihm möchte den Kopf in den Nacken legen und traurig den Mond anheulen, ein anderer hingegen sich aufrichten und sie gegen das Neue und Fremde verteidigen – sie ist doch noch ein Kind!

Trotz dieser etwas merkwürdigen Gefühle nimmt er lächelnd Anteil an dem, was mit der Tochter geschieht, was sie so schön erblühen läßt und aller Welt zeigt, daß er, Herman, eine erwachsene und hübsche Tochter hat. Und daß er schnell merkt, wohin ihre Gedanken wandern, hilft ihm. Er hat Nils-Jan immer gern gehabt.

Die Mutter reagiert wie auf das meiste hier auf dieser Welt mit Ängsten. Sie hat nie mit Solfrid darüber geredet, wie es ist, eine erwachsene Frau zu werden. Gab ihr nur an dem Tag, an dem es soweit war, was sie brauchte, und ließ gleichzeitig eine düstere Bemerkung darüber fallen, daß sie nun erwachsen sei und gut auf ihren Körper aufpassen müsse.

Solfrid weiß aber schon gut Bescheid, als die Menstruation einsetzt. Inger auf Rønnigen und andere ältere Freundinnen haben dafür gesorgt, daß sie gut vorbereitet ist. Dieses Wissen wird wohl öfter von den älteren auf die jüngeren Mädchen vererbt als von Müttern auf ihre Töchter.

Jetzt schaut die Mutter voller Sorge auf die Tochter, ohne jedoch mehr als vorsichtig sagen zu können: »Du paßt doch gut auf, Sol?« Nachts faltet sie hinter dem Rücken des schlafenden Mannes ihre Hände und murmelt ein Gebet in den halbdunklen Raum, während sie auf das vertraute Klicken des Haustürschlosses wartet, das ihr anzeigen soll, wann die Tochter heimkommt. Da ist es oftmals schon heller Morgen.

Die Eltern machen beim Frühstückstisch den Versuch, Sol zu ermahnen, aber da sie beide so scheu sind, kommen nur vage Sprüche wie »selbst auf sich aufpassen« heraus. Und Solfrid nimmt die wohlgemeinten Ratschläge mit dem Gefühl, unendlich viel älter und gescheiter zu sein, lächelnd entgegen.

Leichtfüßig läuft sie jeden Abend über die Au zu Jakobs Scheune. Verliebt und wie benommen vor Glück fällt sie in seine Arme, er wartet schon, und sie genießen jede Sekunde, ohne einen einzigen Gedanken daran, daß etwas passieren könnte. Und was, wenn? »Dann müssen wir heiraten!« sagt sie sorglos und zieht ihn mit sich den Hügel hinter der Scheune hinauf, um das Grundstück zu vermessen, das sie von ihrem Paten, dem alten Jakob, zur Taufe geschenkt bekommen hat.

Und Nils-Jan, mit seiner von Natur aus wesentlich stärker ausgeprägten Anlage zur Besorgnis, läßt sich mitreißen und schreitet das Grundstück mit langen Schritten ab. Mit großen und eifrigen Armbewegungen baut er das Traumhaus vor ihren Augen auf. Er wirft mit dem Walfängerjargon um sich und läßt sich eher widerwillig zu dem Versprechen überreden, nur noch die eine oder andere Saison mitzufahren. Denn einen Walfängerehemann will Solfrid nicht haben!

Oh, sie erleben wunderbare Nächte. Alles scheint gut und richtig zu sein. Sie sind beieinander, ineinander zu Hause und haben keinen anderen Gedanken oder Wunsch, als ganz nahe beieinander zu sein für den Rest ihres Lebens.

Frühmorgens schlendern sie engumschlungen über die taunasse Wiese nach Hause. Allmählich bemühen sie sich auch nicht mehr, die Verliebtheit zu verbergen. Sie spüren, daß die Leute ringsum meinen, sie seien noch zu jung für ein so festes Verhältnis, aber darauf blicken sie mit fast schon herablassender Nachsicht. Außerdem sind sie sich selbst so sicher, daß dieses hier ein Leben lang halten wird, da können die Leute denken, was sie wollen.

Und Mathilde sitzt in ihrer Kammer, mit brennenden Augen sieht sie die beiden jungen Menschen über die Au nach Hause gehen. Niemand wird je erfahren, was sie davon hält, nicht einmal die Katzen, denn sie murmelt nicht wie sonst. Sitzt nur still in ihrem Schaukelstuhl hinter der Begonie auf der Fensterbank und schaut, während sie die Katze auf ihrem Schoß streichelt.

Eines Nachts gleitet sie ohne Laut auf den Fußboden, so daß die Katze verwirrt an ihrem leblosen Gesicht schnuppert und dann gekränkt aufs Bett springt, wo sie sich zusammenrollt und schläft. Als Ragnhild sie am nächsten Morgen findet, ist Mathilde bei Bewußtsein, aber die eine Seite ist gelähmt, und sie kann nicht sprechen. Mathilde bleibt im Bett, und Solfrid kommt ins Haus, um bei ihrer Pflege zu helfen.

51

Die Tür zu Mathildes Zimmer ist eine von den altmodischen, mit zwei großen quadratischen Kassetten, und sie hat keine gewöhnliche Türklinke wie die anderen Türen im Haus, sondern einen schmiedeeisernen Knauf.

Die großen, derben Türangeln sind immer gut geschmiert, damit sich die Tür auch spätnachts lautlos öffnen läßt. Wozu eigentlich? Es gibt keinen nächtlichen Besucher der Kammer – gab es niemals –, und Mathilde hat ihre nächtlichen Wanderungen längst aufgegeben.

Im Winkel an der Wand steht ihr Bett, so wie es all die Jahre gestanden hat, um einen dunklen Fleck auf den Dielen zu verstecken. Es ist immer schön gemacht, das selbstgewebte, blau-weiß gestreifte Laken ist glattgestrichen und die Bettdekke mit dem Häkeleinsatz ordentlich darübergebreitet. Sowohl auf den Bezug des Kopfkissens als auch auf der Bettdecke sind die Buchstaben L und Å für Larsen Ås zierlich ineinander verschlungen, in Plattstich direkt unter dem schönen Häkeleinsatz aufgestickt. Das gehörte zu den wenigen handfesten Dingen, die Maren Pütt von dem knappen Jahr, das sie als Hausfrau hier auf Ås gelebt hat, hinterließ, neunzehn Jahre alt, mit der zappelnden Mathilde in ihrem Bauch. Laken und Bettbezug und einen dunklen Flecken auf den Dielenbrettern, und natürlich Mathilde. Die hübsche kleine Maren, an die sich wahrscheinlich niemand mehr erinnert.

Die Kammer ist nicht groß, und im Winter ist sie eiskalt, denn im Gegensatz zu den übrigen

Räumen des Hauses hat sie nur Holzwände, ohne Isolierung oder Holzverkleidung innen. Kein Wunder, daß Mathilde immer gern eine oder mehrere Katzen im Bett hatte. Eine träge, ausgewachsene Katze am Fußende verbreitet eine angenehme Wärme, wenn die Winterkälte in Wänden und Fußbodendielen knackt.

Am Fußende des Bettes steht Mathildes prachtvolle Truhe, die sie von der Großmutter Johanne Kristine geerbt hat, einer strengen und zugeknöpften Gestalt, an die sich Mathilde nur vage erinnert. Sie starb am Schlaganfall, als ihre Enkeltochter klein war. Kein Verlust im übrigen, denn genau wie ihr Sohn Anders verschenkte sie ebensowenig Liebe wie irdische Güter. Früher redeten die Leute darüber, wie geizig Kristine Ås gewesen war. Seither sind viele, viele Jahre vergangen. Die alte trockene Kristine ist jetzt weg, und sie konnte nichts mitnehmen, auch sie nicht. Ihre alte Suppenterrine mit dem Goldrand steht auf der Konsole und wird in regelmäßigen Abständen heruntergeholt und mit duftendem Hühnerfrikassee gefüllt, erheblich großzügiger allerdings als zu ihrer Zeit.

Die Truhe hat ein schmiedeeisernes Schlüsselloch, nur wo hast du den Schlüssel versteckt, Mathilde? Hast du etwas in deiner Truhe, das niemand sehen darf? Im Schubladeneinsatz auf der rechten Seite liegt ein altes Papier, aber es wird sich dabei doch wohl kaum um ein kompromittierendes Schriftstück handeln? Wie ein Liebesbrief sieht es jedenfalls nicht aus.

Das alte Bild, das zusammen mit dem vergilbten Dokument in all diesen Jahren dort gelegen hat, ist tatsächlich weg, Mathilde. Was hast du mit dem, was du so gut versteckt hast, getan? Das, was kein lebendes Wesen je sehen durfte? Hast du es in deine Nachttischschublade gelegt, jetzt wo du so krank bist, daß du das Bett hüten mußt? Hast du dich wegen der alten Photographie mühsam aus dem Bett erhoben, an dem Abend, als du bäuchlings auf dem Fußboden lagst, wo Ragnhild dich fand, als sie vor dem Schlafengehen nach dir sehen kam? War es das Bild, das du an deiner Brust verstecktest, unter dem hellroten Flanellnachthemd?

Ach Mathilde, dein Leben lang hast du um einen getrauert, den du nicht bekamst, und jetzt zerrinnt dir dein Leben zwischen den Händen, während du sein Bild krampfhaft festhältst und in die Ferne, in eine andere Wirklichkeit starrst. Seinen Namen, den du so oft geflüstert hast, brauchst du nicht mehr zu nennen.

Nur Solfrid hört dich, wie du seinen Namen noch einmal halblaut murmelst, die junge, sorglose Solfrid, die Nils-Jans Kind unter dem Herzen trägt und eine grenzenlose Trauer vor sich hat. Sie erhebt sich, legt ihre Hardangerstickerei beiseite und löst deine Finger von der Photographie, auf die sie bloß einen halb neugierigen, halb abwesenden Blick wirft, ehe sie das Photo in die Kommodenschublade legt.

Sie starrt dich verwundert an – dies ist ihre allererste Begegnung mit dem Tod –, sagt deinen Namen und streicht dir vorsichtig prüfend über das Gesicht, ehe sie läuft, um Ragnhild zu holen.

Ja, Mathilde, nun kannst du ruhig werden. Wir glauben, daß du Frieden finden wirst.

52

Mathildes Tod kam ungelegen, wie der Tod meistens ungelegen kommt. Es war mitten in der Kartoffelernte, und unten auf dem Acker westlich der Häuser mischten sich die munteren Rufe und das freundschaftliche Necken der Jugend mit dem klingenden Geräusch, wenn die Kartoffeln im Eimer landeten. Hin und wieder durchschnitt eine helle Mädchenstimme lachend die klare Herbstluft, wenn nach einem gut gezielten Wurf eine Kartoffel den Hosenboden traf.

»Mensch, laß das, Olefejus! Bist du nicht ganz dicht?«

Nur äußerst selten ging die gekränkte Partei zu Handgreiflichkeiten über, denn die Zeit war knapp genug, um auf dem zugeteilten Stück Land alle Kartoffeln zu ernten, ehe der Kartoffelroder unbarmherzig eine neue Reihe umpflügte. Mußte er für einen Nachzügler anhalten und warten, dann war das die größte Schmach.

Glücklicherweise benutzte Lars Pferde, so war der Roder weniger schnell, und die Kartoffeln sprangen nicht so weit weg. Es war daher leichter, alles gründlich abzuernten, und wer mit seinen Händen flink genug war, dem blieb sogar Zeit, sich für einen klitzekleinen Moment auf den Eimer zu setzen, ehe es mit immer heftiger schmerzendem Rücken weiterging.

Es nützte wenig, sich über Rückenschmerzen zu beklagen, denn die Erwachsenen hatten ihre Stücke Land strategisch zwischen die jungen Leute plaziert, um die Truppe in Zucht zu halten.

»Ha, Rückenschmerzen? Du hast doch noch gar keinen Rücken, über den du klagen könntest!«

Nein, da war es mit den Älteren schlimmer, die in der kurzen Pause stöhnend neben ihrem Eimer zusammensanken, und die gern einen von den Kleinen und Leichtfüßigen in der Reihe neben sich hatten, der die verirrten Kartoffeln auflas. Das kräftige Hinterteil in die Luft gestreckt, einen Ellbogen auf dem Knie als Stütze für den zänkischen Rücken, sammelten sie mit einer Hand und kamen natürlich im Verhältnis zu den schnellsten der jungen Leute nicht hinterher.

Diese Jugendlichen hatten Kartoffeln geerntet, seit sie laufen konnten, und machten in allen Kartoffelferien und auf allen Höfen mit. Die besonders flinken Kartoffelernter waren begehrt, sie wurden von einem zum nächsten Jahr gern wieder angestellt, solange sie im richtigen Alter waren. Eine Woche schulfrei, eine Arbeitszeit, die vor Sonnenaufgang begann und nach Sonnenuntergang endete, für den Lohn konnte sich ein Zwölf-, Dreizehnjähriger nicht nur ein Fahrrad, sondern auch eine Uhr verdienen, jedenfalls wenn er das Geld vom Rübenverziehen im Frühjahr dazulegte. Eine Krone per Reihe bedeutete klingende Münze, auch wenn die Reihen auf Ås enorm lang waren. Wenn man Glück hatte, so war das meiste Unkraut Gänsefuß, nicht widerspenstige Quecken.

Wie erledigt man doch sein konnte, ob vom Jäten oder vom Kartoffelausmachen! Und wie man sich nach dem Ton der Essensglocke sehnte, wenn die Sonne am Himmel so weit gestiegen war, daß man meinte, nun müßte es Mittag sein. Hatte man Glück, bekam man zwischendurch eine extra Verschnaufpause, weil mit dem Kartoffelroder etwas nicht in Ordnung war, aber in der Regel dauerte das nicht lange. Das Pferd hatte kaum Zeit, ein- oder zweimal die Stellung zu wechseln, wobei es wiehernd den braunen Kopf schüttelte, daß die Ponyfransen und die Mähne flogen, da hatte Lars den Fehler schon behoben. Meistens hatten sich

Erde oder Kartoffelkraut festgesetzt, oder eine Begegnung mit einem harten Stein hatte die Mechanik aus dem Gleichgewicht gebracht. In jedem Fall war es schnell wieder in Ordnung.

Zu schnell, fanden jedenfalls die jungen Leute, die auf den Eimern saßen und sich gegenseitig aufzogen. Ja, ganz heimlich seufzten sie wohl ein bißchen, auch die Erwachsenen, wenn Lars, die beiden Zügel in einer Hand, den Handgriff des Kartoffelausroders fest packte und mit der Zunge schnalzte, so daß das Pferd sich in Bewegung setzte. Und Bless legte sich ins Zeug und ließ die Kartoffeln besonders weit fliegen, gleichsam als Dank für die kleine Ruhepause.

Solfrid hilft in diesem Jahr nicht bei der Kartoffelernte, das erste Mal, soweit sie sich erinnert. Sie macht Mathilde fertig und merkt, daß sie eigentlich gern mit kranken Menschen arbeitet. Und irgendwie leise verwundert entdeckt sie, daß der Tod sie nicht erschreckt, auch wenn er sie tief beeindruckt. Denn er kommt so still und unmerklich. Eben noch liegt Mathilde dort in einem unruhigen Halbschlaf und im nächsten Moment ist sie für immer fort. Eine unendliche Ruhe legt sich über ihr altes Gesicht, alle Spuren von Gefühl sind aus den Gesichtszügen verschwunden. Sie geben auch keinen Hinweis auf eine andere Wirklichkeit, weder im Guten noch im Bösen. Nichts steht mehr in ihnen zu lesen, keine Trauer, keine Freude, keine Bitterkeit, nur eine endlose, unfaßbare Ruhe, die Sol tief beeindruckt.

Sie hilft Ragnhild, die Tote zurechtzumachen, sie flechten ihr die Haare, die noch immer dicht und lang sind, in zwei ordentliche Zöpfe, und waschen sie von Kopf bis Fuß. Dann begleiten die nächsten Familienangehörigen sie zur Kapelle, und der Tag der Beisetzung wird auf den Montag nach den Kartoffelferien festgesetzt. Die ganze Gemeinde ist bei der Beerdigung dabei. In der Woche drauf reisen Lars und Nils-Jan zum Walfang.

53

Solfrid findet es in diesem Herbst so schwer, Nils-Jan ziehen zu lassen. Mathildes Tod hat sie vielleicht doch tiefer aufgewühlt, als ihr klar ist. Es ist ein so merkwürdiges Gefühl, daß ein Mensch, der immer dagewesen ist, plötzlich einfach weg sein soll.

Nun ist von Mathilde nur ein Grab auf dem stillen Friedhof geblieben, auf dessen schwarzem Erdhügel die verwelkenden Kränze noch nicht weggeräumt sind. Sol und Nils-Jan gehen an seinem letzten Tag daheim dorthin und stellen einen

Blumenstrauß aus Rainfarn und Kamille in einem Glas Wasser ans Grab. Das sind die einzigen Blumen, die sie so spät im Jahr noch finden konnten.

»Fahr nicht!« sagt Solfrid und fängt plötzlich an zu weinen, etwas, das sie nur selten tut. Eigentlich ist er der empfindsamere von beiden, aber heute lächelt er nachsichtig und findet, sie sei töricht.

»Ich komme doch wieder!« lacht er und hebt sie hoch und preßt dabei sein Gesicht in ihr Haar. Er redet vom Haus und den Zukunftsplänen und bringt sie ein wenig zum Lachen.

»Ich bin zur Zeit so durcheinander«, schluchzt sie. »Ich weiß nicht, was mit mir ist, ich bin nicht mehr ich selbst.«

»Wag es nur, eine andere zu sein!« ruft er und hat diesen verschmitzten, spottlustigen Ausdruck in den Augen, den sie so gern an ihm mag. »Ein Winter geht so schnell vorbei«, fügt er tröstend hinzu.

Sie stehen einen Augenblick eng beieinander an Mathildes Grab, und wieder einmal sagt der eine, was alle beide denken. Dieses Mal ist es Nils-Jan. Er fährt sich rasch mit der Hand über die Augen und sagt, den Blick fest auf die verwelkten Blumenkränze gerichtet: »Ich habe Mathilde sicher viel lieber gehabt, als ich selber wußte.«

Dann gehen sie Hand in Hand durch den frühen Herbstabend nach Hause.

54

Jetzt wohne ich in Mathildes Kammer. Oder wir, sollte ich wohl lieber sagen, denn du liegst hier neben mir und schläfst, und ich habe mich noch nicht daran gewöhnt, dich als ein eigenständiges Wesen zu betrachten, von meinem eigenen Körper getrennt. Du bist mir zu nahe, zu winzigklein und beklagenswert abhängig von mir, als daß du eine eigene Person sein könntest. Wenn jemand anders dich hochnimmt, jedenfalls wenn du hungrig bist, suchst du blind mit Mund und Nase an ihnen, als ob du versuchtest zu riechen und zu schmecken, wo du hingehörst. Dauert es eine Weile, bis ich dich bekomme, entwickelst du ganz schnell eine wild gestikulierende Wut, die sich auch nicht von liebevollen Zärtlichkeiten besänftigen läßt. Du ruderst mit den Armen und schreist, als wärest du der schlimmsten Folter ausgesetzt, aber in dem Moment, wo du den Geruch meiner vor Milch fast berstenden Brüste wahrnimmst, fällst du in einen tranceähnlichen Zustand. Dein kleiner Mund sucht verzweifelt, bis er die große, dunkelbraune Brustwarze zu fassen bekommt. Und dann vergessen wir beide die Welt. Wir kümmern uns nicht um deine Großeltern, die dastehen und uns zuschauen, als ob ein kleines Kind, das trinkt, ein vollkommen neues und unbekanntes Phänomen sei, ein neu entdecktes Wunder.

Mein Vater ist total närrisch nach dir. Er würde dich stundenlang tragen, wenn ich es ihm erlaubte. Mit Kindern hat er eine glückliche Hand. Er nimmt deinen zarten Körper so vorsichtig in seine großen Hände. Wenn ich das sehe, denke ich, daß ein kleines Kind in groben Männerhänden der schönste Anblick auf der Welt ist, und dann weine ich, weil ich an die Hände deines Vaters denken muß, den du niemals kennenlernen wirst. Das macht meinen Vater so hilflos, ich sehe es in seinem Gesicht. Mein lieber Vater hat noch nie gut mit meinen Tränen umgehen können.

Ich weine aber schon weniger als früher. In den letzten Wochen habe ich mich hin und wieder fast freuen können. Und heute morgen wurde ich zum ersten Mal in all den Monaten ohne dieses entsetzliche Gefühl der erlebten Katastrophe wach. Es ließ mich lange abends verzweifelt gegen den Schlaf ankämpfen, weil es so grausam ist, am Morgen damit wieder aufzuwachen. Mutter sagt, ich muß essen und schlafen, sonst bleibt die Milch weg.

Wenn du mich nachts weckst und nach Milch verlangst, ist es irgendwie anders. Da gibt es nur uns zwei, und du bist mehr denn je ein Teil von mir. Ich kann den Rest der Welt ausschließen und schaffe es, uns in ein Netz von Gedankenleere einzuspinnen, in dem nur du und ich existieren. Du bist ein Teil von mir, daneben wirst du gleichzeitig ein eigener neuer kleiner Mensch. Tagsüber sind so viele andere um uns – zum Glück.

Ragnhild kommt an jedem Morgen mit Kaffee zu mir. Sie versucht, mich zu verwöhnen, oder vielleicht versucht sie, ihre eigene Trauer zu unterdrücken, indem sie mich in ihre Obhut nimmt. Meistens habe ich dann schon mehrere Stunden wachgelegen. Ich habe sie und Lars in den Kuhstall gehen gehört, habe gehört, wie Lars mit den Milchkannen klappert, wenn er sie auf den kleinen Milchwagen stellt und sie den Weg hinunter zur Milchrampe fährt.

Alle die vertrauten Geräusche zu hören ist gut und schlecht zugleich. Zuweilen kann ich mir beinahe einbilden, wieder ein Kind zu sein, und daß die kleinen Atemzüge neben mir nicht von dir, sondern von deinem Vater kommen. Wir haben so oft zusammen übernachtet, als wir Kinder waren. Manchmal fühle ich mich, als hätte ich zugleich meinen einzigen Bruder verloren und meinen Liebsten. Ich habe meinen Liebsten verloren! Wird dieser Satz irgendwann einmal nicht mehr so unendlich weh tun?

Wenn Ragnhild mit dem Frühstückstablett hereinkommt, stellt sie es immer auf dem alten Waschtisch ab, der als Nachttisch benutzt wird, und dann steht sie lange über den Korb gebeugt, in dem du schläfst, während ich versuche, so zu klingen, als sei ich gerade aufgewacht, um ihr eine Freude zu machen. Dann zieht sie sich den blau gestrichenen Stuhl ans Bett und schenkt uns Kaffee ein. Und dann sprechen wir von Nils-Jan.

Ich weiß nicht, ob ich es ohne diese halbe Stunde morgens mit Ragnhild geschafft hätte zu überleben. Wir reden und lachen und weinen. Wir erinnern uns an all die Sachen, die er und ich als Kinder getan haben, und wir sprechen über all seine Pläne und Träume. Und von seiner frühesten Vergangenheit, über die wir alle so wenig wissen.

Es ist merkwürdig, wie sogar die tiefste Trauer ein wenig gelindert werden kann, wenn sie mit anderen geteilt wird.

55

Gestern kam Evine mit Grütze hierher. Nein, natürlich nicht wirklich mit Grütze wie in alten Zeiten, wenn jemand ein Kind bekommen hatte, aber eben mit einem Geschenk. Sie brachte einen niedlichen kleinen Wollpullover, dazu Hosen, Socken, Fäustlinge und Mützchen, alles aus Garn, das sie selber mit Pflanzenfarben gefärbt hatte. Erst wollte sie nicht hereinkommen, stand nur in der Türöffnung, so wie sie es zu tun pflegt, wenn sie sich, selten genug, einmal zeigt. Als Ragnhild sie schließlich lange genug genötigt und ihr versichert hatte, daß nur sie und ich zu Hause seien, kam sie schließlich herein und setzte sich auf die äußerste Stuhlkante.

Ich glaube, es gibt auf der Welt keinen zweiten Menschen, so scheu und vorsichtig wie Evine. Solange ich lebe, und natürlich viel, viel länger, ist sie durch die Wälder und die Heide gestreift, ohne mit einer lebenden Seele zu reden. Ja, hin und wieder sprach sie vorsichtig ein bißchen mit mir und deinem Vater, aber meistens biegt sie vom Weg ab, wenn ihr jemand begegnet, und wartet, bis er vorbei ist. Mutter sagt, so sei sie schon immer gewesen.

Wie sie sich freute, als ich sie fragte, ob sie dich halten möchte! Ihr Gesicht leuchtete richtig auf, so daß ich sehen konnte, was der alte Jakob immer gesagt hatte – Evine sei in ihrer Jugend so hübsch gewesen. Sie hielt dich ganz vorsichtig auf dem Schoß und wiegte dich sanft hin und her. Und du, der du gerade etwas zu essen bekommen hattest und satt und vergnügt warst, lagst einfach da und starrtest ihr ins Gesicht und bewegtest dabei deine winzigen Fingerchen, wie du das immer tust. Und stell dir vor, dann hast du gelächelt!

Seit Tagen schon versuchten Ragnhild und ich alles mögliche, um dich zum Lächeln zu bringen.

Du hast uns die witzigsten Grimassen beschert, aber wie wir uns auch bemühten, ein richtiges Lächeln hast du uns nicht geschenkt. Nicht einmal meinem Vater, der bei dir so hoch im Kurs steht, ist es gelungen, dir ein Lächeln zu entlocken.

Evine also sollte dein erstes Lächeln bekommen. Ja, sie hat es durchaus verdient. Wir beide, dein Vater und ich, glaubten lange, daß sie uns einmal das Leben gerettet hat. Und vielleicht ist das auch so. Das war damals, als wir uns im Wald verliefen, in dem Herbst, als wir acht und neun Jahre alt waren, das allererste Mal, daß ich ihn von seiner Mutter reden hörte.

Gestern fragte ich Evine, während sie dich auf dem Schoß hielt und ich neben ihrem Stuhl kniete und dich meinen Zeigefinger greifen ließ (wie fest du zufassen kannst!), ich fragte sie, ob sie sich an unsere Tour nach Hause im Mondschein in jenem Herbst erinnerte. Sie nickte und flüsterte mit gesenktem Kopf, ja, sie erinnere sich.

Manchmal ist es unmöglich zu hören, was sie sagt, so schüchtern ist sie. Sie hatte sich mit weißer Bluse und Faltenrock schön gemacht, so daß ich glaube, sie hatte gehofft, hereingebeten zu werden, selbst wenn Ragnhild und ich beinahe Gewalt anwenden mußten, um sie ins Haus zu bekommen.

Sie war schon neugierig, dich zu sehen. Seitdem

wir uns verlaufen hatten, war sie uns beiden, deinem Vater und mir, sehr zugetan. Oft, wenn wir hinter Jakobs Scheune spielten, konnten wir sehen, wie sie halb hinter einem Fichtenstamm versteckt stand und uns zuschaute.

Und natürlich waren wir neugierig auf sie. Mitunter folgten wir ihr mit Abstand, um zu sehen, womit sie beschäftigt war. Meistens pflückte sie Blumen oder Beeren. Als wir anfingen mit ihr zu reden, fiel mir auf, wieviel sie über Blumen wußte. Und sie wußte auch, wozu man sie verwenden konnte, welche medizinische Pflanzen waren und welche geeignet für die Pflanzenfärbung.

Während des Krieges hat Evine für den ganzen Ort Wollgarn gefärbt. Sie hielt auf ihrem kleinen Hof auf der Heide Schafe und spann und färbte Garn, das sie verkaufte oder gegen Essen eintauschte. Sie pflückte auch Pilze, die Mathilde im Ort weiterverkaufte.

Bis nach dem Krieg hat niemand gewußt, daß Evine die Nachrichten für die ältesten Zwillingsbrüder von Ragnhild, die sich im Wald versteckt hielten, überbrachte. Mathilde hatte in dem großen ausgestopften Hund, der immer in der Kammer auf dem Sekretär stand, ein Radio versteckt. Der Hund steht noch da, aber das Radio ist natürlich weg. Nach Ende des Krieges wurde es herausgenommen.

Mathilde und Evine leisteten zusammen gefährliche Untergrundarbeit. Nicht einmal Ragnhild hatte davon gewußt. Mathilde wollte nicht, daß Ragnhild, wenn es auffliegen würde, dadurch in eine schwierige Situation geriete. So war es wohl während des Krieges: je weniger etwas wußten, um so besser.

Es war ja schon übel genug, als die Deutschen den Radiosender der Brüder in der alten Räuberhöhle oben auf Børjærås entdeckten. Wenn du größer geworden bist, nehme ich dich mit zur Höhle. Dort ist es ganz interessant, dein Vater und ich sind oft oben gewesen. Und dann werde ich dir die alte Geschichte von der Räuberbande erzählen, aber nur, wenn du versprichst, dich nachts nicht dadurch zu ängstigen, so wie er, der Ärmste. Du wirst auch von dem Sender zu hören bekommen, der beinahe einige der jungen Männer des Ortes den Deutschen in die Hände schickte. Das wäre auch schiefgelaufen, wenn nicht Mathilde davon Wind bekommen hätte, daß etwas im Schwange war, und Evine mit einer Warnung hingeschickt hätte.

Mathilde und Evine waren es auch, die gemeinsam den Wunsch der Zwillinge erfüllten, ihre Mutter zu sehen, ehe sie sich nach Schweden absetzten. Ragnhild erzählte mir diese Geschichte gestern abend, als wir mit Evine Kaffee tranken.

Diese ewig keifende Mutter mit ihren andauernden Drohungen, den einen zu packen und den anderen damit zu verhauen – die wilden Zwillinge wollten ihr Leben aufs Spiel setzen, um sie noch einmal zu sehen. Wirst du deine Mutter einmal so liebhaben, mein kleiner Jakob?

56

Winter 1943. Die beiden stehen dort oben auf dem dunklen Gang zum Boden, zwei sich unheimlich ähnlich sehende junge Männer. Sie haben das gleiche braune, gewellte Haar, etwas heller und lockiger als Ragnhilds, die gleichen schmalen, ein wenig schiefen Schultern und genau den gleichen angespannt lauernden Ausdruck in den graublauen Augen, als sie sich vorbeugen und vorsichtig auf den Flur hinunterblicken.

Sie können ein bißchen von der Haustür sehen und ein kleines Stück des Fußbodens unter der Deckenlampe, ohne von unten gesehen zu werden. Mathilde hat das selbst ausprobiert, ehe sie die beiden kurz und bündig nach oben scheuchte. So ist das mit Mathilde, wenn sie gerührt ist, wird sie noch barscher als sonst, und heute ist sie besonders schlimm.

»Das macht doch wirklich keinen Sinn! Sich und andere auf diese Weise in Lebensgefahr zu bringen.« Sie murmelt und faucht vor sich hin, aber niemand anders als sie hat die ganze Nacht wachgelegen, um dieses Treffen zwischen Mutter und Söhnen zustande zu bringen. Sie hat Ragnhild weggeschickt, um die Mutter zu holen, und hat eines ihrer kostbaren Eier für Waffeln spendiert, mitten in der Woche!

Als sie mit roten Wangen aus der Novemberdunkelheit hereinkommen und im Gang stehenbleiben, läßt sich Mathilde unter dem sparsamen Lampenlicht so viel Zeit, daß Ragnhild ganz ärgerlich wird. Wird sie die Leute nicht hineinbitten? Aus der Küche duftet es nach Waffeln, aber Mathilde steht da und redet über dies und das, zeigt den neuen Mantel, den sie für Ragnhild aus einer »Wolldecke« genäht hat – es sieht ihr gar nicht ähnlich, so anzugeben und sich in dem kalten Flur so unendlich viel Zeit zu lassen, weit mehr als üblich!

Sie haben die Gelegenheit, einen ausführlichen Blick auf ihre Mutter zu werfen, die zwei, die dort oben ganz still stehen, und von den unterdrückten Tränen einen immer größer werdenden Kloß im Hals haben. Wie alt sie geworden ist, in diesen wenigen Monaten! Ihre freundliche, liebe, schimpfende Mutter. Sie wünschten, sie käme die Treppe zu ihnen heraufgerauscht, würde sie beide im Nacken packen und ihre Nasen aneinander reiben, so wie früher, als sie klein waren, und sie anschreien, jetzt könnten sie merken, daß sie aus einer Familie kämen!

Sie jedoch gleitet ahnungslos aus ihrem Blickfeld, in die Küche zu Kaffee- und Waffelduft, etwas überrascht darüber, wie spendabel Mathilde auf einmal ist, aber eigentlich mehr mit dem eigenen Kummer über die weit verstreute Kinderschar beschäftigt. Und nicht ehe der Krieg aus ist, wird sie erfahren, wie nahe sie den beiden Söhnen war, die, während sie andächtig eine dünne Schicht von Mathildes duftendem goldenen Honig auf ein Waffelherz schmierte, still die Treppe hinunterschleichen und sich auf den kalten Weg nach Schweden machen.

57

Es ist Nacht geworden, meiner kleiner Jakob. Schon vor langem hat sich Evine auf leisen Sohlen aufgemacht, und jetzt streift sie vielleicht auf der Heide hinter dem Jakobshügel umher, so wie sie das zu tun pflegt. Erst durfte sie noch sehen, wo du nachts untergebracht bist, und durfte dich halten, bis du dein Bäuerchen machtest, und dann bist du auf ihrem Arm eingeschlafen. Es sieht so aus, als hättest du das Lächeln, das du gerade gelernt hast, mit in den Schlaf genommen, denn noch liegt eine Ahnung davon über deinen winzigen Gesichtszügen. Dein Lächeln, das dein Vater niemals sehen wird. Jetzt weine ich wieder.

Stundenlang kann ich nachts so dasitzen und über die Jakobsau starren, während die Tränen auf mein Flanellnachthemd tropfen. Das Nachthemd, das wieder hier im Schrank lag, wie bei Mathilde. Sie nähte sie immer selbst, und zwar aus hellrotem Baumwollflanell, den sie beim Kaufmann Berg kaufte. Bestimmt waren sie die Jahre hindurch gleich, bis zum Boden und langärmelig mit einem schmalen weißen Spitzenbesatz als Schmuck am Halsausschnitt.

Ich habe eine Erinnerung, daß ich mitten in der Nacht aufwache und Mathilde im Nachthemd sehe, den prachtvollen Zopf aufgelöst über eine Schulter hängend, beugt sie sich über das Bett, in dem ich zusammen mit deinem Vater schlafe. Ihre Hand berührt meine Wange, dann streift sie über Nils-Jans Stirn, der an meiner Seite fest schläft. Und an ihre Stimme, flüsternd und so anders als sonst, als ob ihr die Dunkelheit der Nacht eine träumerische, warme Vertraulichkeit verleihen würde: »Schlaf, mein Kleines, ich will euch nur zudecken, es ist nachts so kalt und ungemütlich.« Am Morgen dann glaubte ich sicher, ich hätte das geträumt, denn warum sollte Mathilde in der Nacht herumgeistern.

Es ist so unglaublich, wenn ich mir vorstelle, daß sie hier gesessen hat, so wie jetzt ich, und ebenso traurig hinaus in die dunkle Nacht gestarrt hat. Ja, denn ich glaube, Mathilde hat zeit ihres Lebens um die Jugendliebe getrauert, von der wir nichts wußten, jedenfalls nicht wir Jungen. Vielleicht hat sie um ihn genauso heftig getrauert wie ich um Nils-Jan. Er war für sie ebenso weit fort wie dein Vater für mich, auch wenn er nicht gestorben ist. Und ebenso sicher ist, daß meiner Trauer der ganze Ort mit Anteilnahme folgt, während Mathildes Trauer vermutlich für die Leute immer etwas Absurdes hatte. So gnadenlos sind wir Menschen, so wenig begreifen wir.

Wir haben nicht viel an Mathilde gedacht, Nils-Jan und ich, wenn wir im letzten Sommer eng umschlungen über die taunasse Au gingen, auch wenn wir hin und wieder überlegten, ob sie uns wohl von ihrem Kammerfenster aus sehen könnte. In unserem letzten Sommer, da waren die Nächte so hell und so warm, und bestimmt ist die Wiese nie schöner gewesen. In den letzten Jahren nach dem Tod des alten Jakob konnte sie in Ruhe stehen und in der ganzen Vielfalt der Blumen erblühen. Klee nickt mit dicken rosa Köpfchen, dicht an dicht mit weißem Leimkraut, gelben Butterblumen, Margeriten, Lichtnelken und, später im Sommer, einer Unmenge blauer Glockenblumen. Und die Gräser! Diese samtweichen roten Gräser, ich kann sie jederzeit an meinen Beinen spüren. Und zwischen alldem ein hellblauer Schimmer von den kleinen Vergißmeinnichtblüten.

In diesem Jahr kann ich mich nicht über Jakobsau freuen, aber im letzten und im vorletzten, da waren die Wiese und der Sommer, unser Dorf und die ganze Welt schöner denn je. Beinahe jede Nacht trafen wir uns in der Scheune, und wir, die wir uns fast wie Bruder und Schwester unser Leben lang kannten, wir waren plötzlich füreinander vollkommen neu. Wir mußten uns ganz neu kennenlernen. Alles, was wir voneinander wußen, schien nicht mehr zu gelten. Er war nicht der kleine Junge, der Spielkamerad, mein Nils-Jan, wie ich ihn immer gekannt hatte; oder doch: das war er auch, aber er war noch viel mehr.

Wir öffneten Türen, von denen wir beide nur geahnt hatten, daß es sie gab, und gingen zusammen, Schritt für Schritt, in eine Landschaft, von der wir uns so sicher waren, daß sie für den Rest des Lebens Bestand haben würde. Ach Nils-Jan, lieber, lieber Nils-Jan, wie konntest du mich alleine lassen!

Ab und zu spüre ich die Einsamkeit als so riesig und die Leere, die er hinterlassen hat, als so unendlich, daß der Gedanke, weiterleben zu müssen, ein ganzes langes Leben, unerträglich wird. In solchen Phasen schimpft Mutter sanft, aber bestimmt mit mir, denn in diesen entsetzlichen Monaten ist es merkwürdigerweise sie, die ihre Seelenruhe bewahrt hat.

Von dem Tag im Winter an, als die Botschaft von seinem Tod kam und Ragnhilds und meine Welt in Stücke riß, hat Mutter wie ein Fels dagestanden und in das Gefühlschaos, das uns lähmte, Ruhe, Geborgenheit und Alltäglichkeit gebracht. Jeden Tag hat sie uns ein kleines Stück mehr übergeben und gesagt: Schau hier, halt dich daran fest. Melk diese Kuh. Iß dein Essen, Ragnhild. Hier bringe ich Kaffee und Waffeln.

Meine Mutter, von der ich mein Leben lang glaubte, sie eigne sich für wenig mehr als Tränen und Gram. Jetzt hält sie ihre Tränen zurück und trocknet unsere mit liebevoller Hand.

Vater ist kaum eine Hilfe gewesen, der Ärmste. Er taugt so wenig zum Trauern. Seinem Mundharmonikaspiel zuzuhören hat aber gutgetan – die Melodien waren wehmütiger denn je.

Heute nacht haben wir Vollmond, und es ist sternenklar. Sonderbar, hier in Mathildes Nachthemd zu sitzen und zu Jakobs Scheune hinüberzuschauen, wie sie es so viele Nächte lang getan haben wird. Viel öfter, als wir wußten.

Hin und wieder, wenn Nils-Jan und ich über die Au nach Hause gingen, konnten wir sehen, wie sich die Gardine in ihrer Kammer bewegte, und dann vollführte Nils-Jan übermütige Sprünge, um sie zu foppen, während ich versuchte, ihn zurückzuhalten. Er konnte sich mächtig über Mathilde ärgern, über ihre »spitze Nase«, so nannte er das. Ich weiß aber, daß er sie sehr gern hatte. Und sie, die Ärmste, muß ihn schrecklich geliebt haben.

So vieles zeigt sich jetzt, wo ich Bescheid weiß, auf andere Weise. Mathilde konnte uns im Spiel unterbrechen, Nils-Jans Gesicht mit der einen Hand von unten packen und zu sich drehen und ihn so lange und nachdenklich anstarren, daß er ganz verlegen wurde und versuchte, sein Gesicht wieder wegzudrehen. Dann ließ sie ihn los und strich ihm rasch über die Stirn, ehe sie mich in die Wange kniff oder an den Zöpfen zog und sich wieder ihren Angelegenheiten zuwandte.

Jetzt, im nachhinein, habe ich begiffen, daß es damals anfing, an Lars' vierzigstem Geburtstag, als Nils-Jan von der Schaukel getroffen wurde. Er behielt davon eine Narbe über dem Auge. Eine kleine Vertiefung, über die ich tausendmal mit dem Finger gestrichen haben mag und die ich noch in den Fingerspitzen fühlen kann.

58

Heute bist du zum ersten Mal draußen in der Sonne gewesen. Ich hatte mich darauf gefreut, dich mit hinausnehmen zu können, aber Ragnhild und Mutter waren dagegen, ich solle noch warten. In den letzten Tagen war die Luft kühl gewesen, obwohl wir schon weit im Juni sind.

Heute morgen kam Inger mit ihren zwei kleinen Mädchen zu Besuch, und sie fand, es sei an der Zeit, daß du hinauskommst in die Sonne. Inger ist halt Inger. Sie schimpfte ordentlich, weil ich dir so viel angezogen habe. Wahrscheinlich bin ich viel zu ängstlich mit dir, Klein Jakob. Weder Ragnhild noch ich sind mit kleinen Kindern vertraut, Mutter auch nicht, sie hatte ja nur mich.

Inger ist in Rønnigen mit allen ihren kleinen Geschwistern aufgewachsen und hat jetzt selbst zwei Kinder. Sie hielt uns auf ihre direkte Art eine gründliche Standpauke. Wir machten es uns am Tisch gemütlich mit Kaffee und Saft für ihre Mädchen – am Tisch unter dem prachtvollen alten Flieder, den es schon gab, ehe Mathilde geboren wurde. Er steht zur Zeit in voller Blüte, und in diesem Jahr ist er schöner, als ich ihn je gesehen habe.

Nils-Jan und ich spielten oft Fangen rund um den Flieder, wir rannten immer rundherum, so nahe an den untersten, schweren Blütendolden, daß sie uns um die Wangen schlugen und uns mit ihrem schweren süßlichen Duft nach Frühsommer betäubten. Anschließend saßen wir erschöpft nebeneinander an dem großen steinernen Tisch und tranken Mathildes herrlichen Apfelsaft. Die Tischplatte ist ein alter Mühlstein, und im Sommer pflanzte Mathilde immer Stiefmütterchen in die kleine Aushöhlung in der Mitte. In diesem Jahr hat daran noch keiner gedacht, aber es ist ja noch nicht zu spät.

Jetzt sprangen die beiden kleinen Mädchen unter den Blütendolden im Kreis, und jedesmal, wenn eine von beiden eine so rasche Kehrtwendung machte, daß die andere ihr geradewegs in die Arme lief und sie beide taumelten und ins Gras fielen, quietschten sie vor Vergnügen. Es ist wunderbar zu erleben, wie Kinder immer wieder zu den gleichen Spielen finden, die wir selbst einst spielten. Und wunderbar, sich vorzustellen, daß du es sein wirst, der in ein paar Jahren hier auf dem Hof herumspringen wird.

Ingers Töchter sind sehr süß, aber unglaublich lebhaft. Ich überlege, ob du auch so wirst. Ich selbst bin als Kind ziemlich wild gewesen, dein Vater war allerdings zurückhaltend und vor Fremden unheimlich schüchtern.

Nils-Jan hatte vor vielem Angst, er war von Natur aus vorsichtig und ruhig. Und vielleicht hing das auch mit den Erlebnissen in seiner frühen

Kindheit zusammen. Er benimmt sich so wohlerzogen, sagte meine Mutter immer. Sie mochte Nils-Jan so gern, weil er so höflich und freundlich war. Und er hatte so eine besondere Art mit Kindern. Ingers Älteste war schwer begeistert von ihm. Ich überlege, ob sie sich wohl an ihn erinnern wird, wenn sie groß ist.

Der Wettlauf um den Flieder endete natürlich mit Tränen, weil die kleine Dreijährige von ihrer großen Schwester ein bißchen zu unsanft umgeworfen worden war. Als Inger sie auf den Arm nahm und auf die Schürfwunde pustete, schien es mir kaum möglich, ein so großes Mädchen zu tragen. Im Verhältnis zu dir sind sie die reinsten Riesen.

Ich habe dich draußen frisch gewickelt. Inger sagte, ich könnte das ruhig draußen tun, Gnade ihr, wenn du krank wirst! Du lagst da und strampeltest begeistert mit deinen nackten molligen Beinchen, und deine klitzekleine Herrlichkeit stand geradewegs in die Luft. Die älteste Tochter schaute sich das fasziniert an und sagte: »Aber der hat ja einen Schwanz!«

Es war wunderbar, wieder von Herzen zu lachen. Das Angenehme mit Inger ist, daß sie so geradeheraus ist. Und im Gegensatz zu vielen anderen hat sie keine Angst, über Nils-Jan zu sprechen. Sie erinnerte mich an so viele Geschichten, die ich längst vergessen hatte. Inger ist immer eine

Ewigkeit älter gewesen als ich, aber Nils-Jan und ich spielten oft mit ihren kleineren Geschwistern, am meisten mit Hallvard und Anne-Grete. Die Rønnigen-Kinder und ich sind ja verwandt, von Mutters Seite her. Nils-Jan betrachtete sich auch als verwandt, weil Milda und Ragnhild Schwestern sind.

Nachdem ich dich bekommen hatte, kam es mir so vor, als sei ich beinahe gleich alt mit Inger, das hat wohl mit der Mutterrolle zu tun. Denk nur, ich bin Mutter! Mein liebes kleines Baby, denk nur, daß ich deine Mutter bin! Ach Nils-Jan, lieber Nils-Jan, ich bin dir so dankbar, daß du mir Klein Jakob geschenkt hast.

59

Gestern war Tante Milda hier mit der schönen weichen hellblauen Babydecke, auf der du gerade splitternackt liegst und munter strampelst. Sie hat sie selbst gehäkelt in einem hübschen Muster, und eigentlich hatte ich mir überlegt, daß wir sie nur für gut haben sollten, aber du bist jetzt frisch gebadet, und ich fand, du solltest einmal spüren können, wie herrlich weich sie ist. Ich habe dir eine Windel untergelegt, vorsichtshalber, aber –

dir gelingt es, daneben zu machen, und genau auf die neue Decke, du kleiner Racker! Es ist völlig unmöglich, den kleinen Strahl, den du geradewegs in die Luft schickst, zu berechnen. Und der Ausdruck in deinem Gesichtchen ist haargenau so, wie ich es von deinem Vater erinnere, wenn er zusammen mit Hallvard auf der Scheunenbrücke stand und sie um die Wette pinkelten. Anne-Grete und ich, die in die Hocke gehen mußten, hatten in dem Wettstreit keine Chance. Na, wie es spritzt, wenn meine Tränen deinen nackten Bauch treffen, mein Lieber. Werde ich niemals aufhören, jedesmal zu heulen, wenn ich an deinen Vater denke?

Gestern war Hallvard hier mit Milda, und es ist ihm wirklich hoch anzurechnen, ich glaube beinahe, er hat geweint von dem Moment an, wo er kam, bis er ging. Er und Nils-Jan teilten sich eine Kajüte, sowohl in der letzten wie auch in dieser Saison. Und Hallvard sollte für Nils-Jan Trauzeuge sein jetzt im Sommer. Sie sagen, er habe es so schwer genommen, daß er es in diesen Wochen, seit er nach Hause gekommen ist, nicht geschafft hat, mich zu sehen. Hallvard, mein – unser – bester Freund seit der Kinderzeit, Hallvard, der Rabauke, voller verrückter Streiche.

Viele hier im Ort haben die Hände gerungen und überlegt, was aus dem wilden, ungebärdigen Kind werden solle. Dabei ist er immer außerordentlich empfindsam gewesen, und gestern saß er also hier und weinte und schaffte es kaum, dich anzusehen. Der arme, große nette Hallvard, es war gut, einmal selbst die Tröstende zu sein.

Tante Milda kam aus dem Staunen überhaupt nicht heraus deinetwegen, obwohl sie doch selbst so viele Kinder hat. Neun waren es auf Rønnigen, Hallvard ist Nummer sieben und war wohl der ungebärdigste, aber lebhaft waren sie alle, daran erinnere ich mich.

Alle Kinder halfen eifrig mit und wurden schon von klein auf zur Arbeit angehalten. Sowohl Nils-Jan als auch ich entkamen wohl leichter. Wir waren vermutlich eher ein bißchen verwöhnt. Dann liefen wir hinüber nach Rønnigen und halfen dort bei der Arbeit auf dem Hof mit – oder gingen unserer Wege.

Ich erinnere mich, wie Tante Milda und die großen Mädchen an naßkalten Frühlingstagen mit rotgefrorenen, klammen Fingern über einem Berg Wäsche standen, die sie im Waschkessel gekocht hatten und dann im eiskalten Wasser am Flußufer spülten. Wie die kleine Karin jammerte, wenn die stechenden Frostschmerzen in den Fingerspitzen zu heftig wurden. Hin und wieder ließen ihre steifgefrorenen Finger einen Kopfkissenbezug oder ein kariertes Hemd los, das dann mit der Strömung wegsegelte und für uns Kleinen zu einer großen und spannenden Herausforderung wurde, weil wir mit langen Stecken am Flußufer versuchten, das Teil, ehe es versank, wieder aufzugabeln. Mildas erregte Stimme mischte sich mit dem wütenden Geschrei der Kinder, wenn dann einen von uns die eiskalte, nasse Hand von einem der größeren Mädchen im Nacken packte.

Wenn wir auf den Hof kamen, rannte häufig eines der größeren Mädchen auf uns zu, das uns in die Nase kniff oder in die Wange biß und uns so fest drückte, daß uns fast die Luft wegblieb. Sie waren mit ihren Liebkosungen so freigebig und so unsanft, daß Nils-Jan anfangs, wenn er dazukam, erschrak.

Wenn dann Tante Milda rotwangig in der Tür des Waschhauses erschien, bekamen wir frischgebackenes, duftendes Brot, das sie in dem großen Backofen gebacken hatte. Die Tante backt noch immer auf die alte Weise Brot, wenn auch inzwischen weniger als damals, da die Kinder alle aus dem Haus sind.

Ich werde dich an Backtagen nach Rønnigen mitnehmen, damit du den frischgebackenen Milda-Kuchen mit Zucker probieren kannst. Und sicher darfst du, genau wie ich früher, dir dein eigenes kleines Rosinenbrötchen backen, ein klitzekleines Brötchen, das du ganz allein geformt hast. Seinen Weg auf dem Backbrett, auf dem es zusammen mit den großen runden Kuchen sitzt, hinein in den Backofen wirst du mit wachsamen Augen verfolgen.

Wenn Mathilde zu Hause Brot backte, scheuchte sie uns immer weg. Milda hingegen hat immer Kinder um die Beine, egal, was sie tut – eigene und fremde.

Der kleine, verschreckte Nils-Jan durfte dicht bei ihr auf der Holzbank sitzen und ihre freigebige Mütterlichkeit einatmen, heimlich einen Zipfel ihrer geblümten Schürze in der Hand, während wir anderen uns auf den breiten rohen Holzplanken tummelten.

Nils-Jan fürchtete sich so, besonders in der ersten Zeit. Und er hatte Milda sehr gern. Gestern erzählte sie mir, daß er an seinem letzten Abend zu ihr ging und sich von ihr verabschiedete. Das wußte nicht einmal ich. Er war so ein lieber Junge, sagt Milda.

Ach, die langen sonnenglänzenden Kindertage in Rønnigen, die werden niemals wiederkommen, Klein Jakob. Ich kann dir nur wünschen, daß du genauso viele solcher Tage erleben wirst wie ich. Die Trauer um deinen Vater wirst du nie erleben, zum Glück. Daran zu denken ist beinahe tröstlich.

60

Nachdem ich dich bekommen habe, habe ich angefangen, an Nils-Jans richtige Mutter zu denken, an deine Großmutter. Ich hätte sie so gern gekannt. Wenn ich bedenke, daß sie das gleiche Verhältnis zu ihm hatte wie ich zu dir, ich glaube, dann kann man einer Schwiegermutter alles verzeihen. Sie hat ihn gewickelt und gefüttert, hat seine Tränen getrocknet, sich über das erste Lächeln gefreut, ist all das für ihn gewesen, was ich für dich bin.

Und dann wußte sie monatelang, daß sie vor ihm sterben würde, weggehen müßte von ihm, der niemanden hatte. Unmöglich, sich das vorzustellen – aber wenn sie nicht tot wäre, wäre Nils-Jan nicht hierhergekommen und du wärest nie entstanden.

In allem steckt ein Sinn, würde Mutter jetzt sagen, aber ich kann schwerlich einen höheren Sinn darin erkennen, wenn die Mutter eines fünfjährigen Jungen stirbt. Oder wenn ein junger Mann, der nicht einmal zwanzig ist, vor seinem ungeborenen Kind stirbt, fortgerissen wird von allen, die er gern hat. Ich sehe keinen Sinn im Tod, höchstens vielleicht, wenn er wie zu Mathilde zu jemandem kommt, der alt und verbittert ist.

Mathilde wurde so viel netter, als sie krank war.

Lag so geduldig in ihrer Kammer, die linke Seite gelähmt und fast unfähig zu sprechen. Oft lag eine ihrer Katzen auf der Bettdecke. Mathildes rechte Hand tastete dann hilflos suchend umher, bis sie in dem langhaarigen Fell zur Ruhe kam.

Woran dachtest du, Mathilde, wenn deine runzlige Hand mit den braunen Leberflecken auf der dünnen, fast durchscheinenden Haut immer wieder den Kopf einer schnurrenden Katze streichelte? In der Regel lag da die alte graubraune Hauskatze, die älter war als Nils-Jan und ich. Zwanzig Jahre wurde sie, glaubt Ragnhild, und hatte eine Unmenge von Nachkommen.

Als sie starb, nur wenige Wochen nach Mathilde, bekam sie ihr eigenes Grab unter dem Fliederbusch im Garten. Sonst landen die Katzen des Hofs, die eines natürlichen Todes sterben und nicht vom Fuchs geholt werden, meistens einfach auf dem Misthaufen.

Es kommt mir vor, als sei es ein anderes Leben gewesen, als ich hier in dem Schaukelstuhl saß und Mathilde gepflegt habe. Gegen Ende mußte immerzu jemand bei ihr sein, und meistens war ich es, die hier saß, denn Ragnhild war mit der Ausrüstung von Lars und Nils-Jan für die Saison beschäftigt.

Und bei der Arbeit auf dem Hof mit dem Getreide und dem Gemüse, das geerntet werden mußte, wurde jede freie Hand gebraucht. Hin und wieder fragte ich mich, ob sie der Lärm draußen störte, die Geräusche des Traktors oder des Mähdreschers, das Klappern der Milchkannen, gar nicht zu reden von dem Treiben, das mit den Kartoffelerntehelfern hier herrschte. Es schien aber nicht so. Alle Geräusche des Hofs waren ihr ja so vertraut. Eher wurde sie in der Stille gegen Abend unruhiger.

Dann begannen ihre Hände manchmal die rastlose Wanderung über die Bettdecke. Mathilde benutzte in all den Jahren eine altmodische grobe, blau-weiß gestreifte Bettdecke mit dem Überschlaglaken. Ja, das waren die Bezüge unserer Kindheit hier auf Ås.

Jetzt liegen sie und die dazugehörigen Kopfkissenbezüge in der großen Holztruhe von Mathildes Großmutter, der Mutter von Anders Irgendeiner. Groß und schwarz steht sie am Fußende des Bettes; auf dem gebogenen Deckel in kunstvoll geschmiedeten Schnörkeln die Jahreszahl 1864 über den Buchstaben J. K. A., was Johanne Kristine Andersdatter heißt. Mathilde erzählte uns das, als dein Vater und ich klein waren und nebeneinander auf der Truhe saßen – einen von Mathildes säuerlichen Drops im Mund – und darauf warteten, daß der Kuckuck rufen würde.

Nils-Jan war immer so fasziniert von der Kuckucksuhr. Mathilde kaufte sie kurze Zeit, nachdem Nils-Jan hierhergekommen war, und sie hängt noch immer da, aber ich habe sie angehalten, weil ich Angst habe, ihr energisches »Kuckuck« könnte dich wecken. Wenn du größer bist, werde ich sie wieder anstoßen, und dann werden wir uns über den kleinen Kuckuck freuen, so wie er es tat.

Weißt du, wenn wir am Jakobshügel spielten und die Essensglocke schlug, warf Nils-Jan alles, was er in Händen hielt, weg und rannte wie der Wind über die Au, um den Kuckuck zu hören. Natürlich folgte ich ihm auf den Fersen, und natürlich schafften wir es immer rechtzeitig bis in Mathildes Zimmer, ehe der Kuckuck hervorlugte und seine elf Rufe losließ. Ja, wir schafften es sogar, rechtzeitig auf unseren Platz auf der Truhe zu kommen und von Mathilde die tägliche Ration an Drops aus der blumigen Dose im Eckschrank an der Wand zu bekommen, ehe er loslegte.

Und ehe er anfing, konnte Mathilde noch alle ihre barschen Ermahnungen loswerden, »sitzt ordentlich!« und »baumelt nicht mit den Beinen gegen die Truhe« und so fort, wie sie das immer tat. Oder doch nicht? War sie unter Umständen weniger streng, als ich sie in Erinnerung habe? Ich sehe heute so vieles anders als damals, als ich ein Kind war.

Nicht einmal, als wir die Uhr konnten, überlegten wir, wieso die Kuckucksuhr immerzu fünf Minuten nachging. Bei Mathilde, die es mit dem Stellen der Uhren stets so genau nahm! Und nie wunderten wir uns, daß sie in der Kammer war, wenn wir kamen, denn sie war doch eigentlich inmitten der Vorbereitungen zum Mittagessen und hatte soeben den Leuten vom Hof zum Essen geläutet. Als wir atemlos über die Wiese rannten, daß die Gräser um unsere nackten Beine schlugen, hatten wir ihre lange magere Gestalt beim Vorratshaus stehen und rhythmisch nicken sehen, als sie an dem Tauende der Essensglocke zog. Ich glaube, Ragnhild dachte auch nicht darüber nach. So sollte es eben sein, Mathilde kam energischen Schrittes und mit uns im Schlepptau aus der Kammer, während sich die anderen zu Tisch setzten, nachdem sie sich in der weißen Emailleschüssel mit dem roten Rand in der Ecke bei der Holzkiste die Hände gewaschen hatten.

Das ist die gleiche Schüssel, in der ich dich heute bade, Klein Jakob, aber bald muß ich eine größere finden, denn du wächst schnell aus dem kleinen Handwaschbecken heraus.

Wenn ich zurückdenke, scheint es mir, als hätten unsere Besuche bei Mathilde in ihrer Kammer durch meine Kindheit hindurch täglich stattgefunden, aber tatsächlich war das nur eine kurze Zeitspanne. Allmählich verlor der Kuckuck gewiß seinen Zauber, und die Male, die wir deshalb in Mathildes Kammer zogen, wurden seltener, als wir heranwuchsen. Da saß sie dann wieder allein mit ihren Katzen und den Rufen des Kuckucks im Ohr.

Wie einsam die Abende und Nächte hier gewesen sein mögen! Ich habe ja trotz allem dich. Mutter hatte mich und Ragnhild immerhin Nils-Jan, seit er sechs war. Die arme Mathilde hatte wohl niemanden, den sie richtig liebhatte. Jedenfalls glaubte ich das immer, bis sie gestorben war.

Ach Mathilde, ich bin so froh, daß du Nils-Jans Tod nicht erleben mußtest, aber ich wünschte, du hättest Klein Jakob kennengelernt. Du könntest mit deinem schwarzen Rock und mit dem grauen Strickschal über den Schultern in deinem Schaukelstuhl am Fenster sitzen, mit meinem und Nils-Jans Sohn auf dem Schoß, und vor dich hin schimpfen, wie du das stets getan hast: »Mußt nicht so doll schreien! Garstiger Bub, sei schön brav!«

Nun bin ich es, mein Kleiner, die hier mit dir sitzt und die gleichen Worte sagt, wenn du vor Wut schreist, weil du etwas zu essen haben willst oder trockene Windeln brauchst. Naß bis an die Ohren bist du und hast dich aus deinem Wickeltuch ganz und gar freigestrampelt. Wickeltücher benutzt man heute so gut wie nicht mehr. Inger jedenfalls lachte herzlich, als sie es sah, aber als ich mit dir schwanger war, fehlte es uns an Initiative, Babysachen anzuschaffen. Wir dachten an anderes. Deshalb hast du so wenige Strampelhosen, so daß ich zwischendurch das alte Wickeltuch benutzen mußte, das Mutter für mich hatte. Mitterweile ist Inger mit einer ganzen Tüte voll winziger Hosen und Jacken und anderen Babysachen hier gewesen, die ich voller Freude benutze. Stell dir vor, ich kann mich wirklich wieder über etwas freuen!

Als ich hier einzog, habe ich Mathildes Bettdekke gegen meine eigene ausgetauscht. Die ist weich, und ich kann dich gut darauf zurechtmachen; nicht so wie ihre schwere, alte Bettdecke mit dem steifen, selbstgewebten Bezug. Nils-Jan und ich fanden es unangenehm, die altmodische Decke anzufassen, das gibt so einen Schauder, so ein trokkenes Gefühl an den Handflächen. Wenn wir zusammen übernachteten, stritten wir uns immer darum, wer auf der Seite liegen durfte, wo keine Öffnung im Bettbezug war, denn etwas von dem groben selbstgewebten Bezug schaute immer durch die Öffnung.

Wir nannten ihn »Bürste« und hatten beide gleich viel Angst, daß das Zeug an unsere nackten Beine kommen könnte. Ich glaube wohl, daß ich die Kämpfe wegen der »Bürste« gewonnen habe, so wie die meisten unserer kleinen Streitereien. Nils-Jan war so lieb ... Mein Lieber, wirst du tatsächlich niemals deinen Vater sehen? Ich kann es noch immer nicht fassen.

61

Als sie krank war, versuchten wir, die schwere Decke gegen eine neue und leichtere auszuwechseln, aber das wollte Mathilde auf keinen Fall. Mit ihrer gesunden Hand hielt sie die Decke fest und nuschelte Dinge, die niemand von uns verstand – das war so seit ihrem ersten Schlaganfall. Oft wurde sie ziemlich aufbrausend, wenn es uns nicht gelang, herauszufinden, was sie meinte. Nach dem zweiten Schlaganfall weinte sie die meiste Zeit.

So lag sie hier, damals, und sah noch gereizter aus als früher mit ihrem schiefen Mund. Durch die Tränen, die ihr aus den Augenwinkeln sickerten, wirkte sie so hilflos. Hin und wieder versuchte sie, mir etwas zu sagen, gab es aber mit einer resignierten oder verdrossenen Geste auf, wenn ich sie nicht verstand.

Jeden Morgen wuschen und frisierten Ragnhild und ich sie und zogen sie an. Im Laufe des Tages wendeten wir sie von einer Seite zur anderen, sie sollte sich doch nicht wundliegen. Sie drehte sich jedesmal sofort zurück, ihr Starrsinn war der alte geblieben. Am Ende legte ich ihr den alten gelbroten Schwimmreifen aus meiner Kinderzeit unter, den ich in einen Kopfkissenbezug gesteckt hatte. Das schwächte den Druck etwas ab. Mutter sagte, das macht man so im Altenheim, wo sie ein bißchen gearbeitet hatte, als sie jung war.

Ich saß mit meiner Hardangerstickerei in ihrem Schaukelstuhl, während ich all die wohlbekannten Geräusche hörte und das Haus plante, das Nils-Jan und ich im nächsten Sommer bauen würden. Bis zum Herbst sollte es fertig sein, mein lieber kleiner Jakob. Dort hätten wir gewohnt, du und ich und dein Vater, in einem eigenen Haus auf einem Grundstück, das ich vom alten Jakob als kleines Mädchen geschenkt bekommen hatte.

Damals wußte ich nicht, daß du schon auf deinem Platz warst in meinem Bauch, denn Mathilde gab mir so viel zu denken, und ich bemerkte gar nicht, daß ich über die Zeit war. Merkwürdig, sich vorzustellen, daß du schon da warst, ein winziges Leben, das noch nicht einmal begonnen hatte, mir dieses schreckliche morgendliche Erbrechen zu bescheren, unter dem ich in den ersten Monaten der Schwangerschaft so sehr litt.

Du kleiner Schuft hast mir ganz schön zugesetzt – aber es war die Beschwerden wert.

Ich wäre so unendlich glücklich gewesen, wenn alles so gekommen wäre, wie ich es mir vorstellte, als ich auf Mathilde aufpaßte und träumte. Nein, ich träumte nicht. Ich war sicher, daß mein Leben so verlaufen würde, mit Trauung im Juni und einem neuen Haus, noch ehe der Winter kommen würde. Und mit Nils-Jan, der zum ersten Mal seit mehreren Jahren nicht beim Walfang, sondern zu Hause sein würde. Er sollte bis zum Herbst auf die Landwirtschaftsschule gehen. Wie konnte mir das Leben so etwas antun! Wie konnte es *ihm* so etwas antun? Manchmal weiß ich nicht, was schwerer zu ertragen ist: ihn verloren zu haben oder die Trauer darüber, daß er nichts mehr erleben wird. Ich erinnere mich an seine übermütige Bewegung, als wir im letzten Sommer über die Au nach Hause gingen, während Mathilde noch auf ihrem Platz hier im Schaukelstuhl saß. Jedenfalls glaubten wir, sie säße hier. Wir sahen, wie die Gardine sich bewegte, und dachten uns unseren Teil, als wir Hand in Hand durch das taunasse Gras liefen. Dein Vater griff mich um die Taille und schwenkte mich in einem wilden Tanz herum, bis wir alle beide in das duftende, nächtlich feuchte Gras fielen.

Zu meinem: »Hör auf, Nils-Jan! Mathilde kann uns sehen!« lachte er nur – nicht boshaft, denn er hatte sie wirklich gern, nein, sein Lachen war nekkend und unbekümmert.

»Laß sie's doch sehen. Mathilde war ja nie jung und verliebt!«

Und dann lachten wir beide über die absurde Vorstellung von einer jungen und verliebten Mathilde. Wir wußten ja nichts von ihrer Jugend, das wenige, was uns zu Ohren gekommen war, nahmen wir nicht ernst. Es war irgendwie undenkbar, daß Mathilde das gleiche erlebt haben sollte wie wir.

Wir lachten beim Gedanken daran, wie sie mit zusammengekniffenen Augen hinter der Gardine in ihrer Kammer stand, an ihren straffen Haarknoten, der vor Entrüstung beben konnte, wenn sie von anderen Jugendlichen berichtete. Nils-Jan ahmte ihre barsche Stimme nach, wenn sie das sonntägliche Frühstücksei köpfte – exakt viereinhalbe Minute gekocht, da war sie sehr genau – und eine harsche Bemerkung über diesen oder jene fallenließ, den sie am Abend zuvor über die Au hatte rennen sehen. Er schürzte die Lippen wie sie und sah so verschmitzt maliziös aus, daß ich laut auflachte.

»Du siehst ihr ähnlich, Nils-Jan, du ähnelst Mathilde! Du wirst mal genauso zimperlich und mürrisch wie sie, wenn du alt bist!«

Da lachte er gutmütig und antwortete: »Jaja, irgend jemandem muß ich ja ähneln. Mathilde ist vielleicht nicht das schlechteste.« Bei wenigen Gelegenheiten konnte ich anhand solcher Bemerkungen in seiner Stimme Bitterkeit ahnen. Dachte er an seinen Vater? Oder vemißte er manchmal seine Mutter? Ich fragte nie. Dachte wohl auch nicht daran, daß er nicht auf Ås geboren war. Noch ehe ich fünf Jahre alt wurde, war er ein Teil meines Lebens geworden, und er würde es für immer sein.

Das glaubten wir beide, als wir auf dem Rücken

lagen und zu den Sternen schauten, die an dem immer heller werdenden Sommerhimmel verblaßten. Oft lagen wir da, bis es fünf Uhr geworden war und Nils-Jan direkt in den Viehstall mußte. Ob Ragnhild und Lars etwas von uns mitbekommen haben – gesagt haben sie es nie.

Und Mathilde klatschte nie über uns. Aus dem einen oder anderen Grund waren wir beide uns da ganz sicher.

62

Du kleiner Strolch hast uns die ganze Nacht hindurch wach gehalten. Das ganze Haus war bis früh auf den Beinen, und das allein deinetwegen. Nein, mein armer kleiner Liebling, deine Mutter ist ja selbst schuld. Ich war dumm und habe mich vergessen, und dein kleiner Bauch hat dafür büßen müssen.

Gestern sind wir beide, du und ich, fast den ganzen Tag draußen in der Sonne gewesen. Es ist richtig Sommer, mit Feld- und Wiesenblumen im Überfluß, es fehlen nur noch die blauen Glokkenblumen. Auch die kommen bald, und dann ist im Grunde der schönste Teil des Sommers für dieses Mal schon wieder vorüber.

Auf Mathildes Erdbeerbeet, unten an dem sonnigen Hang beim Spielhaus, waren die ersten Erdbeeren reif. Wie unermüdlich sich Mathilde um ihr Erdbeerbeet kümmerte! Wie sie diese wenigen Quadratmeter jätete und wässerte und pflegte, so wie sie es mit allen Blumen und Beerensträuchern tat. Mathildes Blumenbeete waren sprichwörtlich, und von ihren schwarzen und roten Johannis- und Stachelbeeren hatte sie in all den Jahren so reichlich, daß sie sie im ganzen Ort verteilte.

Ich fürchte, daß in diesem Frühjahr und Sommer sowohl der Garten als auch die Beerensträucher vernachlässigt worden sind, und die Erdbeerpflanzen mußten zwischen Quecken und Gänsefuß zurechtkommen, so gut sie konnten. Sie haben überall Stecklinge gebildet und sind insgesamt ziemlich dürftig, aber tragen tun sie schon, wenn auch wohl weniger als im letzten Jahr.

Während du im Schatten im Wagen lagst, den du von Ingers Mädchen geerbt hast, und mit deinen nackten Beinchen unter dem Insektennetz strampeltest, habe ich versucht, ein bißchen zu jäten. Im übrigen schläfst du zur Zeit meistens, du bist so ein lieber kleiner Junge, den man nur liebevoll versorgen muß, dann trinkt er und schläft und ist vollkommen zufrieden.

Heute nacht also hast du Ärger gemacht, weil deine Mutter so dumm gewesen ist und zu viele Erdbeeren in sich hineingestopft hat, während sie jätete. Mutter hatte mich gewarnt, daß ich, solange ich stille, vorsichtig sein solle mit Erdbeeren und Kohl und ähnlichen Dingen, aber ich habe überhaupt nicht mehr daran gedacht. Die Sonne wärmte mir so schön den Rücken, und ich genoß das Gefühl, wieder Erde zwischen den Fingern zu spüren.

Ich glaube, ich werde mich mehr an der täglichen Arbeit auf dem Hof beteiligen. Etwas zu tun zu haben hilft mir, merke ich. Die Heuernte ist demnächst in vollem Gang, und da wird zweifellos jede Hand gebraucht. Du kannst ja in deinem Wagen im Schatten liegen und schlafen, während ich beim Heuen helfe. Mir ist das Heuen die liebste von allen Arbeiten. Es gibt nichts Schöneres als den Duft von frisch gemähtem Gras.

Als Nils-Jan und ich klein waren, war es unsere Aufgabe, für die Schnitter die Getränke zu holen. Das war, ehe wir groß genug waren, um die Heufuder festzutrampeln. Selbst wenn wir hier auf Ås schon früh einen Traktor bekamen, wurde der größte Teil der Heuernte mit Pferd und Wagen eingebracht. Einige der Wiesen sind so steil, daß Lars fand, die Arbeit sei mit Traktor und Mähmaschine zu mühselig.

In der Regel durfte eines der großen Kinder von Rønnigen das Heu festtrampeln. Egal wieviel dein Vater und ich quengelten, Lars wollte uns nicht oben auf den Heuwagen lassen. Er hatte Angst, daß wir uns nicht gut genug vor den Heugabeln, die zum Beladen benutzt wurden, vorsehen könnten. Oh, wie wir Kåre oder Inger oder Kjell-Arne beneideten, wenn sie geschäftig im Heuwagen herumsprangen und trampelten und die großen duftenden Heufuder zurechtlegten, die eines nach dem anderen von den Heugabeln der Erwachsenen zu ihnen hochschwebten. Schon so groß und so geschickt! Und wie ungeduldig wir waren, endlich groß zu werden. Ich fürchte, in den Jahren, als wir groß genug waren, da sind wir nicht mehr so eifrig gewesen!

Damals konnten wir uns gar nichts Tolleres vorstellen. Wir quengelten und waren im Weg und wurden ausgeschimpft, aber wir durften jedesmal das letzte halbe Fuder, das am Ende übrigblieb und nicht weiter als bis zum oberen Rand der Gitterstäbe reichte, festtrampeln.

Und hin und wieder durften wir auf dem Heimweg oben auf dem Heu sitzen, nicht zu oft, weil die Arbeit für die Pferde, auch ohne noch Kinder mitzuschleppen, wahrhaftig anstrengend genug war. Manchmal durften wir doch oben auf dem duftenden Heu liegen und uns an der Stange festhalten. Ich frage mich, ob du, mein Kleiner, das erleben wirst, oder ob die Mähmaschine die Arbeit ganz übernommen haben wird, bis du groß bist.

Auf dem Hof mußten wir Mathilde zum Brunnen ganz unten im Garten folgen. Mit gebührendem Abstand sahen wir zu, wie sie den schweren Brunnendeckel mit den quietschenden Scharnieren anhob und den Fünflitereimer mit dem Johannisbeersaft hochzog. Der hing zum Abkühlen unten in dem kalten, dunklen Brunnen mit dem pyramidenfömigen Brunnenhaus darüber, zusammen mit einem oder mehreren Milcheimern, denn das war noch, ehe der Kühlschrank in unserer Küche Einzug hielt. Wie immer schimpfte Mathilde vor sich hin: »Kinder, seid vorsichtig mit dem gefährlichen Brunnen!« Als ob wir das nicht selber wüßten!

Dann trugen wir den Safteimer zwischen uns zur Scheunenauffahrt und wurden auf den leeren Heuwagen gehoben, wenn er aus der Scheune heruntergefahren kam. Wir saßen ganz hinten im Wagen mit dem Eimer zwischen uns und lehnten unsere von der Sonne gewärmten Beine gegen das eiskalte, nasse Metall und bekamen von dem Kälteschock einen Schluckauf. Den ganzen Sommer lag über der Bräune unserer Haut ein weißer Schleier, und wir amüsierten uns damit, unsere Finger naßzumachen und Buchstaben darauf zu malen, er bei mir und ich bei ihm.

Wie oft habe ich wohl seine Finger auf meiner Haut gespürt und auf wie viele verschiedene Arten? Wie tief kann man um einen anderen Menschen trauern? Was würde ich nicht dafür geben, nur noch ein einziges Mal dieses Lustgefühl zu spüren, wenn meine Haut unter seinen geschickten Fingern eine Gänsehaut bekommt.

Ein Spiel haben wir, als wir klein waren, besonders geliebt. Wir spielten auf dem Rücken des anderen Frühjahrsbestellung. Pflügen, eggen und einsäen und plattwalzen, rauf und runter auf dem Rücken, erst er auf meinem und dann ich auf seinem. Oder, als wir größer waren und Schreiben gelernt hatten, malten wir Buchstaben und mußten dann die Botschaft erraten. Ich kann noch heute das Gefühl seiner Handfläche spüren, wenn er das Geschriebene wieder »auswischte«, um es noch einmal zu schreiben.

Wir amüsierten uns mit diesem Spiel in unserer letzten Nacht in Jakobs Scheune im vorigen Herbst, aber da endete das Spiel ja auf eine ganz andere Weise als in unserer Kindheit. Ich denke gerne, daß wir dich, Klein Jakob, vielleicht in dieser unserer allerletzten Nacht zeugten, obwohl ich weiß, daß es wahrscheinlich früher war. Als ob du sein letztes Geschenk an mich seist.

Du schläfst jetzt genauso unschuldig in meinen Armen wie er in jener Nacht. Heute sind wir alle nach der Versorgung des Viehs wieder ins Bett gegangen, etwas, das wir nicht oft tun, nicht einmal sonntags. Diese Nacht ist für uns alle drei aufreibend gewesen, nicht deinetwegen, auch wenn dein heftiges Schreien der Auslöser war.

Stundenlang hast du gebrüllt und geschrien, zuerst hier in der Kammer, wo ich verzweifelt versuchte, dich zu beruhigen, und dann draußen in der Küche. Natürlich waren sowohl Ragnhild wie Lars auf den Beinen. Wir kochten Kaffee und spazierten abwechselnd mit dir auf und ab.

Ich glaube, es war, weil du so gequält gewirkt hast – daß eine gewöhnliche Kolik eine solche verzweifelte Reaktion hervorrufen kann! Das und die Hilflosigkeit, die wir alle spürten, weil es uns nicht gelang, dich zu trösten, trugen wohl dazu bei, daß Lars zusammenbrach. Dieser riesengroße, unerschütterliche Mann lag plötzlich über dem Küchentisch und weinte so heftig, daß der Tisch bebte.

Und da spürten Ragnhild und ich, daß es für Lars vielleicht am allerschlimmsten ist, auch wenn er es am wenigsten gezeigt hat. Oder vielleicht gerade deshalb. Wir haben doch gejammert und geweint und geredet. Tage- und nächtelang geredet und geredet, während Lars wie ein stummer Schatten umherging, mit Augen wie schwarze Brunnen von eingesperrter Verzweiflung, das sehe ich jetzt im nachhinein.

Er hat so wenig gesagt, als er mit seinem einzigen Sohn im Sarg im Winter nach Hause kam, so wenig von dem berichtet, was eigentlich geschehen war. Was geschehen war, wußten wir ja, aber wie er es empfand, davon hatten wir keine Ahnung. Vermutlich hatten wir mit unserer eigenen Trauer genug zu tun, Ragnild und ich.

Lars war es, der in diesen zwei schrecklichen Tagen an Nils-Jans Bett gesessen hat, nachdem sein Blinddarm geplatzt war. Was ihm fehlte, wußte ja keiner, nur daß es ernst war und schmerzhaft, das begriffen alle, die ihn sahen. Der Arzt getraute sich nicht zu operieren, und das Schiff wurde nach Kapstadt beordert, aber dein Vater starb, noch ehe sie an Land gehen konnten.

Ach du dummer, tapferer Nils-Jan, warum hast du nichts von deinen Leibschmerzen gesagt! Warum bist du bleich und still umhergeschlichen, ohne Lars etwas zu sagen! Weil ihr nach dem schlechten Saisonstart endlich Wale gesichtet hattet?

Lars wird niemals eine Antwort bekommen auf die Fragen, die er in der Nacht über dem Küchentisch unter Schluchzen hervorstieß, die Arme hilflos über dem Kopf. Keiner von uns wird die Antworten je bekommen. Und wahrscheinlich wird Lars niemals mehr aufhören, sich Vorwürfe zu machen, weil er nichts gemerkt und unternommen hat.

Wie konnte uns so etwas geschehen? Manchmal beneide ich Menschen, denen es geht wie meiner Mutter. Sie sehen einen Sinn selbst in den bedeutungslosesten Sachen. In allem, was geschieht, sehen sie einen höheren Sinn, eine Vorsehung, und es scheint ihnen Trost zu geben. Wir anderen müssen zusehen, wie wir zurechtkommen.

Es ist jetzt so dunkel um mich, mein Jakob. Ich liege mit dir im Arm in Mathildes Bett und weiß nicht, wie ich es schaffen soll, das alles zu ertragen. Gibt es keinen Ausweg? Mir ist, als wäre ich in einen pechschwarzen Raum eingeschlossen, aber wenn du die Augen aufschlägst und mich anlächelst, wie du es gerade tust, dringt der allererste, klitzekleine Streifen von Morgenlicht in mein Dunkel ein.

63

Was auch in meinem Leben noch geschehen mag – nein, ich glaube im übrigen eigentlich nicht, daß noch viel geschehen kann. Hätte ich nicht dich, würde ich unter Umständen so denken, wie Mathilde es vielleicht tat, daß nämlich der Rest nur noch Zeit ist – Zeit, Träume und Bitterkeit.

Was auch geschehen mag, immer wird mir dieses Jahr als das sonderbarste meines Lebens vorkommen – und das traurigste, vermute ich, wie sollte ich sonst leben.

Wir beide sitzen an der sonnenbeschienenen Wand von Jakobs Scheune. Am Vormittag war es grau und regnerisch, aber in diesem Moment bricht die Sonne durch die graue Wolkendecke, so daß die kleinen Regentropfen überall glitzern. Du hast gerade etwas zu essen bekommen, und jetzt sollst du in der wunderbaren Tragetasche, die Inger mir geliehen hat, schlafen. Ich habe dich darin über die Wiese getragen.

Von den nassen Gräsern ist mein Rock am Saum tropfnaß, aber die Luft hat so etwas Wunderbares, frisch Gewaschenes und die Wiese sieht so schön aus, daß man weinen könnte. Gelbe Butterblumen nicken Seite an Seite mit Margeriten und roten Lichtnelken, über ihnen schweben die Blüten des Wiesenkerbels wie hauchdünne Wolken.

In den schweren Köpfchen des Klees hängen die Hummeln, und bestimmt wird ihnen von all dem Nektar ganz schwindlig. Jedenfalls wirken sie, als irrten sie ziemlich planlos umher. Eine von ihnen ist gerade hier gewesen und hat ein bißchen an dir und mir geschnuppert, als ob wir etwas wären, woran man sich berauschen könnte.

Die Katzenpfötchen blühen in diesem Jahr besonders schön, ich kann mich nicht erinnern, sie je so gesehen zu haben. Ihre runden rosa Blüten sind wie kleine Polster und so groß wie deine Zehen und ebenso weich und schön anzufühlen. Sie wachsen dort drüben auf dem kahlen Felsrücken, wo der Heckenrosenstrauch steht. Er blüht jetzt. Ich werde mir einige der zarten hellrosa Blüten pflücken, auch wenn die Blütenblätter beinahe sofort abfallen.

Sicher war der frühe Sommer schön, aber ich muß gestehen, daß ich davon nur wenig mitbekommen habe. Das Frühjahr erinnere ich nur vage als kalt, naß und unendlich traurig. Ich war mit dir im siebten Monat, als dein Vater starb, und von den letzten Wochen der Schwangerschaft erinnere ich mich nur an Tränen, Tränen und nochmals Tränen.

Die Schneeschmelze setzte mit Regen ein, und draußen in der Natur strömte das Wasser hinab, während drinnen meine und Ragnhilds Tränen ebenso unablässig herabströmten. Lars kam mit dem Sarg nach Hause – man hatte ihn mit dem Flugzeug von Kapstadt heimgeschickt –, und als sie ankamen, begannen Ragnhild und Mutter alles für das Begräbnis zu richten. Ich habe mich um gar nichts gekümmert.

Ab und zu ging ich spazieren, nicht weil ich wollte, sondern weil Mutter mich zwang, aufzustehen. Da suchte ich alle unsere Plätze auf. Meine Erinnerungen an Nils-Jan liegen in allem, in kleinen Büschen und Steinen, in Bächen und Bäumen und Felskuppen. Meine gesamte Kindheit ist so fest mit ihm verknüpft, und nun ist er fort. Meine schöne, sorglose Kindheit nahm er mit sich, als er starb. Liebster, wie konntest du das tun!

Das allerschlimmste an der Trauer ist wohl das

Wissen darum, daß man wohl nie, nie wieder richtig froh sein kann. Die reine, klare Lebensfreude, die mich einfach erfüllte, ohne daß ich weiter darüber nachdachte, weißt du, mein kleiner Jakob, die werde ich niemals wieder spüren.

Ich werde ein ganzes langes Leben leben, ohne jemals wieder echte, ungetrübte Freude zu empfinden. Denn so ist es ja wohl? Sogar die Freude über dich wird immer einen wehmütig-traurigen Schatten haben. Du schaust, und du schaust mich an. Kannst du dich an deiner sonderbaren, traurigen Mutter nicht satt sehen?

Harriet sagte gestern etwas zu mir, aber ich glaube ihr nicht. Sie sagte: »Du wirst wieder fröhlich sein, Solfrid, in einigen Monaten oder Jahren. Zuerst nur ein klein wenig, fast schuldbewußt, als ob du dich schuldig fühltest, weil du lebst und er tot ist. Oder als ob es schlecht von dir sei, die tiefe Trauer zu beenden.« Sie sagte, das erste Jahr sei das Schlimmste, weil alles das erste Mal sei: das erste Weihnachtsfest und der erste Geburtstag. Die erste Rückkehr aus der Walfangsaison, ohne auf jemanden zu warten. Beim nächsten Mal tut es ein bißchen weniger weh, sagte sie, und Harriet hat sich nun wirklich Gedanken um die Trauer gemacht.

Lange schon wollte ich dir die Geschichte von Harriet Lund erzählen, aber ich habe es bislang nicht getan, weil sie so traurig ist. Sie hat noch mehr Trauriges erlebt als ich, und dennoch sah sie so jung und fröhlich aus, als sie gestern zu Besuch bei uns in unserer Kammer war. – Hast du gehört, jetzt habe ich *unsere* Kammer gesagt und nicht Mathildes!

Du betrachtest mein Gesicht so eingehend, als ob du auch nicht das kleinste Detail verpassen wolltest, und du lauschst auf meine Stimme, als ob du jedes Wort verstündest, das ich sage. Dabei ist das Lächeln, das manchmal rasch über dein Gesicht huscht, so fehl am Platze, daß du mich nicht an der Nase herumführen kannst.

Deine Augen sind von tiefem Dunkelblau, sie glänzen unglaublich. Noch haben ihnen weder Freude oder Trauer Ausdruck verliehen. Wenn du mir etwas schickst, das einem Lächeln ähnelt, ist das oft nur, weil du ein diffuses Behagen verspürst, das ist mir schon klar, aber trotzdem wirkt es ab und zu so, als lächeltest du zu meinen Geschichten. Doch wenn du weinst, kann dich nur meine Brust beruhigen.

Für mich ist es unfaßbar, daß alle meine Geschichten, die frohen und die traurigen, diese ganze Welt, einmal in deinem winzigen Köpfchen Platz haben sollen! Das so unendlich weich auf meiner Handfläche ruht, wenn ich jetzt vornübergebeugt auf Jakobs alter wackliger Holzbank sitze, die Arme ruhen auf den Schenkeln, und ich wiege dich, wie mein Vater es mit mir machte, als ich klein war. Er hielt mich so, bis ich groß war, und ich kann mich noch heute an das Gefühl erinnern, wie mein Hinterkopf in der runden Schale ruhte, die seine Hände formten, und ich kann mich an Wörter und Melodien seiner unzähligen Lieder erinnern, viele davon selbstgedichtet und natürlich über mich. Über ihn und mich. Ich habe auch schon angefangen, dich auf die gleiche Weise zu wiegen, und es scheint, als magst du das.

Jetzt siehst du aus, als würdest du jeden Moment einschlafen. Wenn du müde wirst, fangen deine Augen an, über Kreuz zu blicken, aber Mutter sagt, daß du nicht schielen wirst. Du würdest ein prächtiger Bursche werden, sagt Mutter. Jetzt kannst du schlafen, währenddessen erzähle ich dir die traurige Geschichte von Harriet Lund.

64

In dem Jahr, als ich geboren wurde, brachte man Peder Lund bewußtlos von den Walfanggründen nach Hause. Er war von einer der Stahltrossen am Kopf getroffen worden. Alle glaubten, er würde sterben, aber nachdem er beinahe zwei Monate im Krankenhaus im Koma gelegen hatte, wachte er wieder auf. Da hatte er nicht mehr Verstand als seine zweijährige Tochter. Harriet nahm ihn mit nach Hause, und in all diesen Jahren ist er ihr wie ein großer Teddybär gefolgt. Wenn man ihn anspricht oder streichelt, lächelt er blöde und wiegt sich heftig hin und her, aber es kommen nur unverständliche Laute, und wenn er nicht bekommt, was er will, kann er sehr schwierig werden.

Ich habe ihn ja vorher nicht gekannt, aber die Erwachsenen sagen, daß Peder ein gutaussehender Mann war. Er saß in der Gemeindevertretung und war aktiv und in vielerlei Hinsicht geschickt: »Sollte mich nicht wundern, wenn Peder Gemeindevorsteher geworden wäre«, sagt Vater. Daß er ein stattlicher Mann war, kann man noch heute sehen.

Peder arbeitete mit Trabrennpferden und wollte nur die eine oder andere Saison beim Walfang mitmachen, um Geld für einen Zuchthengst anzusparen, aber mitten in der vierten Saison kam er mit dem Krankentransport heim, und seither war er das, was er heute ist: ein lallendes, sabberndes, hilfloses, riesengroßes Kind, mit dem Harriet alle Hände voll zu tun hat.

Ihre kleine Tochter Åshild war ein niedliches Kind mit blonden Locken und braunen Augen. Ich kann mich an sie erinnern, sie ertrank im Fluß, als sie sechs Jahre alt war.

Man sagt, damals hätte Harriet beinahe den Verstand verloren. Vater war es, der Åshild fand, er hatte mitgeholfen, den Fluß abzusuchen. Das Unglück passierte im Frühjahr, ehe die Walfänger nach Hause gekommen waren, und deshalb gab es im Ort nur wenige Männer. Aber die, die da waren, suchten gemeinsam mit den Frauen, als Åshild verschwunden war, und als sie den kleinen Roller am Flußufer fanden, war sofort klar, was passiert war.

Der Fluß war von der Schneeschmelze geschwollen, aber Åshilds kleiner Körper hatte sich an den niedrigen Zweigen einer Schwarzerle verfangen, sonst wäre sie vermutlich bis nach Gogsjø hinausgetrieben und vielleicht erst viele Wochen später gefunden worden.

Vater hat so gut wie nie über das Geschehene gesprochen, aber das Erlebnis hatte ihn so tief beeindruckt, daß er nachher nie mehr im Fluß gebadet hat, auch nicht in der Kjønna. Er, der stets so lebenslustig und fröhlich war, wurde stiller, und er weigerte sich mitzugehen, wenn die Leute aus dem Ort zum Johannivergnügen nach Kjønna zogen. Er schob vor, er müsse zu Hause bleiben bei Mutter, und ließ mich mit Ragnhild und Lars hingehen. Nils-Jan und ich rannten so ausgelassen … nein, jetzt will ich nicht an Nils-Jan denken!

Mir scheint, man könnte daran zerbrechen, wenn man sich diese grenzenlose Verzweiflung Harriets vorstellt, als Vater mit ihrer toten kleinen Tochter auf seinen Armen kam. Ragnhild sagt,

Harriet habe so geschrien, daß sie, Ragnhild, noch Jahre später nachts mit Harriets Schrei im Ohr hochschreckte. Und bestimmt ist sie nicht die einzige, der es so ging.

All die Trauer, der Harriet keinen Ausdruck verleihen konnte, als sie ihren Mann verlor – denn sie hat ihn ja verloren und bekam ein lallendes Kind dafür –, all diese Trauer erreichte ihren Höhepunkt, als sie ihr einziges Kind verlor.

Auch wenn du schläfst, mein kleiner Jakob, muß ich dich jetzt hochnehmen, denn den Gedanken, ich könnte dich auch verlieren, kann ich nicht aushalten. Ich halte dich so fest, wie es irgend geht, und schluchze in deinen warmen, weichen und nach Milch duftenden Nacken: »Lieber Gott, lieber Gott im Himmel, du mußt *mich* vor Jakob sterben lassen. Eine Trauer wie die von Harriet könnte ich nicht ertragen.«

Als Harriet gestern hier war, schien sie fröhlich zu sein. Um meinetwillen war sie traurig, natürlich, und wie alle anderen aus dem Ort trauert sie um Nils-Jan, aber die Freude, die aus ihren Augen strahlte, konnte sie nicht verbergen. Freude und Verliebtheit.

Denn sie hatte Lyder bei sich, wie sie ihn nennt, und seine beiden Töchter. Für mich wird er wohl nie Lyder sein, denn ich habe mir angewöhnt, an ihn als Lehrer Halvorsen zu denken, oder einfach nur als Lehrer.

Ich hatte die Schule schon abgeschlossen, als er vor einigen Jahren in den Ort kam, zur gleichen Zeit, als im Nachbarort die neue Nervenklinik eröffnet wurde. Sie war der Grund, warum er sich hierher versetzen ließ. Er kam von einer kleinen Insel der Lofoten, deren Namen ich vergessen habe.

Die Zwillinge sind sechs oder sieben Jahre alt, und man mag kaum glauben, daß sie Geschwister sind, so wenig ähneln sie sich. Bei ihrer Geburt ging etwas schief, und seine Frau glitt in eine Art Koma, aus dem sie nie wieder richtig erwachte. Sie erwachte schon, nur so ähnlich wie Peder, und sie war wohl noch hilfloser als er.

Eigentlich sollte sie wohl nicht in einer Nervenklinik, sondern in einem Pflegeheim untergebracht sein, aber Halvorsen wollte gerne, daß sie in diese neue Einrichtung kommt. Ich glaube, er hatte die wenn auch winzige Hoffnung, daß ihnen ein Wunder widerfahren könnte. Es heißt, die Klinik hier sei die neueste und modernste des Landes für Nervenkrankheiten. Ich hatte mir vorgenommen, dort zu arbeiten, aber dann hast du dich angemeldet und den Plänen ein Ende gemacht.

Du bist ein bißchen unruhig geworden, sicher sollte ich dich jetzt wieder in die Tragetasche legen und nicht länger auf dem Arm halten. Mein lieber kleiner Jakob, wann werde ich von dieser ängstlichen Unruhe loskommen, auch dich noch zu verlieren?

Halvorsens Frau war nur ein Jahr lang in der Nervenklinik, dann starb sie an einer Lungenentzündung. Da hatte sich Harriet Lund endlich überreden lassen, Peder probeweise dort unterzubringen, zuerst nur zur Entlastung an den Wochenenden. Als sehr bald jedoch deutlich wurde, daß er sich dort genauso wohl fühlte wie zu Hause, zog er ganz dorthin. Nun sitzt er dort unten im Tagesraum und wiegt sich hin und her. Zwar freut er sich, wenn Harriet kommt, aber sie ist sich nicht immer sicher, ob er sie erkennt, denn inzwischen trottet er ebenso gerne hinter den Schwestern her wie hinter ihr.

Und dann, im letzten Frühjahr, wurde es für die Außenstehenden deutlich, daß sich da etwas angebahnt hatte zwischen Lyder Halvorsen und Harriet. Wenn man auf der Straße vorbeiging, konnte man sehen, wie die beiden auf der Bank zwischen den prächtigen Pfingstrosen saßen und Kaffee tranken, während die Zwillinge im Garten spielten. An den Abenden begleitete Harriet sie zu ihrer Wohnung, und nach und nach bemühten sich die beiden auch nicht mehr, so zu tun, als ob Harriet zu einer anständigen Zeit nach Hause ginge. Jetzt ist er mit den Töchtern auf Lund eingezogen. Anfangs gab es schon einen gewissen Aufstand deshalb, aber wirklich darüber entrüstet ist eigentlich nur Mutter. Mutter und vielleicht die Schulverwaltung.

Mutter ist schon sonderbar. Ich glaube zwar, daß sie es Harriet gönnt. Nur scheint sie irgendwie finden zu müssen, es sei Sünde, wenn die beiden unverheiratet zusammenleben. Harriet hat sich aber nicht scheiden lassen wollen, bestimmt denkt sie, daß sie in gewisser Weise Peder damit im Stich ließe. Vielleicht kann sie das nach und nach anders sehen. Vielleicht muß sie sogar, wegen des Lehrers. Die Schulverwaltung sieht so etwas sicher nicht so gern.

Ich glaube, Mutter hofft, daß sie heiraten, denn wenn sie auch sagt, nach Gottes Wort sei es verkehrt, sich nach einer Scheidung wieder zu verheiraten, so sei es noch schlimmer, »in Sünde zu leben«.

Meine sonderbare, dumme Mutter! Manches Mal verstellt dir deine Bibeltreue den Blick für die Realitäten, scheint mir, aber ich sage das nicht. Schon lange habe ich aufgehört, solche Sachen mit dir zu diskutieren. Außerdem weiß ich aus Erfahrung, daß du dich mit einer Situation anfreunden kannst, wenn du nur genug Zeit bekommst. Und eines: Du hast Harriet gegenüber nie auch nur ein Wort verloren. – Die Schulverwaltung im übrigen auch nicht, bisher.

Daß Harriet und Halvorsen einander guttun, ist unschwer zu sehen. Und die Mädchen, die beinahe zu unbändig waren, sind ruhiger geworden und haben sich Harriet auf rührende Weise angeschlossen. Sie hängen ihr an den Rockschößen und haben sogar angefangen, Mutter zu ihr zu sagen, das hörte ich gestern. Und auch ihre Kleidung ist jetzt, seit Harriet das Zepter übernommen hat, so ordentlich. Das gilt im übrigen auch für den Lehrer, und er sieht aus, als gefiele ihm das sehr.

Ach ja, es ist schön, sie so froh zu sehen, sie, die so tapfer und stark jahrelang einen Kummer getragen hat, der kaum vorstellbar ist. Vielleicht kann sie noch ein Kind bekommen, ich glaube nicht, daß sie schon zu alt dafür wäre. Einen Spielkameraden für dich, mein Kleiner, sollen wir Harriet und uns den wünschen?

65

Ich sitze auf Jakobs alter Holzbank, auf der er so oft gesessen hat. Sie besteht nur aus einer Bohle mit vier ziemlich provisorischen Beinen, und Wind und Wetter haben sie nicht geschont. Der alte Jakob saß hier oft mit seiner Pfeife, wenn Nils-Jan und ich über die Au gelaufen kamen. Jakob war schon weit über neunzig, als er starb, in dem Sommer, in dem ich zehn Jahre alt wurde. Jeden Tag, wenn das Wetter es einigermaßen zuließ, machte er seinen morgendlichen Spaziergang über die Felder zur Scheune und saß dann eine Stunde oder zwei mit seiner Stummelpfeife an der Sonnenwand. Mit uns Kindern war er immer ganz geduldig, hörte uns zu und erzählte uns Geschichten von früher. Im Frühling schnitzte er uns Weidenflöten, niemand schnitzte sie so, daß sie solch wunderbare Töne gaben, wie Jakob. Er lehrte uns auch die Kunst, mit leichtem Schlag des Messergriffs an einer bestimmten Stelle der Weidenrinde diese zu lösen, zwischendurch nahm er sie in den Mund und feuchtete sie mit Spucke an. Mir gelang das nie, aber dein Vater hatte es bald raus.

Stell dir vor, wenn er dich in einigen Jahren mit hinunter zum Bach nehmen würde und geeignete Rindenstücke für Weidenflöten für dich gefunden hätte. Nein, ich darf nicht so denken. Ich darf nicht länger immerzu an all das denken, was er nicht erleben wird, all das, was wir nicht zusammen erleben werden.

Das Leben muß weitergehen, mein Mädchen, sagt Mutter. Sie hat angefangen, ein bißchen mit mir zu schimpfen, wenn ich zu mutlos bin, und das tut mir gut. Sonderbar zu erleben, wie Mutter inmitten all dieser Merkwürdigkeiten jetzt diejenige ist, die stark ist, sie, die immer so abhängig war von Vater und mir.

Im Herbst, als ihr klar wurde, daß ich ein Kind bekommen würde, da legte sie sich eine Zeitlang ins Bett, das hat sie nicht mehr getan, seit ich ein kleines Mädchen war. Sie fand es so beschämend, daß ich gezwungen sein würde, zu heiraten. Ja, auch ich war nicht besonders froh, als ich merkte, daß du im Anmarsch warst, auch ich nicht, mein Jakob, das muß ich zugeben. Ich sollte doch eine Junibraut sein mit weißem Kleid und Schleier, mit kirchlicher Trauung und großem Fest auf Ås mit hundert Gästen. Bei uns zu Hause hätten wir nicht einmal für ein Drittel Platz, so daß Ragnhild fest entschlossen war, das Hochzeitsfest auszurichten, so wie Mathilde bei ihr.

Sonderbar, wenn ich bedenke, daß du unehelich geboren bist, genau wie dein Vater – und wie deine Großmutter. Aber deinen väterlichen Hof wirst du erben. Das wurde entschieden, ehe du geboren wurdest, ja ehe wir erfuhren, wie groß dein Anrecht darauf ist.

Erst nach Weihnachten fingen Ragnhild und ich an, Mathildes Sachen durchzusehen. Ich hatte versprochen, ihr dabei zu helfen. Durch Mutters Depression und meine eigene Morgenübelkeit war die Zeit so schnell vergangen, daß die Weihnachtsvorbereitungen anstanden, ehe wir hatten anfangen können. Nach den ersten drei Monaten gab sich die Übelkeit – mir scheint im nachhinein, als hätte ich mich Tag und Nacht erbrochen. Mutter kam allmählich auch wieder auf die Beine, und sie begann tatsächlich, Babysachen für ihr ungewolltes Enkelkind zu stricken, wenn auch am Anfang etwas mürrisch. Jetzt ist sie genauso verrückt nach dir wie wir anderen. Mutter ist nicht verkehrt, weißt du, wenn man ihr nur Zeit läßt, eine Situation zu akzeptieren. In diesem Frühjahr hätte ich um alles in der Welt nicht ohne sie sein mögen.

Wir fingen also erst nach Weihnachten an, Mathildes Sachen durchzusehen. Ihre Kammer war den ganzen Herbst hindurch abgeschlossen gewesen und so kalt, daß Ragnhild und ich alles zusammensammelten und nach und nach in die Küche trugen. Im Ofen bullerte es so gemütlich, und Ragnhild hatte wie üblich Kaffee gekocht.

Eine merkwürdige Sache, hinter einem Menschen, der gestorben ist, aufzuräumen. Du glaubst, du hättest den Menschen ein Leben lang gekannt, und dann entdeckst du, daß er eigentlich vollkommen fremd ist, jedenfalls ein Leben mit Sorgen und Nöten und Freuden gelebt hat, von dem du keine Ahnung hattest.

Mathilde hat immer zu meinem Leben gehört, und ich dachte, ich würde sie in- und auswendig kennen. Ihre schroffe Art gehörte ebenso zu ihr wie zu Ragnhild ihr Summen und Singen und das Ruhige und Besonnene zu Lars. Ich bin niemals auf den Gedanken gekommen, daß es dafür einen Grund geben könnte. Und es hat uns nie etwas ausgemacht, daß sie hin und wieder kurzangebunden oder verärgert war, denn sie war doch immer so gut zu uns.

Ragnhild war es, die die Photographie fand, die Mathilde in der Hand hielt, als sie starb. Die ich so gedankenlos in die Nachttischschublade gesteckt und der ich seither keinen Gedanken mehr gewidmet hatte. Wenn ich damals richtig draufgeschaut hätte, wäre vieles anders gewesen, aber ich habe es nicht getan. Dachte vielleicht, es wäre Konrad oder Kristoffer, einer ihrer Vettern. Wahrscheinlicher ist, daß ich überhaupt nicht gedacht habe. Ich sah doch, daß Mathilde tot war, und so steckte ich das Bild einfach in die Schublade und vergaß es.

Ragnhild bekam einen so komischen, verwunderten Gesichtsausdruck, als sie es aus der Schublade nahm, die sie mitten auf den Küchentisch gestellt hatte, daß ich die Kaffeetasse, die ich gerade zum Mund führte, absetzte und Ragnhild anschaute. Sie sagte kein Wort, reichte mir nur die alte bräunliche Photographie.

Dein Vater hatte sich im letzten Frühjahr, als er vom Walfang nach Hause kam, einen Bart stehen lassen. Ja, dort unten hatte er den Bart wachsen lassen, wie es die meisten zu tun pflegen, aber auf dem Weg nach Norden rasieren sie sich dann. Er hatte nach der letzten Saison einen Bart behalten, einen steifen rötlichen kleinen Bart, von dem ich nicht besonders begeistert war – er stach und kitzelte so, wenn er mich küßte.

Aber er kleidete ihn, der kleine Bart! Er sah so gut aus, dein großer schöner Vater mit dem schmalen Mund, der geraden Nase und dem witzigen Schwung der Stirn am Haaransatz. Und die Augen, die funkelnden, graugrünen Augen, die im Verhältnis zu seiner Haarfarbe und Haut so dunkel wirkten, weil sie um die Iris einen schwarzen Rand hatten. Ich fand, daß sie dadurch besonders ausdrucksvoll waren. Und dann hatte er lange dichte und dunkle Wimpern und gerade, fein gezeichnete Augenbrauen.

Er war ein schöner Mann, mein Liebster. Als Ragnhild mir das Bild aus Mathildes Nachttischschublade reichte und ich es richtig betrachtete, da war mir, als sähe ich Nils-Jan ins Gesicht.

66

Nachdem ich herausgefunden hatte, wie alles zusammenhing, habe ich darüber nachgedacht, wie es für Mathilde gewesen sein muß. Die Monate in Oslo, die Einsamkeit, die Entbehrung, die Bitterkeit über das Verlassenwerden – und dann noch ein Kind austragen, von dem sie weder etwas wissen wollte noch durfte – das muß entsetzlich gewesen sein.

Ich werde niemals den Augenblick vergessen, als du mir in die Arme gelegt worden bist, nur einige Minuten alt. Du warst ein so herziges, hilfloses Etwas mit deinem runzligen, roten Gesichtchen, daß mir schien, ich müßte schier überlaufen von einer Zärtlichkeit, von der ich vorher nicht geahnt hatte, daß man sie empfinden kann. Ich mußte da an Mathilde denken, die niemals ihr neugeborenes Kind halten durfte, ja ich weiß nicht einmal, ob sie sich das gewünscht hat.

Sie haben ihr ein Handtuch über das Gesicht gelegt. Der schwache Duft des reinen weißen Leinens schließt sie in eine eigene Welt ein und ist gleichzeitig das Signal dafür, daß bald alles vorüber ist. Sie nähert sich dem Ende der Monate in Scham, Angst und bitterer Einsamkeit. Es wird eine Erleichterung sein, diesen unbequemen Beweis von Liebe und Verrat loszuwerden, der einen immer größeren Platz in ihrem Bauch und immer mehr Aufmerksamkeit forderte. Dennoch klammert sie sich an die Schmerzen, wenn sie wie ein glühender Blitz durch ihr Rückgrat fahren, so allumfassend, so unendlich schwer, daß es nur darum geht, von Sekunde zu Sekunde zu überleben. Sie klammert sich an sie, denn in den kurzen Unterbrechungen zwischen den Wehen spürt sie die kommende Leere und ahnt, daß die noch schlimmer sein wird.

Sie beschweren sich, sie solle pressen, und sie braucht alle Sinne, all ihren Haß und ihre Bitterkeit, um dieses unerwünschte Leben aus sich herauszupressen. Nur in den kurzen, fast dösigen Pausen, wenn die Schmerzen nachlassen und sie verschwitzt und erschöpft in die Kissen sinkt, tritt vor ihren geschlossenen Augen immer deutlicher ein Bild hervor.

Sie sieht sich selbst in diesem »Heim für ledige Mütter«, wo sie den Winter zugebracht hat, im Stuhl am Fenster sitzen, eine Hand ruht oben auf ihrem Bauch, und alle Sinne sind nach innen gewandt, auf das Kind gerichtet, das unter der strammen Haut strampelt.

Bist du das, mein Kleines? Ist das ein kleiner Fuß, den ich mit den Fingern spüre? Oder deine Hand mit geballter Faust, wie ein erster Händedruck zwischen Mutter und Kind? Liegst du mit dem Kopf ganz oben unter meinen Rippen, oder hast du dich schon gedreht, um die Trennung von mir vorzubereiten? Von mir, die deine Mutter ist und nichts von dir wissen will. Wirst du mir einmal vergeben können?

In den letzten Wochen ist der Schmerz über den Verrat, die Bitterkeit über das Kind und die Angst vor der bevorstehenden Entbindung immer öfter einer widerstrebenden Erwartung gewichen. Erst nur als kurze Augenblicke, aber jetzt, ganz am Schluß, als permanenter Zustand neugierigen Wunderns und einem Gefühl von Zusammengehörigkeit mit diesem Wesen, das so heftig tritt, daß der nächtliche Schlaf gestört wird. Was willst du von mir, Kleines? Versuchst du ein Band zwischen uns zu schaffen, das nicht wie die Nabelschnur durchgeschnitten werden kann, sowie du draußen bist aus meinem Körper? Aber ich will dich ja nicht haben! Kann dich nicht haben. Schon der Gedanke ist sinnlos.

Und jedesmal gewinnt die Bitterkeit und das Gefühl der Scham und Erniedrigung – du mußt bedenken, das war 1916! Der Gedanke an das Gerede der Leute im Ort, die Sensation, das schadenfrohe Tuscheln der Freundinnen – über die tastend vorsichtigen Träume vom Kind gewinnt das alles die Oberhand. Im Dunkel der Nacht, wenn sie und es eine halb schlummernde, schläfrige Einheit bilden, die das alles beiseite schiebt, sieht sie plötzlich die zornigen Blicke ihres Vaters. Und seine gnadenlose Stimme treibt sie aus dem Bett, rastlos geht sie auf und ab, die Hände über den gewölbten Bauch gelegt, als ob sie das Kind hinauszwingen will, hier und jetzt. Ich will dieses Kind nicht! Ich kann dieses Kind nicht haben!

Sie haben ihr ein Handtuch übers Gesicht gelegt. Beim Laut des zarten kleinen Schreis schiebt sie dann doch das Handtuch zur Seite und sieht einen Augenblick lang die neugeborene Tochter, als sie der Helferin der Hebamme in die Hände gelegt wird. Das geschieht routiniert, vielleicht etwas jäh, worauf das Kind in einer reflexhaften

Bewegung hilflos mit den Armen rudert, wie es alle normalen, neugeborenen Kinder machen würden, wenn sie fühlen, die Unterlage ist nicht sicher.

Diese Bewegung, diese verzweifelte »laßt mich nicht fallen, bitte verliert mich nicht«-Bewegung wird Mathilde durch Tage und Nächte begleiten, ein ganzes langes Leben lang, bis in den Tod. Diese Bewegung und die heimlichen bitteren Tränen.

67

Es gibt nicht mehr so viel zu erzählen, mein Jakob. Als Ragnhild und ich erst einmal den unglaublichen Zusammenhang begriffen hatten, war es nicht mehr schwer, ihn bekräftigt zu bekommen. Die Heilsarmee half dabei, sie sind in diesen Dingen routiniert und wissen, wie man vorgehen muß. Die Papiere in Mathildes Truhenfach machten es noch leichter. Sie bewiesen, daß sie am 27. April von einem gesunden Mädchen entbunden worden war, dem gleichen Tag, an dem Borgny geboren wurde, und daß sie das Kind nicht behalten wollte.

Wie konnte sie es fertigbringen, es wegzugeben?

Du bist jetzt wieder wach geworden, das war nur ein kurzes Nickerchen, aber nun ist es wohl soweit, daß du tagsüber immer öfter wach bist. Ich sitze hier mit dir auf dem Schoß und schaue dich an, wie du in den Himmel blickst, und begreife ein wenig, wie schwer es für Mathilde gewesen sein muß. Ich habe dich erst seit wenigen Wochen, aber ich kann mir mein Leben ohne dich nicht mehr vorstellen.

Ich konnte mir ein Leben ohne deinen Vater ja auch nicht vorstellen, als ich im Winter in Mathildes Kammer wohnte. Ich bin dort hingezogen, um Ragnhild Gesellschaft zu leisten und um ihr auf dem Hof zu helfen. Für einen allein ist das mit all den Tieren auf Ås zuviel. Und Mutter hat ja Vater zu Hause, er ist nicht mehr draußen gewesen, seit ich ein kleines Mädchen war.

An den Winterabenden saßen Ragnhild und ich zusammen und redeten und redeten, wie phantastisch es sein würde, Nils-Jan zu berichten, wer er ist. Daß wir das nicht schreiben wollten, darüber waren wir uns vom ersten Moment an einig. So etwas kann man nicht in einem Brief schreiben. Und wir freuten uns unbändig auf sein Gesicht, wenn wir es erzählen würden.

Wir weinten um Mathilde, seine Großmutter, die nie erfuhr, daß sie es war. Sie muß doch gesehen haben, wie er nach und nach immer mehr seinem Großvater glich! Es ist unfaßbar, daß sie nichts unternahm, um etwas herauszufinden, aber sie hat wohl geglaubt, es könne nicht sein. Und wir weinten um Borgny, die nie ihre Mutter getroffen hat.

Wir lachten beim Gedanken an Nils-Jan und Lars und bei dem Gedanken an dich, Mathildes Urenkelkind, das unter meinem blaugepunkteten Umstandskleid immer größer wurde. Wir lachten und machten Pläne und dachten nicht, daß etwas passieren könnte. Durch dunkle Winterwochen hindurch schufen wir uns eine eigene sichere und vertraute Welt, in der behaglichen Küche auf Ås, wo der Ofen bullerte und die Uhr tickte, während der Wind ums Haus pfiff. Eine Welt, eingesponnen in frohe Zukunftspläne und unbekümmerte Erwartung, mit der Trauer um Mathilde als dem wehmütigen, dunkleren Hintergrund für all unsere hellen Träume. Als der Wagen des Pfarrers an einem eiskalten Vormittag im März auf den Hof einbog, kamen wir nicht auf den Gedanken, er könne in offizieller Mission unterwegs sein.

Der Rest ist nur Zeit, mein kleiner Jakob. Mein Leben ist ein Meer endloser Zeit, von der ich nicht weiß, was ich damit beginnen soll. Der Gedanke, daß ich ohne Nils-Jan leben soll, bis ich alt bin, übersteigt meine Vorstellungskraft. Ich bin erst achtzehn Jahre alt, und mein Leben scheint schon vorbei zu sein. Ist es das?

Du liegst da und schaust in den Himmel. Deine

Augen werden mit jedem Tag denen deines Vater ähnlicher. Sie spiegeln den Himmel mit seinen grauen, ziehenden Wolken, ja, und die Schwalben, die dort oben hin- und herschießen, spiegeln sich in ihnen. Sie fliegen heute höher, mein kleiner Jakob. Du wirst sehen, das Wetter wird wieder besser.

dtv großdruck

Viele schöne Tage

Ein Lesebuch

Zusammengestellt von
Helga Dick und Lutz-W. Wolff

ISBN 3-423-25126-3

Vierzehn ungewöhnliche Erzählungen von Madison Smartt Bell, Heimito von Doderer, Barbara Frischmuth, Peter Härtling, Marlen Haushofer, Franz Hohler, Hanna Johansen, Marie Luise Kaschnitz, Roland Koch, Siegfried Lenz, Margriet de Moor, Isabella Nadolny, Herbert Rosendorfer und Christa Wolf.

dtv großdruck

Lach doch wieder!

Geschichten, Anekdoten,
Gedichte und Witze

Zusammengestellt von
Helga Dick und Lutz-W. Wolff

ISBN 3-423-25137-9

Lachen und Weinen gehören zusammen, und ein bißchen Galgenhumor ist allemal besser als Selbstmitleid und Verzweiflung. Es geht uns besser, wenn wir zu den Dingen und zu uns selbst etwas Distanz haben, das zeigen Peter Bamm, Erma Bombeck, Ilse Gräfin von Bredow, Art Buchwald, Sinasi Dikmen, Trude Egger, Lisa Fitz, Axel Hacke, Ursula Haucke, Johann Peter Hebel, Elke Heidenreich, Inge Helm, Irmgard Keun, Siegfried Lenz, Christian Morgenstern, Christine Nöstlinger, Alexander Roda Roda, Herbert Rosendorfer, Eugen Roth, Hans Scheibner, Michail Sostschenko, Phyllis Theroux, Ludwig Thoma und Kurt Tucholsky.

DEADLY DEEP

The FACT ATTACK series

Awesome Aliens
Beastly Bodies
Cool Cars
Crazy Creatures
Crucial Cricket
Dastardly Deeds
Deadly Deep
Devastating Dinosaurs
Dreadful Disasters
Fantastic Football
Gruesome Ghosts
Incredible Inventions
Mad Medicine
Magnificent Monarchs
Nutty Numbers
Remarkable Rescues
Rowdy Rugby
Spectacular Space
Super Spies
Vile Vampires

FACT ATTACK

DEADLY DEEP

IAN LOCKE

MACMILLAN CHILDREN'S BOOKS

First published 1999 by Macmillan Children's Books

This edition published 2012 by Macmillan Children's Books
a division of Macmillan Publishers Limited
20 New Wharf Road, London N1 9RR
Basingstoke and Oxford
Associated companies throughout the world
www.panmacmillan.com

ISBN 978-1-4472-2444-0

1 3 5 7 9 8 6 4 2

A CIP catalogue record for this book is available from the British Library.

Printed and bound by CPI Group (UK) Ltd, Croydon CR0 4YY

DID YOU KNOW THAT . . .

The first mystery of the area which became known as the Bermuda Triangle happened in 1902, when the German cargo ship *Freya* was found abandoned and crewless.

At least 21 species of shark live in British waters, including the basking shark, the world's second largest fish, which can grow to a length of 15 metres.

4,000 sharks were caught off Britain in 1971.

A famous 'ghost ship' was found in the Bermuda Triangle in October 1944. The only living thing aboard the *Rubicon*, a Cuban freighter, was a dog – and the only signs that something had happened were a broken rope and a missing lifeboat. During that month a ferocious hurricane had swept the area. The ship may have begun to drift and, in a panic, the captain and crew may have taken to a lifeboat. If they did, they would have perished in the storm.

Seals have been known to swim great distances. In April 1998 a bearded seal was found exhausted and hungry on the beach at Mablethorpe, Lincolnshire. After it had been rescued and named Whiskers, it was discovered that it had swum all the way from Greenland. The last time a bearded seal had been seen in Britain was in 1892, on the Norfolk coast.

The most shark-infested coast in the USA is that of Northern California. It is nicknamed the Red Triangle.

One-time Chelsea defender Frank Leboeuf survived an ordeal by sharks on 2 August 1997.

The US diving manual lists all sorts of sea creatures as dangerous. One of the strangest of these is the giant clam, which, we are told, can trap people's arms and legs, holding them until they drown. There is, however, no record of anyone drowning after being trapped by a clam.

Baby sharks begin to hunt on their own as soon as they are born.

There are two types of whale: toothed whales and whalebone whales. Whalebone is an elastic horny substance which grows in a series of thin strips in the upper jaw of some whales instead of teeth. It is often used to stiffen parts of dresses.

The deep-sea octopus, found off the Alaskan coast, can grow up to 10 metres long.

Along a shark's body there is a series of sensory organs which detect movement in the water. If a person splashes or thrashes in the water, the shark often assumes it is a crippled or wounded body. The best protection from attack is to move slowly in the water and stay in the same position.

The ocean can be up to seven miles (11 km) deep. It is easier to get information from the surface of the moon than from the depths of the ocean.

The poison-box jellyfish is so poisonous that rescuers of people stung by it have been known to die after touching the poison tentacles still in a victim's skin. People stung look like they have been whipped.

In 1990 Leo Kennedy caught a 460-kg man-eating shark off the island of Mauritius. It took him over four hours to haul it in. The news of his catch reached the famous London store Harrods and Mohamed Al-Fayed, the store's owner, paid for the shark to be brought to England and put on display in Harrods. It was given the name Tiny, after Mr Al-Fayed's business rival 'Tiny' Rowland. Some time later the shark was sold for charity.

Fish don't chew their food – they haven't the time! They need to use the gills in the walls of their mouths non-stop to breathe.

If the water in the sea were to evaporate it has been calculated that the layer of salt left behind would be seven metres thick.

Off Monterey Bay, California, there is a two-mile-deep canyon.

A Japanese couple were swept out to sea on a blow-up dolphin in September 1997. They then survived 24 hours in shark-infested waters.

Though dolphins are intelligent, the smaller-toothed whale is rated the brightest sea creature.

Cockles are unusual – they jump when attacked, sometimes leaping to a height of 20 centimetres!

British soldiers suffering from trench foot during World War I used to rub whale oil on their feet.

On 30 December 1947, when sailing through the Caribbean, the passenger liner *Santa Clara* reported running over an unidentified sea monster. It was said to be 14 metres long and 90 centimetres wide with a head like an eel.

The fastest fish in the world is the sailfish. It can reach a speed of 110 kph or 60 mph.

One of the oddest sea creatures is the *Sarcophagus flagellum*. It looks like a long tube with a gaping mouth of sharp teeth and a long, whip-like tail. It grows to nearly two metres and lives in continual darkness, at great pressure and at a temperature below zero in the depths of the sea.

A Greenland or right whale (so called by whalers because they were the right whales to catch) weighs the same as about five elephants.

The robot machines used to explore at great depths are called ROVs, Remotely Operated Vehicles.

The blue whale can survive on its own blubber without eating for six months.

The majority of sea creatures live between the surface of the sea and a depth of 200 metres.

The fastest swimming sharks are the mako sharks and the blue sharks. They can reach speeds of between 22 mph and 60 mph.

The lowest form of life, algae, appeared in the sea about 1,200 million years ago.

Bruce Mounier, a diver and photographer from Miami, had an incredible experience in 1968. He reported seeing an 'underwater abominable snowman'. He said the creature he saw had a monkey's face, with large eyes and a long neck.

Carp fish are a bit odd. A Thai carp, Delilah, once kept at the Lobster Tail restaurant near Luton, England, had a diet of fruit and beans. Delilah turned from grey to pink when she was happy.

A porbeagle shark weighing a record 230 kg was caught off Dunnet Head in the north of Scotland in August 1993.

An underwater concert was held in memory of the great underwater explorer Jacques Cousteau in July 1997. 650 musicians, wearing diving gear, played for about six hours off Pine Key in Florida!

Ten of the best-known films to include submarines have been:

1. *Mystery Submarine* (1953)
2. *Torpedo Alley* (1953)
3. *20,000 Leagues Under the Sea* (1954)
4. *The Enemy Below* (1957)
5. *Atomic Submarine* (1959)
6. *Voyage to the Bottom of the Sea* (1961)
7. *The Bedford Incident* (1965)
8. *Around the World Under the Sea* (1966)
9. *Yellow Submarine* (1968)
10. *Ice Station Zebra* (1969)

In 1993 a Chinese man paid £47,000 for a goldfish.

There is a stretch of water off Japan which is known as the Devil or Ghost Sea because many ships and aircraft have disappeared there. It is Japan's Bermuda Triangle. The area is known for its sudden tidal waves and there have been reports of luminous or glowing white water and the sudden appearance of holes or hills in the sea.

Old sailors believed that nails and hair should not be cut at sea except in a storm.

Penguins have knees. These can be seen when they jump out of water.

There were two sea monsters in the Bible, the Raha and the Leviathan.

Cod usually eat on the sea floor. They eat virtually anything. Bunches of keys, a hare, a white turnip, a leather-bound book and a long piece of candle have all been found in their stomachs. The acid in their stomachs is strong enough to dissolve seashells and the shells of crabs.

The Australian devil fish is completely black and has a very gruesome face. It is also a heavyweight – it can weigh up to two tonnes!

The largest squid on record was over 18 metres long.

Cod liver oil was used as a medicine as long ago as 1770. It wasn't until 1921 that it was proved to help cure rickets, the disease that makes bones thin, soft and fragile because of lack of vitamins.

Sharks can detect blood from a quarter of a mile away. They have two scent detectors on either side of their snout and can follow a scent trail from both sides, thereby homing in on prey.

The tenth rarest mammal on Earth is the Indus dolphin. There are only about 1,100 left.

When very hungry, sea lions will attack and eat pelicans.

A Royal Navy ship, the frigate HMS *Birkenhead*, crashed into a reef off the coast of South Africa on a wild night in 1852. There were 680 people aboard. A nightmare began. The women and children were sent off in a boat, but there were still 600 men left behind. As the ship lurched into the sea, many of the men were thrown into the waves. They were soon surrounded by a pack of sharks and were attacked. There were hundreds of sharks. The 200 men left aboard knew what was in store for them as the ship sank. Only 60 of the men made it to the shore alive. When the story of the ship's loss was made public, the Royal Navy made no mention of the gruesome shark attacks.

In the 1960s it was predicted that people would soon live under the sea and create giant fish farms and bases for exploration . . .

During the voyage of the steamship *Valhalla* in 1905, two scientists from London Zoo, Edmund Meade-Waldo and Michael Nicholl, reported seeing a deep-sea monster off Brazil. They claimed it was about two metres long and about as thick as a human body. The monster soon disappeared beneath the waves. It was seen again about 14 hours later. The two men said it looked like a submarine just under the surface of the sea. What the creature actually was remains a mystery.

The first serious voyage to study the deep ocean was made by the British ship *Challenger* in 1872. It investigated the deep sea and found thousands of creatures new to science.

On 29 June 1998, fisherman Douglas Chesser bled to death after being attacked by a shark off southern Australia. A local four-metre shark called Kong was suspected. It was the first fatal attack by a shark off southern Australia for seven years.

As the flatfish grows into an adult, it changes from swimming vertically to swimming horizontally. Its eyes change position, moving across the forehead so that both eyes are on the left.

The most famous of deep ocean stories, *20,000 Leagues Under the Sea*, by Jules Verne, was published in 1870.

Australian Brian Rodger was a champion spear fisherman. In the summer of 1961 he went in for a big competition at a place called Snapper Point in southern Australia. Brian knew he had to be fit for the competition, but he didn't know his fitness was to save his life. After he'd been underwater for a while, Brian saw a chance to get a big shark. Coming up briefly, he plunged down again. But it was a great white, nearly four metres long, and unfortunately it got him instead! The shark caught his leg, then crunched his arm with a bite that came close to the bone.

Brian poked his attacker in the eyes. The shark went away briefly, but with the scent of blood, it soon came at him again. Brian launched his spear into the creature, but, in moments, the great white had shaken it off. Brian swam for his life to a reef a kilometre away. He tied up his leg with rubber from his knife handle to stop the blood flow, threw off his lead belt, and dumped his spear gun and the line of fish he had caught for the competition.

Not far from the shore, he was reached by a couple of fishermen in a boat. He was rushed to hospital and needed about 200 stitches and seven pints of blood to save him. Despite his ordeal, Brian was not put off – he was out swimming again within twelve weeks!

Comb-jellies, which make their own light, look like swimming lanterns in the deep. They live at a depth of up to 3,000 metres.

Like dinosaurs, sharks never lose their teeth. When they bite victims (people, fish or animals) and leave teeth behind, more teeth grow in their place.

Frenchman Jacques Cousteau collected the original aqualung, a portable breathing apparatus for divers, from a railway station at Bandol, southern France, in 1943.

Fish and fishy creatures don't always live in the sea. Among the more unusual items found in the 212,500 miles of sewers in Britain in 1997 were sea trout, salmon and a salamander. The stranger items included a stuffed gorilla, a set of jail keys and a working Yamaha organ!

William Beebe, an American from New York, was the first to explore the deep sea. He travelled half a mile down in 1936, locked in a steel ball. When he came back and told people about the strange and wonderful things he had seen, many did not believe him and thought he was imagining things.

Each year the water level in the northern oceans drops. The missing water does not turn up in the southern oceans. What happens to it remains a mystery.

The starfish has an eye on the end of each of its arms.

The shark is the only fish that can blink.

Sharks have little sense of pain. Even when torn by an attacker, they will continue to fight.

The modern king crab, found in the sea round America, is one of the oldest living creatures. It is the descendant of the trilobite, an ancient sea creature from the time of the dinosaurs.

The giant squid has eyes that measure over 30 centimetres in diameter.

A special submarine, the *Deep Flight One*, was launched in 1997 to explore the bottom of the sea. It can descend to a depth of over 1.5 kilometres. Its design is based on that of a simple glider.

Many of the creatures which live at a great depth are composed almost entirely of water.

At great depth there is so much pressure that the two US subs *Thresher* and *Scorpion*, which were lost in the deep, were found to have been crushed like paper.

In the deep ocean many creatures do not encounter solid surfaces. As a result they are very difficult to keep healthy in aquariums.

The common dolphin can only stay underwater for two to three minutes.

Scientists in the USA have recorded the calls of many whales and other creatures. They have also recorded underwater earthquakes, which make a sound like rolling thunder.

One of the most dangerous meals for a shark is the porcupine fish. This fish has hundreds of spines which will catch in the shark's throat, killing it.

The self-lighting fish, which can survive great pressure and lights up when thousands of metres below the sea, can also survive near the surface. How it manages to withstand the great change in pressure is unknown.

Strange carpets can exist at sea. In the Sargasso Sea great stretches of the seaweed sargassum can come together and can sometimes be mistaken for land.

The human being is basically not built for diving in deep water. The pressure underwater forces the body joints to grind together.

The needle fish is a freak. It is ten centimetres long and only a quarter of a centimetre thick!

On the afternoon of 5 December 1945, five US planes had completed a US navy training exercise off a group of small islands near Bermuda. They began their return to their base at Fort Lauderdale, Florida, as a storm began to blow in. They never arrived. No trace of them could be found in the search that followed. The leading pilot, Lieutenant Charles Taylor, last reported that his compasses had failed. Nothing more was heard. The disappearance of Flight 19 was featured in Steven Spielberg's *Close Encounters of the Third Kind*, in which the pilots are abducted by aliens.

Seven types of sharks have been known to attack people:

1. The great white shark
2. The oceanic white-tip shark
3. The tiger shark
4. The mako shark
5. The bull shark
6. The hammerhead shark
7. The cookiecutter shark

The common dolphin has been seen surfing on the wake of ships, reaching speeds of over 39 kph or 24 mph!

Several 'ghost ships' appear to exist. During July 1975, Dr Jim Thorne, an American aboard the yacht *New Freedom*, heard a crack of thunder and saw flashes of lightning. The storm was so impressive he took some photographs. When the film was developed he got a surprise. On the edge of the pictures there was an image of an old-fashioned, square-rigged sailing ship! He was positive there were no ships close to him during the brief storm.

The record-breaking diving vessel the *Trieste* could reach a depth of over six kilometres. It was named after the Italian city that financed it.

The iceberg that was hit by the *Titanic* on the historic night of 14–15 April 1912 had originally broken off from Greenland in 1909.

The oddest-looking shark is the goblin shark. Its face looks very wrinkled and ancient, and it has a long, rounded horn on its head, above an ugly blunt snout.

Most shark attacks happen at the weekends because there are more people splashing and making noise on the seashore.

It has recently been found that beaked whales suck in their food (mainly squid and fish) like a hoover.

Some areas of the sea are almost immediately deadly. A person can survive a maximum of only ten minutes in the cold Labrador Current off Canada.

The smallest shark is the dwarf. It grows to only 15 cm.

The first hatchling of a sand-tiger shark will eat all its other potential brothers and sisters (as eggs) before they are born!

In July 1998 an American was three times more likely to be killed by a shark and one million times more likely to be murdered than to win the US lottery powerball jackpot of over $100 million.

During the Cold War, the US put down listening devices called SOSAS across the world's oceans. It cost them $16 billion!

One of the worst shark attacks in the United States happened in a river! On 12 July 1916, twelve-year-old Lester Stillwell was swimming in the Matapan Creek, New Jersey, some 15 miles from the sea, when he was attacked by a great white shark. A friend came to his rescue but was also snapped up by the shark. Over the next ten days, four other people were killed in shark attacks along the coast. A great shark hunt began and eventually a 2.6-metre great white was caught in a net four miles from the creek.

Zebra sharks are born with stripes but they turn spotty when they grow up.

In 1959, American teenager Shirley O'Neill went out with her boyfriend Albert Kogler. They planned to go swimming at Baker's Beach, California. When Shirley had not returned by eight that night, her mother became worried. She was just about to call Albert's house, when there was a visit to her door. On the step stood a policeman and, beside him, in a hospital gown, a pale and shivering Shirley. Shirley told her mother that Albert had been caught by a shark. When the shark attacked, Shirley swam out to Albert and grabbed him. She found his arm was almost bitten off. She had to hold him up as she swam for the shore. By sheer courage she wrestled Albert from the shark. She made it to the shore, but Albert died of his injuries in hospital. In 1960 her bravery was rewarded. President Kennedy awarded her the Young American People's Medal of Valor for her efforts to save Albert.

Most baby seals are born with a soft woolly coat of fur called lanugo. They lose it before they first go in the water.

The skin of the angel shark was used by the Samurai warriors of Japan as a firm grip for the handles of their famous and often beautiful swords.

The eyes of a shark glow in the dark like those of a cat.

Fifty American whaling ships made the first journey to the Antarctic in 1767.

The Marianas Trench in the Pacific is so deep it would take an hour for an object to sink to the bottom.

Under 10 per cent of sharks are dangerous to humans.

David Bushnell pioneered the use of the submarine in warfare. His sub went into action on 6 September 1776 in New York Harbor. It was supposed to bore holes in British ships, put charges in the holes and blow them up. Since the main British ships had copper bottoms to protect them, it wasn't even possible to make the holes.

The humpback whale is so large it gets covered in barnacles. They have a clever way of getting rid of the little creatures. They go to a warm freshwater river where the barnacles cannot survive so drop off. Having noticed this, sailors used to put their ships into fresh water to remove the barnacles that encrusted the hulls.

The first British submarine was launched at Barrow on 2 October 1901.

Ice fish are some of the weirdest around. They live in the cold of the Antarctic and have no red blood. They survive on very little oxygen and their hearts are three times the size of red-blooded fish.

The great white shark has teeth which slice like a razor. A 300 kg fish can be cut in half in one bite!

Some creatures of the deep are not quite what they seem. The wobbegong shark looks like a carpet. Its head is covered with a broad fringe. As a result of this camouflage the shark can sneak up on its prey.

In June 1991, the treasure-hunting ship *Deep Sea*, sailing off the coast of Miami, Florida, made a weird find – five World War II bombers, neatly lined up together on the sea floor. The area was an old US bombing range and aircraft were often ditched in a line during the years 1943–5.

Joshua Slocum, an American, was the first man to sail alone around the world. He ended his three-year journey on 3 July 1898. Curiously, he never learned to swim.

The skin of the whale shark is 10 cm thick. They have the thickest skin of any creature.

Turtles have no teeth.

The first shark was brought to England by the sailor and trader John Hawkins in 1569.

A shark has been tracked over an amazing distance of 1,850 kilometres, from New York, America, to the Cape Verde islands off the west coast of Africa.

Seals normally live in the sea (or in zoos) but in 1951 one turned up in the famous Trevi fountain in Rome. It had been acquired by two Italian journalists on Sardinia and they decided it should have a swim in the fountain. A policeman arrived and fined them for putting the seal there. The seal was then taken out of the fountain, but it did not leave in a tank of water – it was driven off in a car!

The ship of the English pirate Samuel Bellamy, the *Whydah*, loaded with 180 bags of treasure, sank in a storm off Cape Cod, Massachusetts, in 1717. Only two on board survived, including Welsh carpenter Thomas Davis who told the tale of the ship and its treasure. In July 1984, treasure hunter Barry Clifford found the wreck of the *Whydah* on the seabed. The recovery of the treasure continued until 1988. By the time Barry Clifford and his team had finished they had found a haul of treasure and items from the wreck that were valued at as much as $400 million – £275 million!

In May 1957 the US Air Force were able to accurately measure the exact width of the Atlantic Ocean (from Europe to North America) but said the information was secret!

During World War II a number of killer whales were stranded around Britain. It is thought this was because of anti-submarine activities which disorientated them.

During the summer the average temperature of the Red Sea (between Africa and Arabia) is 30°C – almost as warm as the average bath!

The world's most poisonous snake is found in the sea! It was named after the explorer Sir Edward Belcher in 1849 and its poison is a hundred times more deadly than that of the most venomous snake on land, the western taipan of Australia.

A fibreglass robot shark was used in a test to frighten away unwanted visitors to beaches owned by millionaires in the USA in 1976.

Dolphins sleep for only two hours a day.

The killer whale will eat just about anything that swims – including other whales, dolphins, penguins, fish and squid. Once a pack has killed another whale they always eat the tongue first!

An albino lobster was caught by Michael Farlin off Fubey and taken to the North Yorkshire aquarium in November 1997. He was named Barry and was then kept carefully since he was very valuable. Another albino, ten centimetres smaller, called Lionel, had been sold in the USA for £14,000.

Ramu the killer whale, who was moved from England to California because he was too big to keep, grew at a tremendous rate. Aged ten, he ate 386 kg of fish a day and weighed 3.4 tonnes.

The 30-centimetre leafy seadragon, a relative of the sea horse, looks like a piece of seaweed.

Life can exist in the strangest places. Deep in the ocean off Mexico, eyeless worms live in methane ice. Both the worms and the ice were discovered as recently as 1997.

A killer whale was once harpooned by a fisherman off Long Island, USA. The fisherman and his crew were astounded when the whale broke free and turned to follow the boat. Despite the terror of the crew, the whale made no attempt to attack.

The first underwater photos were taken by Louis Boutan of France in a bay off the French coast in 1893.

Aquatic animals like penguins are short-sighted when out of water.

On 13 January 1852, the crew aboard the whaler *Monongahela* set out from New Bedford, Massachusetts, under the command of Captain Amos Seabury. Not far from Panama, they sighted another US whaler, the *Rebecca Sims*, and soon afterwards the lookout saw a strange shape in the water. Three boats were sent from the *Monongahela*. A huge head on a long neck emerged from the sea – it was twice as big as a whale.

After one boat was wrecked by the creature, the beast was harpooned. A towline was attached to it and the two whalers began hauling it in. Before long the monster died and the whole body floated to the surface. It was 100 metres long with a circumference of about 15 metres. The experienced sailors later described it as similar to a huge alligator. There was no chance of bringing the whole body on board, so the head alone was kept and pickled aboard the *Monongahela*.

Soon afterwards the two whalers

separated – the *Rebecca Sims* headed for home, while the *Monongahela* and its unique cargo set off for the Arctic. The *Monongahela* was not seen again. About ten years later a party of eskimos off Alaska found the only trace – the nameplate of the doomed ship. What the creature was remains a mystery.

The man who introduced the hard hat for deep-sea diving was Augustus Siebe. It was in use by 1837 and made it possible for a person to move around fairly freely on the bottom of the sea.

The armour-plated Chiton mollusc can live up to four kilometres below the surface of the ocean. It has up to 11,500 eyes!

The Great Barrier Reef, off the east coast of Australia, is the longest coral reef in the world, extending for over 2,000 kilometres.

Conger eels can be up to 2.5 metres long and can weigh over 330 kg. Thousands of conger eels appeared on the surface of the sea off St Leonard's in Sussex during a very cold spell in January and February 1855. Nearly 80 tonnes were caught!

Great treasures have been discovered in wrecks. In 1955 Teddy Tucker of the USA discovered a magnificent emerald-studded gold cross in a wreck of a Spanish galleon off Bermuda.

When John Allen and Gladys Moore married in 1927, Allen's father had a submarine built for them so they could spend most of their honeymoon underwater in the Caribbean!

The cowrie shell was used as cash throughout the tropics up to this century. Some businessmen in England made a good trade out of collecting them, bringing them to England, then sending them to countries which used them as currency.

In 1973 US diver and photographer Bill Curtsinger was attacked by a grey reef shark in the Caroline Islands. He said the bites were like sledgehammers and tore into his left hand and right shoulder. He was rescued by a friend in a dinghy.

In February 1948 an SOS was sent from a Dutch freighter, the *Ourang Medan*, which was in the Pacific on its way to Indonesia. The message said: 'Captain and all officers aboard dead. Entire crew dead or dying.' When rescuers reached the ship, they found all the officers in the chart room. All were dead – it seemed they had died within seconds of one another. Their eyes stared in horror and their arms were set, pointing upwards! On deck, dead men lay where they had fallen. There was no sign of disease, asphyxiation or poison on the bodies. What caused this sudden wave of death aboard the ship remains unknown.

The tiger shark has a huge appetite. A four-metre-long shark was able to eat half a two-metre-long grey reef shark in one bite!

The remora, or sucker fish, has a sucker on top of its head, which it attaches to a shark or whale. The fish then eats the leftovers from the host. Sometimes the remora can end up in the shark or whale's mouth, where it will wait for food to come along.

The swordfish can travel at up to 60 miles an hour (96 kph).

Shark skin was once used as sandpaper.

It is thought that nearly ten billion tonnes of gold lie at the bottom of the oceans, but in specks so small that it is not possible to mine.

The sack-throated whip-tail fish is among those that live at great depth. It is up to 60 centimetres long and has a thin tail like a whip which is up to 150 centimetres long. Its stomach is able to stretch to very large proportions; it is quite able to eat fish bigger than itself.

Peter Benchley, the American writer, heard a story of a great white shark off Nantucket. In June 1971 he came up with the idea of a story called *Jaws*, his first book. He sold the film rights for $175,000. The film *Jaws* became the first film to gross over $100 million in the USA. The plastic sharks in the movie weighed 1.5 tonnes, cost $150,000 and were all called Bruce.

The Bermuda Triangle is also known as the Triangle of Death, the Devil's Triangle and the Hoodoo Sea.

Auguste Piccard, the famous Swiss explorer, and his identical twin, Jacques, descended to 3.5 kilometres under the sea in 1960. Jacques later went down 11 kilometres into the Mariana Trench in the Pacific. Auguste became the model for Professor Calculus in the Tintin books.

The eyes of a blue whale are six times wider than those of a human.

The whale shark is harmless – it feeds on plankton.

In 1956, at the Australian swimming championships, before he went into the pool, Gary Winram was hypnotized to believe he was being chased by a shark! He still only came second.

Unlike most fishes, whales and sharks cannot swim backwards.

The eggs of a sea horse hatch inside a pocket on the father's belly. A sea horse can move each eye in a different direction at the same time.

Penguins can swim fast enough underwater to allow them to leap two metres or more into the air and on to land or ice.

Adult dolphins are said to have a mental age equivalent to that of a seven-year-old child.

After the world fishing exhibition at Vigo, Spain, in 1973, thousands of dead fish suddenly appeared in the harbour. They had been killed by the detergent used to clean up the exhibition site.

The octopus has three hearts.

The world's largest crab is found in deep seas off Japan. It is known as the Japanese spider crab and it has the largest leg span of any arthropod, reaching up to 3.8 metres (12 feet) across! It can live for up to 100 years.

In 1997 the international trade in seaweed was worth £2.3 billion!

The first submarine, the *Turtle*, was built by an American, David Bushnell, in 1776. It was used in the American War of Independence and was the first vessel to use a propeller.

One of the most unusual underwater explorers is the dog Hooch, owned by Sean Herbert. Hooch first went into the sea when she followed her master one day – and liked it. Over a few years Hooch became a real explorer. Sean bought her her own £700 scuba outfit and she made 14 underwater dives! Hooch also took to the air, making 53 parachute jumps. She had to retire when she broke her leg – jumping off her master's bed!

It was once found that the octopuses in Monterey Bay, California, were finding new places to live – they were making homes in beer cans which had been thrown away.

Squid communicate with each other by changing colour.

Each dolphin has its own whistle. Angry dolphins can make noises loud enough to kill nearby fish.

Humpback whales can be heard at a distance of 1,200 kilometres – the distance between London and Barcelona, Spain.

An unknown creature attacked the *Stein*, a US frigate, off California. It left behind hundreds of pointed teeth embedded in the rubber coating that protected the radar apparatus below the waterline.

There are said to be more wrecks off the coast of South Africa than anywhere else. One of the stretches of this forbidding area is known as the Skeleton Coast, for good reason.

Native divers in the Pacific will dive to depths of up to 37 metres – the height of a 14-storey building – for pearls. The pressure at this depth is up to five times that of the pressure on land. The divers can stay down for about three minutes.

During a trip in 1966, the *San Pueblo*, a US Navy research vessel, came across an awesome sight off Newfoundland, Canada. A sperm whale, some 18 metres long, was throwing itself out of the sea in an attempt to escape the tentacles of a giant squid said to be just as long!

In 1976 the US navy vessel the *AFB14* caught an unknown shark. It was 4.5 metres long and weighed three quarters of a tonne. It had seven rows of needle-like teeth. Because of its huge jaws it was named Megamouth.

When young, a barnacle has three pairs of legs and one eye. It becomes even stranger as it gets older – gaining another eye and two more legs and then losing its mouth!

Experiments show that the squid is attracted by the colour red. It seems that many of the survivors from ships sunk in World War II were doomed because they wore bright red life jackets.

Somewhere in the Indian Ocean, 5,000 humpback whales gather together and breed. The exact location is kept a secret so that the whales are not disturbed by visitors or tourists.

The giant squid is the largest living creature without a backbone.

The starfish is the only animal able to turn its stomach inside out.

The gannet, a large seabird, eats so much that it is sometimes unable to fly.

Gary Smart, of Billy Smart's circus, was given two weeks' leave from the army because a killer whale was missing him at home.

In 1983 a company in Ohio began making two artificial flippers for a 770-kg, 50-year-old turtle named Lucky, after she had been in a battle with a shark. After spending $20,000 on research, the operation was performed in January 1984.

Britain's oldest bird, a Manx shearwater, was first ringed in May 1957 when it was six years old. As of 2003 it was 55 years old.

The Mae West was an inflatable rubber and canvas life vest issued to Allied airmen in World War II. It was named after the famous US film actress.

Two thirds of the world's 5.5 billion people live within 50 miles or 80 kilometres of the sea.

The bottom of the ocean remains the most unexplored area of the world – so far only about 1.5 per cent of the seabed has been looked at in detail.

The bottle-nosed dolphin has superb hearing. It can detect sounds at a higher pitch than the radar of bats.

The liver of a shark can be up to 10 per cent of its total weight.

King penguins are said to fall backwards in surprise on seeing humans.

Spiny lobsters walk on the seabed one after another, tail to antenna. They can travel at a speed of 35 centimetres a second.

In 1796 the Lord Mayor of London was Brook Watson. He was unusual since he had lost a foot to a shark in the harbour of Havana, Cuba.

The deepest life form isn't in the sea, or even at the bottom of the sea, but under the floor of the sea! A type of bacteria has been found 842 metres below the seabed in the Woodlark Basin in the Pacific Ocean off New Guinea!

AWESOME ALIENS

The FACT ATTACK series

Awesome Aliens
Beastly Bodies
Cool Cars
Crazy Creatures
Crucial Cricket
Dastardly Deeds
Deadly Deep
Devastating Dinosaurs
Dreadful Disasters
Fantastic Football
Gruesome Ghosts
Incredible Inventions
Mad Medicine
Magnificent Monarchs
Nutty Numbers
Remarkable Rescues
Rowdy Rugby
Spectacular Space
Super Spies
Vile Vampires

FACT ATTACK

AWESOME ALIENS

IAN LOCKE

MACMILLAN CHILDREN'S BOOKS

First published 1998 by Macmillan Children's Books

This edition published 2012 by Macmillan Children's Books
a division of Macmillan Publishers Limited
20 New Wharf Road, London N1 9RR
Basingstoke and Oxford
Associated companies throughout the world
www.panmacmillan.com

ISBN 978-1-4472-2415-0

1 3 5 7 9 8 6 4 2

A CIP catalogue record for this book is available from the British Library.

Printed and bound by CPI Group (UK) Ltd, Croydon CR0 4YY

DID YOU KNOW THAT . . .

The US astronaut Ellison Onizuka spoke in 1985 about a group of US Air Force pilots at McClelland Air Force Base who had been shown a black and white movie film featuring "alien bodies" in 1973. Onizuka agreed to say more about the film, but was never able to since he was killed in the Challenger space shuttle disaster.

One day over sixty years ago, a messenger on board the US military cargo ship the USS McKinley heard an order for a special task force to go to Mexico to collect a crashed "flying saucer". The man said he heard that some alien bodies had been found and that other aliens could be trying to get away.

The first reports of a UFO crash near Roswell, New Mexico, were made in July 1947. One of the witnesses was a Captain Henderson. He said he was sent in a B-29 plane to recover the crashed bits of the spaceship. These and any of the alien crew were to go to the Wright Field air base, California. He said the aliens were "little people with exceptionally large heads".

It was an out-of-this-world win! A horse named ET won the world showjumping title in Switzerland in 1996.

The first man to walk on the moon was Neil Armstrong. The second man to walk on the moon was Buzz Aldrin. Before she married, Buzz Aldrin's mother's surname was . . . Moon!

The first flying saucers of modern times were seen by Kenneth Arnold, an American salesman. On 24 June 1947 he was flying a small plane near Washington, the US capital, when he saw a strange craft. He later said it was "like a flying saucer if you skipped it across the water".

In 1958 a French doctor was wounded in the war with Algeria. He was unable to walk until 1968, when he said a beam from a UFO cured him.

A netball teacher, Bronwen Williams, and nine children were playing a game of netball at their school at Anglesey, when they saw a UFO. Afterwards Bronwen Williams asked each of the children to draw what they had seen. They all drew a cigar-shaped craft with a black dome.

Salesman Alan Cave claimed that he had an encounter with an alien when he was out driving in the West Country in 1981. Afterwards he found that he could not account for two hours, and that the number on his car's milometer had gone down by 300!

Some famous people have seen UFOs. The former United States President Jimmy Carter said he saw one in 1973. When he became President, he could not forget his interest. He launched a $20m study into UFOs.

In a poll among leading scientists, doctors and other leaders in 72 countries in 1971, 53 per cent believed that life existed on other planets.

The man who looked after the Royal Air Force in Britain during World War II, Lord Dowding, believed flying saucers existed though he never saw one himself. He received many reports of UFOs from airmen flying planes during the war.

In Arès, France, a safe landing spot for UFOs has been built. It is called the Ovniport.

In December 1978, John Day, aged 33, drove into a strange green mist in Essex, England. He found he lost three hours of his life. Under hypnosis he said he had been abducted by three aliens, over two metres tall, who had pink eyes. When the aliens let him go, he was allowed to look round the UFO.

A large silver disc was sighted by the Abbot and monks of Bagland Abbey, Yorkshire, in 1290.

By 1990, over 100,000 people had claimed to have seen UFOs.

A family from Gloucester seem to have been abducted by aliens in June 1978. As they drove towards the top of a hill, they saw a white light in the sky. They heard a noise, and a huge saucer-like object approached. They could not remember anything else. They just drove home. There they phoned the police and told them about the UFO. They realized there was an hour missing from their journey. Over the next few days the family were affected by itchy skin and strange bruises. The parents went to a hypnotist When in a deep sleep, they said the family had been abducted by aliens

from a planet called Janos.The aliens said they could share their secrets in return for a place to live on Earth. Doctors and scientists checked the story. They decided the parents believed they were telling the truth about what happened during that missing hour.

The famous hunter of UFOs George Adamski, who said he had been kidnapped by people from Venus, sold hot dogs in America before he began to study UFOs.

A concert pianist and her friend saw a UFO coming out of the sea near Rio de Janeiro in Brazil. They said they were taken away by rat-like figures.

Halley's Comet is named after the English astronomer Edmund Halley. He was able to predict when the comet would return. The comet had been seen for centuries, including an appearance in 1066. William the Conqueror believed it was a sign that he would win the Battle of Hastings. A picture of the comet was included in the famous Bayeux Tapestry that depicts the battle.

Monks in St Albans reported "a kind of ship" of a marvellous colour in January 1254.

During May 1909, people in over forty towns in Britain and New Zealand reported seeing UFOs. One person who saw them said he had a close encounter with two aliens near his home in Wales. He said the spaceship that took off was a large cylinder-shaped object.

During Victorian times, UFOs were reported over London in Britain, over Texas in the USA and over the Niagara Falls, Canada. The same craft was seen over several parts of the USA.

A fleet of UFOs was seen at Basel, Switzerland, in August 1566. They were glowing discs in the sky.

In 1961 a forester in Karelia, Russia, came across a large crater on the bank of a lake. He sent for divers and scientists to look at the strange hole. After a search of the bank and the lake, it was thought a huge object had skidded there. In the crater was a strange green ice which could not be explained. The crater remains a mystery. One scientist who saw it said a UFO may have landed there.

A guide to identifying aliens was published in America in 1995. It lists fifty sorts of extraterrestrials, describing them in detail, and features colour illustrations.

A police chief in Falkville, Alabama, in the USA was called to investigate a UFO. He said that he tracked the alien and took photographs of it, and that it had a suit like tin foil.

American Richard Price says that on an evening in September 1955, when he was eight years old, he came across two aliens in a cemetery at Troy, New York. They took him aboard their craft and injected an implant under his skin. Before he left the craft the aliens said he was to leave it alone, or he would die. At school in 1964, he told a friend about the aliens and everyone in the school called him "the spaceman". One day, in June 1989, while getting dressed, the "implant" started to show. In August it came out. A scientist looked at it and said it looked like human skin but wasn't.

Two small children in the USA were said to have been abducted by aliens and then returned to their beds in 1993. Each had strange orange blobs on their skin. When scientists looked at the blobs, they said they could not have been caused by anything in their house.

You can buy a UFO by post in California – they cost $9.95 each!

In a strange case in 1966, two small boys discovered the bodies of two Brazilian TV workers in the hills near Rio. Beside the bodies were pieces of green and blue paper. One of the papers had a formula written on it. No one could understand the formula. The police investigated, but they were unable to find any reason for the men's deaths. The two men had gone out to buy a car, but they had bought raincoats instead – even though the day was hot and sunny. The police inspector, who had looked into lots of stories of UFOs, said the two may have died after making contact with a UFO.The formula was locked in a police safe. Later, when the safe was opened, the piece of paper had vanished!

The $20m satellite Satcom 3, weighing one ton, which worked perfectly, is said to have disappeared. A UFO expert said it had been stolen by aliens.

The famous English sailor and airman Francis Chichester reported what was probably the first UFO seen from an aircraft He was flying south of Australia in 1931 when he saw a strange object in the sky.

US astronauts James McDivitt and Ed White said they saw a silver cylindrical object when orbiting the Earth in 1965. Houston control centre said it was a piece of space junk, but the astronauts still believed they had seen a UFO.

One of the most famous books on UFOs, *Flying Saucers Have Landed* by George Adamski, was published in 1953.

Over 850 UFOs were reported in America in June and July 1947.

In a monastery in Yugoslavia there are pictures of flying objects with creatures inside. They were painted in the Middle Ages!

PC Alan Godfrey claims he was abducted by aliens in West Yorkshire. Seeing bright lights ahead on the road, he stopped his car. He tried to report what he saw – a metal object – but his car radio did not work. So, to remember what it looked like, he did a drawing of the object. The next thing he knew he was in his car, further down the road, and the object had gone. Back at the police station he found he had "lost" some time. Then he remembered hearing a voice in his head. He went to see a hypnotist. When under hypnosis he said he had been abducted by aliens from a spacecraft.

For the film *Alien*, the first alien was made the size of a man's fist.

All sorts of aliens have been seen over the years. A small creature in a black suit was seen by a lorry driver and his son near Bradford. In the 1970s strange luminous figures were seen by a woman and her two teenage sons in England.

A meeting of scientists at Oxford some twenty years ago decided that corn circles were made by the wind. But the corn in the circles was often flat and the patterns and shapes were always different. It is very unlikely that the wind could do all this.

Huge asteroids, mostly lumps of frozen rock, hit the Earth every million years or so. One is thought to have hit the Gulf of Mexico off America some 65 million years ago and is said to be the reason why the dinosaurs were wiped out.

A farmer saw a UFO in Cornwall – it fell into a valley. It made such a noise that a nurse nearby thought it was a plane crash. She drove to the spot. But, when she got there, all she could see was an orange ball of light . . .

Corn circles can appear year after year. They have in fields near Winchester. In 1988, three circles appeared together. The same pattern appeared 6 miles away and then again 13 miles away.

The Americans have saucer-shaped aircraft, known as UAVs – Uninhabited Aerial Vehicles – which have been reported as UFOs.

The chance of a place having alien life is worked out by using maths – the sum is called the Drake Equation.

The first search for life on other planets was made in 1960.

Early in 1977 in the bushes of a garden in England a twelve-year-old boy saw a figure in a white suit and a helmet with a visor. His mother came out and said the figure floated towards the house. She called a friend, who tried to chase it. Another friend called the police. When two policemen arrived, the figure suddenly disappeared.

In August 1977 a signal was received by a radar station in Louisiana, USA. It was so strong that the lead scientist on duty wrote "WOW!" next to the record. It could have been the first signal from an alien life form.

Melvyn Bell was riding a horse across the English countryside in the summer of 1983 just as the sun was setting. Ahead, about 60 metres away, he saw something strange. The corn in the field was moving wildly. There was nothing else he could see above, near or in the field which could make this happen. As he watched, a circle, some ten metres across, appeared. He heard no noise as it appeared. What happened cannot be explained easily.

The area of Yakima, Washington, in America is famous for sightings of bright lights and unidentified objects.

By 1980 over 5,000 pieces of space junk had fallen back to Earth.

A few years ago a group of about fifty people got together at Warminster to look out for UFOs. They saw a circle appear in a grass field. One of the people said it was “just like the opening of a lady’s fan”. As the circle was made, a humming sound was heard. It is possible a small whirlwind had made the circle appear.

A security camera, at a shopping mall in England in 1991, filmed an unexplained light for an hour.

Dreamland is the name given to the mysterious Area 51 in Nevada, USA. The place is a US Government research centre. Its existence was not admitted until 1995. It is said that the Americans are flying captured UFOs from the base.

Feathery matter was left by the flying saucers seen in Italy in the 1950s. It fell from the sky for two hours after the UFOs were seen, but disappeared if it touched the warm ground or the skin. When examined by scientists it was found to be an unusual sort of glass. It was called "angel hair".

One bright, clear night in 1966 a man was out driving with his wife and son. Suddenly he saw a huge red ball in the sky, flying over a clump of trees. The ball changed colour. Then four small lights came out, which had thin red lines to the main light ball, "like an octopus". These lights were out for minutes. They then went back into the main light. The main light went a few minutes later. Only a short time ago four small and one large corn circles were found in a field below the spot where the lights had been seen many years before.

An American man, out with two friends, says he had an encounter with aliens. At the edge of a wood, he was thrown back by a bright light. A little later an object stunned him. His two friends ran off and drove away. When they came back later he was gone. He remained missing for five days until he was picked up next to a highway close by.

There is a bar called The Al'inn in the Nevada desert in the United States! It has a picture of an alien as its sign.

A Florida insurance company offers insurance against alien abduction.

Over a hundred crop circles have been reported in Britain each year since 1988. They were between two and twenty metres across.

Almost all the people who say they have been abducted by aliens have had strong electric shocks earlier in their lives, such as being struck by lightning.

In 1996, Jesse Long, an American who claimed he had been abducted by aliens as a boy, had an operation to remove an "implant" at a hospital in Los Angeles. A clear triangular sliver was removed from the lower part of his right leg. When looked at by scientists, it was found to be glass.

In October 1996 a man from Dagenham, Essex, took out an insurance policy against being kidnapped by aliens.

The famous "Philadelphia Experiment" by the US Navy is said to have taken place in 1943. It happened at the harbour of the city of Philadelphia and later out to sea. A ship and the crew were made to disappear. A force field of some sort was put on the ship, a destroyer, and a green mist came up and covered the ship. The ship was said to have appeared and disappeared. At sea, the same thing happened. However, some of the men did not return at once and had to be brought back slowly. There were reports that some men became ill and some died. Later, some of the crew vanished at home, walking in the street or just sitting in public places, only to come back later. What happened to them was unexplained.

The pilots of a Pan Am plane reported seeing six red-coloured UFOs in 1952. They were about five metres across and their speed was about 10,000 miles an hour.

The aliens in the film *The Arrival* were generated by computer by Pacific Data Images. The aliens in the film have brain flaps and their knees bend backwards when they walk.

Where did it come from? A gold pendant was found in South America and was over 1,000 years old. Strangely it looks very much like a plane.

The Scottish Centre for Alien Activity is at Bonnybridge near Glasgow.

The famous Ancient Greek Aristotle reported seeing "heavenly discs" in the sky over Greece. The Roman historian Pliny said his UFOs looked like "a burning shield" which had sparks. He had probably seen part of a meteorite shower.

A very old carving by the Maya Indians in Mexico seems to show a man inside a spaceship, using some form of controls. It is said to be a picture of a visit from outer space over 1,000 years ago!

In the year 1211 a ship in the sky was seen by people outside a church in Ireland. It was said that the anchor of this fantastic airship was kept in the church for a long time.

A close encounter between a British Airways jet with 60 people on board and a UFO was reported in 1996 on a flight to Milan. The UFO had bright lights and came so close to the plane that the co-pilot ducked. Nothing was seen on radar.

A Klingon (from *Star Trek*) was used for an advert for a US computer software company in Britain in 1996.

The American Apollo 12 moonflight is said to have come across two UFOs, 132,000 miles out in space. One was in front and one behind the Apollo. One astronaut said they were "very bright and seemed to be flashing at us". On the same flight a very bright light appeared between the Apollo 12 and the Earth. The Earth seemed to disappear behind the light for about ten minutes, before the light vanished.

In 1970 a mysterious event happened to an American plane. An American Airlines 727 passenger plane was coming into Miami airport in Florida. At the airport it was seen by radar. Then, suddenly, the plane disappeared from the radar for ten minutes. Then it came back on the screen. The plane came in, landed and everyone was safe. The radar people told the crew that they had "lost" the plane from their screens for ten minutes. The pilots were amazed, but checked the time on the plane and on their watches – they were wrong by ten minutes! They knew that the clocks and the watches had been correct, because they had checked the time twenty minutes before they were due to land. So there could be no mistake. What happened is still unexplained.

So many strange things were seen in the air over Europe in the Middle Ages that the two leading Emperors decided on laws against these "Tyrants of the Air". These unknown beings were said to kidnap people and take them away in the sky for a while. When the people came back, no one liked them, and they were all burned at the stake!

The American air force, the USAF, has often said that UFOs do not exist. What is odd, though, is that they tell pilots what to do if they see UFOs!

The Mars rock on which life was believed to have been found in 1996 was discovered in the Allan Hills in Antarctica in 1984. It was part of a meteorite from Mars.

A scientific study of Unidentified Flying Objects by the American Air Force and the University of Colorado was published in 1968. Only a small number of the UFO reports were thought to be truly unexplained.

One night, while going home from their small church, a group of people in the town of Merkel in Texas, USA, heard a strange sound. Looking into the night, they were amazed to see a large object moving along the ground.They stood and stared as the object moved nearer. They all said it was an anchor. It was attached by a rope to an "airship" which hovered above the town. After a while, a small man was seen coming down the rope. In a short time, he came down to the ground, looked at the group of people, then went back to the ship. The anchor was pulled up, and off the airship went into the night sky!

Some farmers reported seeing corn circles in the 1930s and 1940s in Britain. The local country people said they were "devilish work".

The surface of Mars is so cold that human skin would freeze if out in the open.

The first study of flying objects which are seen in the sky was made in Japan over 750 years ago – in the year 1235!

In Detroit, the famous "Motor City" of America, the police have special orders. They are told how to look after captured aliens. They are told that aliens might be female and male and should be kept apart. Detroit does not seem to want little aliens to appear by accident.

Ten famous films involving aliens:

1. *Close Encounters of the Third Kind*
2. *The War of the Worlds*
3. *Independence Day*
4. *Superman* (He is an alien from the planet Krypton.)
5. *E.T. The Extra-Terrestrial*
6. *Star Wars*
7. *The Empire Strikes Back*
8. *Return of the Jedi*
9. *Alien*
10. *The Invasion of the Body Snatchers*

The US space shuttle Enterprise of 1976 was named after the Starship Enterprise in *Star Trek*.

A study by a doctor in the 1980s found that small specks of dirt or dust in the eyes can sometimes be mistaken for UFOs.

There is a story of a UFO in ancient Egypt. It tells of a winter night when a circle of fire was seen in the clear night sky. This turned into a group of objects and the Pharaoh was told about this strange sight. He went out of doors with a group of soldiers to see. The "fire circles" stayed so long that he decided to eat outside while he watched them. The lights went higher and higher in the sky until they disappeared.When they had gone, the Pharaoh asked for incense to be burned so people would remain calm and asked that the story of what was seen be written down.

A Japanese company offers trips to a 64-room hotel which is to be built in Earth orbit by the year 2020. The price of a three-day stay is £40,000.

Songs about aliens or life on other planets include:
Mr Spaceman
Star Trekking
Is There Life on Mars?
Space Oddity
Starship Trooper

A statue made over one thousand years ago in central Europe is very strange – it shows a figure in something like a spacesuit with antennae.

Japan News reported in August 1995 that Brazil was to build an airport for UFOs.

An American claims that aliens began colonies on the planet Venus 18 million years ago.

Ten well-known TV series with aliens:

1. *Doctor Who* (The aliens include the Daleks and the Cybermen.)
2. *Battlestar Galactica*
3. *Star Trek* (The aliens include the famous Klingons, the Borg and the Tribbles.)
4. The *Invaders* (The aliens could be identified by their stiff little fingers.)
5. *The X-Files*
6. *Space Precinct*
7. *Space 1999*
8. *Lost in Space*
9. *Red Dwarf*
10. *The Outer Limits*

The rings of Saturn were first described by the Dutch astronomer Huygens in 1659.

A strange hole appeared in the ground in a field at Rouillac, France, in 1970. No one could find the missing earth. At the bottom of the hole was something that looked like ash. The police found out that a flying saucer had been seen near the field the day before. The owner of the field reported seeing an unexplained light.

In 1958 a Polish doctor took a clear photo of a UFO above the valley near his home.

A crop circle was reported by a Hertfordshire farmer in England as long ago as 1678.

There are silly titles for films about aliens, such as *Robinson Crusoe on Mars*, *The Woman in the Moon* and *The Terror from Beyond Space*. (There is nothing beyond space!)

A group of soldiers and their commander in an East European country all saw a weird bright light at night while they were training. Jets were called in to chase the light. Every time they got close, the light moved away more quickly. The UFO was seen for more than an hour.

Walt Disney World, Orlando, Florida, used to have a ride called the Extra TERRORestrial Alien Encounter.

The Czechs set up a centre to study UFOs in 1969.

The smells said to be inside an alien UFO include sulphur, pepper and petrol.

A football match in Florence, Italy, was stopped in 1954.The players and the crowd looked into the sky to watch flying saucers overhead.

A brightly lit UFO was seen near an Argentine passenger aircraft in August 1996. The pilot had to swerve the plane to avoid hitting it. At the same time, on the ground, all the instruments at the airport started behaving strangely.

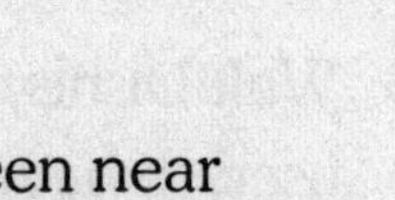

The Search for Extra Terrestial Intelligence, the SETI project, began in America in 1959. NASA helped from 1988 to 1991. Two of the people who have put money into the search since have been Steven Spielberg and Arthur C. Clarke.

A Japanese general is said to have seen a UFO at his camp in 1235.

The term UFO is said to have come from the 1956 book by US Air Force captain Edward Ruppelt, The *Report on Unidentified Flying Objects*.

A wave of UFOs was seen on radar and in person in Washington in July 1952. Two aircraft were sent up to look but they didn't see anything unusual. Yet, strangely, the radar track of the UFOs returned and stayed until dawn.

A drawing of what was called the "big god of the Martians" was found in the Sahara desert in the 1960s.

In 1491, a maths expert, Jerome Cardan, from Milan, Italy, said he had a meeting with visitors from outer space.

Magic Fire, or flames in the sea, is often seen with UFOs in Japan.

A British taxi driver, George King, claimed contact with extraterrestrial intelligence in 1954. He said he was told he was to be the voice on Earth of an interplanetary "parliament".

On the morning of 25 February 1942, unidentified craft were seen over Los Angeles in the USA. It was wartime. The anti-aircraft guns began to fire into the air. The guns fired 1,430 rounds of ammunition. But no bombs were dropped. No aircraft were shot down. After a few minutes the UFOS vanished. Three people died of fright during the "battle". People later said it was a false alarm. What took place was known as the "Battle of Los Angeles".

The first report of a UFO in Australia was made by a Royal Australian Air Force pilot off the Tasman peninsula in 1942.

A fleet of UFOs were reported over Rome, Italy, in October and November 1954.

In 1988 over San German, Puerto Rico, a large yellow luminous UFO was reported. It was said to have caused two jet fighters nearby to vanish. The aircraft were said to have been “captured” by the UFO.

Most aliens reported in Malaysia are very small – only a few centimetres tall.

After so many UFOs were reported in Brazil, the air force began a special study of UFOs.

Aleister Crowley was a British man who was keen on black magic. He died over sixty years ago. He said he made contact with an alien, named Lam, in 1919. He said the alien had a large head, a small body and was hairless. This description is very close to recent pictures of alleged aliens.

At Barbery Castle, England, a collection of circles and signs were seen on 17 July 1991. They were over 100 metres across.

In May 1952, the pilot of an aircraft of the Norwegian Air Force said he saw the remains of a crashed UFO on an island. When he landed, he told the Norwegian rescue forces. Soon the Norwegian government said it was the wreck of a flying saucer. The bits were studied by Norwegian, British and American scientists. It was not a UFO. It was the wreck of a US spy bomber.

When he was President of the United States, General Eisenhower was said to have gone to see captured aliens and a spacecraft at Edwards Air Force Base in California. The people in charge said he was not there, but at the dentist's. According to them, he had lost part of a tooth while eating and it had to be fixed.

Astronauts going to the Moon in 1969 were given an ET Law. By this law they were to force any person they thought had come into contact with aliens to go into NASA quarantine.

A "face" on Mars was found after photos taken by the US Mariner craft were developed in 1976.

A four-metre giant with a red face and glowing eyes was reported in grassland in the Flatwoods of West Virginia in 1952.

It is said that the "alien" allegedly captured by the US liked strawberry ice cream.

One of the strangest mysteries in the history of the British Army is said to have happened in August 1915. The First Fourth Norfolk regiment were marched into low cloud on Hill 60 in Turkey. They were never seen again. Many now say they were taken by aliens.

The president of a Flying Saucer (UFO) club in America, Gabriel Green, ran for President of the USA in 1960.

On 24 March 1964 Jim Templeton took a photograph of his daughter Elizabeth on the marshes near the Solway Firth in Scotland. When he took the picture, the two of them were quite alone. When he had the film developed there was a humanoid, dressed in silver clothes, standing behind Elizabeth.

In the James Bond film *Moonraker*, people are taken up into space on stolen shuttles to a hidden space station. The couples were to have families in space. However, after experiments on birds in the 1980s, it seems that animals born in space are abnormal. When Japanese birds were bred in space by the Russians, they turned out monsters – they had legs in the place of wings and wings in the place of feet.

Westerners see a "Man in the Moon"; the Chinese think they see a rabbit.

Man-made satellites were first suggested by the British scientist Sir Isaac Newton in a work published in 1687.

The first known photo of a UFO was taken by astronomer Jose Bonilla through a telescope at Zacatecas, Mexico, in August 1883.

The fifth satellite or moon of the planet Uranus was only discovered in 1948.

On New Year's Eve 1978, hundreds of people in Europe said they had seen a giant cigar-shaped UFO with its portholes lit up, racing through the night sky. It was, in fact, what was left of a Russian rocket which had launched a satellite. The remains crashed to earth near Hanover, Germany.

In the famous alien autopsy film shown on TV across the world in August 1995, the aliens had no belly buttons. All humans, except some Siamese twins, have them. The aliens also had six toes.

Erich von Däniken, a German writer, completed a book called *Chariots of the Gods* in 1968. The book was about the visits of spaceships and aliens to Earth thousands of years ago. Däniken said, among other things, that extraterrestrials had helped build the Pyramids. He told his publisher that the book was worth a million dollars. His publisher did not believe him at first, but the book went on to sell over 40 million copies!

Two Americans who claimed they had been abducted by aliens were called Marshall Herff Applewhite and Bonnie La Trousdale Nettles!

Superman can travel "faster than a speeding bullet". This means he can move at over 1,200 metres per second.

Pictures of Jupiter taken in early 1997 showed ice and heat on the surface of one of its moons, Europa. Scientists believed that the moon might be able to support life.

Two schoolboys got a made-up story about the sighting of a UFO in 1290 at Ampleforth Abbey published in a letter to *The Times* newspaper in 1953. They had even written up the story in Latin to make it appear real.

The first modern report of crop circles in Britain appeared in the *Wiltshire Times* of 15 August 1980.

Von Däniken claims in his book *Gods from Outer Space* that aliens had changed humankind's "genetic code" to make humans more intelligent.

The weather can play tricks that are mistaken for UFOs, visions and strange lights. Clouds can form into disc shapes. A group of these "flying saucer" clouds was photographed over Santos, Brazil. They look just like UFOs from a distance. In cold air ice crystals can pile into columns which reflect sunlight. When a snow cloud crosses the column, it looks as if a giant cross, which is lit up by the sun, appears in the sky.

A UFO was reported to have landed near an electric power station in Eureka, Utah, USA. The station was unable to work until the UFO took off again.

Storms from space are frequent. They hit the Earth about four days after starting on the Sun. They can damage satellites, interfere with TV broadcasts, and cause havoc to computers.

At the World's Fair in Buffalo, New York, in 1901, you could take a trip to the Moon. The ride, thought up by Frederic Thompson, used a green and white cigar-shaped flying machine called the Luna.

The dwarf planet Pluto, named after the ancient Roman god of death, was not discovered until 1930, by an American. Like the Earth, Pluto has only one moon.

An Italian astronomer looking at Mars in 1877 said there were a number of lines on the planet. Some time later the American astronomer Percival Lowell said the lines were canals, used by the Martians to take water from the ice caps at the poles. He wrote about his theories in *Mars and its Canals* in 1906.

A black object with four legs and short wings was seen over Froneysylite in Clwyd, Wales on 2 September 1905. It was said to look like a flying pig! It was about two miles up and travelling at 20 miles an hour.

The planet Uranus, discovered by the British astronomer William Herschel in 1781, has five moons – Oberon, Titania, Umbriel, Ariel and Miranda. Each moon is very different.

Ten famous stories about Martians and other aliens:

1. *The War of the Worlds* by H. G. Wells
2. *The Martian Chronicles* by Ray Bradbury
3. *A Princess of Mars* by Edgar Rice Burroughs (famous for Tarzan)
4. *The Hitchhiker's Guide to the Galaxy* by Douglas Adams
5. *Planet of the Apes* by Pierre Boulle
6. *Out of the Silent Planet* by C. S. Lewis
7. *Foundation* by Isaac Asimov
8. *Childhood's End* by Arthur C. Clarke
9. *Dune* by Frank Herbert
10. *The Day of the Triffids* by John Wyndham

In the 19th century a Frenchman called Cros tried to get the French government to put up the money for huge fires to be built in the Sahara desert. He said in this way he would be able to contact the Martians.

In early 1948 Captain Mantell, a pilot with the US air force, was sent up to join two other planes after a bright glowing object was seen in the sky over Kentucky. Two of the planes soon returned to base, but Mantell continued to chase the object. He said over his radio that the object was metallic and of tremendous size. The object went up to over 20,000 feet. Mantell followed but soon afterwards all radio contact was lost The remains of his crashed aircraft were found a few hours later. It is most likely Mantell passed out and lost control of his aircraft at high altitude.

Up to 30,000 tonnes of cosmic dust fall on Earth each year.

What you should do if you see a UFO . . .

1. Keep calm.
2. Note down the time you see the object.
3. Try and work out how high it is in the sky.
4. Note where it is going – towards you, away from you, from left to right or right to left or in all sorts of ways.
5. Try and guess the speed.
6. Remember the colour. Does the colour change?
7. Tell someone what you have seen soon afterwards.
8. If you cannot tell someone soon, try and write down what you observed.
9. If you can, take a photo with your mobile phone.

BEASTLY BODIES

The FACT ATTACK series

Awesome Aliens
Beastly Bodies
Cool Cars
Crazy Creatures
Crucial Cricket
Dastardly Deeds
Deadly Deep
Devastating Dinosaurs
Dreadful Disasters
Fantastic Football
Gruesome Ghosts
Incredible Inventions
Mad Medicine
Magnificent Monarchs
Nutty Numbers
Remarkable Rescues
Rowdy Rugby
Spectacular Space
Super Spies
Vile Vampires

FACT ATTACK

BEASTLY BODIES

IAN LOCKE

MACMILLAN CHILDREN'S BOOKS

First published 1998 by Macmillan Children's Books

This edition published 2012 by Macmillan Children's Books
a division of Macmillan Publishers Limited
20 New Wharf Road, London N1 9RR
Basingstoke and Oxford
Associated companies throughout the world
www.panmacmillan.com

ISBN 978-1-4472-2416-7

1 3 5 7 9 8 6 4 2

A CIP catalogue record for this book is available from the British Library.

Printed and bound by CPI Group (UK) Ltd, Croydon CR0 4YY

DID YOU KNOW THAT . . .

Captain Cook and his crew were the first British explorers to see tattoos. They saw them on the natives of the Pacific island of Tahiti, when they landed there in 1769.

Victims of disasters can become diabetic for a short time – about ten days – as a result of shock.

A woman celebrating her 100th birthday in Derbyshire in November 1996 overdid it – as a result she was taken to hospital for the first time in her life!

In a survey in January 1997, three per cent of those questioned in Britain said they had baths with their pets, and ten per cent ate snacks in the bath!

In the twelfth century Henry 1 of England decreed that a yard was equal to the distance from the end of his nose to the end of his thumb when his arm was stretched out.

While salt is important for people's health, too much salt can be dangerous. However, Chinese sports teacher Zhao-Cheng seems to stay healthy even though he eats a pound of salt a day.

There is enough of the chemical phosphorus in a normal human body to make 2,200 matches!

A baby can get hiccups before it is born.

From 13 June 1948 until 1 June 1949 a person in Los Angeles hiccuped 160 million times. People sent in 60,000 suggestions for cures. Vera Stone, aged 18, hiccuped for 59 days in 1929. Nothing she tried seemed to stop the attack. Her doctor thought she might have forgotten how to stop and decided to make her think of something else. He gave her a drug which made her feel ill but also put her to sleep. When Vera woke up she forgot to hiccup because she was paying attention to her other sickness. It did not take long for her to get better.

Studies show that young women are more frightened of the dentist than men are.

Edwin Robinson was in a road crash which left him blind and almost unable to hear. His doctors said he would not get better. In June 1980, going out to check on his pet chicken at his home in America, he was struck by lightning and knocked out. He came to twenty minutes later and found he could see and hear. A month later he also found hair beginning to grow again on his bald head!

You can catch the same cold several times over. A cold can be helped by eating curry.

There are 2 square metres of skin on each fully grown body.

The bodies of Australian aborigines cannot deal with air conditioning. If they stay in a place with air conditioning they lose body heat and can die of cold.

Sometimes people appear to be dead but are not. One of the strangest cases was that of a 12-year-old girl in Wales. She was said to have "died" of pneumonia. She was laid out and put on a stretcher. As the bearers lifted the stretcher, she sat up and said, "Shut the door, it's cold." She went on to marry and have seven children.

In north-west China in 1995, a dentist completed a three-metre tower from teeth he had taken out. He built it to frighten villagers into looking after their teeth.

In 1925 a young British girl was offered a country medicine for help with her whooping cough. It was a mouse boiled in milk!

Babies can be born naturally or can be born by Caesarean section, when a cut is made in the mother to let the baby out. The name came from the son of the ancient Roman Emperor Julius Caesar, who is said to have been born in this way. This method of being born was not used in Europe again for hundreds of years. The first time it was re-used was in 1500 in Switzerland – the operation was carried out by a butcher! The first Caesarean operation in Britain took place in a hospital in Blackburn, Lancashire, in 1793.

Caroline Clare of Canada is reported to have been magnetic. Knives and forks could be attached to her skin and stay there without any obvious help.

The first great outbreak of the bubonic plague, known as the Black Death, happened in Britain in June 1348, at Melcombe, Weymouth, in Dorset. By the time the plague was over, up to a quarter of the people in Europe had died.

A British woman, Gillian McCarthy, is allergic to everyday chemicals. She gets ill if she smells petrol, cleaners, paint, perfume, newspapers, rubber and even tap water. If she smells these things she has headaches, becomes worn out and can faint.

After his death in 1928, the heart of the British writer Thomas Hardy was stolen by a cat and never found.

The Pedaung women of Burma stretch their necks with large numbers of brass rings.

During a terrific thunder and lightning storm in Arizona, USA, in 1929, the lightning lit up the eerie outline of a dark horseman, sitting absolutely still in his saddle out on the open plain. Once the storm had passed, a search party was sent out to find rancher Roy Sorrell. They found him – the man and his horse were standing stock-still on the plain. Both man and horse had been struck by a lightning bolt and killed; they remained "frozen" just as they had been when the lightning struck.

Many people who are left-handed play golf, cricket and other games right-handed.

The tongue is the strongest muscle in the body. It is the only muscle which is attached at only one end.

A Russian general and defence minister was not very good at parachuting. On his first jump he broke his left leg; on his second jump he broke his right leg.

John Evans, a British builder, has a 23-inch neck. On 5 July 2008 he set a world record by balancing 98 milk crates on his head for 10 seconds.

Only one in twenty of those who are blind were born unable to see.

A human can walk on water, with some help. Rémy Bricka of Paris walked across the Atlantic ocean wearing special skis, from April to May 1988. The distance he walked was 3,502 miles.

A person's temperature can be lowered from 37 to 25 degrees centigrade without harmful effects.

Diabetes is a disease in which people are unable to make insulin. It was first identified in Germany in 1889. It was found that the body makes insulin to control the amount of sugar in the body. Up to 1923 most of those who had diabetes died early. That year three doctors in Canada, Banting, Best and MacLeod, were able to produce insulin. This made it possible for diabetics to live a near-normal life with injections.

About 1771, Edward Jenner, an English student doctor, met a milkmaid in the country. She told him that she could not catch the disease smallpox because she had already had a mild form of the disease, cowpox, which she had caught from the cows she milked. Jenner decided this example might be repeated. He started to deliberately infect people with a mild form of a disease to prevent them catching a more serious infection. After experiments he found this idea of "vaccination" worked. By 1801 over 100,000 people had been vaccinated against smallpox in Britain. This success led to the use of vaccination across the world.

The first kidney transplant, which took place in America in 1954, involved identical twins.

Elizabeth Blackwell, the first woman doctor of modern times (she died in 1910), was opposed to vaccination.

Percy Oliver organized the first blood transfusion service in the world in London in 1921. The first blood transfusions ever used animal blood.

Professor Christiaan Barnard of South Africa decided to try a heart transplant on a person in late 1967. In December he transplanted a girl's heart into the body of Louis Washkansky. Though his patient lived only eighteen days after the operation, Professor Barnard had proved a human heart transplant was possible.

A man in Wisconsin, USA, hibernated each winter for twenty-three years from November to Easter.

Ray Palmer is one of the leading photographers of rock stars in the world. Unusually he has only one good eye. Though his eyes look normal he was blind in one eye from the time he was born – it is likely he poked the eye by accident before he was born. Only when he was thirteen did he tell anyone else he could not see out of one eye.

The strength of some people is extraordinary. An 18th-century strongman, Thomas Topham, could click his fingers while a man danced on each of his outstretched arms!

Blood takes one minute to be pumped round the body and return to the heart.

A French monk who died in 1609 aged 70 only ate one meal a day for 48 years. It consisted of bread, water and a few raw roots.

By the time a person is 50, their nails will have grown a total of 2 metres.

The big toe has only two bones, the other toes three. Webbed toes and fingers are quite common. The second and third toes often have extra skin which makes them webbed, usually on both feet.

The nail on the middle finger grows fastest. The nail on the thumb grows slowest.

An adult human heart beats 60 to 70 times a minute. The heart of a baby beats about 130 times a minute. By the age of three the heart has slowed to 100 beats a minute, then down to about 90 a minute by the age of 12.

The actor Gary Cooper had big feet: he wore size 14 shoes. The imprints of his shoes and hands were made in the concrete outside Grauman's Chinese theatre in Hollywood. The world's most famous footprints – of Neil Armstrong, the American astronaut, on the Moon – are quite small: his boots were size 9 and a half.

Some people have a disease which means they cannot cry. The South African leader Nelson Mandela is one person who cannot cry. His many years in prison, where he broke rocks, stopped his eyes from making tears.

A hypochondriac is a person who believes they have something wrong with them all the time. British rock star and multimillionaire Dave Stewart has this. After he went to doctors he found there was never anything wrong with him. In the end he decided he was "ill" because he was very happy! He was said to have Paradise Syndrome. Once, when in Bangkok, Thailand, he had a healthy appendix removed because he thought it was diseased – he only had wind! He bought his own hospital in 1997 – the St Paul's Hospital in Covent Garden, London – and made it into an arts centre.

Teeth do not stay still. They move in the mouth for most of a person's life. Tooth decay is the world's most common disease.

Children were not supposed to go near the corpses of plague victims in England in the sixteenth and seventeenth centuries. Some did not care. In London crowds of people, including children, stood at the open plague pits filled with dead bodies to show they were not frightened by the plague.

Some well-known people ended up being buried in strange places. Both Emperor Selassie of Ethiopia, a hero to Rastafarians, and the great Indian poet Sheik Zauq, were buried under lavatories.

You cannot tell the size of a woman's shoes by looking at the footprints they make. You have to look at her real foot or know how high her heels are.

Dutch giant Jan Van Albert was 2.87 metres tall in 1920.

Siamese twins are called after Chang and Eng Bunker, who were born joined together in Siam (Thailand) in 1811. They were put on show in Europe and America. They lived to the age of 62. They married two sisters and had 22 children. They died within an hour of each other.

Many people have been said to live a long time. A Mr Agha of Kurdistan said he was 156 years old; he was probably about 75.

Teeth are the only bits of a person which do not grow back. Charles Land of Detroit, USA, was the man who invented porcelain caps for broken teeth.

It is said that hair and nails continue to grow after death, but this is not true. When Admiral Lord Nelson was killed at the Battle of Trafalgar, near Spain in 1805, the British sailors on board his ship, the *Victory*, put his body in a coffin to take it home. (A dead sailor was usually thrown over the side into the sea, wrapped in a hammock or sack.) So that Nelson's body would not decay and smell horrible, it was put in alcohol. When his body was taken out back in England, it was said that his hair and nails had grown!

The average person swallows 295 times while eating a meal. Until they are seven months old, babies can swallow and breathe at the same time.

Getting hot then cold can cause people to die. When there are hot summer days in Britain people can die because they have too big a shock from a change in temperature. Often the death is caused by jumping into icy cold water on very hot days to cool down. The most famous person to die in this way was Paul Morphy. He was a brilliant American chess player. One day, after walking in very hot weather, he decided to have a very cold bath. Soon after he got into his bath he died.

A human can survive for about five weeks without food, about five days without water, but only for about five minutes without air. There are some extraordinary exceptions – Brian Cunningham of Jackson, Michigan in the USA, was revived after he had spent 38 minutes trapped underwater!

The heart in almost all humans is on the left side. When it turns up on the right, all the other internal bits are also moved from left to right. Some people can be very different. During World War One, an Australian soldier went to hospital for some trouble with a leg. He was found to have two hearts! They beat one after the other.

On average the people of Liechtenstein live the longest in the world – a woman to over 82 and a man to over 77. On average a man in Britain will live to 71 and a woman to 77.

Forty per cent of people in space suffer from space sickness.

A sneeze can travel over 3.5 metres! The world speed record for a sneeze is 103 miles an hour.

The skin on the bottom of your feet is thicker than at any other place on your body. The average pair of feet will sweat about half a pint of perspiration a day. During a normal day a person will take about 18,000 steps. In an average lifetime, a person will walk the equivalent of almost three times round the world.

The brain uses one fifth of all the oxygen we breathe.

If calcium is taken out of human bones, they become so rubbery that they can be tied in a knot like rope or string.

The fastest human has a speed of about 27 miles per hour, a racehorse about 60 miles per hour and a racing pigeon about 90 miles per hour.

The Russian Siamese twins Irina and Galiana had one torso, two arms, four legs and two heads. They were very different. One was calm, the other excitable.They had one nervous system and slept at different times. They were proof that sleep is controlled by the brain.

The American cyclist Greg Lemond, winner of the world's toughest cycling race, the Tour de France, rode with 35 lead pellets in his body. He had been accidentally shot while hunting in 1987.

One person in twenty has an extra rib.

A man's or boy's eyes are bigger than those of a woman or a girl, even if they are the same size.

In the 1890s it was the fashion for women to have very small waists. Some women had operations to take out their lowest ribs so they looked fashionable.

Eskimos have extra flaps on their noses so they are not frozen when it is very cold.

Lord Tennyson, the famous Victorian poet, did not kiss a girl until he was 41 years old. That was when he got married.

In the 1970s it was found that some hard corals could be used to replace broken or chipped bones in people. The corals are so hard they last for many years and can be shaped to suit almost any type of bone.

A small injury can sometimes kill. William III (William of Orange) was out riding at Hampton Court when his horse Sorrel put his foot in a molehill and slipped. The king was thrown off the horse and broke his collarbone. The broken bone led to other illnesses and he died.

Most babies who are born premature are left-handed.

Jack Le Laune was known as Mr Keep Fit in the USA. In 1974, when he was 60, he swam from Alcatraz, which used to be a prison, to Fisherman's Wharf in San Francisco. No prisoner is believed to have survived the swim, so Mr Le Laune was indeed very fit.

The King of Siam (now Thailand) who came to the throne in 1851 had 82 children by 32 wives.

Fräulein Brunhilde was the world's tallest pianist: she was said to be 2.10 metres tall. Among the places she performed was the Coliseum Theatre in London.

Wilt Chamberlain, who was a great basketball star in the USA in the 1970s, was 2.16 metres tall. His parents were only 1.73 metres tall!

There are up to 8 million hairs on a normal body.

In Britain in August 1994 twins Spencer and Whitley Horn were born three weeks apart.

A woman's tears are one of the strongest natural antiseptics.

The bubonic plague is spread by bites from the fleas of black rats. The flea can live without food for 125 days. The bubonic plague has not disappeared. Outbreaks have occurred in America, India, Zimbabwe and South Africa in recent years.

The tallest woman whose height has been proven was Jane Bunford. She was born in England in 1895. She was 7 foot 7 inches tall. If she did not have a curved spine, she would have been 7 foot 11 inches tall. Her hair also broke records – it was 8 foot long. How often she washed it is not recorded. She died at the age of 27 in 1922.

A pregnant woman has a one in ninety chance of having twins.

Humans cry from the time they are born until they die. It is a slow tear that cleans the eyeballs and stops them drying out When we blink this water is spread to protect the eyes. On average we blink 25 times a minute.

Three quarters of human blood is water. We can lose 3 pints of blood without harm. An average adult has between 9 and 12 pints of blood.

Twins are often ill at the same time, even if they are miles apart. In September 1996 twins Barbara Gamblin and Sue Sycamore, aged 45, were taken to the same hospital at the same time on the same day after separate accidents. Twins' teeth also decay or fall out at much the same time.

Ambulances were first developed by the surgeon to Napoleon during his Italian campaign of 1796–7.

The tallest people in the world are the men of the Watutsi tribe of central Africa; they grow up to 2.3 metres tall.

The smallest human being ever known to be born alive was Tyler Davidson, at Nottingham City hospital in 1992. He weighed 11 ounces and was only 15 cm long! He was born two months before he was due and was one of twins; his brother's name was Stephen.

Over fifty years ago a tribe called the Veddas were found in Sri Lanka.They never laughed.

Burning old shoes was one method of warding off the plague in the 17th century. It did not work.

A woman who lived in London during the 18th century was so afraid of catching cold she never washed. Instead she smeared her face and hands with lard. She lived to be 116 years old.

The human stomach can deal with many unusual things being eaten without the person being sick. Some people have set records for eating strange things. The most extreme case is that of Frenchman Michel Lotito. He ate the whole of a Cessna light aircraft, finishing on Boxing Day 1996.

A giraffe has the same number of bones in its neck as a human does.

When women in Algeria stopped wearing the veil in the 1950s, they found that they had more eye trouble.

The heart of a dead person was made to beat again for the first time by a Russian doctor in 1946.

Lady Wergall, the daughter of an English multimillionaire, was frightened of having an anaesthetic for an operation on her knee. In the end she refused to have the operation. As a result she spent 18 years chained to a chair so she would not fall over.

Chinese or Asian people have up to 30,000 more hairs on their heads than white people with red hair. A natural blonde has about 20,000 more hairs on his or her head than an Asian.

People can survive unknown injuries for many years. Joy Connor, an Englishwoman, had a broken neck for 45 years without knowing it. She only found out about her injury in 1996.

Scotland has the highest proportion of red-headed people in the world. Eleven per cent of the population has red hair.

Everyone has dandruff. No one yet knows why it happens.

The famous French scientist Louis Pasteur was not a doctor. He was a chemist and studied germs. He found that germs are carried in the air. His discovery led to the pasteurization of milk, where the harmful germs in milk are killed off. Later he found the vaccines for two diseases, anthrax and rabies.

People have electricity inside them. Some of this can be seen as "static" electricity. In the dark when taking off something synthetic, the blue sparks of this electricity can be seen. Some people have more electricity in their bodies than others. A woman in England had so much she ruined anything electric, including 25 irons, 12 TVs, 3 video recorders and at least 250 lightbulbs.

In 1988 a man in China was said to have so much electricity in his body he could knock a person down.

The electricity in an average human body could keep a lightbulb alight for three minutes.

Sixty per cent of a human body is water – about 10 gallons altogether. The water is about one sixth of a person's weight.

One of the most deadly human diseases is typhoid. One warm day in New York, in 1906, a cook made soup and prepared oysters for guests at a holiday home. The guests seemed to enjoy the meal. But, ten days later, a number of them fell ill and had to go to hospital. A Dr George Soper was called in to investigate. After some time he found that it was the cook, Mary Mallon, who had given the guests the disease. By then Mary had changed jobs several times and wherever she worked someone had caught typhoid. A search for her began. The doctor eventually tracked her down at work. Mary chased him with a rolling pin and then slammed the door in his face. Alarmed, the doctor called in several policemen and they went to Mary's lodgings, where she was taken into custody. She was sent to a hospital for tests. These tests proved that she had given the disease to at least 27 people. In 1910 she was allowed out of hospital, provided she did not work in a kitchen or with food. Yet, five years later "Typhoid Mary" was at it again. Twenty-five nurses and workers at a New York hospital fell ill and again Mary was found, working in the kitchen. She was taken by the police and put into hospital. Mary herself remained unaffected by the disease she carried and died, aged 70, in a New York hospital.

During the night a human body grows by about a centimetre. It goes back to normal size during the day.

From the age of 40, people will shrink by about 50 millimetres every 10 years.

In 1890 a Swedish man needed money. He decided to sell his body to the Swedish Institute. He was given the money he wanted. In 1910 he was delighted to find he had been left a large sum of money in a will. Now he wanted to buy his body back. The Swedish Institute said he could not. So the man went to court After hearing him, the court said he could not buy his body back. Not only that, he had to pay money to the Institute. This was because he had had two teeth taken out without letting the Institute know!

A mother in Sydney, Australia, gave birth to twins 56 days apart and in two different years. The first twin was born on 16 December 1952 and the other on 10 February 1953.

Japanese soldier Nagoaka died aged 75 in 1933. For fifty years he had grown a moustache, which grew and grew. When his body was about to be cremated, his sons snipped off his giant white moustache, which was over 50 centimetres long, folded it in white silk, laid it on satin in a casket and buried it with full honours.

In the Sherlock Holmes stories, Dr Watson, Holmes's assistant, has a bullet wound. Strangely, in one book the wound is in his shoulder, in another in his leg!

Sleeping sickness is a type of swelling of the brain caused by one or more viruses. In 1932 an American woman, Patricia Maguire, was struck by the disease. Her family found it more and more difficult to wake her up in the morning. When she did wake, she went off to work, but when she came home she began to doze off early in the evening. One night she went to sleep on the subway (underground), missed her stop and was woken by the conductor. She just got home, then fell asleep again. For the next ten days she said nothing about what happened, then fell into a deep sleep. She spent 5 years, 7 months and 12 days asleep until, finally, the disease killed her.

When people close their eyes or stare into the distance, the brain slows down and relaxes the body.

The ancient Egyptians used to put people to sleep before surgery by hitting them on the head! Later, people were made to drink alcohol until they were completely drunk.

In 1994 a Mr A. Z. Hamock was buried in Kentucky, USA. He had died in 1948. He had been preserved by his family with a home-made embalming fluid, dressed in his evening clothes, and put on a seat in the family home.

In Perth, Australia, an 18-month-old boy ate a 30 cm venemous snake by accident; his mother arrived in time to pull the tail from his mouth.

Harold Blakley was blind for 11 years. When he had his sight restored, the first thing he said was, "Women's hats are ridiculous!"

The human body loses enough heat in an hour to boil half a gallon of water.

If skin is transplanted from one person to another it shrinks and dies. The only time this does not happen is if the two people are identical twins.

One in 15 Americans were found, in a survey in 1978, to bite their toenails as well as their fingernails!

Lynn Ray Collins was unable to speak for 17 years. In 1989 his speech came back after an accident. He somehow hit his head against a glass door which shattered. Blood gushed out of the cut. As soon as the ambulancemen came to help him, he spoke to them!

The amount of iron in a human body is about the same as the iron in a 2.5 cm nail.

Many years ago the Empress of Japan lost her voice. Why she could no longer speak was a mystery. Then one day, on a visit to a village by the sea, she saw a young boy catching a fish on the seashore. She was very impressed and all of a sudden began to speak to him! No one could explain why her voice came back.

It is impossible to sneeze and keep your eyes open at the same time. A 17-year-old girl from Miami, Florida, started to sneeze on 4 January 1966 and continued until 8 June 1966.

The inventor of the cultured pearl, Mokimoto of Japan, ate two pearls for breakfast each morning.

The smallest player in major league baseball in the USA was Eddie Gaedel, born in 1925. He appeared as a pitch hitter for the St Louis Browns team against the Detroit Tigers on 19 August 1951. He was only 1.10 metres tall.

Quite often human babies will not grow for up to 63 days and then grow quickly. They then grow up to 1.5 centimetres in a day. Just before babies grow like this they get very hungry and can be very noisy.

An American, Mrs Kemp, had two sets of twins in the same year. Another American had 6 sets of twins over her life!

A human bite is more dangerous than that of a dog, a cat or a horse.

The city with the highest number of babies born in taxis is New York, USA.

It is said tombstones were first put over graves to stop the dead becoming zombies and harming the living.

In adults, hair will grow for about three years, then rest for three months. At this time any loose hair falls out.

Warren Hisapple rolled out of bed and died. His bed was higher than his window sill. The window was open – the building was a New York skyscraper!

In 1986 it was found that men and women from Wales have the smallest feet in Britain.

Sir Winston Churchill often could not sleep. To help him go to sleep he would have two beds in a room. If he could not sleep on one, he would move to the other. At home, he had one or more pets on his bed, including dogs, cats and a cockatoo.

Asleep, a person will dream clearly about every one and a half hours. When a person is dreaming, their eyes can move very fast. This is called Rapid Eye Movement, or REM. The American rock band REM is named after this. People take an average of seven minutes to fall asleep.

In an average life a person will eat 50 tonnes of food and drink 50,000 litres of liquid.

Human lungs hold between 3 and 4.5 litres of air.

Tattooing is very ancient. Probably the strangest tattoo ever was found on the arm of a dead man on a streetcar in Cincinatti, USA, in 1946. It read "lykrinxs zerakomp-Baaa-Hobokob-Ahnep-1909"! No one knew what it meant.

The 19th-century violinist Paganini had a hand span (the measure between the tip of the thumb and the tip of the little finger) of 45 centimetres. An average man's hand span is 22.5 centimetres.

Queen Elizabeth I had a bath once a month. Sometimes she had a bath in wine. The Empress of France in the 19th century had baths in strawberries. Napoleon's first wife, Josephine, had baths in donkey's milk.

Bodies can be preserved by embalming or by freezing. Freezing the body is called cryogenics. Among famous people whose bodies have been kept are Lenin and the former head of the Philippines, Ferdinand Marcos. Marcos's body is kept in a fridge.

He was put in an airtight glass casket, clutching a rosary and with made-up face and hands. Chemicals will keep his remains fresh for years. When the coffin of King Charles I of England, who had been beheaded, was opened two hundred years after he died, it was found that his hair, beard, face and blue eyes were preserved. One of the people present took a bit of his hair and one of his bones as souvenirs. King Charles I was not very tall: even when he had his head, he was only 1.40 metres.

The second hand on a watch was invented by a doctor, Sir John Floyer, about 300 years ago, so doctors could check a person's heartbeat.

The great American runner Jesse Owens beat a racehorse over a 100-yard sprint in 1936.

The first American President, George Washington, had three sets of false teeth – one of wood, one of iron and one of ivory. He found the ivory false teeth useless for chewing, but they did taste nice – he kept them in a glass of port every night to improve their flavour.

When a baby is born it has about 305 bones. As it grows some of these bones join together, until there are about 206 left. The main part of the body where joining of bones takes place is the skull.

Shaving can be expensive. When Louis VII of France had his beard and head shaved, his wife thought he looked stupid and left him for a count who was to be Henry II of England. As a result Louis went to war with England. The war lasted almost 300 years and around three million people were killed.

An American man survived and was able to eat six days after being almost cut in half by a circular saw while at work. This was amazing since five important parts of his body had been sliced by the saw in the accident.

A very small number of people are born who feel no pain at all. They are very unlucky, and can hurt themselves easily.

Some people are born with extra toes. The Queen of England has a picture by the famous Dutch painter De Hooch which shows a woman's bare feet. The woman has six toes on one foot. Anne Boleyn, the second wife of Henry VIII, had an extra finger on one of her hands.

Flat feet, where most of the sole touches the ground when standing up, are common. People with flat feet can often walk or stand for longer than those who have normal feet. Oddly, armies have often excused people with flat feet, even though they might be able to stand, march and drill for longer than other soldiers!

Twins Augusta and Elfried Sejval of Austria had exactly the same fingerprints.

Like the British writer Charles Dickens, Alexandre Dumas, the French writer of *The Three Musketeers*, found it hard to sleep. He had what is called insomnia. A doctor said he should eat an apple a day at seven o'clock in the morning under the Arc de Triomphe in Paris to be cured. This did not work.

There are over 600 muscles in the body. They are all used for different actions. At least twelve muscles are needed to pick up a pencil, seventeen to smile and 200 pairs to walk.

Mrs Davina Thompson was the first person to have a triple transplant, of her heart, liver and lungs, at Papworth Hospital in Cambridge in 1986.

Englishman John Clogg has an unusual brain. It does not work from one side to the other, which is normal, but each half works on its own. Because of this he can write with both his left and right hands at the same time. He can also speak while writing in this way. He says having such a brain is not really much use. President Garfield of the USA had the same type of brain. He could write Latin with one hand and Greek with the other at the same time.

Two men claimed to be the "world's smallest man" at the Kentucky State Fair in America in 1980. Ricki Donovan was 89 centimetres high, but Pete Moore was only 71 centimetres. Ricki refused to change his mind, although it was obvious that Pete was 18 centimetres shorter than he was!

From the age of 18 to 60 a man who shaves every day will spend a total of 106 days doing so. In bright light if a man has not shaved recently, there is a dark look to the face from the bristles. This is called the "five o'clock shadow". In 1960 Richard Nixon (who later became President of the United States) is said to have lost the election to President Kennedy because, on TV, it looked like he had not shaved.

The great English painter Constable, famous for the Hay Wain, is believed to have had colour blindness. He was, it seems, unable to see red and green clearly. Because of this the greens and reds in his pictures of the countryside are very bright. Colour blindness is passed on to children by their mother.

Mrs James of New Orleans, USA, sat on a needle when she was a little girl. The needle seemed to disappear inside her. Over twenty years later she felt a pain in her heart. She was rushed to hospital for an emergency operation. The doctor took out a large needle which was close to her heart – it was the one she had sat on years ago.

Teeth are protected by enamel. At the bottom of the teeth there is no enamel, so the gums protect them from decay.

After the daughter of an ancient Chinese Emperor died, the Emperor had all twenty court doctors beheaded and their families put in prison.

About 2.5 litres of fluid is lost from a person's body each day – over 900 litres a year!

General Tom Thumb, whose real name was Charles Stratton, was the most famous American midget. He was born in 1838. At the age of 12 he was only 77 centimetres tall.

He joined P. T. Barnum's Museum in America in 1842 and went on show. He travelled in America, Britain and Europe for three years. He married Lavinia Warren, who was 81 centimetres tall, in 1863. The General died in 1883. His wife then married another midget, Count Magi, who was exactly the same height as she was.

Richard III of England, Louis XIV of France and the Emperor Napoleon of France were all born with teeth.

The Danish astronomer Tycho Brahe, who died in 1601, had a gold false nose. He lost his real nose in a sword fight.

Eyelashes do not turn white as we get older. Each eyelash lasts about 5 months. It is thought, though not proven, that some people's hair, including their eyebrows, turns white very quickly after a big shock. A British soldier who went to the front line in the First World War in 1914 had such a fright. One day, he was throwing a grenade, when it went off early. It blew off two of his own fingers and killed a man near him. The shock seemed to make his hair turn white in days.

One in ten people is left-handed. Prince William is left-handed. His great-grandfather, King George VI, was born left-handed but was taught to write with his right hand. No one knows why, but left-handed people die younger than right-handed people. Other famous left-handed people include the artists Picasso and Michelangelo and the early film star

Charles Chaplin. When typing, the left hand does fifty-six per cent of the work. Oddly, the number of left-handed men is double the number of left-handed women.

The man who first studied the human body in the West, Vesalius, had to study dead bodies at night. Mostly they were the bodies of people who had been executed. He was once accused of cutting up a Spaniard while he was still alive. Although he was able to show this was untrue, the court of the Inquisition said he had to make a pilgrimage to Jerusalem. During the journey his ship was wrecked. Vesalius made it to a desert island, but he died there of starvation.

CRAZY CREATURES

The FACT ATTACK series

Awesome Aliens
Beastly Bodies
Cool Cars
Crazy Creatures
Crucial Cricket
Dastardly Deeds
Deadly Deep
Devastating Dinosaurs
Dreadful Disasters
Fantastic Football
Gruesome Ghosts
Incredible Inventions
Mad Medicine
Magnificent Monarchs
Nutty Numbers
Remarkable Rescues
Rowdy Rugby
Spectacular Space
Super Spies
Vile Vampires

FACT ATTACK

CRAZY CREATURES

IAN LOCKE

MACMILLAN CHILDREN'S BOOKS

First published 1998 by Macmillan Children's Books

This edition published 2012 by Macmillan Children's Books
a division of Macmillan Publishers Limited
20 New Wharf Road, London N1 9RR
Basingstoke and Oxford
Associated companies throughout the world
www.panmacmillan.com

ISBN 978-1-4472-2417-4

1 3 5 7 9 8 6 4 2

A CIP catalogue record for this book is available from the British Library.

Printed and bound by CPI Group (UK) Ltd, Croydon CR0 4YY

DID YOU KNOW THAT . . .

The giant squid is one of the longest creatures on earth – it can grow up to 15 metres or 45 foot. It also has the largest eyes of any living animal; they are up to 38 cm across.

A female elephant will always adopt a baby elephant which has lost its mother.

Evelyn Françon of France found his cat Graffiti messy and noisy and gave him away to friends 100 miles away when he moved to a new job in 1995. A few months later his friends told him that Graffiti had run away. In January 1997 Evelyn heard a scratching and screeching at his front door. It was Graffiti! The cat had spent two years making the journey through the foothills of the French Alps to his old owner's new home in Isère. Evelyn said, "I shall have to keep him now."

A dog's sense of smell can be amazing. A Doberman once tracked a sheep thief for 100 miles by scent alone across the Great Karoo plain in South Africa.

There are 30 species of slug in Britain.

When he moved to Italy, the British artist and writer Edward Lear, famous for his nonsense rhymes, built a new house. The house was exactly the same as the one he had lived in in Britain so his cat would feel at home.

The rattlesnake or viper has special cells between its nostril and its eye. These are sensitive to infrared radiant heat and can locate people in the dark by the heat they give off.

In June 1986 Blackie, a 3 kg Siamese cat, was minding his own business in his garden in Droxford, Hampshire, when a dark shadow appeared overhead. In moments a buzzard swooped down, picked up Blackie in its claws and flew off. Blackie hissed and struggled so much that the bird dropped him back into the garden. Though the 'cat-nap' lasted only a minute or two, Blackie was lucky. Buzzards normally kill their prey before flying off with it.

The male emperor penguin looks after the egg of its young for between 105 and 115 days in a temperature of about -16°C. During this time it has nothing to eat and only survives by huddling together with other males on ice floes.

In February 1996 an Australian scientist put a lawnmower powered by rabbits on show.

Shayne, the world's oldest horse, is 51 years old! He lives at a sanctuary in Brentford, Essex.

48 rats were on the space shuttle Columbia in 1993.

The average lifespan of a robin is 18 months.

At Felpham in England, the owner of a white Samoyed dog made socks, scarves, gloves and jumpers from the dog's hair. After the film *101 Dalmatians* was released in the USA, there was a craze for clothes made from dog hair. Dog fur was made into overcoats in Mongolia in 1996.

So many starlings settled on the minute hand of Big Ben one day in 1945 that it was slowed by 5 minutes.

The polar bear's nose is the only part of its body not covered in fur. When at rest, the bear covers its nose to keep it warm and help heat the air it is breathing. The bear's fur is translucent, and seems white because of the light passing through it. While polar bears can live in very cold areas, they seem to like a temperature of between 10 and 15°C most.

The second busiest stock market in America, called the NASDAQ, was closed on 16 August 1994 when a squirrel chewed the power lines to the main computer.

During the filming of an episode of *Baywatch* near Los Angeles, star David Hasselhoff helped save the victim of an attack by an alligator being used in the episode.

A St Bernard dog had a record litter of 15 puppies in October 1993 in Taunton, Somerset.

The first society to stop cruelty to animals was begun in London in 1824. One of those involved was William Wilberforce, the man who also stopped the slave trade.

The fastest growing creature on Earth is the blue whale. From the time it begins growing to full growth it increases up to 30,000 million times in size.

The giant megamouth shark was discovered by the US Navy in 1976.

Any type of rabbit can be a pet. Among the names of types of rabbits are Rex, British Giant, Dwarf Lop and Netherland Dwarf. A British Giant rabbit can grow to twice the size of a fully grown cat and weigh up to 12 kg.

In Roman times, the poet Virgil once held a funeral for a fly. The funeral cost about £50,000!

The tallest animal on earth is the giraffe. It can grow up to 6 metres high.

Among the animals seen around Britain which are not native to the country were a South American parakeet caught in Scotland in 1895, a European wolf in 1904, a jackal in Kent in 1905 and a lynx in the Highlands of Scotland in 1927.

In 1948 a cat named Mincha climbed up a 12-metre tree in Buenos Aires, Argentina. She did not want to come down and was still there in 1954. Her food was sent up by pole and she had at least three lots of kittens while in the tree, without coming down!

If they need to, many cats can climb straight up. In 1980 a cat frightened by a dog in Bradford climbed 20 metres up the straight wall of a block of flats.

In South Africa in 1937 a miner reported finding a worm 7 metres long, which left a tunnel 3 cm across.

The ghost bat of Australia is a cannibal.

The Endangered Species Act was passed in the USA in 1973. It helped to protect animals from hunters and to stop the destruction of the environment.

In 1995, a four-year-old black and white terrier dog, Rosie, ran away from her home near Colchester on Christmas afternoon. After a search lasting 72 hours, Rosie's owner heard her. She was trapped in an underground drain. The entrance was too small for a person to get down. Knowing the danger that Rosie was in, her owner contacted a rescue club. They decided to use a trained rescue dog, a terrier named Vic. Vic was given an electronic bleeper for his collar and sent down into the dark, freezing pipe in search of Rosie. Vic found where Rosie was stuck, and stopped there. The workmen waiting above then dug down the two metres to the pipe. The pipe was then smashed with an axe and the two dogs scampered out into the light. Rosie was thin, dirty and hungry, but otherwise unharmed. She went home to a huge meal and the new collar she had been given for Christmas.

The story of *101 Dalmatians*, by the British writer Dodie Smith, was based on her own dogs. The first Dalmatian she had she decided to call Pongo. When Pongo had pups, she began to think about a story about Dalmatians.

The only poisonous bird is the orange and black songbird, the hooded Pitohui, discovered by accident in New Guinea in 1992.

Charles Cruft, who started the famous Cruft's dog shows in London, never owned a dog and never went to his shows. He had a pet cat.

The average caterpillar has 16 legs.

The first cat working for the Post Office, to catch mice, arrived in London in 1868. The cats which were used by the Post Office in Britain were paid "a shilling [5p] a week and all the mice you can catch". By 1983 the pay of cats was £2 a week.

Sharks have killed more people in Australia than anywhere else in the world. The number killed is not huge – only a few hundred since 1791.

Some dogs can become very attached to their masters. Among the strangest stories of such closeness is that of Susie, a fox terrier owned by Lord Carnarvon. Lord Carnarvon, who put up the money for the finding of the tomb of Tutankhamun in Egypt, was dying in Cairo, the capital of Egypt. He had blood poisoning from an infected mosquito bite. Back in England, at his stately home of Highclere, Susie went downstairs and fell dead in the hall. It was exactly the same time that her master died. Why or how this happened no one can explain.

If a cow eats snakeroot, a poisonous plant, the poison goes into the milk. The mother of the famous American president, Lincoln, died after drinking milk infected by this poison.

The elephant is the only animal with four knees.

The blue whale can grow up to over 30 metres long and weigh over 100 tonnes. It is the longest and heaviest animal ever known to have lived. The female is larger than the male. They can eat up to about 1,000 kg of the plankton krill at one time. When born, the baby blue whale, called a calf, is about 7 metres long.

The average woodpecker pecks 20 times a second.

The King of Thailand, King Bhumibol, has 11 white elephants in his animal collection. Long ago the King of Siam, as Thailand was then called, would present one of the sacred white elephants to anyone he particularly disliked. As a royal animal, the elephant could not be used for work, so it could not work in the quarries or in the forests, so the owner had to pay to keep the elephant. This was so expensive that it led to the expression "a white elephant" for anything which has to be kept at great expense but has no use.

The biggest bird known to have lived in recent times is the Madagascan elephant bird which died out 300 years ago, in about 1660. Its egg was 30 cm large and could hold 7 litres. It was also known as the "Roc bird", was about 3 metres high and weighed nearly 500 kg. The name of the bird was used in the *Tales of Sinbad*.

A bite from a black mamba snake, which can grow up to 4 metres long, nearly always kills a person. The snake lives in south and central Africa. When the snake bites, a person will feel dizzy, then find it difficult to breathe, then the heart beats erratically until the person dies.

Male elephants can get drunk. They will eat unripe millet and then become drunk. When drunk they will start dancing, teasing each other and falling over. The male elephants make sure that female and young elephants do not eat the millet.

The only place in the world where dolphins regularly live close to people is at Monkey Mia, on the coast of western Australia.

Some types of ants eat wood. At one time ants ate a railway! It was the wooden railway which ran from Singapore through to Thailand in Asia. In 1877 the ants chomped their way through tons of wooden sleepers and rails until there was nothing left of the track. The railway was rebuilt in steel and concrete.

Baby rabbits are known as kittens. In old times, sailors thought rabbits were unlucky so they never used the word "rabbit", giving them names or calling them "thing" instead.

A monkey called Johnny learned to drive a tractor on a sheep farm near Melbourne, Australia. Johnny began just as a pet of the farm's owner, but soon learned to open and shut gates after copying his master. When he learned to drive the tractor he somehow knew that it had to be started in neutral. Johnny drove the tractor in a straight line or along a path on signals and calls from his owner. At lunchtime the monkey had his own lunchbag, putting the litter back in the bag after he'd finished.

The ringhals or spitting cobra snake spits venom through holes in its front fangs or teeth. If the venom hits a person's eyes it can cause blindness.

The world's most travelled cat is probably a three-year-old tabby called Tabitha, owned by American actress Carol Timmel. In 1995 Tabitha escaped from her carrier when she was in a jumbo jet flying across America. After a search she could not be found. Over the next 12 days the jumbo continued to fly back and forth across America. During this time Tabitha's owner decided that the airline, Tower Air, had not made a proper search for her pet. So, when the jumbo landed, a second search for Tabitha was made. She was eventually found hiding behind a passenger compartment. Apart from being dirty, she was fine. No one was admitting what she might have eaten during her 12 days' journey. The total number of miles she flew while wandering the plane was over 30,000!

By the time the dog film star Rin Tin Tin died aged 16 in Hollywood in 1932, he had a butler, a personal cook and a car which took him to the film set!

The tarantula spider is said to be dangerous, but its bite is really harmless; at worst it causes only a little swelling and some pain.

About every four years the number of lemmings (furry creatures related to squirrels) in a group grows quickly. If there is not enough food, large numbers of the animals move and spread out. They will cross mountains, walls, cliffs and even try to cross the sea when they move in large numbers like this. Many die when they go on the march in this way; it is a type of mass suicide. What makes the lemmings stop moving is not clear.

Owls stay quiet when they fly because they have feathers on their feet.

Elephants can catch a cold, but they do not sneeze very often.

A tortoise can live for up to 200 years; by contrast the usual lifespan of a hamster is only four years. A tortoise which died in 1966 was 188 years old. It was presented to the King of Tonga in 1773 by Captain Cook.

Rats cannot vomit.

The sea otter never gets its skin wet when it goes in the sea. It has two coats of fur, which keep its skin perfectly dry.

Emperor Napoleon of France was terrified by cats.

In 1987 five-year-old Carlton Carroll was knocked out by a brown spotted stingray fish which leaped into the family fishing boat when he was out with his family off the coast of America.

Wild ducks can get flu.

The dog that bites the least is a golden retriever.

The first guide dogs were used in Germany in a home for blind people, in 1916. The first ever guide dog was called Excelsior. He was trained by a Doctor Gorlitz to lead a blind man across the lawn. After this worked, guide dogs were used all over Germany, then all over the world.

The tongue of a chameleon is hollow.

Judy, an English dog, was a hero during the Second World War. She was born in the city of Shanghai in China. She was looked after by men of the British Royal Navy aboard a gunboat. One day the gunboat was torpedoed by the Japanese Navy. Judy and some of the men were taken prisoner. She spent two years in a Japanese prison camp on the island of Sumatra. Her owners were used as slaves by the Japanese to build a railway. During the time she was a prisoner Judy attacked the Japanese guards and helped prisoners who were about to be beaten. In 1945 she and her fellow prisoners were rescued and released.

A mother cat, Scarlett, became a heroine in Brooklyn, New York, in April 1996. A fire broke out in an abandoned building. Several floors up, the stray Scarlett began to rescue all her five kittens, one by one. In and out she went. She carried each of them down in her mouth, made sure they were all right and went back into the fire. Each time her red fur got more burned and her eyes were seared by the heat. Finally she got the last of her kittens out. She stood guard over them until they were all rescued by firemen. Scarlett and her kittens all recovered. Hundreds of people heard the story and wanted to look after Scarlett and the kittens.

A fly's taste buds are in its feet.

Lesley Kelly, who was born blind, has an unusual guide dog – a poodle called Valda. Lesley had tried two other kinds of guide dogs – a Labrador and a retriever. But the Labrador was too fast for her and the retriever too slow. Valda was just right.

An alligator can swallow a 4 kg chicken in one gulp.

When on land, otters use their tail as a third leg to stand up, strut across the ground or peer over objects in their path. When underwater, small flaps on their ears close up so they do not get water in them.

A cat has a normal body temperature of 38.6°C. A dog's average temperature is 38.3°C. A human's is 37°C.

In Hong Kong, where the older buildings are very close together, a man was once killed by a falling pig. The pig had fallen from a balcony. The story was so strange that the British writer Graham Greene wrote about it. His story was turned into a short film in the 1980s, which won an Oscar. It was not the only time such a thing happened. In 1987 Lui Wai-Kwong, aged 36, was injured when he was hit on the head by a one-kilogram turtle which fell on him as he walked to work. Again the turtle must have fallen from the balcony of a building above him.

An ostrich's intestines are up to 15 metres long.

Ostrich chicks grow about 1.5 metres in their first year.

Elephants eat for about 18 hours a day.

Bats can get too hot and get heat-stroke. Thousands of bats were affected by the heat in Fort Worth, Texas, USA, in 1989. They fell out of the sky on to buildings and into the busy streets.

The black rat brought the bubonic plague to Europe.

A cow's sweat glands are in its nose. Cow's noses are like human fingerprints – they can be used to identify the cow.

The tongue of the Australian platypus has teeth. It eats its own weight in worms every day.

The okapi is one of the world's strangest animals. It has eyes that can look both ways at the same time, a see-through tongue which is up to 35 cm long, and four stomachs. It has the legs of a zebra, the body of an antelope, the walk of a giraffe, the speed of an ostrich and the courage of a tiger. They spend almost all their lives on their own.

Flies can get athlete's foot.

Caves in New Zealand are lit by glow-worms.

Almost all smaller cats hate to get soaking wet. One sort which does not is the Turkish van cat, which can swim well. They also like playing in the rain. Other cats can swim, even if they don't like it. In the 1997 floods in America many cats were forced to swim for their lives.

One scrambled ostrich egg will feed six people for breakfast.

Pigs have up to 44 teeth.

The turkey was given its name by the British. The French called this American bird the Indian bird. In Turkey they are called "American birds".

A temple devoted to the worship of rats was built in the village of Deshnok, India.

The live-action version of *101 Dalmatians* used over 400 animals, 220 of them Dalmatian puppies. All the 220 puppies were born and lived in England because pets are not allowed to come into Britain without first going into quarantine for six months. Some of the puppies used in the film were "made" on a computer and then fitted into the "real" live-action film.

The thick hairs on ants' legs are used as combs. They often groom each other with them. Ants also keep pets; they are very fond of keeping a type of cricket in their burrows in winter.

The first turtle was brought to London in 1752 by Admiral Anson. Turtles and tortoises cannot move their ribs, so they breathe by pushing air through their necks. Turtles' necks have an extra water supply.

In the nineteenth century a clergyman in England found a brown rat in his house. The rat soon became a pet and quite tame. One night the man was woken up by the rat biting his cheek. Looking around he found to his alarm that the curtains on his four-poster bed were on fire. The man quickly made his way out of the house, which was burned to the ground. Unfortunately he was never to see his heroic pet again.

The honeybee is the only bee that dies after stinging a person or object.

Hannibal, the general who led the army of the city of Carthage against the Romans almost two thousand years ago, became famous for crossing the Alps. In his army he had 90,000 soldiers on foot, 12,000 cavalry and 37 elephants. The poor elephants were not suited to the cold and length of this journey into Italy. Only one of them is supposed to have survived.

The only mammal that can fly is the bat.

The eggs of a green turtle, which look like ping-pong balls, bounce.

The lesser rorqual whale, which can grow to 11 metres long, seems to like playing near ships. It has often been seen by sailors jumping out of the sea, sometimes lying on its back!

The bee is the only insect that produces food eaten by man.

When snow once closed the border between France and Switzerland, a Swiss circus decided the animals could go over the border on foot. The elephants, dogs and horses all went for their walk. The monkeys didn't – they were nervous of the snow. They were taken by taxi!

Baby chickens can live three days after they hatch without eating.

The great horned owl is the only animal that will eat skunk.

The kiwi is the only bird that has nostrils at the end of its bill.

The ancient Egyptian army was once defeated by cats! The King of Persia came up with a plan. He sent soldiers with cats in their arms at the head of his army. The Egyptians, who treated cats as gods and did not dare harm them, surrendered.

Jaguars are scared of dogs.

In Oregon, in the United States, a kitten became friends with a 250 kg grizzly bear at a wildlife park. When the starving kitten first arrived, in 1995, the grizzly took out a piece of chicken from its food bucket and gave it to the hungry kitten.

Shrews have two sorts of sounds – they twitter and scream. They only scream when they meet another shrew.

You can preserve unrefrigerated ground camel meat with garlic.

As soon as a bat hangs upside down, it becomes colder. Bats have five fingers, which are part of each wing; they also have five toes and ankles. The long-eared bats fold their big ears along their bodies when they go to sleep and cover them with their wings.

Hares live out in the open in a small dip they make in the ground, which is called a "form".

There are more chickens than people in the world.

Manx cats of the Isle of Man have no tails.

The Siamese cat is almost white when born. Their brown colour appears as they grow. They only have dark or black colours on the parts of their body which are cold. If Siamese cats are left in the cold too long, their coats will turn darker and darker.

In London in the 1950s, Mr Henry Cooper liked to play darts. His dog Ace liked to help him! Ace would collect the darts from the board and give them back to the players. To get the darts at the top of the board, Ace would jump two metres into the air!

Squirrels, beavers and other rodents have very sharp teeth. The reason why their teeth are so sharp is that they have protecting enamel only on the front part of their teeth. As they use their teeth, the backs get worn down so the teeth become sharper and sharper.

A flamingo can only eat when its head is upside down.

Packs of wolves travel up to 50 miles from their lairs in their search for food. When they move, they always try and keep to a straight line, moving at a trot.

African elephants stay on their feet for 30 or 40 years.

The dolphin can swim at up to 24 miles an hour.

Ship's cats are good swimmers. Early in their lives they fall or are knocked into the sea and get used to water. They do not seem bothered by the salt in the sea.

A hummingbird cannot stand on its own two feet; they are not strong enough to hold up the bird on a flat surface. The bill of the swordbill hummingbird is longer than its body.

Barry was a giant St Bernard dog who lived in the mountains of Switzerland in the early 1800s. He was looked after by monks, who went out to guide people across the mountains and help rescue them if they were in trouble. Barry somehow knew when bad weather was coming. He would lead the monks out to the people trapped in the bad weather or under the snow of an avalanche. He helped rescue 40 people. He became so famous that when he died, his body was kept. It can still be seen in a museum in Switzerland. In Paris, France, a giant statue of Barry was put up in the dog cemetery there. Not all St Bernards are heroic. On Boxing Day in 1996 a St Bernard called Freddie had to be cut free by firemen from a cat flap. He got his head stuck in it after chasing after a cat in Basingstoke, Hampshire.

The European oyster starts its life as a male, then changes into a female.

Cats pull at furniture and carpets to get rid of old claws, not to sharpen them.

14% of Dalmatians are completely deaf. The young Dalmatian will only begin to hear at about 6 weeks.

The ancient Egyptians shaved off their eyebrows to mourn the death of their cats.

When food was in short supply in Germany after the Second World War, the grass-eating animals at one zoo were let out to feed in the local town parks, squares and playgrounds.

The death's head moth will fly up to 3,000 miles each year from Africa to Europe. During the war they sometimes landed on ships in the Atlantic, happy to find a spot to rest for the day.

A cod lays up to 9 million eggs, a salmon lays only 10–20,000. Sharks lay the largest eggs – almost 15 cm long. The pods of the eggs are baked brown by the sun.

A dog's heart beats 40 times a minute faster than a human's.

In a local cricket match in Bedfordshire in 1955, a player hit the ball into a field. It was eaten by a cow called Bessie. The game was then abandoned, as the club did not have another cricket ball. Bessie seemed fine.

Tuna fish swim at an average speed of 9 miles an hour all the time; they never stop moving.

Ant colonies have doctors. Sick ants are isolated. If they are too injured, they are killed off.

Ants seem to have monthly holidays when they do nothing.

Ants will sleep about three hours a day.

A domestic (pet) cat has 18 claws, five on both of the front paws and four on the back paws.

The milk of sheep, goats and cows can be used to make cheese. The French cheese Roquefort comes from sheep at a place called Larzac. These sheep never drink water. The shepherds believe that if the sheep drink water their wool will become less soft and their meat less tender.

Snakes cannot cry. They do not have eyelids. Instead their eyes are protected by a clear skin.

At night crocodiles can be stunned by artificial lights. Their eyes reflect a red colour and they stay very still. Crocodiles have a semi-transparent third eyelid which slides over their eyes when they are underwater.

The star-nosed mole swims well, has fur like an otter and lives on the edge of swamps in America. In very dry weather it can die of thirst.

Only half the world's spiders spin webs; the rest of them hunt for their food. The largest web is spun by the tropical golden-orb web spider. Its web can be up to 1.5 m across and held up by lines up to 6 m long. The smallest web is made by the midget spider, less than 12 mm across. The web of a garden spider can have up to 30 m of strong silk; this silk can be stretched six times its length without breaking then return to normal size. It is stronger than steel.

Earthworms have five hearts.

The only domestic animal not mentioned in the Bible is the cat.

The male mosquito does not bite – only the female does. They also prefer to bite people who are blond.

A female African elephant carries her baby for 22 months before it is born.

Sheep in Iceland eat seaweed during the long, cold winter.

Cats in Edwardsville, Illinois, in the USA, have to wear a bell by law.

Bees build their home from top to bottom. A swarm of bees weighs about 2.5 kg. Inside the hive, even in winter, they try to keep the temperature at about 24°C. When the temperature goes below this, the bees begin to beat their wings and the warmth of their bodies heats up the hive. When they are making wax the temperature of the hive can reach 36°C and just before they swarm, it can be up to 40°C.

Because of an early winter in the Alps, the airline Swiss Air flew 200,000 swallows across the mountains in 1974.

A baby crocodile once hatched out in a lawyer's office in South Africa. The lawyer had been given the egg by a friend, had wrapped it in old socks and put it on a shelf with old books. Nearly three weeks later, out came the 20 cm baby croc!

A cow can give 400 pints (227 litres) of milk a week.

The world's biggest clams weigh over 200 kg.

Camels from Tibet were used for ploughing on Russian farms during the Second World War.

The Tokyo zoo in Japan is closed for two months a year, so the animals can have a holiday from the visitors.

Seals have been known to swim for as long as 8 months and as far as 6,000 miles without touching land.

An ant's sense of smell is as good as a dog's.

A tortoise called Speedy was once found by police on the fast lane of the M6 motorway! Since a lot of people said Speedy was theirs, the police set up an identity parade of six tortoises to find the real owner.

The Canary Islands were not named after the bird, but after wild dogs once found there. *Canariae insulae* means 'island of dogs'.

The kangaroo cannot jump if its tail is lifted off the ground.

The silkworm is not a worm, it is a caterpillar.

Some animals may not be as dead as they seem. An Egyptian snail was thought quite dead when it went on show on an ancient Egyptian tablet in the British Museum in 1846. Two years later, to everyone's surprise, the snail came back to life. It began to repair its shell and went on to live for some time.

Crocodiles grow from eggs. The strange thing is, when the baby crocodiles hatch they are three times as big as the egg they come out of!

A horned toad is not a toad, it is a lizard.

During the First World War, travel between Britain and France was limited. One of the oddest journeys was made by a shrew. London Zoo didn't have one, and heard of a shrew called Albert who was kept by British soldiers in France. So, a soldier was given emergency leave to take Albert to London Zoo. It was quite a job, since Albert needed to be fed on beef every two hours of the 24-hour journey.

A guinea pig is not a pig, it is a rodent.

There are many freaks in nature. One which can be seen in Britain is winged cats. Six have been found in the last 100 years, one being found in Wales in 1985. The wings are strips of fur-covered skin that grow from the shoulder to the middle of the body when the cat is about four years old. The Welsh cat had an 18-cm wing-span, and seemed to use the wings to help it jump.

In Africa, elephants discovered a sort of penicillin before people. Sick elephants were seen using a type of slimy mould for wounds and drank it to make them better. Local native people saw this and began using the slime for their own cuts and sores.

In 1973 a cat called Whisky was left by accident in Cambridge. He made his way to his home in West Yorkshire in the next 25 days, covering a distance of 150 miles.

Female armadillos always have four babies at a time and they are always either all male or all female.

A kangaroo can hop at up to 40 miles an hour.

A frog has to close its eyes to swallow.

Pigs can run a 7.5-minute mile.

In the USA during the Second World War, there was a plan to use millions of bats to drop firebombs on Germany and Japan. The idea of the "bat bomb" began in 1942. Up to 30 million bats were to be trained for the mission. After some time, small bombs were made and tied on to the chests of the first bats with string. The idea was that as the bats began to fly, they would chew the string until the bombs dropped off on to the ground below. The bats were kept cool so they would go to sleep until they were needed. Unfortunately, some of the bats stayed asleep for longer than was expected, others flew away as soon as their cages were open and some, still dozy, just fell to the ground. In one trial, a bat bomb mission escaped on a US airfield and their bombs burned down a hangar and set fire to a general's car. After more trials, the idea of the bat bomb finally worked. The only problem was that by then the war was over.

A horse can look forward with one eye and back with the other.

Jellyfish sometimes evaporate.

Dolphins have bigger brains than humans.

Rabbits can talk to each other by thumping their feet.

The hornbill bird has very odd behaviour when nesting. The female bird, which has a large clumsy beak, looks for a hollow in a tree where she can lay her eggs. As soon as the eggs are laid, the male starts filling up the hole. He brings in damp clay, filling the hole until there is only a small opening for the female's beak. The clay dries solid and the female is walled in until the eggs hatch. The male feeds her through the gap which is left. When the chicks are born, both parents break down the hard wall.

Beavers can swim underwater without taking a breath for 15 minutes.

Llamas have extremely bad breath.

In the 1700s a trapper could sell the deerskin of a buck for a dollar, which is why dollars are known as bucks.

Swordfish can reach speeds of 60 miles an hour.

Fish can become seasick if they are kept aboard a ship too long.

A flea can jump more than 30 cm.

As you might guess, giraffes often have throat infections.

A giraffe needs a big heart to pump the blood up its long neck. The average size of its heart is 60 cm.

The shell of an egg is normally 12%, or one eighth, of its weight.

The egg of the kiwi is one quarter of its mother's size!

Parrots are very good at hearing – during the First World War a group of parrots were kept at the top of the Eiffel Tower in Paris. They were listening out for planes.

Earthworms do not have eyes or ears.

Giraffes cannot swim, elephants can.

Cats cannot taste sweet things.

Fish have no eyelids; their eyes are always open.

A termite can live for 30 years.

Baboons cannot throw overarm.

An electric eel will short-circuit if it is put in salt, rather than fresh, water.

The edible dormouse of Europe can hibernate for up to six months a year.

A duck will often swim while sleeping.

A pigeon's feathers weigh more than its bones.

Birds cannot sweat.

The ancient Egyptians wrapped dead crocodiles in paper. A lot of the paper had writing on it, and when read, has been important in finding out how the ancient Egyptians lived.

All polar bears are left-handed. Polar bear mothers usually have twins. They are the size of rats when born and are blind for a month.

Dog sleds delivered the post in Alaska until 1963.

After mating, the female praying mantis kills and eats the male.

The vampire bat is the most dangerous of all bats. This is not only because they bite animals and suck their blood. It is because they can spread disease which can kill other animals and birds. One bat was once seen which had taken in so much blood it could not fly.

The whale shark has the thickest skin of any animal. It can be between 10 and 20 cm thick on a grown adult. When attacked, it can tighten its skin so it becomes like iron. It is like a solid shield, which hardly anything can get through.

Telephone poles in Uganda and Kenya are higher than in the rest of the world so that giraffes can walk under the wires.

A newborn panda is smaller than a mouse.

In a test alongside a car in the United States in 1941, a pronghorn antelope was able to run at 35 miles an hour for almost four miles without tiring.

Cows can be identified by their noseprints.

A giraffe has a 40-cm-long tongue.

Cats, camels and giraffes move their front and hind legs on one side, then front and hind legs on the other as they walk.

A rattlesnake can bite you up to half an hour after it is dead.

CRUCIAL CRICKET

The FACT ATTACK series

Awesome Aliens
Beastly Bodies
Cool Cars
Crazy Creatures
Crucial Cricket
Dastardly Deeds
Deadly Deep
Devastating Dinosaurs
Dreadful Disasters
Fantastic Football
Gruesome Ghosts
Incredible Inventions
Mad Medicine
Magnificent Monarchs
Nutty Numbers
Remarkable Rescues
Rowdy Rugby
Spectacular Space
Super Spies
Vile Vampires

FACT ATTACK

CRUCIAL CRICKET

IAN LOCKE

MACMILLAN CHILDREN'S BOOKS

First published 1999 by Macmillan Children's Books

This edition published 2012 by Macmillan Children's Books
a division of Macmillan Publishers Limited
20 New Wharf Road, London N1 9RR
Basingstoke and Oxford
Associated companies throughout the world
www.panmacmillan.com

ISBN 978-1-4472-2441-9

1 3 5 7 9 8 6 4 2

A CIP catalogue record for this book is available from the British Library.

Printed and bound by CPI Group (UK) Ltd, Croydon CR0 4YY

DID YOU KNOW THAT . . .

W. G. Grace played his first county match in 1864, aged 16.

A record 1,808 runs were scored in the county match between Essex and Sussex at Hove on 3 September 1993. Seven centuries were scored in the match.

Bowler Alex Tudor of Surrey had a world record 38 runs scored off one over in a first-class match against Lancashire in June 1998. Andy Flintoff scored 34, and there were two no-balls which cost two runs each.

Emma Noble, the model once married to the son of the former British Prime Minister John Major, played cricket for the Bunbury ladies' team at Uxbridge in September 1998. She was not qualified – she knew nothing about cricket.

In 1744 a game of cricket was played on the Artillery ground near Moorgate, London, between an All-England side and Kent. It was called 'the greatest cricket match ever known'. The crowd included the Prince of Wales and the Duke of Cumberland. Kent won on the last ball after a catch was dropped. At that time there were only four balls to an over, and they were all underarm!

Ben Hollioake, 19, was called up to play for England in August 1997. The last time someone so young had been selected for England was in 1949, when Brian Close was selected.

In a Test between England and India at Lord's cricket ground which ended on 31 July 1990, 1,603 runs were scored in 1,603 minutes!

In 1997 Surrey county cricket club decided to change its name to the Surrey Lions.

Cricket was first mentioned in 1598, in the borough records of Guildford, England. The game was known as 'creckett'.

The first overseas cricket match was played in 1676, in Aleppo, Syria, when English merchants played a game.

The first spin bowler in cricket history is considered to be a Mr Lamborn, 'the Little Farmer'.

The first cricket score cards were published in 1776 by the Kent company of T. Pratt.

A Chinaman is the name given to a ball that breaks in a way opposite to that expected by the batsman.

During a cricket match at Home Rule in New South Wales, Australia, a fielder came across a gold nugget worth £8. As a result the cricket pitch was closed and mining renewed.

The sports book which has sold the most in Britain was by umpire Dickie Bird – over 350,000 copies have been sold.

Ian and Greg Chappell of Australia became the first players on the same side in a Test to both score hundreds in each innings. Ian scored 145 and 121, his younger brother 247 not out and 133 against New Zealand in 1974.

Dr M. E. Pavri, captain of the Parsee team, was pretty sure of himself. In 1889 he played on his own against a team at Metherau near Bombay, India. He scored 52 not out, and then bowled out his opponents for 38!

In a match against Derbyshire in 1947, Peter Smith of Essex scored 163 – a record for a man at No. 11.

The largest-selling cricket magazine in the world is *The Cricketer*. It was first published in Britain in 1921.

Denis Compton, the great English sportsman, scored a record 18 centuries in the 1947 season, beating Jack Hobbs's 1925 record of 16. He also scored a record 3,816 runs altogether, beating a record which had stood since 1906.

In 1884, all eleven players in the England Test side playing against Australia at the Oval had a bowl. Australia scored 551 runs.

During a match in Victoria state, at Bunbury, Western Australia, the ball was hit into a tree on the edge of the ground. It became stuck. Because the batsmen were running, it could not officially be called 'lost'. Eventually, a marksman shot down the ball with a gun. The two batsmen had, by then, run 286!

It was a long wait. Les Jackson was called up to play for England again in 1961. He'd last played for England in 1949!

At the end of July 1998 there was a cricket match at Wembley Stadium in London. It was a unique match, between the blind England team and a W. G. Grace XI of sighted cricketers. It was a warm-up for the England team before playing in the blind players' World Cup. The cricketers used a size three football for a ball.

During a match in July 1974, lightning struck the field, leaving a circle of burned turf on the pitch. Two fielders were blown over by the shock. The match was abandoned.

Sir Arthur Conan Doyle, the author of the Sherlock Holmes stories, said in 1921 that the name Sherlock came from the name of a Middlesex bowler. This is unlikely, but the name could have come from parts of two other cricketers' names – Shacklock and Sherwin.

Colin Croft, the West Indies bowler, managed to make the slowest score against Australia at Brisbane in 1979. He scored only two runs in 80 minutes.

In 1992 copies of the first three years of *Wisden* sold for £6,800 in London.

In 1899, Arthur Edward Jeune Collins, aged 14, became a schoolboy wonder, scoring 628 not out for his house at Clifton College.

- The England side beat the B's at Lord's in 1810. The B's were all out for six! They had an excuse – they only had ten men.

- King Edward IV banned cricket in England in 1479, introducing a fine and up to two years in jail for anyone caught playing the game, then known as 'hands in and hands out'.

- A copy of *Rules and Instructions for Playing at the Game of Cricket* by T. Boxall was sold for £5,500 in 1997.

- It took until 1997 for England to win their first one-day international against New Zealand.

The first Lord of cricket was English batsman Colin Cowdrey, who was given a seat in the House of Lords in June 1997.

The first international cricket match was between Canada and the United States in New York in 1844. Canada won by 23 runs.

The Eton–Harrow cricket match was abandoned in 1997 because of the weather. It was the first time this had happened since 1805!

Wilson Harvey, playing for Rochdale at Walsden, Lancs, managed to hit a six through the bowler's bedroom window!

The England side managed their first Test victory in eight years when they beat Australia at Adelaide on 30 January 1995.

In only his 18th Test match Garfield Sobers scored the then record of 305 not out against Pakistan at Kingston, Jamaica. The record was beaten by Brian Lara, with 375 at St John's, Antigua, against England. Sobers was the first to walk out to congratulate him.

In July 1998 an archaeologist digging at Chelsea, London, came across what appeared to be a cricket bat – dating from 3540–3360 BC. It was made of oak and 75 cm long!

In 1997, before a match played by the MCC at the private cricket ground of Talbot Radcliffe at Boderdern, Anglesey, Wales, the local groundsman (a gamekeeper by trade) had a bizarre job – he had to round up eleven ducks which were on the pitch.

Mal Loye of Northants was probably the most disappointed batsman in England in 1998. He was turned down for the England team – even though he had a batting average of 93!

Some houses come with their own cricket pitch. Wreyland Manor near Bovey Tracey, Devon, includes the village cricket pitch in its grounds.

The first recorded cricket match took place at Coxheath, Kent, in 1646.

In England's record 903 for 7 declared against Australia at the Oval in 1938, Eddie Paynter managed to score 0. He had had his pads on for one and a half days before he went in.

Lisa Nye, England women's wicket-keeper, set a world record of eight dismissals in an innings, against New Zealand at Plymouth, in 1992.

The first cricket match at Lord's was Middlesex versus Essex on 31 May 1787.

Geoff Boycott, Derek Pringle and Chris Tavare were among the first cricketers to wear contact lenses.

W. G. Grace scored the first and tenth of the first ten centuries scored by an English batsman.

In his last Test innings, at the Oval in August 1948, the great Australian Don Bradman received a standing ovation. He only had four runs to score to give him an almost unbeatable Test average of 100. He was bowled for 0 on the second ball.

The famous poet Lord Byron played cricket for Harrow school in 1805 in the first recorded match against Eton school.

In 1997 England junior cricket star Ryan Driver, aged 17, was in demand. One day he had to get up at four in the morning to fly from a two-day match for the Minor Counties at Bristol to an England schools fixture against Scottish schools in Edinburgh!

Village cricketer Rob Kelly, 24, playing for Buckland St Mary, Somerset, hit 6 sixes off an over and then hit sixes off the first five balls of the next over from another bowler in a match against the Taunton Casuals on 17 June 1993. In their innings the Casuals were all out for 24!

In a special horse and buggy trotting race at the Globe Derby Raceway, Adelaide, Australia, Ian Botham of England, on Oh So Sensitive, beat Australian fast bowler Dennis Lillee on Bean Lincoln.

Peter Petherick of New Zealand took a hat-trick on his debut against Pakistan in 1976–7.

South Africa have been bowled out for less than 40 in at least four Test matches.

David Gower, the leading England batsman of the 1980s, loved having fun. In 1988 he had a bit of a problem. For a lark, after he had been out playing for England against Queensland, Australia, he went up in an ancient Tiger Moth plane. With him was fellow cricketer John Morris who had just scored a century for England. They buzzed over the ground where Lamb and Smith were still batting for England. The two surprised batsmen raised their bats and pretended to shoot down the plane! The two were recognized. It cost them a £1,000 fine – all for a £27 ride!

Ian Botham was back in the England team in 1991 for the series against the West Indies. In the final Test at the Oval, London, he hit the winning boundary. It was the first time in 17 years that England hadn't lost to the West Indies. The match was also the last appearance of the legendary Viv Richards – he was retiring from West Indies Tests. His team had never lost a series while he was their captain.

When he appeared in his last Test match for England in 1930, against the West Indies, at Kingston, Jamaica, Wilf Rhodes of Yorkshire was 52 years and 165 days old. He was the oldest Test cricketer ever. He took 4,187 wickets in his career.

Only one score over 850 was made in first-class cricket in the 19th century – in a match between Yorkshire and Warwickshire at Birmingham. The score was 887.

After David and Rosa Lacey said they lived in fear of being hit by cricket balls, the players of the Jordans cricket team in Buckinghamshire introduced a new rule. Anyone who hit a six on either side of the village green was given out!

India beat England in all the Tests in 1993 – the first time since the two countries began playing each other in 1933.

The first twins to score a century for different sides in the same match were Mark and Steve Waugh of Australia. Mark scored for Essex and his brother scored for the Australian tourists, in 1989.

The first ever county cricket match was between Kent and London in 1709.

In the Northampton against Somerset match in 1914, the first pair to bat for Northants were the Denton twins. Somerset had the Rippon twins in their team.

The first cricketer to be knighted was Frederick Toone.

Clem Hill of Australia was the first Test player out for 99, against England in 1902. In his next two innings he scored 98 and 97!

Tom Moody scored a century in a world record 26 minutes in 1990 in the county championships, playing for Warwickshire against Glamorgan.

By 23 May 1994 Brian Lara, the West Indies batsman, had scored 884 runs in his last five first-class innings, with an amazing average of 221. He scored his fifth successive hundred at Taunton in only 72 deliveries.

There have only been two Test ties in history. The first took place in the first Test at Brisbane, Australia, in 1960, between the Australians and New Zealand. On the last ball Joe Solomon of the West Indies ran Meckiff out. The second took place in 1986 between Australia and India.

The man who bought Lord's cricket ground in 1825 for £5,000, William Ward, was MP for the City of London. He sold the ground for £18,000 in 1866.

Micky Stewart, the England Test player and father of Alec, also played football for Charlton Athletic FC.

In 1893 W. G. Grace managed to score 93 – which meant he had then achieved every score between 0 and 100.

All seven Forster brothers played for Worcestershire. It is said their father, a vicar, tested their fielding and catching by using the family crockery.

The cricketer's bible, *Wisden's Almanac*, was first published by John Wisden and Co. in 1864. It cost one shilling (5p). A paperback, it had 116 pages. The price reached 25p in 1921 and 75p in 1956. In 1920 it had 327 pages and in 1921 727 pages.

A record 394,000 crowd watched the Test between India and England at Eden Gardens, Calcutta, in January 1982.

On 7 June 1993 Graham Gooch became the first English Test cricketer (and only the fifth batsman ever, at that point in time) to be dismissed for handling the ball. He was playing for England against Pakistan at Old Trafford.

When aged 74 Lionel Deamer took a hat-trick for Lloyds Bank vs. Eastwood cricket club, on 6 July 1979.

During the 1990 season in England 428 centuries were scored.

On a scorching day in Sydney in 1979, England were down to only one bowler, Ian Botham, after Bob Willis had gone off dehydrated. Botham went on to bowl 18 overs!

A Surrey and All-England cricketer in the 19th century had the name Julius Caesar!

In the England vs. South Africa Test series of 1913–14, Sydney Barnes, the English bowler, refused to play in the fifth Test after a dispute. In the first four Tests he had taken a record 49 wickets!

Woman cricketer Mabel Bryant scored 224 runs in 135 minutes for the Visitors vs. the Residents at Eastbourne, Sussex, in 1901!

Hedley Verity, a slow left-arm bowler for Yorkshire and England, took 10 wickets for 10 runs in a Yorkshire vs. Nottinghamshire match at Leeds in 1932.

Doug Walters of Australia, playing the West Indies in the fifth Test at Sydney on 18 February 1969, became the first batsman to score a century and a double century in the same Test match.

The English film actor C. Aubrey Smith, nicknamed 'Round the Corner' Smith for his bowling style, looked after the British cricket team in Hollywood from the 1920s. His Hollywood home had a weathervane of three stumps and a cricket bat and ball.

The first non-white cricketer to play for South Africa in Tests was Omar Henry, aged 41, in 1992.

In 1993, on South Africa's official peace day, 2 September, the South African cricket team stood for a minute's silence on the ground at Colombo, Sri Lanka. They were in the middle of playing a one-day international match.

Ian Botham, the great England all-rounder, made front-page headlines in 1981, when he swung an almost impossible win for England against Australia at the Headingley Test. He blasted 149 not out in England's second innings. For the last three wickets England put on a massive 221. Australia still looked like winning – they only had to score 130. But they collapsed as England paceman Bob Willis took 8 wickets for 43 runs. England won this extraordinary and historic Test by 18 runs.

Charles Kortright of Essex bowled the only six byes in history, at Wallingford. His ball went straight over the batsman and the wicketkeeper. He was one of the fastest bowlers of all time.

William Light, who played professional cricket for Exeter and Devon, bowled with both his left and right arm.

On 13 March 1993, Indian batsman Vinod Kambli, who was only 21, became only the third player to score successive double centuries in Tests. The others were Walter Hammond (England) and Sir Don Bradman (Australia). Kambli scored 224 against England in February and then 207 not out against Zimbabwe at Delhi.

During a match on Salisbury Plain, on the island of St Helena, the batsman made a long hit. The fielder set off after the ball. Forgetting where he was, he fell over the cliff on the edge of the pitch and died on the rocks below.

Cricket is about records and other numbers. These include:

61,237. The record total of runs scored by Jack Hobbs of England in his first-class career.

4,204. The most wickets taken in a first-class career – by Wilfred Rhodes.

643. The number of minutes Mike Atherton

of England batted to save the second Test against South Africa in 1995 – he scored 185 runs.

501. The score which Brian Lara reached when batting for Warwickshire against Durham.

800. Muttiah Muralitharan of Sri Lanka's record for the most wickets in Test matches.

44. The number of wickets taken by Clarrie Grimmett for Australia in the Test series against South Africa in 1935–6.

20. The world record number of sixes in an innings – by Andrew Symonds of Gloucester against Glamorgan at Abergavenny in 1995. This record was matched in 2011 by Essex's Graham Napier against Surrey.

11. Jack Russell held this record number of catches in Tests, in the second Test against South Africa in 1995.

7. Dominic Cork of England took this number of wickets in the second innings of his debut Test, against the West Indies in 1995.

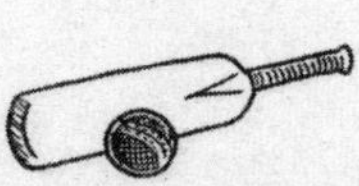

When a player took the wrong bus for a game at Kensington, London, and failed to show up, the umpire gave him out. A ball had not yet been bowled.

It is not often a batsman 'carries the bat' all the way through an innings. Geoff Boycott managed it for England against Australia at Perth in 1979 – but he was not pleased – he scored 99 not out!

Only three batsmen have ever scored over 50 hundreds – with at least one century every five and a half innings – Lindsay Hassett (Australia), Donald Bradman (Australia) and Graeme Hick (England).

On 26 February 1975, Ewan Chatfield, the New Zealand cricketer, 'died' on the pitch for three or four seconds, after being hit on the head with a ball. Given first aid, he recovered, with only a slight fracture of his skull.

A cricket spectator at Olveston, Sussex, was twice hit by sixes during a game on 13 June 1995.

The poet Wordsworth was responsible for bringing about the Oxford vs. Cambridge cricket matches, in 1827.

Muttiah Muralitharan holds the record for most wickets – with 501 wickets.

Somerset CC won their first trophy for 104 years in September 1979, beating Northamptonshire in the Gillette cup final. The very next day they won the John Player League championships by beating Nottinghamshire.

Mike Atherton has taken only one wicket in Test matches. It cost 282 runs.

It took two and a half hours for the umpires to decide that Alvin Kallicharran of the West Indies was not run out during a Test against England in 1974.

The Oval cricket ground was originally a vegetable garden. Surrey played their first match there in 1846.

On 1 May 1946 Frederick Stocks of Nottingham scored a century – on his first-class debut against Kent at Trent Bridge. He took a wicket with his first ball bowled in first-class cricket against Lancashire at Old Trafford on 26 June 1946.

A game at the South Pole in 1969 had to end when the only ball was lost in the snow. The wicket was the Pole itself – a striped pole with a glass bowl on top.

In 1979 the speed of a ball bowled by the legendary Australian fast bowler Jeff Thompson was measured at 91.86 miles per hour!

A magpie delayed the start of a match at Ryde, Isle of Wight, in the summer of 1998. It stole the keys to the motorized roller used on the pitch and the teams had to wait until a tractor arrived.

Glenn McGrath, the Australian pace bowler, has an unusual and not very nice occupation on his days off – he goes shooting pigs on his outback estate.

Australian cricketer Victor Trumper died in Sydney on 28 June 1915, aged 38. The crowd was so big for his funeral that the streets of the city were blocked. Eleven Australian cricketers carried his coffin.

In 1870 a player called Summers was killed by a cricket ball while playing at Lord's.

At Nottingham in 1877 the great W. G. Grace took 17 wickets for an average of under 5 runs!

One of the greatest throws in cricket was accomplished by R. Percival in 1884 – he threw the ball a massive 128 metres (140 yards).

In May 1895 W. G. Grace became the first English cricketer to score over 1,000 runs.

When playing for Kent against Middlesex at Hove, the great batsman Ranjitsinhji came in. Kent faced defeat since no one apart from Vine had scored double figures and Vine had only managed 17. The 'prince' decided to stay in – and went on to score 202!

Pat Morphy, a Kent cricketer, was able to hold six cricket balls in one hand. He is believed to have had the largest hands in the history of cricket.

The founder of *Wisden*, John Wisden, had a unique record – he took all 11 wickets for the North, against the South at Lord's in 1850 – all clean bowled!

In the 19th century the Oval cricket ground in London held walking races or poultry shows when cricket was not being played.

During the Second World War, the England bowler Jim Laker was sent to Egypt. He joined the cricket club El Alamein and changed his bowling to off-spin. This change was to make him one of the most devastating bowlers in cricket history.

A bomb scare stopped play on the third day of the third Test at Lord's between England and the West Indies on 25 August 1973.

Musical bands played at Test matches in Australia until 1931.

Australian batsman Trumper was working in his shop in Sydney, Australia, one Saturday morning when he suddenly realized that he needed to be at the Test match! Snatching a coat and his new bat he caught a taxi to the Sydney cricket ground just in time. He went on to make 185 not out.

W. G. Grace took his new wife on honeymoon for his tour of Australia in 1873 – the journey by ship took 49 days. Grace was keen to go, as he was being paid £1,000 (about £100,000 today) to play for England.

Early cricket bats of the 18th century were fairly large – over a metre tall.

During the Test at Lord's between England and the West Indies in 1939, the crowd were asked to volunteer for National Service in the armed forces.

Women are said to have invented overarm bowling in 1805, to avoid catching their fashionably wide crinoline skirts while playing cricket!

When the Australians played South Africa for the first time in the early 1900s, people reckoned they wouldn't make many runs because the South African pitches were so different from those in Australia. They had a surprise when, in his very first match, the Australian Trumper scored over 200!

When playing at the Oval, Jack Hobbs of England once gave himself out – even after the Australian umpire said he was not out.

Straight upright cricket bats, rather than curved ones, were introduced by John Small senior in 1773. They only came into regular use in the early 1800s.

In 1934 a cricket match in India was interrupted by five terrorists. Colonel Brett, who was batting, chased them off and was awarded the Empire Gallantry medal for his action.

Frederick, Prince of Wales, son of George II, died in 1751 as a result of being hit by a cricket ball while playing on the lawn at Cliveden House, Buckinghamshire.

During World War Two, the big roller from Lord's cricket ground was sent to the Far East. It was used to roll out the ground for airstrips for Allied planes!

A Surrey cricket team played a team from Kent in 1730. All the Surrey players had the surname Wood!

During February 1991 a cricket match was played between the St Moritz and Cresta cricket clubs on a frozen lake at St Moritz, Switzerland. The players wore spiked shoes and ski gloves. The St Moritz side, which included former England captain Chris Cowdrey, won.

In 1991 a judge decided the result of a cricket match between Delhi and Punjab, India. The argument was over a replacement umpire. Punjab was awarded the match, even though Delhi had beaten them by 9 wickets!

A sculpted cricket bat, ball and pair of stumps were on the gravestone of the cricketer Richard Barlow, of Lancashire and England, who died on 31 July 1919. He was an umpire for 21 years. The last line reads: 'Bowled at last.'

A 24-hour cricket match was played at Parker's Piece ground, Cambridge, in June 1973. Roger Coates scored a century in the early hours of the morning.

William Adlam played cricket at the age of 104 at Taunton, Somerset, in 1888.

The author J. M. Barrie founded his own cricket team, the Allah Kbarres – named after the Arabic for 'heaven help us'. His team included the famous authors P. G. Wodehouse and Arthur Conan Doyle. P. G. Wodehouse once scored 60 in a match between Authors and Publishers at Lord's, including one six and ten fours. He went on to take four wickets when bowling.

Viv Richards, the great West Indies batsman, played football for his native Antigua in a world cup qualifier match.

The first googly was bowled in a match between Middlesex and Leicester at Lord's by Bernard James Tindal Bosanquet in July 1900. The Australians still call it a 'bosie' in his memory.

The first world cup cricket competition took place in 1995. The cup was a silver trophy found in a London jeweller's dating from 1882.

During practice at Oxford in 1856, the Rev. W. Fellows is said to have hit a ball from Charles Rogers 175 yards (160 metres).

Lord Home of the Hirsel is the only British prime minister to play first-class cricket.

At the Oval in 1964, Ted Dexter's bat split in two while he played.

On 13 June 1995 Australian cricketer Andrew Symonds managed to hit the same woman spectator twice in the same game with sixes.

- Fifteen balls were used in the second England vs. Australia Test in 1924–5, as a result of inferior balls being supplied.

- In 1995 South Africa became only the second team in Test match history to win a three-match series after losing the opening game (against New Zealand). Over 100 years before, in 1888, W. G. Grace had led England to a similar 2–1 win over Australia.

- By pure coincidence, the result of the 'centenary' Test of 1977, celebrating 100 years of England vs. Australia, was the same as the very first Test the two sides played – Australia won by 45 runs.

In the 1930s a 20 kg (45 lb) salmon was caught in cricket nets at the Worcestershire county cricket ground, after the River Severn, which ran by the ground, burst its banks.

In the whole history of cricket, there are only seven batsmen who have been out for 99 in both innings of a Test. The only two current players to have managed this rare achievement are Michael Atherton of England and Greg Blewett of Australia.

During the Australia vs. England Test at the Oval in 1921, the Australian captain W. W. Armstrong became bored. He went to the edge of the pitch and read a newspaper.

Don Bradman of Australia was both the youngest and the oldest player to score a double century, aged almost 22 in 1930 and aged 38 in 1946.

Columbia records signed the great Australian cricketer Don Bradman in 1930. They thought they would be recording a good dose of talk about cricket. Instead they got a medley of piano tunes played by Bradman, including 'Our Bungalow of Dreams'.

Play at Lord's was first interrupted by a streaker in 1975.

The Australia vs. England Test at Headingley in 1975 never finished. Play had to be abandoned after vandals dug up parts of the pitch and poured oil on it. It was a protest over the jailing of London robber George Davis.

The England vs. Australia Test match of 1888 at Lord's lasted only 7 hours and 20 minutes.

Sir Donald Bradman made his first century aged 12 when at the Bowral High school.

2,000 stormed the pitch in a match between New South Wales and Lord Harris's XI in 1879, after one of the English team insulted the crowd. Lord Harris was the only one to stay on the pitch, under the impression that the match would be forfeit if he left. After 90 minutes of mayhem, the game was abandoned.

Mike Brearley, the very successful England captain of the 1970s, always hummed as he batted.

The record 'C'mon, Aussie, C'mon', made by the Australian world series cricket team, reached No. 1 in the charts in Australia.

Test series between Australia and England are played for the Ashes. When the third Australian team to visit thrashed England at the Oval, the newspaper the *Sporting Times* wrote about the death of English cricket. The article said, 'The body will be cremated and the ashes taken to Australia.' When England defeated Australia the following year, the stumps used were burned and presented to the English captain by the Australian captain.

From May 1995 to September 1998 Jason Barry played cricket in 52 countries, travelling 350,000 miles. The British foreign office was among his sponsors.

The first women's cricket match was held between two Surrey villages on 26 July 1945.

You can sometimes be dropped from the side when things seem to be going well. David Gower was dropped by England for the fifth Test against the West Indies in 1988 when he'd just reached 7,000 Test runs!

In the fourth Test at Sydney in 1883, the England and Australian captains agreed to play each innings on a separate pitch.

In 1866 batsman G. Wells managed to be out before the ball was bowled! Playing for Sussex against Kent at Gravesend, he hit wicket as the bowler ran in and was given out!

The England wicketkeeper Godfrey Evans won £1,000 on the TV quiz show *Double Your Money* in 1964. He didn't answer questions about cricket, but about jewellery! He gave half the money to charity.

A pig was let loose during the fourth one-day international between England and Australia at Brisbane, Australia, in January 1983. On one side of it was stamped Botham and on the other Eddie – the England players Ian Botham and Eddie Hemmings were both said to be overweight.

Forget about winning the game – we won the Pools. In March 1961 a syndicate of 22 sportsmen and showbusiness people won £41,231 on the Pools. They included cricketers Freddie Trueman and Jim Laker – also Jimmy Hill and racing driver Jack Brabham.

George VI may be the only man to bowl out two kings – he dismissed his father George V and his brother Edward VIII in successive balls.

After Australian batsman Victor Trumper broke a window in a factory 150 metres away from the pitch in 1902, the owners kept the broken window as a memento!

During a match in Hull in July 1876, W. G. Grace hit a ball an almighty crack. It ended up in a passing railway truck – and was later found 37 miles away in Leeds!

Charles Fry was an amazing British sportsman. In 1893 he equalled the world long-jump record, and in 1901 he played soccer for England and rugby for the Barbarians. He became England cricket captain in 1912, and scored the highest number of runs of any English player for six seasons!

The snooker player Eddie Charlton was a good cricketer – he was so good an all-round athlete that he carried the Olympic torch at the Melbourne Games, Australia, in 1956.

During an Australian match in November 1969, John Iverarity was clean bowled by a ball that hit a bird just before it hit the wicket. The umpire decided it was the bird, not the ball, that bowled him and he was given 'not out'.

Australian batsman Graeme Yallop was the first Test player to officially wear a helmet. It was in the Test against the West Indies at the Kensington Oval, Barbados, in March 1978.

England beat Australia for the first time in almost seven years on 23 August 1993 in the fifth Test at the Oval. England won by 161 runs. They had last beaten Australia in December 1986.

The world record price for a cricket bat stands at $145,000. It was paid in 2008 for the bat owned by Donald Bradman.

It was one of most spectacular matches ever. Against all odds England managed to pull off a famous victory in the third Cornhill Test against Australia in 1981. The odds (estimated by the former England player Godfrey Evans) were 500–1. To everyone's surprise, among those who bet on an England win were the Australian players Dennis Lillee and Rodney Marsh.

While putting his sweater on, A. R. Gover managed to take a catch between his legs during a match at Kingston in 1946.

During commentary on a Middlesex vs. Sussex match, where John Warr was one of the captains, Brian Johnston managed to say, 'The latest news here is that Warr's declared'.

Ants stop play! Flying ants stopped a cricket match between Alvechurch & Hopwood and Dominies & Guild, at Worcester in August 1998.

One of the four stamps issued for the bicentenary of Australia in 1988 actually pictured not an Australian, but the English cricketer W. G. Grace!

One of the unexpected fans of the former English umpire Dickie Bird is the American horror writer Stephen King.

The Oval cricket ground is owned by Prince Charles, as Duke of Cornwall. The Prince of Wales's feathers are displayed in the ground.

Sachin Tendulkar of India has made more centuries than anyone else – 51 in all.

The father of the famous British author H. G. Wells was a professional cricketer.

The West Indies abandoned their England tour so they could catch the boat home before World War Two broke out in 1939.

At a July 1995 match of 'Kwik Cricket' at the Oval with children, Wajid Khan, aged 10, bowled out Prince Charles first ball.

George Headley has the highest average of a West Indian batsman in Tests – at 60.63 runs per innings.

Jim Laker, the England bowler, took all 10 Australian wickets for 88 runs on 16 May 1956 at the Oval.

In 1993, Alan Border of Australia set a world record for runs, catches, playing in Test matches and being captain of his country. He retired in 1994 after Australia won the World Series cricket final against South Africa.

After he had scored 174 runs in the Centenary Test at Melbourne in 1977, England player Derek Randall was sent 174 pork chops by a Nottingham butcher.

In July 1981, Gladstone Small, the Warwickshire bowler, was fined £50 for wearing an advertisement on his bottom. The manager took sticky plaster and a pair of scissors on to the pitch to cover it up.

On one of his school reports, a master wrote that Ian Botham would be 'nothing but a waster'.

A farmer called Lambert invented the off-break at Hambledon, Hampshire, in the 17th century.

Surrey leave the Oval for a game at Guildford once a year. They first started playing a match at Guildford in 1938.

When he bowled, which wasn't often, Geoff Boycott always kept his cap on.

During the 1977 England tour of Pakistan and New Zealand, Bob Willis carried around tapes for hypnotism. He said they helped.

Alfred Shaw, an ex-England cricket captain who died in 1907, had a last wish – to be buried 22 yards from bowler Arthur Shrewsbury. Shrewsbury had committed suicide in 1903. The distance between the two graves turned out to be 27 yards, because Shrewsbury always took a five-yard run-up!

The strangest Test match took place in January 1998 – the first Test between England and the West Indies at Sabina Park, Jamaica. It became the first Test match ever to be halted because of a dangerous pitch and lasted 56 minutes of playing time and only 62 deliveries. England had scored 17 for 3 when, at 11.45 a.m., the match was abandoned as a draw.

George Mann became captain of the England cricket side in 1948 – his father had also been captain.

In 1990 David Gower was called in to play for England in a match at Barbados, West Indies, because so many of the England team were sick. He'd only been in Barbados to cover the England tour for the media!

England cricketers Ed Giddins and Naseem Shahid set up a business to sell Christmas trees in December 1998.

The batting helmet for cricket is said to have been invented by Mrs Hendren, wife of Elias 'Patsy' Hendron. She sewed on extra peaks to his cap to help protect his face while batting.

DASTARDLY DEEDS

The FACT ATTACK series

Awesome Aliens
Beastly Bodies
Cool Cars
Crazy Creatures
Crucial Cricket
Dastardly Deeds
Deadly Deep
Devastating Dinosaurs
Dreadful Disasters
Fantastic Football
Gruesome Ghosts
Incredible Inventions
Mad Medicine
Magnificent Monarchs
Nutty Numbers
Remarkable Rescues
Rowdy Rugby
Spectacular Space
Super Spies
Vile Vampires

FACT ATTACK

DASTARDLY DEEDS

IAN LOCKE

MACMILLAN CHILDREN'S BOOKS

First published 1998 by Macmillan Children's Books

This edition published 2012 by Macmillan Children's Books
a division of Macmillan Publishers Limited
20 New Wharf Road, London N1 9RR
Basingstoke and Oxford
Associated companies throughout the world
www.panmacmillan.com

ISBN 978-1-4472-2419-8

1 3 5 7 9 8 6 4 2

A CIP catalogue record for this book is available from the British Library.

Printed and bound by CPI Group (UK) Ltd, Croydon CR0 4YY

DID YOU KNOW THAT . . .

Devil's Island was a famous French prison on the Isles of Salvation, off the coast of South America. It was known as the worst prison in the world and was closed in the 1960s. Very few prisoners managed to escape. One of the most well known was a Doctor Bougrat. He reached the coast of South America and was about to be sent back to prison when an earthquake hit the area. His work during the disaster saved so many lives he was able to stay a free man. In the 1970s a Frenchman called Henri Charrière wrote the story of his escape from Devil's Island in the book *Papillon*, which was made into a film starring Steve McQueen and Dustin Hoffman.

30,000 people died when an earthquake struck the city of St Pierre on the Caribbean island of Martinique in 1908. The only survivor was a prisoner in the city's jail.

In December 1996 a supermarket sausage went on trial as an imposter.

In 1932 Harvey Bailey, a bank robber who had stolen a record $2m two years before, was beginning a game of golf at the Old Mission golf course in Kansas City, USA, when he was arrested by the FBI. The three others who were playing with him, also bank robbers, were also arrested.

In January 1997 two Italians got away with £2 million of jewels from a Paris shop. They paid for the gems with a briefcase full of cash. But only the top notes were real – the rest were toy money!

Up to 1820 any person in Britain who owed over £20 could be put in prison for debt.

Two thieves who broke into a chemist in Salisbury and took two walking sticks were caught after they were seen on surveillance cameras doing Charlie Chaplin impersonations!

Until 1998 the death penalty still existed in the UK for those who had committed high treason or piracy with violence.

A prisoner who was released on bail in London became bored. He asked if he could go back into Brixton jail. A cell was found for him but he was freed again after five days. In January 1997 he went back to court to ask if he could be allowed to go back to jail.

At the age of 16, in 1925, Stephen Dennison was sent to a reform school in New York for shoplifting a $5 box of sweets. Two years later, he was sent to a state prison. After he broke some rules, he was given extra time. He ended up spending 34 years in jail, and was only released in 1959.

A British policeman went on trial in 1996 for stealing money from the police social club. He used the money to play a game on a fruit machine – it was called “Cops ’n’ Robbers”!

An Australian tourist wrote a letter to the *Scots* magazine, saying how much the welcome at the Grianan guest house in the north of Scotland was appreciated. The same day the owner of the guest house appeared in court, charged with the murder of another guest!

Pets were recently allowed in Italian jails. Poisonous spiders and chickens were on the list of pets which were not allowed. In Britain some prisoners are allowed to keep budgies.

Paddington Bear was stolen from his showcase at Paddington station, London, in 1992.

Italian burglar Mareus Crespi once asked a judge to be sent back to prison. The judge had said he had to live with his mother-in-law as a punishment!

During a trial in July 1907 in Chicago, USA, the man on trial, a Mr Billik, who had been accused of murder, is said to have hypnotized the jury to prevent the trial going ahead.

In 1982 a man was arrested in Newtown, Powys, for stealing an empty supermarket trolley because he wanted the wheels. He was fined.

One of the oldest prisons in the world is in Athens, Greece. Socrates, the Greek philosopher, was imprisoned there almost 2,500 years ago.

After his escape from a POW camp in the Boer War in 1899, Winston Churchill had a £25 reward, dead or alive, placed on his head.

Michael Mellor posed as a fake traffic policeman on a motorway in England for eight months in 1994. He would stop drivers and tell them off for their poor driving. He was eventually found out and fined £400.

In recent years over 300 road signs have been stolen in and around Selby in North Yorkshire. The favourites are *Give Way* and *Bad Bend*.

Samuel Curtis was arrested in Philadelphia in 1924 for stealing a machine full of chewing gum. The judge sentenced him to eat all 250 pieces of chewing gum in the machine, which he had to pay for. After Mr Curtis had eaten them all, he was ordered to give the machine back to the owner. He was then freed.

Detective Eustace, who worked for the London police in Brixton, once caught a thief by posing as a statue.

When he stayed in the Lexington Hotel in Chicago from 1927 to 1932, the American gangster Al Capone had secret caves and staircases built. This work included a wall, behind which was a vault. Since Al Capone's fortune had never really been found, there was great excitement when the vault was going to be blasted open in 1986. The event was seen on live TV in at least ten countries. After the big bang, the vault was opened and . . . there was nothing there!

Ellsworth de France was released in 1903 from a US prison. He had spent fifteeen years in jail for stealing a penny postage stamp!

St Nicholas (Santa Claus) is the patron saint of thieves.

On Christmas Day 1996, Dwayne Terry, a burglar who was hungry, decided to play Father Christmas. He tried to get into a supermarket in Baltimore, USA, by going down the chimney. He got stuck and was found by the police wedged about a metre down the chimney of the store! He was freed and taken into custody. He was lucky. In Dayton, Ohio, in the USA, a suspected burglar was found dead in the vent of a pizza oven!

In 1911, three men were hanged for the murder of Sir Edmund Berry at Greenberry Hill, London. Their last names were Green, Berry and Hill.

A 64-year-old woman in California was a senior citizen serial killer. She was found guilty of the murder of seven elderly people. She ran a boarding house and poisoned them. She then cashed their pension payments. Two more bodies were found later.

Two valuable paintings stolen in Oxford in 1988 turned up in a rubbish skip in an Oxford street in 1990.

Robbers in Bucharest, Hungary, once stole the police collection of photos of criminals.

Among the stranger things to have been stolen are: a train in Florida; a bungalow, stolen brick by brick, in Bloxwich, West Midlands; and a fire engine, stolen while firemen were dealing with a fire in an old leather works in Hackney, north London!

Ruth Ellis became the last woman to be hanged in Britain, on 13 July 1955, for the murder of David Blakeley.

"Good" and "Evil" twins exist. In Los Angeles, Chinese twin Jeane Hau, the "evil" twin, tried to kill her "good" twin sister and take over her identity. The two were so similar to look at, that they could not be told apart. The "good" twin survived to tell the story. Not long ago, in France, a "good" twin murdered his "evil" twin brother after he had committed a murder and other crimes. He decided it was the only thing he could do.

James, Duke of Monmouth, and Lord Lovat were both beheaded for treason. Strangely, both had their heads sewn back on their bodies afterwards. The Duke of Monmouth's head was sewn back on so a picture of him could be painted. This picture is now in the National Portrait Gallery in London.

In 1933, a man in Paris tried to rob the house of an antiques dealer. The robber had a problem – his disguise was a suit of armour! The noise woke up the owner, who watched in amazement as the burglar climbed the stairs; then he knocked him down, put a small table over the fallen knight to pin him down and called the police. When the thief was asked why he had put on a suit of armour he replied he thought it would frighten the owner. The thief had another problem – part of his armour was so dented it took another day to get him out of it!

Ned Kelly, the Australian outlaw, began a life of crime stealing horses as a teenager. After three years in prison, he began to rob banks. In April 1878, the police came to arrest Ned and his brother Dan. Ned wounded one of the policemen and fled with his brother. They went into the hills where they were joined by two other outlaws. In June the Kelly gang raided a village and held about 40 hostages in the hotel. Some time later, the police, who were on their trail with the help of aboriginal trackers, came into the village. They surrounded the hotel and started shooting. The women and children inside screamed for them to stop. During the shooting, Ned escaped. The next morning, at eight o'clock, Ned walked out to the police. He wore a huge greatcoat. Almost his whole body was covered by plates of iron and an iron helmet covered his head. As he approached the police line he opened fire with his revolvers. Nine police returned the fire and hit him, but, after staggering, Kelly recovered and walked forward, continuing to fire at the police. The shooting continued for half an hour until Sergeant Steele, moving closer to Kelly, shot him twice in the legs from about ten metres. Kelly staggered and fell. Months later Ned Kelly was hanged for his crimes. His last words were "Such is life."

The Six Million Dollar Man, the American TV series, starred Lee Majors. It was about a bionic man with super powers. The series was filmed in California in the 1970s. In December 1976 an episode was being shot at an old amusement park funhouse. In one room stood a wax mummy. It had been there over fifty years. During the filming, it was knocked and one of the mummy's arms snapped and came off. The body of a real person was found underneath the wax! The mummy was taken to Los Angeles to be looked at. The body was of a man in his thirties. He seems to have been killed in a shoot-out in 1910 and then preserved and wrapped like a mummy to hide the crime. The body was buried in 1977. The crime remains unsolved.

A record 258 prisoners escaped from one prison in France during World War Two, as the Resistance, helped by British planes, blew open the jail.

The famous Spanish author of *Don Quixote*, Cervantes, was at times a criminal. In 1570 he killed a sheriff. His punishment was to have one of his hands cut off. He was later captured by pirates and became lame because of his ill treatment. He began writing his most famous book, *Don Quixote*, when in prison in Spain.

Sixty-two homing pigeons were stolen from a house in Lancashire; forty-three returned home within a few days.

Three teenagers were arrested in a cemetery. They were dressed in white sheets and had been posing as ghosts, frightening the drunks at the cemetery into giving them money.

The Great Train Robbers were sentenced to 307 years in jail in 1964. In 1965, one of the robbers, Ronald Biggs, escaped with three other prisoners from Wandsworth prison, London. He had plastic surgery on his face and fled to Australia where he became a carpenter, and later to Brazil. In 2001 he returned voluntarily to England and was jailed. He was released in 2009 on compassionate grounds.

It was the oddest murder trial ever. A Frenchman, Paul Hubert, was jailed for life in 1863 after being found guilty of murder. During the trial it seems no one said who had been murdered. Twenty-one years later the case was looked at again. It was found that Hubert had been jailed for murdering himself!

Allan Pinkerton became famous for his American detective agency. He did not start very well. He was the detective supposed to be guarding President Lincoln when he was assassinated by John Wilkes Booth in 1865.

The first criminals found to be wearing body armour in Britain were arrested in 1994.

In 1974, the British Labour Member of Parliament John Stonehouse disappeared off the coast of Florida. His clothes were found on the beach. The police thought he had drowned. In March 1975 he was suddenly spotted in Australia, and arrested by the police. He came back to England in July, where he was charged with fraud and jailed.

It may be the world's biggest telephone bill. In 2006 a Malaysian man received a 218 trillion dollar bill.

During the flight 800 TWA aircraft disaster in December 1996 a man was arrested. He was charged with impersonating a military officer. Although untrained, he had spent two and a half days directing the rescue helicopters.

Dr Crippen was an American doctor who murdered his wife in London. He cut up her body and put the bits under the floor of his house. The police nearly missed catching him. In 1910 he tried to escape to Canada with his girlfriend Ethel le Neve. He was caught when he became the first criminal to be identified by the sending of a radio message. Brought back to England, he was tried, found guilty of murder and hanged.

An American man was jailed for six months after he admitted that he had put banana skins down on the floors of the offices of forty-five companies in Chicago, then deliberately slipped on them, blaming the companies for negligence and collecting damages.

"Goldbrick" Tony, an English criminal, needed £100,000. The answer was simple – he ordered the money from a printer! Tony's special pound notes were printed "Bank of Engford" and he even put his name on all the notes to show they were fake. The funny thing was, people took his money for things he bought. The police took Tony to court and he was sent to jail for three years.

The crime organization the Mafia is said to be named after the saying in Italian "Death to the French is Italy's cry". The initials spell MAFIA.

In the 1940s an American boy was found in Wilmington counterfeiting nickel coins by melting down his lead soldiers.

Ernest Coveley of London robbed fourteen banks and building societies, using cucumbers! He wrapped two cucumbers in a plastic bag and waved them about like a sawn-off shotgun. This convinced the staff he was serious, and they gave money to him. After twelve robberies he ate his first "gun" in a sandwich, then went out and bought some new cucumbers.

In 1790 the *Pandora* ship was sent from Portsmouth, England, to track down the mutineers from the now famous mutiny on the *Bounty*. The expedition easily found the fourteen mutineers who had stayed behind at Tahiti. These men were clapped in irons and locked below deck for four months. The *Pandora* continued the search for the other mutineers, sailing west towards Australia. The ship was wrecked on the edge of the Great Barrier Reef off Australia in August 1791. A few of the prisoners and some of the crew escaped, but were unable to survive in the hostile climate.

In Sweden in 1699, 300 children were accused of training cats to steal butter, cheese and bacon.

In one of the great unsolved crimes of the century, a man in the United States, D. B. Cooper, disappeared in 1971. He had hijacked a plane and demanded a $200,000 ransom. When this was given to him, he stuffed it into bags, which he put on his back. Then he put on a parachute and, over the border of the states of Washington and Oregon, he jumped out into a freezing rainstorm. No trace of him was found until 1980 when an 8-year-old boy found twelve bundles of the money while out in the country.

The last three "witches" were put to death in England in 1682. Forty years later a woman became the last to be burned to death as a witch in Scotland.

- The first breath test machine, called the Drunkometer, was invented by Dr Harger in the USA. It was first used by the Indianapolis police in 1939.

- In 1933 a man was sentenced to death for murder in America. A little later he was told his sentence had been reduced to imprisonment for life. When told the news he said, "Now I can finish my jigsaw puzzle."

- Michael Mutford escaped from a Florida jail on a lawnmower. He was working near some woods in a prison camp when he took his chance.

- There are lots of detective stories where the butler is the criminal. In February 1978, the butler really did do it. He murdered an ex-Labour MP and his wife in Scotland.

When England were holding the World Cup football finals in 1966 the cup was put on show in London. It was stolen: the police found no clues and after two weeks still had no lead. Then, one night, David Corbett took his dog Pickles for a walk in Norwood, south London. David noticed a glint of something in the bushes, covered by a pile of newspapers. He walked on, but Pickles went to the pile of papers and sniffed and pawed. David called Pickles, but the dog stayed where he was. Mr Corbett went over and saw, at once, that the thing on the ground was the World Cup. He took it back to his flat and phoned the police. If it had not been for Pickles, the World Cup might not have been found. Pickles was given a major animal award, a rubber bone and £53 for food. Mr Corbett was later to receive rewards worth £6,000. Before the final, the West German team all met Pickles and touched him for good luck. Pickles had his moment of glory and was a real hero.

Prisoners dug a 120 metre long tunnel to escape from a prison camp in Germany in World War Two. The escape was the biggest during the war.

In 1994, a US judge sent criminals to church instead of jail.

For some unknown reason, police in New York recorded no serious crime from 10.30 on the Wednesday evening to just after 10.30 on the Friday evening in the first week of February in 1993.

People swimming in Avignon, France, in 1948 saw a man, with his jacket over his head, lying near some bushes on the beach. Everyone thought he was asleep. Each days his arms and legs moved. Sometimes his shoes were on, sometimes they were off. After some days, one swimmer pulled back the man's jacket. He was quite dead and had been battered to death. The murderer had moved the arms and legs every day to put off discovery of the murder.

In 1992 a JCB digger was stolen and used later in the day to steal a cash dispenser with £40,000 in it from a building society in a shopping centre near Gillingham, Kent.

A shark led to a murder mystery in Australia in 1935. Fisherman Bert Hodson pulled in his line one morning and found he had caught two sharks – one, a rare Tiger shark, was, unbelievably, just finishing eating the other smaller shark! The Tiger shark was so rare, Bert took it to his brother's aquarium where it went on show. A few days later, as visitors watched, the shark was sick. To the horror of those watching, among the things that came out was the small shark, with a human arm in its mouth! The police were called and found the arm had belonged to a James Smith. A few months later, John Brady, one of Smith's friends, was tried for his murder. He was found not guilty. The real story of the murder remains unknown.

The famous picture by Leonardo da Vinci, the Mona Lisa, was stolen from the Louvre art gallery in Paris in August 1911. The picture was missing for two years. It was found when the thief admitted he had the painting in Italy. He was given one year and fifteen days in prison.

When twelve Danish prisoners escaped from jail in 1995 it was shown on TV. They got out when a bulldozer knocked down the wall. A little later, one of the prisoners asked to go back to jail – he did not like it on the outside.

In July 1976, thieves dug tunnels through the sewers in Nice, in the south of France. They got as far as one of the main banks, where they stole a record £6 million.

A prisoner in Parkhurst jail on the Isle of Wight did not manage to fool the doctors. He said he had jaundice, a disease which makes the skin go yellow. He had actually spent two days painting his body with yellow felt tip marker.

About a hundred years ago the Emperor of Ethiopia used an electric chair as a throne!

The *vendetta*, when one person kills another for revenge, may have begun on the island of Corsica. In the early 1900s seventeen people were killed in a vendetta on the island in an argument over who owned a chestnut tree!

John Lee became "the man they could not hang" in 1885. A Miss Keyse had been stabbed to death in her home, The Glen, at Babbacombe in Devon. The house was then set on fire. Lee, who was a servant in the house, was arrested by the police. He was tried, found guilty of the murder and sentenced to be hanged. After breakfast on the morning of the execution, Lee was led to the yard of Exeter prison. A black bag was placed on his head and the rope put around his neck as he stood on the trapdoor. When the hangman pulled the lever – nothing happened! The trapdoor did not move, even when the hangman stamped on it. Some changes were made and the lever was pulled. Again nothing happened! A carpenter was called in and some of the trapdoor was planed down. But, even at the third try, the door would not open. Lee had the rope and bag taken off and was led back to his cell. A little later the sentence of death was lifted. He stayed in prison until 1907. Later he went to America, where he died in 1933.

The guards on night patrol in Parkhurst prison on the Isle of Wight wore thick-soled felt shoes, so they could not be heard by the prisoners. One night about seventy-five years ago, while moving without a sound, a guard was very surprised to see a prisoner coming down an iron stair! All the prisoners were supposed to be locked up for the night. When the guard went with the prisoner to his cell, he found that the door was closed and locked. All the bars on the windows were in place. The floor had not been dug up. How the prisoner got out remained a mystery, and he wasn't going to tell!

Captain Thomas Blood, dressed as a priest, went to the Royal Treasure Room of the Tower of London in 1675. There was only one guard. Blood overpowered him, then stole the Crown jewels. Putting them in

a sack, he tried to escape. He was caught before he left the Tower of London. King Charles II was so impressed by the daring deed of Captain Blood, that he said that Blood was not to be hanged for his crime. More than that, he gave this royal burglar a pension of £300 a year!

The American actress Zsa Zsa Gabor had a designer striped dress made in case she had to go to jail for slapping a policeman in Los Angeles. She was later sent to jail for three days.

A Californian woman had a son who was a fireman. She noticed that he did not have a lot of work and might lose his job. So she began to light brush fires so he would be busy. Found out, she was sent to prison for 120 days.

The first criminal on the run to be caught by the Internet was Leslie Rogg. He had escaped from a jail in the USA in 1985 and was on the run for eleven years. He was found in Guatemala in South America after his picture appeared on the Internet.

Rosemary Abadour pretended she had a lot of money. In fact she stole over £2 million from a charity in London. She spent £780,000 on parties, £280,000 on cars and over £134,000 on maids and others to help her! She was jailed for four years in 1992 after she came back from South America to give herself up.

In 1954 a donkey caused a murder. Jules Guily of Corsica killed his next door neighbour after his donkey wandered into his garden and the two men had a fight as a result.

During World War Two British and other prisoners escaped from their jail at Sagan, Germany, by a tunnel. The tunnel was dug while the prisoners took exercise by jumping over a vaulting horse. The story of the escape was told in the book and film *The Wooden Horse*.

1,400 people applied for a hangman's job in Britain in 1883.

In 1873 a man named Joshua Coppersmith was arrested in New York for trying to raise money for a new invention, a telephone. An American paper said: "Well-informed people know that it is impossible to transmit the human voice over wires . . . and that (if) it was possible to do so, the thing will be of no practical value."

The most famous horse to be stolen was Shergar. The horse had won the Derby in 1981. He was stolen from a farm in County Kildare, Ireland, on 9 February 1983. No trace has ever been found of the horse. The owners refused to pay a ransom for the horse.

King Gustav III of Sweden thought coffee was a poison. He once sentenced a man "to death" by drinking coffee every day. The man lived to be very old.

There were strange robberies in San Francisco in the 1940s. Large numbers of manhole covers were stolen in the city.

In 1803 in Sydney, Australia, Joseph Samuels was about to be hanged.The rope broke twice. The third time he was hanged, but nothing happened – he just "hung about" in the air for a bit. He was let off.

A nurse was sentenced to prison for thirteen years in France in 1991. She was supposed to have been caring for a rich old woman, but instead she had locked the woman in her room for five years and in the end allowed her to die. The nurse then set about stealing the old woman's collection of art, worth £175 million. She did, in fact, sell one of the old lady's pictures to France's top museum, the Louvre in Paris, for nearly £3 million in 1988.

In 1993 Ingrid Hannoway was taken to court in Britain. She was charged with abandoning a spider. She had tried to post a pet tarantula in a plastic container.

Only 15 prisoners survived in the Changi jail in Singapore during World War Two. One of them was the writer James Clavell. He wrote the book *King Rat* about his life in the prison. Later he wrote the screenplays for films such as *The Great Escape*.

Seventy-five prisoners tried to escape from a prison in Mexico in 1975. They dug and dug until their tunnel was finished in April 1976. They must have made a wrong turn somewhere, because they came up in the court where many of them had been sent to jail in the first place! They were all returned to jail.

Fingerprinting was first used by an Argentine policeman in 1891. The first British person to go to jail because of his fingerprints was Harry Jackson. He had stolen six billiard balls from a house in London. His fingerprints were found, and afterwards he was found guilty. He was sentenced to six years in prison.

Frenchwoman Charlotte Corday murdered Jean Marat, a French leader, in his bath in Paris in 1793. She stabbed him to death. The murder was to help lead to the French Revolution.

In ancient China, robbers of tombs were sliced to death.

£2,631,784 was stolen in the Great Train Robbery at Sears Crossing, Buckinghamshire, England, on 8 August 1963. Two boys later gave police the clues they needed to find the robbers' hideout.

Frank Mullins escaped from Edinburgh prison in June 1945 through a 30 cm hole and down a 45 cm drainpipe. He had been on a diet for weeks and, before he left his cell, had put grease, meant for a skin complaint, all over his body.

In February 1993, Barclays Bank shut one of its branches after two robberies in two weeks. The staff had had enough.

In 1904 a jewel thief called John Smith was caught by the police in England. When they saw him the police found they had made a big mistake. Another man, from Norway, called Adolph Beck, had been put in prison seven years before for stealing the jewellery. Adolph Beck and John Smith looked exactly the same!

The first toothbrush is said to have been made by William Addis while in the Newgate prison, London, in 1780. He made the toothbrush from bone and a few bristles of a scrubbing brush. After he was let out of jail he began selling his toothbrushes. Among the other things invented in jail was the tip of the billiard cue.

A prisoner in a US jail in the 1940s was given solitary confinement for using the electric chair as a toaster.

In the biggest escape ever, 25,000 North Korean prisoners escaped from jails in South Korea in June 1953. The President of South Korea ordered that they be left free because he did not like the way the Korean war had ended.

In 1970 an American writer and actor was arrested for using a "stolen" credit card. A computer had listed him as dead!

In the 1800s the town of Evanston, America, made it a crime to sell ice cream with soda on Sundays. The people who made the ice cream and soda did not want to be out of work. They thought of a way round the new law. They made the ice cream, then put syrup on top. They called it an ice cream sundae.

One day in Italy a thief stole a case from a man's car. The man had stopped to change a tyre after a puncture. When the thief left, the man found a lottery ticket the thief had dropped. He found the thief and gave him the ticket – worth £25,000 – telling him he did not want a reward for finding it.

In England in 1644 it was a crime to eat anything on Christmas Day!

For nearly two years people working as printers of banknotes in Argentina made their own money! In 1989, it was found that up to four out of every ten banknotes were fakes.

In the 1900s a newcomer came to a place in New South Wales, Australia. One night he had a dream. He could not get the dream out of his mind. He dreamed he had seen the murder of a farmer called Shaun Cott. In the end, he went to the police and told them about his dream. They said Cott was missing.

The man said they should dig around the farm to find Cott's body. They did. The body of Cott, with his skull bashed in, was found. A man who worked on the farm was arrested for murder. He was later tried and hanged for the murder of Cott.

Early on Christmas Day 1950 the coronation stone, the Stone of Scone, was stolen from the coronation chair in Westminster Abbey, London. It was returned by three Scottish Nationalists to Arbroath Abbey in Scotland in April 1951.

A scientist can tell if a criminal is left- or right-handed. In America in 1924, Harry Hoffman was found not guilty of shooting dead Maude Bauer after it was proved, at his third trial, that he was left-handed and that the real killer was right-handed.

Butch Cassidy and the Sundance Kid, who stole over $200,000 from banks and trains across America, were supposed to have been shot dead by soldiers in Bolivia, South America, in 1909. In 1978 Butch's sister said he had not been killed, but had lived until 1937. She said two other bodies were buried in the place of Butch and the Sundance Kid.

A thief in Austria was found guilty because of his teeth. He stole gold being used by a dentist for fillings. Before he left the dentist's he bit on an apple there. Finding it sour, he ate only part of it and left it behind. The dentist saw the apple, and made a cast of the marks made by the teeth. Only a little later the thief was caught when he went to the dentist.

In 1987 the body of the man who is said to have shot President Kennedy was dug up. A British writer said that it was not Lee Harvey Oswald in the grave, but a Russian spy.

The daughter of one of the leaders of Romania in the 1930s was poisoned by cyanide which had been put in her tooth powder.

Some years ago, on a freezing winter's day, three teenage boys stole a woman's purse in New York. They tried to make their getaway in a way which would fool the police – they jumped on to a sheet of ice about two metres long floating on the Hudson river, which runs through New York. They remained stranded on the ice until they were rescued by a police helicopter!

It was only by one vote that a group of Frenchmen decided that King Louis XVI should have his head cut off by the guillotine in 1793.

Over three hundred years ago, John, Richard and Joan Perry were hanged on a hill in England for the murder of William Harrison, who had been missing from the time he went out with the three of them. All three said they were innocent. Two years later William Harrison turned up. He said he had been kidnapped and sold as a slave to a Turkish doctor.

Thieves in Torrance, California, once stole a glass factory! They emptied the building, then took it to bits and drove away with it.

William Gillen, aged 26, was arrested by police in Glasgow for trying to rob a bank. The police put him into an identity parade. As no one from the bank could recognize him, he might have gone free, but he then called out from the line-up, "Hey, don't you recognize me?"

William Saunders took fourteen people hostage in the high-rise office of a big business in New York. Saunders held them all in one room. After a time one of the hostages asked to leave the room for a drink of water. Saunders said OK. One by one, the remaining thirteen of Saunders' hostages asked to leave the room for a glass of water. They never returned.

A burglar who broke into a flat in California left a five-page note signed Prince Eddie. He cleaned and tidied the flat. All he took was a pair of curtains, but he put a new set of curtains in their place!

In 1985 Alberto Mesa was arrested by the Miami police. He was not only walking by people's houses with no clothes on, he was carrying a woman's severed head! As the police came close to him, Mesa screamed, "I killed her. She's the Devil."

In the year 1962, 313,000 people were arrested for being drunk in the Polish capital Warsaw.

The first Sherlock Holmes story by Sir Arthur Conan Doyle was *The Study in Scarlet*. Conan Doyle's first name for Holmes was Sherringford and the first name for Dr Watson, Ormond Sacher. He changed his mind and gave them new names.

Because of a mistake in the law in Britain, any patient who can escape from a mental hospital and remain uncaught for four weeks can go free.

Harold Longhams, who had spent time in prison, was found not guilty at his second trial of the murder, by strangling, of Rose Robinson. She had been found murdered on the night of 28 November 1943. Longhams had only four half-fingers on his hand and it was believed it was not possible for him to strangle her. In 1963 Longhams, who was dying of cancer, walked into the offices of *The People* newspaper and confessed to the murder.

It is against the law to use plastic bags in parts of Afghanistan.

A headmaster and teacher in India were arrested by the police in 1966. They had kept twenty-one students in chains for three days because they were not studying!

An American thief thought he could escape from the policemen who were chasing him by hiding in bushes. He soon came out, though. The bushes were crawling with ants and he got covered in them. He rushed out scratching all over and gave himself up!

DEVASTATING DINOSAURS

The FACT ATTACK series

Awesome Aliens
Beastly Bodies
Cool Cars
Crazy Creatures
Crucial Cricket
Dastardly Deeds
Deadly Deep
Devastating Dinosaurs
Dreadful Disasters
Fantastic Football
Gruesome Ghosts
Incredible Inventions
Mad Medicine
Magnificent Monarchs
Nutty Numbers
Remarkable Rescues
Rowdy Rugby
Spectacular Space
Super Spies
Vile Vampires

FACT ATTACK

DEVASTATING DINOSAURS

IAN LOCKE

MACMILLAN CHILDREN'S BOOKS

First published 1999 by Macmillan Children's Books

This edition published 2012 by Macmillan Children's Books
a division of Macmillan Publishers Limited
20 New Wharf Road, London N1 9RR
Basingstoke and Oxford
Associated companies throughout the world
www.panmacmillan.com

ISBN 978-1-4472-2435-8

1 3 5 7 9 8 6 4 2

A CIP catalogue record for this book is available from the British Library.

Printed and bound by CPI Group (UK) Ltd, Croydon CR0 4YY

DID YOU KNOW THAT . . .

Among the statues found near the village of Preambero, Mexico, in 1945, were models of dinosaurs. They were dated to the Mesozoic era – up to 65,000 years ago. But there were supposed to be no dinosaurs alive at that time! Why the models were made remains a mystery.

The word 'dinosaur' was first used at Plymouth in July 1841 at a meeting of the British Association for the Advancement of Science.

Some fossil hunters strike lucky early on. In August 1993 a 38-year-old housewife, Liz Spearpoint, discovered the fossil of a 115-million-year-old polocanthus dinosaur at Brighstone, on the Isle of Wight. She had been hunting fossils for less than a year!

A nest of 100-million-year-old dinosaurs found in China was sold by Bonham's, London, for £50,400 on September 15 1993 to a US collector.

The reason why the Siberian mammoths found in glaciers did not decompose is because the ice they were surrounded by had antiseptic properties, which preserved their flesh, hair and everything else.

Life-size models of dinosaurs, made by Benjamin Hawkins in 1854, can still be seen in the Crystal Palace park in London.

Among the most common fossils are those of snails. They may never have gone far. Today's average snail will take 115 days to travel a mile.

Charles Darwin became famous for finding out how all types of creatures can evolve and possibly survive in a changing environment. This made sense of the idea of dinosaurs.

Britain issued a set of five dinosaur stamps on August 20 1991.

In 1973, an American scientist, John Ostrom, showed that there was a connection between bird fossils and dinosaurs. He suggested that birds may have come directly from dinosaur ancestors.

Not all dinosaurs were big. The compsognathus dinosaur, a lizard-like creature with long back legs and little front legs, was about the size of a bicycle wheel.

Footprints show that dinosaurs were able to move rapidly.

The dinosaur boat ride in Jurassic Park centre, Universal Studios, Hollywood, cost $110 million to build.

During the Dark Ages, scientists in Italy believed that fossils were freaks of nature and that the animals never existed.

Over the years there have been many theories about why dinosaurs died out – one said they died off because they were bored!

The flesh-eating majungatholus dinosaur was discovered on Madagascar in May 1998. About 10 metres long, it had a bony bump over its eyes and was described as 'weird and ugly'.

There are a small number of 'living fossils' – creatures thought to have died out with the dinosaurs which have been rediscovered. A live coelacanth, an ancient fish of the deep ocean, was found in 1938.

There is evidence that a huge meteorite hit the earth 65 million years ago and wiped out the dinosaurs. In August 1991 Dr Jack Wolfe found fossils in the Teapot Dome, Wyoming, USA, which seemed to prove this happened.

Close to the centre of Glasgow, in Victoria Park, there are the remains of an ancient petrified forest.

Jurassic Park was not so far from the truth. In 1994 a US scientist said he'd extracted the genetic material DNA from an 80-million-year-old dinosaur fossil.

A unique dinosaur, called tinysaurus, was found in Italy in 1998. It was very special. It was a baby relative of the fearsome Tyrannosaurus rex, and was the best preserved of all dinosaurs. Even its insides were preserved! The baby was probably 3–4 weeks old and showed all its muscles and a tiny tummy. A model based on the fossil showed it looked like a big lizard, with sharp claws and long back feet. There was something else unusual about this tiddler. It was the first dinosaur found in Italy. Because Italy was under water 113 million years ago, nearly all dinosaur remains had rotted in the sea. This baby was only preserved because it was quickly covered in sand and no bacteria attacked the dead body.

The first life forms known on earth were blue-green algae and bacteria, some 3.5 billion years ago.

It is possible that the first creature on land was an ancestor of present-day insects – a 430-million-year-old fossil was found in western Australia.

For over 300 years fossil fuels have driven the world. The remains of ancient creatures and plants, which have been compressed into solids, like coal, and liquids, like oil, provide the majority of the power of modern industry.

There is no sure way of finding out how old a dinosaur is. The ages of dinosaurs are based on good guesses.

The author H. G. Wells, famous for *War of the Worlds* among other books, spent some of his spare time looking for fossils and learning about geology.

An Australian scientist discovered a new type of dinosaur, the oxiraptor, in 1998. He found the bone in a cardboard box labelled *Turtles* put away at the museum in Perry, Australia, many years before!

One of the first people to sort out the different types of dinosaurs and other creatures that existed in prehistoric times was Frenchman Jean Lamarck. His idea that there were connected families of ancient creatures was too modern for most people. In the end his eyesight failed and he became completely blind. Though now a hero in dinosaur history, he died completely broke in 1829.

Australia split from the land that became Asia about 140 million years ago. This is the reason why some of the dinosaurs found in Australia were the same as those in Asia and why some of the later creatures were different.

In 1998 it was found that the ancestors of the lion, elephant, rabbit and horse were around at the time of the dinosaurs, 70–100 million years ago.

The ages of early life and of the dinosaurs have been given names:

Cambrian. The time of simple sea life and plants. 570 million years ago.

Ordovician. The time of sea life and the first land life including snails. 500 million years ago.

Silurian. The time of animals with backbones, and leafless plants on land. 440 million years ago.

Devonian. The time of bony fishes and winged creatures that came ashore. 395 million years ago.

Carboniferous. The time of amphibious reptiles. Creatures with legs. 340 million years ago.

Permian. The time of more reptiles and larger land and sea life. About 275 million years ago.

Triassic. The time of the first dinosaurs, with two and four legs. The first mammals. 225 million years ago.

Jurassic. The time of the great dinosaurs, the first birds and a host of shellfish, including ammonites, in the sea. About 195 million years ago.

Cretaceous. The time of the pterodactyl, the giant lizards and the first warm-blooded animals. 136 million years ago.

Tertiary. The time the dinosaurs and large marine reptiles disappeared and the ancestors of modern animals arrived. 50–100 million years ago.

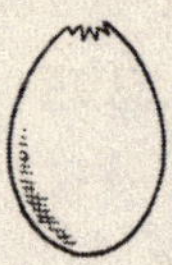

The present-day alligator gives some idea of how noisy life among the dinosaurs would have been. The present alligator's bellow can be heard up to a mile away.

Dinosaurs preferred warmer weather and often moved great distances away from the cold.

The claw of a racing dinosaur was found by US fossil expert Dr Ostrom in Montana in 1964 – he called the new creature Deinonychus, or 'terrible claw'.

The remains of a complete mosquito from the dinosaur era were found whole and trapped in amber in a mine in Mexico in 1990. The story was used as the opening for Spielberg's monster hit film *Jurassic Park*.

Japanese explorers flying over Lake Tele in the Congo, Africa, claimed to have filmed a sauropod dinosaur in 1996.

High up on Big Hill in the mountains of Kentucky, USA, the movement of wagons along the track gradually broke the rock. By the 1880s the loose stones were all over the place and it was decided to clear them up. When the surface was cleared, a layer of rock 300 million years old was found underneath. In it were preserved the prints of the feet of a large prehistoric bear and, amazingly, the tracks of a human being! The toes were well spread and there was little doubt the print was human. How what seemed to be 300 million-year-old human footprints turned up remains a mystery.

The film character Indiana Jones is based on the American explorer Roy Chapman Andrews who began looking for dinosaur remains in the Gobi desert in the 1920s.

A pig-like creature, the long-nosed peccary, was supposed to have died out over 2 million years ago – but it was rediscovered in Paraguay, South America, in 1975!

Nearly one third of the entire history of the Earth can be seen in the layers of rock at the spectacular Grand Canyon in the USA. In 1924, in one of the strangest unexplained discoveries, an expedition led by Edward Doheny in the Hava Supai canyon near the Grand Canyon came across rock paintings showing a Tyrannosaurus rex and a stegosaurus and men attacking a mammoth!

A turkey-sized dinosaur was found in China. It was unusual since it was covered with something between scales and feathers.

An ancient dinosaur, something like a wombat but weighing in at 1.5 tons, was discovered in the western Australian desert a few years ago!

During the Palaeozoic era the area of modern Minnesota State in the USA was under the sea. In the seawater lived bacteria, which were able to extract and then shed iron from the sea. Over millions of years thick layers of iron fell to the sea floor. This is now the world's most important source of iron ore, known as the Mesabi Range.

Britain's largest dinosaurs were the sauropods, 125–130 million years ago. The dinosaur was found on the Isle of Wight in 2004.

Throughout 1993 Steven Spielberg's *Jurassic Park* took a record £46.4 million at cinemas just in Britain. That was likely to be more than the whole film cost to make.

The man who worked out how heavy dinosaurs were was Dr Edwin Colbert of New York, USA. He used mini-models to work out how big they were and then worked out their weight from the models.

In Moscow there is what is said to be the world's largest dinosaur claw – it is 70 centimetres long!

The oldest dinosaur eggs were found in 2004 in the Golden Gate Highlands National Park. They are believed to be 190 million years old.

The trachodon fossils have the best-preserved skin of any kind of dinosaur.

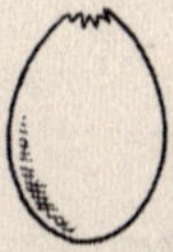

After the ancient bird the pteranodon took off, using its giant 8-metre wings, it had to be careful. If it crashed in the sea, it had to wait until there was a strong enough wind before it could take off again.

In 1915 a German meteorologist noticed that the coastlines of North and South America seemed to fit together. This began the idea of continents drifting over millions of years. Though he was made fun of at the time, the idea that the land of the Earth was once all joined together and slowly drifted apart is now accepted. This theory explained why similar dinosaur remains have been found in different continents and revealed that the position of the seas has changed over millions of years.

Two million years ago there was a huge volcanic explosion in the area of the modern state of Idaho, USA. Its effects were felt from Mexico to Canada. It resulted in a huge dip in the earth. There followed two more explosions 630,000 years apart. They were so tremendous that they are believed to have lasted for months and were so powerful that two mountain ranges were destroyed! We can still see the remains of this monster volcano – at Yellowstone Park.

You're never too young to find a big fossil . . . A 13-year-old girl found the fossil head of a 12-metre sea dinosaur, the ichthyosaurus, at Charmouth in Dorset in 1966.

The ancient croc, the grandaddy of them all, is known as the 'horror crocodile'. It lived in what is now southern USA and Mexico about 75 million years ago. It grew up to 15 metres and its head alone was 2 metres long!

The largest dinosaur was probably the diplodocus ('double beam'), which grew to 27 metres long – the length of two buses!

Nine of the best-known (and one of the least-known) films and TV series to include dinosaurs and ancient creatures have been:

1. *King Kong*
2. *One Million Years BC* (where people and dinosaurs were said to live at the same time!)
3. *The Flintstones*
4. *The Lost World*
5. *Jurassic Park*
6. *Godzilla*
7. *The Creature from the Black Lagoon*
8. *Bigfoot and the Hendersons*
9. *When Dinosaurs Ruled the Earth*
10. *Perseus and the Monsters*. This film mixed up a story of dinosaurs emerging from swamps with Greek myths!

One type of prehistoric turtle was as big as a fully-grown man.

The first geological maps were made by William Smith, in England.

The world's longest fossil snake was found in Egypt. Though big – some 15 metres long – it was no bigger than the modern anaconda, which also reaches up to 15 metres in length.

The egg of the aepyornis, a prehistoric bird, is the largest ever. It held around 11 litres of yolk and white – enough for hundreds of breakfasts.

A bird like the condor, which lived 125 million years ago, may have been the largest ever flying bird. It had a wingspan of about 5 metres.

The largest prehistoric land mammal was the giant ancestor of the rhino – it stood 8 metres from head to foot.

William Buckland, an English clergyman who made many discoveries about fossils in the 19th century, was very strange. He liked eating as many different things as possible, and his diet included garden snails, crocodile meat and bats. People were always able to identify him – wherever he went he carried a feather duster.

The fossil of an ancestor of the horse revealed that it was about the size of a rabbit – only 25–50 cm high – and had an arched back.

Fossils can exist as a whole or parts of real creatures – like mammoths or insects (trapped in amber); or as moulds or casts, where minerals fill in the shape of the remains of the creatures as either a positive or a negative.

A fossilized peanut over 100,000 years old was found in China in 1981.

Minute fossils, which can only be seen under a microscope, have been preserved all over the world. Fossil lumps of the super-hard tiny ocean creatures called diatoms are still sold as an abrasive (like sandpaper) known as 'tripoli powder'.

The Dinosaur national monument in Uintah County, Utah, was created on October 4 1915, to preserve the many dinosaur remains found there.

The English fossil hunter and botanist Charles Lyell became the first to prove the biblical story of history was not an accurate picture of the story of the Earth. His ideas were supported by the Archbishop of Canterbury and the Bishop of London.

The metal zinc seems to be vital for animal life, even dinosaurs. An animal that doesn't have enough of it needs 50% more food than an animal that has the right amount.

The struthiomimus dinosaur was like an ostrich, and had bird-like feet.

The largest known brontosaurus fossil was found in America – it was 25 metres long and 6 metres high. When alive this one would have weighed about 40 tons.

In 1976, in the submerged riverbed of the Paluxy River in Texas, strange 'footprints' were found next to dinosaur tracks. The river was diverted so these weird tracks could be looked at properly. They were, on average, 45 cm long and 12–15 cm wide. When looked at carefully, it was decided the tracks were made by a two-footed dinosaur which had dragged its toes in the mud.

Dinosaurs were many shapes and sizes.
Here are some of them . . .

Brontosaurus. 25–30 metres long. 30 tons. 159m years ago.

Megalosaurus. Flesh eater. 6 metres. 190–140m years.

Denoychus. 3 metres. 140m years.

Iguanodon. 12 metres. 4 tons. 104m years.

Acanthopholis. Plant eater. 4 metres. 100m years.

Triceratops. Plant eater. 7 metres. 70m years.

Protoceratops. Plant eater. 2 metres. 90m years.

Cerotopsian. 8 metres. 10 tons. 90m years.

Fossil sea scorpions discovered in layers of old red sandstone were known to have grown to up to three metres long!

One of the most striking parts of the landscape of Shropshire (on the Welsh border), which has inspired writers and musicians like Matthew Arnold and Sir Edward Elgar, is a long cliff called the Wenlock Edge. It is the remains of an ancient coral reef – 30 miles long!

The two first major US dinosaur hunters, Marsh and Cope, didn't get on – they named the most horrible dinosaurs they found after each other!

William J. Meister, out looking for fossils in Utah with his wife and two daughters in June 1968, made a spectacular find. William split open a rock and found inside what looked like the print of a sandal. Beside it was a crushed trilobite, an ancient fossil sea creature like today's horseshoe crab. The trilobites had died out about 280 million years before! Scientists could not accept the man was alive then, but they could give no explanation for the print.

In 1992 the FBI took a Tyrannosaurus rex into custody – they said it had been illegally dug up on the Cheyenne River Sioux tribe reservation in South Dakota in 1990.

The strangest sight in Los Angeles appears at Wilshire Boulevard. At the La Brea Tar Pits a model of a mastodon – a long-tusked elephant – can be seen coming out of the pits. The pits are famous for fossils. The first were found there in 1910.

In the 1700s in Germany, the fossil of a salamander, a type of lizard, was put on display as one of the 'giants' mentioned in the Book of Genesis in the Bible.

The first brontosaurus discovered caused a real headache – the man who found it in Wyoming in 1879 stuck the head of another dinosaur on the skeleton by mistake!

Among the most common fossil sea creatures were trilobites – made up of three parts. There were various sorts, from simple creatures rather like tadpoles to a spiky sort with body armour, legs and complicated eyes.

Many fossils now need to be preserved, not only from the weather, but from people. In the 1980s vandals destroyed some of the most ancient humanoid footprints, found on rock at a farm in Kentucky in 1938. The rock itself was exceptionally old – dating from 250 million years ago!

The stegosaurus, weighing about 1.9 tonnes, had a brain the size of a walnut – just 70 grammes.

None of the giant dinosaur fossils have ever been found in rocks less ancient than chalk.

22 eminent scientists sat down to a super dinner inside the model of a fossil skeleton of an iguanodon at Crystal Palace, London, on New Year's Eve 1853. The invitation was printed on a replica of the wing of a pterodactyl!

One of the biggest collections of dinosaur eggs was discovered in the Pyrenean mountains, on the border of France and Spain. There were about 30,000 of them.

During the period of the dinosaurs and the time that followed, the beginnings of modern animals appeared. Among them were:

The titanothere – hippopotamus
The miacid – cat
The tomarctus – dog
The entelodont – pig (this one was a bit big, though, being almost as high as a man!)
The oxydactylus – a mix between a giraffe and a camel!
The sabre-toothed tiger – tiger
The izard – chamois, a type of horned antelope

Among the remains of animals found in the La Brea Tar Pits of Los Angeles, which are bogs of underground oil and tar, have been those of sabre-toothed tigers, ground sloths and American horses.

The preservation of a set of dinosaur footprints became an issue in the elections in Portugal in 1995!

One fossil snake was a giant – almost 11 metres long.

British Rail once managed to lose one of the first prehistoric birds ever found – it had been discovered by Mary Anning near Lyme Regis in the 1820s.

During the Middle Ages it was believed that fossils of the spiral shellfish the ammonite were the remains of serpents miraculously turned to stone by St Hilda, the Yorkshire saint! There seems to have been a boom business in selling these relics of the saint.

In the 18th century, scientist Johann Beringer said he had proof that God had planted fossils – they had, in fact, been planted by two of his students!

When Victorian fossil hunter Sir Richard Owen put together the fossil of the bird archaeopteryx, the wings were upside down – according to him, the bird flew backstroke!

Forget about counting the teeth of fossil sea snails or slugs – they can have up to 750,000 of them!

Dinosaur names – what do they mean?
Brontosaurus – thunder lizard
Ichthyosaurus – fish lizard
Pterodactyl – finger-winged
Archaeopteryx – ancient-winged
Theriomorph – in the form of a beast
Gigantosaurus – great lizard
Oviraptor – egg stealer

In August 1966, the pygmy opossum was found in Australia – it had been believed extinct and had only previously been known by 20,000-year-old fossils.

The decaying body of an animal said to be like a dinosaur was washed ashore after a storm in the Russian Arctic in October 1994.

In September 1997 Canada sent the 75-million-year-old skeleton of the dinosaur ihypocrasaurus, which had taken two years to put together, to The Hague, Holland, for the opening of the film *The Lost World*. Soon after it arrived workers dropped it, smashing it to bits!

The first dinosaur fossil was discovered by accident. In March 1822, on a Sussex road near Lewes, Mary Mantell, waiting for her doctor husband to finish a visit to a patient, found a fossil tooth among rocks being used for road-mending.

It took 600 bricks, 38 casks of cement, 100 foot of iron and over 1,500 tiles to complete the model of an iguanodon in 1854 for the Great Exhibition at Crystal Palace.

Millions of years ago much of Britain was covered by prehistoric seas. As a result there are mountains of fossils of sea creatures dotted about. One of the oddest collections may be in Birmingham – it is said the old Town Hall is built on a huge mound of ancient mother-of-pearl shells! It could be worth a fortune.

The first dinosaur tracks were found way before full fossils. In 1802 an American boy, Pliny Moody, discovered the first tracks near South Hadley in Massachusetts.

The names of the great early dinosaur hunters were rather odd. The first name of Dr Marsh was Othniel; the second name of Dr Cope was Drinker.

There's an odd connection between the homeless in London and the great dinosaur skeletons . . . All over London there are flats for the homeless built by and named after the wealthy American George Peabody. He was the uncle of the US dinosaur hunter Dr Marsh and put up the money for his expeditions.

A disaster seems to have led to the evolution of the dinosaurs about 248 million years ago when 98% of all marine animals and many small animals died out.

Dinosaur skin is rare. The fossil skin that has been found is very varied, with spikes, scales and patterns.

The nanotyrannos, the smallest tyrannosaur, was a midget but it had a big brain, binocular vision and an acute sense of smell.

The Tyrannosaurus rex didn't live in Europe – only in North America and Asia.

It was the English anatomist Richard Owen who named the dinosaur, using the Greek words *deinos* (terrible) and *sauros* (lizard).

Cambridge geologist Dr Edward Clarke gave himself a shock in 1818. He was looking for fossils in a chalk quarry when he reached a layer some 80 metres down. He came across the fossils of ancient sea urchins and newts. Noticing that three of the newts were complete specimens, he dug them out carefully. Taking them home, he separated the fossil newts from the rock around them and put them on a sheet of paper in the sun. The newts soon began to move! Within a short time two of the newts died, but the third remained alive. Dr Clarke put this survivor in a pond, but it soon escaped. Nothing could shake the doctor's belief that these newts were fossils, had been extinct and yet had come back to life!

The smartest dinosaur – the troodon – only lived in North America. It had huge eyes and a brain equal to that of modern mammals and birds. A troodon hand had three fingers and could grasp objects. The third toe on its back feet was used to slash its prey.

In 1991 the tracks of scores of tiny brontosaurs were found in South Korea. They were in herds of about 20–40 at a time.

The deadliest dinosaur, the deinonychus, which had sickle-shaped claws, was limited to a small area – fossils have only been found in western USA.

From cracks and breaks in its bones, it is known that the horned ceratops often stamped its toes and feet on the ground.

Some dinosaurs appear to have hunted in great herds – so many that they stretched as far as the eye could see. One grave in Montana contained the remains of 10,000 duckbill maiasauras! It seems that large herds did have problems – they often trod on each other's tails, breaking them.

In January 1983, William Walker discovered a huge fossil claw bone in a Surrey clay pit – it was a curved claw about 30 cm long. It turned out to be the most important European dinosaur discovery of the 20th century – the baryonyx. It took three weeks for the skeleton to be dug out and the discovery was only officially announced in November 1986.

Seismosaurus, the 'earthshaker', is among the biggest dinosaurs ever – up to 40 metres long and weighing 60–90 tons. They used stones to grind their food, swallowing heaps of them.

Groups of female protoceratops dinosaurs laid their eggs together – in nests where the group of eggs was bigger than a single full-grown dinosaur!

There were 6 million years between dinosaurs and the appearance of people.

When skeletons of the iguanodon were found by coal miners in Belgium, there was no normal building big enough to house the skeletons. They were put together in a church and later sent to the Brussels museum.

The only remains of dinosaurs having a fight were found in Mongolia. A protoceratops and a velociraptor were hit by a sandstorm and died fighting.

'Living' fossils are present-day creatures which go back millions of years:

Dragonflies. They first appeared 320 million years ago.

Cockroaches. These insects appeared about 200 million years ago.

Crocodiles. They first appeared some 90 million years ago.

Coelacanth. This fish first appeared some 390 million years ago.

Turtles. They first appeared some 10 million years ago.

Tortoises. They first appeared some 12 million years ago.

Horses first appeared soon after dinosaurs became extinct.

A fossil bone from the megalosaurus was first described by Robert Plot as the bone of an elephant brought by the Romans to Britain. Later it was thought to be part of a giant human!

The compsognathus dinosaur, which stood on two legs, was not much bigger than a cockerel.

In ancient China dinosaur bones were thought to be the remains of dragons – they were ground up for medicines and magic potions.

During work to excavate a railway tunnel for the St Dizier to Nancy railway line in France in 1856, a group of workmen came across a prehistoric limestone boulder blocking their way forward. In the half-light, the men began to split the rock with their hammers and pickaxes. Slowly the rock split and began to fall apart. To their amazement they saw a creature inside – a pterodactyl, with a wingspan of over three metres. Even more astounding, the creature fluttered its wings, croaked and died! This living fossil had four legs and its wings were like those of a bat. Where it would have had feet were long talons. Its mouth had a row of sharp teeth. The skin was leathery, thick and oily. The now dead fossil was taken to the nearby town of Gray and confirmed as a pterodactyl. The rock in which the creature had apparently hibernated was four million years old! This almost unbelievable story was widely reported in February that year, and was printed, with pictures, in London.

Like in trees, there are growth rings in dinosaur bones.

From fossil tracks it has been found that a 6-metre iguanodon dinosaur travelled hundreds of miles – from the present Denver to New Mexico – 100 million years ago.

During the 1830s, while the Jumna River in North India was being cleared, stacks of fossils were found. A number of people became interested in fossils and tried to find more of them elsewhere in India. A British man, Hugh Falkener, came across the fossil of an extinct giant tortoise – it was three metres long, over two metres across and two metres high. He said it was new. But he was wrong – the Indians seemed to know all about it. A Hindu myth told how a giant tortoise fought with an elephant. The puzzle was how did the Indians appear to know about this creature when it had died out long before man appeared?

Plesiosaur dinosaurs went north in winter, especially when young. This was most likely to keep them safe.

When the first fossils were found in Europe in the 17th century, it was thought they could be dated by licking them! If they had a lot of jelly (or gelatine) in them then they couldn't be that old. Just to check, people then looked at how many black specks the bones had. If they had lots, then they were ancient. These methods turned out to be entirely useless.

Dinamation International Corporation of Irvine, California builds life-size dinosaur robots. In 1990 they had 10 million visitors to their shows of 'living' dinosaurs.

Dinosaurs were very selective about the stones they used to grind their food – some were fetched from up to 12 miles away.

The edmontosaurus had cheeks and 1,000 teeth – unlike modern reptiles.

The world's most ancient living fossils were discovered by chance in 1972 in a laboratory deep in the Ural Mountains in Russia. A scientist was experimenting with a piece of the ore of the metal potassium. He wanted to find out why it was coloured red. He prepared slides of small flakes of the rock and looked at them under a microscope. Among the flakes he noticed tiny organisms. Since these often turned up in ancient rock, he wasn't bothered. When he finished, he popped them into a solution in a flask. Several days later he had another look at the solution. The flask was now swarming with living microscopic creatures! In later experiments he was able to see them grow and reproduce. He was astounded – for these tiny organisms had been trapped in rock for 250 million years.

The protoceratops had self-sharpening teeth at the back of its mouth.

Frenchman Boucher de Perthes became well known in the 1850s because he claimed to have discovered long-dead creatures in the gravel pits near his home in Abbeville. The French Academy didn't believe him, because he was a retired customs official, not a scientist. Perthes got his own back by opening a popular museum. He wasn't too fussy about what he showed – his exhibits included bits of brick and glass of no interest at all.

Edward Cope, the famous US dinosaur hunter, began studying fossils when he was only seven!

Fossil bones often got lost. British museums and collectors borrowed them for public talks and then sent them back to where they came from. The parcels didn't always reach their destination. At least one parcel of fossil elephant bones ended up in a rail lost property office.

It is estimated that the mouth of a fully-grown Tyrannosaurus rex could hold enough food for a human family for a month.

In Victorian times, many people didn't know what fossils were. Fossilized droppings and bones, found in the Blue Lias clay at Lyme Regis, on the Dorset coast, were ground up and used for manure!

The skins of dinosaurs have been found mummified in the cold dry air of Patagonia, South America.

You too can eat dinosaur food. The ginkgo tree, which first appeared in the Jurassic age, is still with us – a number of them grow in Britain. Other plants from the dinosaur age still grow today. One plant from Canada, eaten by veggie dinosaurs, is sold in cans for salads!

Sap from trees can solidify as yellow or red amber. When insects were caught in it during the age of the dinosaurs, even the soft body parts were preserved.

One of the first collectors of fossils in Britain was John Conyers. He was an antique dealer and chemist who lived in the 17th century. He was digging under old buildings in Gray's Inn Lane, London, when he came across a jumble of ancient bones. He claimed, correctly, they were the fossils of ancient elephants. Everyone thought he was daft. They said it was too cold for elephants to have lived in Britain! A friend said they must have been elephants kept in a zoo by the Romans.

The brother of the early woman fossil hunter Mary Anning found the fossil of a large marine reptile by Lyme Regis beach in 1810 when he was 11. A year later, he and his sister found a 10-metre-long ichthyosaurus. The discovery caused immense excitement. Mary is still remembered today with the tongue-twister 'She sells seashells on the seashore'.

Swiss fossil collector Kirby Siber unearthed a five-metre, nearly complete allosaur fossil in Wyoming. It was 135 million years old. Since he was just outside where he had permission to dig, the fossil was impounded by the authorities.

The Tyrannosaurus rex did not eat with its fingers – its front legs were too short to reach its mouth.

While the Loch Ness monster is the most famous of the 'living creatures' said to have survived from the age of the dinosaurs, there are plenty of others. In Canada, an unknown creature has been sighted on the Okanagan Lake. It is called Ogopogo. In July 1968, five water-skiers, aged between 14 and 21, were on the lake when they saw a strange sight. A long shape appeared in the water only 6 metres from the group. It had blue-green scales and glistened in the sun. Soon it sped off across the lake, ahead of their motorboat which was going at 40 miles an hour! It then disappeared.

Going hunting for fossils in 19th-century America could be dangerous. When he went on his first expedition in 1870 Charles Marsh was given a military escort.

In the mid-1970s, the British naturalist Sir Peter Scott, son of Captain Scott of the Antarctic, supported the US attempt to photograph or capture the Loch Ness Monster. Sir Peter even gave the monster a name – Nessiteras rhombopteryx – in December 1975. It didn't take long for the papers to find out that the letters of the name, if rearranged, spelled 'Monster Hoax by Sir Peter S.'!

In November 1998 a vast dinosaur-nesting site was found in Argentina. There were thousands of fossil eggs. Many of the eggs, which covered over a square kilometre, contained unhatched babies. The dinosaurs would be about 30 cm when born and grow to 15 metres. From the inside of the eggs, it was found they had scaly skin. They were the first eggs found south of the equator.

Some of the most important fossils were found in the Burgess Shale rock of British Columbia, Canada. The 530-million-year-old rock, between Mount Field and Wapta Mount, was found by Charles Walcott in 1909. Many of the creatures were from the sea and had soft bodies, including the first creature which showed signs of having a backbone, called the pikaia, which was like an eel. It was where all land animals began.

Walter Granger of Columbia University in New York was sent in 1897 to find new dinosaurs. He went off to Wyoming, but found that all the good fossils seemed to have been dug up already. One day he walked across a plain towards a shepherd's shack. When he reached it, he was astounded. The cabin was built from the giant dinosaur bones, which were all around it! He started digging and soon found a huge number of fossils in 'Bone Cabin Quarry'. The huge brontosaurus now on display in New York is one of his finds.

It took until the 1930s for dinosaur eggs to be seen for what they were.

Cope and Marsh, the two great US fossil hunters, were mean rivals. When he'd finished digging for fossils, Cope would dynamite the site to prevent Marsh digging there! In turn, Marsh's workers sneaked up and readdressed Cope's crates of fossils to Marsh's lab! They became so angry with each other that their dispute turned up on the front pages of the *New York Herald* newspaper in January 1890.

The great English scientist Darwin discovered mammal fossils during his famous voyage on the HMS *Beagle*. These helped give him the idea of evolution.

Among the most imaginative painters of the 19th century was Englishman John Martin. His pictures of dinosaurs for fossil hunter Dr Gideon Mantell were among the first ever made.

DREADFUL DISASTERS

The FACT ATTACK series

Awesome Aliens
Beastly Bodies
Cool Cars
Crazy Creatures
Crucial Cricket
Dastardly Deeds
Deadly Deep
Devastating Dinosaurs
Dreadful Disasters
Fantastic Football
Gruesome Ghosts
Incredible Inventions
Mad Medicine
Magnificent Monarchs
Nutty Numbers
Remarkable Rescues
Rowdy Rugby
Spectacular Space
Super Spies
Vile Vampires

FACT ATTACK

DREADFUL DISASTERS

IAN LOCKE

MACMILLAN CHILDREN'S BOOKS

First published 1998 by Macmillan Children's Books

This edition published 2012 by Macmillan Children's Books
a division of Macmillan Publishers Limited
20 New Wharf Road, London N1 9RR
Basingstoke and Oxford
Associated companies throughout the world
www.panmacmillan.com

ISBN 978-1-4472-2425-9

1 3 5 7 9 8 6 4 2

A CIP catalogue record for this book is available from the British Library.

Printed and bound by CPI Group (UK) Ltd, Croydon CR0 4YY

DID YOU KNOW THAT . . .

In 1996 a new supermarket in County Durham was opened and it was discovered that the checkouts were 6 inches too narrow for the trolleys.

Not long before World War Two broke out, the British government allowed Germany to invade Czechoslovakia. The British prime minister, Neville Chamberlain, called the matter “a quarrel in a faraway country of which we know nothing”.

During the seventeenth century a fort was built on an island off the Scilly Isles. It had a series of cannons put on the battlements – but it was found that none of the cannons was able to shoot far enough to hit any ships out at sea!

In 1993 the ninth commonest cause of injury at work in Britain was animals!

T.E. Lawrence, who became famous as Lawrence of Arabia during the First World War, wrote his story in the book *Seven Pillars of Wisdom*. He had to write a lot of it twice – he left the first copy of the manuscript on a train in Reading and it was never found.

The American pilot Charles Lindbergh made history when he completed the first solo flight across the Atlantic ocean, from America to Paris, in 1927 in 33 1/2 hours in the *Spirit of St Louis*. He was known as "Lucky Lindy", but his trip was not as easy as it could have been. He had an extra fuel tank put on the front of the plane and as a result had to use a periscope to see where he was going.

Every now and then a famous person is said to be dead when they are very much alive.This happened to:

I. Lord Baden Powell
The founder of the Boy Scouts was said to have been shot as a spy during the First World War. The news was widely reported in the USA.

2. Daniel Boone
The famous frontiersman of US history was reported dead in 1818. Boone

laughed when he read the report. He died two years later aged 86.

3. Wild Bill Hickock
A legend in his lifetime, this sheriff and marshall of the "Wild West" read of his death in a paper in March 1872. He wrote to the editor to say he was very much alive.

4. Alfred Nobel
The inventor of dynamite and the founder of the Nobel prizes was reported dead by a French paper in 1888. His obituary sounded so bad that he founded the Nobel prizes as a result.

5. Mark Twain
After the family of this famous US author died in 1897, he went into retreat. A US newspaper then reported he had died penniless in London. Someone was sent to confirm the news. Twain replied: "Reports of my death are greatly exaggerated."

6. Bertrand Russell
This great English mathematician was reported dead in 1937. The report was reprinted when he actually died in 1970.

7. Robert Graves
The English poet and writer Robert Graves was reported dead during the First World War. He actually died when aged over 90.

8. Paul McCartney
The co-writer of many of the Beatles hits was reported dead by a US college magazine in the late 1960s. The rumour was believed in many places and the present Sir Paul McCartney was said to be an imposter.

9. Eddie Rickenbacker
Eddie Rickenbacker was a famous US air and motor racing ace. In 1942 his plane went missing and he was reported dead. The next month he and his companion were found to have survived

on a raft in the Pacific for 23 days.

10. J.P. Narayan
Reports in 1979 that this leading Indian politician was dead reached the Prime Minister, who went to speak over his "body". Narayan soon recovered.

America witnessed one of the worst moments in space history on 27 January 1967. Astronauts Virgil Grissom, Edward White and Roger Chaffee entered their Apollo 1 capsule for a test. In the capsule they were breathing pure oxygen. A small spark started a fire in the enclosed space soon after the astronauts were locked in. The oxygen turned the fire into a fireball. Within minutes the men were dead. The heat of the fire was so great that it took two hours for the craft to cool and the bodies to be recovered.

The European Union decided, not long ago, that it would be a good idea to provide the disabled, including the partially sighted and the blind, with a guide to their rights. However, it was only available in print – not on video or in Braille!

Beekeepers in Brazil were looking for a better type of bee in the 1950s. By 1957 they had a new type of bee which produced more honey. The only problem was that they were killers. Swarms of these bees killed a number of people in Brazil and then moved north as far as America where more people died from their stings.

Larry Yung, a businessman, thought he had made a terrible mistake when he accidentally mixed up his bets at Sha Tin racecourse in Hong Kong in 1992. As it happened, Larry was in luck – he won $5 million!

One of the biggest railway disasters in Britain happened on the night of 28 December 1879. During a storm the North British mail train was about to cross the Tay Bridge (then the longest in the world) when the bridge collapsed, taking the steam train and its carriages with it. All 75 passengers and the crew of five aboard were drowned as the train fell 30 metres into the river. The train itself was found in the river months later with little damage.

Some 700 years ago an English baron, Fitzwaine Fulk, died of suffocation in his armour when his horse got stuck in a bog.

During the 19th century a play called *The Sign of the Cross* was a great success in Britain and America. When the tour of the play began in Britain a live lamb was used as a prop. Problems began when, after weeks of success, the lamb grew into a sheep. In the end the actress carrying the "lamb" collapsed on stage under the weight of the fully grown sheep!

One of the strangest disasters took place at a factory in Boston, USA. The company made black treacle. An explosion emptied a 15-metre tank of the stuff. 20 people were killed and 40 injured after a 5-metre wave of treacle ran through part of the city. It swamped homes and buried a fire station.

Shooting accidents are common in the USA. Harold Erickson was not a good shot. While practising a quick draw in Newhall, California, he managed to shoot himself in both legs.

Some time ago in Leeds, a gang of thieves rented an empty shop next to a bank. They began to dig a tunnel below the shop into the bank. By the time they had completed the job the bank had closed for refurbishment and was empty of cash and other valuables.

Edmund D. Looney of the USA asked a court if he could change his name – he wanted to be a psychiatrist!

When British Telecom ran an expensive ad campaign for the change of British telephone dialling codes to 01 they used photographs of famous days in history. One of the best known pictures was the first landing on the Moon. The only problem was – they got the date wrong!

During the BBC's 1987 coverage of the general election, frontman David Dimbleby was seen on camera eating a Mars bar. He later called Mrs Thatcher "Mrs Finchley".

A tornado's speed can reach an incredible 261 mph – the most violent winds known on the surface of the Earth.

When the fossil of the iguanodon dinosaur was first put on show, no one was really sure how the bones should fit together. As a result it ended up on all fours and had one thumb stuck on its head because it was thought to be a horn!

Maybe you can't be lucky all the time. £11 million UK lottery winner Karl Crompton managed to crash two new motorbikes, have one vandalized, spin a Porsche car, break a leg and dislocate a shoulder – all within a year of his win!

Ronald Reagan, the former film star and US President in the 1980s, was sometimes lost for words. He once called Princess Diana, the Princess of Wales, "Princess David". In another speech, supposed to be about Third World countries, he said "The United States has much to offer the Third World War"!

The first man to be killed in a railway accident was MP William Huskisson. On 15 September 1830 he was at the opening of the Liverpool and Manchester railway and was wandering near the *Northumbria* train. Huskisson crossed the track to speak to the Duke of Wellington just as Stephenson's *Rocket* was coming down it. While others nearby got out of the way, Huskisson tripped and fell beneath the wheels of the oncoming train. Though taken by the *Northumbria* to an Eccles hospital he died later that day.

A Spanish air force jet once shot itself down after its gunfire glanced off a mountainside and came back and hit it.

The inventor of the top hat, James Heatherington, was arrested on 5 January 1797 for wearing his new invention in public in London. The hat attracted such a big crowd that several women fainted and a small boy had his arm broken in the crush. Mr Heatherington was told in court that his hat was likely to frighten people and he was fined what was then the huge sum of £50!

Ten well-known stories which include disasters or accidents:

1. *Robinson Crusoe*
The story by Daniel Defoe in which Crusoe is shipwrecked on a desert island. It was based on the true story of the shipwreck of Alexander Selkirk.

2. *Gone with the Wind*
This epic book about the American civil war by Margaret Mitchell includes the disaster of the burning of the city of Atlanta, Georgia.

3. *Gulliver's Travels*
During his adventures, Gulliver is shipwrecked on the island of Lilliput.

4. *Typhoon*
A story by the Polish writer Joseph Conrad which describes the events in a typhoon (a type of hurricane) at sea.

5. *Bleak House*
In this Dickens novel, one of the characters,

Krook, becomes a victim of spontaneous combustion, when he burns for no reason.

6. *Jane Eyre*
Charlotte Brontë's story includes the burning down of Thornfield Hall.

7. *A Shocking Accident*
This story by Graham Greene tells of the accidental death caused by a pig falling on the father of the character Jerome, while he is in Hong Kong.

8. *Lord of the Flies*
The famous story by William Golding about small boys who are left on an island after an air crash.

9. *The Last Days of Pompeii*
This story, by Bulwer Lytton, tells of the eruption of Mount Vesuvius in AD 79.

10. *The Lost World*
The famous story of a prehistoric world by Sir Arthur Conan Doyle (used by Spielberg

in his film) in which the team of Professor Challenger have to flee an erupting volcano, keeping only dinosaur eggs to prove they had found the lost world.

The first deaths in road accidents in Britain were recorded as long ago as 1873.

A record 324 twisters (or tornadoes) struck the USA in May 1957.

Among the best-known writers in Victorian times was Thomas Carlyle. He sent his only copy of his *History of the French Revolution* to his friend John Stuart Mill to look at. Mill's maid thought the manuscript was waste paper and burned it.

The man who founded the Bank of England was called John Patterson. He became convinced that a place called the Yucatan peninsula, near Mexico, was heaven on Earth, and he managed to persuade a large number of Scottish people to go there. The whole trip was a disaster, many of the Scots lost their lives through disease and starvation and the cost was so great that it was one of the reasons why the Scots agreed to unite with England.

A woman in Romania was being carried to her funeral when she woke up, jumped out of the coffin and ran off along the road. Unfortunately she ran straight into the path of an oncoming car and was knocked down and killed!

Nine strange events as a result of hurricanes and tornadoes:

1. Clouds of tarantula spiders have been blown in by hurricanes in the USA.

2. In one hurricane in the USA birds sitting on a branch had all their feathers blown off!

3. In Iowa in 1962 a cow flew nearly a kilometre (half a mile) after being sucked up in a tornado.

4. A baby was once whisked up into a hurricane. He was found some way away,

perfectly well, almost without a scratch.

5. After the Great Tempest in Britain in 1703 a cow was found alive after being blown into the top branches of a tree.

6. A British man slept through almost all the 1987 hurricane, until a tree crashed through his roof into his bedroom!

7. During Hurricane Inez in 1966, stranded people became so hungry that they opened cans of food with their teeth.

8. After a hurricane in Indianola in Texas in 1886 the town was abandoned.

9. A five-minute tornado in St Louis in the USA in late September 1927 killed 69 and injured 600!

The British Parliament looked at Edison's invention of the electric light. They believed it would have no use and would be of no interest to "practical or scientific men".

During the night of 15 October 1987 a great storm with hurricane winds hit Britain. It caused £1,000 million of damage, the highest figure ever recorded for weather damage in Britain's history. Before it hit, a woman rang the main weather forecast station and said she had heard there was a hurricane on the way. That evening, on the BBC TV weather news, the weatherman told the woman not to worry, there was no hurricane in sight! In Shoeburyness, Essex, the wind was the strongest recorded there for 500 years.

An eccentric Englishman in the eighteenth century once set fire to his nightshirt to try and cure his hiccups. It is not known if he survived the cure.

One of the passengers on the first railway service, covering four miles from Swansea to Oystermouth in 1807, felt so dizzy after the journey, at 16 miles an hour, he thought it would take him a week to recover!

John Farynor was a royal baker in London during the time of Charles II. One night in 1666 he went to bed, forgetting to put out the fire in his bread ovens. At two in the morning, on Sunday 2 September 1666, the fire sent out sparks to a pile of hay in the building next door. The Great Fire of London had begun. House after house in the narrow London streets caught fire. The Mayor was told, but thought nothing of it, as such fires were quite common among the wooden houses. So it was not until that afternoon that the scale of the fire became obvious, as the warehouses along the river Thames caught fire. By Wednesday 13,000 houses had been burned, 57 churches were destroyed and shops were ruined. At St Paul's Cathedral the fire was so hot the ancient tombstones cracked and turned to dust, the metal decorations melted and the lead from the roof ran in rivers. The fire was only stopped from spreading by teams who knocked down buildings in its path. Though a disaster, the fire did have some good effects – the old slums of

London were cleared and the plague was at last wiped out.

A woman once stayed in bed for 40 years – only because her doctor forgot to come back to see her. When she first went to bed, her doctor had said she had flu and was not to get up until he returned. He never did come back!

In 1912 the *Evening Sun* newspaper in the USA ran a headline: "All saved from *Titanic* after collision". It reported that the ship was still afloat and was being towed to a harbour in Canada. In fact, the *Titanic* disaster was one of the worst events to happen at sea; over 1,300 died. The *Daily Express* in England made the same mistake, saying that all the passengers had been saved.

In 1996 a group of clairvoyants (people who claim to be able to predict the future) turned up in Paris for a conference. They were a week late and had missed it!

At the age of 16, Bette Davis, who went on to be one of the biggest stars in Hollywood, posed nude for a statue of the Goddess Diana. The sculpture is still on show at Boston's Museum of Fine Arts.

Both fullbacks in a Chester football club match on 1 January 1966 broke their legs during the game.

A hairdresser, Leonard Moore, from Kentucky in the USA, decided to try and row across the Bering Straits from Russia to Finland in a bath. His only food seemed to be four gallons of peanut butter. The weather was so cold his peanut butter was frozen solid by the fifth day. The next day Mr Moore gave up his attempt when the water froze around his bath.

In the 400 metres at the Olympics in London in 1908, only one man, Lieutenant Wyndham Halswells of Britain, was left in the final after the other competitors were accused of cheating and withdrew in protest.

After the British set fire to the White House, the President's home in Washington, USA, in 1812, it was only saved from complete destruction because of a thunderstorm which put out the flames.

When 250,000 people demonstrated in Washington, the American capital, for a cleaner environment and the use of solar energy, on Sun Day in the 1970s, they left behind litter over ten acres of ground.

A British man in Skopje, Yugoslavia, had a lucky escape in the 1960s. He tried to book into the two biggest hotels in the city the night before a quake struck. They were full so he went to a third. When he woke in the morning he found that the other two hotels had collapsed in ruins.

The inventor of the first two-wheeled bicycle, a Scotsman, was prosecuted for dangerous driving.

In 1970 the British Royal Navy began practice torpedo firing from a submarine off the Isle of Bute, Scotland. Something went wrong when a torpedo ran through the rough and stopped on the first green of the Kingarth links golf club where some golfers were just beginning their game! The Navy later turned up to collect their missing torpedo.

When US actress and model Brooke Shields married tennis star Andre Agassi in April 1997, the ring used was one that Agassi had bought Brooke some time before. The real wedding ring, worth $60,000, had been accidentally put out with the rubbish! After the wedding, which took place in the church on the Del Monte golf course in California, someone had to be sent out to a skip to find it. The couple are now divorced.

Investigators couldn't understand why fires kept breaking out in a rubber factory in Ohio in the USA. In the end they found that they were started by a woman who was so electric she carried 30,000 volts.

When the first example of the duck-billed platypus arrived at the British Museum from Australia, the officials thought it was a fake and tried to pull its beak off.

General Haig, a leader of the British Army in the First World War, did not think machine guns were any good. He refused to accept they would help in battle.

The strongest earthquake to hit Britain happened near Colchester in Essex on 22 April 1884.

Queen Victoria came to the throne aged 18 in 1837. When she was crowned the next year, the Archbishop of Canterbury put the coronation ring on her fourth finger, rather than her little finger, for which it was made. It caused her a lot of pain when she tried to take it off. An 88-year-old peer, Lord Rolle, tripped and rolled down the steps as he was paying homage to the new queen. A little later it was found that part of the ceremony had been missed and everyone was called back to complete the coronation. The Queen's first job after arriving back at Buckingham Palace was to give her dog a bath.

Gold was first discovered in Australia in 1823, but the government were frightened about what might happen in a gold rush so news of the find was banned.

Acid in the air produced by the burning of fossil fuels leads to acid rain. Acid rain has not only destroyed forests and woodland, it also dissolved the gold roof of Cracow cathedral in Poland.

In 1977, US officials admitted that a tree planted by President Carter in Washington, County Durham, was dead. The town was where the family of the first American president, George Washington, came from. The tree had been frozen to death on its flight from the USA. The President finished the planting with twelve spades of earth and one for luck – he knew it was dead.

The US actress Tallulah Bankhead once turned up in May 1920 to see a friend at a theatre in New York. Her friend was surprised to see her, telling her, "It's only three thirty – why aren't you at your play?" Tallulah Bankhead suddenly realized she had walked off the stage after the first act of the play in which she was appearing, thinking it was over.

In 1977 the Doncaster rugby league side set a record for losing forty games on the trot. In muddy conditions they were unable to recognize their own jerseys and often tackled each other.

President Johnson of America was once taken to see troops at a US base, being told they were on their way to Vietnam. In fact they had just come back. The President insisted on watching them take off again.

Only one person has been killed by an earthquake in Britain – an apprentice killed in London by a falling stone during a quake in 1580.

While installing a computer for a company, two workers used the computer to heat their pies. After two hours they found that the pies had fallen into a part of the computer they could not reach. It took them three hours to get them out and the next day they had to explain the missing three hours in their schedule.

Eighteen publishers turned down a small book called *Jonathan Livingstone Seagull* by Richard Bach in 1970. When it was published it sold 7 million copies in the US alone in five years! The paperback rights were sold for a record $1 million.

When films were first shown, no one knew what effect they might have on those who saw them. Some people panicked when they first saw “moving pictures”, thinking the scene was real. A Dublin doctor took films very seriously. He said that people going to films should wear dark glasses and not watch the screen for more than a minute at a time in case they were blinded.

Peter Harvey could have been a player in the record-breaking All Blacks rugby team which toured Britain in 1905. However, the prime minister of New Zealand said he could not go because he was the only qualified lip-reader in the country!

A boy riding in a van in Maryport, Cumberland, decided to throw an unwanted Mars bar out of the window. It hit a professional wrestler and knocked him unconscious. The boy was later fined £10.

After an earthquake off Japan a tsunami (or tidal wave) at a record height of 28 metres was recorded.

How to turn disaster into triumph. Lasse Viren of Finland tripped and fell during the final of the 10,000 metres at the 1972 Olympics. Though he lost about five seconds, he decided to get up and continue the race. By the next lap he had caught up with the main field and he went on to win in a world record time of 27 minutes and 38.4 seconds!

One in five of all road accidents in Sweden is said to involve a moose.

A toilet lid lock was invented by an American to stop the use of toilets without permission. It was patent number 3,477,070.

A machine which records earthquakes is called a seismograph. One was kept at the Selfridges store on Oxford Street, London, for many years until it was given to the Science Museum in London.

Gold fever hit the area known as the Klondike in the Yukon in 1896. Charlie Anderson, a Swede, bought Claim 29 for $800 while drunk. When he had sobered up he tried to sell it but no one was interested, so he decided to have a go at digging there himself. In four years he found $1.2 million of gold in his mine. Alec McDonald of Nova Scotia did even better. He gave a hungry Russian prospector a sack of flour in exchange for Claim 30. He later walked away with an incredible $20 million. The chances of striking it lucky were slim – at most four people in a hundred in the Yukon actually found gold.

When Charles Darwin, who became famous for his theory of evolution,was a schoolboy, his parents were sent his report. It said the boy cared "for nothing but shooting, dogs and rat-catching and you will be a disgrace to yourself and all your family". Within ten years of the publication of his famous book *On the Origin of Species by Means of Natural Selection* in 1859 he was famous and became an inspiration to scientists around the world.

The Americans thought the US Secretary of State was mad when he bought Alaska from the Russians for two cents an acre or a total of $7.2 million in gold in 1867. Alaska is now one of the world's richest areas.

The then President of the Philippines, Fidel Ramos, turned up late for a meeting on the day National Punctuality week was launched in 1997. He had got up at four in the morning to watch the US golfer Tiger Woods win the US Masters golf tournament, then gone back to bed. He was woken late after he overslept.

In November 1996 it was found that a new footbridge across the River Yeo near Bristol was 40 cm too short because a government agency sent the wrong measurements to the builders.

The entire Tunisian team in the riding part of the Pentathlon at the Olympics in 1960 fell off their horses – it was the first time anyone had scored 0 in an Olympic event. In the shooting part of the event their aim was so wild they were ordered from the field because they were putting lives in danger.

Early in 1979 it was found that the US government had spent $279,000 building a community centre in the middle of nowhere in the state of Michigan. It had no road and the building was only discovered when it fell down.

The great American writer Mark Twain decided against putting $5,000 into a new invention, the telephone, by Alexander Graham Bell. Instead he put $250,000 into another company which went bust.

Things famous people probably wished they had not done:

1. David Bowie once released a single called "The Laughing Gnome".

2. In the 1980s Lord Dacre Trevor-Roper, a well-known British historian, said that the diaries of Nazi leader Adolf Hitler were real. They turned out to be fakes.

3. The American star actor Warren Beatty appeared in *Ishtar*; the movie was one of the biggest flops ever.

4. Prince Charles once admitted he talked to flowers.

5. Sir Winston Churchill refused to appear on television, believing it was of interest to only a small number of people.

6. Lord Ismay, head of the White Star shipping company, declared that the *Titanic* was unsinkable.

When the first Impressionist paintings went on show in Paris in 1874 the critics made fun of the pictures and most of the public thought they were no good.

In the early nineteenth century an Irish professor, Dr Lardner, said that if trains went at a speed of over 130 miles an hour, the passengers would all be choked to death.

The Duc of Albuquerque, a Spanish aristocrat, made racing history in 1963 when he had bets of 66-1 against his finishing the Grand National. He entered the race seven times, and fell or went out of the race every time. In 1965 his horse collapsed. In 1974 he even fell off during training, riding in the race itself with a broken collarbone and his leg in plaster.

Some well-known people have died in strange ways. King Charles VIII of France was showing Queen Anne of Brittany on to a tennis court when he bashed his head on a beam and died soon afterwards from a fractured skull.

On 10 December 1903 a leading US paper, the *New York Times*, said that any research into "aeroplanes" was a waste of time and money. Only a week later the Wright brothers made the first successful manned flight at Kitty Hawk, North Carolina!

The first hydrogen balloon was flown by Frenchman J. A. C. Charles over France in 1783. He climbed to 1,000 metres then came down in a field about 25 km from Paris. There the balloon was attacked by peasants who believed it was an evil spirit or a moon "that had broken loose" and tore it to shreds. The King heard about the adventure and was so impressed that he introduced a law forbidding people to attack any air balloon.

The American inventor Lee De Forest was arrested in 1913 for trying to sell shares in a radio company. The court was told that his ideas were "absurd".

In 1970 a record company in the US released an album, *The Best of Marcel Marceau*. On each side there was 20 minutes of silence followed by 20 minutes of applause. Marcel Marceau was one of the world's most famous mime artists and never spoke on stage. The record sold quite well!

When the great composer Mozart died at the early age of 35 in 1791, his wife wanted him buried as cheaply as possible in Vienna. When the time came for his funeral it was raining, so she decided not to go. As a result his remains were put into a common grave for paupers. When she tried to find it later no one was able to say where he was buried.

British Rail once made a complete mess of their timetable. Not only were they wrong, but the second timetable they issued to correct the first was wrong – as was the third!

In the early 1800s a British scientist said that trying to light streets by gas was as impossible as using "a slice of the moon" for light.

Sam Thomas of Yarmouth decided to steal a sheepskin coat from a hotel lobby. Afterwards he thumbed a lift on a coach. To his amazement the coach was filled with forty senior police officers on their way back from Bognor. Two minutes later one of the policemen recognized the stolen sheepskin coat as his own. Mr Thomas was swiftly taken to the nearest police station.

Royal Ascot is one of the biggest horseracing events in Britain, held at the course at Ascot in Berkshire. In 1993 a woman tried to enter the Sovereign's Gate, to go into the Royal Enclosure. The woman was told by Eric Petheridge, "I'm sorry, love, you can't come in here." The person he tried to turn away was Princess Anne. He didn't recognize her.

In 1920 the *New York Times* newspaper printed an article which made fun of the rocket experiments of Dr Goddard. On 17 July 1969, just as man was about to land on the Moon, the paper apologized for its mistake.

In the 1912 University Boat Race, the boats of both Oxford and Cambridge sank.

Sometimes names are very important. For some reason certain names seem right, others not right. The following list shows how this can be true:

1. Robert Louis Stevenson's first name for *Treasure Island* was *The Sea Cook*.

2. Huddersfield rugby league club still play at a ground called Fartown.

3. The first name given to the great English racehorse Desert Orchid was Fred – thankfully someone decided to change it.

4. The Beatles song released under the title *Yesterday* was first called *Scrambled Eggs*.

5. Sherlock Holmes was originally called Sherringford, until author Arthur Conan Doyle changed it.

6. The name of a game invented by Major Walter Wingfield in Britain in 1839 was Sparistike. Someone decided it should have a better name – it is now lawn tennis.

7. When they first appeared, military tanks did not have a name. On being sent to France in World War One, they were delivered in crates which were said to contain water tanks. So they became known as tanks by accident.

8. Arsenal football club was first named Dial Square football club.

9. The band Rain changed its name to Oasis in 1993.

Heavy rain often interrupted the outdoor events at the Montreal Olympics, Canada, in 1976. One day the Olympic torch was put out by the rain – it was relit by a member of the stadium staff using a rolled-up newspaper.

Florence Nightingale decided, after she came back from the Crimean War in 1856, that she had heart disease and would soon die. So she went to bed – she stayed there for 54 years, eventually dying in 1910 aged 90!

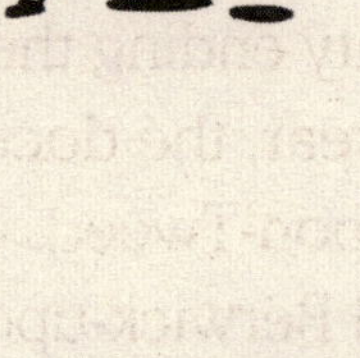

When she was born, the future Queen of France Marie Antoinette had such a bad horoscope that celebrations to mark her birthday were cancelled. When she became Queen of France she was known for living in a fantasy world, mostly at the Palace of Versailles. When the French Revolution came in 1789 she was arrested with the King and was eventually guillotined in 1793.

Berwick-upon-Tweed, the town on the borders of England and Scotland, is special. In official documents, the town is listed separately. So, in 1856, when the Crimean War broke out, Russia was at war with Great Britain, Ireland, the British Dominions and . . . Berwick-upon-Tweed! When the peace treaty ending the war was signed later that year, the document missed off Berwick-upon-Tweed. Only in 1966 did Russia and Berwick-upon-Tweed declare peace.

The Greek mathematician Pythagoras believed that some human souls became beans after death!

When it was built, the great French palace of Versailles, near Paris, had no lavatories or bathrooms.

In 1803 the French Emperor Napoleon sold the Louisiana Territory to the Americans for four cents an acre. It doubled the size of America and is thought to be the most worthwhile purchase of land in history.

During the terrific earthquake in Lisbon in 1755, three quakes hit the city, followed by waves which reached up to 25 metres. Fires broke out in the city and many great works of art were consumed, along with thousands of rare and valuable books. The prison walls collapsed and hundreds of prisoners made their escape. After the earthquake there were 500 aftershocks, which were felt as far away as England and the West Indies.

Le Bateau (the boat), a painting by the great modern French painter Matisse, was shown upside down in the Museum of Modern Art, New York, for almost seven weeks.

The first rabbits, three pairs, were taken to Australia in the nineteenth century. In under ten years the rabbits had turned into an expensive plague – there were millions of them.

In Shakespeare's play *Julius Caesar* there is a line about a clock striking. Clocks did not appear until about a thousand years after Caesar's death.

In Victorian times an expert on diamonds was told that diamond fields had been discovered in South Africa. The man refused to believe it, saying the gems were probably ostrich droppings.

In 1891 James Bartley was swallowed by a whale. He stayed inside the whale's stomach for two days. He survived and lived until 1926.

The ducks used in the film *Doctor Dolittle*, made in 1967, sank when they were put on a pond. They were moulting and had lost their waterproof feathers!

A woman who kept house for the Minister of War was sentenced to two years in jail and fined £500 for covering her pots of jam with bits of top-secret military documents.

Cyril Gadney, the referee for the Wales v Ireland rugby union international on 14 May 1936, was refused entry to the ground. He was told that lots of people had tried to get in for free by saying they were the referee and he should go and buy a ticket. Just before the game was due to begin Mr Gadney was found in the queue for tickets.

Worcester cricket club found in 1889 that their pitch had been sown with turnip seed instead of grass seed by mistake.

Andrew Southern, aged 16, a pupil at Elliott Durham Comprehensive in Nottingham, who had a five-year 100% punctuality and attendance rate, was given a VIP trip to his school as a reward. On 10 May 1997, he was collected by a chauffeur-driven limousine from his home for the drive to his school. But the car got stuck in traffic and he was late, by twenty minutes, for the first time in five years!

The worst British accident at sea in recent times happened when the Townsend Thoresen cross-Channel ferry *Herald of Free Enterprise* capsized off Zeebrugge, Belgium, on 6 March 1987. 193 people died in the accident when the bow doors of the ship were left open by mistake and the sea flooded in.

The worst accident in space occurred on 28 January 1986, when US space shuttle Challenger exploded 73 seconds after take-off from Cape Canaveral in Florida. Among those who died was teacher Christa McAuliffe, who was the first ordinary American to go into space. She had been selected from 11,146 who applied for the job.

900,000 were killed in a flood after the Huang river, China, burst its banks in October 1887.

FANTASTIC FOOTBALL

The FACT ATTACK series

Awesome Aliens
Beastly Bodies
Cool Cars
Crazy Creatures
Crucial Cricket
Dastardly Deeds
Deadly Deep
Devastating Dinosaurs
Dreadful Disasters
Fantastic Football
Gruesome Ghosts
Incredible Inventions
Mad Medicine
Magnificent Monarchs
Nutty Numbers
Remarkable Rescues
Rowdy Rugby
Spectacular Space
Super Spies
Vile Vampires

FACT ATTACK

FANTASTIC FOOTBALL

IAN LOCKE

MACMILLAN CHILDREN'S BOOKS

First published 1998 by Macmillan Children's Books

This edition published 2012 by Macmillan Children's Books
a division of Macmillan Publishers Limited
20 New Wharf Road, London N1 9RR
Basingstoke and Oxford
Associated companies throughout the world
www.panmacmillan.com

ISBN 978-1-4472-2418-1

1 3 5 7 9 8 6 4 2

A CIP catalogue record for this book is available from the British Library.

Printed and bound by CPI Group (UK) Ltd, Croydon CR0 4YY

DID YOU KNOW THAT . . .

The first table football game, *The Two Man Footballer*, now over 100 years old, had only one side and one goal. Someone thought it might be more interesting if there were two teams and two goals!

You would not think so now, but football pools started badly – only 35 of the first 4,000 football pools coupons were sold at the Manchester United Ground in 1936.

Two teams in Yorkshire were due to play each other in 1978, but they did not play and sent in a fake 0–0 final score to their league. They added that the referee for the match was really good! When found out, the two sides were fined and relegated.

Poole Town became the worst football team in British history in 1996. They were beaten in all their 34 games, scoring only 12 goals! 145 goals were scored against them. The team used 26 players, including 7 keepers.

Among the most unusual football teams was the "Footballers' Battalion". They started during the First World War, and played at Richmond, Surrey. A year after the war broke out, they were all packed off to France. These football players fought in battle together in France from December 1915.

The manager of the first professional football side in England, Blackburn Olympic, was John Hunter in 1882. He'd never played the game, but he had once been a member of a travelling circus!

During the Second World War, with so many players away in different parts of the world, football teams in Britain were short of players. To help play matches, they were allowed to use "guest" players. This could go wrong: Charlton Athletic turned up to one game a player short. They saw a man waiting at the ground. He must be their "guest" player, they thought. He was given a kit and went on to play. Only later was it found out he was the local milkman. He had only come to watch the game!

Sheffield Wednesday had a terrible game way back in 1892: they lost 10–0 to Port Vale. Their goalie had lost his glasses in the mud early in the game and couldn't see a thing without them! The score remains the biggest away win in the English League.

In a famous match, referee J. Thomson was "sent off". It happened in a game between Glasgow and Sheffield in 1930. Sheffield were playing in white shirts and black shorts; so was the referee. After the Sheffield captain kept passing to the referee, he asked for the game to be stopped. The referee was "sent off" to put on a coloured jacket.

A million-to-one event happened twice to the same teams – Derby County and Charlton Athletic in 1946. During the FA Cup final, the ball burst. The game ended in a 4–1 win for Derby. Only five days later, in a League match between the two sides, the ball burst again!

Two brothers played for two different countries in football internationals in the 1960s – Dave Hollins played for Wales, while his brother John played for England.

Eighty years after it started, the USA won their first game in the America Cup competition – beating Chile 2–1 in July 1995.

Nine brothers played for leading British football sides – the amazing Keeley brothers. Three brothers played for Doncaster at the same time! The commentators must have got a bit stuck on this one . . .

Birmingham did not appear in the FA Cup in 1921 – they forgot to send in their entry!

John Doughty scored four goals for Wales against Ireland in 1882; his brother Roger scored the other three in a record 7–1 win.

The first all-seater stadium in British football was built by Aberdeen. 24,000 could fit in the ground, but it may have been a bit smelly – the ground was on a site with an old Celtic name Pittodrie – it means *hill of dung*!

Celtic are the only British football club to have no numbers on their shirts.

The Reverend Ashe of Langley did not like games on Sunday. On Sundays he would hide behind the trees at the football ground and when the ball came near, snatch it and put a pin in it! Teams soon began to take a spare to their matches. When the Reverend saw this he would say, “Ah well, I suppose it must go on”, and move off to his church.

A football match between two blind teams was played in Lima, Peru. The referee was a nun, Sister Vasquez – who was also their trainer. The game was played with a ball containing a handful of dried peas, so it could be heard.

In 1977 Scout football in Northamptonshire, England, was banned for 6 years after parents had a fight on the touchline.

Hull goalie Ian McKechnie had oranges thrown at him during the game because he liked them. He said, "On a good day I get as many as 30 juicy Jaffas."

During a game in December 1983, Mike Bagley of Bristol was booked for bad language. Annoyed, he grabbed the referee's notebook and ate it! His ploy failed – he was banned for six weeks.

Ambrose Brown set a record in 1936 – he was sent off in the Hull v Wrexham match after only 20 seconds.

Football dates:

1861. The first club football match took place, between Sheffield and Hallam, on February 12.

1872. The size of the football to be used in matches was agreed.

1874. Shinguards (shinpads) were introduced to football by Sam Widdowson of Nottingham Forest.

1878. Referees were allowed to use whistles at football matches.

1882. Crossbars were introduced to goalposts for FA Cup matches.

1886. March 27. First international football match in which all players were paid was held in Glasgow, when Scotland and England drew. Each player was paid 10 shillings (50p).

1890. The goal net was invented by a man from Liverpool – a Mr Brodie.

1891. Linesmen were introduced to football.

1891. Ireland introduced the penalty kick to football.

1921. Yellow jerseys were introduced for goalkeepers.

1927. The highest transfer fee in British football was £350.

1928. Arsenal became the first team in Britain to wear shirts with numbers in a match against Swansea Town.

1937. A record 149,547 paying spectators watched the Scotland v England match at Hampden Park, Glasgow.

1939. Numbers for teams were introduced.

1948. Players were allowed to call for the ball or shout instructions to a teammate for the first time in Britain.

1950. A world record crowd of 200,000 watched the World Cup final in Rio de Janeiro, Brazil.

1951. The white ball was first introduced, instead of brown.

1953. Adi Dassler, the founder of the German company Adidas, introduced studs which could be taken off football boots.

1959. Peter Knight became the first substitute in English football in the Charity Shield match between Wolves and Nottingham Forest on August 15.

1962. Denis Law signed for Man United for a record £115,000.

1966. Substitutes were allowed in all matches in Britain, but only if a player was injured.

1966. Stanley Matthews became the first footballer to be knighted.

1979. Trevor Francis became the first £1m footballer in Britain.

1991. Premier League formed in Britain.

1992. David Platt transferred to Juventus for a record (for a British player) of about £8 million.

1994. The first "sudden death" major football match took place at the Asian Games.

1995. Time-outs were used for the first time in football – at the Women's World Cup in Sweden.

1995. Georgina Christoforou became the first woman linesman in British football.

1995. A football match was played at the North Pole.

A game in the Hampshire League between Mayflower and Tadley was called off in October 1996 – referee Dave Corneby had gone to the wrong ground!

Albert Camus was a great French writer, who won the Nobel prize for literature. He was also goalie for the Oran football club in Algiers, the capital of Algeria.

In Bedford in 1610, two men were arrested and later fined for watching football on a Sunday!

Thomas Haycock, who played as goalie for Greentown BME, weighed 20 stone (127 kg). He let in 107 goals in 3 matches. In one match, where he thought he was doing well, the half-time score was 17–0.

A match between Oldham and Middlesbrough in 1915 was abandoned 35 minutes from time after William Cook refused to leave the field after a foul. Cook was suspended for a year.

The first time four players were sent off in one match was in 1955, in the game between Crewe and Bradford.

Jimmy McGrory of Celtic was the best scorer ever in British football. From his first appearance for the side, in 1923, he scored 410 goals in 408 games and remains the only player ever to average more than a goal per game.

Near the beginning of the last century, a man called Albert Craig had a strange power – he seemed able to control very large crowds. In 1908, by shouting a few words, he managed to stop a pitch invasion at Chelsea all on his own! Chelsea football club later sent him a personal letter of thanks.

The only throw-in to score a goal happened way back in 1938, when Frank Bokas of Barnsley threw in, and the ball hit the fingertip of the goalie before going into the net.

What's the best save ever? Ex-goalie David Barry, aged 36, had no doubt about his – while out walking he saved a two-month-old baby, Susie Pang, as she fell four metres from the window of a burning house in New Milton, Hampshire, in August 1996!

Charlton strikers Mike Flanagan and Derek Hales were once sent off for fighting . . . each other!

Football once stopped a wedding. In 1984, the Reverend Bea Crockett, a great fan of Derby County, refused to marry a couple on a Saturday afternoon when Derby were playing at home. The bride complained: "They say God's house is always open but in this case only if Derby are playing away."

George Dixon was a true fan of Aberdeen – even though he lived on the other side of the world – in Perth, Australia. When Aberdeen were playing in the European Cup-winners' Cup in 1983, he rang his mum in Scotland. He then listened to the whole match on a radio which she put near the phone. It cost him £220 to listen to the match! Incidentally, Aberdeen won, beating Real Madrid 2–1 in extra time!

In 1986, Pedro Gatica of Argentina, South America, aged 52, really wanted to see the World Cup in Mexico. He didn't have enough money to pay for the journey to Mexico. So, he decided he would ride there on his bike. When he got to Mexico, he found that he didn't have enough money to go and see a match. He decided to see if he could swap some of what he had with him for a ticket. Unfortunately, while he tried to do so, thieves stole his bike!

Football referee David Biddle of Bristol had an unusual job for the rest of the week – he was a police fingerprint expert.

In January 1962 in a match between Coventry City and Southend United, both sides played in blue and white strip for three minutes. Play was then stopped and Coventry changed into red shirts.

Only two sets of brothers have played for England since 1900 – Jackie and (Sir) Bobby Charlton in the 1960s and Phil and Gary Neville, who were first selected to play for England in 1996. Gary and Phil's sister Tracey was a member of the England netball squad from 1996.

You can buy a coffin in the colours of your favourite football team in Britain.

In his first game for Middlesbrough in December 1937 George Hardwick managed to score an own goal with his first kick of the game! He was supposed to be playing against Bolton Wanderers.

An FA Cup match in 1946, between Stockport County and Doncaster Rovers, lasted three hours and 23 minutes (203 minutes in all) instead of the usual 90 minutes. This was because the game continued at the end of extra time in the hope that someone would score since the teams were level on aggregate. In the end the match was stopped for bad light.

Brazilian goalkeeper Isadore Irandir always said a prayer before a match. In one game, he was a little slow and a goal was scored before he finished. Isadore's brother then ran on to the pitch with a revolver and fired six shots into the ball.

In 1981, Victor Notaro of Canada was on TV, on the radio and in the papers in Canada as the star of the soccer team which won the Youth World Cup in Australia for Canada. There was only one problem – the competition, match, team and his own soccer skills did not exist – he had made up the whole story.

During the 1930s a parson in Kingston Hill laid out his church like a football field for "Football Services", including goalposts. He began his sermon with a blow on a referee's whistle.

Who is the smelliest footballer ever? Maybe a Dr Roose, who played for several clubs and the Welsh national side. He never had his football shirt washed! He did other odd things – like play both in goal and as full back, or pretend he had injuries to put off the other side.

Terry Venables, who was to be England coach in Euro '96, was the first footballer to play for England in internationals from a boy to a full senior. He played his first seniors match for England against Belgium in 1964.

The first floodlit soccer match took place as long ago as 1878 with teams from several Sheffield clubs playing. Four lamps on 30-foot (nine-metre) high wooden towers shone light on to the pitch.

The most heroic football team ever was Start FC of the Ukraine. But they won no major tournament, no cup, nor did they appear in any well-known match – and only ever played against one side. During the Second World War they played only against teams of German soldiers and because they won were warned before one match that if they won again they would all be shot. They decided there was only one thing to do – win. At the final whistle they had won and before the Start team had left the pitch they were arrested. A short time later, still in their football strip, they were lined up and shot.

In February 1975 all 11 players and the two substitutes of Glencraig United, a Scottish team, were booked by the referee – not only before the game started, but before the team was on the pitch! They had been making fun of him.

One morning, with an away fixture to play, William "Fatty" Foulke, a well-known goalkeeper, who appeared in three Cup finals, told his teammates he would not be joining them for an early morning training walk. When the rest of the team came back they found the giant goalkeeper asleep under the dining room table, having eaten all 11 breakfasts!

John Goodchild was a keen Watford supporter in the 1920s. He was a most unusual supporter – at half-time he often tap-danced on the roof of the main stand.

The Hinckley Athletic soccer club in Leicester went on the pitch in a trance for a game in 1949 – they were all hypnotized! They lost 2–1 against Bedworth Town.

The Aussies were beaten by England at Sydney 17–0 in 1951!

Seven Arsenal players were in the England team that played Italy in London in 1934. England (or was it Arsenal?) won 3–2.

The *Observer* newspaper honoured Jack Whattam as Sports Nut of the Year in 1983 – he played right wing for Walsby football club, aged 74!

Yorky Whiting loved Fulham football club so much he left all his possessions to the club in his will.

Student Tony Incenzo supported all top 92 teams in the football league in the 1980s and visited every ground! He also liked to keep in touch with other football fans – he had over 50 soccer penpals.

In 1885 the Scottish club Arbroath thrashed Bon Accord in the Scottish Cup 36–0.

El Salvador and Honduras, two countries in South America, went to war after a World Cup football match in 1969.

An Italian football side changed its name to *Panto Rosso Sexy* (Sexy Red Pants) after a sponsorship deal with a shop in 1995.

The pitch at Notts County was once reduced by two metres, so more spectators in the Meadows Lane End could see the goal mouth below them.

The fanzine for Blackburn Rovers is called *Loadsamoney*.

Darlington football club's ground is owned by the cricket club. There is a cricket pitch behind one of the goals.

Juventus, the well-known Italian team, wear a black and white strip. It is now famous, but the idea came from Blackburn Rovers – a man from Juventus liked the Rovers' black and white design and took it home.

Romario, the Brazilian footballer, saved a 19-year-old girl from drowning in 1995.

Canaan Banana, President of Zimbabwe from 1980 to 1987, was a qualified football referee.

One of the richest gamblers in the world in the 1930s, a Greek, was captain of the Turkish football team that played in the first Olympics at Athens in 1896.

Saddam Hussein, President of Iraq from 1979 to 2003, ordered the national team not to play Kuwait in 1986, three years before he invaded the country.

Rioting occurred in Caserta, near Naples, after the local football club was relegated in 1969.

An unemployed hairdresser in South Wales won £882,528 on the pools at her first go.

The ashes of the most loyal supporter of Real Betis FC, a Spanish side, were taken to a match by his son in a milk carton.

Ian Scanlon of Notts County scored a hat-trick in 2 minutes and 45 seconds against Sheffield Wednesday in November 1974.

Italian footballer Luigi Coluccio was sent off in a match against Bocale and, some time later, was given a three-match ban by officials. It was a very strange decision since poor Coluccio had been murdered three days before!

Modern football is said to have started in Kingston upon Thames, where a Danish army was defeated in around AD 200. The Danish general was killed, his head cut off and kicked up and down the street.

More people went to art galleries than to football matches in Britain in 1995.

The European Footballer of the Year of 1988, Colak of Turkey, was later fined £500,000 for "finding" a stolen Mercedes car.

A schoolboy in Maputo won what was equal to 38 years' pay on the football pools in 1993.

The African side of Guinea asked that the goalie of the Ugandan side they were playing take off his cap. They said it was magic and had a spell on it. The referee said no.

Tony Yeboah, playing in Germany, wore white boots given to him by a sponsor. After a period of time when he had not played very well, he decided they were bad for him, and went back to black boots. Oddly, his success on the field improved.

In the 1966 World Cup final, Geoff Hurst scored three goals – one with a header, one with his left foot and one with his right foot. It was a record.

19.2 million people watched the Liverpool v Bruges match on ITV in May 1978; it was a record for British TV.

Six goals were disallowed for offside in a match between Swindon Town and Southend United in 1949.

Newcastle took the FA Cup with them when they played in South Africa in 1952.

In 1973 Philip Warr designed a football poster: "My favourite Team". It included 18 George Bests.

The town of Oporto in Portugal put up a £20,000 monument in 1948 – because the football team had beaten Arsenal!

The Czech team which lost the World Cup final in 1934 were still heroes when they returned home, and each player was given a gold medal.

India decided not to send a team to play in the World Cup in 1950 because they were told the players had to wear boots.

The first TV coverage of the World Cup was from Switzerland in 1954.

Only four people attended the meeting in Paris in 1904 which started the World Cup – two bankers, a publisher and a printer.

Southampton FC has the smallest toilets for men and women in the Premier League.

Sir Frederick Wall, who ran English football for many years, did not like the idea of the World Cup. As a result, England did not play in the competition until 1950.

The first football matches in Russia were played by cotton mill workers.

The first game of football in Brazil happened when a team of sailors from the British battleship *Crimea* played a demonstration game in front of the palace of Princess Isabella in 1878.

In 1994 the Dutch footballer Leo Beenhakker played in the world indoor football championships with green hair.

The great English footballer Sir Stanley Matthews was crowned "King of Football" in Ghana in 1957.

The Second World War leader, Field Marshal Montgomery, was president of Portsmouth football club.

Five goalies (keepers) have captained the England side.

In 1936, details of Saturday football matches were kept secret until the Thursday, to try and stop football pools being successful.

A football programme for the friendly match Corinthians v Sunderland of 1898 was worth £450 in 1992.

The richest man in Italy from 1989 to 1991 was said to be Italian defender Franco Baresi with pay at 2.98bn lire.

25 Manchester United hooligans were banned from football grounds for a total of 190 years in 1989.

Brian Clough received a degree from Nottingham University for his services to football and the city.

Millwall's fanzine is called *No One Likes Us*.

In the summer of 1995 a woman in Manchester heard complaints about her sons playing football in the street. She thought the complaints were silly – she was aged 90, and her three sons aged 59, 60 and 64!

The ball burst during a match in Malawi in 1995.

The England side had had 100 captains by November 1996.

It was the strangest parade in football history – in June 1995 hundreds of dogs were taken to a football match in which Flamengo, the Brazilian club, were playing, to celebrate the signing of a new player Emundo, known as “the animal”.

A gunman murdered the Colombian footballer Andres Escobar after the team were knocked out of the World Cup in the USA in 1994 when Escobar scored an own goal. The gunman was later sentenced to 43 years in jail.

The famous Cameroon footballer Roger Milla went out to find the money to organize a football competition for pygmies in 1993.

Instant replay was first used for football in 1965 by the US company CBS.

The cheapest ticket to watch League football in 1955 in Britain was 2 shillings (10p).

The Iraqi dictator Saddam Hussein introduced the "Mother of All Battles" football tournament in 1991.

Ron Flowers took over as England captain in 1964. In his first match as captain, England beat the USA 10-0!

Manchester United launched their own brand of crisps and chocolate in 1996.

1963. Scotland v Austria. The referee stopped the game at Glasgow after 79 minutes because the Austrians kept fouling. Scotland won 4-1.

1967. Austria v Greece. Given up after 85 minutes due to pitch invasion.

1978. In a Chile v Uruguay match in South America 10 of the Chile players and 9 of the Uruguay players were sent off for fighting and the match was abandoned.

1995. England v Ireland. Game stopped after some English fans rioted. It was the first England game to be stopped in 123 years.

The ten oddest names of England captains
Cuthbert Ottoway
Tinsley Lindley
Harry Daft
Steve Bloomer
Basil Patchitt
Alf Strange
Ernest Blenkinsop
George Male
Ephraim Longworth
Arthur Cursham

1961. A match between Tunisia and Nigeria was stopped after 65 minutes when the Nigerian team walked off the pitch.

Daniele Dichio, a former QPR player, is also famous as a club DJ.

The first football matches in Britain in 1946 were played in February – football was not allowed during the Second World War.

A football club in the Isle of Wight changed its name to the Oakfield Operatic Society in 1995 to try and get £75,000 from the National Lottery.

The players for the Leicester Fosse side once took penalties against an elephant at Leicester. The elephant managed to stop the ball three out of four times.

Kevin Moran of Manchester United became the first player ever to be sent off in an FA Cup final in 1985. Manchester United beat Everton 1–0.

- Chinese fans rioted after they were beaten by Hong Kong in a World Cup match in 1985.

- The airship the Graf Zeppelin flew over Wembley stadium in 1930.

- Footballers in Britain threatened to go on strike in 1946 – they demanded a weekly wage of £7.20.

- The England footballer Jimmy Greaves scored 44 goals for England, scoring in seven out of every ten matches. Alan Shearer scored 30 goals for England by the end of his career.

75,000 people watched the first FA Cup final at Wembley for free in 1923 by climbing over the walls. A single policeman on a horse cleared the pitch so the game could begin.

Manchester United, playing against Southampton in 1996, changed their strip at half-time. They had worn their new grey away strip but found they could not see their players easily.

The first robot World Cup football competition was held in November 1996. Each team had three robots and three orange golf balls. The US beat South Korea in the final 20–0.

Dean Saunders of Liverpool scored a record 9 goals in the UEFA Cup in 1991.

Action Man, invented in 1966, was dressed as a West Ham footballer in 1969.

In June 1996 a Kent vineyard launched a wine named after Eric Cantona, Chateau Eric!

The wall painting or mural for the Arsenal ground, put up while the ground was being rebuilt, was 10 metres by 42 metres.

The company that made the famous Mitre footballs was owned by Americans until sold to a British company a couple of years ago.

Kettering Town were the first English side to have a sponsor. In 1976 Kettering Tyres gave the club money.

Michael Knighton, head of Carlisle United, decided to give up his job in 1996 after he said he had spoken to aliens from a UFO!

Steve Bould of Arsenal scored the fastest own goal in 1990 – after only 16 seconds when playing Sheffield Wednesday.

The game is not always over when the final whistle goes. In 1996 the Witney Town team had to go back on the pitch half an hour after the game with Clevedon ended! The referee had made a mistake and the two teams needed to play a penalty shoot-out to see who had won. So the players changed back into their kit, and went back out to play. Witney won 4–2 on penalties.

A football match was once played in Britain between one team that had no boots, with their arms tied to their sides, and another that had to play on two-metre-high stilts.

In 1994 over half of the Premier clubs did not allow women to watch the football matches from a boardroom.

Tongue-twisting names of foreign football clubs:

Politehnica Timisoara (Romania)
Miedz Legnica (Poland)
Dacia Unirea Braila (Romania)
Estudiantes (Argentina)
Panathinaikos (Greece)
Norrkoping (Sweden)
Dudelange (Luxembourg)

A match between Cameroon and Guinea was held up in 1993 when millions of black butterflies invaded the pitch!

The top wage for a British footballer in 1947 was £11.

The US football league had only 6 teams in 1994, and three of those were Canadian!

Oxford United put all its players up for sale in 1991 after it was asked to pay back a £2 million loan.

The only one-eyed player to appear in a cup final was Chelsea's Bob Thomson, in the 1915 final.

Leeds United won the Football League championships in 1969 with a record 67 points. They were only beaten twice all season.

Leyton Orient was started in 1881 as a joint football and cricket club by a group of young men who were studying to join the church.

Gazza wore a famous face mask, which made him look like the Phantom of the Opera, in the England against Poland match in 1993. He wore it to protect a broken cheekbone.

In the World Cup semi-final of 1978 Ernie Brandts of Holland scored an own goal, knocked out his own goalie and then managed to score for his own side in the match against Italy.

By 1961 Peterborough United set a record – scoring 134 goals in 46 matches in the League.

Albert Geldard became the youngest player in the Football League when he played for Bedford Park Avenue against Millwall in 1929 aged 15 years and 158 days.

The first ever penalty shoot-out in England took place in 1972 in the game between Birmingham and Stoke.

A Yugoslav team, I Linden, won their final game of the 1979 season 134–1. The other side had let them win.

Women footballers were allowed to play on League grounds in Britain for the first time in 1971.

Red and yellow cards were first used in the Football League in October 1976. George Best became the first player to receive a red card and be sent off.

The World Cup match between Chile and Italy in 1966 was said by David Coleman to be "stupid, appalling, disgusting and disgraceful . . ."

Soren Lerby, the Danish star, became the first man to play for two different teams – Bayern Munich and Denmark – in two different countries on the same day.

Jim Stannard, the 1996 Gillingham goalie, was poked with celery by fans, who said he was too fat. Fans took the celery to the ground stuffed down their trousers.

Derby County, Preston North End and Aston Villa football clubs all started as baseball clubs!

Trouble at football matches is not new – in 1314 King Edward II of England banned football in London because of crowd trouble and rowdiness in the streets.

Fred Davies had the oddest job in English football for 45 years – he rescued balls which were kicked into the River Severn from the Shrewsbury soccer ground. He used an ancient type of boat, a coracle, for the job.

- In 1995 the cost of transfers in English football was £135m.

- England women played their first match in the Women's World Cup in Sweden in 1995.

- In 1972 there were over 8,000 football teams in Poland.

- The best centre-back to play for England was Neil Franklin. When he decided to play in South America, then changed his mind and came back to England in 1950, he was suspended without pay for almost a year. He was never to play for England again.

- Only seven players played for Stranraer against Airdrie in 1994 and for Hereford against Northampton in 1992. Each side had four players sent off. It did not matter to Stranraer – they won 8–1!

The Romanian team playing in the World Cup finals in America in 1994 were the only ones to accept a free trip to Disneyland.

Jorge Campos of Mexico was both a striker and a goalie.

The remains of a monk of the 13th century, found in York, showed he may have played football and injured his knee while playing.

Roberto Baggio, the Italian football star, is a Buddhist.

Del Morton, a ten-year-old midfielder, was on the brink of becoming a future star with Leeds football club in 1996. The man from Leeds asked the school if Del could go to a special school for training. Only then did the man find out that Del was a girl and she could not join the boys-only school!

Deancourt Reserves failed to win a game in almost three years, conceding 93 goals!

In the second Women's World Cup final in the Swedish capital, Stockholm, Norway beat Germany 2–0.

The winning football team of the 1994 USA World Cup – Brazil – came back home with quite a lot more baggage than they should have done. Their bill for "excess baggage" was £650,000!

Hungary's equalizing goal in the World Cup final against West Germany in 1954 was ruled offside.

In 1993 AC Milan, the Italian star club, were beaten in an away match for the first time in two and a half years.

Liverpool spent £21,000 on players in 1947. In 1990 the club spent £9.5 million on players.

The famous Kop at Anfield was put up in 1906, in memory of local men who had died on the hill in the battle of Spioen Kop in the Boer war. It had no roof until 1928.

The USA won the first Women's World Cup in 1991. They beat Norway 2–1 in the final, held in China.

Hugh Grant, the star of *Four Weddings and a Funeral*, plays football for the team of the Victoria and Albert Museum, London.

A group of nuns in Spain won £10,000 on the Lottery in 1992 after being given the tickets by a local football club.

England goalkeeper Peter Shilton, who first played for England in 1970 and last played in 1990, appeared in six World Cups. He played in his thousandth top-class game in 1996, a record.

For the first time in French football history a First Division match was ordered to be replayed in 1993 because the referee made a mistake.

The first person to refuse to appear on the TV programme *This is Your Life* was Spurs captain Danny Blanchflower, in 1958.

There were 149,549 football players in Denmark in 1953.

Football pools began in Sweden in 1934.

In 1992, because Yugoslavia were banned from sport due to the war in Croatia, Denmark were allowed to play in Euro '92. They went on to win, beating Germany 2–0 in the final in Sweden!

Amy Dod, aged 10, was banned from playing in a football team in Gateshead in the summer of 1994 because only boys were allowed to play in the Sunday league. She was, ironically, top scorer for the side!

An international match between the Under-21 teams of England and Poland was held up for two hours by a cheese sandwich! The game was about to start at the Wolves ground, in October 1996, when someone spotted a strange metal package under one of the seats. The ground was cleared and the game stopped until the object could be looked at. It turned out to be a cheese sandwich wrapped in kitchen foil.

When the Scottish side Bon Accord played in the FA Cup in Scotland in 1885 they had no football kit, so they played in their work clothes and shoes.

In a match at Waltham Forest, Essex, in 1973, the referee, a Mr M. J. Woodhams, sent off the entire Juventus-Cross team and some of the club officials.

When the Prime Minister of Bulgaria went to greet the players of the Bulgarian team after the World Cup in 1992, only two of the team turned up – the other 10 in the squad had missed the plane!

The Portuguese club Porto once managed to lose their stadium – it was confiscated because they owed a huge amount of tax.

After a survey some fifteen years ago, it was found Scottish footballers have one leg shorter than the other!

Noisy parents once interrupted an under-10s football match in Yeovil, Somerset.

When Uruguay won the World Cup in 1930, the whole country was given a day off.

Referees in Cyprus went on strike in 1995 because of attacks on them. Four had ended up in hospital, one with a broken arm.

British football player John Knight of Cornwall, who died after a leg injury received in a match, had 21 children.

The US team in the World Cup of 1930 were beaten 6–1 by Argentina. The team were mostly British and were known as the Shot Putters.

At Mellesham school in Wiltshire, the 11 players and the subs in the under-12s side were all named Chris. The midfielder Chris Czelecki, aged 10, said, "As soon as someone got the ball, everyone else shouted 'Chris, Chris.' It was bit confusing." One side they played, Forest and Sandrich School, made the game even more confusing – they had five players named Chris!

17 people were struck by lightning at a football match at Aylesford, Kent. One man said "It was like *Star Wars* – woof! – and their football kit evaporated. There was nothing left." The lightning left strange marks on the skin of those hit, as up to one million volts passed through their bodies.

Almost all clubs have nicknames, like Arsenal ("Gunners"), Tottenham Hotspur ("Spurs") or Wolverhampton Wanderers ("Wolves"). Among the more unusual nicknames are:

Bolton – "Trotters"
Brighton – "Seagulls"
Dundee United – "Terrors"
Sheffield United – "Blades"
Stoke City – "Potters"
St Mirren – "Buddies"
Oldham – "Letics"
Bristol Rovers – "Pirates"

Nine players were booked by the referee at a match between Sheffield Wednesday and Derby in September 1996. One of the players was 30 yards from the ball!

GRUESOME GHOSTS

The FACT ATTACK series

Awesome Aliens
Beastly Bodies
Cool Cars
Crazy Creatures
Crucial Cricket
Dastardly Deeds
Deadly Deep
Devastating Dinosaurs
Dreadful Disasters
Fantastic Football
Gruesome Ghosts
Incredible Inventions
Mad Medicine
Magnificent Monarchs
Nutty Numbers
Remarkable Rescues
Rowdy Rugby
Spectacular Space
Super Spies
Vile Vampires

FACT ATTACK

GRUESOME GHOSTS

IAN LOCKE

MACMILLAN CHILDREN'S BOOKS

First published 1998 by Macmillan Children's Books

This edition published 2012 by Macmillan Children's Books
a division of Macmillan Publishers Limited
20 New Wharf Road, London N1 9RR
Basingstoke and Oxford
Associated companies throughout the world
www.panmacmillan.com

ISBN 978-1-4472-2433-4

1 3 5 7 9 8 6 4 2

A CIP catalogue record for this book is available from the British Library.

Printed and bound by CPI Group (UK) Ltd, Croydon CR0 4YY

DID YOU KNOW THAT . . .

Two ghosts have been seen at Marsham Tower, County Durham, which was built before 1314. One was of a woman and the other was of a pig.

At around ten o'clock on a May night in 1945, a Lancaster bomber with a Canadian crew smashed into the moors of the Peak District in the north of England and burst into flames, killing all the crew. Over fifty years later, in March 1997, a couple set out for a drive to see the Hale-Bopp comet. They ended up seeing something unbelievable – a strange plane flying towards them close to the ground. It seemed to be silent. A short distance away a gamekeeper and his wife heard an

explosion and dashed outside. They could see an orange glow and a plume of smoke, as though a plane had crashed. A full-scale rescue was launched, but there was no trace of a crashed aircraft or fire and no plane had been reported missing. The sightings remained a mystery, but it seems possible that the ghost of the bomber had appeared in the night sky over the moors.

In California the widow of the man who invented the Winchester Rifle had a house built with 13 flights of stairs, 13 bathrooms and 13 lights each with 13 bulbs. Each room had 13 bells and 13 locks. The house was built, she said, for the ghosts of all those killed by Winchester rifles. When she died in 1922 the house was left to the ghosts alone.

John Buckstone loved the Haymarket Theatre in London. Though he died in 1878 his ghost turns up in the dressing rooms of the theatre from time to time. He is said to only appear when things are going well.

Huge hailstones fell in Venice, Italy, in 1906, killing many cats out on the city roofs.

Linda Wade from Lancashire has a strange power – she is able to hear both sides of other people's telephone calls.

A study in the United States once found that there were fewer people on trains which had accidents than those which didn't. This suggested that many people are somehow warned of accidents before they happen.

It is believed that no ghost can cross a flowing stream.

Identical twins are often said to be able to contact each other by thought alone – or telepathy. In California, two twins once sat an exam. When their answers were looked at, it was found that they were almost exactly the same. Since there was no other way they could have been in touch with each other during the exam, some people thought they had used telepathy.

Five films about or including ghosts:

1. *Ghostbusters*
2. *Caspar – The Friendly Ghost*
3. *Ghost*
4. *Blithe Spirit* (In this film by Sir Noel Coward, several ghosts appear.)
5. *Blackbeard's Ghost* (The ghost of the famous pirate.)

Deathbed visits of ghosts are common. When these ghosts appear, they bring peace, and are said to tell the person that someone is coming to take them away to another place.

A person who claims to be able to communicate with those who have died is called a medium. In the 1980s the best-known British medium was Doris Stokes. She said she had a guardian spirit – an American Indian called Red Dawn. He first appeared in her bedroom and to prove he existed sent a "psychic wind" blowing through the room, which felt and looked just like a real wind.

The ghost of a Second World War Wellington bomber has been seen flying down the Towy valley in Wales. It was completely silent.

Many people believe that they have lived previous lives. This is more common in Asia, where reincarnation is accepted. General Patton, the US general of the Second World War, believed he had been a Roman warrior.

Glamis Castle, the home of the late Queen Mother, is haunted by the Tudor ghost of Lady Glamis who walks the castle gardens.

A number of people have been said to be able to predict the future. Some have been very close to what actually happened: Robert Nixon, called the "Cheshire Idiot", foretold the English Civil War and the Great Fire of London over 100 years before they happened.

Mother Shipton of Yorkshire foretold the defeat of the Spanish Armada.

Nostradamus, the famous French seer who died in 1566, wrote a book of his predictions, often known as Centuries. In the book he predicted the rise of Napoleon, the success of Louis Pasteur (the French chemist), the arrival of a dictator in Germany (except he called him Hister instead of Hitler), and the abdication of King Edward VIII of Britain.

David Croly, an American who died in 1889, predicted the First World War, the arrival of cinema, multinational companies and air travel.

Count Hamon, a British clairvoyant, predicted the sinking of the *Titanic* and the death of the First World War British leader Lord Kitchener. In 1904, he very accurately predicted the murder of Rasputin in Russia. His other predictions included the Boer War, the First World War and a separate India and Pakistan.

Edgar Cayce, who died in 1945, was an American who seemed to be able to predict the future. He once said that California would split from the rest of the USA. He gave no date when this might happen, but, after his death, others said the date was April 1969. As a result there was panic in California during the month as people tried to leave the state – but nothing happened.

There are said to be more ghosts per square mile in Britain than in any other country.

Many people claim to have seen the phantom funeral train of President Lincoln of the USA, which is said to retrace the route of the original train of 1865 every year on the anniversary of President Lincoln's funeral.

Often a Ouija board is used in seances – meetings which are said to conjure up spirits of the departed. The board was invented early in the century and called after the French and German words for "Yes" (*Oui* and *Ja*).

The ghost of Anne Boleyn, the wife of Henry VIII, is said to return to Blickling Hall, Norfolk, each year on 19 May, the day she was executed in 1536. She sits in a coach pulled by four headless horses and driven by a headless coachman. She carries her own head on her knees. The coach drives up to the house and then disappears when it reaches the front door.

Many years ago, five people reported a "ghost train", with all its lights on, moving at high speed along a railway track in Sweden. It made no noise.

In 1934 a man was killed in a car crash in London. It was found that he had died after the other driver swerved to avoid a bus in the road. The bus was a ghost! Though all lit up, it had no passengers or driver on board.

Strange weather and falls from the sky have been recorded for centuries:

1. In 1847 a 50 kg block of ice fell over Ayrshire, Scotland. At the time there were no balloons, aeroplanes or other flying machines from which a block of ice could have fallen. Where the block of ice came from remains a mystery.

2. During the Second World War there was a shower of frogs over Alton Towers, the big house in Staffordshire, for an hour and a half.

3. On a bright June day in 1948, Ian Pate, at Barton on Sea, near Bournemouth, saw fish falling from the sky. They covered 100 metres. There was not a cloud in the sky.

4. A shower of hazelnuts fell from a clear blue sky in March near Westbury Park in Bristol in March 1977.

5. Insect eggs in jelly fell from the sky at Eton, Berkshire, in midsummer, 1911.

6. Rain fell from a clear sky at Grayshott, Hampshire, in 1929, 1931 and 1933.

7. Frogs fell from the sky near Whittington military barracks, Staffordshire, in September 1956.

8. It rained pennies and halfpennies at Hanham in Avon in September 1956.

9. Eggs fell from the sky at Wokingham in Berkshire in December 1974.

10. In July 1888 rain was reported falling from a clear sky at Stevenage in Hertfordshire.

Art teacher Austin Hepburn took pictures of what may have been the Loch Ness monster in August 1996. The photos show an unexplained movement in the otherwise dead calm water, which lasted about four minutes.

A woman had a dream about a horse race in 1949. She somehow knew the race she saw in her dream was the Derby, which was due to be run the next day. When she woke she could remember clues about the horses that finished in her dream. She looked at the morning paper and looked at the list of the runners for the Derby. She picked out three horses from the list and wrote them down. She asked her husband to put bets on them as he went to work. In the Derby the horses finished in the order she had written them and she won all her bets.

While there have been ghost trains, a ghost lift is unusual! When the Palace Hotel in Southport on Merseyside was being demolished in 1969, the lift took on a life of its own. Even when all the power was off, the lift moved – its doors opened and closed, its lights flashed and it went up and down. What was even odder was that the brake for the lift was on – so it shouldn't have moved at all!

The ghost of Catherine Howard, one of the wives of Henry VIII, is heard as shrieks in the haunted gallery of Hampton Court Palace; she is heard running along the gallery and into the chapel at the end. She was beheaded on February 13 1542.

When Donald Campbell of England set the world land speed record of 403.1 mph at Lake Eyre in 1964, he said he saw the face of his dead father in his windscreen. His father said to him, "Don't worry, it'll be all right, boy."

A monster was seen on a lake at the edge of a forest in Java in 1975. It was said to be a six-metre-long prehistoric monster. It looked like a giant fish or turtle. Local fishermen burned opium on the lake to keep the monster happy.

King Charles I arrived at Northampton in 1645, prepared to do battle with Oliver Cromwell's army the next day. He stayed at the Wheatsheaf hotel in the town. During the night he was visited by the ghost of Lord Stafford, his friend and adviser, who had been killed early in the Civil War. The ghost twice told Charles he should leave Northampton and take his army north. The king decided to do what the ghost told him, frightened by what might happen if he did not take the advice. However, Charles's generals persuaded him to stay and the battle was fought at Naseby on June 14. In the battle the King's forces suffered a heavy defeat. The Cavaliers never recovered from this battle and Charles ended up losing everything, finally being executed in London.

A three-masted ship, the *Marion G. Douglas*, was found off the Isles of Scilly, near Cornwall, in 1919. She was in perfect condition. Her boats and her motorboat were still on board. The cargo of timber had not been moved. Everything seemed normal, except that none of the crew could be found!

The only British Prime Minister to be assassinated was Spencer Perceval. He dreamed of the event on May 10 1812. The next morning he told his dream to his family and friends. They tried to persuade him not to go to the House of Commons that day, but he went all the same. Things turned out as he had seen in his dream.

During the summer of 1808, a clergyman, Mr McLean, was out in a boat off the small island of Coll, near the coast of Scotland. Several other boats were not far away as he went out to sea. A little way from the shore he noticed what looked like a rock. As he went closer he saw it move and then got the fright of his life. The head of a creature with yellow eyes and a long neck came out of the water. Scared stiff, Mr McLean headed for the shore. There he landed and watched the creature from the sand. He and the others nearby all said it was an unknown monster some 25 metres long.

Among the famous ghosts in stories is that of Marley. The ghost of Jacob Marley appears in Charles Dickens's *A Christmas Carol*.

Four kings and queens are said to haunt Windsor Castle, including Elizabeth I.

Poltergeists are said to be spirits which are able to move things and make noises. They are mostly harmless. A poltergeist was found in a Welsh farmhouse in 1904. It threw all sorts of things around, moved pictures, dropped crockery, mixed up food and wrote little messages all over the house. One night ten people, including a policeman, sat up to watch for this spirit. After a time it arrived. The first thing it did was pick up a lump of butter and throw it into the face of the policeman!

Days before he was assassinated, US President Abraham Lincoln had a dream about the event, and told his wife about it the next morning.

A woman who said she could predict the end of the world was arrested in Finland in 1923. She had said it was useless to own land, to save money or do any work. A lot of people who believed her were left ruined.

One night during the First World War in 1915, a young Adolf Hitler was serving in the German Army in the trenches. At dinner time, he was sitting down when he heard a voice which told him to move twenty metres. He did so. As soon as he sat down again, a shell hit the part of the trench he had just left. Everyone was killed. Hitler took the strange warning to be a great omen for his future.

Shortly after the Second World War broke out, a bus driver, a Mr Nott, took his bus across the open country of Exmoor in Devon on Christmas Eve. There were only two passengers and the conductor on board. As Mr Nott reached a place called Blackmoor Gate he was amazed to see an enormous dog and two sheep appear in the road ahead of the bus. Though he braked hard, the driver knew he was going to hit them and braced himself for the shock. But the shock never came. As soon as the bus stopped, Mr Nott leaped out. There was nothing on the road. One of the passengers had also seen the animals and he was equally mystified by their disappearance. They could only have been ghosts.

A hum haunted the house of the Binkowskis in Rotterdam, New York, in the early 1960s. Experts investigated the house but could find no cause for this constant low noise. As the hum continued, the family fell ill. The odd noise was talked about and hundreds of people visited the house and also heard it. No effort was spared to try and find its cause, but with no result. Eventually, after nine months, the family moved into the garage.

One of the most haunted houses in London was 50 Berkeley Square – it is now the home of the well-known rare book dealers Maggs Brothers.

The Swedish writer Swedenborg arrived at the port of Gothenburg in Sweden in September 1759. He went to have dinner with an English friend in the town. During the meal he suddenly turned very pale and announced that fire was sweeping through the Swedish capital Stockholm – 480 km away. Upset by his vision he left the house, coming back only a short time later to say that the fire was now under control and had stopped only three doors from his own home. The next evening a courier was able to confirm that everything had happened as Swedenborg had described!

In Somerset, toast is dipped in cider and hung on apple trees to drive off evil spirits.

On a clear December day a ship, the *Dei Gratia*, was sailing across the Atlantic when another vessel, with two sails set, was sighted in the distance. As the *Dei Gratia* moved closer, no one could be seen on the

deck of the other ship. Three men were sent over to examine the seemingly deserted vessel. As they approached the desolate ship, they found it was the *Mary Celeste*, which had sailed out of New York. As they clambered aboard, the three called out for anyone – there was no reply. The ship's boat was missing. They searched the ship and there was no one on board, though the captain's bed was unmade, the pots and pans in the galley were all in place, and everything else seemed in order. The only strange thing was a dampness throughout the ship. Reaching the cargo of alcohol, they found it all in place. The crew of the *Dei Gratia* were mystified by the state of the ship. A skeleton crew was ordered to take the ship in hand and sail it to the Azores. What happened to the *Mary Celeste* remains a mystery. It was obvious that all aboard had taken to the boat, but no trace of them was ever found.

A prison doctor, Ernest Helby, was riding his motorbike on a road across Dartmoor, the desolate moorland in Devon, in 1921. In his sidecar he carried his two children. Suddenly he told them to jump out. The motorbike swerved off the road and the doctor was killed in the crash. The children survived and later said they had seen a pair of ghostly hairy hands on the handlebars just before the crash. About eight weeks later, a young army officer was thrown from his motorbike on the same road. Afterwards he explained that he had seen a pair of hairy hands appear over his own and he lost control of the bike. The hands are said to be those of an Italian who worked at a nearby gunpowder factory. One day, after drinking, he went into the factory and forgot to take off his boots. The boots had nails in their soles and made a spark. The explosion blew the man to bits.

During a very cold snowy winter in 1855, Albert Brailsford, head of the village school at Topsham, Devon, discovered a trail of unusual hoofprints in the snow outside his front door. He found the prints were all over the place, even on rooftops! Other reports of the strange hoofprints came in and it was found that they stretched over 40 miles. They remained a mystery and became known as “the Devil’s footprints”.

A red ghost appeared to Henry IV of France in 1610, predicting his death the next day. The same ghost was seen by the bed of the French Emperor Napoleon by his doctor on 5 May 1821, just before Napoleon died.

Littledean Hall in Gloucestershire has a host of ghosts, including Civil War Cavalier soldiers, a monk and an 18th-century servant who was murdered by his master.

The yeti, or abominable snowman, said to be part man, part creature, was first seen in the high mountains of India as long ago as 1832, by the British explorer B. H. Hodgson.

A dream once saved a king. In 1912 a man named Saracini was in an Italian jail. He had been sent to prison in 1880 for the murder of a man on a road. (Strangely, though the man had been killed by a kick from Saracini's mule, it was Saracini who was found guilty by the court.) One night Saracini had a strange dream. He dreamt he saw an attempt to kill the King and Queen of Italy. Waking up, he told his dream in detail to the warder. The story was told to the chief of police, and, because of the details in Saracini's dream, the police were told to take extra care. As a result of this care,

an assassin was held after he fired three shots at the king and queen, but missed. Though Saracini had saved the King and Queen through his dream, he was left in prison until 1926, when the new King heard about his dream and ordered a new trial. This time the mule was found guilty of murder and Saracini was freed.

The most well-known picture of the Loch Ness monster, with its neck out of the water, was taken by London surgeon Robert Wilson in April 1934. The famous photo was, it seems, made up from a toy submarine and a model head on top and was exposed as a fake in 1994.

The Israeli Uri Geller became famous in the 1970s for his apparent ability to bend spoons, forks and other metal objects by thought and rubbing alone. When he was showing what he could do on TV, thousands of people rang or sent in letters to the TV stations saying that their spoons and forks had also been bent while Mr Geller was on TV. Though some people did not believe that Mr Geller could bend metal without using some sort of trick, he did seem to have some strange power. In the 1980s a man in Britain was hunting for the wreck of a submarine, but could not find it. In the end, by chance, he was able to see Uri Geller and asked him if he knew where it was. Geller pointed to a spot and said that was where the missing sub would be found. About ten years later, the search for the lost sub was restarted. Believe it or not, it was found exactly where Uri Geller said it would be found!

Throughout 1996, there were many protestors at the place where a new road, the Newbury by-pass, was to be built in southern England. The planned route would cause the destruction of woodland and that meant many animals would lose their homes. By the end of the summer the last of the protestors had left and the security guards thought they would be left in peace. However, in December, some of the guards became very frightened by the unexpected. They saw the ghosts of Roundhead and Cavalier soldiers who had fought the battle of Newbury on that spot during the Civil War over three hundred and fifty years before!

The ghost of Anne Boleyn, the second wife of Henry VIII, who was beheaded, moves around a bit. She has been seen at the White Tower at the Tower of London and in the chapel of St Peter in Chains Church, London, where she is buried. In 1864 a soldier at the Tower of London was arrested and court-martialled because he was unconscious at his post. In court, the man explained he had fallen into a faint and knocked himself out after seeing the ghost of Anne Boleyn in the Tower. The ghost has been seen as a shape or as a clear ghost figure, carrying her head under her arm!

People in a house in West Yorkshire were terrified by a pair of gloves. The gloves appeared at the bottom and top of the doors, like a gruesome pair of hands! When an aunt in the room began to sing a hymn to get rid of the spirit, the gloves began to tap out the time of the hymn.

The writer C. S. Lewis, famous for *The Chronicles of Narnia*, had many friends and many people he wrote to. A few days after he died in 1963 one of the friends was sitting watching television one evening when C. S. Lewis suddenly appeared, sitting in a chair close by, and spoke to the friend. The apparition had a redder face than normal, but otherwise looked quite well. Having said a few words which helped the friend with a problem, he disappeared. A week later, while the friend was reading in bed, just before going to sleep, Lewis appeared again, repeating the words of a few days before. And again, he disappeared.

The first sighting of a large ape-like creature in the forests of North America was in the 19th century. The creature became known as Bigfoot, after David Thompson found very large footprints of an unknown creature in Canada. Bigfoot was filmed

in colour by Roger Patterson on October 20 1967. He was some way away, but the pictures from the 10 metres of film show an ape-like creature moving fairly fast among the trees of the forest. The footprints found afterwards were 16 inches long and 7 inches across.

There are several ghosts at the Houses of Parliament. A woman in pink has been seen at the west front of the House of Lords, where the Palace of Westminster used to be. Another of the ghosts is a man in black seen wandering the galleries from time to time.

The ghost of the first wife of the British poet Shelley, who died about 150 years ago, has been seen in Hyde Park, London. She drowned herself in the lake in the park, the Serpentine.

An unusual ghost was seen in the library of the York Museum in late 1953. The caretaker was checking through the building as usual when he came across a man still there. He seemed to be looking for a book. What was odd was his clothes – he had on an old-fashioned frock coat, thin trousers and elastic-sided boots. As the caretaker came nearer, he heard the man say, "I must find it. I must find it!" When he reached out to touch the man, the figure disappeared, dropping a book as he went. The ghost has been seen or heard by several other people, and each time the same book dropped to the floor.

Some 17 miles out in the Atlantic ocean, off Scotland, lie the Flannan Isles. On one of the islands a lighthouse was built, opening at the end of 1899. Three men, James Ducat, Donald McArthur and Thomas Marshall, went out to the island as lighthouse-keepers. During a wild storm eleven days before Christmas the following year, the light suddenly went out. Once the storm had passed, a ship set out for the island on Boxing Day to find out what had happened. The island and lighthouse were empty! In the lighthouse, the beds were made and all was tidy. The last entry in the records was on 15 December; everything seemed to be in order. Yet, for some unknown reason, the three men had disappeared without trace. While there were all sorts of theories about what happened, no sign of the men was ever found.

The Loch Ness monster was first sighted in about AD 565 when St Columba is said to have driven the monster away from a swimmer in the loch.

In March 1939, about 60 people at Glencairn beach, South Africa, saw the ghost of a fully rigged ship moving towards the sands. The sails were all set for a storm, but there was not a breath of wind. As the crowd looked on, the "phantom" ship disappeared.

The ghost of Major W. H. Braddell, who had been killed by a German bomb in 1941, was seen in the Egremont room of the Naval and Military Club in London in March 1994.

During the plague in London in 1665, flaming swords, coffins, ghosts and angels were seen over the city.

The biggest gunfight in the history of the FBI took place against a woman gangster, Ma Barker, and her gang in a house in the country in the USA. Ma and her gang were all killed in the shoot-out. Years later, the ghost of Ma, combing her hair, was seen sitting on the end of a bed in the house. Downstairs the sound of "her boys" playing cards was heard. When a guest in the house went to look there was no one there.

After 1931, the flat above the David Belasco Theater in New York was left empty after the theatre owner died. Late at night stagehands said they heard David Belasco's private lift begin to start. It clanked as it moved upstairs – there could be no doubt about the sound. Upstairs there was no sign of the ghost. One of the managers later said he could feel the presence of Belasco in his office.

A haunted house in the north of Britain once had a ghost who appeared when his relatives put his photo away. He only disappeared after his photo was put back on display.

Jeane Dixon, an American woman who died in 1997, seemed to be able to see the future. She accurately predicted the death of President Roosevelt in 1945 and the assassination of President Kennedy in 1963. She was not right all the time – she predicted a third World War in 1958 and that a Russian would be the first man on the moon.

The earliest poltergeist was seen in Italy over 1,400 years ago.

A ghost is said to haunt the Drury Lane Theatre, London. It is the figure of a young man who was murdered there in 1780. To see him is said to bring success. The skeleton of the man was found by workmen early in the last century, entombed in a wall. There were still the shreds of a grey riding coat covering the skeleton, and a dagger was sticking out of the ribs.

In 1918 a Russian huntsman told the French consul in Vladivostock, on the tip of the Siberian wilderness, that years ago he had tracked "chestnut-coloured elephants" in the forest. He said he had seen their tracks and followed them. After several days he caught sight of one of the animals. What he described was a mammoth, covered with shaggy hair. The only problem is that mammoths died out thousands of years ago!

In a broken-down house in Hydesville, New York state, America, there lived a poor Canadian, John D. Fox. He had three children. One March morning in 1848, the children heard knocks and raps in the house. The noises went on for days, until the noise and movement was so strong that the old house shook. One of the girls, Catherine, aged 7, clapped to answer the knocks. Almost at once a clap answered. Next she snapped her fingers. Again, the sound came back. Her sister Margaret, aged 10, joined in and again there was an answer. Margaret went to get her parents and showed them what happened. The amazed mother and father began to work out a way to "talk" to the ghost by knocks – and it answered! The spirit said it was the ghost of Charles Rosma, a peddler who had been murdered there. The story of the haunted house became so well known in America that the two sisters toured the country.

Loch Ness is the largest British lake; it is 22 miles (35 km) long, almost a mile (1.5 km) wide and 950 feet (264 metres) deep.

The ghost of Abraham Lincoln, the president of the United States who was assassinated by John Wilkes Booth in 1865, haunts the White House in Washington. About 60 years ago a maid saw his ghost sitting on the edge of a bed, taking off his shoes. In 1945 Lincoln's ghost was seen by the Dutch queen Wilhelmina, while she was staying at the White House.

During the First World War a German submarine, the U-65, which had had some unexplained accidents since it was built, was in Bruges in Belgium. It was to take on fuel and arms. A torpedo warhead was being loaded when it blew up, killing 11 people, including the second lieutenant. As the crippled sub was being towed to a dry dock for repair, a crewman left, saying he'd seen the dead officer standing at the head of the ship with his arms folded. Just before the U-65 sailed, another crewman deserted, saying he'd also seen the ghost. Even when the sub got going, sightings of the ghost continued. When the ship returned to base, the captain was killed, and because of its reputation a chaplain was called to exorcise the ship. The bad luck continued: a gunner went mad, the chief engineer broke his leg and another crewman killed himself. Finally, on the morning of July 10 1918, off Cape Clear in Ireland, the U-65 was seen by a US submarine, the L-2. The US submarine was about to open fire when a huge explosion ripped through the German U-boat and she sank with all hands. What caused the explosion will never be known.

On 4 August 1951, two English sisters-in-law were staying at Puys, a seaside village near Dieppe on the north French coast. They were awoken in the very early morning by men shouting. These sounds were followed by the sound of gunfire and aeroplanes at about four in the morning. They looked out, but could see nothing. They could not explain what happened. The noises of battle continued for almost three hours, until there was silence at about seven in the morning. It is thought that the women had heard a ghost battle. It was the battle that took place at Dieppe some seven years before.

It is not what you expect at work. The ghost of the 4th Duke of Norfolk used to wander about Coutts Bank in London. He'd been beheaded for treason in 1512. Receptionists saw the headless ghost wandering about, dressed in Elizabethan clothes.

The most common feeling when ghosts appear is that the air goes very chilly.

Each year, the ghosts of two young women in Victorian dress have been seen at the Albert Hall, London. In the spring of 1996 a ghostbuster was called in to see if they could be made to go away.

Sir Arthur Conan Doyle, the creator of Sherlock Holmes, spent many years investigating ghosts and the unexplained.

The book *Elvis is Alive*, written by Gail Brewer Giorgio, became a bestseller in the USA in 1988. In 1996 it was said that the FBI had a photo of Elvis taken in 1982, five years after he died.

Margaret Sheridan came across a ghost when she was about 17 at her family house in Frampton, England. At the time her father was in France, fighting in the First World War. Margaret was coming down the stairs for tea one day when she saw a boy on the stairs. He wore a white sailor suit and a straw hat on his head. He was about her age. The two looked at each other, but did not speak as they passed each other. Margaret thought the stranger was a guest. She went in to tea and told everyone there she had seen the boy in the sailor's costume on the stairs. No one spoke. Later, Margaret found out that the boy was the ghost of an ancestor who had died at sea. He would appear in the house when the heir to the Sheridan family was about to die. A few days later a letter arrived saying that Margaret's father had been killed in the war.

The Society for Psychical Research is a group which looks into stories of ghosts and other strange things. It was formed over 100 years ago.

In 1992, 50 years after the Battle of Britain, on a clear warm summer's day, just as it had been for the battle, visitors to a Battle of Britain museum in Kent had a strange sensation. They felt as though some of the airmen who had fought and died in the battle were looking over their shoulders as they examined the exhibits.

Exotic creatures often turn up in odd places – a New Guinea fruit bat, with a one-metre wingspan, was found clinging to a car in Exeter, Devon, on October 3 1984. Where it came from was a mystery.

On a walk in Austria, the writer Barbara Cartland and her brother came across a fairy-tale castle. When they told villagers about this marvellous building, they were astonished to be told that the castle had been destroyed years before.

For some time in the 1980s it was hard to get people to move into houses in the Northwest Territories in Canada. The problem did not go away. The government tried to find out why, and got a very strange answer. They found that many of the houses were said to be haunted. No one wanted to live in a house with a ghost. A local councillor said the government should hire an exorcist to drive the spirits away!

In 1977 and 1978 a poltergeist seemed to be throwing food around in a house in Derbyshire. Black pudding, eggs, bacon, bread, tomatoes and even a joint of beef flew through the air for no reason. The throwing happened every other night. Sometimes the spirit would stop for weeks, then start again. The poltergeist only disappeared after police came to the house.

In 1973 a primary school head teacher in Wales was driving home at night. As he approached an old railway bridge, a young girl stepped from the hedge in front of his car. He braked quickly. But nothing happened. The headmaster was sure he saw the girl's face come closer and closer then pass through the car. When he told his scary story, other people came forward to say they had had the same frightening experience.

In 1974 a US expedition to Loch Ness took photos under the water. When enhanced by computer, the pictures seemed to show a large body with a long neck and flippers. On this evidence, the American Academy said that there was a "large unknown creature in the waters of Loch Ness".

During the 1940s, stories came from Kenya, Africa, about a "bear" which roamed the country. It was said to attack and kill goats and people. A hunter went to search for the creature in Kenya. Early one morning, with mist rising from the ground, he was called from his tent by his helper. Outside, he was able to see a red-coloured animal ahead. It was about 2.5 metres tall and stood on its back legs. After a short time it dropped down into the tall grass, then stood up again a little later. The hunter tried to shoot the

creature, so it could be caught, but his shot missed. He was sure the creature was unknown. The next day he was told that this creature had gone into a native hut and killed and partly eaten a woman there.

When Mrs Lincoln, the wife of President Lincoln, had her photo taken after the President had died, the photograph included a ghostly image of the President.

At least four skulls which are said to scream if anyone tries to bury them are kept in Britain.

When making a record-breaking row across the Atlantic with Chay Blythe in 1966, Captain John Ridgway saw a sea monster at least 10 metres long, which glowed at the edges. The captain had seen all sorts of sea creatures during his life, but nothing like this.

The ghost of a Daimler car was seen from July 1964 to September 1975 on a road in Devon.

The first photo of a "spirit" was said to have been taken by William Mumler in the USA. When he developed a photo of himself sitting in a chair for a self-portrait, the ghost image of a young girl appeared on his knee.

The most haunted house in Britain was probably Borley Rectory in Essex. This large house had been strange for years and no one wanted to live in it for very long. In 1939 a new owner moved in. While he was unpacking, an oil lamp overturned for no reason and set the house on fire. The owner escaped the blaze and joined a small crowd outside. Two figures, a man and a woman, were seen leaving the burning house, but disappeared. The house was left a burned-out shell, with no one in it. Yet at least one man heard sounds around it, including thundering horses' hooves. During the war lights were reported at the house. But there was never anything there. Four years after the fire, the house was knocked down. The ground was searched. About a metre underground workmen found the remains of a woman's skull and a small collection of jewellery.

At Beverley in Yorkshire a video was taken of the rooms in an empty house. When the film was played back, the image of a girl appeared. She was believed to be the ghost of a maid who had killed herself in the house.

A ghost was photographed at Combermere Hall in Cheshire in 1891.

In 1928 an elephant-keeper at London Zoo was murdered while asleep. His fellow keeper was found guilty and hanged for the murder. The ghost of the keeper, Ali, haunts the zoo. In the mammal house a strange humming is sometimes heard. The mammal house was built over the old elephant house in 1967. Ali is said to still stalk the place at night.

On a winter's night, after a long day at work, Dr Mitchell of Philadelphia in the USA heard his doorbell ring. Opening the door, he saw a small girl. She said her mother was very sick and could he come at once. She would show him the way. The doctor followed the girl. He found the woman very ill and at once gave her medicine to help her get better. As he was leaving the room, the doctor remarked that the woman was lucky to have such a helpful daughter. The woman was very surprised. She told the doctor that her daughter had died about a month before!

The writer Robert Graves met a young man called Challoner when the two went to train for the army. They were to be together until Challoner was sent off to France to fight in the First World War. As he left, Challoner shook hands with Graves, saying, "I'll meet you again in France, sir." Months later Challoner was killed without meeting Graves again. In June that year, Graves was out in France with the army. One evening, while he and his men were having a special dinner to celebrate their safe return from the fighting, Graves noticed a familiar face through the window of the house. Challoner was looking in at him. The ghost saluted, then went on his way. Graves jumped up and looked out of the window. He could see no sign of the ghost.

A man was out walking on a visit to an area he did not know in Australia when he came across a collection of buildings and heard water gushing nearby. On his return he told his father about the place he had seen. His father was curious and went out to the spot. But there was nothing there. Years later he learned the place his son had seen had once existed (it had been built for miners) but had not been around for almost 100 years.

British boxer Michael Jones, who had just seen the film *Fear*, was bitten on the neck by a complete stranger outside a cinema in Swindon. The cinema was also showing *Dracula: Dead and Loving It*!

INCREDIBLE INVENTIONS

The FACT ATTACK series

Awesome Aliens
Beastly Bodies
Cool Cars
Crazy Creatures
Crucial Cricket
Dastardly Deeds
Deadly Deep
Devastating Dinosaurs
Dreadful Disasters
Fantastic Football
Gruesome Ghosts
Incredible Inventions
Mad Medicine
Magnificent Monarchs
Nutty Numbers
Remarkable Rescues
Rowdy Rugby
Spectacular Space
Super Spies
Vile Vampires

FACT ATTACK

INCREDIBLE INVENTIONS

IAN LOCKE

MACMILLAN CHILDREN'S BOOKS

First published 1999 by Macmillan Children's Books

This edition published 2012 by Macmillan Children's Books
a division of Macmillan Publishers Limited
20 New Wharf Road, London N1 9RR
Basingstoke and Oxford
Associated companies throughout the world
www.panmacmillan.com

ISBN 978-1-4472-2434-1

1 3 5 7 9 8 6 4 2

A CIP catalogue record for this book is available from the British Library.

Printed and bound by CPI Group (UK) Ltd, Croydon CR0 4YY

DID YOU KNOW THAT . . .

Beethoven composed the overture 'The Battle of Vitoria' in 1813 for a mechanical orchestra of forty-two instruments invented by J. N. Maelzel.

The steel nib pen was only invented in 1803. Up to then the only practical writing instrument was a feather quill pen.

Jethro Tull invented the seed drill in 1701, allowing crops to be sown in rows without wasting seed.

Clarence Birdseye discovered the process for his frozen food in Labrador. He put fresh vegetables in a bucket of water and then let them freeze solid. It took him about ten years to produce machinery that could imitate nature. Once this was done he established his frozen food company. His idea attracted the attention of the food company Postum and he sold out for $22 million in 1929. The first packs of Birdseye frozen food went on sale in 10 grocers in Springfield, USA, on 6 March 1930.

In ninety years over twelve 'nose-picking' inventions have been filed in the USA.

The General Electric company invented fluorescent lighting in 1935 – it was green! Tube lights were first sold in three sizes and seven colours in 1938. The first fluorescent lights in Britain appeared on the westbound platform of the Piccadilly underground station in 1945.

There are many inventions where the inventor remains unknown. They include:

1. Spectacles.
2. The fork.
3. Glass windows.
4. Gunpowder.
5. The magnifying glass.
6. The glass mirror.
7. The wheel.
8. The bow and arrow.
9. Lemonade. It was invented in Paris in 1630, using sugar from the West Indies.
10. The cuckoo clock.

Nineteen-year-old Frenchman Blaise Pascal invented a machine to do sums in 1642 – it could add and subtract.

The first US patent was awarded on 1 July 1790 to Samuel Hopkins.

At the age of 27, Eli Whitney invented the cotton 'gin' in the USA. It was the first change in cotton picking in over 2,000 years. Its invention, in 1792, was to have a huge effect on American and European business and greatly increase the American use of slaves.

Christian Huygens of Holland invented the pendulum clock in 1656.

The American inventor of nylon, Wallace Carothers, was a shy and unsure man. He was working for the Du Pont chemical company when he discovered the chemical formula for nylon. The very first strand was squeezed out of a hypodermic needle in 1934. To start with, this first man-made fibre was used for toothbrushes and then stockings. Carothers had no idea how important his work was and he became depressed. He felt a failure and killed himself in 1937. In 1940 alone 36 million pairs of nylon stockings were sold!

James Watt became famous for the invention of the steam engine, but he also invented the first duplicating machine for business, in Birmingham in 1778. Despite his great success Watt had a fear for almost all his adult life of being penniless.

It was German art publisher Rudolph Ackermann who first thought up the gears which, almost a hundred years later, were used for the first motor cars.

The modern penny-in-the-slot machine was invented by Englishman Colonel John Sandeman. His family remains famous for its drink, port, but he also made history in another way – he took part in the successful Charge of the Heavy Brigade in the Crimean War.

Levi and Strauss came up with jeans in 1850. Though first made with canvas, another cloth was needed for hard wear. This cloth originally came from Nimes, France, so they were called *de Nimes* or denims. They first went on sale to miners in San Francisco as 'bibless overalls'.

Isaac Singer, the American inventor who perfected the sewing machine, had twenty-four children.

An American Mr Bean invented the first orange crate in 1875. Just as useful was the cheap cardboard box – invented by Scottish-born Robert Gair in 1879.

Frederick Walton, of England, invented and named 'linoleum' in 1860.

The cat flap was invented over 700 years ago! The famous scientist Sir Isaac Newton had one at his house in London in the 1700s. The modern cat flap may have been invented by the British film star James Mason, who made a spring cat flap for his Hollywood home.

Frank Whittle spent years working on the jet engine while on leave from the RAF. In 1937 he had a breakthrough when he was able to test the first jet engine.The noise was so great that Whittle and his team had to move to an abandoned foundry near Rugby.

Hungarian professor Erno Rubik came up with a mind-boggling puzzle, the Rubik Cube, in 1974. When it went on sale in the 1980s, over 100 million were sold.

George Eastman's Kodak camera went on sale in the USA in 1888 with the slogan 'You press the button, we do the rest'.

Three different people share the invention of television – the Americans Vladimir Zworykin and Philo Farnsworth and the Scot John Logie Baird. Neither Farnsworth nor Baird were quite given the praise they deserved. John Logie Baird originally began his experiments when poor health made him give up his business of making boot polish and jam! He was the pioneer of colour television in 1939. The work of Farnsworth was only recognized in the 1930s.

English carpenter John Harrison started early as an inventor. In 1713 he first went in for a government competition offering a £20,000 prize for the invention of an accurate chronometer, allowing sailors to know where they were. Two years later he produced his first invention, a clock with wooden wheels. After many years, in 1761, he came up with a remarkably accurate chronometer (to within one tenth of a second a day) and claimed the prize. It was only after he had appealed to the King, George III, that he was given the prize money.

Henry W. Avery's first aluminium saucepan was made in 1890 – his wife was still using it in 1933.

The first jet aircraft took off on 27 August 1939 in Germany. It was designed by Dr Hans von Ohain.

The historian to Louis XV of France became the first human to leave the Earth, on 15 October 1783, in a Montgolfier balloon. The five-minute flight took him to 24 metres.

US patent 3,593,345 was awarded for a soundproofed toilet seat!

Francis Carley of Australia invented a 'tail light' for sheep, to protect them from attacks by the wild dog, the dingo.

That most useful of inventions, the safety pin, was invented in three hours by Walter Hunt in 1849. He had a $15 debt to pay off.

The first postcard was available in Britain on 1 October 1870. The first picture postcard in England was of the Eddystone Lighthouse. It was made for the Royal Naval exhibition of 1891.

Charles Darrow, an unemployed engineer, invented a game which he took to Parker Brothers in the USA. They named it Monopoly and it first went on sale in 1935.

The Thermos flask was invented by Sir James Dewar. It was first sold by a German Reinhold Berger to help keep liquids hot.

The ejector seat was invented and developed by the British engineer James Martin, who died in 1981. The first tests of the seat were made with sandbags in May 1945. The first human used an ejector seat on 24 July 1946.

Los Angeles police once raided the home of the co-inventor of television Philo T. Farnsworth, believing his strange apparatus was an illegal still for making alcohol! Another co-inventor, Baird, had a different problem. Among his first inventions were inflatable soles for shoes – they burst.

William Moulton Marston, a US psychologist, invented the lie detector – the polygraph. He became better known for another creation – the cartoon Wonder Woman!

Sir Robert Watson-Watt devised the first effective radar system in 1935. The system helped win the Battle of Britain in 1940. His first experiments began when he was working on thunderstorms.

Hedy Lamar, the Hollywood film actress, was a secret inventor. In June 1941 she and composer George Autheil developed a communication system for submarines.

When the Swiss introduced the world's first wristwatch in 1790, it was described as 'a watch to be fixed as a bracelet'.

Henri Moissan, a French chemist, tried to make artificial diamonds. He came up with something entirely different – calcium carbide which, in water, produced acetylene. This was the gas most commonly used in gas lights.

A German chemist Fritz Klatte invented the world's first plastic – vinyl chloride – by accident.

Legal registration of inventions (patenting) is made each Tuesday at noon by the US Patent Office.

Two concert musicians, Leopold Godowsky and Leopold Mannes, invented the first colour film for use in an ordinary camera, in 1935. They paid for their experiments from their concerts until they found a backer in New York. After nine years they went to work at Kodak. The people there made fun of them, calling them 'those crackpots' – until they succeeded.

The first woman in the United States to be granted a patent (to protect her invention) was Mary Kies, of Killingley, Connecticut, on 5 May 1809. She invented a device for 'weaving straw with silk or thread'.

André Garnerin of Paris put together the first parachute and made a jump from 680 metres using a 7-metre diameter chute, supported by a wooden pole.

The man who invented canned foods, Nicolas Appert of France, was a chef and confectioner. Despite being praised for his invention and given the title 'Benefactor to Humanity' he died in poverty in 1841. He was also the inventor of the *bouillon* cube (known as the Oxo cube in Britain).

The US Wagner Typewriting machine company came up with a new form of the machine in 1897. They offered it to the Remington company. After looking at it Remington decided the machine 'couldn't replace a reliable and honest clerk' and turned it down. Wagner was later sold to the Underwood company, who went on to sell 12 million of the new typewriters!

Italian physicist Alessandro Volta made the first electric battery in 1800.

Lawyer Henry D. Perky of Denver, USA, invented Shredded Wheat. He called it the 'perfect food'.

British chemists invented the drug AZT for the company Wellcome in the late 1980s. It is thought that by the time the drug's patent runs out it will have earned $1 trillion!

The 'father of the computer' was Charles Babbage, an Englishman backed by the daughter of the poet Lord Byron, Lady Augusta Lovelace. He was unable to complete his 'analytical engine' after the government withdrew money from the project. An early version of the machine was used by Babbage and Lady Lovelace for an 'infallible' system for betting on horses. It lost them a fortune. Among his other inventions was the speedometer.

There was an unusual producer for the first ever movie of Frankenstein – none other than US inventor Thomas Edison!

Dr John Kellogg, the American inventor of cornflakes, was a bit mad, though, to his credit, he also invented peanut butter. At one time he claimed 'Nuts may save the (human) race.' He didn't say what kind of nut.

The first machine gun used in war was operated by Confederate soldiers in the American Civil War at the Battle of Fairoaks, Virginia, in May 1862. It was called the Williams machine gun.

After the invention of barbed wire by the American Joseph F. Glidden in 1876, ranchers and farmers in Texas were not pleased to see the land dotted with it. One said, 'I wish the man who invented barbed wire had it all wound round him in a ball and the ball rolled into hell.'

Charles N.Van Cleave invented the coin-operated lock used on toilet doors in 1910.

There was an invention for a mouse trap registered in the USA. Not so different, you might think, except this one used lassos to catch the mice!

The first typewriters were sold in the United States as a help for clergymen to save time when writing sermons.

For some time after the invention of the telephone people answered it by saying ‘Ahoy’. It was the brilliant inventor Thomas Edison who suggested using ‘Hello’ instead.

Fed up with the state of the British roads, in 1815 John L. McAdam devised a new road surface of interlocking stones. Tar McAdam (tarmac), named after him, came later.

Machine guns, or rather machine bows, which fired 100–200 arrows a minute, were around in Ancient Greece and Rome.

Taximeters were included on Roman carriages.

While Thomas Edison had over 1,100 inventions to his name, Samuel Morse had only one – the telegraph.

In 1910 a Mr O'Sullivan was annoyed by the vibration of the machines in the American factory where he worked. To solve the problem he brought in a rubber mat. But someone else had their eye on it and it disappeared. O'Sullivan could only find a small piece of rubber, so he cut it to fit the heels of his shoes – inventing the rubber sole.

Frenchman M. Monier threw his flowerpots about when angry. After breaking a number of them he found this expensive. He thought he'd try to make his own, using wire mesh and concrete. It worked – they didn't break, and he'd also invented ferro concrete. This became the basic metal mesh and concrete mix used for bridges, skyscrapers and other buildings.

James Watt, the Scots inventor of the steam engine and one of the most important people in the history of invention, was thought lazy and not very bright when he was young. His aunt complained he spent too much time taking the lid off a kettle, then putting it back on again, and playing about with the steam!

Inventions linked to the original inventor or manufacturer:

1. The mackintosh, produced by Charles Macintosh in 1823. No one knows where the extra K came from.
2. Morse Code. Invented by Samuel Morse of the USA.
3. The Hoover. Named after the man who first manufactured the upright electric vacuum cleaner.
4. The saxophone. Invented by Antoine Sax of Belgium in 1841.
5. The Bunsen burner. Named after the German chemist/inventor Robert Bunsen.
6. The Davy lamp. Invented by Sir Humphry Davy.
7. The Yale lock. Invented by Linus Yale in the USA in 1865.

Portland cement is the basic material for all modern buildings. It was invented by Joseph Aspdin of Leeds in 1824, using limestone and clay which is ground up and burned.

The photo film roll was invented by David Houston of Wisconsin and patented on 11 October 1881.

George Stephenson built the world's first railway between Stockton and Darlington in 1825. The trains ran regularly.

Samuel B. Morse, the American artist, developed the idea of the telegraph while on board the ship *Sully*, sailing from England to America. His first message was 'What Has God Wrought?', sent from the offices of the US Supreme Court in Washington to his partner Alfred Vail in Baltimore on 24 May 1844. Morse is the only famous inventor to have a picture exhibited at the Royal Academy in London.

When the great French film pioneer Georges Méliès was asked to sell his invention of cinema to one of the Lumière brothers, the old man refused. He told Lumière, 'Young man, you should thank me. This invention is not for sale, but if it were it would ruin you . . . It has no commercial future!' The Lumière brothers went on to give the world's first public showing of a film on 28 December 1898.

The coin-operated pay telephone was invented in 1889.

The American musician Les Paul was once involved in a car crash. While in hospital he thought up the idea of an electric guitar which he called the 'log'. When he had made it, he sold the idea to Gibson, and the first Gibson Les Paul electric guitar went on sale in 1952.

Simon Ingersoll invented the pneumatic rock drill in the USA in 1871. It has not changed much in 150 years.

Nikola Tesla, who died in 1943, was one of the most important, but strangest inventors ever. Among his great inventions were the fluorescent light, the modern transformer, the modern power station, large elements of radio and aerial antennae. He spent almost all his life alone, seeing very few people.The only time he enjoyed appearing in public was when he gave weird demonstrations of electricity on stage.

At the age of only 30, Edison made the world's first recording, on 6 December 1877; it was of “Mary Had a Little Lamb”.

Vicars and priests seem rather good at invention. Among them have been:

1. The Reverend William Fisken, inventor of the steam plough and central heating for churches.
2. The Reverend Edmund Cartwright, inventor of the power loom.
3. The Reverend William Lee, inventor of the frame for stockings; he made his first pair for Queen Elizabeth I in 1610.
4. The Reverend Timothy Bright, inventor of a form of shorthand.
5. The Reverend Stephen Hales, inventor of early air conditioning in 1761.
6. The Reverend Alexander Forsyth, inventor of the percussion lock for firearms.
7. English priest Roger Bacon, inventor of the early microscope and constructor of a flying machine.
8. The Reverend Berthou, inventor of collapsible boats.
9. The Reverend Stephen Hall, inventor of the blood pressure meter in 1761.
10. The Reverend Edward Booth, inventor

of the repeating strike for clocks, about 1675.

Kirkpatrick Macmillan, a Dumfries blacksmith, invented the first bicycle in 1809. The wheels were 32 inches in front and 42 inches at the rear. He had a carved horse's head on the front of the wooden frame.

For the man who invented so much to do with communications, Edison was a bit weird. He preferred to read in Braille rather than print and when he proposed to his first wife, he used Morse Code!

Printed and gummed stamps were the idea of June Longeville, the lady in waiting to Louis XVI. The world's first adhesive stamps went on sale on 1 May 1840 in Britain; they were printed by the US inventor Jacob Perkins. UK stamps are the only ones in the world without the name of the country of issue on them.

The co-inventor of photography, Joseph Niepce of France, took six hours to take his first photo, in 1827.

The mouth organ was invented in Germany in 1821.

German Karl Benz developed the first petrol-driven motorized vehicle, a tricycle, in 1878.

The explosive nitroglycerine was first made in Italy in 1847. The results were so horrifying to the inventor Sobrero that he forgot about it. Alfred Nobel rediscovered the process some twenty years later, developed a stable form, dynamite, and made his fortune.

Emil Berliner was the inventor of the gramophone, the first record player. He also had a great interest in health and helped introduce germ-free milk and dairy products in the USA. He always believed women were very good at science and gave a large part of his fortune to encourage girls and women to go into scientific research.

When living in Belfast, vet John Dunlop invented the pneumatic tyre in 1878 so that his 10-year-old son would have a smooth bike ride to school over the cobblestones. He used a rubber sheet and strips of linen from an old dress belonging to his wife. The tyres were at first made fun of, being known as 'pudding tyres'.

The first powered dirigible balloon was flown by Henri Giffard from Paris for 127 km in 1852.

A US customs man, Gail Borden, played an important part in the US Civil War of 1860–65. His invention of condensed milk and concentrated foods may well have helped the Union army win the war.

The inventor and businessman Alfred Nobel is remembered by the Nobel prize. His father also has a place in history – he invented plywood.

The world's first escalator was put into the Old Iron Pier at Coney Island, near New York, in 1896. It had been invented by Jesse Reno of New York.

Sometimes an accident can be helpful. When he was young, Englishman Joseph Bramah had an accident which stopped him becoming a farmer. After trying a number of jobs, he became an inventor. He first became famous for a pickproof doorlock, then went on to invent a number of machines, including those for making paper and putting numbers on banknotes. He was also the man who thought up the idea of putting propellors on ships. He is said to have walked to London with his lock. He then held a competition offering £200 to anyone who could open it. The winner took fifty-one hours working non-stop!

Dr Alexander Wood of Edinburgh invented the hypodermic syringe in 1853. It was immediately useful, but it soon caused problems – during the American Civil War of 1860–65 some 400,000 American soldiers used it to take drugs.

William Hoyng is now credited with inventing the modern surfboard. He thought it up while it was too windy to go into the sea on a California beach. The idea of using a wooden plank to ride the waves was very old – Captain Cook reported seeing Polynesians surfing in 1771.

James L. Plimpton invented the first four-wheel rollerskates in 1863 in the United States.

Frank Rancher of New York invented an electric exterminator for bedbugs.

Perhaps because he was only 21, Italy turned down Marconi's invention of the wireless in 1895. He went to Britain, where, with the help of the Admiralty, he was able to develop his invention which was to make him world famous.

Louis Daguerre discovered fixed photographs by accident. He found that one of his glass plates was developed when he accidentally spilled mercury on to it.

When the choc ice, invented by Christian Nelson in the USA, first came to Britain in June 1926, it was called 'something in the nature of a miracle'.

The coffee percolator was invented by James H. Nason of Franklin, Massachusetts, USA in 1865.

Alexander Graham Bell's first words on his telephone were not quite what history expected. They were 'Mr Watson, come here, I want you.' It wasn't as though he had history in mind at the time; after all, he was only 29. He beat Elisha Gray in filing his patent for the telephone by three hours, in 1876; it was Bell's birthday. Queen Victoria first used the telephone in 1878.

Benjamin Franklin, the great 18th-century American politician, thinker, scientist and publisher, was also an inventor. Among his inventions were bifocal spectacles, the rocking chair and the lightning rod.

Richard Trevithick, the British inventor, was the first to use a steam engine for a railway, some twenty-five years before Stephenson. His road loco carried passengers for the first time on Christmas Eve 1801. He used a steam loco on a track in London in 1808. His efforts were unsuccessful and he died penniless. One of the passengers was, however, George Stephenson, who took notes and later used them for his own ideas for steam locos.

Bette Nesmith-Graham came up with a correcting fluid for typing mistakes in 1956. She called it Mistakes Out. She tried to interest the giant typewriter and computer company IBM in her invention, but they turned her down. As a result she began making it herself, changing the name to Liquid Paper. Though she made a name for herself, her son, Mike, became more famous – he was a member of the 1960s chart-topping band The Monkees.

The Dot and Dash in Morse Code recall the names of the two children of one of Samuel Morse's supporters – the 13th President of the United States, Millard Fillimore. Fillimore's children were called Dorothy and Dashiell. In turn, Edison named his son and daughter Dash and Dot.

The microchip was invented by the American company Texas Instruments in 1959.

While the bikini was worn in Roman times (there is a painting of a girl in a bikini in ancient Pompeii), it was 'reinvented' in 1946 by Frenchman Louis Réard. He named it after the Bikini Atoll, on which the Americans had just tested a nuclear bomb. The first public display of the bikini was on 5 July 1946, by model Micheline Bernardini at the Casino, Paris. The fabric design was based on newspaper print. The bikini became immediately popular, as did the model – she received 50,000 letters.

The world's first commercial computer was the British Ferranti Star, produced in 1950.

The shoelace was invented in 1790. Laces were to replace buckles on shoes.

Melville Bissell invented the carpet sweeper in his crockery shop in Grand Rapids, Michigan, in 1876 in an attempt to cure his allergy to the dust from the straw his china goods were packed in.

Syvan Goldman, who owned a supermarket in Oklahoma city, invented the shopping trolley in 1937. The idea came from a pair of folding chairs he had in his office.

Orville Wright who, with his brother, invented the first heavier-than-air powered flying machine, was expelled from school in 1883. Their historic flight took place at Kitty Hawk on 17 December 1903. Only two US newspapers bothered to cover the story.

Americans were first told about an IBM computer called Bessie, used during World War II, in 1950. Among other things, it had been used to investigate electric cannon the Nazis were said to be building, and helped with the atom bomb. Britain kept the existence of their own computer Colossus, used for code-breaking, a secret until the 1970s.

It's a beauty. Chester Carlson invented the Xerox photocopier in 1938. He developed the idea in the back room of his mother's beauty salon in New York. One of the first copies he made was of his application for a patent.

Alexander Graham Bell was not idle after inventing the telephone. Not only did he begin the *National Geographic* magazine, he continued to experiment with kites, electricity, speedboats and machines for much of his life. One of the stranger jobs he did was to design a special metal detector to look for the bullet that hit US President James Garfield in 1881. Unfortunately the bedsprings of the bed on which the dying President lay interfered with the machine, and the location of the bullet could not be determined.

The cash dispenser was invented by John Shepherd-Barron and the first was opened at Barclays Bank in Enfield on 27 June 1967.

In-line skates (Rollerblades) were first invented by a man who sold fruit in Piccadilly, London, R. J. Tyers, as long ago as 1823!

The inventor of the biro, Hungarian Laszlo Biró, hypnotist and journalist, had no money and didn't seem to be that interested in his invention. The first biro was made in Argentina and went on sale in 1944 at $40. In 1947 he gave up interest in the biro and went off to become a painter.

Bill Gates and Paul Allen, the founders of the US software company Microsoft, invented BASIC, the computer language, in 1975. It stands for Beginners' All-Purpose Symbolic Instruction Code. Until 2010 Bill Gates was reckoned to be the most wealthy man who ever lived.

John Julius of Australia invented the totalizer (Tote) machine for betting at racecourses in 1913.

Henry Ford introduced mass production for his car, the Model T, in 1904. The whole car could be built in ninety-three minutes by 1914. A popular song about Ford was written and became a hit in America; it was called 'The Flivver King'.

Frenchman Louis de Corlieu invented flippers for use underwater in 1927.

Journalist Arthur Wynne invented the crossword puzzle in New York in 1914.

William C. Loughlin has a reputation for imaginative 'expensive' inventions – a 'champagne' bottle that breaks easily and contains little champagne, for launching ships, and a 'millionaire's confetti' made of shredded banknotes.

Venetian blinds were patented by Edward Betan in London in 1769.

The modern hearing aid was invented by New Yorker Miller Hutchinson in 1901. The Queen of Edward VII, Alexandra, wore one during the Coronation of 1902 so she could hear what was going on.

American Charles Goodyear wanted to find rubber which would be useful in hot weather and at high temperature. One day, finishing work on his experiments, he dusted off some rubber and sulphur from his hands. It fell on to a hot stove. The rubber melted into a ball and reacted with the sulphur to create a new form of rubber. This vulcanized rubber was to solve his problem and be the solution to the making of millions of car tyres, among other products.

Australian woman inventor Sister Kenney, a nurse, was most unusual. After inventing a revolutionary stretcher for patients, she used the money she made to fund a large number of clinics to tackle the disease polio throughout the world.

The first electronic watch was made by the US Hamilton watch company in 1956. The battery was one supplied to the US military.

The inventor of yellow lines on roads was Bill Hadfield. He was paid only £2 for the idea by Greenwich council. Fifty years after he invented them he was caught on one. Bill did manage to make money, though; when he died aged 89, he left over half a million pounds in his will.

French sea captain Jean-Marie Le Bris always wanted to fly. In 1857 he built a huge glider with a 7-metre wingspan which looked like an albatross. He launched what he called his 'bird' from a farm cart. It made one short glide before crashing. He then abandoned the whole project after finding he'd broken his leg.

The Bath Oliver health biscuit was thought up by Dr William Oliver as he lay dying in his Mineral Water Hospital in Bath in the 1760s. To be sure it would be made, he dictated the recipe to his coachman before he died.

Although Volvo invented the standard three-point car seat belt in 1959, they made no money from it – everyone could use the idea for free.

The manual dishwasher was invented as long ago as 1855.

From the 1870s, students at Yale University in the USA used the empty pie tins from the Frisbie Pie Co. to throw to each other. It was not until 1948 that Fred Morrison took up the idea and produced what he called Morrison's Flyin' Saucer. The name was later changed to the Frisbee.

Dr Klaes Maertens and a student friend, Dr Herbert Funck, developed the Doc Martens boot from old tyres in 1947. The first pairs were made from sponge rubber and material used to repair aircraft. Doc Martens were made in Britain by R. Griggs and Co. of Wollaston, Northants, from April 1960.

The French company L'Oréal introduced the first mass-produced shampoo in 1934; it was called Dop.

Sometimes there are things which appear to have been around for ever, but are really not that old. Among these inventions are:

1. The gymslip. Invented by Madame Bergman Osterburg of Sweden in 1892.
2. Toilet paper. Though probably invented by Joseph C. Gagetty in 1857 and sold as Gagetty's Medicated Paper, it only came into mass use in 1892.
3. Hot drinks vending machine. Invented in 1886.
4. The gumshield for boxers. Invented by a London dentist, Jack Marks, in 1902.
5. Ice cream in tubs or batches. Invented in 1902.
6. Cat litter. Invented by American Ed Lowe in 1947.
7. Self-supporting trousers. Invented by Briton Alexander Simpson in 1934. He called them DAKS.

8. The flexible straw. Invented by Joseph B. Friedman in the USA in 1938.
9. The anorak. Invented in 1934.
10. Persil soap powder. Invented in 1907.

Louis Waterman, an insurance broker from New York, came up with the idea of a reliable fountain pen after messing up a document by spilling ink over it. His new pen was finished in 1884 and he began to make it in an old cigar shop, offering a guarantee of five years.

James I was the first English monarch to use a fork. The first picture of a fork appeared in the book *The Cooking Secrets of Pope Pius V* in 1570.

The aspirin tablet, invented by Karl Gerhardt in Germany in 1853, was first sold in 1915.

Garnet Carter, who owned Carter's Lookout Mountain Hotel, on the edge of the American Civil War battleground in Tennessee, laid out the first miniature golf course in 1927.

Percy Shaw, the inventor of catseyes on roads, died aged 86 in 1976. He first thought of the idea when at night, the lights from his car were reflected in a cat's eyes. He had a fortune and owned a Rolls-Royce, but had no curtains or carpets in his house. He had four TVs which he kept on a high volume all the time. He also insisted his factory was built round a sycamore tree he had climbed as a child.

The first electric kettle went on display at the World's Fair in Chicago in 1893.

John Koss began a company to make record players in Milwaukee in 1958. While working with headsets, he decided to try out stereo and came up with the world's first stereo headphones — they were held together with rubber hose and chicken wire!

Jacques Brandenberger, a Swiss man, spent a lot of time at his hobby – attempting to make machinery to produce the wrapping cellophane which he had invented. He succeeded 1908, and made a fortune. He then retired to collect antiques.

Fish fingers went on sale for the first time in Britain on 26 September 1955 in Southampton.

Samuel Crompton, who died in 1827, the inventor of the spinning mule, spent most of his life as a concert violinist. He was fated to be tricked out of the profit from his revolutionary invention.

80 of the first sewing machines were destroyed by a mob in Paris in 1829. Britain had the same problem with machines. Mobs of people called 'Luddites' smashed them because they feared they would put them out of work.

Sir Clive Sinclair has a string of inventions to his name — the first commercial pocket calculator, the pocket and wristwatch TV, the first major home computer and the C5, a bicycle-like vehicle powered by a washing machine motor (which was a failure). His ZX81 home computer alone sold over 1 million.

The US Air Force developed the infrared camera in 1958. It was first tried out in a car park where cars which had been there for several hours before showed up on the developed film. Infrared cameras can now be used to detect all sorts of action – even murder.

Daniel O'Connor and Herbert Faber invented a hard canvas-based surface in 1913 and called it Formica. The first colour was black. By the 1960s a whole range of bright colours had been introduced, along with finishes like marble or wood.

As a result of the smooth work from the discovery to the making of nylon, the US company Du Pont was asked to make something very different – the atomic pile used to develop the first atom bomb.

It took the German Gutenberg seven years from 1448 to produce 300 copies of the Bible with his new movable type. Each copy has 1,282 pages.

Although Galileo is credited with the invention of the telescope, it was first made by the Dutchman Hans Lippershey about two months before Galileo.

The musical toilet roll holder was patented by Richard Hardy in 1912.

Tetra Pak, the plastic-coated carton used for liquids and food, was invented by the Rausing brothers of Sweden. It was first shown to the public at the Royal Show in Nottingham in 1955.

The elastic band was invented by London rubber manufacturer Stephen Perry in about 1845.

The English priest Roger Bacon was a thirteenth-century scientist. He described the idea of the *camera obscura* (the first camera), and predicted the steamship, aeroplane and television. He was known as the 'Knowledge Wizard' and people became very suspicious of his work. He ended up being jailed for heresy from 1277 to 1292, dying two years after his release at the age of 80.

One of the first alarm clocks was invented by Leonardo da Vinci. It woke the sleeper by a soft rubbing of the soles of the feet.

When the first umbrella was used in the United States, it was reported that horses bolted, women screamed and fainted and children went hysterical at the sight!

Inventions sometimes come from watching nature. Sir Isambard Brunel, the British engineer, invented a machine for boring the first tunnel under the Thames after seeing the boring shellfish, the teredo, as a model.

The theatre manager James Daly won a bet to invent a new word. The word was *quiz* – he wrote it all over the walls of Dublin.

The aerosol was invented in October 1926 by Erik Rotheim of Norway.

A Sunday school teacher, Lemarcus Thompson, invented the rollercoaster.

MAD MEDICINE

The FACT ATTACK series

Awesome Aliens
Beastly Bodies
Cool Cars
Crazy Creatures
Crucial Cricket
Dastardly Deeds
Deadly Deep
Devastating Dinosaurs
Dreadful Disasters
Fantastic Football
Gruesome Ghosts
Incredible Inventions
Mad Medicine
Magnificent Monarchs
Nutty Numbers
Remarkable Rescues
Rowdy Rugby
Spectacular Space
Super Spies
Vile Vampires

FACT ATTACK

MAD MEDICINE

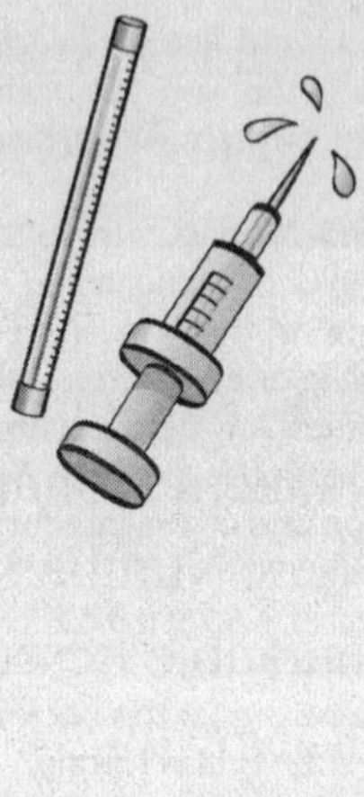

IAN LOCKE

MACMILLAN CHILDREN'S BOOKS

First published 1998 by Macmillan Children's Books

This edition published 2012 by Macmillan Children's Books
a division of Macmillan Publishers Limited
20 New Wharf Road, London N1 9RR
Basingstoke and Oxford
Associated companies throughout the world
www.panmacmillan.com

ISBN 978-1-4472-2432-7

1 3 5 7 9 8 6 4 2

A CIP catalogue record for this book is available from the British Library.

Printed and bound by CPI Group (UK) Ltd, Croydon CR0 4YY

DID YOU KNOW THAT . . .

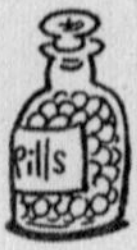

In February 1931, *Life* magazine in the USA reported that a doctor in Joliet, Illinois, had called a Chicago specialist by phone to ask about a small blood transfusion for a child. The specialist said to use the parent's blood for the operation. The doctor thought he said "parrot's blood". A search was undertaken to find a parrot whose owner would give permission for some blood to be extracted. About 1.5 teaspoonfuls of parrot blood were transferred to the infant, who had been suffering from paralysis. The infant immediately improved and the parrot recovered fully after coming round from the ether.

Among the first drains built for public health were those in India about 5,000 years ago.

In 1346 lepers were forbidden to live in large towns or cities in Britain. The punishment for those who let them into their homes was confiscation of their property.

Bethlehem Hospital, London, became an institution for the insane in 1407. It gave rise to the word "Bedlam" for a madhouse.

Gold was first used for filling teeth in about 1450. During the Middle Ages fillings were made of wax or gum.

In England, barbers gave the first lessons in dentistry in about 1460.

The incubator for babies born early was invented in Paris in about 1900 and first used in the Paris Maternity Hospital. It had been designed by a Dr Tarnier and was based on one built for the director of the Paris zoo, for premature lions!

Sir John Hawkins, the Tudor sailor and adventurer, was among the first to tackle the disease scurvy, which caused swelling in the limbs, bleeding under the skin, weakness and body pains, as a result of a lack of vitamins. He cured a whole ship's company by giving them lemon juice to drink. The idea of using lime juice was only widely used in the 18th century when Sir George Blane suggested the Navy use it. The Royal Navy made it compulsory on board ships in 1795.

A dentist, Dr John Long, of Daytona Beach, Florida, confirmed that one of his patients, a housewife, was able to pick up radio stations through her metal fillings. He said the effect would last only a few days. Close to the time when the effect was due to wear off the woman held a party for her friends. When she opened her mouth to laugh, out came the sound of the theme tune from the film *Dr Zhivago*, followed by 'Rambling Rose'. Some of her friends danced to the music.

The fastest recorded bed-making by a team of two people was recorded at the Royal Masonic Hospital, London. It took 14 seconds.

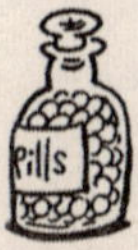

One of the most awe-inspiring British inventions used in surgery is the Q-switch. This little gadget turns a harmless 60-watt ray of light, no stronger than the light from a lightbulb, into a laser beam of 60 kilowatts – strong enough to vaporize "everything it touches". It is used for delicate eye surgery – but also to cut diamonds and engrave computer chips!

During the 19th century many people in Germany fell ill with a mystery sickness and a number died. A doctor noticed that the disease only happened in houses with green wallpaper. On examination it was found that the green colour contained enough of the deadly poison arsenic to kill 900 people.

During World War One a woman spy was sent by Germany to Belgium. Known as the “Lady Doctor”, she escaped being caught while working in a hospital. She was about to operate on a wounded soldier when she was tipped off that she was close to being caught – the poor soldier was just left on the operating table! Perhaps it was just as well, since years later it was found out that she was not a doctor at all.

About 500 new human illnesses are discovered each year.

The world's first dentists were thought to be the Incas, until in 1997, a skull was found of an Anglo-Saxon, complete with an iron false tooth. The warrior had been given the false tooth so he could eat and chew on the right side of his mouth.

Unlike the rest of Europe, in Tudor England, apothecaries (those who dealt with drugs) joined up with grocers. They did not want anything to do with doctors!

A number of serious diseases, like beri-beri and scurvy, are the result of a lack of something in food or drink. In 1905 it was found that a lack of fresh milk caused the disease rickets – which resulted in bandy or crippled legs in children. The introduction of fresh milk to schools each day virtually wiped out the disease.

Malaria is named after the Italian words *mala* and *aria* – bad air. In 1880 it was found to be caused by the female mosquito.

Measles is the world's second most common disease. In Germany, an old belief existed which was that children suffering from measles should be washed in water in which peas had been boiled.

Washing is vital for a great deal of medical care and general health. Until fairly recently the use of baths was unusual. In a number of towns and villages in England people kept their coal in the bath. The Emperor Napoleon did not encourage washing – one of his letters to his wife, the Empress Josephine, told her: "Home in three days. Don't wash."

Research in Britain in 1997 revealed that the number of those suffering from asthma who had to go to hospital doubled after thunderstorms. It was found that one in seven children and one in twenty adults in Britain had asthma.

French surgeon Ambroise Parc, who died aged 80 in 1590, was the first to use ligatures to stop patients bleeding to death after amputations.

One of the biggest bugs found in people's insides by doctors is the tapeworm. Around four hundred years ago there seemed to be a competition among doctors from all parts of Europe to see who could find the largest, A doctor in Vienna produced a seven-metre one – then a doctor in Paris came up with a tapeworm 34.5 metres long and weighing a kilo! But they all seemed to be beaten by a tapeworm found in a peasant in St Petersburg, Russia – his was said to be 72 metres long! Among the famous people who had tapeworms were King Herod the Great and Philip II of Spain (the king who launched the Armada against England).

The common housefly may be the biggest threat to human health – it carries 30 different diseases which can be passed to humans.

Eight British monarchs, including Queen Anne, suffered from gout.

In 1987 in the USA there were 11 cases of plague; only two were fatal.

Up to the 1850s no one was really sure about fevers. All doctors were vague about them, but they did give them names. They included:

1. Simple fevers.
2. Simple continued fevers.
3. Putrid (rotten) fevers.
4. Yellow fevers.
5. Intermittent fevers (they come and go).
6. Remittent fevers (they have an end).
7. Black fevers.
8. Purple fevers.

Australian aborigines used moulds found under the shade of trees to treat wounds hundreds of years before antibiotics were discovered in the West.

A Roman doctor's medical kit was dug up in Colchester in the summer of 1997. It was discovered that most of the instruments used had changed little, if at all, in 2,000 years!

Englishman John Harrington designed early water closets or toilets for the Queen's Palace, Richmond, Surrey in about 1600. The first modern water closet was invented by Yorkshireman Joseph Bramah who died in 1814. He also invented safety locks.

In order to convince women that it was safe to be operated on using chloroform as an anaesthetic, Queen Victoria allowed Dr John Snow to give her chloroform during the birth of her son Prince Leopold in 1853. The Queen's action convinced people that chloroform was safe.

The first attempt to give a human an artificial heart was made in 1966.

Prince Rupert, one of the commanders of the Cavaliers during the English civil war, had a disc of bone removed from his skull, a process called trepanning, twice in 1667. He lived another 15 years.

Dr Zoll in the USA managed to revive a patient's stopped heart with an electric shock in 1950. It took 50 hours before the heart began working properly again.

When Florence Nightingale first went into nursing, she found that 60 patients were put into one room. The walls of the "hospital" were covered with slime or fungi; the windows were shut for months to keep in the heat. The floors were covered with bits of dried blood and all sorts of other rubbish. She also found that patients' mattresses were never changed and people were often put straight into a bed without the sheets being changed.

Sir Walter Scott, the Scottish writer famous for *Rob Roy* and *Ivanhoe*, also wrote a book called *The Talisman*. The book was about a magical coin, the Lee penny, a dark red stone set in a silver coin of Edward IV's reign. It was believed that when the penny was dipped in water, the water had the power to cure all sorts of illness. This belief was so strong that when Newcastle was hit by an epidemic during the reign of Charles I, the city borrowed the Lee penny from its owners, the Lockarts, paying an incredible £6,000 deposit on the promise that the famous coin would be returned safely.

Early surgeons usually had only one coat for their work. Often it was an outdoor coat and was cleaned at most twice a year!

The world's first heart pacemaker was made in the USA. It was put into a patient on 30 January 1957.

During the 19th century, people who suffered from tuberculosis, a lung disease, were told to use cabbage leaves to cure the poor quality of their skin when they had the disease.

Dr Ludwig Guttman, at the British Government hospital at Stoke Mandeville, began work in 1943 to help those with spine or other severe injuries. To help his patients regain the use of their backs and limbs after surgery Dr Guttman taught them to throw medicine balls (a heavy ball used for physical training). In 1948 he organized games for all those injured, calling them the Paralympics.

Using stitches to sew skin back together again was used as early as the 6th century by an Indian surgeon, using natural fibres. He also introduced the first plastic surgery.

On average over half the people in Paris hospitals in the 17th and 18th centuries died of infection caused in the hospital.

During Victorian times, it was believed that letting mice run up and down people's spines and ribs could help people with bad backs!

The English royal family first used an eye doctor in the 17th century, when Thomas Clarek treated Charles II and James II.

The world's first blood transfusion in a human took place in July 1667 when lamb's blood was given to a 15-year-old boy who had continual fevers. The boy survived, after having a burning pain for a while.

In March 1977 doctors in Sheffield Children's Hospital performed a difficult operation on an infant boy. His condition was most unusual – he had been born with four legs! The operation was a complete success.

For surgery, there are four blood types in humans that may be used for transfusion – O,A,B and AB. About four out of ten Britons have A and can receive either A or O blood. Those with AB blood can receive blood from anyone, though there are only about five in every 100 people who have this type.

During the Middle Ages, western surgeons tried the first transplants of living tissues. The unfortunate "volunteers" were either slaves or servants.

Trained nurses were only employed in all British hospitals from 1897.

Medical history was made on 3 December 1967 when Dr Christiaan Barnard and his team at the Groote Schuur hospital in Cape Town, South Africa, undertook the first human heart transplant. The heart of Miss Denise Durvall, aged 25, who had died in a car accident, was given to Mr Louis Washkansky, aged 54. One heart transplant patient in South Africa survived 23 years after the operation, dying in July 1994.

The idea of a heart–lung machine (which takes over the function of the heart and lungs during surgery) came to Dr John H. Gibbons at Harvard University in the USA in 1931. He built the first machine with the help of his wife and it was first tried on a human in 1953 – an 18-year-old girl with a heart defect. She spent 26 minutes on the machine.

When doctors listen to a patient's insides, they use a stethoscope. The first stethoscope was made of stiff paper. It made the sounds of the body louder.

The first person to use a spray to clear surgeries of germs was the British doctor Joseph Lister. He went on to use antiseptic in his operations and sterilized his instruments before operating. His ideas were widely copied. Not all things changed – up to the early 1900s, doctors still dressed in their outdoor clothes and used no gloves or face masks when working.

In 1973 two doctors at Leeds Infirmary showed that eating liquorice could help those who had Addison's disease, which makes people lose weight and feel tired and depressed and sometimes causes their skin colour to change.

The cause of bad eyesight was a mystery for hundreds if not thousands of years. Early in the 18th century it was decided to stop using some of the "cures" which had been used by doctors. These had included putting hen's dung in the eyes, licking the eyes with the tongue, smoothing the infected eye with a gold ring, and recommending that the patient cure weak eyes by drinking a lot of beer in the morning!

For a long time it was known that pregnant women ate all sorts of strange foods. About 30 years ago it was found that this was not so strange. The food often made up for a lack of iron in the blood and helped both mother and baby.

The best early work on medicine with illustrations was published in Italy around 1493.

Since 1926, all the money made from the book *Peter Pan* has been given to the Great Ormond Street Children's Hospital in London.

The first artificial hand was manufactured in 1505.

From 1512 no one was allowed to become a physician or a surgeon in London without a licence from the Bishop of London.

Much to everyone's surprise a lake was discovered under the Princess of Wales hospital, Bridgend, Wales, in April 1996.

The practice of a doctor tapping the chest and other parts of the body to find out if there is something wrong inside was first used by a Dutch doctor. The idea came from a man in Vienna, who watched his father, who ran an inn, tapping the wine casks to find out if the wine inside was still all right.

The Royal College of Physicians was founded by Thomas Linacre, physician to Henry VIII.

Doctors and surgeons are often well-known collectors of art. One of the greatest collections of modern pictures was put together by a Dr Barnes in the USA and is now on show. In England one of the most unusual collections was made by a London surgeon called Clark. In 1760 he had 140 lifesize and lifelike waxworks of kings, emperors, queens and princes in their royal robes. What happened to this collection remains a mystery – it seems to have disappeared after 1831.

A German man named Striede founded a workshop in Austria which made the best artificial limbs in the world. The legs were so good that the people wearing them could run upstairs, play tennis and even ski. All of them were made by hand by people who wore the legs themselves.

The first man to understand the working of the lens and the retina of the eye was Felix Platen, who died in 1614.

An "Iron Lung" was first used at a Boston hospital, in the USA.

Many hospitals have collections of bits of people. Gallstones are lumps like stone which collect in a person's gall bladder as they grow older. Sometimes they have to be taken out by surgery. What is believed to be the world's biggest collection of gallstones is on display in a Norfolk hospital.

For many British soldiers wounded by bullets in World War One, plugs were put in the wounds after they were cleaned. A new plug was put in the hole about once a week until the wound was healed.

In 1504 the Barbers and Surgeons were amalgamated into one Guild in England. The link between barbers and surgeons is still remembered in some older barber's shops. The red and white pole used as a sign is symbolic of a bandage wrapped around an arm prior to bloodletting.

The world's first blood transfusion using human blood took place at Guy's Hospital, London, in 1818. It was, however, not until March 1917, at a hospital in Brussels, Belgium, that the first successful transfusion of blood from one human to another was achieved.

While working as a nurse in a hospital in Malaya in December 1941, the wife of an RAF pilot was asked to give blood to a patient who was badly wounded after being shot down by the Japanese over Malaya. It was her husband. Though he died from the wounds he received in the mission, his bravery was recognized when he was given the Victoria Cross (VC) in June 1946.

The Ancient Egyptians performed cataract operations on the eyes. A cataract forms when the lens of the eye begins to cloud over in old age and has to be cleared or removed.

In May 1985, in Cape Town, South Africa, a man had surgery and was found to have 212 objects in his stomach – including 53 toothbrushes, two telescopic aerials, two razor heads with blades and 150 handles of disposable razors!

In ancient Persia, the tears of mourners were saved and put in bottles. They were believed to have the power to cure a number of diseases.

Spectacles were first prescribed for short-sighted people by the doctor Hollerius in 1550.

Three generations of the same family were eye doctors to the British royal family from the time of George II to the time of George IV.

In the 19th century a Dr Dill in Hong Kong suggested that the disease malaria was caused by "exposure to the rays of the sun, sleeping under the rays of the moon and exposure to the night dew . . ." He was wrong – it is a fever spread by female mosquitoes.

In ancient Greece, female doctors became unpopular. As a result one of them, Agnodice, began to wear men's clothes and cut her hair so she could continue working.

During the hundred years from 1563 to 1663, many advances in medicine were made. They included:

1563. Ambrose Paré of France published five books on surgery.

1576. Cardano described typhus fever.

1584. Von Grafenburg of Germany introduced artificial respiration.

1595. Galileo, the Italian astronomer and inventor, invented a thermometer.

1598. De Baillou of France described the disease whooping cough.

1614. Santoirio of Italy discovered the importance of perspiration and sweating.

1616. Sir William Harvey in England discovered the way blood circulated in the body.

1629. The first spectacle makers were approved in England.

1642. Bontius first described the terrible disease cholera.

1653. Johan Schultes described surgical

instruments and the methods used for surgery.

1659. Typhoid fever was first described by Jan Swammerdam.

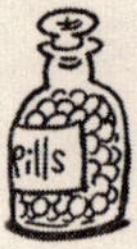

The wife of Mark Antony, the Roman leader who left her for Queen Cleopatra, was a doctor.

A disease which used to be common two to three hundred years ago – chlorosis – has almost disappeared. It affected many women, causing them to swoon, and was the result of a poor diet and a lack of fresh air and exercise. Their blood lacked iron and they became very pale.

Lady Montagu (1690–1762) introduced inoculation against smallpox into England. Centuries before, when King Edward I of England fell ill with smallpox, his doctor covered his entire body with a scarlet cloth. The king was cured.

Thomas Guy (1644–1724), an English bookseller, founded Guy's Hospital, London, for which he provided a fortune of £300,000. He'd made the money from the South Sea Bubble.

The first recorded successful operation for appendicitis was carried out by Claudius Aymand in 1736.

King Richard II is believed to have died of anorexia brought on by depression, aged 36.

Nicholas Andry, a physician in Paris, invented the word Orthopaedics in 1741 from the Ancient Greek for *straight child*, for a method for the correction of physical deformitles.

Mr J. H. Thomas was one of the visitors who came to see King George V after he had a serious operation. Thomas told such a funny story that the king's laughter damaged his lung so throughly that he had to have a second operation!

The first hospital in New York, USA, was only founded in 1771.

The first children's clinic in London was opened in 1779.

The German writer, inventor and part-time scientist Goethe discovered the intermaxillary bone in 1784.

Withering used part of the poisonous plant digitalis (extracting digitalin) for heart disease in 1785. The word chiropody to describe treatment of the hands and feet was introduced the same year.

William Rushton introduced the first institution for the blind in Liverpool in 1791.

In 1799 Sir Humphrey Davy, the great English chemist and inventor of the Davy safety lamp for miners which saved thousands of lives, used the gas nitrous oxide (laughing gas) as an anaesthetic for easing toothache. The use of gas when teeth were being pulled out was only introduced later. This was first done by two American doctors, Colton and Wells, in 1844 when they used a mixture of laughing gas and oxygen to put a patient to sleep while they took out the teeth.

Franz Gall, a German doctor, came up with the idea of phrenology. He believed that measurements of the skull and brain of a person would measure someone's ability. This was one of the ideas which, in a twisted way, was used by the Nazis in the 1930s to decide that Aryan Germans were a superior race of people.

Homeopathy, using alternative medicine, is admired by Prince Charles among other well-known people. This type of medical treatment was begun by Samuel Hahnemann in 1810. The title of the book he wrote about it was a mouthful. It was called *The Organon of Rational Healing*!

Baron Larry, Napoleon's surgeon, introduced painless surgery to operations in 1812, when he amputated the limbs of soldiers during the retreat from Moscow by first freezing them.

The British scientist and astronomer Dr Herschel came up with the idea of contact lenses in 1827.They were not made until 1887.

Russia banned the import of textbooks on anatomy into the country in 1840. They said they were "indecent".

The first modern way of putting people to sleep was by using chloroform. James Simpson, a surgeon, successfully put a chemist called Waldie to sleep using it. Chloroform was so effective that it was later used by criminals to stun their victims.

Many of the basic tools or methods used in medicine seem to have been around for ages. But most were only introduced 150 years ago. A list of basics would include:

1. The safety pin. Invented by American William Hunt in 1849.
2. Plaster casts. Dutch Army surgeon Mathyssen first used bandages soaked in plaster in 1852.
3. The hypodermic syringe was invented by Alexander Wood in 1855.
4. The International Red Cross was formed by Henri Dunant of Switzerland in 1864.
5. Lord Lister of England used the first antiseptic in his surgery in 1867.
6. The first skin graft was undertaken by a man named Reverdon in 1869.
7. Microbes were first named by Sedillor in 1878.
8. Osteopathy, the fixing of bones, was first introduced by Andrew Still, an American, in 1874.
9. The first sterilized surgical instruments were used by Evon Berzmann in 1886.

10. Dr Halstead at the John Hopkins University in the USA was the first to use rubber gloves during surgery in 1890.
11. Aspirin was introduced by Herman Dresser in 1893.
12. Appendicitis was first discovered in 1886 by R. H. Fitz in the USA.

The patron saint for those with toothache is St Apollonia.

In 1818 France published an illustrated guide to hospitals in Paris – they had over 37,000 beds.

The Prince of Nassau, Germany, was persuaded by his doctor to take water treatments. Over the years he had 500 cold baths and 2,400 salt baths, spent 480 hours in wet sheets and drank 3,500 tumblers of cold water.

During the 18th century in France, Dr Franz Mesmer became famous for hypnotherapy, that is, using hypnosis as a treatment for illness. In his treatment room, he asked those who saw him to sit in a circle. Dressed in a long embroidered silk robe and carrying a white wand he waved the wand over his patients as they fell into a hypnotic sleep. A short time later he woke them. Though he was quickly famous and many claimed to have been cured through hypnosis, a team of people including the great chemist Lavoisier and the man best known for giving his name to the guillotine – Dr Guillotin – believed it was all a trick.

Beecham's pills became famous in the 19th century. They were first made by Joseph Beecham in Birmingham. In 1913 Sir Joseph Beecham revealed the company was making a million pills a day.

Daniel D. Palmer of the USA was one of the founders of chiropractic, an unofficial form of treatment for bone injuries. He was a fishmonger before he thought up a treatment for spine injuries.

Lord Snowdon, the former husband of the late Princess Margaret, invented a chairmobile for the disabled.

An act of Parliament requiring all dentists in Britain to be fully qualified was only introduced in 1878.

The cause of the lung disease tuberculosis is a bacillus. It was discovered by the German doctor Koch in 1882.

It appears there has never been a shortage of vitamin E in the human body yet it has been sold as a medicine to help up to 29 conditions including ageing, heart disease and allergies.

Surgeons scrub their hands for seven minutes and wear sterile gloves so no microbes pass from their hands to the patient.

In 1964, 515 people in Aberdeen were affected by typhoid. Three patients died. The outbreak was caused by corned beef affected by polluted water from a natural stream in South America. Though only one tin in the batch was affected, a meat slicer used in a supermarket spread the germs to the blade. This blade was used to cut other cold meat.

The World Health Organisation set up a drug monitoring unit in 1966.

The advances in medicine over the past hundred or so years have added years to people's lives in the west. In 1870 the average person was expected to live 40 years; by 1970 it was over 70 years.

When the plague hit London in 1477, it was said there had been a sign which predicted that the plague would come – a raven had bred at Charing Cross. The plague lasted until 1480.

In about 1600 the treatment for cholera was a drink of rhubarb juice – if you were rich – or rose hip syrup – if you were poor. Rose hip syrup is still available, having been used for children's illnesses through the ages. The best protection against the plague was thought to be onions, which were supposed to clear the air of germs in ten days. Overall, it was reckoned the ultimate cure was powdered unicorn's horn!

France and Italy were the first countries to try to prevent the plague by introducing rules to be followed if the illness struck, in about 1500.

In 1577, a vicar in London announced in a sermon that the cause of the plague was sin, the cause of sin was the acting of plays, and therefore the cause of the plague was plays! As a result plays were banned in London and theatres closed when deadly diseases struck.

Houses where people were stricken with infections were first “marked” in England in 1518. Such places were first marked in Lille, France, in 1480 with the sign of Tau (or St Anthony’s cross), a blue headless cross on white paper. Later the words “Lord have mercy on us” were written under the sign.

Among the first major hospitals built for contagious diseases was on three acres of land in London by St Bartholomew's Hospital. Much of the money came from the profit from Sir Walter Raleigh's capture of Spanish treasure ships in 1593.

Aspirin, first produced as a pill in 1896, is found naturally in the bark of certain trees.

African witch doctors send no bill if a patient is going to die.

Ambulances were first put into service by Napoleon's surgeon during Napoleon's Italian campaign of 1796–97.

Braille, the method of reading used by the blind, was invented by Frenchman Louis Braille, the son of a carpenter, who lost the sight in one eye in an accident when he was three years old. He became totally blind three years later. He invented his system of reading after hearing that French soldiers used punch marks on paper to read messages at night without using a light.

The royal surgeon to King George I also worked at the Westminster Hospital Dispensary. He was a linguist, a fencing master and a dancing master. He had no medical qualifications.

Madame Boucicault, the widow of the man who started the great French store Bon Marché, had a visit from an old man one day. He explained that he was going to found an institute and asked if she might make the last contribution. The lady, learning the man was Louis Pasteur, was embarrassed to see him look so desperate. She said of course she would help. She took her chequebook, wrote a cheque, folded it and gave it to the old man. He thanked her, then glanced at the cheque. He burst into tears – it was for a million francs!

Sir Thomas Browne, a leading English doctor of the 17th century, was always concerned about his patients. Since he was one of the few doctors to have a very good knowledge of the human body and its weaknesses, he was amazed that people were not sick all the time.

The doctor to Frederick the Great of Prussia had a very odd task to undertake before the King went into battle. He had to cut open the King's veins and bleed him because the King believed it calmed his nerves.

For hundreds of years it was believed that the reigning monarch of England had the power to cure the disease scrofula. King Edward I is said to have cured 1,736 sick people simply by touching them, while King Charles II is said to have "touched" over 100,000 sufferers. The last monarch to touch people was Queen Anne, who dealt with 100,000 people, including the writer Samuel Johnson, who remembered her as an "old lady in a black cloak and diamonds".

A German chemist, Dr Adolph Von Baeyer, who died in 1917, discovered barbituric acid, the basis for the group of drugs known as barbiturates. He named them after his wife Barbara.

The first stethoscopes were carried by doctors under their top hats.

When it first appeared, Coca Cola, without the fizz, was sold as a medicine.

The first patients to be fitted with artificial limbs by doctors lived in India over 3,500 years ago.

Influenza is named after the Italian word for influence – based on the belief that flu epidemics were caused by the influence of particular stars.

The first dentists in Japan pulled out teeth with their fingers. They had to practise to make their fingers strong enough to do this.

The first spectacles to deal with poor eyesight were reported in Italy in 1289. It took until 1623 for lenses to be made to suit people who had varying degrees of problems with their eyes.

The first X-ray, by Wilhelm Roentgen, who had discovered these strange rays in 1895, was of his wife's left hand.

The "flying doctor" service was introduced to Australia in 1928.

The NHS (National Health Service) officially began in Britain on July 5 1948.

Napoleon's private surgeon Baron Dominique Larreu could amputate a man's leg in 14 seconds!

The first artificial hand was invented in 1550 by Frenchman Ambroise Paré. The fingers were moved by a series of cogs and wheels. He made the first example in 1551 for a man so he could ride a horse again.

The ancient Egyptians used mouldy bread as an antibiotic to cure various diseases over 2,000 years ago.

Chinese doctor Hua T'o, born in AD 140, was the first to use general anaesthetic while performing surgery. He used a mixture of the drug hemp and strong wine to put his patients to sleep.

The fastest amputation of a limb on record was by Scottish surgeon Robert Liston (1794–1847). He did it so quickly that he managed to saw off three of his assistant's fingers!

Russian doctor Zaharin, who died in Moscow in 1908, leaving a fortune of £200,000, was the most famous doctor in Russia. He was also one of the oddest. When he was asked to treat the Russian ruler Tsar Alexander III, he insisted that the conditions in the palace were the same as he had at home when he treated patients. So all the dogs in the palace were removed, all the clocks were stopped and all the doors were kept wide open. He left his overcoat, boots and hat in different rooms after he had taken them off and every few yards the doctor lay down to rest. He believed he should rest this way so that he would not feel tired later. When he was at work he told everyone that no one should speak to him unless he asked a question. They were to reply either “yes” or “no” and nothing more.

In 1936 doctors in Australia were puzzled by Mrs Rebecca Parker of Sydney. She was extraordinarily buoyant in water. She was able to lie on the water of a swimming pool and rest her head on her arm without sinking. She then lay on her back and read a magazine. When she rolled over, she floated like a cork. The doctors concluded that she had an exceptionally low gravity but could not explain why.

Early in the 20th century, it was found that garlic contained a substance which proved effective against chest complaints and for combating the lung disease tuberculosis. The old idea of using garlic as a cure had something in it.

In 1923 the medical officer of Belchamp, Essex, revealed that the cause of an outbreak of scarlet fever was a book. Around 1903 the book had been read by someone with scarlet fever, then put away by the family. The same book had been read by the current patient. The book was destroyed.

The first ever living donor transplant was performed by Dr Murray and Dr John Merrill at Peter Bent Brigham Hospital in the USA. Richard Herrick was given a kidney by his twin brother Ronald.

For 15 years Meow-Meow was the official rat and mouse catching cat at the Whittington Hospital in north London. The hospital, named after Dick Whittington, has a logo of a cat. At one time it was thought that Meow-Meow's job was no longer necessary, but he was kept on by public demand.

During the last illness of King Charles II, his treatment for the remaining five days of his life included having red hot irons put on his feet and the administering of 58 drugs.

A hospital diet in London in the 1660s included three pints of beer a day.

Up to the mid-1770s, surgeons operated on a stage in public.

NUTTY NUMBERS

The FACT ATTACK series

Awesome Aliens
Beastly Bodies
Cool Cars
Crazy Creatures
Crucial Cricket
Dastardly Deeds
Deadly Deep
Devastating Dinosaurs
Dreadful Disasters
Fantastic Football
Gruesome Ghosts
Incredible Inventions
Mad Medicine
Magnificent Monarchs
Nutty Numbers
Remarkable Rescues
Rowdy Rugby
Spectacular Space
Super Spies
Vile Vampires

FACT ATTACK

NUTTY NUMBERS

ROWLAND MORGAN

MACMILLAN CHILDREN'S BOOKS

First published 1998 by Macmillan Children's Books

This edition published 2012 by Macmillan Children's Books
a division of Macmillan Publishers Limited
20 New Wharf Road, London N1 9RR
Basingstoke and Oxford
Associated companies throughout the world
www.panmacmillan.com

ISBN 978-1-4472-2431-0

1 3 5 7 9 8 6 4 2

A CIP catalogue record for this book is available from the British Library.

Printed and bound by CPI Group (UK) Ltd, Croydon CR0 4YY

Units

To express today's huge statistics in a way that is easier to picture than strings of figures, we use big visual units. Here's a list of the main ones with their facts and figures.

Supertanker

Load: 100,000 tonnes

The world fleet of supertankers is approximately 800. Three thousand smaller tankers have a combined cargo capacity of 263 million tonnes. The total tanker fleet capacity is about 360m tonnes.

Juggernaut Lorry

Average load: 44 tonnes

16.5 metres long

There are 94,000 articulated lorries in Britain. They could jam up a six-lane motorway for 270 kilometres, or 168 miles, further than London to Birmingham. They can carry between 20 and 24 tonnes of freight.

Road Tanker

Capacity 34,000 litres/7,478 gallons

Jumbo Jet

350–450 passengers
Cruising speed: 600 ground mph
Cruising altitude: 49,000 feet

Airship

105,000 cubic metres of gas/3,700,000 cubic feet

Hot Air Balloon

2,180 cubic metres/77,000 cubic feet. The air in a Montgolfier hot air balloon of the "77" championship type weighs between three and four tonnes.

Busload

50 people

Titanic

52,250 tonnes
2,435 people

Eiffel Tower
300 metres high
8,757 tonnes

Great Pyramid of Cheops
Weight: 7,000,000 tonnes

Power Station
2,000 megawatts/2 gigawatts

Olympic Swimming Pool
Capacity: 2,300 cubic metres
(2,300,000 litres/506,000 gallons)

Round the World
40,075 kilometres/24,902 miles

Earth to the Moon
382,000 kilometres/237,000 miles (average)

DID YOU KNOW THAT . . .

1 One-third of the world's population are children.

8 The National Lottery is estimated to have created between 10 and 12 million new shopping trips a year.

1 UK builders use 20 times more wood than Britain can provide.

8 At its 50 per cent recycling target, the aluminium drinks can business will still be dumping 3.25 billion cans a year on to the British landscape, or over 6,000 a minute. Recycling just one aluminium drinks can is the equivalent of keeping a 100w light bulb burning for 4 hours.

1 Britain has seven petrol stations for every railway station.

8 A year's cars produced in Europe could easily queue round the world.

1 The money spent on adverts for toys and games could pay for nearly half the year's school books.

8 Swedes spend more than twice as much as Britons on books, newspapers and magazines.

1 You could stand the world population in the state of Texas.

8 Each trout in the Yellowstone River in the USA's Yellowstone national park is estimated to be caught 10 times during the fishing season.

1 The Swiss eat three times as much beef as the British.

8 Of every mile travelled by an average person, only 10 yards is by bike.

1 A grower could use a different pesticide product every day for over eight years.

8 An airliner could taxi 90 miles along Heathrow Airport runway approaches.

1 On average, 71 attempts to hack into the computer system of the Pentagon (the headquarters of the US defence forces) are successful every day.

8 There are 2.2 chickens for every person in Britain.

1 Toyota's 40 million-watt Burnaston car plant could light 160,000 homes.

8 30,000 litres of water are polluted to process the components of one new car.

1 There are 3,596 cinema screens in Britain, 4,821 in France and 41,000 in the USA.

Over 70 per cent of Colombia is covered by forest, and seven per cent of Britain.

There are 255,000 mopeds in Britain and 14 million in Japan.

There are 13 French nuclear power reactors within 85 miles of the British coast.

There are 4,709 radio stations in Italy.

There are 36 million sheep and lambs in Britain.

1 In the USA, 350 slices of pizza are consumed every second.

8 There are over 111 million head of cattle on North American farms.

1 There are 155,333 post offices in India, meaning you could visit a different one every day for 425 years.

8 There are 854 bookshops in South Africa and 78,186 in Japan. (That's one bookshop for every 49,000 people in South Africa, and one for every 1,600 in Japan.)

1 There have been 3,000 sightings of UFOs by military and civilian pilots.

8 You control 11,000 moving parts of your body.

1 About 10,000 smells are recognized by the human nose.

8 You spend an average of 23 years asleep in a 70-year human life.

1 There are nearly two football fields of world farmland per person.

8 Some 50 million tribal people still live in the tropical rainforests.

1 More than 13,000 satellites and other items of machinery are in space.

8 There are 4 million jumbo-jetloads of children in the world.

1 The estimated population of ancient Rome was 600,000; the estimated population of the 'Bosnywash' (Boston-New York-Washington) urban area in the USA is 45 million.

8 The average American drinks about half a bathful of soft drinks a year.

1 A quarter of a million huge blue whales were roaming the oceans in the pre-industrial era, compared to about 5,000-12,000 today.

Time taken by humanity to reach one thousand million population: 3 million years.

Additional time taken by humanity to reach two thousand million population: 100 years.

Additional time taken by humanity to reach three thousand million population: 30 years.

Additional time taken by humanity to reach four thousand million population: 15 years.

There are more head of cattle on Earth than people in China.

1 Americans eat 14 supertanker cargoes of biscuits per year.

8 Humans have eaten about 7,000 different types of plant in history. There are 75,000 available.

1 There may be as many as 80 million different species of life on Earth.

8 Only seven per cent of the world's land is covered by tropical forest.

1 It takes 200 BTUs (British Thermal Units) of energy to make a glass pop bottle used 10 times, and 7,000 BTUs of energy to make one aluminium pop can used once.

8 Over 105 million bicycles are produced per year worldwide.

1 Fewer than one person in 10 in the world owns a car.

8 There are over 85,000 dams in the USA.

1 There are at least 100,000 electrical power stations in the world.

8 A typical train holds 1,400 passengers. The equivalent number of car passengers would take up 20 miles of road.

1 About 170 cars per day are sold at one dealership, Ed Morse Chevrolet Inc, Lauderhill, Florida, USA.

8 It takes a century for a mature tree to produce the oxygen consumed by a car going 18,000 miles at 30 miles per gallon.

1 25 billion sets of throw-away chopsticks are used each year in Japan.

8 Rockets launching satellites have ripped a gash in Earth's protective ozone layer on average once every four days since 1957.

1 For every two lorries driving through German neighbourhoods, there are three in Britain.

8 There has been a 50% increase in the number of operations performed on the NHS in the past ten years.

1 The average daily number of low-flying warplane sorties over peacetime Britain is 436.

8 On any day, only one car in 13,000 gets stolen.

1 25,000 Barbie dolls sell per business hour.

One in five British buses are defective.

Britons have half as many computers as Americans, and 134 times more than Indians.

England's King Edward II spent enough on wine in one year to employ 6,666 ploughmen.

In the UK, four weddings and a funeral would cost on average £79,000, or nearly three years' average pay.

Domestic freezers sold every year in Britain would stack 112 times higher than Mont Blanc.

1 A coal-fired power station wastes two-thirds of its energy.

8 The British population is expected to increase by 10 busloads a day.

1 To design their new plane, Boeing engineers could have used a different computer terminal every working day for eight years.

8 The world's fishing fleets cost nearly twice as much as their catch.

1 Japan has twice as many industrial robots as the rest of the world put together.

Each minute of *The Last Action Hero*, starring Arnold Schwarzenegger, lost Columbia Pictures nearly a million dollars.

Between being caught and causing the first sneeze, a cold virus multiplies its number by about ten thousand million fold.

The Beatles' performing fee multiplied by 80 times in a year.

You are at least 65 per cent water.

Notorious Wild West frontier towns had 1,000 times fewer murders and woundings than Los Angeles today.

The mouth of a recently-designed Icelandic trawling net is large enough to trap 12 jumbo jets in piles six high at the same time.

The Black Sea has been given between 3,650 and 5,475 days to live.

A gas-fired power station wastes over half of its energy.

Fun-loving tourist destination Miami, Florida, wastes as much water in one day as the entire US state of Maine drinks in a year.

The equivalent of 20,000 manuscripts the length of *War and Peace* is sent by American electronic mail every day.

8 Making daily trips, a keen hydrologist would need 205 years to visit all the USA's dams.

1 Even travelling at the speed of light, it would take 1,300 years to reach the first known planet outside our solar system.

8 Indonesia has banned 57 out of the 63 pesticides polluting its land and food.

1 Japanese roads could pave the state of Luxembourg four times.

8 Only 10 per cent of humans can afford to buy a car, while 80 per cent can afford a bike.

1 President Obama could grant an interview to a different White House correspondent every working day for six years.

8 Half the earth's surface is three kilometres or more below sea level.

1 The average American golf course uses enough water to supply the needs of between 2,000 and 11,000 people.

8 About 30,000 white birch trees were felled to make tees in use by US golfers.

1 Rich countries have about 24 times more blood for transfusion than poor ones.

8 Dhaka (the capital of Bangladesh) has an estimated 400,000 rickshaw pullers.

1 The number of tourists flying over the Grand Canyon has doubled during the last five years.

8 A sports team could play on a different Greater London playing field every Saturday for 100 years.

1 Every minute, Americans eat 10,000 trays of a dozen eggs, or a stack as high as the Empire State Building in New York.

8 Americans eat 12 Olympic swimming poolfuls of popcorn a day.

Italians eat 43 times more shellfish than Britons.

A German spends nearly twice as much on food as a Briton.

The average American woman owns five pairs of sunglasses.

The Prime Minister uses half a million pounds' worth of car transport a year.

The Channel Tunnel reduces freight time to southern Europe by only seven minutes an hour.

Every working day, British diplomats spend over £27,000 entertaining.

Thirteen of the 14 Concorde supersonic airliners previously in service were operating six to eight years beyond their original design life!

Nearly 1,000 of Britain's bridges are being strengthened to bear the weight of 40-tonne juggernauts.

Eight different waste bins are required in Swedish households by law – for metals/plastics, paper/cardboard, glass, newspapers, aluminium cans, plastic bottles, glass bottles and rubbish.

When Denmark played France 'A' in the 1908 Olympics, a goal was scored on average every five minutes.

Tennis legend Ivan Lendl has earned $1,500 for every day he has been alive, but Steffi Graf has earned over $1,700.

In 25 years, more people will have been added to the world population than were alive in 1933.

Rubbish-dump scavengers in Recife, Brazil, collect 120 tons of materials a day for recycling.

Nine out of 10 recognizable names given by 20m Internet computer network users are male.

It would take 12 sets of the *Encyclopedia Britannica* to hold the 300 billion "letters" of one person's genetic profile.

Two per cent of the final cost of a British-sold banana goes to the workers on overseas plantations.

Mowing the lawn with a petrol mower for one hour produces the same amount of smog components as driving a car 18.6 miles.

1 Researchers found 476 items of manufactured rubbish per hour on an uninhabited Pitcairn Islands beach 5,000 km from anywhere in the Pacific.

8 China aims to keep its acid-rainmaking sulphur dioxide emissions to three supertanker-loads a week.

1 About 83 juggernaut-loads of clothes, curtains and other textiles a day are thrown on British rubbish dumps.

8 Farting farm animals could be causing up to a fifth of a major global-warming gas.

1 New York City has nearly as many children in foster care as the whole of England.

8 Aerosols emerging from UK factories each working day could be littered nose-to-tail along the road from Plymouth to Newcastle.

1 Far from falling, child fares on London's public transport are set to have actually doubled within the span of one childhood.

8 The odds are stacked 188,405-to-1 against winning the £10,000 prize on a single ticket in the British state lottery. 1 in 13,983,816 people win the National Lottery.

1 The Indian sub-continent's tiger population is one-thirteenth what it was 60 years ago.

8 At least 21,000 personnel were physically close to British atom bomb tests.

1 Played continuously on one channel, British TV commercials booked to sell the video version of *Jurassic Park* would last more than 18 working weeks.

8 Bus lines pay at least four times more for fuel than airlines.

1 Africa may contain twice as much wood as previously believed.

8 If drivers divide their mileage driven by the time they spend working to buy, driving, repairing, cleaning and otherwise attending to their car, they actually motor at an average speed slower than a horse.

1 One book page devoted to describing each species of life on earth would fill 6 km (3.75 miles) of bookshelf.

8 A year of Europe's junked aerosol cans could easily stack to the moon.

1 If paid his 1993 earnings in compact discs, Thorn EMI's head of music would have received a stack of CD recordings higher than Mount Everest. Thorn EMI was disposed of in 2007.

8 Since 1960 an estimated six million dolphins have died as a result of tuna fishing for the UK and USA.

1 An average Briton born today can expect to watch TV for 11 solid years in their lifetime.

8 Not a single river in the USA is safe to drink from or swim in.

1 Drivers cause nearly as many serious injuries to non-drivers as they do to themselves and other drivers.

8 An estimated four million boys and girls were sacrificed by the Aztecs.

1 Sixty-eight times more is spent advertising cars than trains in national newspapers.

8 The world's fishing fleets now throw away more sea-life than they used to catch.

1 The largest mammal is 70 million times bigger than the smallest.

8 China's medicine trade could wipe out all wild tigers in eight years.

1 The world's whole supertanker fleet would not be able to deliver a year's worth of newspapers to the USA.

8 2.4 books in Welsh are published per working day.

About 108,000 average lifetimes could pass during a year's British TV viewing.

A Javan rhinoceros is almost as rare as a painting by the Dutch master Vermeer.

Nearly three-quarters of Earth's surface is water and nearly a third of the land surface is desert.

On average, more than 19 chemical spills, explosions and other accidental toxic releases are known to occur each day in the USA.

TV owners spend more on pay-to-view TV films than cinema fans do on films shown at the cinema.

Every living tonne of shark requires at least a thousand tonnes of microscopic phytoplankton.

A glass of bottled mineral water costs 15,000 times more than a glass of tap water.

Four out of five new aluminium cans are dumped on the landscape.

An average Ghanaian spends US $5 a year in the shops; a Japanese person: US $9,000.

North Americans use 300 times more petrol than residents of India.

8 Between 1945 and 1976, 25 million people died in 133 wars.

1 Residents of Sussex lived without cars for nearly 20,000 generations.

8 The Soviet state used atomic bombs as excavators 116 times.

1 Between 1780 and 1880 an estimated seven million acres of common land was seized by private property owners.

8 Satellites show more than 10,000 kilometres of British hedgerow disappeared completely between 1990 and 1993.

1 Americans bin more than 10 supertankers of paper a week.

8 A heavy object dropped into the ocean over the Mariana Trench in the Pacific would take over one hour to sink to the bottom.

1 Sixty-five years ago, Americans had more than three times as many recycling projects as they do now.

8 Warner Brothers film studio moguls bought 700 screenplays they never made into movies.

1 The 24 million extra Americans born since 1984 will consume more resources than the whole population of Africa.

8 Over 5,000 new motor vehicles are produced every minute.

1 The percentage of English and Welsh 16-year-olds in sixth-form or further education has doubled in 7 years.

8 Twenty-three thousand oil spills have occurred in Prudhoe Bay, Alaska, since the tundra began being explored for oil in the 1970s.

1 Since World War Two, nearly half the UK's ancient forest has been damaged or destroyed.

8 Only 18 years of production would be required to string a line of Barbie dolls to the moon.

1 Canadian trappers kill as many as 250 wild foxes a day.

8 Three-quarters of Britain's sewage is pumped offshore untreated.

1 Britons together watch 26,000 years of TV a night.

8 Plastic thrown away by Americans every year would fill a queue of 158 supertankers stretching 34 miles.

1 Nearly half of all American children do not live in two-natural-parent families.

8 For every human killed by a shark, 4.5m sharks are killed by humans.

1 Oil spills polluting the oceans each year are the equivalent of 20 major supertanker disasters.

8 Coca-Cola spends approximately $3 billion a year advertising a product that is nearly 100 per cent sugar and water.

1 The English wiped out their wolves 800 years before the French.

8 A rat is estimated to be within 20 feet of every Briton.

1 A Hollywood dog earns more in two days than a typical Haitian does in a year.

8 A keen driver could test-drive a different 1998 car model every Saturday for 14 years.

1 Britons are consuming nearly 4,000 Olympic swimming pools of diluted sugar as 'soft drinks' a year.

8 British gardeners spread on average over £1 million-worth of pesticides a week.

Half the three billion people in Asia are under 25.

The average car has 100,000 components.

There are only 1,200 lynx left in the world.

Pure water leaking from British plumbing would fill more than 1,500 Olympic swimming pools every day.

If atoms were used for digits in digital storage, all the approximately 24 million different books in the world could fit into a grain of sand.

8 Satellites circling 20,000 km above the Earth are used to position buildings' foundations to an accuracy of plus or minus 25 millimetres.

1 One hundred pairs of royal eagles are estimated to be left in France.

8 The flour used at a pizza restaurant chain for one year's pizzas weighed as much as seven jumbo jets.

1 Reduced 25,000 times, the contents of the *Encyclopaedia Britannica* would fit on to the head of a pin.

Placed end to end, trees felled by humans worldwide during the Christmas–New Year holiday season would easily stretch to the moon.

The British Isles are surrounded by an estimated 100,000 shipwrecks.

In Los Angeles, 12 million people drive 8 million cars over 100 million vehicle-miles a day, using half as much fuel as the entire former Soviet Union.

The world's computers use as much electricity as Brazil.

A day's German steel production could build 22 Eiffel Towers.

Between 3,000 and 5,000 barn owls are killed on UK roads every year.

Child gunshot deaths in the USA outnumber US battle casualties in Vietnam.

Earth's insects weigh 12 times as much as the human race.

Britons spend twice as much as Swedes on defence, and three times as much as Germans.

A year's discarded motor tyres could stack 10,000 kilometres into outer space, or 500 times higher than a cruising Concorde.

British bicycles are stolen at a rate of 200 an hour.

American viewers watch 3.5 million years of TV commercials per year.

Britain's capital city has one ice rink per 1.1 million residents.

Jet planes use nearly a third of all engine fuel.

Twice as much is spent on personal computers as on consumer books.

Henry the Eighth had an average of five enemies a day executed.

Cockroaches can run at the human equivalent of 200 mph.

Canada spends more than half as much again on education as Britain.

136,000 sacrificial human skulls were found by Spaniards beneath the temple of Quetzalcoatl in Mexico City.

Every year, at least 44,000 endangered albatrosses are drowned by biting Japanese tuna-fishing hooks as they are put out.

It would take nearly four supertanker loads of grain to raise Chinese annual beer consumption by one bottle per adult.

On average, every five miles of British road sees a badger killed each year.

8 If all the vehicles towed away from Greater London's streets in a year by police were tightly parked, they would fill 130 soccer fields.

1 A year brings 19,500 tourists per manatee in Florida.

8 Britain's roadside verges represent a potential nature reserve the size of Berkshire.

1 Seven million square kilometres of Earth's habitable tropical and temperate land is still wilderness – an area almost the size of Brazil.

8 Building a typical American dream home generates seven tons of construction rubbish.

Almost a third of the petrol that goes through a two-stroke outboard motor is spewed into the water.

Britain's police cars have 54 accidents a day.

In the next three years, Britons will eat a 30-storey stack of sandwiches the size of a rugby field.

Three months' worth of British telephone books weigh as much as the Leaning Tower of Pisa.

British Telecom's scrap tyres each year would form a column 44 times the height of the London BT Tower.

A year's recycled BT rental telephones yielded 14 kilograms of gold.

A 30-minute telephone call from London to Manchester uses 330 times less energy than the equivalent car journey.

Replacing one in 10 car trips with a phone call could conserve half the production of Britain's biggest oil refinery.

In the next year, human settlements will emit enough carbon dioxide to fill an 80 million-kilometre queue of Hindenburg airships from here to the planet Mars.

Five and a half days and nights of the water going over the Niagara Falls would be required to make a year's motor vehicles.

Enough energy-saving lamps have been installed worldwide to save about 18 large coal-fired power plants.

Potatoes are 104 times more expensive when eaten in the form of crisps.

If the desert area added to the Sahara desert since 1940 had been covered with solar power stations, it could power the whole world.

Although air travel is expected to nearly double, nobody is paid to protect the skies from airliners.

Platinum dust (from engines) is six times more abundant in the streets of West London than in platinum mines.

Consumption of bottled water has tripled since tap water was privatized.

For every tiger poached in India, there are roughly eight to ten leopards killed.

The electricity used by one car factory could power 40 railway trains.

World commercial vehicles would stack to the moon.

The top dozen concrete-pouring countries alone produce enough concrete to build twin office towers at least 72 miles high.

Frogs have been thriving on Earth for around 1,500 times longer than humans.

8 Researchers believe a human brain can make more connections at one time than all the phone callers in the USA in the past decade.

1 Annual crops of fruit and vegetables and other foods from sunny Spain and Italy have been sprayed with pesticides weighing as much as 28 Eiffel Towers.

8 Pablo Picasso averaged 8.7 handmade pictures every day of his 75-year adult life.

1 The nearest planet to Earth in our galaxy, the Milky Way, is 7,700 million million miles away.

8 Kids spend 70 times as much on computer games as rock guitars.

Five American children an hour are injured with a supermarket trolley.

Britons eat more than a million tonnes of tinned food a year, or a stack of cans about 170,000 miles high.

For every English subject Queen Elizabeth I had, Queen Elizabeth II has more than eleven.

It would take a typical London stage-play 118 years to reach the audience of one TV soap.

A day's UK sales of colour TVs could make 27 stacks as tall as the Blackpool Tower.

8 Women earn less than half what men earn for Hollywood acting parts.

1 If there were only one British driver, and that driver drove all the miles driven by British cars in a year, he or she would go round the world 12 million times.

8 Lethal pieces of space junk in orbit could double in number within 14 years.

1 A potato has more chromosomes per cell than a human being.

8 A million tons of pulsar stars would fit into a thimble.

1 Britain's domestic cats are believed to have killed 20,000,000 birds.

8 Britons eat 547.5 million cans of baked beans a year.

1 Paper envelopes made each year by the NatWest bank would stack 181 kilometres high, or almost 1,000 times higher than the NatWest Tower in London.

8 Your intestines are longer than a typical sitting room (7.5 metres).

1 In the next three nights, more than 80 UFO sightings will be reported.

8 Ninety-five per cent of animal species do not have a backbone.

1 The moon of Jupiter called Io is pemanently erupting due to its hundreds of volcanoes.

8 A square kilometre of sea contains half a tonne of gold.

1 Over 11% of the world's population now owns an iPod.

8 Copies of the biggest-selling single hit of all time, Bing Crosby's *White Christmas*, would stack 90 kilometres high.

1 In 1997, *The Simpsons* broke the record for the longest prime-time animated TV show. It also holds the record for the highest number of guest stars in a TV series.

8 *Blue Peter* is the longest running children's TV show, having first been broadcast in 1958.

More than twice as many people watched the World Cup soccer final in Rio de Janeiro as watched it at Wembley, England.

Brazil has scored nearly three times as many goals as England in World Cup soccer matches.

A champion long-distance swimmer can cover 25 kilometres in five hours and 21 minutes – the equivalent of walking speed.

The maximum break of 147 has been scored six times in ranking snooker tournaments.

One of the biggest races in the world is a skiing event, the Vasalopp in Norway, with over 12,000 men and women competing.

8 The oldest ski ever found is 2,500 years old.

1 A shinty pitch in the Scottish Highlands is 170 yards long. Shinty is a hockey-like game.

8 The Spanish are the world champions of roller hockey with a total of 15 gold medals, 12 silver and 7 bronze.

1 A world speed-skating champion averages 87 kilometres an hour in the 2000 m event.

8 Champion powerlifter Karl Sanger can raise 333 kilograms on each arm. The average weight of a man in the UK is around 80 kilograms.

The highest average speed ever obtained in a powerboat race is 149 kilometres an hour.

Drag-racing cars can reach over 300 miles an hour in about five seconds.

The longest race in the world is 32,000 nautical miles (the Whitbread Round the World Race for yachts).

TV's *Neighbours*, which has been running for over 324 months, was originally cancelled after only six.

Newsround has appeared on BBC children's TV over 5,000 times, and tape-recordings of it could be played round-the-clock for 36 days.

REMARKABLE RESCUES

The FACT ATTACK series

Awesome Aliens
Beastly Bodies
Cool Cars
Crazy Creatures
Crucial Cricket
Dastardly Deeds
Deadly Deep
Devastating Dinosaurs
Dreadful Disasters
Fantastic Football
Gruesome Ghosts
Incredible Inventions
Mad Medicine
Magnificent Monarchs
Nutty Numbers
Remarkable Rescues
Rowdy Rugby
Spectacular Space
Super Spies
Vile Vampires

FACT ATTACK

REMARKABLE RESCUES

IAN LOCKE

MACMILLAN CHILDREN'S BOOKS

First published 1999 by Macmillan Children's Books

This edition published 2012 by Macmillan Children's Books
a division of Macmillan Publishers Limited
20 New Wharf Road, London N1 9RR
Basingstoke and Oxford
Associated companies throughout the world
www.panmacmillan.com

ISBN 978-1-4472-2447-1

1 3 5 7 9 8 6 4 2

A CIP catalogue record for this book is available from the British Library.

Printed and bound by CPI Group (UK) Ltd, Croydon CR0 4YY

DID YOU KNOW THAT . . .

After a fancy dress party in Vienna in 1960, a British diplomat named Derek Davies found that his car, a Morris Minor, was covered in snow and that the locks on the door were frozen. Having used up all his matches trying to unfreeze the door, he tried blowing on the lock. His lips got stuck! He was rescued by two policemen and taken to hospital, still in his fancy dress costume.

In July 1998 milkman Phil George, on the Isle of Wight, put out a fire with twelve pints of milk and a crate of orange juice.

In May 1996 coastguards rescued a dog that had fallen 25 metres down a cliff on the island of Orkney, Scotland.

When the volcano at Nevado near Bogotá, Colombia, erupted in 1985, Bianca, the five-year-old niece of Alfonso Cardoso, was tied to a table to try to save her. She was found alive by rescuers 20 kilometres downstream from the mudflow.

In the Courrières mine disaster in France in 1906, over 1,000 miners were killed. When the surviving miners were rescued, they thought they'd been trapped for only four or five days – it had been three weeks!

In September 1998, four Americans survived the sinking of a small pleasure boat off the coast of Oregon. They managed to survive in the intensely cold water of the Pacific Ocean for 18 hours before they were rescued.

One of the world's most famous monuments, the Eiffel Tower in Paris, was threatened with demolition in 1909. It was only saved because there was an important communications aerial at its top!

In January 1998, at Yate near Bristol, a football spectator was shown a yellow card and fined £5 for running on to the pitch to give life-saving first aid to his unconscious goalkeeper son.

A pig in Texas, named Priscilla, saved a young boy in a lake. At the time, the pig was in a purple harness and on a leash. Priscilla became an instant celebrity after her rescue.

The three-man crew of the Whitstable lifeboat survived after being thrown into the sea in a Force 9 gale. They were less than 200 metres from the shore and, though shocked, they managed to swim for the beach in the dark to reach safety.

A 75-year-old woman named Maria Echevveri was rescued from her home, which had been buried by mud, 24 days after the explosion of the volcano of Nevado, near Bogotá. She had survived on rice and chocolate. She had eaten her last chocolate the day before she was rescued.

The war dog school was set up in 1916 at Shoeburyness in Kent to train dogs for rescue missions.

One of the items stored for rescue in the event of a nuclear attack in the United States was the recipe for Wrigley's chewing gum.

Stuart Diver was found alive by rescuers at Thredbo, Australia, in an 'ice tomb' after the ski resort was hit by a landslide. Two chalets were demolished and he was trapped beneath concrete, mud and ice. His rescue was shown live on TV.

Fido, an eight-month-old rat, alerted a family in Torquay, Devon, to a fire in 1998. An electric heater had set fire to the carpet and furniture downstairs. Fido left his unfastened cage and climbed 15 stairs, each 20 centimetres high, to scratch on the bedroom door. The noise woke Lisa Gumbley, aged 29, and her daughters Megan, aged 9, and Shannon, aged 3. They were all able to escape. Firemen put out the blaze. Fido was given an Easter egg as a reward. The family dog, an Alsatian called Naseem, got nothing – he had failed to wake the family!

An American slave called Henry Brown rescued himself. He escaped from his master in the State of Virginia in 1858 by hiding in a box. The box was sent from Richmond, Virginia, north to Philadelphia. Henry had only a box of biscuits and a bladder of water to keep him going during his journey to the 'free world'. After his daring escape, he was known as 'Box' Brown.

During the Second World War there was little choice of food for survival in Britain. For five years, ten per cent of the meat eaten was rabbit.

HMS *Sheffield*, the Royal Navy ship, rescued Isabella Arriola in November 1998. She was found 80 miles off the coast of Honduras. She was a victim of the devastating hurricane that hit Central America. She had been thrown into the sea during the storm and had survived on a piece of driftwood for several days.

One of the strangest rescues at sea happened in 1874. The clipper *Crusader* was on its way from Britain to New Zealand with 214 people on board. When the ship reached the stormy Bay of Biscay, off Portugal, it was swamped by the sea. The ship soon sprang a leak and was in real trouble when the pumps failed. Everyone was ready to abandon ship when, suddenly, the leak stopped. The water left in the ship was removed and the journey completed. When it reached the port of Chalmers, New Zealand, *Crusader* went into dry dock to be checked over. The hole was found, but all were amazed to find that it had been plugged by part of a huge fish!

It took six firemen to rescue a hamster stuck in a sink drain unit at a house in Knodisall, Suffolk, in May 1996.

The 13-year-old son of former motor racing champion Niki Lauda rescued his father from drowning off the coast of Ibiza, Spain, after their jet-ski overturned.

Helen Kenna was rescued by two strangers following a car crash in Marlow, Bucks, in 1996. She never knew who her rescuers were.

Second Steward Poon Lim of the Merchant Navy survived for 133 days on a raft after his ship was torpedoed on 23 November 1942. Four and a half months later he was rescued off the coast of Brazil after drifting alone in the Atlantic.

In 1920, the 64-year-old president of France, Paul Deschanel, was rescued. He had fallen off the famous Orient Express train on the way to Lyons, France. He was found dressed in his pyjamas.

The Lutine Bell, at Lloyd's insurance of London, is rung whenever there is a disaster. There was an exception on 4 September 1996. The bell was rung to announce that Lloyd's itself had been rescued from financial disaster.

During the Second World War, a black dog called Jet found 125 people who were trapped under a pile of rubble when a block of flats in Chelsea, London, was destroyed by a flying bomb.

In the 1960s you could buy a nuclear shelter for your pet.

An American couple were rescued after their boat went over a 12-metre dam on the Mississippi river. They had been looking at the beautiful autumn foliage rather than where they were going!

During the earthquake in Jamaica in 1907 a man was thrown head first into a barrel and got stuck in it. He had to be rescued.

In late 1996 the rescue of a Spanish sailor in UK waters cost £150,000. He wasn't injured or ill, just homesick!

On 10 June 1958 a woman from El Dorado, Kansas, was sucked out of her house by a tornado. She was rescued after landing, largely unharmed, 20 metres away. A record found next to her was 'Stormy Weather'!

In one of the world's greatest rescues, 335,000 Allied soldiers and civilians were rescued at Dunkirk, on the north coast of France, on 4 June 1940, by a fleet of small boats and naval vessels.

During a wartime rescue, a handler and his dog were digging through rubble when a voice below them was heard swearing. An ambulance was called for the victim. When the pair finally reached their goal, they found it was a parrot!

Briton Clive Sutton was rescued after being lost for 21 days in the jungle in Papua New Guinea. He had survived without food and medical supplies. He was rescued by a tribesman out hunting with his son.

The last man to leave the *Titanic* alive on that fateful night in April 1912 was Colonel Gracie of the US Army. He jumped from the top deck of the liner when she sank. Sucked down by the sinking vessel, he popped up again and miraculously found a cork and canvas raft. He then helped to rescue others from about 2.30 in the morning.

St Bernard dogs are thought to have been first used for mountain rescues about 850 years ago.

John Brodie survived for 20 hours in chilly water off North Wales after his boat capsized in 1997. His fat is said to have saved him.

A teenager who was stabbed in Hungary during a row over money was saved by doctors and by a rare condition. His heart was in the wrong place – it was on the right side of his body, not the left!

One of Britain's most famous horses was Sefton. He was badly injured in an IRA bomb at Knightsbridge, London, in 1982. His life was saved by the Blues and Royals vet Major Carding. Sefton died aged 30 in 1993.

Tim Peterson had a miraculous escape in 1989. During the San Francisco earthquake he was caught in a 50 cm gap between two huge slabs of a highway! He was rescued.

The Duke of Westminster led a raid to rescue prisoners from the British ship HMS *Tara*. They were being held in a desert in the Middle East in 1916. Among those he rescued was a small terrier, Paddy, who became his mascot. For his daring, the Duke was recommended for a Victoria Cross.

People of all ages can be involved in rescues. In September 1996 a 78-year-old rescued two people at Newport, Isle of Wight.

Barry, a St Bernard dog, became famous in the early 1800s for rescuing dozens of people buried by avalanches or injured in accidents in the Alps. When he died, his body was stuffed, and he is still preserved and on show in a museum in Switzerland.

Alexander Selkirk, the man whose story inspired Daniel Defoe's book *Robinson Crusoe*, was rescued by a privateer called Woodes Rogers. Rogers went on to govern the Bahamas, from which he expelled pirates.

Harold Wood, 42, was rescued in Manchester in 1954. He had managed to cling to the hands of the clock at St Mary's Hospital, having just finished a repair. The scaffolding on which he was standing had collapsed, leaving him hanging. Once rescued he was, appropriately, treated for 'slight hand injuries'!

In June 1977 a baby girl, who was just over one and a half years old, was saved by a mystery story. She was in hospital in Hammersmith. Doctors couldn't find out exactly what was wrong with her. A nurse at the hospital was reading an Agatha Christie murder mystery. She realized that the little girl showed the same symptoms as were described for a murder in the book! The nurse told the doctors. Lab tests found the girl was, indeed, suffering from rare thallium poisoning. Given treatment, she made a good recovery.

The Search and Rescue Dog Association was formed in Britain in 1965.

Firemen once had to be rescued from the Tyne Bridge while they were themselves trying to rescue a man.

One of the biggest rescues was begun in November 1966 as floods hit the City of Florence in Italy. A huge rescue effort was made to save the art treasures of the city.

During August 1968 Peter Humphrey, aged 55, saved a goldfish from certain death. He had found the fish on top of his garden pond with a small pebble caught in its mouth. He was able to tease out the pebble and rescue the fish.

Jake, a police dog, was rescued in Ireland on 30 May 1995 after being kidnapped.

Four fire crew raced to an emergency at the Royal Lodge, Windsor, where the Queen Mother lived, in September 1997, only to find that a cook had burned the toast!

Over 7,000 were involved in the rescue effort in Italy following the earthquake of May 1976. The quake was so powerful that it was felt across most of Europe.

In May 1916, after the wreck of his ship the *Endurance*, the British explorer Sir Ernest Shackleton and two others left the icy wastes of the Antarctic region to help rescue their companions. Those they left behind on Elephant Island survived on water and albatross meat. After weeks in an open boat, Shackleton and his men reached the whaling station at the island of South Georgia. A rescue party was sent and all the men left behind were saved. These men had survived for ten weeks sheltering under two upturned boats.

On 6 December 1941, during the Second World War, the British submarine HMS *Perseus* hit a mine off Greece. There were only four survivors. John Capes, a giant of a man, tried to help the three others, who were injured. With time running out, he drank a bottle of rum and went out of the escape hatch alone. He rose 50 metres from below and then began to swim. He swam for several hours, eventually reaching the Greek village of Skala. Capes was then hidden from the enemy by villagers. He later made it back to England, where he was greeted as a hero.

A blind swimmer rescued surfer Patrick Slack in the sea off Borth, Wales.

Two squirrels, named Fortnum and Mason, were saved by an RAF flight lieutenant in May 1940, during the dramatic rescue of hundreds of thousands of Allied soldiers from the beaches of Dunkirk. Mason was reported killed when a German bomb hit the boat he was on. Fortnum made it to Britain and was later taken on bombing raids over Germany.

Terry Howlett, 28, was rescued after being trapped in quicksand near Morecambe for ten hours on 25 August 1996.

The Scarlet Pimpernel, the story about the hero who rescued nobles from the guillotine during the French Revolution, was based on a real man. Baron de Batz, aged 32, managed to escape from the guillotine himself in January 1793 after trying to rescue the King of France, Louis XIV. Five months later he tried to rescue the Queen,

Marie Antoinette, but failed. Due to his daring escapades, he was a wanted man. He was finally arrested in 1795. But he escaped (the only one of the nobles in the round-up to do so) and then lay low. When the monarchy returned to France in 1814 de Batz was knighted. He died at his estate, aged 61, in 1822.

Sarah Woodroffe broke her neck and shattered her knee in a fall on a mountain near Glencoe in Scotland. She lay for six hours before being rescued. One wrong move would have left her paralysed. She recovered and was soon back on her feet.

Maria Gibbens, aged 30, rescued a newborn foal with mouth-to-mouth resuscitation in the summer of 1994.

Twelve firefighters and a fire engine were needed to rescue a hamster called Armani that had been on the run for two days in Aspley Guise, Bedfordshire, in February 1999. The fire crew dug two metres under a garden patio before they were able to reach the hamster.

Seven polar bears were 'rescued' from a snack bar near Brookfield Zoo, USA, in 1969. They had escaped from their island enclosure in the zoo compound and headed straight for the snack bar. When they were found, they were eating marshmallows and ice cream!

After a wave of avalanches struck the Alps on 19 February 1999, a four-year-old boy was rescued from the snow in Vahur, Austria. He had been trapped for 100 minutes and was clinically dead. Revived, he survived and was taken to hospital. He had a miraculous escape, since people only usually survive for 15 minutes at most when buried by an avalanche.

In 1923, the trawler *Sargon* was presumed lost in the wintry North Atlantic ocean. The ship had become trapped by icebergs in the White Sea. She was battered by ice and a fierce wind. Bit by bit, after the coal ran out, the ship was stripped for fuel. Slowly, after many weeks, she squeezed into the open sea. The crew and ship were then rescued by a German trawler. The crew 'came back from the dead' after four months.

A woman was rescued by firemen after being trapped in a lift for 21 hours on 6 March 1996.

In 1997 burglars dialled 999 and were rescued by firemen after becoming trapped in a flat in Bradford.

A horse called Troy rescued Gillian Swainbank-Hill from a canal in Shropshire. Troy lifted Gillian out of the water and moved her to safety on the bank.

James Hunt, the British motor-racing star of the 1970s, dragged fellow driver Ronnie Peterson from his burning car in a dramatic rescue on 10 September 1978. Peterson had been involved in a massive pile-up at the beginning of the Italian Grand Prix at Monza. Hunt's rescue took only 45 seconds. Sadly, Peterson's injuries were so extreme that despite Hunt's bravery, he was to die in hospital later.

Nick Leeds and his 11-year-old son were rescued from rising tide and six-metre waves after being trapped in a cave at Cornwall. A lifeboat capsized in the first attempt, leaving two lifeboatmen clinging to the rocks further along the cave. An RAF helicopter was called in and a coastguard officer shinned down a rope to help winch Nick and James to safety. The two lifeboatmen who had been stranded followed.

During December 1972 a real live baby was found in a nativity display at St Anne's church in Houston, Texas, USA. The baby was rescued and placed in a foster home.

A heart attack victim was recently rescued by leaving a message on the Internet, allowing the emergency services to be called.

Harold Womack, aged 51, of Phoenix, Arizona, decided to use a nearby steamroller to rescue his expensive Porsche car from a pit in a national park. He forgot to stop the steamroller while he attached the chain to pull out his car. The car was crushed.

Jacqueline Greaves, a 53-year-old grandmother, was found alive on 15 February 1994 after sheltering for 41 hours from a blizzard on a Scottish mountain. She had fallen two days previously while walking with two others. The first thing she said to her rescuers was, 'I'm looking forward to a pint of Guinness.'

British search and rescue dogs were used in the rescue following the El Salvador earthquake of 1989 and in the Colombia earthquake of 1999. On their return the British dogs had to go into quarantine for six months.

Weird animal rescues . . . Some animals get themselves stuck in the oddest of places. Among the stranger rescues have been:

1. A cow in a swimming pool.
2. A seal on a road.
3. A cat frozen to a house roof.
4. A sheep in a sewer.

A British backpacker married her 'Crocodile Dundee' rescuer, David Wielders, who saved her from huge crocodiles in a river in Western Australia. They married at Humpty Doo, a village in Australia, four months after the rescue.

Forty-one days after the Los Angeles earthquake of 1994 Tiffany, a white Persian cat, was rescued from a neighbour's cupboard by her owner Laurie Booth. Tiffany was then looked after at a local animal clinic.

After the explosion at the Moorfields housing estate in Putney, London, in January 1985, the middle of the block was reduced to rubble. There was a search for survivors, though it was thought the chances of survival were remote. The rubble was sifted by hand. The faintest tapping was then heard. Rescuers dug a tunnel and put a microphone down. They located Eva, an elderly woman with leg injuries. It was two hours before she was reached but she came out through a tiny entrance tunnel in only 5-10 seconds. She was to recover fully from her injuries and her injured leg was saved.

The German chemist Christian Schönbein tried to rescue a bit of his kitchen in 1845. He was experimenting with nitric and sulphuric acid while his wife was out. She had told him not to play with any chemicals in the house. He spilled some of his concoction and, in a panic, used his wife's apron to mop it up. As the apron was now wet, he dried it before the fire. All of a sudden the apron burned up into nothing. He'd managed to discover 'guncotton', which went on to replace gunpowder!

Hermit Marc Gambini was saved from a cave in Provence, France, in early 1999. He had survived on only water for weeks. A jogger found him by accident and summoned the fire brigade. The two-metre-tall Gambini weighed only 40 kilos when he was rescued and was close to death.

Firemen once had to save people in a town in Arkansas after their toilets caught fire. By mistake, gas instead of water had been linked to the toilets!

Michael Williams, aged only ten, rescued his three-year-old brother from a blazing car in Cheltenham.

During the summer of 1982 firemen rescued hundreds of pigs from a fire at a farm in Foston, Derbyshire, by making them breathe through the firemen's oxygen masks.

British Lance Corporal Jimmy Crossland saved an entire village at Ovenstadt, Germany, in 1962, when he drove a blazing ammunition lorry away from the hamlet.

British sailor Tony Bullimore had a miraculous escape in the southern ocean off the coast of Australia in January 1997. Aged 57, he had survived five days trapped under his upturned yacht, the *Exide Challenger*. When he ran out of fresh water, he used a pump to desalinate seawater. The faint sound of the pump reached an Australian naval ship. Suddenly they realized that Tony was still alive. He had lashed himself into nets upside down to escape the sea.

When a new railway station was built at Knebworth, Hertfordshire, in 1978, it had to be built around the grapevines that grew at the old Victorian railway station. The station staff had made homemade wine from the grapes for years and wanted to save the vines.

During the massive floods in the USA in 1994 thousands of pets were rescued. Rabbits, cats, dogs, horses and budgies, among others, were airlifted out. The only ones to be sedated before their move were horses.

Against all odds, American Dr Beck Weathers survived a disaster on Mount Everest in 1996. After a fall, he was left for dead on the mountain in bad weather. For hours he lay frozen and exposed until he regained consciousness. Though blinded in one eye, he managed to set off down the mountain. By chance he went in the right direction and, plagued by hallucinations caused by hypothermia (extreme cold) and oxygen starvation, he managed to continue. Eventually he saw a tent, and found his way back into the camp. Once there he was airlifted in the highest ever helicopter rescue.

A cygnet was rescued by a dog in Surrey, England. The dog then took it upon itself to become the cygnet's foster parent.

Firemen rescued a horse that fell into a swimming pool on a farm in Aylesford, Kent. The horse was trying to drink the water when it slipped and fell in. Two fire crews drained the pool, then built a makeshift ramp with ladders to help the horse out.

Florence Nightingale became famous as the nursing 'Lady of the Lamp' during the Crimean war of the 1850s. Her work saved many sick and wounded people. But she was never alone – she always kept a pet owl in her pocket!

George Clooney, the star of the hit TV series *ER*, and a co-star saved a boy who was choking on a crisp on the Los Angeles set of the show in 1996.

In January 1998, Andrew Jepson, a 26-year-old construction worker, had an amazing escape. He accidentally slipped in front of a four-ton steamroller at a building site at Heathrow Airport, London. He thought there was no way he could survive as the machine, running at 6 kph, ran over him in just over a second! Luckily the uneven surface of the concrete and gravel below him acted as a cushion. Amazingly Jepson remained conscious. An air ambulance soon arrived. Paramedics operated on him there and then, and fluid was drained from his collapsed left lung. Six days later he was back at home. He said it was 'like being born again'.

Two German balloonists who landed in a Romanian swamp were rescued by the pilot of a British Airways plane which was flying overhead. He heard their SOS and alerted the airport at Bucharest.

At the height of the Second World War Dr Kingdon, born in Britain, set up a rescue committee in New York to save artists, writers and others trapped in occupied France. It was arranged to smuggle the people out of France over the Pyrenees mountains. Among the people rescued were the great painters Chagall and Fernand Leger and the writer Heinrich Mann.

In February 1988 a fire broke out in a caravan in Alabama, USA. Seven newborn puppies trapped in the blaze were rescued after the mother dog alerted the police and led them to the scene.

Andy Lee crashed when paragliding and was trapped 20 metres up a tree at Selsey, near Stroud in England. He was rescued unhurt by an RAF helicopter after a fire crew was unable to reach him.

When a protesting prisoner got into difficulties on the roof of Exeter prison in 1961, the rescue services were called in to help him down.

Conservation MP Walter Elliot managed to save the historic Westminster Hall at the Houses of Parliament from burning on 10 May 1941. The Hall had been hit by a German incendiary bomb. The Hall had an odd history. The head of Oliver Cromwell was put on the roof for 23 years from 1661!

Timothy Torbitt, aged 17, from Newcastle-upon-Tyne, fell overboard on his first sea trip. The accident happened north of Queensland, Australia, in 1961. He managed to reach a desert island in shark-infested waters and a passing trawler soon rescued him. When he next went to sea, on the British freighter *Hazelmoor*, he lost his balance on deck and fell off the ship!

Two albino squirrels, Frosty and Snowflake, were rescued at Wallington, Surrey, in 1997.

Warwickshire firemen once rescued a tame jackdaw, stuck 10 metres up a yew tree!

In the 1300s big shoes were the fashion in France. They could be up to 60 cm long if you were a prince! At the Battle of Nicopolis of 1396, during the Crusades, the French had to cut off the ends of their shoes so they could run away! The army was saved by its smart thinking.

Two firefighters sent in to fight a blaze in a flat in the USA ended up arguing and fighting each other. The flat burned down.

Hog-nosed snakes, found in America, save themselves if threatened. They roll over and pretend to be dead. If put back on their bellies, they give the game away, since they roll over and play dead again!

Anne Lise Guy was rescued from her boat *Wildflower* by a Royal Navy tanker named the *Grey Rover*, off Cape Horn, South America. She had spent two months adrift.

Ten films including dramatic rescues:

1. *Star Wars*
2. *Speed*
3. *Indiana Jones and the Temple of Doom*
4. *The Mask of Zorro*
5. *101 Dalmatians*
6. *The Towering Inferno*
7. *Independence Day*
8. *Armageddon*
9. *Earthquake*
10. *The Three Musketeers*

The International Rescue Corps was established for earthquake rescues in 1981.

During the Second World War a woman called Nerea de Clifford devoted herself to rescuing cats trapped in the rubble of bombed London.

In 1988, while firemen were out on a rescue, a fire burned down their fire station in Manchester, New Hampshire, USA.

During freezing weather in January 1997 a teenage girl was knocked unconscious by a horse while out on a mountain in the west country. She was only located when heat sensors picked up the heat from her cigarette lighter.

To save them from destruction during the bombing of London in the Second World War, the Natural History Museum sent its collection of pickled snakes to safety in caves in Surrey. The artworks from the National Gallery, London, were sent to safety in mines in Wales.

Three thieves had to be rescued after they stole the Catalina Island ferry from Los Angeles harbour. The engine overheated and the ferry caught fire.

A railway disaster at Harrow, near London, left 122 dead in 1952. A high-speed train hit two others that had already crashed. The wreckage was piled 20 metres into the air and the station was demolished. Out from the smoke and debris scrambled a 14-year-old boy called Gilbert Powell, who helped rescue the survivors.

One man had three lucky escapes while driving – he had been hit by an aircraft, swamped by a huge wave and rammed by a yacht!

British climber Mike Trueman launched a hazardous rescue mission from Mount Everest using a mobile phone, after a number of climbers were hit by avalanches in 1996.

In 1886 an Indian man was pronounced dead. His blood circulation and breathing appeared to have stopped. But as his funeral was being prepared, he was found to be still breathing! He went on to live until 1918.

Lady Muriel Finch-Hatton of England decided to rescue English governesses trapped in Russia during the Russian Revolution of 1917.

A man sentenced to be hanged in Mississippi, USA, in 1894, was rescued after the hangman's noose unravelled and the man fell to the ground. He was then freed. Later, he was found to be innocent of the crime for which he had been condemned and was given $5,000 compensation!

Eight famous people rescued or in rescues:

1. Buffalo Bill. He rescued his father.
2. James I and IV, King of England and Scotland. Rescued by his nurse when born.
3. Bonnie Prince Charlie. Rescued by Flora McDonald, 1745.
4. Pablo Picasso, artist. Rescued at birth by his uncle.
5. George Lucas, film-maker. Rescued from a car crash.
6. Simon le Bon, lead singer of Duran Duran. Rescued from his capsized yacht.

7. Richard Branson, businessman and adventurer. Rescued several times from balloons and boats.
8. Princess Anne. Rescued from a kidnap attempt in March 1974.

A monkey at Dusit Zoo in Bangkok, Thailand, managed to get a coconut stuck to its paw. Vets had to cut off the coconut to rescue the monkey.

Exploding bottles of beer once put out a fire in California.

Police patrolling the M25 motorway round London had to rescue an elderly woman. She was cycling the wrong way down the outside lane at Godstone, Surrey, holding her hat on with one hand.

A department of the Amsterdam Police in Holland is responsible for rescuing people who drive their cars into the many canals criss-crossing the city.

A clothing salesman spent 80 hours trapped in his car in the Scottish Highlands during a blizzard in January 1978. The snow reached an average of 45 cm deep. He was only kept alive by his stocking samples, which kept him warm.

Six Indonesians were rescued in October 1997 after being adrift at sea for three months.

Ron Wood, the Rolling Stones guitarist, was rescued by photographers in April 1998 after the pleasure boat he was on caught fire and exploded off the coast of Brazil.

During a frost in Saskatchewan, USA, the driver of a car skidded, hit a lamp post and was knocked unconscious. He could have frozen to death, but the car had hit a fire alarm on the post – which went off and alerted the fire brigade!

Sir Fenton Aylmer, a British soldier, was awarded Britain's highest decoration, the Victoria Cross, for a rescue. He won the award for sliding down a rope from a bridge in India to rescue a comrade.

Norma Kresgal of New York was woken one night by her pet dog barking. But then she realized that it couldn't be her pet collie Corky, because he had died some time before! When she went to find out what was going on, Norma discovered that her house was on fire! She'd been rescued by a phantom pet.

Because of the threat to the coral reefs of the world, a rescue plan is being carried out at Pittsburgh Zoo in the United States. The coral is being grown in greenhouses!

In 1997 British mountaineer Alan Hinkes was rescued from a mountain in the Himalayas. He'd climbed 4,000 metres without any problems when the flour from the top of a chapatti made him sneeze and injure his back!

Nelson McIntosh was rescued by fishermen after he'd drifted for seven weeks in the Atlantic. He had had only two bottles of beer aboard when he was caught in a storm off the Bahamas. Despite losing 50 kilos in weight, and feeling ill, the first thing he asked for was a bottle of beer!

During the reconstruction of a cliff rescue for the BBC series 999, the TV crew had to be rescued for real. It took the coastguards, the RAF and a naval helicopter to get everyone to safety at Westgate Bay, near Newquay in Cornwall.

Kevin Estepp and his brother David were having a barbecue outside their home on a lonely road near Phoenix, Arizona, one evening in 1996. They suddenly saw a flash of light down the road. Investigating, they found that the flash had come from an explosion as a car and a truck crashed head on. One driver was dead, the other trapped in the truck. The brothers tried the door. It was buckled and jammed. Suddenly part of the truck caught fire. The trapped driver faced being burned alive. The two brothers went back to pull at the buckled door until, in just under a couple of minutes, they'd managed to rip it off. The man was saved. By this time the remote rescue services had arrived and were ready to take off the truck's door with the tool known as 'The Jaws of Life'. When they saw what had happened they were amazed. It should have been impossible for even strong people to rip off the truck door. They were astounded by the brothers' bravery and sudden superhuman strength in saving the trapped driver.

Mrs Murray may have been the unluckiest passenger of the 20th century. She was rescued from the *Titanic* in 1912, then rescued after the liner *Lusitania* was torpedoed by the Germans off the coast of Ireland in 1917, and then rescued from the ship *Celtic* when it collided with a steamer in 1927!

Police were called to the home of two women in Stockport in 1997. They had dialled 999 and wanted to be rescued from . . . a spider!

It took seven hours for doctors to close the mouth of a farmworker in England. He had yawned too widely and his mouth wouldn't shut.

Gulay Cabbar, aged 33, had a lucky escape during floods in West Turkey. She was driving when the sudden flood swept her away. She managed to reach out from the car window and grab a tree on a rock face. She said, 'Water was leaking into the car. I was terrified I was going to sink.' Fortunately she was spotted and rescued.

On the 66th anniversary of the death of the great escape artist Harry Houdini, an American escapologist was buried in a see-through perspex coffin. He then had six tons of wet concrete poured on him. The coffin collapsed and the escapologist was rescued just in time.

Walter Manuel, who lived in Los Angeles, had a terrible dream one night. The dream involved his pet dog Lady, who had died three weeks before. In the dream Lady had been barking continually. Walter woke up and went to his bedroom widow. He immediately saw his two-year-old son, dressed in pyjamas, fall into the family swimming pool! In no time he'd reached the pool and rescued the child.

Miss Joanna Crippen, of Chardstock in Dorset, fell into a snowdrift by a hedge. She was buried for six days before villagers heard a cry and prodded the snow with poles and shovels. After she had been dug out, she was taken home. She recovered, losing only one of her toes through frostbite. She had survived by drinking melted snow.

A duck managed to rescue many people in Freiburg, Germany. It gave warning of an air raid on 17 November 1944. A statue was put up in the duck's honour.

Two miners were sent up and down four times in the lift of a 150-metre mine shaft at Ashington colliery. The lift was being tested by engineers. They had no idea the two men were there until it dropped for the fifth time. The men were rescued after two hours.

A four-month-old kitten called Fudge managed to climb up the 790-metre Grisedale Pike in the Lake District. Fudge was rescued by a climber and reunited with his owner.

Jill Lofthouse from Arnold, Nottinghamshire, became so fond of the blackbird she rescued from a cat that she took it to work with her every day.

In October 1997 a Yorkshire terrier was rescued after being accidentally sucked up by a Swansea street-cleaning vacuum cleaner!

Grace Darling became a British heroine in 1838. Her father, William, looked after the Longstone lighthouse on the Farne Islands. On 7 September 1838, the *Forfarshire*, a ship on its way from Hull to Dundee, was wrecked on the islands. 43 of the 63 people aboard were drowned. Grace and her father rowed out to the wreck and saved four men and a woman. Grace then went back out alone, saving first another two men, and then the remaining four. Both Grace and her father were honoured for their daring and courageous rescue.

A man was rescued in June 1998 after being trapped under a 100-kilo garden roller at Stroud, Gloucestershire.

Pamela Cohen, aged 26, from New York State, had an amazing escape in 1989. A truck carrying hot asphalt overturned by her car, nearly covering it. The asphalt began to set. Rescuers dug a breathing hole for her. She let them know she was OK by honking her horn from time to time until she was freed.

British gunner John Richard Bailey snatched a grenade from a child in Italy in 1944. The courageous gunner died of his injuries but his heroic actions and quick thinking saved many people.

Actor Robson Green was involved in a boating accident during a break in the filming of the series *Soldier Soldier* while in New Zealand in 1993. His boat hit a six-metre waterfall and overturned. He was trapped upside down until help arrived.

During the Second World War hundreds of Allied soldiers, sailors and airmen were rescued from enemy-occupied Europe by an underground network of helpers who smuggled them along escape routes to safety. The organization was known as MI9.

Two-year-old Kevin Kuhn was rescued after being attacked by a Himalayan black bear in a shopping mall in the USA. The bear, called Fluffy, who weighed in at 160 kilos, was attracted by the smell of the popcorn that Kevin was eating.

A passing policeman put out a fire on a woman's head on a hot day in Columbia, South Carolina. The woman blamed the hairspray she used for the sudden fire.

At Myrtle Beach, California, a girl named Scarlett fell out of her seat on the giant ferris wheel ride. She was caught by one leg 20 metres above the ground. Two fairground workers climbed up to rescue her but Scarlett was too terrified to move. Darkness fell. It took two hours before the workers were able to reach her. When rescued she was found to have a broken arm and cuts to her legs.

Richard Spruce, the British naturalist of Victorian times, saved many thousands of people through his work. He was able to send seeds of the South American plant quinine back to England. This plant was used to fight malaria, which is common in the tropics. The drug helped thousands of British soldiers. Spruce became a hero when he rescued the naturalist Alfred Russel Wallace, who had fallen very ill while on a trip to the Amazon.

SPECTACULAR SPACE

The FACT ATTACK series

Awesome Aliens
Beastly Bodies
Cool Cars
Crazy Creatures
Crucial Cricket
Dastardly Deeds
Deadly Deep
Devastating Dinosaurs
Dreadful Disasters
Fantastic Football
Gruesome Ghosts
Incredible Inventions
Mad Medicine
Magnificent Monarchs
Nutty Numbers
Remarkable Rescues
Rowdy Rugby
Spectacular Space
Super Spies
Vile Vampires

FACT ATTACK

SPECTACULAR SPACE

IAN LOCKE

MACMILLAN CHILDREN'S BOOKS

First published 1999 by Macmillan Children's Books

This edition published 2012 by Macmillan Children's Books
a division of Macmillan Publishers Limited
20 New Wharf Road, London N1 9RR
Basingstoke and Oxford
Associated companies throughout the world
www.panmacmillan.com

ISBN 978-1-4472-2440-2

1 3 5 7 9 8 6 4 2

A CIP catalogue record for this book is available from the British Library.

Printed and bound by CPI Group (UK) Ltd, Croydon CR0 4YY

DID YOU KNOW THAT . . .

The medical kit issued to the astronauts on the American space station Skylab included pills for travel sickness!

Pictures of a spiral around a huge black hole were received from the Hubble space telescope on May 26 1994. The black hole was said to be as dense as three billion suns!

During a May night in 1994, Uganda was hit by at least 863 lumps of meteorite. Luckily, only one boy was injured and a banana tree broke the fall of the lump that hit him.

The tiny neutron star, left over when a star collapses, is so heavy that a piece the size of a pinhead would weigh as much as a supertanker.

The longest recorded solar eclipse was recorded on January 15 2010. It lasted 11 minutes, 7.8 seconds.

The US comic duo Abbott and Costello starred in *Abbott and Costello Go To Mars*. But oddly enough, the planet they go to in the film is Venus!

Major Titov of the USSR is the youngest person so far to have gone into space, at the age of 25 years and 329 days.

The first space shuttle was originally named the OV (Orbiter Vehicle) 101. It was later named the Enterprise and was tested in August 1977 over California.

A black and white teddy bear, Mishka, went into space aboard the Soviet Salyut 6 in 1979. Mishka was the first teddy bear to orbit the earth.

Pierre Gassendi observed the transit of the planet Mercury on November 7 1631. This was the first time the transit of a planet had been observed and recorded.

The Hubble space telescope was launched on April 24 1990.

The three words spoken at the launch of the first US manned rocket, on May 5 1961, were not what you might think. They were: "Ignition . . . Mainstage . . . Lift-off."

Major Virgil Grissom of the USA became the first man to fly in space twice when he took off from Cape Kennedy in 1964.

Space is a funny environment. If an average person stays weightless in space for 4.5 months they will lose about 12 per cent or one eighth of their pelvic bone. In time, fluid will also get into the brain, making the head foggy, so that it becomes impossible to think straight. At the moment, if someone travelled to Mars, the loss of calcium in their bones would be so great that by the time they arrived they would only be able to crawl!

Phobos, the Soviet probe orbiting Mars, disappeared in 1989. It was claimed it had been intercepted by Martians!

It is estimated that the sun weighs 330,000 times as much as the earth.

The first docking of one space vehicle with another was the docking of the Gemini-Titan VII rocket with the GT-VI, both American spacecraft.

The planet Neptune was first found in 1795, but at the time it was thought to be just another star. It was re-discovered in 1846.

In April 1968 an agreement was signed by many countries, including Britain, the USA and the then Soviet Union, to rescue any astronauts in trouble.

When astronauts shave in space they use razors with a vacuum attachment so that the bristles do not float about in the capsule.

On the planet Mercury, a day is two-thirds the length of a year. It takes just under 88 days for the planet to revolve around the sun and 58.6 days for it to revolve around its own axis.

Nearly a quarter of the world's population watched American astronaut Neil Armstrong take the first human step on the moon on July 20 1969. At first, Mission Control were frightened that he would sink into the moon-dust, but they needn't have worried. The lack of gravity meant that his footsteps were only three millimetres deep and that his backpack, which had weighed 227 kg back on Earth, weighed only 45 kg on the moon!

An asteroid weighing half a million tons passed 485,000 miles from the earth on October 30 1937.

The toilet for the space shuttle Endeavour cost £19.5 million to build.

Europa, Jupiter's moon, is thought to have a sea below its surface.

When the Russians launched the first spacecraft, the Sputnik (or "Fellow Traveller"), on October 4 1957, it was called a "pathetic bubble" in the United States.

The features of the moon of planet Uranus are all named after characters from Shakespeare's plays.

In 1993 the autographed flight instructions for the first man in space, Yuri Gagarin, were sold in New York for $70,000.

Light travels at a speed of nearly 10 billion kilometres a year.

The craters on the planet Mercury are named after great artists, musicians and writers, including Van Gogh, Matisse, Beethoven, Wagner and Milton.

The fastest man-made vehicle is the Ulysses space probe which travels at 27.4 miles per second.

On their first trip to the moon, the Americans left a tribute to the astronauts who died in Apollo 1 and to the two Soviet cosmonauts Yuri Gagarin and Vladimir Komarov. They also left a golden olive branch to symbolize peace.

Very few people have had the chance to see an eclipse as clearly as those who once travelled on Concorde. Passengers aboard the supersonic plane were able to watch a total eclipse of the sun for one hour and 14 minutes, when flying from Toulouse in France to Chad, Africa.

Boiling and freezing take place at the same temperature in space.

In 1054, on July 5, a minor star exploded into a supernova which was visible by day for 23 days and by night for 633 nights. This then formed the Crab nebula, which is now an especially strong source of radio waves and X-rays.

In 1456 Pope Calixtus III declared that Halley's comet was an agent of the Devil and excommunicated it!

Small craters on Venus are named after famous women including Florence Nightingale.

Ulugh Beg made the first catalogue of stars in 1018. His calculations about the movements of the planets Venus and Mars were very accurate – only 5 and 7 seconds different from 20th-century figures.

Bonnie Dunbar simply reached out and caught a satellite from the space shuttle Columbia in January 1990. It was the largest orbiting satellite to be recovered.

Some important dates in space:

1957. The first satellite (Sputnik) is launched by Russia.

1959. Manned rockets are proposed in the USA.

1960 (May). A dummy astronaut is launched by the Russians.

1961 (April). Yuri Gagarin of Russia becomes the first man in space.

1961 (May). Alan Shepard becomes the first American in space.

1962 (July). The first satellite TV is introduced.

1965. Two Soviet cosmonauts walk in space.

1969 (July). The first men land on the moon.

1970. The first Chinese satellite is launched.

1970. The first Japanese satellite is launched.
1971 (December). The first craft lands on Mars.
1972 (July). The first craft lands on Venus.
1976. The first US spacecraft lands on Mars and takes photos.
1990 (April). The Hubble space telescope is launched.
1997 (July). The Mars Pathfinder lands.

The most dramatic of space ventures took place in 1970. On April 13, Mission Control in Houston, USA, lost communication with Apollo 13 for two seconds. No one noticed. But just after 9.00 that day, the three astronauts noticed a yellow alarm flash and a shudder moved through the craft. An explosion had taken place in one of the fuel tanks and two fuel cells were out. Astronaut Jim Swigert signalled back to Earth with the words

"Houston, we have a problem". The spacecraft began to wobble and the planned moon landing was quickly abandoned. Houston realized that the craft was losing power and the oxygen supply was beginning to fall. Apollo 13 was over 300,000 miles from Earth. After moving into the lunar module, the astronauts were able to fire the engine in an attempt to return to Earth. For two tense days, the attention of the world was on the three men. They went without sleep, and put together a way of keeping oxygen in the cold module. Eventually, they were able to fire the engine for re-entry to the earth's atmosphere. To everyone's relief, they made it.

A red dwarf star does exist. It has a temperature of 2,226°C, but is still cooler than a white dwarf star.

When the US Apollo X re-entered the earth's atmosphere in 1969, it was travelling at 24,790.8 miles an hour – faster than man had ever flown before.

On July 31 1992, the US space shuttle Atlantis launched a carrier containing bacteria and DNA material into space.

The chimps that the Americans sent into space have their own retirement home and park in California.

The planet Mercury has huge curving cliffs known as "rupes".

In 1980 it was found that cosmonauts Leonid Popov and Valery Ryumin had grown three centimetres during their record 185-day space flight.

A memorial was unveiled in July 1991 at the Kennedy Space Center, USA, for the fifteen astronauts who died "believing the conquest of space is worth the risk of life".

In 1968, the British member of parliament Tony Benn said Britain was to give up a lot of its space research. He said he could see "no future in satellites".

When man first landed on the moon, the controllers in Houston space centre were locked in so no one could disturb them!

In 2011, the rubber ears of Mr Spock of *Star Trek* were sold for an estimated £700 at auction.

The range of temperature for a Martian day runs from -30 to -86°C.

A meteor, believed to be a relic from near the time of creation, hit the earth's atmosphere in June 1998. It was reported as a UFO by people from Devon to North Wales.

Many clocks show the position of the stars. They are called astronomical clocks. The magnificent clock at Beauvais Cathedral, France, took three years to complete. It was finished in 1868.

The military base of Plesetsk, Russia, is used for space launches. A few years ago it ran out of money and had its electricity cut off!

Twelve people at Mission Control, Houston, had to give the go-ahead for the moon landing in 1969. Everyone said "Go". If someone had said "No go", then man would not have gone on to land on the moon.

A colour picture of the whole universe can now be put together by images taken from a radio telescope. It's a pretty picture because the colours change as the amount of radiation in the universe changes. The red parts show the centre of the universe.

Lumps of odd rock and debris, known as asteroids, collect around the larger planets. Those near Jupiter travel at up to 60,000 miles an hour.

The first asteroid was discovered by Italian Giuseppe Piazzi of the observatory in Palermo, Sicily, on January 1 1801.

Pluto is 5,914 million kilometres from the sun.

These are some of the abbreviations which you need to know in space:

PDI – Power Descent Initiation (you can land).

TLI – Translunar Injection (go for the moon).

LM – Lunar Module.

ICBM – Intercontinental Ballistic Missile.

NASA – The National Aeronautics and Space Administration.

The words "The eagle has landed" were spoken on the moon in July 1969. The Eagle was the name of the small craft that had landed on the moon.

When the Pioneer space probe sent signals back to Earth on its mission to Jupiter, it took 46 minutes for the information to arrive at the Ames Research Centre in California, USA. When the probe reached Saturn, the signals took 173 minutes to arrive. The 26 kg craft was the first man-made object to escape the solar system. It will take another 36,500 years for it to get close to the nearest red dwarf star – Ross 248. Even then, the tiny red dwarf will be 3.3 light years away!

An explosion on the sun, called a blinker, is equivalent to the explosion of 100 tons of dynamite.

A moon rocket has the same amount of power as 543 jet fighters.

There are up to 45,000 asteroids between Mars and Jupiter. Many are now numbered and given names, including Hilda, Marilyn and Sabrina. No. 2309 is named after Mr Spock of *Star Trek*!

The planet Neptune and its moon were discovered by the English brewer and part-time stargazer William Lassell, in 1846.

A sunquake has enough energy to power the USA for 20 years. The average sunquake is 10,000 times as strong as the huge San Francisco earthquake of 1906.

When Vietnam was at war with America in the 1960s, the government of North Vietnam were so worried about the Americans being the first to land on the moon that in 1969 they told the Vietnamese that it was the Russians who had landed.

Captain Bruce McCandless of the USA became the first person to enter space without life-support lines and the first to move in a void when he stepped out of his capsule on February 7 1984.

In 1930, an American, Karl Jansky, was asked to find out why there was so much hiss on the new car radios. When he came back to the people at the Bell telephone company in America, his answer was astounding. The noise, he said, came from the Milky Way! The whole galaxy was alive with radiation which was picked up as sound, causing the pops, hiss and crackle on the radio.

On November 3 1957, the Soviet dog Leika became the first animal in space. Two mice were the next animals in space. They were sent up in a US rocket on December 13 1958.

David Ashford of Britain tested a model of his own spaceplane, the Ascender, in May 1998. It worked.

The earliest galaxy known is a tremendous 12.3 billion light years from Earth. That means it has taken 12.3 billion years for the light to reach us!

One of the messages sent into space on the Voyager 2 craft was in Latin, the language of Ancient Rome. It said, “Greetings to you, wherever you are; we have good will towards you and bring peace across space.” The Chinese message was a bit different: “Hope everyone’s well. We are thinking about you all. Please come here to visit us when you have time.” So, when aliens do turn up on your doorstep, remember, they were invited!

Before the 16th century, astrophysicists thought that the planets would eventually spiral into the sun.

1,300 Earths can fit into the planet Jupiter.

The thrust of a rocket sent into space is a massive 349,000 kg – equal to thousands of super hot-rod cars being revved up at the same time.

Virgil Grissom, the US astronaut, had a lucky escape in July 1961, when his capsule sank after it made a parachute landing in the Atlantic Ocean. As water began to pour in through the escape hatch, he had to swim for his life. He was picked up by a helicopter a few minutes later.

In 2011 Sir Richard Branson announced that Virgin Galactic would shortly pioneer trips into space for the public, aboard their specially designed spacecraft. The company is now taking bookings – tickets currently cost $200,000.

America was given a holiday to celebrate man's first landing on the moon.

The world's largest meteorite was discovered on a farm in South Africa. Known as the Hoba West, it weighs a terrific 54.4 tonnes and measures 2.73 metres by 2.43 metres – even after one million years out in the sun and rain!

The American Skylab space station went into space in 1973. It was 15 metres long and 7 metres wide – about the size of a two-bedroom house. There was a kitchen and a workshop on board. It had to be shielded from the sun and, on the side in shadow, from the cold. Outside, the temperature could reach 163°C. If unprotected, the interior temperature could have reached 88°C, boiling the people inside!

A flight of the US space shuttle was once held up by a woodpecker, who decided that the nose cone would be a suitable object to peck. The dozy bird was eventually persuaded to go away.

The moon is thought to have separated from the earth about 3,000 million years ago.

When Apollo 11 landed the first men on the moon, the American President, Nixon, said that it had been “the greatest week in history since the Creation”.

A comet which appeared over Italy in 1347 was described as a black star and was said to foretell doom. The Black Death arrived in Europe within months.

In 1572, when aged 26, Tycho Brahe, the Danish astronomer, discovered a new star. This proved that there had been a change in the heavens. He also saw a supernova, later named Tycho’s star.

In 1967, an Action Man astronaut was on sale in toyshops. He had his own space capsule.

The US space organization, NASA, played “Space Invaders” during the summer of 1998. This was part of the Near Earth Object programme, aimed at trying to prevent a rogue lump of junk or rock hitting the earth.

The opera *Aniara* by Swedish composer Karl-Birger Blomdahl, written in 1961, was set in outer space.

Space isn’t all hi-tech. When on Skylab, the US orbiting space station, rubbish had to be thrown out of the airlock. The astronauts had to jump on the airlock hatch cover to get the bags out!

Helen Sharman, the first British astronaut, was 27 when she took off from Russia in the Soyuz TM 12 on May 19 1991. She was subsidized by a Moscow bank. The cost of her trip was said to be £5 million.

A rocket has to travel at over 17,450 miles an hour to leave the earth's atmosphere and not be dragged back by gravity.

In space, bread dries out. Tortillas are carried on the space shuttle instead.

Britain's largest telescope, the 20-centimetre Great Equatorial Refractor telescope, was installed at the Old Royal Observatory, Greenwich, in 1893.

The five Tracy sons in the famous TV series *Thunderbirds*, made by Gerry Anderson in the 1960s, were all named after real US astronauts.

The nearest star to the sun is called Proxima Centauri. It is a mere 34 billion kilometres away!

The great German astronomer Johannes Kepler was 38 when he established two of the principles of astronomy: that planets travel round the sun in elliptical orbits, and that they do not travel at a constant speed.

During the second American Skylab mission in 1978, all three US astronauts were very ill with motion sickness.

The space shuttle reaches a height of 43 kilometres above the earth in only two minutes!

The Russians sent all sorts of living things into space in the 1960s – plants, insects, frogs, rabbits, guinea pigs and dogs.

On the Apollo 8 mission of 1968, the US astronauts James Lovell, Frank Borman and William Anders were the first people to see the dark side of the moon.

There are 1,400 switches and circuit breakers in the cockpit of the US space shuttle.

The year on the moon (the lunar year) is 29.25 days shorter than the year on the sun (the solar year).

It may seem incredible, but iron on the moon does not rust. Samples of the iron brought back by both the American and Russian expeditions have remained rust-free for years.

In 1997 a survey in the USA found that many Americans believed that the first moon landing of 1969 was faked by NASA.

In the 1990s there were scares about an asteroid hitting the earth early in the next century. NASA had a look and decided that the probability of an impact was zero. So there!

It takes 8 minutes and 38 seconds for the sun's rays to reach the earth, so at the moment we look at it, it is not actually where we see it, but has travelled a bit relative to us.

The US spacecraft Mariner 4 became the first to fly past Mars on July 14 1965. It sent back 22 close-up photos of the red planet, but unfortunately they were in black and white!

In 1854 a meteorite weighing over 5 tonnes was found at Cronbourne in Victoria, Australia.

The beauty of the Milky Way was confirmed when the Royal Academy, London, displayed a huge photo of the galaxy by Franklin Adams. It was made on 200 glass plate negatives and showed about 55 million stars!

A full moon is nine times brighter than a half moon.

A stamp of 1991, produced in the USA, included a hologram of an orbiting space station and space shuttle.

On January 7 1610, Galileo of Italy became the first to see the three moons of Jupiter. His work was considered heresy by the Church, since he supported the idea that the planets move around the sun. As a result he was confined to his home from 1633 to 1641, after a trial by the Inquisition of the Catholic Church.

The force of meteor explosions can be huge. There was a 2-kiloton blast above the Pacific on October 1 1990 as a meteor bounced off the earth's atmosphere. From 1974 to 1994, US satellites picked up at least three explosions above Britain.

Julius Caesar, the Roman leader, believed comets indicated the death of great people.

Greenwich observatory was established in 1676.

The British actor Sir Alec Guinness was given 2.25 per cent of the profits of the *Star Wars* films as part of his agreement to appear in them. So far, *Star Wars* alone, the first of the three films, has made over $775 million!

In the Somali language, a satellite is "a star that failed to reach Heaven".

After the 1986 shuttle disaster in the USA, there were 400 design changes made for the new shuttle, the Discovery.

Water was found on the moon by the US lunar prospector probe in March 1998. There was enough water there to support up to 10,000 two-person households for over 100 years!

Halley discovered the comet named after him in 1682, confirming that it had appeared in 1607 and 1531. He did not live long enough to see it again in 1757.

The temperature of Pluto is approximately -220°C.

French physicist Armand Fizeau discovered the speed of light in 1849. It is about 300,000 kilometres an hour.

On February 3 1993, Russian scientists demonstrated the reflection of the sun's rays using a 20-metre parachute-shaped mirror from 340 kilometres above the earth. The mirror was made from Kevlar (a thin, tough fabric), covered with a thin layer of aluminium. The mirror was unfurled on the Progress craft sent from Mir, and a strip of land about 7 kilometres wide was lit up in central Europe.

In 1687 the astronomer Edmund Halley paid for Newton's work on the laws of gravity to be published.

Lieutenant James Cook (later Captain Cook) was sent to Tahiti in 1768 to set up an observatory so that the planet Venus's movement across the sun could be seen.

In 1781 William Herschel discovered the planet Uranus when using a home-made telescope in his garden in Bath. It was the first new planet to be discovered for 4,000 years, since Babylonian prehistory.

A Dr Slipper discovered the ninth and most distant planet in our solar system, the dwarf planet Pluto, on March 13 1930 at the Lowell Observatory, USA.

As the Eagle was coming in to land on the moon for the first time ever, astronauts Neil Armstrong and Buzz Aldrin found that their computer had failed. They were guided down by speaking to the Houston space centre.

The first TV pictures of the earth were taken by the Explorer VI, a US spacecraft, in September 1959.

On January 7 1990 the satellite Voyager took the first pictures of the earth and its neighbouring planets from outside the solar system.

The first name for a telescope was a "looker".

When a massive star collapses and explodes, it is called a supernova. A huge amount of energy is released when this happens. In recorded human history only two supernovas are known of. One was seen in 1604 and another on February 23 1987, by a 30-year-old Canadian, Ian Skelton. He was using an old telescope at the mountain observatory of Las Campanas, Chile, when he photographed the supernova.

The first pictures of the rivers and channel-like features on the surface of Mars were sent back to Earth by the US spacecraft Mariner 9 on November 24 1971.

In May 1991 the first recorded meteorite to fall in Britain for 26 years landed in the back garden of a house in the village of Glatton near Peterborough.

Just before the first manned space flight, the two cosmonauts, Gagarin and Tîtov, appeared before the capsule in spacesuits and helmets. They clashed helmets as they sought to kiss each other in the traditional good luck greeting.

Looking at stars became popular in France in the 17th century. Some people thought themselves grand to have a telescope. A man called Periese kept a telescope at home and had big parties so people could come and look at the stars.

The spacesuit worn by the first man on the moon, Neil Armstrong, had six layers. It was extremely light.

There are 400 billion stars in the Milky Way.

The countdown "Three, two, one, lift-off" was first used in the 1929 German film *The Woman in the Moon* by Fritz Lang. The effects were so real that the German dictator, Hitler, later ordered that all plans and models of the rockets used in the film should be destroyed and that the film itself should be banned.

To test how well their hearts work, astronauts have to lie head down on a very sloping table for 25 minutes.

Rock music connected with space became very popular in the 1960s and 1970s. Among the best-known bands with a space theme were Pink Floyd. Their songs include:

1. 'The Great Gig in the Sky'
2. 'Set the Controls to the Heart of the Sun'
3. 'Astronomy Domine'
4. 'Point Me at the Sky'
5. 'Eclipse'
6. 'Dark Side of the Moon'
7. 'Interstellar Overdrive'

In June 1983, Valentina Tereshkova of Russia became the first woman in space.

A Mars meteorite was put up for sale by American Robert Haag for £1.3 million in 1992. He is the only full-time meteorite hunter in the world.

On August 21 1995, NASA's expensive Mars Observer vanished as it approached Mars.

The first person recorded as having been injured by a meteorite was Mrs Ann Hodges of Sylacauga in Alabama, USA, on November 30 1954. A 4 kg meteorite crashed through the roof of her house and hit her on the arm and bruised her hip.

The Sojourner Rover, sent out by the US Mars Pathfinder on July 4 1997, became the first vehicle to be used on the surface of another planet.

The word meteor comes from an Ancient Greek word that means “things in the air”.

The American John Glenn’s first space flight, which took place on February 20 1962, lasted 4 hours and 56 minutes. He went into the capsule three hours before he took off and was in the capsule for only 12 hours in total.

Only five or six of the 500 or so meteorites which fall on the earth each year are found.

Shooting stars are really meteorites burning up in the earth’s atmosphere.

A star which disappeared around the same time as the dinosaurs was discovered in 1994.

A huge bubble of gas was thrown from the sun towards the earth in January 1997. Material explodes from the sun almost every day, but only rarely towards the earth.

After the assassination of President John Kennedy of the USA on November 22 1963, the US space launch station, Cape Canaveral in Florida, was renamed Cape Kennedy.

The Galileo spacecraft, costing £500 million, was launched from the space shuttle Atlantis in 1989.

Aida, a huge asteroid measuring 4.6 metres wide, 5.5 metres deep and 56 kilometres long, was found by the spacecraft Galileo in 1994. It was even big enough to have its own moon, which was nearly 2 kilometres wide and orbiting about 97 kilometres away.

A satellite weighing 23 kg with 400 million tiny copper needles, each 2 centimetres long and finer than a human hair, was put into orbit by the United States in May 1963. It was found to reflect radio waves.

In 1994, a series of ads in British newspapers brought a message from Sister Marie Gabriel, predicting that the comet Shoemaker Levy would collide with Jupiter in July of that year and destroy the solar system. The comet did hit Jupiter, but the solar system is still here. It turned out that Sister Marie Gabriel was a Sophie Richmond, who lived in Cricklewood, London.

The patron saint of astronauts is St Joseph of Cupertino.

On December 6 1993, Tom Akers set a new US record with a space walk of 22 hours, 50 minutes from the space shuttle Endeavour, beating the previous record by a minute. His co-astronaut, Kathy Thornton, set a new female record of 14 hours, 12 minutes.

The Mars Polar Lander space mission of 1998 was unusual: on board was a CD-ROM with the names of one million children from all over the world.

US astronaut Alan Shepard did some unique golf practice . . . on the moon. He used a 6-iron and drove a golf ball some 366 metres.

The French space centre at Kourou in French Guiana, South America, launched its first scientific rocket Véronique in April 1968.

On a mission to Mars, people would have to be sheltered from four types of rays: cosmic rays, the rays of the Van Allen radiation belts, nuclear rays and giant solar flares. Their water – for washing and drinking – also has to be protected so it does not turn radioactive.

In 1993, US astronaut Kathy Thornton, on the Endeavour space shuttle, was able to easily remove a twisted solar panel which would have weighed 180 kg on earth.

It has been found that animals and people use their eyes more in space, instead of relying on the balance organs in their ears to know where they are.

When Galileo used his early telescopes in the 17th century, the best he could do was magnify things by twenty.

By 2011, 55 women had flown in space. 45 were American, 3 Soviet/Russian, 2 Canadian, 2 Japanese, 1 French, 1 South Korean and 1 British – Helen Sharman.

John Glenn, the first US astronaut, was also the first person to fly across the United States at supersonic speed.

The early British astronomer John Flamsteed spent £2,000 of his own money on telescopes and other instruments in the 18th century so he could look at the stars. He worked for twelve years on a book which showed 20,000 of the stars he had seen.

On his historic mission to the moon in 1969, Neil Armstrong's left glove carried a stitched-on list of tasks.

Tiny diamonds are believed to be in the dust clouds in space.

When the American space station Skylab was being put into the Smithsonian Museum in Washington in 1974, it was found to be far too big. NASA obligingly cut it into four pieces so it could be reassembled indoors.

Lord Posse of Parsonstown, Ireland, built a giant telescope on his Irish estate in 1843.

US President Nixon gave his governors pieces of moon rock in December 1969. They had been brought back from the moon on Apollo 11.

There is now so much artificial light at night in cities that seeing the stars is close to impossible. All the big observatories for seeing stars are now well away from cities.

An early job for the first man in space, Russian Yuri Gagarin, was making aircraft parts in a factory!

An ancient legend in Cambodia says that during an eclipse of the moon, the moon is being eaten by a giant frog.

The "terminator" is the line between the sunlit and dark parts of the moon.

The 100th space walk took place on May 14 1992 when astronauts on the US space shuttle tested out the walks to be used for the building of the future space station, Freedom.

The first close encounter between a spacecraft and an asteroid happened in 1991 when the Galileo probe just missed an asteroid measuring 6.25 miles by 11 miles, between Mars and Jupiter.

Freeze-dried chicken and pot roast were among the foods on the first manned US space flights.

Helen Sharman, the first British person in space, once said that the most common question she was asked was how she went to the lavatory in space.

A detailed map of the moon was drawn by the Italian priest Riccioli in 1651.

Space vehicles and supersonic jets are made from the metal titanium. It is the world's strongest metal for its weight.

Sir Arthur C. Clarke, the leading British sci-fi writer and inventor of the communications satellite, obtained a top first class degree in Physics and Maths from King's College, London, after only two years instead of the usual three.

The first probe sent to Venus by the West, launched on August 27 1962, was tracked from South Africa, Australia and California, USA.

Here are the names of some of the spaceships which appear in films. The USS *Enterprise* in *Star Trek* is well known, but others include:

1. United Nations One – *First Men in the Moon* (1965)
2. Discovery – *2001, A Space Odyssey* (1968)
3. Dark Star – *Dark Star* (1974)
4. Millennium Falcon – *Star Wars* (1977)
5. Luna – *Destination Moon* (1950)
6. Nostromo – *Alien* (1980)

The enormous canyon *Valles Marineris* stretches nearly a third of the way round the planet Mars.

It is reckoned that the force of the asteroid that made the huge crater in Arizona was equivalent to that of 800 atom bombs.

Of the total weight of a rocket, only 1.8–3 per cent is usually the actual object or person put into space. The rest is used up and sent back to Earth or left as junk in space.

The first man in space, Yuri Gagarin, was tiny. He was only 1.52 metres tall.

British-born astronaut Michael Foale spent 145 days aboard the Russian space station Mir in 1997.

The sun is 27,000 light years from the centre of the galaxy.

In 1961 the US Post Office introduced "speed mail" – messages sent by satellite. They were printed out on earth and delivered. E-mail has now replaced this system.

Telstar 1, a satellite launched in July 1962, made international TV possible for the first time. It also made long-distance phone calls easier.

One of the tests early astronauts had to undertake was to plunge their feet in ice-cold water, then spend two hours in a room at a temperature of 54°C.

Films about the moon and the planets have always been popular. Some of the odder films include:

1. *Catwomen of the Moon*
2. *Radar Men from the Moon*
3. *Mouse on the Moon*
4. *Gulliver's Travels Beyond the Moon*
5. *Girl in the Moon*

In 1803, a French physicist said that meteors (shooting stars) were imagined and that people made up stories about them.

The training pool for the space shuttle is so big that four space shuttles could fit in it.

Russian cosmonaut Tsibliev was filmed drinking long-life milk on the space station Mir in August 1997. It was part of a £280,000 Israeli TV commercial.

For some reason the first colour satellite TV pictures were mostly pink.

We are still here . . . just. Satellites are not always perfect. In September 1983, the world could have been blown up by nuclear weapons. A Russian Cosmos satellite went wrong that day and sent a message to Earth saying that the United States had launched nuclear missiles which were on their way to Russia. A smart Russian soldier decided that the satellite had made a mistake and quickly told the authorities not to launch the Russian missiles. They agreed it was a fault. Phew!

In 1565, when aged nineteen, the great Danish astronomer Tycho Brahe lost his nose in a fight. He then wore a false nose made of silver and gold which he stuck on with cement – a pot of which he always carried around with him, just in case. He was later given an island to work from by King Frederick II of Denmark.

The Mars Pathfinder expedition of 1997 discovered that ancient Mars had been wet and possibly able to support life.

Working on a mission to Mars in the 1980s, the Russians conducted experiments in human hibernation for space travel.

Anaxagorus, a Greek philosopher who died in 428 BC, was condemned for the weird idea he had that the sun was a molten rock measuring 100 miles across which glowed with super-heat, instead of a flat disc in the sky. Of course he was right – apart from the size.

Close to dawn on June 30 1908, a huge flash was seen in the sky and a loud bang was heard over the thick forests of the remote area of Tunguska, Siberia. Villagers up to two hundred miles away fled in terror. A number of people were badly burned or thrown through the air as a massive fireball hurtled to Earth. For some 40 miles from the centre of the event, the trees were blown down in patterns showing the direction of the blast. Scientists only reached the remote spot years later, in 1927. They found no tell-tale signs of a meteorite impact or a crater. The cause remains a mystery, though it is likely it was a comet which exploded just above the earth. The ice and dust would have left no visible evidence.

One of the first things done by the second man in space, Major Titov of the Soviet Union, was to turn his radio on!

During the 1950s and 1960s, one of the most common free gifts in cereal packets was a spaceship. As a boy, Prince Charles collected them.

When cosmonaut Poliakoff of the then Soviet Union spent 15 months in space, it was found that being in space makes the heart slow down. This makes it impossible for a person to return to Earth without exercising while in space.

The first observatory was established in Nuremberg in 1471. The astronomer who designed it saw Halley's comet the next year.

Seen from space, the edge of the earth is blue and purple.

When he wasn't otherwise busy, Galileo composed music for the lute.

The first nebula (constellation of stars), Andromeda, was recorded as early as 963 by the Arabian Al Sufi.

On May 18 1998 the US space agency NASA decided to keep news of any earthbound asteroid a secret.

In the 1980s it was found that cosmic dust lies at the bottom of the sea.

The earth is surrounded by a ring of dust.

While in space on the shuttle Columbia in October 1995, astronaut Lopez-Alegria logged onto the Internet.

SUPER SPIES

The FACT ATTACK series

Awesome Aliens
Beastly Bodies
Cool Cars
Crazy Creatures
Crucial Cricket
Dastardly Deeds
Deadly Deep
Devastating Dinosaurs
Dreadful Disasters
Fantastic Football
Gruesome Ghosts
Incredible Inventions
Mad Medicine
Magnificent Monarchs
Nutty Numbers
Remarkable Rescues
Rowdy Rugby
Spectacular Space
Super Spies
Vile Vampires

FACT ATTACK

SUPER SPIES

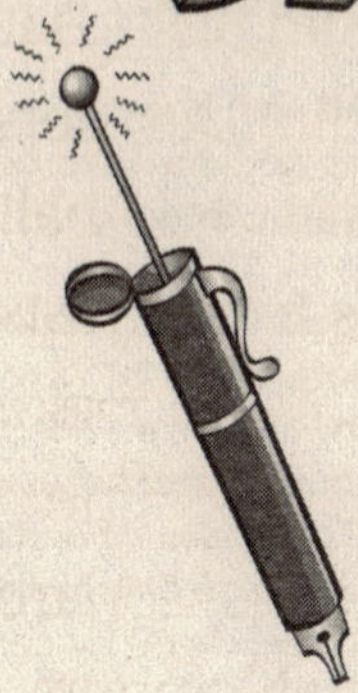

IAN LOCKE

MACMILLAN CHILDREN'S BOOKS

First published 1999 by Macmillan Children's Books

This edition published 2012 by Macmillan Children's Books
a division of Macmillan Publishers Limited
20 New Wharf Road, London N1 9RR
Basingstoke and Oxford
Associated companies throughout the world
www.panmacmillan.com

ISBN 978-1-4472-2443-3

1 3 5 7 9 8 6 4 2

A CIP catalogue record for this book is available from the British Library.

Printed and bound by CPI Group (UK) Ltd, Croydon CR0 4YY

DID YOU KNOW THAT . . .

Some of the earliest spies are in the Bible. Moses used twelve spies to go ahead of the Israelites on their way to the Promised Land.

One of the best-known of the early English spies was King Alfred the Great. According to legend, he disguised himself as a harp-player and walked into his enemies' camps to pick up information.

Names of the Secret Services:

CIA: Central Intelligence Agency (USA)

KGB: Soviet intelligence service (former USSR)

MI6: British secret intelligence service

OURA: The Italian secret service

FIA: The German secret service

Mossad: The Israeli secret service overseas

ASIS: Australian Secret Intelligence Services

ONI: The Office of Naval Intelligence (USA)

SDECE: The French secret service

SIFAR: The Italian counter-espionage service

Daniel Defoe, the writer famous for *Robinson Crusoe*, who worked for a time as a butcher, became an English government secret agent. He got on well enough to become friends with King William III.

When actor Sean Connery, the original movie James Bond, joined the Scottish National Party he was given the membership number 007!

Sir Anthony Blunt, a well-known British art historian who looked after the Queen's pictures, was found in the 1960s to have spied for Russia for many years.

An English spy, who became the Duchess of Portsmouth, is recorded to have earned a fortune for her information. In 1681 alone she received £138,668 – worth up to £100 million today!

The Man from UNCLE was first shown on American TV on 22 September 1964. The name of the lead character, Napoleon Solo, was thought up by the man who created James Bond – Ian Fleming.

The American K-12 spy satellite is believed to be so good that it can photograph objects as small as 15 centimetres from space!

Every modern battle has a code. 'Hail Mary' was the code used for the coalition forces in the move against the Iraqi armies in the Gulf War.

Sir Francis Walsingham, the master of spies in England for Elizabeth I, paid for the spies himself. It made him bankrupt and he died in poverty in 1590.

The American CIA agent Martha Petersen used a piece of hollowed-out coal to pass messages to spies in Moscow.

Einstein, the great German-American scientist, was friendly with a number of women. Among his closest friends was a Russian, Margarita Konenkova. What Einstein did not know was that she was a spymaster.

During the Cold War, East German agents used an infra-red beam to send messages from the East to West Germany.

The weapons for secret agents can be tiny. The Soviets made a lipstick that held a real 4 mm gun!

Spy Harry Gold, who worked for the Russians, was awarded the Order of the Red Star. When he was released from an American jail in 1965 he died before he could use one of the perks of the award – free rides on Moscow buses.

Women are searched less often than men. As a result, female spies can be more effective than men.

After the Cold War ended in 1989, many spies were able to go home. One of the most recent to go back was Polish spy Colonel Kuklinski. He went back to Poland in 1998, after spending 17 years in the United States.

The British major John André, on a secret service mission during the American War of Independence in 1780, was caught by the Americans. In his riding boot, documents were found which showed the details of the American defences around West Point, an American fortress. In court André was found guilty of espionage and sentenced to death. Forty years after he died, his remains were brought back to England and buried with full honours in Westminster Abbey.

From the 1940s to the 1980s there were 150,000 informers in East Germany.

Mokomoko, a chief of the Maori tribe, was pardoned in New Zealand in 1992. He had been hanged 126 years before for murdering a missionary, Carl Volkner, whom the Maoris suspected of spying for the British.

During World War II, the famous underwater explorer Jacques Cousteau posed as an ordinary diver in the south of France – while working as a secret agent. His job was to monitor Nazi naval movements.

100,000 agents worked for the East German security police, the Stasi.

If a soldier in uniform is caught on a secret mission behind enemy lines he or she is usually treated as a prisoner of war. If the soldier is in civilian clothes, they can be tried as a spy and, often, face the death penalty.

The first headquarters of the British secret service bureau was at 2 Whitehall Court, London. If they were still there now they'd be just around the corner from McDonald's!

In 1776, American army officer Nathan Hale was sent on a secret mission behind British lines in the American War of Independence. He was dressed as a Dutch schoolmaster. After being betrayed by an American who recognized him, he was tried by a British court martial and found guilty of spying. Because he was in civilian clothes, he was hanged. He became a legend to the Americans.

When Genghis Khan and his forces invaded Europe in the 13th century, he knew what to expect. He had recruited spies who posed as merchants and traders. The information reached him in under 24 hours by using a string of ponies. Normally such a journey would have taken ten days. Genghis Khan's arrangements were not forgotten. The idea of using a string of horses for quick delivery of messages was revived in the US Wild West hundreds of years later – as the Pony Express!

East Germany sold 33,000 prisoners for 3.4 billion Deutschmarks during the 1970s and 1980s. They used the money to buy technology from the West.

Soviet spy Emma Woikin passed on secrets in the lavatory of her dentist – they were collected by a chauffeur.

There are no friends in spying. In July 1998 three Germans went on trial in Germany because they had bought Russian military secrets for Britain, not Germany.

The American CIA once put together a special copy of the popular magazine *National Geographic*. On the edge of an advert was printed a tiny message in code. The Russian agent who received it was able to read the message under a microscope.

The famous English playwright Christopher Marlowe was said to have been murdered by three agents of Sir Francis Walsingham in a pub in Deptford, London, in 1593, after it was found that he was plotting against Queen Elizabeth I.

When a bomb exploded in a Munich beer cellar where Hitler was supposed to be holding a meeting, he blamed the British MI6. Hitler had left early, but six others were killed and 60 injured. The Nazi SS then kidnapped two British agents and they were taken to Berlin.

The secret codes used by the Germans in the 19th century were inspired by the American horror and detective story writer Edgar Allan Poe.

After the Japanese attack on Pearl Harbor, American code-breakers cracked the Japanese Purple Code. This work was vital in helping the US forces defeat the Japanese in the Battle of Midway in May 1942, changing the course of the war.

Karel Richter, a World War II German spy, was caught after parachuting down near St Alban's, Hertfordshire. He could not explain why he was wearing three sets of underwear and two pairs of socks on a warm summer evening!

The British film star David Niven became an espionage agent during World War II. He spoke fluent German and is said to have taken part in raids behind enemy lines.

Many countries release state secrets 30 or 50 years after the event. The secrets are sometimes surprising. It is now known that in the 1960s the US made a light nuclear bomb for carrying around a battlefield. They also tested a nuclear bazooka – called the Davy Crockett.

One part of the British spy system – MI5, for home operations – used to be entirely secret. Now the number is in the telephone book and Directory Enquiries give it out quite happily.

World War II British agent Wing Commander Forest Yeo-Thomas was known as the 'White Rabbit'. An exceptionally brave individual, he worked for the Special Operations Executive (SOE) in France. He once escaped from the Germans by hiding in a coffin!

The American spy Christopher Boyce escaped from jail on 21 January 1980. He had been jailed for selling plans for spy satellites and CIA documents to the Soviets. He was on the run for over 19 months in America, during which time he became a master of disguise and robbed at least thirteen banks.

John Thurlow, an Essex lawyer, was given £70,000 by Cromwell to set up a network of spies in 1645.

Britain had no organized spy service from 1660 to 1914.

The real name of the famous World War I spy Mata Hari was Margaretha Geertruida Zelle. She was very stylish: she ordered a new suit and gloves to wear at her execution in 1917.

German master spy Johann Steiber died in 1892. Many important people in Europe attended his funeral – just to be sure this man whom they feared was really dead.

In US libraries you can read a magazine produced for spies and those who work in the intelligence services quite openly.

In the 1940s a spy camera was made from a lighter. It really worked!

Robert Lee Johnson, a US GI, was given a lock-picking computer by the Russians in 1962 to enable him to get into the 'impregnable' armed forces security centre at Orly airport in Paris. He had to be careful since the computer was radioactive. On 16 December 1962 he used the combination to open the safe and take out highly secret documents. It took him just two minutes to open the three locks – the plan worked perfectly.

During World War I, German secret agents caught in Britain were found to have used hankies covered in secret writing to receive their instructions.

Of the top ten films of all time shown on British TV up until 1998, four were James Bond films. *The Spy Who Loved Me* was watched by 22.9 million viewers when it was first shown on 28 March 1982.

Britain's modern intelligence service was established under Captain Vernon Kell on 23 August 1909. It was called MO5 before the name was changed to MI5.

The British spy Sidney Reilly, known as the 'Ace of Spies', worked as a docker, a roadmender and a cook on an expedition to the Amazon before he became a super-spy.

During the 1960s Belgian spies used a toilet in a train as a place to leave messages!

In November 1993 the American CIA decided it could allow the sale of pictures taken by US spy satellites. The value of the business was put at a huge $1 billion!

In 1998, to mark its 50th anniversary, the CIA opened a kids' page on the Internet. It was called the *ABC of Spying* and included a list of books to read. These included *The First Book of Codes and Ciphers* and the more unusual title *The US Frogmen of World War II*.

Reilly, the British spy known as the 'Ace of Spies', went back to Moscow in 1925. Nothing more was heard of him. Although his wife stated in a newspaper ad that he had been killed by Russian troops, this was not certain. In World War II it was said that Reilly had really been helping the Russians and in 1972 a Paris newspaper claimed that he had always been a Soviet agent. What happened to Reilly remains a mystery.

Britain could make a real mess of spying. In the 1940s the man they put in charge of spying on the Russians, Kim Philby, was already a spy for the Russians!

Frank Brossard, a British spy at the Ministry of Aviation, was caught because MI5 had put tiny tracking bleepers on files. He'd taken some of them out of the building and was traced to a hotel room. He ended up being jailed for 25 years.

The British spy George Blake was sentenced to a record 42 years in jail in 1961. On 22 October 1967, helped by three cellmates, he was able to escape from Wormwood Scrubs prison by kicking out weakly cemented bars on a window in his cell. He then vanished, only to turn up in Moscow, where he still lives.

In the 1980s the British government tried to ban the book *Spycatcher* by former agent Peter Wright. By 1994 it had sold 12 million copies.

The 1960s TV series *The Man from UNCLE* was a huge hit. UNCLE stood for United Network Command for Law Enforcement.

America's first pilotless spy plane, the UAV Dark Star, was launched over the Mojave desert, California, in April 1996.

On 24 September 1971, 105 Russian diplomats and four members of the trade delegation were kicked out of Britain for spying.

The Americans were busy with German spies in World War II. One group of spies was sentenced to 320 years in jail; another bunch went to jail for 132 years.

After he defected from the USSR in 1971, Oleg Lyania had plastic surgery to change his looks and avoid being hunted down by the KGB.

John Dee, who was an astrologer and a secret agent for Queen Elizabeth I, signed himself 007 – 400 years before James Bond.

In 1967 fake 'top secret' documents were printed to advertise a new book by the author Len Deighton. They were so realistic that the FBI was called in to investigate. Some time later they were dumped in a bin in New York. Found by a Slav, he took them to the Russians at the United Nations and asked $100,000 for them. The Russians almost paid up!

During the 1960s spies would have had terrible trouble at the Ile de Levant in France – half the area was a testing ground for French rockets, the other half was a nudist colony!

Sometimes a story can be close to the truth. Nicholas Luard, who owned part of the magazine *Private Eye*, wrote a story about terrorism which was so real that the CIA suspected that one of their operators had leaked the whole story. During their investigation they bought lots of copies of Luard's book.

One of the traditional 'covers' for British spies was the job of passport control officer.

In 1992 a triangular hypersonic US spy plane was said to exist. It cost up to $10 billion! It was said to be able to reach anywhere on Earth in under three hours.

Erskine Childers became famous for the spy book *The Riddle of the Sands*. It was about a planned German invasion of Britain and came out in 1900. The book began a real spy operation and in 1910 two British agents were caught by the Germans. Thrown in jail, they were only released when the German leader, Kaiser Wilhelm, gave them a pardon when George V visited Germany. Childers ran out of luck in 1922: he was declared a traitor by both the British and Irish during the civil war and executed by firing squad.

Books can change history and can be deadly! In 1959 the American author Richard Condon wrote a spy novel, *The Manchurian Candidate*. Many still believe it to be the inspiration for the assassination of President Kennedy in 1963.

The spywriter Nigel West was, until the 1997 British election, a Conservative MP for Torbay in Devon.

Miles Copeland, the father of the drummer in the 1980s band The Police, worked as a spy with the American OSS and CIA up to the 1950s.

The British writer Graham Greene worked as a spy during World War II.

Among the rarest spy cameras were two made to look like Lucky Strike cigarette packets. They were made in the USA in 1949.

The Russians were worried about the success of James Bond in the 1960s. They were delighted when a Bulgarian came out with a book in which spy Avakum Zakhov and the Russians beat Bond. The only problem was, in the whole book they were not allowed to use the name Bond or the number 007!

A Victorian spy camera was only one inch (2.5 cm) across and was disguised as a lady's opera glass. It was sold for £23,100 in 1991.

The British spy writer Bernard Newman, who was a relative of the famous Victorian novelist George Eliot, always kept his eyes open and ears listening. While on holiday in Germany in 1938 he made an amazing discovery. He came across some unusual concrete buildings surrounded by barbed wire. A hotel keeper was able to tell him that the place was used for testing big new rockets. Newman thought this was important and told the British secret service; they didn't think much of the story and did nothing about it. A few years later, the rockets – the V2s – began to devastate parts of London.

In Japan to be a spy is a good job. Spies were even listed in the telephone and postal directories in the 1890s.

Ronald Seth became a British spy in Estonia in World War II. He was parachuted in with enough explosives to blow up a whole town and told to destroy the oil fields being used by the Nazis. He landed right in the middle of a German patrol! His radio and explosives were taken away, but he managed to escape. He was captured after twelve days as a spy. Beaten up, he was sentenced to hang. An unknown Estonian fixed the gallows so it wouldn't open and he was saved! He was never taken to the gallows again and managed to fool the Germans into believing he was a double agent.

One area where the Japanese secret service leads the world is very unusual – underwater surveillance!

The American CIA has a private air service, known as CAT.

The Chinese were able to discover about the atom bomb quicker than expected because there were over 3,500 Chinese students at college in the USA. Some were able to find out about the bomb through their studies.

Over the years, spies have developed their own language. Some of the more unusual words used include:

Doctor – the police

Cobbler – a forger of false passports

Hospital – prison

Shoe – false passport

Soap – truth drug

Measles – a murder which looks like death from natural causes, such as illness or an accident

Lion-tamer – a muscle man used to 'soften up' enemies

- New Zealand's secret service remained secret until 1985. It then sent out its first ever report.

- Only one American soldier was found guilty of spying during the Gulf War. Albert Somboloy, aged 40, was caught spying for Iraq and Jordan. He was sentenced at Fort Leavenworth, Kansas, to 34 years in jail in December 1991.

- British spies have their own club in London – it is called the Special Forces Club.

- There are two sorts of spying: basic intelligence, where the agent works for his or her own country; and counter-intelligence, where the agent tries to prevent the work of 'enemy' agents in all areas.

A 'spy university' was set up at Lund University in Sweden about forty years ago.

Great success as a spy can sometimes depend on very small things. During World War II, the British were fighting the Italians in the deserts of North Africa. One day a British agent, the son of the religious leader the Aga Khan, came across the shell of a bullet. When he looked at it he realized that it was marked with a letter that did not appear in the Italian alphabet, but did appear in the German alphabet. Italian guns could not fire German bullets. This evidence confirmed that the German leader Hitler had begun to send troops to North Africa.

When a spy decides to go over to the enemy (or the other side), he or she is known as a defector. A lot of trouble is taken to make sure these people are safe and able to pass over their information. Almost all defectors are taken to 'safe houses' to tell their story. Later many defectors will be given new identities, places to live and jobs where no one suspects what they might have done in the past.

During World War II, the British Scout Association was thought by some German leaders to be a spying organization.

Thomas Beach became a British spy by accident when in the USA. It all started with a $20 note he found in 1865, with 'Irish Republic' stamped on it. He realized that this was used by Irish people to try and start a separate Irish state. He worked at trying to stop this happening.

The CIA headquarters are at Langley, Virginia. There is no clue as to what the buildings really are. For a long time the only notice to the place was a sign saying Bureau of Public Roads, so it was known as BPR. The headquarters is now known as the Fairbanks Highway Research Station.

Sir Richard Burton, the great Victorian explorer, worked as a spy. When in India, he was so good at his disguise as an Indian that often his commanding officer did not recognize him.

Pierce Brosnan became James Bond in 1995. By coincidence the first full-length book on the Bond films, *James Bond in the Cinema*, was written by John Brosnan in 1972.

Englishman James Holman went blind in 1810. A few years later he was expelled from Russia on suspicion of spying!

The name of the secret service in Iraq is the Listening Post.

The Soviet agent Petrov became really interested in soccer matches in Australia, saying, 'This is a spendid game. I should be quite happy to stay in your country for ever.' He must have been happy, since he decided to stay in Australia and tell the Australians all he knew.

Ten people who have been spied on by the CIA or FBI:

1. John Lennon, the Beatles singer
2. Frank Sinatra, the singer
3. The Duke of Windsor, former British king
4. Princess Diana
5. George Raft, American film star
6. Paul Newman, American film star
7. President J. F. Kennedy
8. Martin Luther King, civil rights campaigner
9. Bob Dylan, singer
10. Harry Belafonte, singer

James Angleton, who was head of the CIA counter-intelligence, was an expert on orchids and loved poetry.

When there was an attempt to assassinate Pope John Paul II in Rome in 1981, two Bulgarian agents were believed to be part of the plot.

Cardinal Richelieu, the French politician who also appeared in the famous book *The Three Musketeers*, set up a big spy network in France. It was known as the *Cabinet Noir*.

Agents who work for MI5 cannot arrest anyone. They have to ask the police.

During World War II, the Americans decided to use the Italian crime families of the Mafia to help in the invasion of Sicily. The help they received from jailed Mafia leader Lucky Luciano led to his release from prison in the USA. The British took a different approach. Scotland Yard officers were ordered to round up Mafia gangsters in the area of Sicily where the British troops landed.

False or untrue information is often sent out or publicized by agents to fool the other side. This stuff is called disinformation.

Around 1950, 80,000 people were recruited by the Hungarian intelligence. The whole population was only 9.5 million! This was a huge number – it would be like recruiting about 500,000 people in Britain.

In the 18th century Antoine Rossignol in France decided how codes should work. He thought that it would never be possible to devise an unbreakable code. The best possible code, therefore, would be one which took so long to break that the information would be useless by the time the enemy had decoded it.

Two British spies caught in Germany in 1913 had to pay for their own trial. It cost them £380 each!

One of the biggest threats to national security is now the computer hacker. In July 1998 in San Francisco, a team using a $250,000 special computer cracked the US government codes in 56 hours. The computer had 1,800 chips.

MI5, the British agency, sometimes goes a bit mad. In the 1950s there was a plan to create a disease in the baobab tree of Africa. The baobab – the ‘upside-down tree’ – was sacred to the Kikuyu tribe of Kenya. The plan was to plant the disease in Kenyan trees and make the members of the tribe believe that the gods did not approve of their support for the Mau Mau terrorists! The plot was a complete failure – the tribe was far too clever.

The largest computer system in Europe is said to be run by NATO in Cheltenham to crack codes.

To identify themselves, Venetian secret agents of the 1400s had the insignia 'CDX' woven by a special process into the insides of their black cloaks.

Sir Noel Martin-Macfarlane came up with a plan to personally assassinate Hitler in 1938, with a shot from a flat he had in Berlin. The British secret service and Government rejected the plan.

The ancient Romans used pigeons for carrying messages.

Ten famous real or alleged spies of the 20th century:

1. Cary Grant, movie star
2. Noel Coward, British writer
3. Walt Disney, movie maker
4. David Niven, movie star
5. Rex Harrison, movie star
6. Lucky Luciano, US crime boss
7. Robert Maxwell, tycoon and criminal
8. The Aga Khan, religious leader
9. The Duchess of Windsor, wife of former British king
10. Errol Flynn, movie star

The South Korean spy organization is known as KISS.

The head of the British secret service (or SIS) is known as 'C'. The first C was Sir Mansfield Cumming. He lost a leg after a car accident. He moved around the office by putting his artificial wooden leg on a scooter and scooting about!

The German spy Lody managed to believe a rumour that Russian soldiers had landed in Scotland. Thinking that Russian troops were about to cross the Channel, the Germans did not send in all their troops in the Battle of the Marne in 1914. The Germans lost the battle as a result.

At the age of 16 John Ramensky, from Glasgow, was detained for theft. Off and on he was to spend 40 years of his life in jail. But he had his moment of glory. He was an expert at opening safes. In 1942 he was hired as an agent by the Government. He was sent to Italy to blow safes and steal German plans. On one mission at the German embassy in Rome he managed to open four strongrooms and ten safes in hours! Not long after he returned home he was back to normal work and was soon in jail again.

The magician and spy for Elizabeth I, John Dee, warned about the Spanish plan to attack English forests before the Armada. The attack was to stop the trees being used for new English ships. Dee said he knew of the plot by talking to an angel called Madini!

Henri Curiel, the uncle of the British spy George Blake, was also a spy. He was shot dead by terrorists in France in May 1978. He had spied for the KGB and helped some of the world's worst terrorists, including Carlos the Jackal.

The couple Reinhard and Sonja Schulze worked as spies for the East Germans. Their main office was their garden shed at their home in Cranford, Middlesex! They were caught and both jailed for ten years in July 1986.

There was a bit of a problem in Spain in 1984. One part of the security services was spying on another!

When MI5 tested 200 agents with a lie detector in 1985, 74 of them failed!

Allan Pinkerton, the organizer of the first modern intelligence agency in America and of the Pinkerton Detective Agency, was not American. He was born in Glasgow.

Daniel Defoe, the author of *Robinson Crusoe*, was a spy for England's Queen Anne and King George I.

Why not have your own spies? During the 1970s the head of the Swiss intelligence service organized his own private spies in Austria. Found out, he was sacked.

Trebitsch Lincoln was one of the most dotty spies. He was nearly always useless and short of money. But he spied for Britain, Germany (twice), a Chinese warlord, China, Tibet and possibly Ceylon (Sri Lanka) up to the 1940s. He was said to be dead in 1943, but in 1947 was reported alive in Sri Lanka. He was also a priest, a Buddhist monk, a journalist . . . and was jailed as a con man!

Sir Edward Stafford was the first known double agent in history. He spied for England and Spain in Tudor times.

The British spy and ambassador Sir Henry Wotton, who lived from 1568 to 1639, knew the job he had. He stated, 'An ambassador is an honest man sent to lie abroad for the good of his own country.'

Ten films and TV series which include intelligence agents:

1. *The Spy Who Came in from the Cold* (film)
2. *It Takes a Thief* (TV series)
3. *The FBI* (TV series)
4. *The X-Files* (TV series)
5. *Tinker, Tailor, Soldier, Spy* (TV series and film)
6. *Mission: Impossible* (TV series and film)
7. *Funeral in Berlin* (film)
8. *The Prisoner* (TV series)
9. *The Third Man* (film)
10. *Ice Station Zebra* (film)

A spy can be a legend in his or her own lifetime. In spy language, a 'legend' is a faked life, or new identity. Spies have to get used to the details of being a completely different person.

in April 1986, the former vice-president of Sudan, who'd helped the CIA, was sentenced to life in jail (twice) and fined 24 million Sudan pounds for his work!

Taiwan often used members of the Chinese criminal organization the Triads as spies. There were 18 groups of the 14K Triads used as spies in Hong Kong in 1949.

During the 1960s it was rumoured that the UK Labour Party leader Hugh Gaitskell had been poisoned by the KGB so that Harold Wilson, said to be a Soviet agent, could take over. The CIA almost believed the story.

For a short time during World War II, the head of the British Special Operations Executive, which looked after agents abroad and tasks like blowing up railways, was known as 'M'. Ian Fleming used the letter for the spy boss in the James Bond books.

Sometimes stories can help in the real world. The US author Leon Uris wrote a story called *Topaz*. In the book he hinted that there were Soviet spies high up in France. The French decided to look. They caught spy Georges Paques. He was jailed for life for passing top NATO secrets to the Russians.

When a spy or agent is tested on a lie detector, the experience is known as being fluttered.

A radio operator in a spy network is often known as a musician.

For about ten years MI5 has had a new name – DI5 – but everyone still uses the old name.

Sir John Rennie, head of MI6 in the 1950s, made his name as a painter. His pictures were shown at the Royal Academy and in Paris.

In the late 1960s, the Russians and the Czechs had a plan to close down the London Underground and cut off London's water supply.

A place where secret messages are left is known as a drop. Some of them are fairly obvious – like holes in walls, or gaps in a flight of steps. Some drops can be marked with a secret chalk mark.

In February 1986 the Israelis claimed that Carlos the Jackal, the world's most infamous terrorist and spy, had been killed and buried in the Libyan desert. A very much alive Carlos was jailed over ten years later in Paris.

Jules Silber, a German spy in World War I, worked in Britain as a censor of letters. One day a woman's letter caught his eye. She had written that her brother was working on secrets for the Navy. Silber went to see her. He pretended to be a British security officer. He told her what she did was wrong and that to avoid trouble she should tell him everything she knew about what her brother did. She did so. As a result Silber was able to pass on secrets about the Royal Navy's new 'Q' ships to the Germans. Silber was never found out. When he left his job as censor, all his office gave him a party. They never thought they were saying goodbye to a spy!

Among the spies used by the Russians and Americans were caretakers and cleaners. Cleaners could often find important information in rubbish. In America, the traitor and spy for the Russians, Aldrich Ames, was caught by, among other things, a careful look at his rubbish bins.

Before the Israeli Mossad security officers went ahead with the rescue of over 100 hostages held by terrorists in Entebbe, Uganda, in 1976, they used astrology to check that the timing was right.

The best escape routes for British agents and prisoners of war during World War II were organized by an office in London called MI9. The Germans had their own escape routes. These became known as 'rat lines'. Many Nazi war criminals made their escape down these lines after the war. They later turned up in South America.

Humint is human intelligence (information from people). Electronic intelligence, from bugs, spy planes, spy satellites, and so on, is known as Elint.

For many years people have been watched by the security services all over the world. In the USA and other places, simple information like shopping lists, names, addresses, and purchases by mail order and credit card have helped build up knowledge on people. Many Americans now destroy or shred anything that has their name or address on it.

A professional thief used by an intelligence agency is known as a cannon.

When an important person is given security protection, the group of agents is known as a detail. In Britain the undercover agent is usually difficult to spot. In the US, like Mulder and Scully of *The X-Files*, they can stick out. They are often dressed in neat black suits and even wear dark glasses like the Men in Black!

During the 1950s the American CIA spent a lot of money on 'spies' in Poland. The Polish knew what was going on. They took the money and used it themselves.

The British spy Alexander Szek was reported shot dead aged only 24 in 1917. He had managed to obtain a German code book for the British during World War I. The British decided that the Germans were never to know that the enemy knew their codes. Szek was sacrificed. It is almost certain he was shot dead by another British agent.

In 1929 the USA stopped spying in peacetime. An American leader said: 'Gentlemen do not read each other's mail'!

The American TV series *Mission: Impossible* ran from 1966 to 1972. The agents in the series worked for a US government agency called IMF: the Impossible Mission Force.

The places where American agents train are known as 'farms'.

The British Post Office came up with a magic bug some twenty years ago. It was called the R-12. You could put it in a telephone and then call the bug up from anywhere in the world. You could hear everything that had been said on the phone.

People who plant bugs are known as 'plumbers'. The most famous plumbers in history are those who bugged the Watergate building in Washington. The Watergate Scandal led to the resignation of the American president Richard Nixon in 1974.

Century House, a 19-storey 1960s office block, is the home of Britain's security service. It is in the area of the Elephant and Castle in London. Taxi drivers call it the Spooks' House.

The son of the man who helped invent cinema, Pathé, was arrested in France as a spy for the Russians in 1979. He was jailed for five years.

Female spies are either Ladies or Sisters. The ladies have the jobs which need them to work quietly at home or abroad. The sisters have the far tougher job. They are field agents who are required, if ordered, to do almost anything. In Britain there are more female spies and espionage agents than male ones.

One of the most famous statues to a spy was that of Pole Felix Dzerzhinsky. He organized the first Soviet intelligence service, called the Cheka, in the early 1900s. His statue in Moscow was toppled after the Soviet Union fell apart in 1992.

The Russian spy Molody was also an inventor. His car burglar alarm won a gold medal at the Brussels International Trade Fair as 'the best British entry'!

Baron von Etzdorf was born wealthy in Germany. He began to spy for Britain in 1933, and continued the work for 12 years. He was very successful. After World War II his luck ran out – he lost his fortune and ended up working at Jack's Cafe, a snack bar in London.

During the Korean war of the 1950s, the CIA found that their best intelligence came from children. So there!

In 1968 the Israeli secret service managed to make 200 tons of uranium disappear from a ship in the Mediterranean. The Israelis needed the uranium for making nuclear weapons.

The American spy headquarters, the Puzzle Palace at Fort Meade, did not exist for many years! It was supposed to be a big secret. But it was rather obvious. It was built underground and covered 12 acres. There were aerials and antennae all over the place. The underground tunnels were packed with computers. Around it was a three-metre-high fence, with barbed wire on top. Behind this was a five-strand electrified fence. Behind this was a third fence patrolled by armed guards with dogs!

In 1960, in a brilliant operation, the Israeli secret service and commandos managed to kidnap the Nazi war criminal Adolf Eichmann in Argentina. He was put on trial and later executed by the Israelis.

One of the problems with spies is that they can fall in love with those they are supposed to be watching. It appears to happen quite often.

The first FBI agent to be found guilty of spying was Richard Miller in 1981. Miller may not have been that good – he often left his keys in the office door and lost his passes to secure buildings.

VILE VAMPIRES

The FACT ATTACK series

Awesome Aliens
Beastly Bodies
Cool Cars
Crazy Creatures
Crucial Cricket
Dastardly Deeds
Deadly Deep
Devastating Dinosaurs
Dreadful Disasters
Fantastic Football
Gruesome Ghosts
Incredible Inventions
Mad Medicine
Magnificent Monarchs
Nutty Numbers
Remarkable Rescues
Rowdy Rugby
Spectacular Space
Super Spies
Vile Vampires

FACT ATTACK

VILE VAMPIRES

IAN LOCKE

MACMILLAN CHILDREN'S BOOKS

First published 1999 by Macmillan Children's Books

This edition published 2012 by Macmillan Children's Books
a division of Macmillan Publishers Limited
20 New Wharf Road, London N1 9RR
Basingstoke and Oxford
Associated companies throughout the world
www.panmacmillan.com

ISBN 978-1-4472-2449-5

1 3 5 7 9 8 6 4 2

A CIP catalogue record for this book is available from the British Library.

Printed and bound by CPI Group (UK) Ltd, Croydon CR0 4YY

DID YOU KNOW THAT . . .

In the first stories about vampires, told over 2,000 years ago, the vampire was said to have been a dragon who ate the moon. The legend came to Europe from the Far East and stories began to be told of vampires who sucked the blood of babies and people.

There are different sorts of vampires, according to stories from Romania, Russia, Bulgaria, Moravia, China and Mexico.

From very early on, vampires, ghosts, werewolves and spirits were known as the 'undead'. Only in the 1400s were the different types of the 'undead' defined.

There are nine ghostly kings, queens and princes in Britain:

1. Queen Isabella
2. Anne Boleyn
3. King Edward I
4. Queen Catherine Howard
5. Elizabeth I
6. Queen Catherine of Aragon
7. Mary, Queen of Scots
8. Queen Maude (or Mab)
9. Bonnie Prince Charlie

During October 1989 it was reported that vampire bats had killed seven people in the Amazon jungle in Peru. The people died because the bats passed rabies on to them.

When a werewolf dies, it is believed to become a vampire. This is why stories of vampires and werewolves are closely connected. In the Slovenian language the word for vampire is *vukodlak*, which means 'wolf's hair'.

The Chinese vampire is said to live by the light of the moon.

A werewolf is said to haunt the area from Miller's Dale to Peak Dale, Derbyshire.

The American vampire of the Rocky Mountains is reported to suck the blood from the ears of its living victims through its nose!

It is said that the writer Bram Stoker came up with the idea of *Dracula* after a nightmare he had following a dinner of crabs.

A Mexican vampire apparently has no skin on its skull – like the mysterious crystal skulls that have been dug up in the past.

The word vampire comes from the Hungarian word *vampir*.

The director of the Vampire Research Center, in Elmhurst, New York, says there are 80 to 100 vampires in the USA.

The name Vampire has been used a number of times for British ships and aircraft. There was a World War II submarine called Vampire, five versions of the Vampire jet and a World War II night fighter called the Vampire 113.

The original Dracula was a nasty man known as Vlad the Impaler, a murderous medieval tyrant who lived in Wallachia, Romania. He was also known as *Draculaea*, the son of the Devil. He often killed off his enemies by having them stuck on very sharp pointed poles which formed a horrific avenue up to the walls of his castle.

Any vampire bat imported to Britain is liable to be kept in a cage away from other animals, in quarantine, for life.

It is said that once a person is bitten by a vampire he or she dies and then returns as a pale vampire – one of the legion of the 'undead'.

There have been stories of unusual dead bodies for centuries. One of the most unusual was examined in 1969 in New Jersey, USA. It was known as the 'Minnesota Iceman'. It was kept by showman Fred Hansen who claimed it was the frozen remains of an ancient man. His remains had been found in a block of ice in the Bering Straits. The skin of the iceman was white and like wax but he was covered in brown hair. Strangest of all was that he had been shot twice. The feet were the most unusual parts of the body – they were not like those of either an ape or a human. They seemed a cross between the two. The Iceman went back to his real owner in the 1970s. In the end it was thought the Iceman was a clever fake.

During World War II, the US Army gave away copies of the paperback of *Dracula* free to troops serving overseas.

The Vampire ride was introduced to the Chessington World of Adventures in 1997.

A three-headed phantom dog is said to guard a treasure buried under the stairs of Dobb Park Castle, Yorkshire!

The 'undead' have been photographed from time to time. On 16 December 1936, a photograph of the ghost of the Brown Lady of Raynham Hall, Norfolk, was published in the magazine *Country Life* in Britain. It is said she has no eyes.

Some *Dracula* films:

1922 *Nosferatu*. A German film.

1931 *Dracula*. Starring Bela Lugosi.

1958 *Dracula*. Starring Christopher Lee and Peter Cushing.

1960 *Blood and Roses*. A French version.

1970 *The Vampire Lovers*.

1970 *Taste the Blood of Dracula*.

1971 *Countess Dracula*.

1972 *Captain Kronos, Vampire Hunter*.

1974 *Dracula*. Made by US artist Andy Warhol.

1978 *Dracula Has Risen from the Grave*.

1979 *Dracula*. A comic version starring Frank Langella.

1992 *Bram Stoker's Dracula*. Made by Francis Ford Coppola.

During medieval times, Dracula was thought to have a body and soul. His body ate things like roast beef, as well as drinking blood. His soul ate meringues and fruit in whipped cream!

In the 19th century people in the Ukraine and Russia thought that vampires were dead wizards, witches or werewolves.

The island of Haiti, in the Caribbean, has its own sort of legendary vampire, called 'red eyes'. These vampires can look like either people or wolves. In fact, apart from their red eyes, they are very difficult to tell from real people or wolves.

Murderer Peter Kurten from Germany was known as the 'Vampire of Dusseldorf'. He was found guilty of mass murder and beheaded in 1932.

When Bram Stoker began writing his book *Dracula* he used the title *The Undead* to start with, then changed it.

In Bulgaria, it was said that barmaids who cheated their customers in inns and pubs were likely to become vampires!

Dracula's castle, in the mountains of Transylvania, Romania, has a hidden underground passage. The entrance to the passage is hidden by a stone. The passage goes down 50 metres into the mountain and ends in a cell. On one side of the cell is a wooden door, which gives an escape route to the open countryside.

A man named John Dawson was murdered by a home-made bullet some 80 years ago but his ghost is said to still appear regularly at Bashall Eves in Yorkshire.

Whatever you do, don't annoy your mum or dad. In medieval Europe, anyone cursed by their parents was said to become a vampire when they died.

The singer Michael Jackson is reported to have hired Dracula's castle in Romania in the 1980s. His videos for songs from the multimillion-selling album *Thriller* included images of vampires, zombies and other weird creatures.

In Romania, if you are the seventh son in a family, you are said to be more likely to become a vampire.

Vampires were reported in China as early as 600 BC, over 2,600 years ago!

Santorini in Italy is supposed to be home to several vampires. They are believed to appear close to the hot springs and the volcano on the island.

In Romania, fir trees are planted over graves. These trees are said to keep away vampires.

A vampire can see in the dark. Sometimes their eyes will turn blood-red so they can see better when there is no light.

In 1823, it became against the law to drive stakes through the hearts of those who had killed themselves in England.

It is said that you can stop a vampire from moving by putting a branch of a wild rose in his coffin – he won't dare move in case he pricks his rotten skin.

In Eastern Europe vampires are said to have two hearts and two souls, so that when one dies the other remains undead.

Romanian legend says that vampires meet up in places where no dog can be heard barking and no cuckoo sings.

There are tales of good vampires too. In the story *Aylmer Vance and the Vampire*, written by Alice and Claude Askew in 1914, an ancient vampire saves a husband and wife from being killed.

Vampires can apparently enter into locked houses through chimneys or keyholes. They won't come in if you put garlic by the chimney or rub it on the keyholes.

A vampire bat can fly, walk and turn somersaults.

In 1990, in Connecticut, the skeleton of a body from the 18th century was dug up. The bones were jumbled. The skull had been used to make the sign of the Skull and Crossbones. It is probable that the bones had been moved because the person had been believed to be a vampire.

In late Victorian times a vampire called Dekanavar was said to wander the valleys in the area of New England in the USA. This vampire was a bit unusual – he sucked the blood from people's feet instead of from their necks!

James Riva II, an American, claimed he was a vampire. He was put on trial in the US, at Brockton in Massachussetts, in 1981. His lawyer said that since he was a vampire he should not be sent to jail for the murder of his grandmother. The jury agreed, and Riva was sent to a home for the mentally ill after he was found guilty of the murder.

In the 1400s doctors told nobles in Europe that they would feel much better if they drank the blood of their subjects!

In 1998 Jane Stephens said she was divorcing her husband. She claimed he was turning into a vampire. Apparently he told her he was thinking of having his teeth sharpened into fangs.

The legends of vampires and demons are very old. Many people believe they don't exist at all, yet something very odd was found in a burial mound at Sayre in Pennsylvania in the 1880s. It was the skull of a two-metre-tall person, with horns! Most surprising was that the burial took place about AD 1200. Some of the bones were sent to a museum in Philadelphia but the mystery will probably never be solved as the bones have since disappeared!

Bram Stoker got his inspiration for Dracula's pointy teeth from English explorer and writer Sir Richard Burton.

The vampire of Malaya has the strange name Penanggalan and is female. She is supposed to be a monster who sucks the blood of children. She comes into houses where children live by forcing her way through the floor.

If a vampire met the ghost at the Crown Inn at Great Staughton, Huntingdonshire, he or she might get a bit chilly. The ghost apparently makes clothes appear and disappear!

The American Gordon Linzner wrote a Dracula story about a vampire who was also a spy!

A German and Dutch legend states that a vampire can be destroyed by cutting off its head with a spade. The spade has to be new. The severed head then has to be carried to the nearest stream and thrown in.

In France a film came out in 1915 called *The Vampires*. It was a disappointment for horror fans – it was not about vampires at all, but a serial film about a gang of jewel thieves!

Bela Lugosi, the Hungarian actor who became famous for his film appearances as Dracula in the USA, never learned to speak English properly. His real name was Bela Blasko.

The American film director Woody Allen wrote a story called *Count Dracula*. In the story Dracula is fooled into arriving early at a dinner party because of an eclipse of the sun. He tries very hard to leave the house and avoid the daylight but he is killed when the cupboard in which he is hiding is opened and he is hit by a beam of sunlight.

Ten Dracula books with funny titles:

1. *What Time is it, Dracula?*
2. *Friendly Fangs*
3. *My Friend, the Vampire*
4. *Great Uncle Dracula and the Dirty Rat*
5. *Vampire on the Farm*
6. *Little Dracula's Christmas*
7. *The Vampire Slayer*
8. *Sherlock Holmes versus Dracula*
9. *My Sister, the Vampire*
10. *My Babysitter is a Vampire*

British murderer Stephen Sabin, known as The Vampire, was detained in Broadmoor, the hospital for the criminally insane, for twelve years.

Bram Stoker spent seven years researching and writing *Dracula*.

The first Dracula film was called *Nosferatu* and was made by Prana films. The film company went bust in 1922 when the widow of Bram Stoker sued over the making of the film and for using the Dracula story without her permission. All copies of the film were supposed to be destroyed. Luckily, some survived and the film is now an early horror film classic.

Michael Carreras, the man who revived the British film industry with his Hammer horror films, including classic Dracula films, was knighted for his work.

The posters for the Hammer film *Dracula Has Risen from the Grave* read: 'You just can't keep a good man down!'

The first vampire book by American writer Anne Rice was *Interview with the Vampire*. She finished it in six weeks. It is the story of a vampire called Lestat, who apparently lived in the 18th century. The book came out in 1976.

The film of *Interview with the Vampire*, starring Tom Cruise, made $91 million in its first four weeks of being shown in America in 1994. One of the characters in the film is a 12-year-old vampire called Claudia.

There's never been a real film shot of Dracula or a vampire. But there was a film of the mysterious American version of the yeti, Bigfoot. In 1998 the film of Bigfoot, shot at Bluff Creek Valley, California, in October 1967, was said to be a fake because someone had spotted the 'zipper' on Bigfoot's suit!

In 1732 a vampire was reported in Belgrade, the capital of Serbia. The creature was seen leaning to one side and had long, crooked fingernails. Around its mouth were drops of blood.

When war threatens Britain a skull kept at Bettiscombe Manor in Dorset is said to drip blood.

In Portugal there is a legend about a vampire bird-woman, called the Bruxsa, who is said to suck the blood of children.

The first popular English book about vampires was a story called *Varney the Vampire*, or *The Feast of Blood*, published in 1847.

For hundreds of years animals were kept away from graves because it was believed that if a bird flew over a dead body, or a cat jumped on the grave, then the body would turn into a vampire.

In the middle of the 1600s a vicar in Silesia said he and his wife were visited by a vampire while they were in bed. The first thing they noticed in the room was a terrible smell, which, bit by bit, filled the room. It was described as the smell of death. Then they saw the vampire appear. The vampire came over and breathed a terrible cold breath over the terrified priest and his wife. In moments the creature had disappeared, leaving them untouched.

Many people believed that the bubonic plague, which swept through Europe at various times and killed millions, was caused by vampires.

You can keep a vampire away by showing them a crucifix or the shape of a cross. If you prefer, you can keep them away all the time by wearing a necklace of smelly garlic!

Some creatures begin to behave like vampires. Finches on Wolf Island, one of the Galápagos Islands, have learned to drink the blood of living animals.

Seven ways to beat a vampire:

1. Sprinkle chalk and holy water nearby.
2. Cut off its head with a spade.
3. Stick a wooden or iron stake through its heart.
4. Pour boiling water down a hole near its grave.
5. Reflect sunlight into the tomb of the vampire. It will burn up.
6. Fill the mouth of the vampire with garlic.
7. Hold a crucifix or cross up to the vampire.

The Bulgarian vampire is said to have one nostril, sleep with one eye (the left) open, and keep its thumbs together.

The film *Vampyr* was made in 1932. It was largely paid for by Baron Nicolas de Gunzburg who starred in the film under the pseudonym Julian West.

Legends of evil spirits who suck blood are ancient and exist all over the world. In the Nicobar Islands there are sculptures of people with teeth the size of tusks.

During a hot summer night in 1949, police in Rome were called out on an unusual errand. They had received reports that there was a werewolf on the loose! A patrol found a young man crawling about on his hands and knees and howling. He was covered in mud and had long, sharp fingernails. The man was taken to hospital. When he recovered he said that during a full moon he had no idea what happened to him and he would often wake up on the streets. He said he had no idea why he was compelled to behave in the way he did.

In Serbia it was believed that a vampire could open locked chests, levitate logs of burning wood from fires and turn cattle crazy.

A survey in Russia in 1992 and 1993 revealed the things that people were most afraid of. Top of the list came vampires!

During the 1920s, in Germany, it was still believed that evil cats and dogs could be created and controlled by werewolves.

An anti-vampire kit was sold for £1.80 in Peru in 1993 to ward off a British woman buried there, who had threatened to come back from the dead as a vampire.

The word vampire appears to have first been used for bloodsuckers in 1734.

A TV ad for the sunglasses Ray-Bans featured vampires. The vampires used the specs to keep out of the sunlight during the day.

In Greece, for a time, blue eyes were thought to be the mark of a vampire.

The world's most famous book about vampires is, of course, *Dracula*. The book was written by Irishman Bram Stoker and was published in 1897. Stoker heard about the legend of Dracula and Transylvania from a Hungarian historian.

Bela Lugosi, the star of the 1930 film *Dracula*, always signed his photos in blood-red ink.

In 1951, Dr Herbert Mayo of America concluded that vampires were really people who had been buried alive.

Reports of vampires increased from 1900. This was probably as a result of the book *Dracula* becoming widely known.

In many countries the vampire can take on the shape of other animals – like bats or wolves – and has the power to control the creatures of the night.

There is no record of the original Dracula, Vlad Dracula of Romania, actually drinking blood.

The story of the female Dracula, first told by the Frenchman Le Fanu in the book *Carmilla* in 1872, is the most filmed vampire story after Dracula itself.

A crisp manufacturer in Leicester called in an exorcist after a floating, headless figure terrified the night shift working in the company warehouse. They called it a Potatogeist!

On 19 September 1936 a photographer took pictures at Raynham Hall near Fakenham in Norfolk, the home of Lady Townshend. One photo was taken of the staircase. When it was developed there was an apparition on the stairs. It was believed to be the ghost of Dorothy Walpole, the sister of Sir Robert Walpole. She had died, aged 40, in 1726.

English murderer John Haigh, who was known as the acid bath murderer, was hanged in 1949. He said that the reason he had killed people was because he felt like drinking their blood. He became known as the Vampire of London.

During the 16th century, detailed stories of vampires were written by clerks. In one case a vampire who had been buried for five years was said to have risen up and killed his brother and nieces. He was said to be able to survive for a fortnight from a feast of blood. When his grave was opened, it was said his heart was still beating. An iron bar was driven through his chest and his head was cut off.

Dracula is supposedly able to send his thoughts to other vampires. This is called telepathy. Many people have tried to find out if telepathy works. One of them was an American woman, Ruth Johnson of Shawnee, Oklahoma. Ruth stood for public office. She held no public meetings, saying she would communicate by telepathy to electors at stated times of day. She was not elected.

In the ancient Middle East, babies were given small carved wood tablets to wear round their necks in order to ward off a female demon that wanted to suck their blood.

In 1964 a film was made called *The Lemon Grove Kids meet the Green Grasshopper and the Vampire Lady from Outer Space*! Three years later came the film *The Fearless Vampire Killers*, or *Pardon Me, But Your Teeth Are In My Neck*!

Vampire bats suck blood through tubes made by their tongues and lower lips. In a laboratory they will crowd round a dish of blood and lick it up.

Female vampire Countess Bathory of Hungary had baths in her victims' blood. When she was found out she was sentenced to be walled up alive in the castle where she lived! A small slit was made in the wall so she could be fed. She died after four years.

The first stories in Europe of corpses found whole and untouched appeared in 1031. A bishop at Cahors, France, said a knight had been thrown out of the church. When he died he had been seen as a member of the 'undead', wandering about near his grave.

One of the scariest ghosts appeared in 1681 to a miller called James Graeme in County Durham. It was the ghost of a young woman. She was covered in blood and had five open wounds in her head!

Actor Bela Lugosi turned down the part of the monster in the 1931 film *Frankenstein* when he was told it was not a speaking part. The role was given to the then unknown British actor Boris Karloff (actual name: William Pratt).

Lord Hunt, who, in 1953, led the first expedition to reach the top of Mount Everest, found footprints of an unidentified creature in the snow below the mountain in 1978.

During the Middle Ages some people in Europe had a rare disease which made them bleed. The condition meant that they had to keep out of sunlight. This strange behaviour led to stories of people drinking blood at night – adding to the vampire legend.

Vampires can make you rich. American author Anne Rice, famous for her vampire books, employs over 50 people!

The first British vampires, known as the ‘bloodsucking corpses’, were described by William of Newburgh. He was a monk who mentioned these monsters in two books written over 800 years ago.

The role of Dracula in the 1930 Hollywood movie of that name was first given to actor Lon Chaney, but he died before filming began. Bela Lugosi, already famous on the New York stage for his portrayal of Dracula, was then given the part.

There was an outbreak of werewolf stories in Germany in the 1600s. One of the supposed werewolves was a man named Petrus Gonsalvus, known as the Wolfman of Bavaria. It now seems he had inherited genes which made him really hairy. His children were also very hairy. His daughter had hair all over her face – except for a little space round her eyes, nose and lips!

The famous British horror film actors Christopher Lee and Peter Cushing (who played Dracula and Professor Von Helsing in several classic Dracula films) had the same birthday – on May 27.

Over 30,000 people were said to have been werewolves in Europe between 1520 and 1650!

Fears of evil spirits, not just vampires, lasted well into the 19th century in Britain. Prime Minister Benjamin Disraeli left the legs of his bed in bowls of salt water to ward off evil spirits.

In October 1694 a popular French paper gave an entire issue over to stories of werewolves!

A vampire bat can only drink about three millilitres of blood a day. It would take weeks to kill someone at that rate.

Charles Addam, the US cartoonist, became famous for the creation of the Addams Family. When he remarried aged 68 in 1980, his bride wore black and the ceremony took place in a dog cemetery.

In German stories the vampire casts no shadow.

The actor Bela Lugosi's last request, just before he died in August 1956, was to be buried in Dracula's cape.

101 people, including the pilot and the flight engineer, were killed in a jet crash in the Florida swamp in December 1972. Parts of the plane were salvaged and reused in other TriStar aircraft. Many crew members of these planes saw the ghosts of the dead pilot and the chief engineer aboard their planes.

Some people believe that a vampire can turn into fog or a pile of straw.

When it was first published, the book *Dracula* did not have the original first chapter. This was only added after the writer Bram Stoker died in 1914.

According to some legends vampires have eyebrows that meet in the middle and hair which grows on the palms of their hands.

Romanian stories suggest that vampires have short tails which grow thicker when it gets warm.

The vampire hunter in Bram Stoker's *Dracula* was Professor Van Helsing. Van Helsing always carried with him a pair of pincers, a mallet and a stake in a medical bag. This was his 'getting rid of vampires' kit.

Peter Stubbe was said to be a werewolf in Germany in 1559. He was put on trial in Cologne. He was sentenced to death after being accused of murdering 13 people. Just to be sure he was quite dead, he was broken on the wheel, his head was cut off, and he was then burnt to powder at the stake! In the 1990s it was found that the 'murders' were probably caused by food poisoning.

Just to be sure that a vampire was properly destroyed, the Romanians would carry out one of the three following safety measures:

1. Drive a nail into the forehead of the vampire.
2. Pierce the body of the vampire with needles.
3. Smear the corpse with pig fat.

When the plague hit a part of Austria in 1710, vampires were blamed. All the tombs in one local cemetery were opened up to try and catch the vampires!

Whoops! When a peasant called Arnold Paole fell off a hay wagon in Serbia and died in 1726, he was said to have turned into a vampire. He was blamed for killing off the locals.

Shrieking spirits are said to haunt the nobles in Ireland – in revenge for the past bad behaviour of the nobles.

King Louis XV of France and King Charles VI of Austria were both keen on reading vampire stories.

In medieval times it was said that the dead bled from their wounds if they were near the person (or people) who had murdered them. Shakespeare liked this idea and used it in his famous play *Richard III*.

In the book *Dracula* by Bram Stoker, Dracula is destroyed not by a stake but with a bowie knife!

James I of England and VI of Scotland was a fan of vampires. He wrote about them in a pamphlet titled *Demonology* in 1597.

In Saxony, Germany, a lemon was put in the mouth of a vampire to make sure it did not come back. Just to be doubly sure it didn't move, the corpse was then nailed into the coffin.

Dracula's costume of evening dress and black cape was designed for the June 1924 stage show of *Dracula* at Derby. The play became a hit on Broadway in June 1927, with actor Bela Lugosi in the lead.

The fear of being mistaken for dead was so great in the 1800s that over 200 books were written about avoiding being buried alive.

Vampires are said to have bodies that do not decay. They are kept in perfect condition by drinking blood. There are many real bodies which reportedly have not decayed after death. Among them is that of Saint Bobola of Russia. His body was found intact 72 years after he was murdered.

Dracula was apparently able to crawl down or up sheer cliffs or walls, using his cloak like great wings.

Charles Waterton was one of the great explorers and naturalists in South America. In his book about his travels and discoveries he included a picture showing sleeping people being attacked by vampire bats.

Many stories are told of people being buried alive and then being mistaken for vampires when their coffins were opened. The famous British writer Wilkie Collins, who wrote the world's first real detective story, had a fear of being buried alive. He always carried a letter with him. It asked anyone who found him 'dead' to check with a nearby doctor, just to be sure.

Max Schreck was the first to play Dracula in a film – *Nosferatu* – in 1922. He was given pointy ears and long fingernails for the role.

The hero of the original Dracula book is Englishman Jonathan Harker. He falls in love with the three beautiful girls captured by Count Dracula in his castle.

Charbel Makhlouf, a Lebanese monk who died in 1898, was made a saint in 1977. Just after he was buried strange lights are reported to have appeared around his grave. Up to 1950 his body was apparently untouched by death. He was said to look as though he had just gone to sleep.

To protect against vampire attack, a tar cross was put on the doors and windows of houses in Serbia.

The first colour film of Dracula starred Christopher Lee and came out in Britain in 1958. The story takes place in the forests of Germany instead of the wilds of Transylvania, the original home of Dracula.

Indian mystics sometimes claim to be able to survive being buried alive. One, a Mr Baba, was buried for ten days in October 1980. When his burial place was opened he was found – quite dead!

The Vampire was the first vampire stage show. It was performed in France in the 1830s.

In Elizabethan times the equivalent of aspirin was powdered human skull dissolved in red wine!

There were 1,531 steps to the door of Dracula's castle in Romania.

A bat umbrella for vampires was made in the 1940s.

A comic book female vampire, called Vampirella, was created by Forrest J. Ackerman in the USA. She came from another planet, called Drakulon. She had supernatural powers but these were never used against humans.

American Vincent Hillyer was allowed to stay in Dracula's castle for one night in 1977. Afterwards he described being woken by the smell of flowers. There were no flowers on the rock on which the castle was built and certainly no flowers in the ruins! Following his night in the famous castle Vincent was taken to hospital as he complained of feeling faint. In the clinic he was found to have puncture wounds on his neck! The doctor said they were only the bites of a large spider. But were they?

The idea of levitation became popular in Victorian times. From the 1850s a man called Daniel Home was seen to levitate his body. Through 40 years of demonstrations no one could prove he was faking.

In 1304 it was reported that one body was buried five times. Each time it turned up not far from the grave and had to be reburied.

The stake used to destroy a vampire can be made from aspen or hawthorn – aspen because it was the wood of Christ's Cross and hawthorn because it was the base for the Crown of Thorns.

The great French writer Voltaire was pretty sure that vampires existed. He said they were the bankers and businessmen of Paris and London! He wrote: 'They suck blood in broad daylight. They don't live in cemeteries but in palaces.'

In Romania it is said that a stake has to be used on a vampire at first light. In order for it to be effective it has to strike the heart on the first attempt.

The famous French author Alexandre Dumas wrote a play called *Vampire* in 1851.

In the 18th century, people who learned medicine were sometimes accused of creating vampires! It was common for bodies which were to be used for anatomy to be left in the open during cold winters to preserve them. People who did not know this thought the bodies were vampires and ordered them to be burned.

In the 1100s a tale was told about a chaplain who was buried at Melrose Abbey in Scotland. For several nights the dead chaplain is supposed to have made his way out of his grave and appeared in front of people in the community. When the corpse turned up the next time a monk lay in wait and cut him down with a battleaxe. The body of the 'undead' man was taken out and burned in a huge fire. The ashes were then scattered in the wind.

The first sight of Dracula in Bram Stoker's famous book of 1897 describes a tall old man, with a long white moustache, dressed in black from head to foot. There was 'not a single speck of colour about him anywhere'. People quickly decided an old man would not be very exciting for the film, so he was dumped for a younger version.

An Australian version of the Yeti appeared to a surveyor and others in a camp on a mountain in New South Wales in 1912. The manlike animal was said to be two metres tall and very big. Oddly the head was very small. The creature became known as the Yowie.

It's not only vampires who come back from the dead. Animals can too. Britain seems to have its fair share of animal ghosts. Among the more unusual are:

1. A bear. This ghost has been seen in Cheyne Walk in Chelsea.
2. A chicken. Seen in Pond Square in Highgate, London. It is said to be the ghost of the chicken used by Sir Francis Bacon for an early experiment in freezing food!
3. The treasure dog. The ghost of a dog at Wanbarrows in Somerset is said to guard a buried treasure.
4. A sow pig and her litter. This ghostly group has been spotted at Merripit Hill on Dartmoor.
5. An unusual dog. This dog from Weacombe in Somerset is said to lead those who are lost back to safety.
6. A white doe. A phantom seen at Knepp Castle in Sussex. It is said to be the ghost of a girl bewitched and changed into a doe in the 13th century.
7. Jimmy, a brown and white spaniel who

belonged to the writer Barbara Cartland, haunts her home at Camfield Place, in Hertfordshire. The house was once the home of Beatrix Potter, of *Peter Rabbit* fame.

8. A monkey. The ghost of a pet monkey haunts Athelhampton Hall in Dorset.

Most books have only a few chapters but the book *Varney the Vampire*, published in 1847, had 220! The vampire of the story, Sir Francis Varney, ends up tired of his wandering and throws himself into the volcano on Mount Vesuvius!

Some people took vampires very seriously in the late 1600s. They even studied them. One work written about them in Germany was given the title *Historical and Philosophical Dissertation on the Chewing Dead*! In 1728 another book appeared called *Book of the Chewing Dead in their Tombs*!

One of the British operations against the Japanese army in World War II was known as Operation Vampire.

While the locals in the Himalayan Mountains call the Yeti the Snow Creature, it was a journalist who thought up the name the Abominable Snowman.

The stage play *Dracula* only played at the Royal Lyceum Theatre in London once, on 18 May 1897, at 9.45 in the morning! The great English actor of the time, Sir Henry Irving, described it as 'dreadful'.

Legend has it that if you catch a vampire and you don't have a stake, you should cut off its head. You should then throw the head into a stream or pond. The head will either sink through the earth, to be burned up on the inside of the world, or be carried out to sea and then drop down to be burned up below the Earth's crust.

For a long time it was thought vampires were dreams which somehow became real.

Among the best-known bloodsuckers are leeches. They are still used in medicine today. A large leech can drink or suck in 30 grams of blood at one go.

A French monk printed a book in two volumes about vampires in Paris in 1746.

Bram Stoker, the Irishman who wrote *Dracula*, only wrote for a hobby. His real job was stage manager at the Lyceum Theatre, London.

When vampires are hit by sunlight, they burn up and turn into ashes.

The Vampire of Dusseldorf, Peter Kurten, was soft-spoken, polite and well dressed. One of his victims of the 1920s, Maria Budlick, was given a sandwich and a glass of milk before he attacked her. She was the only one of his victims he allowed to escape.

Murderer Peter Kurten ate two final meals. Once he'd had Wiener schnitzel, fried potatoes and a bottle of white wine, he asked for it again!

The book *Dracula* was first published in Ireland in May 1897. To celebrate its hundredth anniversary, hundreds of Dracula fans gathered at Dracula's castle in 1997.

Some of the ancient Romans behaved like vampires. Fresh gladiator blood was drunk in Rome as a cure for epilepsy.

MAGNIFICENT MONARCHS

The FACT ATTACK series

Awesome Aliens
Beastly Bodies
Cool Cars
Crazy Creatures
Crucial Cricket
Dastardly Deeds
Deadly Deep
Devastating Dinosaurs
Dreadful Disasters
Fantastic Football
Gruesome Ghosts
Incredible Inventions
Mad Medicine
Magnificent Monarchs
Nutty Numbers
Remarkable Rescues
Rowdy Rugby
Spectacular Space
Super Spies
Vile Vampires

FACT ATTACK

MAGNIFICENT MONARCHS

IAN LOCKE

MACMILLAN CHILDREN'S BOOKS

First published 1999 by Macmillan Children's Books

This edition published 2012 by Macmillan Children's Books
a division of Macmillan Publishers Limited
20 New Wharf Road, London N1 9RR
Basingstoke and Oxford
Associated companies throughout the world
www.panmacmillan.com

ISBN 978-1-4472-2436-5

1 3 5 7 9 8 6 4 2

A CIP catalogue record for this book is available from the British Library.

Printed and bound by CPI Group (UK) Ltd, Croydon CR0 4YY

DID YOU KNOW THAT . . .

Early in her reign, Queen Victoria employed a man called 'Her Majesty's Bug Destroyer'!

Chief Buthelezi, head of the Inkatha Freedom Party and nephew of the current Zulu king Goodwill of South Africa, played his great-grandfather King Cetshwayo in the film *Zulu* in 1964.

Queen Anne outlived all her 17 children. She died in 1714.

Richard Branson's great-uncle Major L. H. Branson was 'Conjuror to the King' for Edward VII.

During the French Revolution the mob broke into the royal tombs in Paris and meddled with the remains of the French kings and queens. The canon of the royal church managed to rescue the small petrified heart of King Louis XIV and presented it to an English family, the Harcourts. The Harcourts kept the heart in a special case at their home in England and showed it to interested visitors. One of the vistors was the Dean of Westminster Abbey. The Dean was very old and not all there. When shown the grisly relic, he held it, then, for some unexplained reason, licked it, then swallowed it! There was no way the heart could be recovered and it was certain the thing could not be digested. Very soon the Dean died and was buried in Westminster Abbey, presumably along with the heart of a French king.

Queen Suriyothai of Thailand became a national heroine. She dressed in men's clothes for a battle between the Thais and the Burmese in 1549, fighting on an elephant beside the King. During a charge she managed to save her husband's life but lost her own. Her ashes are still kept and revered in Thailand.

Among those in the procession to Westminster Abbey for the coronation of Queen Elizabeth II in June 1953 were the Queen's honorary physicians, surgeons and dental surgeons, from the RAF, the Royal Navy and the Army.

King Corvinus of Hungary liked books – he left 50,000 of them to a library in 1490.

Frederick II of Prussia, who lived in the 18th century, was a bit strange. He took off his uniform and high boots only once a year – when he went to see his wife on her birthday.

The world's smallest book is about a king – *Old King Cole*. It measures a minute 1x1 mm and was printed in Paisley, Scotland, in 1985. There are only 85 copies!

After she gave up the Swedish throne in 1654, Queen Christina of Sweden dressed as a man.

One of the most famous relatives of a monarch has no name. The Bible says that the Pharaoh decreed that all male Hebrew children should be killed. One day the Pharaoh's daughter was bathing in the Nile when she noticed a basket containing a three-month-old baby boy among the reeds. She knew he was a Hebrew boy but decided to rescue the baby. She later called him Moses. He became the greatest leader and teacher in the history of the Jews. In the Bible the woman who rescued him is known only as 'the Pharaoh's daughter'.

During the reign of Henry VIII, the mummified body of the wife of Henry V, Catherine de Valois, who died on January 3 1437, was found when Westminster Abbey was being rebuilt. The body was put in an open box where it remained on show for 200 years until it was reburied in 1776.

The brain of the Italian prince Lorenzo the Magnificent, still kept in Florence, is half a pound heavier than average.

The French emperor Napoleon's autograph can be found in an odd place – the St Petersburg Caves near Maastricht, Holland. There are 200 miles of passages in the caves. During the Second World War many people took shelter there, and a large number of art treasures were stored there for safety.

In Britain, in the Queen's name we can declare war, dissolve Parliament, conduct criminal prosecutions, pardon murderers and collect taxes.

The magnificent Taj Mahal in India was built by Shah Jahan as a tomb for his favourite wife Mumtaz-i-Mahal. It took 22 years to complete and cost £600,000 for the wages of the masons alone.

The first king of the Sicilies, Italy (1751–1821), thought up an unusual present for his wife Queen Maria Carolina – he ordered two pizza ovens for the royal palace of Capodimonte! 60 years later a pizza was made in the Italian national colours – red, green and white – for the Queen of Italy, and named in her honour: a Margherita.

After a visit to see Queen Elizabeth II, jazz star Duke Ellington wrote 'The Queen's Suite'. Only one copy of the record was made and it is now kept at Buckingham Palace.

Handkerchiefs are believed to have been invented by King Richard II of England. Handkerchiefs are square because, in the 18th century, Queen Marie Antoinette of France decided they should be.

Queen Wilhelmina of the Netherlands, the Dutch queen from 1890 to 1948, left a fortune of over £20 million when she died in 1962. She was believed to be the richest woman in the world.

Kings can give away almost anything. When King Herod of Palestine saw the girl Salome dance he was so impressed, he offered her any present, even half his kingdom. She asked her mother's advice then came back with her request – she wanted the head of St John the Baptist.

The tomb of the Egyptian queen Cleopatra was discovered on January 10 1890.

The British royal family have always been given presents. One of the strangest must have been the lamb given to Princesses Elizabeth and Margaret (the Queen and her sister) in 1939. Nothing that strange about a lamb, you may think. But this one was a bit special – it had a very odd diet consisting of watermelon, cake and coffee!

The first thing ordered by Queen Victoria when she became queen was that her bed be taken out of her mother's bedroom.

In the 1860s the children of the Russian tsar Alexander slept on camp beds and were woken up at six in the morning. It was thought to be good for them.

Tutankhamen's body was discovered in 1922, 3,274 years after his death, by the English archaeologist Howard Carter. It was one of the most magnificent discoveries ever.

Louis V of France, who ruled in the 10th century, was known as 'Louis the Do Nothing'. There wasn't much he could do, since it was really the nobles who ruled the country.

The Roman emperor Tiberius was so strong he could put his finger through an apple.

The long and the short of British reigns:

Edmund II Ironside. 7 months, 7 days in 1016.

Edward V. 4 months in 1483.

Edward VIII. 10.5 months in 1936.

Queen Victoria. 63 years. She came to the throne in 1837.

George III. 60 years. He came to the throne in 1760.

Henry III. 56 years. He came to the throne in 1216.

Edward III. 50 years. He came to the throne in 1327.

Queen Elizabeth II. 60 years +. She came to the throne in 1952.

Elizabeth I. 44 years. She came to the throne in 1558.

Henry VI. 39 years. He came to the throne in 1422.

John James Audubon, the American naturalist and artist, was one of 50 people who claimed to be Louis XVII of France, after it was said that a dumb child had been sent to replace him in the tower of the Temple prison in Paris in 1795.

The last king of Italy, Humbert, reigned for only 34 days before he abdicated (gave up the throne) in 1946.

Henry I died after eating too many lamprey eels, on 1 December 1135.

Alexander the Great, King of Macedonia, managed to conquer more territory than any other monarch – he was only beaten by Genghis Khan. He managed to take over about 2.2 million square miles.

568,387 people filed past the coffin of George V as it lay in state in Westminster Hall, London, in 1936. The queue went on for three miles. Three million were on the streets to attend the funeral.

King Constantine of Greece won a gold medal in yachting at the 1960 Olympics.

King Edward VII kept his clocks fast so he could be early to go shooting. He also kept a fireman's uniform waiting for him at Charing Cross fire station, so he could attend any important fires in London.

The King of Prussia, the father of Frederick the Great, wanted a private guard with men over 2 metres tall. In the attempt he made his guards marry women over 1 metre 80 cm tall.

In the 1550s Charles V of France's favourite food was eel pasties.

The first member of the British royal family to be cremated was Princess Louise, a daughter of Queen Victoria, in 1914.

Charles II, King of England, Scotland and Ireland, made his French friend St Evremond the governor of Ducks' Island for a fee of £300 a year. The island was in the middle of St James's Park, London.

Pepin the Short of France had an unusual hobby – he took on wild animals in circus games.

The *Queen Mary* liner was the first ship owned by the Cunard line whose name did not end with the letters '-ria'. It seems the owners wanted to name it after Britain's best-known queen, Queen Victoria, but King George V thought they meant his wife, Queen Mary, so the name stuck.

£80,000 was spent on flowers at the funeral of Queen Victoria in 1901. It was the first big royal funeral to be filmed.

George III bought over 67,000 books, including 200 Bibles. His collection can be seen in the British Library in London.

A 'communist' chess set made in 1960 in what was then East Germany had no kings. Workers took their places. The queens were kept as examples of well-educated and bright women!

In 1978 £185 was paid for a sample of Queen Victoria's underwear. £70 had been paid for a piece of her wedding cake by an Australian colonel five years before.

King Louis IX of France (1423–83) played billiards, as did Mary, Queen of Scots.

In Japan, only the imperial family are allowed to travel in a maroon car.

When the Queen is in the House of Lords, the Lords (or Peers) are not allowed to wear gloves.

In April 1988 the London High Court decided that the bones of St Edward the Martyr, the English king, should really be moved to a church. From 1930 until then they'd been kept in a cutlery box in a bank vault at the Midland Bank in Woking, Surrey!

Charlemagne became the first Holy Roman Emperor on Christmas Day 800.

Lady Jane Grey was Queen of England for only nine days. She was executed on 12 February 1554. Every queen named Jane has been executed, dethroned, imprisoned or murdered, or has gone mad.

Just after he was born in 1886, the future king Alfonso XIII of Spain was carried naked to the prime minister on a silver tray! Five days later he was carried in a solemn court procession with a golden fleece round his neck and was baptized with water specially brought from the River Jordan.

In the 19th century the kings or consorts of Belgium (Leopold I), Portugal (King Ferdinand), Britain (Prince Albert) and Bulgaria (King Ferdinand) were all members of the Coburg family of Germany.

The first English king to go through a coronation in England was Ecgferth of Mercia in 785. The chair of St Edward has been used for coronations in England for over 500 years.

In 1944 the ex-king of Romania, Carol II, ordered the arrest of the ruler of the country Ion Antonescu and his son, who had betrayed the country by giving in to the threats of Germany's dictator Hitler. There was no jail in the palace so the two were locked up in the ventilated safe used by the ex-king for his stamp collection!

Among the places or areas named after kings and queens are :

1. *The Victoria Falls, Africa.* Named after Queen Victoria.
2. *Virginia.* The US state named after Queen Elizabeth I of England and Ireland (the Virgin Queen) by Sir Walter Raleigh.
3. *Carolina.* The US state named after Charles II (his name in Latin).
4. *Maryland.* The US state named after Queen Henrietta Maria, the wife of King Charles II.
5. *Louisiana.* The US state named after King Louis XIV of France.

Possibly the shortest reign was that of John I of France. He reigned, as a baby, for only five days before he died. He was said to have been murdered with a pin by his aunt.

Queen Elizabeth II was the first Queen of England to be born in a private house – at 17 Bruton Street, London W1.

Charles V, the Holy Roman Emperor, born in 1500, was said to speak four languages. He ruled Spain, the Netherlands and Germany. He was said to speak German to his horse!

Queen Elizabeth I was the only British monarch whose nation did not possess land outside England and Wales.

Charles V of France, who reigned from 1364 to 1380, was not a healthy man. He had a disease which made the nails on his hands and feet dry up and fall out. In later life he always had an open wound on his arm. He died when he was only 43.

The coronation of King Edward VII was postponed two days before it was due because the King had to have an operation for appendicitis. The thousands of cooked birds, and masses of fish and other food intended for the coronation banquet, were given to the poor of London.

The first tsar of Russia, Peter the Great, introduced a tax on beards. He decided that any growth appearing within his kingdom should be shaved off with a blunt razor or the hairs plucked out one by one.

After she lost her teeth, Queen Elizabeth I did not appear in public without padding in her mouth.

Queen Amelia of Portugal didn't like corsets, so she arranged to have X-rays taken of the ladies at court to find out who was wearing one.

Holland has now been ruled by women for over a century.

Queen Victoria almost always went out in public in fine weather. As a result, periods of bright sunny weather became known as Queen's weather.

The day before her execution on May 19 1536, Anne Boleyn, the second wife of Henry VIII, told the constable of the Tower of London that he shouldn't try to prevent her execution. She reassured him that the executioner was good and that she had a little neck.

Ivan the Terrible of Russia was married three times. Each time he chose his wife from the daughters of nobles in a competition.

In 1575 Elizabeth I turned down the throne of the Netherlands.

George II was once robbed in Kensington Gardens.

Because George I couldn't speak English (only German), Great Britain's first prime minister, Sir Robert Walpole, spoke to him in Latin.

The famous story of King Robert the Bruce of Scotland and the spider was first told by Sir Walter Scott some 500 years after Bruce's death. It was claimed that, having seen a spider try and try again to throw a line of its web to a beam and eventually succeed, Bruce was inspired to fight the English one more time. He defeated the English army at the famous Battle of Bannockburn in 1314.

Eleanor of Castile, the Queen of Edward I, is said to have saved her husband's life during the crusade of 1270 by sucking the poison from a wound made by an arrow.

Mary, Queen of Scots, was known as the White Queen because she wore white when mourning the death of her French husband King Francis II in 1561.

The last British king to die in battle was Richard III, at the Battle of Bosworth on August 22 1485.

Charles VI of France had a problem speaking to his wife, Isabella of Bavaria. He could speak no German and she no French! In 1392 he went mad and killed four of his bodyguard when out in a forest.

Francis I of France banned beards and moustaches.

When young, William the Conqueror was able to jump into the saddle of his horse while wearing full armour.

Charles I and Henrietta Maria did not meet until a month after their wedding! She was in France, he was in England! When they did meet in London, they couldn't miss each other – they both wore green suits.

The Emperor Napoleon of France designed the Italian flag.

William III was the first British monarch to be baptized with more than one name.

Henry II of England was not keen to work. He often stayed in bed until midday and then couldn't decide what he was going to do.

Catherine II of Russia, known as a powerful and strict empress, was not always difficult. She even played cards with one of her pages. Once, he was so absorbed in a game of cards that he didn't answer her call. Catherine went off to look for him and seeing his interest, sat down and helped him finish the game.

James I had a tongue which was too large for his mouth. As a result he could not speak properly.

Queen Elizabeth II wore three crowns during her coronation in 1953 – not all at the same time, of course!

In the 13th century Henry III of England had the biggest zoo in Europe. It included a lion and the first elephant seen in England which were given to him by Louis IX of France. He kept all his animals in the Tower of London.

Isabella, the Queen of Castile and Leon, Spain, didn't spend much on sending Christopher Columbus on the voyage which led to the discovery of Haiti, the first part of America to be found by a westerner. The money was about the same as she spent on two dinner parties.

The composer Mendelssohn taught Queen Victoria to sing.

Edward I of England was amazingly lucky. As a boy he was playing chess with one of his knights in a vaulted room when he suddenly left the table for no reason and walked away. Seconds later a huge stone fell right where he had been sitting! Another time he escaped being struck by lightning in Paris. It passed over his shoulder and killed two of his attendants.

Queen Elizabeth II went to hospital for the first time in her life on July 17 1982 to have a wisdom tooth removed.

Louis XIV of France owned 413 beds.

Royal families are famous for their jewels. The French empress Eugénie wanted something different, so she had a necklace made of rare black pearls.

When Elizabeth, the late Queen Mother, married George VI at Westminster Abbey on April 26 1923, it was the first royal wedding at the Abbey since 1383.

Prince William of Glucksberg first learned he had been elected King of Greece in 1863 from a newspaper article in the greasy paper in which he had wrapped a sardine sandwich for his lunch. Later, when king, he used to roller-skate in the ballroom of his palace in Athens!

Charles XVIII of Sweden hated dogs. He never entered a room if dogs were present. When he became king in 1792, he banned dogs from his palaces.

Henry III of France liked to walk about the streets of Paris with a basket of puppies around his neck!

King Charles VIII of France had six toes on one foot. To help he wore square-ended shoes, which then became fashionable.

When Queen Eleanor, the wife of King Edward I of England, died, the King ordered crosses to be put up in her memory in the 12 places where her coffin rested on its journey to Westminster Abbey. The best known today is at Charing Cross station – it is a copy of the original, destroyed by Cromwell's soldiers.

Alexander the Great was annoyed that the city of Thebes surrendered to him without a fight so he ordered it to be burned down. He only spared the home of a long-dead poet, Pindar, because he admired his work.

Queen Victoria had handkerchiefs embroidered with teardrops for mourning.

Charles II had a small lab in Whitehall Palace where he experimented on human bones, eventually making a medicine called 'King Charles's Drops'.

Tsar Nicholas II of Russia suffered from seasickness. He once ordered a round royal yacht from Scotland since it was more stable than the normal design.

Catherine de Medici was the mother of three French kings – Francis II, Charles IX and Henry III. They all became king in her lifetime.

George I of Great Britain and Ireland objected to medals being awarded to people in the Royal Navy – no sailor received a medal during his reign.

King Louis XIV of France had a diamond-encrusted robe which cost one sixth of the price of the whole Palace of Versailles!

Charles I's budget for clothes reached £3,900 one year, including £80 for a nightgown of 'sky colour'.

Roman emperor Nero ate leeks to improve his singing voice.

Attila, the King of the Huns, died on his wedding night, aged 47.

When Henry IV of France's son married Françoise de Lorraine in 1598, he was four and his wife was three!

Queen Elizabeth I owned 2,000 dresses.

Richard III was born with teeth and hair.

Queen Matilda, the wife of William the Conqueror, was 1 metre 27 cm high – the shortest British monarch.

Isabella, daughter of Philip II of Spain, spent three years wearing the same linen after she had vowed not to change it until the siege of the fortress at Ostend was lifted.

King Edward the Confessor was an albino.

King Mongkut of Siam, now Thailand, became well known because of the musical *The King and I*. As a youth he was a Buddhist priest but because he was to become king he was allowed to marry. He was keen on the idea – so much so that by the time he died he had 94 children by 27 wives!

During the coronation of George III in Westminster Abbey, the largest jewel in his crown fell out and rolled on the floor.

King John III of Poland was born on June 17, was crowned on June 17, was married on June 17 and died on June 17.

When she died in 1714 Queen Anne was very fat and very short. Her coffin was almost as wide as it was long.

Richard III of England was not liked. He was buried in an unmarked grave. Later the stone coffin was found, dug up and used as a horse trough. It ended up being broken up and used as steps for the cellar in the White Horse Inn, Leicester!

During the reign of Edward III of England, a law was passed making it illegal for anyone to eat more than two meals a day.

After he died in AD 814, Emperor Charlemagne of Europe was embalmed. He remained as a mummy on his throne until 1215 when it was decided he should be buried. Even then his body was not left in peace. His coffin was later re-opened, his nails were cut and he was given a gold nose.

Barristers in Britain wear black. They first wore black for mourning after the death of Queen Mary, the wife of William III, in 1694.

King Edward III had a big battle-sword. It was so huge and heavy that it took two ordinary men to lift it!

Bonnie Prince Charlie escaped to the Isle of Skye dressed in women's clothing on June 27 1746.

Because he ran away in 1688, Parliament decided that King James II had abdicated and declared the throne vacant.

Kings have often been given unusual names or titles describing their appearance or life. Among them are:

1. Charles the Fair (France).
2. Charles the Bald (Germany).
3. Philip the Good (France).
4. Forkbeard (Denmark).
5. The Lionheart (Richard I of England).
6. Bluetooth (Harald II of Denmark).
7. Crouchback (King of Sicily).
8. William the Hairy (Spain).
9. Harefoot (Harold II of England).
10. John the Fortunate (Portugal).

In 1233 the Japanese royal family began to stain their teeth black, as a sign of beauty!

The diamond engagement ring was introduced for the engagement in 1477 of Archduke Maximilian of the Holy Roman Empire and Mary, his intended.

The legend of King Arthur first appeared in the 7th century. The story, including Merlin and the Knights of the Round Table, was first written as a history in 1136.

Queen Anne of England and Scotland came up with the idea of sweepstakes for betting on horse races.

Francis I of France was over 2 metres tall, with huge hands and feet.

When he was young, King Henry VIII, a sportsman, was a champion hammer thrower.

Prince Charles became Duke of Cornwall when he was three. In theory he could then have sat in the House of Lords.

At the Battle of Fontenoy, just before King Louis XV of France visited the battlefield, the English sent a note to the French army: 'French gentlemen, fire first'. The French sent back their own message: 'English gentlemen, we never fire first, you fire'.

The tiny country of Liechtenstein is ruled by a prince. The capital is Vaduz. The country has no more than ten villages.

Among his titles, the King of Siam was known as 'Possessor of Twenty-four Umbrellas'! His other titles were 'Brother of the Moon' and 'Half-Brother of the Sun'.

Marie Antoinette, the doomed Queen of France, was very short-sighted but refused to wear glasses, preferring lenses to be fitted to the fans she carried.

Once, when out hunting, James I's Queen, Anne of Denmark, managed to shoot his favourite dog.

After the Bastille prison was stormed in Paris, which began the French Revolution, the French King Louis XVI had problems writing his diary. He managed to sum up this momentous day in history with one word: 'nothing'.

When he first tried to abdicate in 1946, King Victor Emmanuel of Italy wrote the wrong date on the document, and had to start again.

The Danish queen Juliane Marie became the proud owner of the Royal Copenhagen Porcelain manufacturing company in 1779.

Frederick the Great of Germany always carried poison with him, to be used as a last resort if he was captured by enemies.

When she married Prince Albert in 1840, Queen Victoria only wore clothes that had been made in Britain.

After King George IV split up with his wife Queen Caroline in 1796, her belongings were sent to London and sold off to the public!

Kaiser Wilhelm II of Germany was reported to have cried for three weeks after being criticized in Parliament for giving an interview to a newspaper.

Up to the Middle Ages the emperors and empresses of Constantinople (now Istanbul, Turkey) were the only ones allowed to use purple ink.

The last independent ruler of Wales was Prince Llywelyn ap Gruffydd – he was killed in a rebellion in 1282.

Not long ago Princess Irene of the Netherlands wrote a book on the subject of talking to trees.

The exiled Charles X of France decided to go to a place called Gorz (Gorizia) after he lost his throne in 1830. He was told the climate was good for his health. As soon as he arrived there he caught the disease cholera and died!

Peter I of Russia died of smallpox on his wedding day.

Henry VIII was the first British king to be called 'Your Majesty'.

King George VI was knighted when he was only 28 days old!

As Prince of Wales, George VI won the RAF doubles tennis championships in 1920 with Sir Louis Greig. They went on to play in the doubles at Wimbledon in 1926, but were beaten in straight sets by Gore and Barrett.

Ethelred the Unready, King of England, paid out £84,000 to keep the Danes away from 1001 to 1014. He really didn't get on with the Danes. On November 13 1002 he ordered that all the Danish men in England were to be killed!

King Alexander of Greece died of poisoning in 1920 after being bitten by his pet monkey.

The last king and queen of France, Louis Philippe and Queen Marie, escaped to England in 1848, using the names William Smith and Madame le Brun.

The future Catherine the Great of Russia was orphaned at a young age. She was later sold to a Russian prince, who gave her to the then emperor of Russia, Peter the Great. Until then her name was Martha, but she changed it to Catherine before becoming Empress.

The wife of King Philip the Handsome of Spain was very attached to her husband. So much so that after he died in 1506, she kept his body in her bed for the next three years!

When the son of Henry IV of France was christened in 1601, his mother, Marie de Medicis, wore a dress covered with 32,000 real pearls!

British kings and queens claimed the throne of France until 1801. *The Times* newspaper managed to print the royal coat of arms incorporating France every day until 1932!

Henry Pu Yi, the last emperor of China, was aged two when he came to the throne in 1908. He ended up as a gardener and collector of the family history, in China.

Archduke Ferdinand of Austria, whose shooting led to World War I, assisted in his own death. On that fateful day in 1914 he had had himself sewn into his uniform, making it difficult for doctors to prevent him losing too much blood. As he was shot he said, 'It is nothing.'

The 19th-century queen of Madagascar made it illegal for her subjects to dream about her.

Shah Jehan, the Mogul emperor, was buried in a tomb with one of his hands poking out, so people could touch or shake it. It became a bit manky after 40 years so was tucked back inside with the rest of him.

King John of England was buried in Worcester Cathedral, dressed as a monk.

King Paul of Greece worked under an assumed name as a mechanic in Coventry in the 1950s.

In May 1483 the boy King Edward V was locked up in the Tower of London. On June 16 he was joined by his brother Richard, the Duke of York. They never left the Tower and it is said they were murdered. Two skeletons were found in 1674 and they were examined again in 1933. They fitted what was known about the'princes in the Tower'. It is claimed that Richard III had them killed but there is no evidence that he issued such an order.

When the peace treaty between the USA and Japan ending World War II was signed on April 28 1952, Emperor Hirohito of Japan composed a poem.

King Henry VI of England went mad in August 1453. He was mad for less than a year. Centuries later George III went crazy from time to time and had to be put in a straitjacket.

The last Scottish king to be crowned on the Stone of Scone before it was taken south to England was John Balliol in 1292.

In 1797 Tsar Peter III of Russia was crowned. He had died 35 years before!

The Duchess of Kendal, a rather good friend of George I, the British monarch, was allowed to organize the manufacture of small coins in Ireland from 1722 to 1725.

During the coronation of Edward VII in 1901 the crown was put on his head back to front.

King Alfonso XIII of Spain was profoundly deaf.

Lambert Simnel was a pretender to the throne. He was crowned in Dublin as Edward VI in May 1478. When his supporters were beaten by Henry VII's army, Simnel was put to work in the royal kitchens.

James I of England and Ireland, and VI of Scotland, was not keen on the idea of witches. He encouraged witch-hunting and decided that witches should be put to death from 1603.

The Emperor Maximilian of Mexico had a wife who went mad. Perhaps he was a little dotty himself. When there were two rivals for his daughter's hand in marriage, he ordered them to fight a duel. The winner was the first one to place the other's corpse inside a large bag!

On average Queen Elizabeth of Russia (1709–62) changed clothes 12 times a day. She was the only person in Russia allowed to wear pink.

Queen Victoria became Empress of India in 1876. She then ruled over the largest empire ever known in history. All the bits of the world she ruled were coloured pink on maps. As it happened, less than a hundred years later George VI ruled over more countries in the world than she did.

The Tudor kings and queens of England were descended from Ednyfed ap Cynwrig, Seneschal of Gwynedd, a Welsh royal.

Playing cards were designed by the painter to Charles VI of France. The hearts are based on the clergy.

Though Henry VIII was very keen to have children, none of his children had children themselves.

Just before her execution Marie Antoinette, the Queen of France, tripped over the foot of her executioner, then apologized.

King Henry II of England had a pet polar bear which he allowed to swim in the Thames at the end of a rope.

The earliest known royal jewels are those of Queen Zer of the first Egyptian dynasty – they were bracelets of gold and turquoise.

Elizabeth of York, the wife of King Henry VII of England, was the model for the queen on playing cards.

Napoleon, Alexander the Great and Frederick II of Prussia never slept for more than three hours a night.

The Order of the Garter was created by Edward II of England to commemorate 'the legendary glories of King Arthur's Round Table'.

Louis XIV of France was the first person to wear high-heeled shoes. One pair had orange heels and wavy tops! He also wore tall wigs to make himself look more important. He and his wife, Maria Theresa of Spain, were the only people at court allowed to sit in chairs with arms.

The Palace of Versailles near Paris was ordered by Louis XIV of France. It took 30,000 workers 40 years to build.

After she was beheaded, the heart of Anne Boleyn, the second wife of Henry VIII, was stolen. Taken to a church in Thetford, Suffolk, it remained hidden until 1836; it was then reburied under the organ.

Nicholas II, the Tsar of Russia, once thought of surrounding the whole of the country with an electric fence.

The ruby in the imperial state crown of Britain was worn by Henry V at the famous battle of Agincourt against the French, in 1415.

By coincidence, George I, George II, George III and George IV all died on a Saturday.

King Louis XV of France came to the throne aged five. He went on to have 10 children, but only one survived.

On January 28 1393, at a ball in Saint-Paul, Paris, the noble Louis of Orleans accidentally set fire to a group of men dressed up as 'wild men' in bits of cotton and feathers and performing a dance. One of the dancers was King Charles VI. He was saved by the Duchess of Berry who threw her cloak over him. The accident led to a riot which sent the King mad again.

George V of the United Kingdom was a fanatical stamp collector. One day he remarked that some fool had paid an enormous amount of money for a stamp. He was reminded that that fool was himself!

Richard I spent only six months of his reign in England. His wife, Queen Berengaria, spent no time in England at all.

King Haakon IV of Norway had unusual presents to give to friends – polar bears.

The ancient Egyptian monument Cleopatra's Needle, which can be seen at the Embankment, London, was around for 1,400 years before Queen Cleopatra was born!

Queen Victoria never allowed the royal train to go faster than 30 miles an hour. Once, when it reached 40 mph, she had the driver whipped and dismissed.

King Alfred the Great was a bit of an inventor. He once ordered his chaplain to make him candles with marks to show each hour. Since the wind kept blowing out his candle clocks, he came up with the idea of putting them in lanterns.

As a young man, the future king George V spent some time at sea. When sailing in the South Atlantic he once saw the phantom ship the *Flying Dutchman*.

COOL CARS

The FACT ATTACK series

Awesome Aliens
Beastly Bodies
Cool Cars
Crazy Creatures
Crucial Cricket
Dastardly Deeds
Deadly Deep
Devastating Dinosaurs
Dreadful Disasters
Fantastic Football
Gruesome Ghosts
Incredible Inventions
Mad Medicine
Magnificent Monarchs
Nutty Numbers
Remarkable Rescues
Rowdy Rugby
Spectacular Space
Super Spies
Vile Vampires

FACT ATTACK

COOL CARS

IAN LOCKE

MACMILLAN CHILDREN'S BOOKS

First published 1998 by Macmillan Children's Books

This edition published 2012 by Macmillan Children's Books
a division of Macmillan Publishers Limited
20 New Wharf Road, London N1 9RR
Basingstoke and Oxford
Associated companies throughout the world
www.panmacmillan.com

ISBN 978-1-4472-2424-2

1 3 5 7 9 8 6 4 2

A CIP catalogue record for this book is available from the British Library.

Printed and bound by CPI Group (UK) Ltd, Croydon CR0 4YY

DID YOU KNOW THAT . . .

The first parking meters were installed in Oklahoma City, USA, in July 1935.

The yellow wheel clamp, called the "Denver Boot", was first used in London in 1982.

In 1938, an 18-year-old from Devon, Lionel Rice, was found guilty of dangerous driving and banned from driving for the rest of his life.

A garage was once stolen, piece by piece. The Rolls-Royce which had been parked inside it was left completely untouched!

Losing a car by forgetting where it is parked is not uncommon. In early 1997 a British couple spent an extra night on holiday in Holland after forgetting where they had parked their car.

The world's smallest factory car ever made was the Peel Trident, a bubble car, produced in 1964.

In April 1997, Mr Hope Till, aged 83, was given free road tax for life after buying a new Ford Fiesta. It was the 52nd Ford he had bought in a row. He had bought his first, a Ford Anglia, in 1950 for £365. Ford in Britain rate him their best private customer and in all he has owned 22 Escorts, 18 Fiestas, 2 E49A Anglias, 2 100Es and 8 105Es.

Metallic paint for cars came about by accident. One day in the 1920s a paint machine broke in a US factory. Bits of the metal were ground up and mixed in with the paint – it was found to be an attractive metallic finish for cars.

Dan Howard, of Newcastle under Lyme, found his £16,000 car was a write-off after a mouse ate its electrical wiring.

One of the world's biggest traffic jams took place in January 1990 when thousands of East Germans filled their cars, all Trabants, with their belongings and headed away from the Communist East to the West. It was said that "never had the little cars given so much joy".

Many works of art have used cars as a subject. Among them are Carhenge – a copy of Stonehenge made out of cars by American James Reinders in a field outside Alliance, Nebraska, in the USA.

A French sculptor called Arman made a 20-metre-high sculpture of cars and concrete in Paris; Spanish artist Salvador Dali made a work including a complete car, with showers of water squirting on to the doll passengers. This work can be seen at the Dali museum in Spain.

The only car which did not finish the 9,000-mile London-to-Peking race in 1990 was the most expensive – a £150,000 Lamborghini!

Sir Malcolm Campbell was famous in Britain and around the world in the 1920s and 1930s for breaking speed records in cars and in boats. One day he was stopped by the police and told off for going over the speed limit while riding a bike!

Stealing cars is one of the world's biggest crimes, but the thieves don't always get away. A gang who tried to hijack and steal a car in Britain in 1996 got more than they bargained for – the car's owner, Paddy Doyle, was the world kick-boxing champion! The gang were soon on their way!

In the 1940s ordinary detergent was added to oils in cars to help clean the engine and keep it clear.

For the Monte Carlo rally, held in Monaco each year, the roads are closed for the weekend of the race. In 1997 the first race for historic cars was held in the streets of Monaco – 210 cars took part.

Many people have made funny insurance claims after their cars were damaged in accidents. One of the stranger claims must be that your car was run over by a tank . . . but it does happen! In 1995 in San Diego, California, a tank, stolen from the local National Guard armoury, careered through the city streets. It knocked down telephone and electricity poles, as well as flattening 30 cars before the police stopped the thief.

On December 22 1960 the Morris Minor became the first car to sell a million in Britain. To celebrate, the next 349 cars were specially made as Million Minis. They were a strange colour – lilac!

After a survey by the AA (Automobile Association) in Britain in 1968, it was found that the safest colour of car was bright orange!

Parking tickets were brought in to stop people blocking roads over fifty years ago. Among the stranger things to have been given a parking ticket are a horse (given a ticket in Hackney, London) and a train (Thomas the Tank engine, given one for blocking a road while being pulled to the Yorkshire Railway Museum).

When moving around off the track at Grand Prix races, former World Motor Racing champion Michael Schumacher rides a scooter.

Jane Lewis, of Brecon in Wales, reported that her car had been stolen. The police told her a little later that it had been found. However, by the time she arrived to pick it up, only 100 yards from the police station, she found it had been stolen again!

A record 130,000 people turned up to watch the British Grand Prix at Silverstone in 1992. Because of the crush, the maximum capacity was reduced to 90,000. It has since increased to 120,000.

The first parking meters in Britain were put up by Westminster council in London in July 1958. There were 625 of them.

Bristol was the first British city outside London to introduce parking meters, in 1961.

Some people become very attached to their cars. Doris Pearson, aged 88 in 1997, still drove her open-top 1927 Vauxhall Tourer. There are only a few of these cars left in the world.

In 1996 two Russian businessmen wanted their Jaguar XJ6 mended. Even though they lived in Siberia, in the Far East of Russia, they knew there was only one place to go. So they drove all the way to Yorkshire to get the car fixed at Les Thomson's garage. The distance was about 6,000 miles!

A horseless carriage was designed by American Uriah Smith of Battle Creek, Michigan, in 1900. It had a model of a horse's head on the front so it would not scare the real horses!

Over the years there have been several ways to keep a car safe from thieves. One new way was to use radio beams on part of the car key to open the car. It does not always work. In November 1997 alone over 10,000 people in Britain were locked out of their cars because the beams were accidentally blocked.

The first British Prime Minister to use a gas-powered car was John Major. A gas-powered Rover 827 was delivered to 10 Downing Street in November 1996.

Nancy Morrison of Aberdeen got the surprise of her life while delivering groceries to her mother-in-law. One minute her car was fine, then next minute a plane landed on it!

The author Rudyard Kipling, famous for *The Jungle Book*, bought a Lanchester car from the British makers in 1902. He liked the car so much he got to know the three Lanchester brothers who made it and wrote an adventure story based on them.

Venice, the Italian city, has no motor cars – all trips are made either on foot, by horse and carriage or by gondola. Strangely the official name for a gondola carrying people is a gondola car.

Bruce McLaren, the New Zealand racing driver of the 1960s, gave his name to the McLaren Grand Prix car. He was an unusual driver – when he was young he had a disease which left him with a deformed hip and he always had a limp.

An anti-smoking Grand Prix car, called the Extinguisher, was launched by Englishman Hugo Spowers in 1995.

In 1901, a man named Emil Jellinek liked a new car he saw being made in Germany. He told the salesmen he would buy 36 of them on one condition – that the car was named after his daughter. The car company agreed to the odd request and named the car . . . the Mercedes!

On Christmas Eve in 1901, a young man staggered into the kitchen of his home in Detroit in the USA, clutching a small engine – which was dripping petrol on the floor – and a can of petrol. Putting it down, he asked his wife, who was stuffing a turkey, if she could hold the petrol can while he clamped the engine to the side of the kitchen sink and started it. She agreed. The 28-year-old man managed to start the engine and it ran for a full 55 seconds. He seemed delighted and enthusiastic about using the engine for his own motor car. His name . . . Henry Ford!

Just before Christmas a man visiting London from Stuttgart in Germany found his car had been clamped while he had been out shopping. He couldn't be bothered to have it unclamped, so he left it in the road, decorated with presents!

A law was introduced in Britain in 1967 making it illegal to abandon a car on open land or on a road without permission.

You would not expect an amphibious car to get stuck . . . but when 16 holidaymakers went out for a trip in the car on the beach at Minehead, Kent, the car ended up being stranded and a lifeboat had to be launched to rescue them!

A Citroën 2CV, with the number 007, appeared in the James Bond film *For Your Eyes Only*.

Bill Carter, a British designer, showed off his combined car and plane, called the Top Cat, in August 1996.

The first motorway was built in Italy in 1925 – it was called an *autostrada*.

A tortoise in Kent which had damaged its shell was able to move about normally again after a vet used a kit, usually used to repair car bodies, to strengthen its shell.

An electric car was made in Austria as long ago as 1897.

Dorothee Pullinger was the first woman in Britain to take charge of a car factory, when she became head of the Galloway cars company in Scotland, in 1921.

At the world sports car championship race in 1992, only three of the cars finished.

The Earl of Caithness invented a steam road carriage in Britain in 1860. It went at a top speed of 8 miles an hour and cost less than a penny a mile to run.

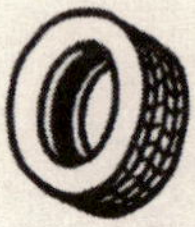

An estate agent, looking about some old stables in Somerset some years ago, got the surprise of his life. Inside the tumble-down buildings he found thirty valuable cars, including one dating from 1915. The collection had been stored in the buildings by a garage owner, Mr Tucker, and had been completely forgotten about after he had died fifteen years before. Altogether the cars and other vehicles there, including an ancient fire engine and two full-size steamrollers, were worth over £200,000.

The Aston Martin Lagonda, made in 1976 and costing £32,000, was said to be a "super car", operated by computer. It was supposed to have a top speed of 140 miles an hour and be incredibly easy to drive. However, just before its opening test in front of the British press, the computer blew up and it managed to reach only one mile an hour – and that was when it was being pushed up a drive!

The car used by Roger Moore in the first *Saint* TV series was a white Volvo sports car.

In 1952 there was a riot at the Motor Show when people who wanted to buy the new Austin Healey rushed on to the platform.

Dr Ruth Hoskin of Cookham in Berkshire was digging in the rockery in her garden, when she was astounded to find that it was built over a classic Wolseley car.

The world's longest car is owned by Jay Ohrberg of California. It's a 100-foot limo with 26 wheels and two drivers' compartments (one at each end, to help with reversing!). It also includes a jacuzzi, sun deck, helipad, swimming pool, king-sized bed and a satellite dish!

In 1996 it was found that a car had been left parked in a London street for thirty years!

Robbie Williams, the former Take That singer, can't drive. In 1996, he hired a £95,000 Ferrari 355 for show. In June 2011, he confessed to the *Sun* newspaper that he still can't drive.

Car Dates

1900. The first camera to trap speeding motorists was set up in Paris.

1904. January 12. Henry Ford set a new world land speed record of 92.37 miles per hour (mph) in his car the "999" on the frozen Lake St Clair in the USA.

1906. January 2. The French Darracq racing car set a new world land speed record of 108 mph, in France.

1907. The first speed humps to slow drivers down were introduced in the USA, in the state of Illinois.

1923. The first Highway was built in the USA – the Bronx River Parkway in New York.

1934. Driving tests were introduced to Britain after a rise in accidents.

1935. The 30 mph speed limit was introduced to British towns.

1936. Captain George Eyston set a new land speed record of 162.5 mph at Bonneville Flats, Utah, USA.

1937. The first speedometers were introduced to cars.

1938. Captain Eyston set a new land speed record in America of 345.4 mph in an eight-wheeled Thunderbolt car.

1967. The 70 mph speed limit was introduced in Britain.

1977. Stan Barrett, a Hollywood stuntman, set a land speed record of 638.637 mph, in a 48,000 hp rocket-engined three-wheeled car, at Bonneville Flats, Utah, US.

The rickshaw was invented by an American Baptist minister in Japan in 1858.

In Memphis, Tennessee, a law still existed in the 1980s which said that a woman was not allowed to drive a car unless a man with a red flag walked in front of it!

Because of the Arab oil embargo, the price of a gallon of petrol in America rose from 60 cents to $1.25 between 1975 and 1980. As petrol (the Americans call it gasoline) got scarce, thousands of petrol pumps ran dry and petrol rationing was introduced.

Richard and Alan Jensen built their first Jensen car in 1927, when they were teenagers, calling it the Jensen Special number one.

98 cars left Crystal Palace in London for the 10,000-mile London-to-Sydney car rally in November 1968. A month later the 72 cars left in the race were taken by ship from India to Australia. A Hillman Hunter won the £10,000 first prize.

The first car radio was made in 1914. Student Alan Thomas of Toronto, Canada, fitted his Model T Ford with a radio receiver and overhead aerials. It only worked when the car stood still.

Craig Breedlove of the USA drove a three-wheel jet-powered car at an average speed of 526.28 mph on the Bonneville Salt Flats in Utah, America, in October 1964.

During the First World War cars in South Africa were used as a Motor Corps. The men and cars of the Motor Corps fought all over Africa during the war.

The first British car to cost £100 was the Morris Minor Tourer, first made in 1931.

Andy Coombes of Southampton made a motorized armchair in 1996! It had red velvet and braid, a drinks cabinet and a 49 cc engine for private roads and pedals for the public road. These motorchairs were for sale at between £3,500 and £5,000.

Probably the world's most valuable car, for a while at least, was one which was parked in New York in December 1991. Thieves broke into it and stole $2 billion (£1.1 billion) worth of bonds (a type of share) from it!

In the early part of the 20th century it took an average of six weeks to train a driver of a horse and carriage to drive a lorry.

Up to 1923 the death rate among horse and carriage drivers in England and Wales was over 60% higher than that among vehicle drivers.

British drivers have often captured the world land speed record. Some of the more famous records by British drivers have been:

1905. A. Macdonald, driving a Napier. 104.65 mph.

1924. Malcolm Campbell, driving a Sunbeam. 146.16 mph.

1926. Henry O.D. Segrave, driving a Sunbeam. 152.33 mph.

1931. Malcolm Campbell, driving a Napier-Campbell. 146.09 mph. Campbell was an exception driver – he also broke the world land speed record in 1927 and 1928, both times on the same day, February 4.

1935. Sir Malcolm Campbell, driving a Rolls-Royce Campbell. 301.3 mph.

1947. John Cobb, driving a Railton-Mobil. 394.2 mph.

1964. Donald Campbell, driving a Proteus-Bluebird. 403.1 mph. (Donald was the son of Sir Malcolm Campbell.)

1983. Richard Noble, driving Thrust 2. 633.46 mph.

The first roadside petrol pump in the UK was installed in Newbury, Berks, in 1920.

The first proper car radios were launched by the Philadelphia Storage Battery Company, Philco, in America in 1927.

The Lagonda car is named after an American Indian settlement in the USA.

Odd things are sometimes found in car parks. Among the strangest have been a lump of radioactive uranium, found in an Austrian car park, and an ancient Arab building. The building, which was over 900 years old, was found under a car park in Madrid, Spain, in 1996.

The Post Office began using vans powered by gas in Croydon, south London, in March 1997.

The first electric cab or taxi in London was built by W. C. Bersey in 1897. It had a battery which could run the cab at an average speed of 12 mph for 50 miles.

The Great West Road was the first main road opened in London. When King George V declared it open in 1934, it ran into the countryside. Factories only moved on to what was called the "Golden Mile" later.

The cheapest car ever made was the Red Bug Buckboard car of the 1920s, built by Briggs and Stratton Company in America. It sold for between $120 and $150.

The idea that everyone in America who wanted a car might be able to have one was not thought of when cars were first made – for a start, they seemed too expensive. So it was not unusual that in 1889 *The Literary Digest* in the USA said the car was never going to be "as common as the bicycle".

Not all racing cars are brilliant. The first British BRM motor racing car broke down on the start line in its first race in 1950. Things were even worse for the World Champion of 1996, Damon Hill, when his new Arrows car failed to start the first Grand Prix race of the new season in 1997.

An AA survey in March 1996 found that women drivers were more likely to get lost than men. However, the record of a couple from Carmen, Illinois, in the USA, is hard to beat. They set off for a 40-mile drive, but got lost and ended up travelling 4,000 miles in nine days!

A number 8 in a number plate is considered lucky in Hong Kong and there is a big demand for any plate with this number. When the Hong Kong government sold the original number 8 plate in 1988, a businessman paid HK $5 million for it.

Three of the world's historic events which involved cars have been:

The assassination of John F. Kennedy
On a sunny day, November 22 1963, the American President was assassinated in Dallas, Texas, when riding in a motorcade in the centre of the city. Earlier in the day the President had decided against having the bulletproof roof on the car.

The Arrest of Nelson Mandela
While travelling by car from Durban to Johannesburg in South Africa on August 5 1962, Nelson Mandela, a leading voice of black South Africans and opponent of apartheid, was arrested by the police. He was later found guilty of treason and spent almost 30 years in jail before his release in 1989.

The Start of the First World War
Archduke Ferdinand of Austria, heir to the Emperor of Austria, was assassinated with his wife, in a car on the streets of Sarajevo, Bosnia, in 1914. Earlier in the day, another man had tried to kill the couple by throwing a bomb in their car. The Archduke caught it and threw it out. Oddly it was only because his chauffeur had taken a wrong turn that the Archduke and his wife came across the assassin. It was the murder of the Archduke which led to the First World War.

One of the best-known twentieth-century British poets is W. H. Auden. For some time he lived in Austria. While he was there one of his assistants borrowed his Volkswagen and used it as a getaway car for a number of robberies.

When aged 76, in 1988, Frank Collier of Alabama, USA, drove off to a dental appointment in Pell City, 74 miles away. He ended up in Muncie, Indiana – 560 miles away!

The French car maker André Citröen, famous for the Citröen cars, was offered a knighthood by the British. He thought Sir André would make him sound silly, so he turned down the honour.

After the American runner Steve Prefonteine was killed in a car crash in 1975, the sport shoe company Nike closed for two days in his honour.

The use of private cars was banned in Germany in November 1939, a month after the Second World War broke out. During the war the Dutch royal family gave up using their cars – they travelled by bicycle or by horse-drawn carriages instead.

The registration of cars was begun in Britain in 1903.

A bicycle company called Starley and Sutton, at the Meteor works in Coventry, changed its name in 1885 to Rover. The first Rover car was made about fifteen years later and the first Land Rover was made in 1948.

The first car to be pressed out of steel sheets was made by Edward Budd in the USA.

During the German Grand Prix of 1994, driver Mika Hakkinen caused a big problem. While turning into the first corner he hit another car, which careered across the track, causing a pile-up of 11 out of the 26 cars in the race! They were only 200 metres from the start.

A 1962 Ferrari 250GTO, bought for £5,000 in 1971, was sold for £10 million in 1989!

The first woman Formula One driver was Lella Lombardi of Italy. She competed in Formula One races in the 1960s.

Up until 1926 cars which went over the mountain passes into St Moritz in Switzerland had to be hitched to horses and pulled along to the town with their motors switched off!

Graham Hill, the world champion father of Damon, drove the unique Rover gas turbine car at the Le Mans racetrack in 1965.

Three bank robbers in the USA drove off after holding up a bank. However, their top speed was only three miles an hour – their car had got stuck in first gear.

In January 1965 the weather in Chicago changed suddenly. One day the temperature was 18°C, the next day 23 inches of snow fell in 24 hours and the traffic was at a standstill. In the end over 100,000 vehicles had to be towed away to free the roads.

When the country ran short of money in 1974, Israel banned the import of cars.

During the Great Depression in America in the 1930s, seven car companies went bust and even Ford stopped making cars in Detroit, leaving 60,000 people out of work. Detroit was famous for its car factories and was called "Motor City". When young Berry Gordy was thinking of starting a record business in Detroit in the 1960s, he remembered the nickname and called his record label Tamla Motown (Motortown).

The Mini is the best selling foreign car in Japan.

$18.9 million was stolen from an armoured van in Los Angeles, California, in 1997. It is the largest cash robbery on record in the USA.

A US motorist once took his car back to a garage in Virginia. He said the engine was making a funny whine. The mechanics opened the bonnet, looked around and found a kitten!

Before 1920 it was rare for trucks to move faster than 10 miles an hour.

Sri Lanka banned electric trams from the island in 1960.

According to a survey people born under the Zodiac sign of Taurus are the worst drivers in Britain. Scorpios are the best.

In 1989, Romania had 11 cars for every thousand people; in the same year the USA had 572 cars for every thousand.

Dr Jacques Locard of France invented the breathalyser in 1952, but died before he was able to patent the invention.

Frank Williams, famous for the Williams Formula One and Grand Prix cars, began producing Formula One cars in 1969.

The Newman-Haas Indy Car racing team was begun in the United States in 1983 by the actor Paul Newman and Carl Haas. Nigel Mansell, the British winner of the world motor racing championships, joined the team in a £3 million deal in 1992. Mansell went on to win the Indy Car championships at his first try.

Cars were first started by ignition in 1949.

Drivers and passengers in the front seats of cars in Britain had to wear seat belts by law from 31 January 1983. Rear passengers had to wear seat belts from July 1991.

The futuristic De Lorean silver coloured car, with "gullwing" doors which opened upwards, was a star of the *Back to the Future* films. The DeLorean was dreamed up by an American, John DeLorean, and made in Belfast in the early 1980s. The British government put up $138 million for the work, but the company ran out of money and closed in 1982. There were 4,000 unsold DeLorean cars around by that time.

A gang of thieves planned to steal Van Gogh paintings worth £130 million from the National Gallery in London in May 1991. There was only one problem – when they got to their getaway car, it had been clamped!

Ford launched the new look Ka in September 1996. It was 3.5 metres long and cost about £7,500.

An armour-plated Mercedes was sold at the Moscow Motor show in August 1992.

The type 41 Bugatti car has a white elephant on the radiator.

During the Second World War over 649,000 jeeps were manufactured.

The first car sold to an American was bought on April 1 1898. It was a Winton, made by a Scottish man in Cleveland, Ohio.

Robert Neil, nicknamed "Goldfinger", was jailed in Britain for seven years in 1992. He had organized a gang which smuggled £35 million of gold into Britain hidden in car bumpers.

The German company BMW began making cars in 1916.

The man who is said to have invented the bikini in 1946, Frenchman Louis Reard, was a car engineer.

America's first successful car was the Duryea, built by brothers Charles and Frank in 1893. They first drove their car on September 21 that year – it went half a mile. Two years later their car won the first motor race in America, sponsored by the *Chicago Times-Herald*.

The Dinky toy car of James Bond's Aston Martin was the best-selling toy in Britain in 1965.

The world's most valuable car, a Rolls-Royce Silver Ghost of 1907, said to be worth £14 million, led a parade of 114 classic cars through the streets of Hong Kong in 1991.

The most famous of the old steam cars, the "Stanley Steamer", was made by the American Stanley twins. One of the people who thought the Stanley car was really great was eccentric billionaire Howard Hughes. He once spent £500,000 trying to make a better steam car.

The first electric cars went on sale as long ago as 1899, being made by Walter C. Baker in America.

Don't bin toy cars – if saved carefully and kept clean in their boxes they can be worth something! Top prices for old Dinky and Matchbox toys include the following:

1. A Morris Oxford saloon, made in 1950 – £2,640.
2. A Matchbox rag and bone cart, only two inches long, made in 1953 – £1,155.
3. A Guy Warrior van, advertising Heinz ketchup, made in 1960 – £990.
4. Lady Penelope's FAB 1 pink Rolls-Royce from *Thunderbirds*, made in 1966 – £143.
5. A Folden Van, advertising Weetabix, made in the 1950s – £1,155.

A woman from Yorkshire, England, passed her driving test in 1970 – after a record 39 attempts.

When air pollution made people ill in the capital of Greece, Athens, in 1989, cars were banned from the city centre.

There are no roads in the City of London. Every road turns into a street when it reaches the City.

In October 1997, Andy Green broke the land speed record in the British Thrust SCC jet car. The car reached 763 mph and was the first to break the sound barrier.

If you syphon the fuel out of one Jumbo 747 jet and put it into a Mini, you could drive four times round the world.

The first traffic lights were installed outside the Houses of Parliament in 1868. They blew up and killed a policeman – the signals had red and green *gas* lamps.

The Honourable Charles Rolls, the co-founder of Rolls-Royce, was the first person to be killed in an air crash in the UK. He was flying a Wright brothers plane at Bournemouth in 1910 when he came down into a field and was killed.

In 1993, four miles of road were built near Amsterdam in Holland especially for those who shared cars. It cost almost £6 million a mile.

The first amphibious car to cross the English Channel was the "Amphicar" driven by two Frenchmen, M. Andal and M. Bruel, in 1962. It took them six hours to make the crossing.

There were still 143 horse buses in London in 1913. In the whole of Britain there were over 100,000 motor cars.

The number of cars in Britain reached over one million for the first time in 1932.

The car number plate A1 was sold for a world record £160,000 in 1989.

Aston Martin, the British car maker, was founded in 1913. In 1992 Aston Martin produced the Virage, with a top speed of 152 mph. It cost £165,000 and was the world's fastest and most expensive "off the shelf" car.

A French army captain, N. J. Cugnot, built the first ever mechanical road vehicle in France in 1709 – a tractor made to pull cannons. It went at four miles an hour. After Cugnot crashed it into a wall by accident, he was arrested and thrown in jail, becoming the world's first traffic offender!

The self-starter for cars was invented by Charles Kettering in America in 1911. He was asked to come up with the idea after a motorist broke his jaw while cranking up a woman's car to start it when she got stuck on a bridge in Detroit.

The first stretch of motorway to be opened in Britain was near Preston, Lancashire, in 1958.

Because the air was so polluted, Mexico City, the capital of Mexico, introduced “One Day without a Car” in 1989, banning cars from the city for one day a week.

Rolling Stones guitarist Ron Wood broke two legs when, after crashing his car on the M4 motorway in 1990, he was hit by another car while trying to divert traffic.

Between 1932 and 1934 there were no speed limits on British roads.

A spirit house is built at dangerous corners in Thailand, to ward off the evil spirits that cause traffic accidents.

The original "petrol" engine was made by a man called Markus in Austria. It went on show at an exhibition in 1873. A lot of the car was made of wood. The fastest speed it could reach was about five miles an hour. Markus did not make any other cars, but his ideas were used by others to develop the modern car.

The world's fastest car in 1895 was made in France. It was called the Leon Bollee.

Lee Chadwick, an American, made the first supercharged car engine in 1907.

One of Britain's best-selling cars was the Austin 1100, made from 1962 to 1974. 2.25 million of them were built.

Tommy Milton of England set a world mile speed record of 23.07 seconds in a Duisenberg car in April 1920. His average speed over the distance was 156.04 mph.

The Pegaso 2102 car was put on show in 1951. Made in Spain, it was the world's fastest non-racing car with a top speed of 156 mph.

Luc Costermans set a new world land speed record for a blind driver in 2008. He reached 192 miles an hour on a long, straight stretch of airstrip near Marseilles, France.

The last E Type Jaguar was made at the Browns Lane Jaguar factory, Coventry, in September 1974. The car was first made in March 1961 and 72,520 of them were made.

When Sean Edward's van broke down on the M25 motorway, he sent two homing pigeons out with a message to his family in Sevenoaks, Kent. His father arrived at the same time as the traffic police.

The **J1 MMY** number plate was sold for £35,000 in 1991.

The world's largest car in 1919 was the Renault, made in France. It did eight miles to the gallon.

Nigel Mansell won a record nine Grand Prix races in a season when he won the Portuguese Grand Prix in 1992. Sebastian Vettel matched this record in 2011.

The Lotus car company was started in Britain by Colin Chapman with £25 lent to him by his girlfriend.

Ed Kienholz, an American artist who died in 1994, was buried in one of his old cars.

Nigel Mansell, the British racing driver, was the first person ever to win the Grand Prix Formula One motor racing championship and the American Indy Car championship in the same year on 19 September 1993.

Sir Bernard Docker, a businessman, became famous in the 1950s for his Rolls-Royce. It was gold-plated and had seats covered in mink.

In 1990 Japan made 13.5 million cars, almost 4 million more than the USA.

White and yellow car number plates were introduced in 1973. In 1967 it was found these colours were the most reflective.

The first compulsory driving test carried out in the UK took place on March 15 1935. The first candidate was a Mr Bean.

The world's largest ambulance, the Jumbulance, can carry 44 patients and medical staff.

In 1976 a Tyrell car with six wheels won a Grand Prix.

The fastest ever Grand Prix took place in 1971 when British driver Peter Gethin won by one hundredth of a second. His average speed was 150.76 mph.

The Japanese company which makes the Mazda car started in 1920 by making things out of cork.

The only person in Britain who can drive about in cars without number plates is the Queen.

Cars were allowed by law in Britain in 1896. After that date cars were allowed to go at up to 12 miles an hour.

Henry Ford began the Ford Motor Company in the USA in 1906. His first car was called a Model N and sold for $600. Not many were sold. Three years later the company started making the Model T. Ford announced it was available "in any colour, as long as it is black". At first, the cars did not have hoods or roofs. They came later. The last Model T cars were made in 1927. A record 15,007,033 of them had been made. In 1925 a record 9,575 were made in one day. The top speed of the car was 40 mph. Oddly the car never had a dial to show how much petrol you had used.

The first all-Chinese car was called a Hongki. It was first made in 1960. Because it weighed so much, it was like a tank to drive. It also cost a fortune – $70,000 (about £50,000) at the time! Made to be like a Rolls-Royce, 400 of them were made each year. They included bullet-proof windows. The last Honggi was made in 1981.

Up to the 1960s, many cars still needed to be started by a crank if the day was cold or wet. The crank was put in the front of the car, below the radiator, and was turned to start the car up. Cars still had back back seats too – children could ride in small seats that were really part of the boot. These were often called rumble seats.

The first car number plates were seen in Paris in 1893; they first came to Britain ten years later. The first British number plate was A1.

The Citröen company of France stopped making the 2CV in 1990. It was first made in 1938.

The ancient school of the famous Greek philosopher Aristotle was found under a car park in early 1997.

The car is the safest place if there is a thunderstorm. During a thunderstorm the best place to park is away from trees.

Famous makes of toy cars

1. Dinky
2. Corgi
3. Matchbox
4. Hot Wheels
5. Tonka

Songs about Cars

1. *Baby You Can Drive My Car* – The Beatles
2. *The Road to Hell* – Chris Rea
3. *Crosstown Traffic* – Jimi Hendrix
4. *Driving In My Car* – Madness

ROWDY RUGBY

The FACT ATTACK series

Awesome Aliens
Beastly Bodies
Cool Cars
Crazy Creatures
Crucial Cricket
Dastardly Deeds
Deadly Deep
Devastating Dinosaurs
Dreadful Disasters
Fantastic Football
Gruesome Ghosts
Incredible Inventions
Mad Medicine
Magnificent Monarchs
Nutty Numbers
Remarkable Rescues
Rowdy Rugby
Spectacular Space
Super Spies
Vile Vampires

FACT ATTACK

ROWDY RUGBY

IAN LOCKE

MACMILLAN CHILDREN'S BOOKS

First published 1999 by Macmillan Children's Books

This edition published 2012 by Macmillan Children's Books
a division of Macmillan Publishers Limited
20 New Wharf Road, London N1 9RR
Basingstoke and Oxford
Associated companies throughout the world
www.panmacmillan.com

ISBN 978-1-4472-2445-7

1 3 5 7 9 8 6 4 2

A CIP catalogue record for this book is available from the British Library.

Printed and bound by CPI Group (UK) Ltd, Croydon CR0 4YY

DID YOU KNOW THAT . . .

Rugby League began in 1922 when the Northern Rugby Football Union was formed at the George Hotel in Huddersfield – 20 clubs voted to resign from the Rugby Union Association.

The England rugby team were offered a £lm bonus in 1999 if they won the World Cup!

One of the most unusual players in world rugby history is Lewis Capes. 1.93 metres tall (six foot four) and 130 kg, he gave up American football to play for Leicester Tigers in England in 1997. He has since retired from rugby as well.

Rugby injuries are so common they rarely make the front page. But one injury did hit the headlines in April 1999 – Prince William had to have an operation after he fractured his hand playing rugby.

George Henry 'Titer' West scored a record 53 points (10 goals and 11 tries) in a Rugby League match, playing for Hull Kingston Rovers in 1905.

Irish Rugby Union player Nigel Carr had to quit the game after he was injured. In 1987 he was hit by the blast of an IRA bomb which killed Lord Justice Gibson and his wife.

Western Samoa staged its first rugby international, against Fiji, at Apia in 1924. So that people could get to work, the game began at seven in the morning! There was something not quite right about the pitch – on the halfway line there was a large tree!

The New Zealand national Rugby Union side are known as the 'All Blacks'. The 'All Whites' are Swansea rugby players. (And the New Zealand Rugby League team are called the 'All Golds'.)

The name 'All Blacks' for the New Zealand rugby side was given to them by the *Daily Mail* newspaper on 12 October 1905 in honour of their victory the day before, when they had beaten Hartlepool clubs 63–0.

The largest ever rugby crowd gathered to watch Australia versus New Zealand at Stadium Australia for the Bledisloe Cup in 2001.

Jonny Wilkinson became the leading points scorer in English rugby with 1,179 points recorded.

Thomas Gisborne Gordon was probably the most unusual international ever. He had only one hand! His right hand was lost after a shooting accident when he was a child. He played on the wing for Ireland three times in 1877 and 1878. Ireland lost every match.

One of the great stars of world rugby was New Zealander Jonah Lomu. He claimed he was born to play rugby. Lomu's statistics are pretty impressive. His neck was 60 cm, his arms were 94 cm each, his chest was 135 cm and his hips were 125 cm! He has now retired.

On 27 December 1982, Peter Richmond, a policeman, was referee for the match between Abingdon and Didcot. Following a punch-up, the match became a free-for-all. The two captains were called over by the referee. He said, 'I've had enough, I'm fed up with it.' All thirty players were then sent off!

The Saracens rugby club launched a degree in rugby at Buckinghamshire Chilterns University in 1999!

The Henley Hawks XV rugby club managed to obtain an unusual live mascot in 1998 – a live hawk!

The scores 4 and 7 were not possible in Rugby Union until 1971 when the scoring was changed. A score of 5 is now no longer possible.

Gavin Hastings of Scotland scored 44 points in the match against the Ivory Coast in the World Cup of 1995.

There are six ways of scoring in rugby:

1. A try.
2. A goal.
3. A penalty goal.
4. A dropped goal.
5. A goal from a mark.
6. A penalty try.

Willie John McBride, who played in five British Lions tours and played for Ireland 63 times, said after his first game of rugby that he would 'never play that ruffians' game again'!

In 1998 the All Blacks claimed that their team, who were beaten by South Africa in the World Cup final in 1995, were poisoned the night before the match.

Every South African side visiting Britain brings with them a mounted 'Springbok Head' which they award to the first team to beat them or the team which gives them the hardest match.

Henry Cooper, who became famous as a champion British boxer in the 1960s, objected to playing Rugby Union while doing his National Service in the British army.

Jonah Lomu, the legendary All Blacks star, returned to rugby in 1997 after a serious illness. A year later he was offered a part in the new Bond film *The World is Not Enough*.

Up to two substitutes were allowed in rugby from March 1968. The first sub was F. P. Bresninan of Ireland in the British Isles team vs. Western Transvaal, South Africa, on 18 May 1968.

Barry John and Willie John McBride, the Welsh and Irish rugby stars, have both appeared on *This is Your Life*.

The roughest Rugby Union match up to 1939 was said to be the Wales against Ireland match at Belfast in 1914. The Wales side was captained by a man of God, the Reverend J. Alban Davies! The Wales pack was so ferocious it was known as the 'Terrible Eight'.

Australia have a phenomenal record when it comes to the Rugby League World Cup – they won it for 24 years in a row, before losing to New Zealand in 2008!

Tommy Holmes, a scrap merchant in the north of England, was known to accept any deal. His oddest purchase was a sick lion from a circus. Though he looked after the lion, the sickly creature soon died. Tommy arranged for the remains of the lion to be dealt with, but asked to keep part of its rump – which he took home and roasted. One of Tommy's other interests was Rugby League, and he headed a club in Workington. That Saturday, he went with the team for their match against Keighley. On the way he said he had a picnic for the team members. So they stopped and ate the food that Tommy provided – the lion sandwiches were quickly eaten!

Player Michael Smith had one of the shortest times ever playing for a professional Rugby League side. In early 1999 his two-year contract with Hull Sharks was ended after less than half an hour!

When the Australian Rugby League team came to tour Britain in January 1968, they requested an extra piece of equipment – a fruit machine – which they installed in their hotel.

President Nelson Mandela of South Africa wore a shirt with the number 6 at the Rugby Union World Cup final in 1995.

At the mining area of Toowomba, Australia, the temperature is so hot that the Rugby League matches are played at 8 p.m. The late start can cause some mix-ups. At one game the Mount Isa team managed to have 17 men on the field.

Alex Melrose, the captain of RGS High Wycombe rugby side, was injured and out of a cup match in February 1999 – his toe had been broken by a cricket ball!

The Cotton Traders leisurewear company was started by the former England prop Fran Cotton. He had to retire after he had a heart attack during a match in 1980.

England lost a Rugby Union international for the first time at Twickenham in 1926. King George V was there to watch them lose to Scotland.

The Great Britain women's Rugby League side had a good time in Australia in 1996, winning their series. The Great Britain men's side was not so happy. They had not won a series in Australia for 26 years – before most of the members of the women's side were born!

In 1889, during a match between the New Zealand Maoris and Yorkshire, the game was stopped as the referee went into the crowd to borrow a watch – his had broken!

The Leeds Rugby League club owns the Headingley Test cricket ground.

Angus Innes, the six foot six (1.98 metres) Australian captain of Cambridge University, was sent off in the Varsity match (the match against Oxford) in 1999. He was the first to be sent off in the match for over 100 years. The last was Justin Davies, sent off for fighting in 1894!

The first try at Twickenham in an international to be scored direct from the kick-off was in the match between England and Wales in January 1910. England wing three-quarter P. B. Chapman scored.

Welsh Rugby League player John Westgarth, an impressive six foot five (1.95 metres) tall, is not to be tackled easily – he's a former pro boxer!

In their second tour of Britain and France in 1924–5, the New Zealand All Blacks won all their 30 matches, with 721 points for and only 112 against.

Rugby was included in the British sport stamps of 10 October 1980.

Peter Rossborough, the Coventry full-back, was dropped by England. He had just scored 16 points in the match against France at Twickenham in February 1975.

The world schools rugby championships in 1998 included some unusually named teams, for example Glantaf, Colstons, Ratu, Prince Edward, Blackrock, Helpmekaar, Monument, Tupou and Highland (a United States school).

A record 49,000 attended the amazing European rugby championships final in Dublin in January 1999. The Ulster team thrashed the French side Colombiers 21–6. The Ulster coach came all the way from Hollywood – Hollywood in County Down, that is!

Willie John McBride scored his first try for Ireland when he played in his 62nd match for his country! It was in the Ireland vs. France match in March 1975. Ireland won 25–6.

Will Carling became the youngest ever national Rugby Union captain in 1988, when he became captain of England at 23.

Ninian Jamieson-Finlay played his first international Rugby Union match for Scotland against England when he was still at school – he was 17 years and 36 days old.

The fastest try ever scored was by Leicester no. 8 Leo Price in the match between England and Wales in 1923. After a kick-off into a strong wind, Leo chased the ball and attempted a drop goal. He missed, but ran on to catch the ball and score – all in under ten seconds.

The rugby team from Arnold School, Blackpool, didn't have a good time at a rugby tournament at Ipswich in 1995. Six of their players were taken to hospital – three with broken legs!

J. H. R. (Dick) Greenwood was dropped as England captain in 1969 – he had cut his eye playing squash! 'Budge' Rogers took over. Greenwood never played for England again.

The women's rugby side in Worthing won a tourist award in the spring of 1998. It wasn't for their ability to play. A calendar showing them nude gave worldwide publicity to both the players and Worthing!

The tallest man believed to have played in a rugby international was Richard Metcalfe who played for Scotland between 2000 and 2002. He was seven feet (2.13 metres) tall!

In November 1998 England beat the Netherlands by a cool 100–0 points!

Pierre Albadejo of France was the first player to kick three drop goals in one international, against Ireland at Paris in 1960.

The Irish Rugby Union player Tony O'Reilly wrote an article for the programme for the Ireland vs. England match at Twickenham in 1970. Then he found himself playing in the game – for the first time in seven years!

Britain issued a stamp to celebrate the centenary of the Rugby Football Union.

Frank Sykes of Northampton had a long wait between internationals. He played in 1955 in the Scotland vs. France match and then, eight years later, for a totally different country – for New Zealand against Australia.

By 1986, John Morley, born in 1950, had scored 478 tries in senior rugby – including 378 for Bristol, a record for one club.

Bob Hiller of England scored in every one of his 19 internationals. This included 32 points in succession. He scored a total of 138 of the 199 points England managed over the 19 matches! When he retired in 1972, there was a headline: *Hiller 138 points, rest of England 61*.

The United States Rugby Union was formed in 1968.

In 1972 the Wales Rugby Union side won its fifteenth match in a row in the Five Nations Championships against France. They hadn't lost against France since 1908, a record-winning run for the championships.

Neil Bennett scored 36 points for England in the match against Western Australia in May 1975.

H. G. Periton was unique – the only Irishman to captain England in an international against Ireland!

The first hat-trick of tries in the history of the Five Nations Championships was scored by Henry Taylor of England in 1881. It took a while for the second – scored by Chris Oti for England in the match against Ireland in 1988! It became known as the Six Nations in 2000 after Italy joined.

After France lost all her international championships matches in 1957, a supporter ordered a two-metre wooden spoon, which held two litres, and presented it to the former French captain Jean Prat.

Rugby is said to have come from a game played by Roman soldiers in Britain, called 'Harpastum'. During the 1300s women joined in the game.

Kevin Yates of Bath became well known in 1998. He was given a six-month ban for ear-biting.

On 13 February 1931, the British Rugby Union clubs and national sides decided they could no longer play French clubs because they weren't good enough. A French team was not to play a British team again until 1946.

Cyril Brownlie of New Zealand was the first international ever to be sent off, during a match against England at Twickenham. He was accused of hitting another player.

For the twelve Rugby Union tests the England team played in 1998, they used enough players for four different teams!

The Scottish club Melrose began seven-a-side rugby at their ground, the Greenyards, in 1883. It was invented by player Edward Hay.

Dr Kevin O'Flanagan played rugby for Ireland against Australia in 1948. He also played soccer for Arsenal.

The US women's rugby champions thrashed a Scottish women's side 110–0 at Melrose in Scotland on 11 April 1994.

In 1968 at Dublin the referee Mike Titcomb allowed a drop goal by Gareth Edwards in the Wales vs. Ireland match. This was a surprise, since even the Welsh players thought Edwards had missed the kick!

Henry Vassall, the Oxford and England player, first thought up the idea of passing the ball in the early 1880s.

Two of the most famous of the Welsh fly halves, Carwyn James and Barry John, both came from the same village – Cefniethin.

Rugby Union dates:

1870 Rugby Union introduced to New Zealand by John Munro, who learned the game at Sherborne School, England.

1893 Referees were allowed to make their own decisions, without the help of umpires.

1897 Team numbers introduced to rugby when Queensland, Australia, played New Zealand at Brisbane.

1900 Rugby Union first played at the Olympics.

1909 The first ever game at Twickenham – between Richmond and Harlequins.

1921 Numbered shirts first used in an international – England vs. Wales at Cardiff.

The New Zealand All Blacks were up to something different in 1998 – they launched a range of perfumes and deodorants for men. The perfumes were known as 'the great smell of brutes'!

By all accounts the first people to play rugby in Fiji were the police.

When rugby began, teams were of 20 a side, and there were three fullbacks allowed!

On 4 January 1998, all rugby matches in Britain appeared to be a washout, with wet weather and floods. Only one match was played that day, between Neath and Llanelli in Wales. They managed to get round the weather problem by playing in a sandpit – there were three tons of sand on the pitch!

In 1932, the heads of Rugby Union in Britain banned the use of floodlights – yet the first rugby match played using floodlights had taken place as early as 1878!

In 1893, Billy Haus, who played for Penryn RFC, Cornwall, won a competition for the longest kick in British rugby – he managed 79 yards and 30 inches (73 metres).

The club motto of the Barbarians is: 'Rugby football is a game for gentlemen in all classes, but never for a bad sportsman in any class.'

The Reverend Canon George Ogilvie introduced a game which mixed up rugby and soccer in South Africa in 1861. It was known as 'Gog's Game'.

James and Stewart Boyce are the only twin brothers to appear together in a Rugby Union international, for Australia against New Zealand in 1964.

There are 13 players in a Rugby League side and 15 in Rugby Union.

The Calcutta Cup trophy is awarded to the winner of the annual Scotland vs. England Rugby Union match. It is made from melted-down silver Indian rupees.

Probably the most expensive rugby match took place on 15 July 1997 when a college match in Tonga turned into a riot and the college was burned down by supporters. The cost of the destruction was put at about £480,000.

Peter Squires, who played Rugby Union for England as wing, also played cricket for Yorkshire.

Keith Savage of Northamptonshire scored a try during a Friday night match for London Irish. He was in line for a rest, but was called up the next day to play for England against Wales.

Johnny Wilkinson, Newcastle's young kicking star, missed a penalty kick for the first time at Twickenham in May 1999 against Wasps. The miss allowed Wasps to win the Tetley Bitter Cup.

In the England vs. Wales match at Twickenham in 1970, the French referee Robert Calmet retired injured! Referee R. F. 'Johnny' Johnson took his place.

Rugby League dates:

1896 Rugby League Challenge Cup launched.

1906 Rugby League teams reduced from 15 to 13 a side.

1922 The name Rugby League football is adopted.

1964 Substitutes allowed in Rugby League.

1967 K. Jarrett, a Welsh Rugby Union player, signs to Barrow Rugby League side.

1968 Colin Dixon signs a record Rugby League transfer from Halifax to Salford for £15,000.

Six players from the Gala club played for Scotland against England in two matches in 1971.

Direct kicking into touch was banned in Rugby Union in 1902.

London Scottish Player Mick Watson managed to be sent off in record time in a match against Bath in 1999 – after only 42 seconds!

Ten players from Cardiff played in the Welsh XV against Scotland at Murrayfield in 1948.

A record 104,053 spectators attended the Scotland vs. Wales Rugby Union match at Murrayfield on 1 March 1975. Scotland won 12–0. This is still the largest ever crowd to attend Murrayfield.

The first England vs. Ireland international was played in 1875 at a cricket ground – the Oval, London.

Leeds won the Rugby League Challenge Cup in 1999 with a record 52–16 win over London Broncos. They managed to beat or equal five records in their win. Iestyn Harris kicked a record eight goals and his twenty points equalled the individual record in the cup. Broncos had one excuse – their skipper Shaun Edwards played the match with a broken thumb.

In the early 1950s, almost four million people watched Rugby League games in Britain.

The oval-shaped rugby ball, with its pig's bladder interior, was considered unusual enough to be shown at the International Exhibition in London in 1851.

The first rugby matches had two umpires with sticks. They decided if a referee had made a right decision. The umpires then became touch judges and their sticks had flags attached to them.

The ground is now known for athletics, but the first England rugby match against the All Blacks took place at Crystal Palace, London, in 1905.

Guy's Hospital claim to be Britain's oldest Rugby Union club, being founded in 1843.

Western Samoa set a rugby record on 7 July 1993. They beat a team in Marborough, New Zealand, 128–0, breaking the record set by the All Blacks in a game against Western New South Wales, Australia, in 1962 of 125–0.

Early rugby matches at Rugby School could involve 300 players! There were no positions.

The All Blacks begin international or major matches with a 'haka' – a Maori war dance. The first line of the haka is: 'Ringa pakia waewae takahia!'

In 1973 all five nations in the Five Nations Championships were tied. All five sides won their home matches.

Hacking was banned in rugby after Richmond club reported one player being killed and 20 others injured as a result of kicking or tripping up an opponent!

Tony O'Reilly had the longest career of any Irish Rugby Union international – lasting from 1955 to 1970. On the day he first appeared in an international, against France, another Irish team member was W. O'Connell. O'Connell played only 55 minutes before he was injured. He never played rugby for Ireland again. His was the shortest international appearance for Ireland!

Shaun Edwards of Wigan appeared in 29 successive Rugby League finals in the ten years from 1985 to 1994.

Harry Read, who played 13 times for the Irish rugby side from 1910 to 1913, also played cricket and tennis for Ireland.

The first England vs. Scotland match at Edinburgh had 20 a side.

Rugby was first played regularly in Japan in 1924.

In February 1999 the players in a Rugby League match between Doncaster Dragons and Oldham St Anne's were dragged from their showers to continue their match – which was level at 15–15 after 80 minutes and went to extra time. The referee had decided they should play on for a result.

Rugby players Jack Gregory of England and Ken Jones of Ireland both won silver medals at the 1948 Olympics, as part of the 4 x 100 metre relay squad.

Red and yellow cards were introduced to the Rugby Union Courage League matches in Britain on 7 January 1995.

During the 1860s rugby teams could have 25 or more players.

The Australian Rugby League side is known as the Kangaroos.

English rugby player Jason Leonard holds the English record for most caps – 114.

In early 1994 Alex Murphy, a British Rugby League commentator and pundit, claimed that the Australian TV audience for the deciding Great Britain vs. Australia international was between 20 and 30 million. There was something very odd about this claim – the population of the whole of Australia at the time was only 17,661,000!

The first player to play fifty times for his country was Tom Kiernan for Ireland in the Ireland vs. England match at Twickenham on 12 February 1972.

Peter Heindorff was born in Germany. He came to England when young and was the captain of Bath Rugby Union side in the early 1970s.

Alec Lewis made his first appearance for England aged 31 in 1952. He was lucky to be there at all – he'd been injured by a landmine in World War II.

Wasps rugby club run their own fleet of taxis in and around London – decorated with the Wasps logo and black and yellow colours.

Peter Dixon played only one match for the British Lions in Australia in 1975. He flew 24,000 miles for the last match of the tour, against a Queensland County XV.

A player called M. A. English actually played for Ireland. K. J. F. Scotland, though, played for Scotland!

The All Blacks had their worst losing streak since 1949 in August 1998 – by losing all of three games in a row, two to Australia and one to South Africa!

Brian Bevan holds the record for Rugby League tries – a massive 796.

C. Charlie Faulkner was probably the most difficult man to challenge when he played for Wales. He was also a judo black belt!

Teams of 15 a side for Rugby Union were introduced for the Oxford vs. Cambridge match in 1875.

Graham Dawe, the Bath hooker, became the first English international to be shown a yellow card – in the England vs. Scotland match on 8 January 1995. A month later John Davies of Wales became the first to receive a red card in the Five Nations Championships.

The Oxford vs. Cambridge 'Varsity' match was first played in 1872.

In early 1995 Sheffield Hallam rugby players won their appeal for their game to be rescheduled – they were too drunk to play the first time!

In 1974 the British Lions in South Africa had a code: 99. If it was called all the pack were to attack the opposition! It was thought if they all fought together, they'd never all be sent off!

Junior Rugby Union player are known as colts.

The Soviet rugby team for the first women's world cup, held in Wales, were given free meals at restaurants because they were so short of money.

Runcorn, the Rugby League side, failed to win a match for two and a half years. They finally beat Dewsbury 9–2 on 3 March 1991.

In the 1990s, with the formation of the Super League for Rugby League and professional Rugby Union, the animal kingdom invaded the names of teams. The new names included:

1. Warrington Wolves
2. Lancashire Lynx
3. York Wasps
4. Swinton Lions
5. Keighley Cougars
6. Batley Bulldogs
7. Hunslet Hawks
8. Northern Bulls

Others names included Salford Reds, Barrow Braves and Whitehaven Warriors.

David Watkins, of Newport and Wales, was the first to play in the British Lions at both Rugby Union and Rugby League – in 1965 and 1966.

In 1974, by mistake, John C. Bevan was called up for the Rugby Union British Lions tour of South Africa. He was then playing Rugby League for Warrington. The person supposed to be picked was John D. Bevan of Wales.

The Five Nations Championships became the four nations championships in 1931 after France was banned for a year for foul play. The French didn't return to the Five Nations until 1947. It then became the Six Nations in 2000 after Italy joined.

Canadian Neil Jenkins scored a world record of 8 penalty goals in the 26–24 defeat of Wales at Cardiff on 10 November 1993.

Referee Peter Richmond sent off all 30 players in a match between Abingdon and Didcot – they were suspended for 30 days.

Rugby is said to have started in 1823 when William Webb Ellis, a 17-year-old pupil at Rugby School, picked up the ball while playing football. He did so because he knew the game would soon end and he wanted his side to win. A plaque was put up to commemorate his achievement. Rugby was well known for the unusual – in 1797 a battalion of English soldiers with fixed bayonets were called to the school to put down a riot by pupils!

The All Blacks once beat South Australia 117–6.

Dave Travis played for Richmond Rugby Union team. In the 1970s he also threw the javelin, and represented Britain at the Olympics.

The England rugby captain of the 1980s, Bill Beaumont, was once described as 'John Wayne, Goliath and Sampson rolled into one'. He was also said to have the biggest bottom in rugby!

China became the 76th official rugby-playing nation in March 1997.

Gareth Edwards, the great Wales and British Lions rugby star of the 1970s, always preferred fishing to rugby.

Hussein M. Barhi set a record 74 points for Fulham against the London Broncos Rugby League side in 1981.

Alan Old played as fly-half for the England rugby side against Scotland at Murrayfield in 1974. That same day, his brother Chris was in the England cricket side playing against the West Indies. Alan also played cricket for Durham, in the summer.

Some rugby players have very large feet – Hudson Smith, the Australian star with the Salford Reds, wears size 14 boots.

In the early days of Rugby Union, the only score was called a goal. Touching down the ball behind the opposition line gave the kicker a 'try' at the goalposts. This was where the word try came from.

Oriel club managed to play for 800 minutes in matches between 1971 and 1973 without giving away a try.

Henry Garnett of Bradford was selected for Scotland in 1877. He played most of his international games in bare feet!

The United States women's rugby team is known as the Eagles.

Patrick Sebastien, president of the French rugby club Brive, isn't shy. In February 1999 he married his girlfriend Natalie on the pitch in front of 18,000 spectators!

William Tyrrell played for Ireland against Wales in 1914. The game was described as 'the roughest match ever'. It didn't seem to harm Tyrrell. He went on to become an Air Vice-Marshal in the RAF and was given a knighthood.

William Cerutti, prop for Australia 17 times, was absolutely, definitely not superstitious. He always insisted on wearing the no. 13 jersey!

The soccer international between Scotland and Wales on 27 May 1997 took place at Rugby Park!

Trevor Rees-Jones, the only survivor of the car crash which killed Princess Diana in Paris in 1997, was the captain of the Oswestry rugby team.

Every September a team of players from all sorts of places, called Captain Crawshay's Welsh XV, tour the West Country of England.

From the 552 matches in the Argentine rugby championships of 1980, 251 players managed to be sent off!

Ken Chapman, who looked after the Rugby Football Union in 1974–5, was the son of the former Arsenal soccer manager Herbert Chapman.

The old London Wasps ground in London was called Sudbury; London Irish's ground in London is called Sunbury. The grounds are 15 minutes apart.

Leeds Rhinos, the Rugby League club, signed Pestyn Harris for a record £325,000 on 3 April 1997.

Among the oddest rugby supporters of all time was the Reverend Frederick Westcoot, the headmaster of Sherborne School in Somerset. He supported the team wearing a cycling outfit and a rat catcher's hat.

The first Rugby League international was played in April 1904, when England played Other Nationalities at Wigan. The crowd was 12,000. England lost 9–3.

The Rugby Union season in Britain always begins on September 1st or 2nd.

The Golden Wasps trophy is awarded for the winner of the Wasps vs. Newport match.

Gerry Brand, the 1931–2 South African full-back, kicked the ball 90 yards to score at Twickenham. It is believed to be the longest ever dropped goal.

The England Rugby Union team lost for the first time since 1991 in February 1997, when they were beaten 17–15 by France at Northampton.

The first Rugby Union county match to be played under floodlights was Cumberland & Westmoreland vs. Lancashire at Workington in November 1959.

Sam Doble of Moseley scored a reputed 3,651 tries in his Rugby Union career. He retired after injury in 1976.

Frans Ten Bos, a Dutchman, played Rugby Union for Scotland 17 times. He was eligible because he had lived in Scotland and also served in the Argyll Scottish regiment in the British Army.

In 1970 Semesk Sikivou of the Fijians hit the bar with the ball while taking a penalty kick in a match against the Combined Services at Portsmouth. The bar fell down! Play was suspended. The bar was mended. The kick was retaken and was kicked over. The Fijians won 11–6.

When he came out of retirement for the 1973–4 season for Llanelli, Delme Thomas scored seven tries – it was more than he'd scored in his previous twelve years with the club!

Will Carling was England Rugby Union captain for a record 59 times. He was captain when England became the first team to win back-to-back grand slams in 1992.

Dick Uzzell skipped a day from St Luke's College, Exeter, to play Rugby Union for Newport on 3 October 1963. His drop goal in the match resulted in the only All Blacks defeat of their tour of Great Britain!

The first £1,000 transfer in Rugby League was for Harold Buck, who moved as winger for Hunslett to Leeds.

Keith Hatter of the Moseley club scored over a thousand points in the 1970–71 season!

The man who headed the Scottish Rugby Football Union in 1975–6 was also chief constable for the area that included the Scotland ground, Murrayfield.

Bob Hiller, playing for Harlequins, managed to miss eleven goal kicks in the match against Gloucester in October 1969. He stayed on to practise kicking afterwards. He must have been worth watching, as a lot of the crowd stayed to see him practise.

Nigel Horton of England became the first man to be sent off at Twickenham for 47 years in 1974. The last had been Cyril Brownlie of New York in 1925!

Rodney Webb, playing for the West Midlands in January 1967, found he was up against an Australian side which included his brother Richard.

When the Barbarians played Penarth in Wales in April 1982, they were leading 84–16 when the Barbarians captain David Johnston asked the referee to end the game five minutes early to spare Penarth further embarrassment.

Brothers Colin and Stan Meads both played for the All Blacks. Between them they played 70 times for their country.

Princes William and Harry practised with the England Rugby Union side in 1995.

The first Rugby Union match between England and France took place in 1906.

Because of the huge crowds for the sport, the Rugby League Challenge Cup finals were moved to Wembley in 1929. In the first London final Wigan beat Dewsbury 13–2.

In 22 days David Ainge of Bristol reached 100 points for his club. He managed this feat by 24 September 1968.

The first Rugby League game played in France took place on 31 December 1933 in Paris, between England and Australia! England were thrashed 63–13.

Alan Williams should have been known for playing 800 matches for his club and 50 for his country. But he made headlines when he became the referee who sent off four Falmouth and three Bideford players during their match at Falmouth in October 1975.

Rugby is reckoned to be the fourth most dangerous sport for neck injuries.

The Argentine touring team is known as the Pumas.

Playing against England in the 1932 Rugby League tour, Queensland forward Dan Dempsey broke his arm. Going off the pitch, he had it set. He then insisted on going back on the field. Tearing off the bandages and throwing away his splint he said, 'At least I can get in someone's way.' In the same match Australian Eric Weissel played with a broken ankle and the lock forward Frank O'Connor refused to remain on the stretcher as he was carried off the field.

After over 100 years, until 1998, Leicester and Bristol rugby clubs remained the only teams in Britain to use letters instead of numbers on the players' shirts.

One of the great stars of English rugby in the 1930s was Prince Alexander Obolensky. He had been born in Russia and never officially became English. He was killed at the age of only 24 in an air accident in March 1940 when flying for the RAF.

The first French Rugby Union tour of English was in March 1934 – they won one of their six games.

After the French internationals Paties and Sutra were suspended in 1975 for menacing and insulting the referee at Narbonne, France, they were told they could only play again if they passed exams and refereed themselves for a while!

Some players' nicknames:
Bonzo – C. R. Johns, Cornwall club player
The Rock – Alfred Roques, France international
The Boot – Olley Geffin, South African international
The Two Fleas – Guy and Lilian Camberabo, French brothers and internationals
Monsieur Drop – Pierre Albaladejo, French international
Wigs – W. A. Mulcahy, Ireland international

The Rugby League player Jim Valentine was nicknamed 'The Lion of Swinton'.

Darren Clarke, who won a 400 metres gold medal at the Commonwealth Games at Auckland in 1990, joined Balmain, the Australian Rugby League side in 1991. In his first match he scored a try after only two minutes!

Before the evacuation of Dunkirk in 1940, a British military rugby team beat a French military rugby team in Paris 36–3. It was the first match between a British and French side in nine years.

Some names of grounds:
Helfire Corner – Redruth, Cornwall
Webb Ellis Road – Rugby
Jock's Lodge – Royal High club, Edinburgh
The Brewery Field – Bridgend, Wales
Donnybrook – Bective Rangers club, Dublin, Eire

Eddie Waring became well known as a Rugby League commentator for the BBC from the 1960s to the 1980s. In 1943 he managed the Dewsbury Rugby League club.

The All Blacks began their shortest tour of Britain on 29 August 1939. They played and won only two matches before war broke out on 2 September, and they left England on 13 September.

An England Rugby Union side played South Africa during World War II. It was a little unusual – the match took place on board the ship the *New Amsterdam*.

The nickname for the Twickenham Rugby Union ground is 'Billy Williams' cabbage patch'.